BUR
Rizzoli

Della stessa autrice in BUR Rizzoli

Baci nell'ombra
Il rischio del segreto

Sara Dardikh

Baci scoperti

BUR Rizzoli narrativa

Pubblicato per

BUR
Rizzoli

da Mondadori Libri S.p.A.

ISBN 978-88-17-10248-3

Prima edizione Rizzoli: 2017
Prima edizione BUR: 2018
Quinta edizione BUR Narrativa: giugno 2021

Baci scoperti

I

Jennifer's pov

Sembriamo due statue. Nessuno dei due ha il coraggio di dire o fare qualcosa.

Sento i piedi pesanti e non riesco a muovermi. Il mio cervello sta dicendo un milione di cose, ma la mia bocca rimane chiusa.

Più Josh mi fissa pieù io mi sento paralizzata. Dimmi qualcosa, ti prego, qualsiasi cosa.

Un leggero soffio di vento sembra risvegliarlo.

«Andiamo. È tardi.» Si stacca.

Ma come? Con "qualsiasi cosa" non intendevo questo. Intendevo una lunga e chiara spiegazione sul motivo per cui mi ha baciata oppure che si scusasse.

«Allora? Non vieni?»

Solo ora mi accorgo che lui è molto più avanti di me e io sono ancora paralizzata sotto l'albero.

Cerco di muovere le gambe, che sento estremamente pesanti, verso di lui e appena sono abbastanza vicina ricomincia a camminare. Procediamo distanti come sconosciuti, e la cosa mi fa sentire a disagio.

Ho sempre pensato che Josh fosse lunatico, ma non credevo fino a questo punto.

Mi insulta, poi rimaniamo arrabbiati tutto il pomeriggio, gli urlo addosso e, dopo un'altra litigata, mi bacia.

Questo è davvero il limite. E ora nemmeno mi parla, di bene in meglio!

Ma perché l'ha fatto? Sembrava un bacio dato senza pensarci, quasi disperato, come se aspettasse di farlo da tempo.

Non era malizioso né programmato, un solo e semplice bacio, il mio primo bacio.

So che può sembrare strano il fatto che io abbia dato il mio primo bacio a diciotto anni ma, parliamoci chiaro, fino a ora persino un eremita aveva più vita sociale di me.

È brutto dirlo, ma ho cominciato a vivere solo adesso. Forse grazie alla dolcezza di Meredith o al carisma di Drake. Forse grazie alla gentilezza e all'apertura mentale di Michael o addirittura grazie a Leo, che mi fa morire dal ridere a lezione con le sue battute squallide. Ma alla fine credo sia tutto merito del ragazzo che sta guidando questa macchina in un silenzio straziante.

Vorrei davvero chiedergli perché l'ha fatto, ma sento che deve essere lui a parlare.

La domanda che più mi tormenta, però, è un'altra: perché io non mi sono mossa?

«Siamo arrivati» dice Josh continuando a guardare davanti a sé.

Siamo davanti al mio cancello, ci abbiamo davvero messo così poco? Forse ero troppo immersa nei pensieri.

«Oh, ehm, bene» dico io imbarazzata al massimo. Cerco di slacciare la cintura senza successo.

Mi sono sentita più a mio agio persino quando l'ho visto in biblioteca con quella ragazza.

Addirittura quando tirava su il mio vestito nel bagno delle donne nello stesso ristorante in cui cenavano i nostri genitori non ero così imbarazzata.

Non riesco a slacciare questa maledettissima cintura!

Josh si gira verso di me. Ma proprio ora dovevo diventare così incapace? Lo vedo avvicinarsi senza dire una parola per poi liberarmi.

Giro di scatto la testa, voglio stare il più lontano possibile dalle sue labbra, ma inalo comunque il suo profumo e basta per agitarmi. Tutto questo è assurdo!

«Fatto.» Si allontana di nuovo.

«Oh» provo a dire, «grazie.»

Apro la portiera molto più lentamente di come farei di solito, sperando che dica qualcosa.

«Jennifer.»

«Sì?» scatto subito.

Mi guarda nervoso, spostando gli occhi da me alla mia mano attaccata alla maniglia.

Poi sospira e fissa davanti a sé. «Ci vediamo domani a scuola.»

Apro e richiudo la bocca. Ma non può essere!

Esco senza rispondere e, sbattendo la portiera rumorosamente, comincio a camminare verso il portone. Sento le ruote dell'auto di Josh stridere sull'asfalto per poi ripartire.

«Stupido Cliver!» sbotto calciando la ghiaia, «stupido Cliver che mi accompagna alle mostre e stupido Cliver che tratta male Michael» continuo. «Stupido Cliver che se la fa con Marie e stupido Cliver che mi bacia!»

Caccio un gridolino di nervosismo e salgo in camera mia. Spero che nessuno mi senta e abbia voglia di venire a vedere cos'ho, perché non ho spiegazioni da dare.

Mi butto a peso morto sul letto sentendo che la testa sta per scoppiarmi.

Josh prova qualcosa per me? Per questo motivo mi ha baciata? Non sarò un'esperta di relazioni o d'amore, ma credo che se provasse qualcosa per me mi avrebbe almeno detto qualcosa dopo.

«Jennifer?» mi chiama mio padre da dietro la porta.

«Sì?» urlo.

«Tutto bene?» chiede titubante.

«Ma certo.» Certo che no.

«Sicura?»

«Sì.»

«Ti ho vista entrare di fretta.»

Vedo la maniglia della porta abbassarsi, segno che sta cercando di entrare.

«No» tuono, «mi sto cambiando, papà.»

«Oh, capisco. Ma sei sicura che vada tutto bene?»

«Benissimo.»

Sento mio padre allontanarsi e mi rilasso leggermente.

Forse dovrei chiedere consiglio a Meredith, ma non sono sicura di volerne parlare con la sorella di Josh.

«Aaah!» Mi tiro i capelli. «Ma perché è tutto così complicato da quando sono a Manhattan?»

Josh's pov

«Quindi di cosa dovevi parlarmi?» chiedo a Drake che sta facendo avanti e indietro per il bagno.

«Credo che abbiamo lezione ora, Josh» dice nervoso.

«Drake» gli metto una mano sulla spalla, «da quando ti importa di arrivare in tempo a lezione?»

Fa un sospiro frustrato e si rimette seduto sul water. Questa situazione è davvero divertente.

So benissimo di cosa vuole parlarmi e il fatto che sia così agitato mi rende solo più sicuro della mia idea.

«Quindi cosa vuoi dirmi?» gli chiedo di nuovo.

«Sì, ecco, allora» prende fiato, «io credo che mi piaccia una ragazza. No, non credo. Ne sono sicuro. Sicurissimo come non mai, ma lei è così» fa strani movimenti con le mani, «e io sono così...»

Lo fisso con sguardo interrogativo ridacchiando perché non riesce a fare un discorso sensato. Pensare che è proprio la mia innocente sorellina a fargli questo effetto è davvero strano.

«Giuro che mi ero preparato un gran discorso, ma l'ho completamente scordato» si scusa angosciato.

Guardo il mio migliore amico frustrato e seduto sopra un water. Per quanto mi diverta questa situazione decido di mettere fine alle sue pene.

Gli vado incontro, sperando che nessuno entri in bagno.

So che probabilmente dovrei informarmi di più su questa storia e dovrei essere inflessibile perché tengo davvero a mia sorella, ma mi sento in colpa in un certo senso. Se non hanno mai avuto la possibilità di creare qualcosa tra di loro alla fine è colpa mia e dei casini che ho combinato.

È dura da ammettere, ma alla fine ho trascinato tutti nel caos. Sono solo contento che ne siamo usciti. Me compreso, più o meno.

«Cosa stai facendo?» mi chiede.

«Drake» lo guardo, «tratta bene mia sorella.»

Sono sicuro di aver visto un riccio di Drake raddrizzarsi un momento per poi afflosciarsi.

I suoi occhi sono spalancati esattamente come la sua bocca. «Come, cioè, tu co-come...» balbetta lui.

«Come lo so?» comincio a ridere. «Lo so da sempre.»

«Da sempre?» chiede ancora più scioccato.

«Ti è sempre piaciuta mia sorella. Solo che le cose erano complicate e credo che voi non abbiate mai avuto occasione di accertarvene. Ora ci siamo riavvicinati e ve ne siete accorti entrambi.»

«Da sempre» sbuffa Drake divertito. «Te lo avrei detto Josh, davvero, ma non me ne ero accorto nemmeno io.»

Mi alzo e gli porgo la mano per tirarlo su. Si alza e mi dà una piccola spinta.

«Coglione. Mi hai fatto impappinare in un discorso sapendo già cosa dovevo dirti» mi ammonisce scherzando.

«Dovevo pur divertirmi, no?» lo derido uscendo dal bagno.

«Me la segnerò questa.»

Continuiamo a camminare per i corridoi e vediamo alcuni studenti uscire dalla loro prima ora di lezione.

«Quindi ora come dovrei definirti?» domando divertito. «Il fidanzato di mia sorella?»

«Oh, ecco, be'» risponde timido, «non lo so, non ne abbiamo ancora parlato, stiamo uscendo insieme, ma mi sembra stupido visto che la conosco da tutta la vita.»

«Effettivamente.»

«Sì, credo che stiamo insieme» mi risponde con un sorriso che ho visto poche volte su di lui.

«Togliti quel sorriso dalla faccia.»

«Ci provo» ma continuo a sorridere e nonostante tutto ne sono felice.

«Un'unica cosa, Drake…» mi faccio serio e questa volta lo sono davvero.

«Sì?»

«Se le fai del male o se scopro che soffrirà per te, non so come continuerà la nostra amicizia.»

«Lo so» risponde Drake sicuro di se stesso.

«Potrei anche spaccarti la faccia.»

Drake ride, ma sa benissimo che io sono serio.

«Josh» mi guarda negli occhi, «farò del mio meglio.»

Annuisco soddisfatto. «Una domanda, però.»

«Dimmi.»

«Cosa ti ha fatto cambiare idea? Cosa ti ha portato a dirglielo?» chiedo curioso.

«Jennifer» risponde lui calmo.

Jennifer? Per un'intera ora mi ero scordato di lei, ma a quanto pare deve sempre ritornarmi in mente. Non ho dormito tutta la notte ripensando a quello che è successo alla mostra. Quanto sono stato stupido e incosciente?

«Jennifer?» chiedo, curioso di sapere cosa c'entra questa volta.

«Diciamo che quando ha scoperto che mi piace Meredith da sempre e non volevo farmi avanti mi ha attaccato al muro di peso urlandomi contro» ride lui e mi unisco anch'io.

«Ti ha attaccato al muro?» continuo a ridere.

«Sì, ha cominciato a dirmi che devo muovere il culo e robe simili. Ma ha detto delle cose che mi hanno fatto molto riflettere.

«Lo so» sospiro.

«Le devo un favore enorme. Alla fine, se ci pensi, è grazie a lei se Meredith si è riavvicinata a noi.»

«È vero.»

«Ma che hai? Perché mi rispondi a monosillabi?»

«No, niente, niente...» Mi passo una mano tra i capelli.

«Josh, davvero, se c'è qualche problema con Meredith dimmelo. So che è una situazione un po' strana, ma davvero...»

Lo interrompo, perché so che comincerà a parlare a vanvera. «No, Drake, il problema non è Meredith.»

Questa situazione mi sta davvero scomoda e so che può sembrare egoista, ma vorrei davvero che riguardasse loro due.

«Quindi il problema è?» chiede di nuovo Drake.

Sto per rispondere finché non vediamo una chioma rossa alla fine del corridoio che chiude il suo armadietto.

«Ehi, c'è Jennifer!» sorride Drake. «Andiamo.»

Non faccio in tempo a ribattere che Drake mi trascina verso Jennifer.

«Ehi, rossa» la saluta allegramente Drake.

Jennifer si gira sorridendo verso Drake, ma appena mi vede il suo sorriso si spegne e si irrigidisce. Indossa una camicetta azzurra e dei jeans neri con la sua solita coda alta.

È una mia impressione o il suo modo di vestire sta cambiando?

«Ehi, Drake» dice lei nervosa.

«Avete letteratura ora, vero?» le chiede guardando anche verso di me.

«Sì» rispondo.

«Andate insie...»

Ma Jennifer lo interrompe. «No, perché devo...» comincia a balbettare lei «... andare in bagno a prendere una cosa.»

«Andare in bagno a prendere una cosa?» le domanda Drake confuso.

«Sì, cioè no. Devo semplicemente andare in bagno. Ehi, Drake, ti sono cresciuti i ricci? Hai risolto con Meredith?» continua a fare domande a raffica. «Oh, mio dio, è tardissimo, devo davvero andare, ci vediamo dopo» conclude.

La sua chioma rossa scatta a sinistra quasi correndo e solo ora capisco che quello che ho fatto l'ha davvero turbata.

«Ma cosa le è successo?» domanda Drake.

«Ecco, credo che tu mi dovrai offrire da bere per un intero mese.»

«Eh?»

«Avevamo fatto una scommessa, ricordi? Se io fossi riuscito a baciare Jennifer tu mi avresti offerto da bere per un mese.»

«Tu hai baciato Jennifer?» urla Drake.

«Non urlare!»

Prendo Drake e lo spintono nel laboratorio vicino.

«Come hai fatto? Cioè, cos'è successo?» domanda quasi in preda al panico.

«Ti vuoi calmare? Mi sembri una ragazzina» lo ammonisco.

«Scusa ma è davvero una bomba atomica questa. Quando?»

«Ieri.»

«Ieri?» urla. «E perché non me lo hai detto prima?»

«Prima di tutto smetti di urlare.» Drake annuisce. «Te lo avrei detto prima, ma eri troppo occupato a commiserarti sopra un water.»

«Giusto» ridacchia Drake, «quindi mi vuoi spiegare o no? Non hai lividi o ferite gravi dopo che l'hai baciata?»

Rido alla sua domanda perché è esattamente quello che mi sono chiesto anch'io quando sono tornato a casa.

«Niente del genere» lo avviso.

«Quindi hai baciato Jennifer» dice come per convincersene del tutto.

«Sì» sbuffo.

«Non sembri molto contento, pensavo fosse quello che volevi, no? Averla nella tua lista» spiega lui.

«Sì ma non doveva andare così. Lei avrebbe dovuto baciare me oppure chiedermelo! Di solito vanno così le cose.»

«E invece?» domanda Drake.

«Non lo so. Stavamo litigando e lei mi stava insultando, me ne stava dicendo di tutti i colori e la sua bocca si muoveva velocemente, i suoi capelli svolazzavano ovunque e io mi ci sono praticamente fiondato. L'ho baciata di scatto senza pensarci, non capivo quello che stavo facendo.»

«Ma lei ci è stata?»

«Be', sì.»

Drake mi guarda perplesso. «E quindi? Non importa come, l'importante è che l'hai fatto e lei ci è pure stata. Quindi non capisco dove sia il problema.»

«È stato diverso.»

Sì, "diverso" credo sia la parola adatta, strano e diverso. Perché con Jennifer niente è mai normale.

Drake fa un sorriso sghembo che mi sta infastidendo. Non riesco a decifrarlo.

«Cos'è quel sorrisetto da psicopatico?» chiedo alzando il sopracciglio.

«Diverso, eh?»

«Sì, be'...» comincio io «non so proprio spiegarlo, ma già solo il fatto che io abbia agito senza pensarci è strano. Avrei dovuto sedurla in modo che lei volesse me, ma mi ci sono fiondato come se ne avessi un estremo bisogno. Quando l'ho baciata volevo solo baciarla, non stavo attento a come la toccavo o a come la baciavo, volevo semplicemente baciarla.»

Drake non si toglie quel sorrisetto fastidioso dalla faccia e mi sta dando sui nervi, ma ho davvero bisogno di sfogarmi con qualcuno.

«La cosa che più mi sembra strana è che dopo non ho fatto niente.»

«In che senso?»

«Nel senso che dopo averla baciata non ho fatto niente di niente. Nessun commento, nessuna battuta. Ero come pietrificato perciò sono stato zitto. Ti rendi conto? L'ho accompagnata a casa nel silenzio più totale.»

«Mi stai dicendo che prima l'hai baciata all'improvviso e poi non le hai dato nessuna spiegazione?»

Do un pugno su un banco mentre ringhio.

«Calmati, Josh» mi dice Drake mettendomi una mano sulla spalla.

«No» sbotto, «non ho detto niente. Sono stato zitto.»

«E lei?»

«Lei anche. Sinceramente sono stupito che lei abbia ricambiato il bacio ma forse non se lo aspettava e dopo sembrava quasi terrorizzata. Non ha proferito parola. L'hai vista prima? È praticamente scappata!»

«È solo confusa, credo» dice Drake poco convinto.

«È terrorizzata» ribatto.

«Ascolta, Josh, semplicemente ammetti che a te Jennifer piace. Per questo prima ti sei sentito così.»

Guardo Drake come se fosse un alieno. Ma cosa sta dicendo?

«Oh, amico andiamo. Seriamente? Ancora insisti con questa storia?» mi ammonisce. «Ti trasformi in una belva quando qualcuno anche solo la guarda e per la prima volta dopo tanto tempo ti senti vivo nello stare vicino a una ragazza. Hai il coraggio di dire che Jennifer ti è indifferente come tutte le altre?»

«Be', no...» sussurro.

«Già. E da quando non perdi così il controllo con una ragazza? Da quanto agisci senza pianificare le tue mosse?»

«Da Caroline» rispondo scocciato.

«E soprattutto da quando ti preoccupa così tanto la reazione della tipa che hai baciato?»

«Va bene, Drake, ho capito!» sbuffo nervoso.

«Devi solo parlarle» mi rassicura.

«E cosa dovrei dirle?»

«Questo lo sai tu.»

Ci incamminiamo per i corridoi in modo da non arrivare tardi alle lezioni.

«Odio questo tuo lato saggio.» Metto su un finto broncio.

«Ringraziami, senza la mia saggezza saresti perso.»

«Sì, va bene» rido.

«Ci vediamo a pranzo?» mi chiede.

«Okay.»

Non ho nessuna sicurezza ora come ora. Non so perché l'ho baciata e non so nemmeno perché mi sono sentito così. Non mi aspettavo che ricambiasse il bacio, ma non mi aspettavo nemmeno di rimanere senza parole.

È stato così strano, ma anche così piacevole. Non era un piacere carnale, era qualcos'altro che non so spiegare a me stesso. Credo che dovrò davvero parlarle, sembra la prima volta che bacio una ragazza!

Entro nella classe di letteratura ed è già piena. La professoressa non c'è ancora, ma gli alunni sono tutti presenti, persino Melissa è già arrivata e indossa un maglione a girocollo. Strano per lei.

Mi guardo un po' attorno, ma non noto Jennifer da nessuna parte, perciò decido di sedermi al mio solito posto.

Dopo qualche minuto la professoressa entra con Jennifer, che appena mi vede impallidisce. Il suo posto solitamente è quello accanto al mio, ma adesso sembra titubante. Rimane impalata sulla porta e sposta lo sguardo dal banco accanto a me alla fila dietro e alla fine si decide a camminare, ma mi sorpassa e va in fondo.

Mi giro di poco e quasi mi strozzo quando noto che si è seduta vicino a Melissa. Ha preferito sedersi accanto a lei. Sento un brusio nella classe, tutti sanno che Melissa e Jennifer non vanno d'amore e d'accordo e tutti sanno che lei di solito si siede vicino a me. Non a caso questi due banchi sono sempre liberi. Chissà quante supposizioni insensate si staranno scambiando ora.

«Ragazzi, silenzio, per favore» tuona la professoressa, «la lezione comincia.»

Una lezione che sembra non finire mai. La professoressa continua a parlare di uno scrittore tedesco di cui non mi importa assolutamente niente. Non è così interessante se non posso guardare Jennifer mentre si perde con lo sguardo.

«Stai zitta o ti ribalto assieme al banco.» Sento la sua voce dietro di me mentre sussurra insulti a Melissa. Si stanno insultando da tutta l'ora e un tipo vicino a me sta cercando di trattenere le risate da non so quanto tempo.

La lezione sta quasi per finire mentre Melissa dice a Jennifer di starle lontano e Jennifer le augura di strozzarsi con il suo maglione a girocollo.

Questa volta non riesco a non ridere anch'io, ma è più una risata malinconica perché ha preferito stare tutta l'ora a insultarsi con Melissa piuttosto che stare vicino a me.

La campanella suona: non facciamo in tempo ad alzarci tutti che Jennifer scatta alla velocità della luce fuori dalla porta.

Eh no! Questa volta non mi scappi, Milton. Mi alzo velocemente dalla sedia e le corro dietro, ora avranno altro di cui parlare.

Mi guardo attorno, ma Jennifer sembra essere scomparsa.

«Ehi, capitano, chi cerchi?» mi chiede Alan seguito da metà della squadra di basket.

«Nessuno» rispondo angosciato.

«Oggi vieni agli allenamenti, vero?» mi chiede Zack.

«Certo.»

«Nessun appuntamento con nessuna rossa 'sto giro?» mi deride Alan e gli lancio un'occhiata di ghiaccio.

«Ehi, di chi stai parlando?» domanda Zack.

«Il nostro capitano ha una mezza tresca con Jennifer Milton.»

Sento tutta la squadra cominciare a borbottare.

«Non arrivate a conclusioni affrettate» dico con tono più scherzoso possibile.

«È nella mia classe di matematica assieme a Drake, davvero un gran bel c...»

«Zitto!» dico puntando il dito contro uno dei miei compagni, «non continuare.»

«Ehi, capitano, calmo» mi dice Alan mettendomi un braccio attorno alle spalle, «sicuro sia solo una tresca?»

Adoro Alan e i miei compagni di squadra, ma se potessi farlo ora, li prenderei a calci uno per uno.

«Ragazzi, fatevi gli affari vostri, anzi, piuttosto pensate alla partita che si sta avvicinando» li sgrido.

«Jennifer Milton, eh...» dice Zack con sguardo malizioso.

«Zack!»

Lui alza le mani al cielo in modo innocente e tutti scoppiano a ridere.

Jennifer non si tocca!

«Ma dove è finita?» chiede Meredith impaziente da ormai venti minuti. Siamo a mensa, io, lei e Drake.

«Non lo so» risponde Drake.

Siamo seduti al nostro solito tavolo. Meredith è seduta sopra le gambe di Drake e stranamente sembra molto a suo agio, non me lo sarei mai aspettato.

«Strano, aveva detto che ci raggiungeva» continua Meredith.

«Probabilmente oggi non verrà» deduco.

«E perché mai?»

Faccio spallucce mentre Drake mi guarda di sottecchi e tiene stretta a sé mia sorella come se fosse il suo bene più prezioso. Spero di abituarmi presto alla mia sorellina che sta con il mio migliore amico.

«Eccola!» squittisce Meredith sorridente.

Vedo Jennifer entrare mentre ride assieme a quel clown dai capelli blu. Ma cosa ci troverà mai di interessante in un tipo del genere?

«La vedo spesso con quel tizio» dice Drake.

«Si chiama Leo» ribatto con disprezzo.

«Hanno arte in comune, credo che a lui piaccia Jennifer» commenta Meredith.

«Coglione» borbotto.

«Tu credi?» le domanda Drake.

«Sì» dice Meredith voltandosi verso di me, «ma credo che a lei piaccia Michael.»

Meredith mi guarda negli occhi quasi come se volesse sfidarmi e io a momenti ringhio.

«Qualche problema, Josh?» mi chiede innocente mentre Drake se la ride.

«Nessuno, sorellina» dico acido.

«Ehi, ragazzi» ci saluta Jennifer sedendosi. Sembra più calma.

«Ehi, rossa» la saluta Drake.

Jennifer si sistema più comoda e squadra dall'alto in basso Drake e Meredith. Ha un'espressione davvero seria, quasi cattiva.

Meredith è completamente a disagio e Drake deglutisce intimorito.

«Drake» dice con tono serio, «dove abiti?»

«Ehm, cosa?» chiede ovviamente confuso.

Ma cosa sta facendo? Credevo che lei fosse contenta del fatto che Drake e Meredith si potessero mettere insieme. Anzi Drake mi ha detto che è stata proprio lei a spingerlo verso di lei.

«Ho chiesto dove abiti» continua Jennifer squadrandolo con i suoi occhi verdi.

Mi ero completamente scordato di come Jennifer riesca a intimidire le persone. È una ragazza nemmeno tanto alta, ma ho già notato come riesca a intimorirti anche solo con lo sguardo, penso sia una tecnica che ha ereditato dal padre.

«Io in realtà abito proprio dietro la scuola» dice Drake preoccupato, «l'unica villa qua dietro.»

«Quella gialla?»

«Esatto.»

«Bene» si volta tirando fuori il suo panino, «perché se scopro che l'hai fatta soffrire entrerò in casa tua di notte, piomberò in camera tua e ti ucciderò per poi nascondere il tuo corpo in una fossa. E il giorno dopo verrò a scuola piangendo la tua morte» conclude seria.

Meredith ride mentre io e Drake rimaniamo a occhi spalancati.

«Riguardo a te, Meredith, sono davvero contenta» le dice con un sorriso dolce.

«Grazie, Jennifer. Oggi se non hai da fare potremmo vederci che ti devo raccontare un po' di cose.»

«Ma certo.»

Io e Drake ci guardiamo confusi. Prima lo minaccia di morte e poi si mette d'accordo con Meredith su cosa fare il pomeriggio.

Scoppio a ridere seguito da Drake.

«Mi hai spaventato davvero, Jennifer» dice.

«Bene, era quello che volevo» risponde con tono meno serio.

«E poi voi due dovete smetterla di minacciarmi» indica me e Jennifer. «Chi vi dice che non sarà lei a farmi soffrire?»

Jennifer guarda Meredith per poi tirare un'occhiataccia a Drake e io faccio esattamente la stessa cosa.

«Va bene, va bene, ho capito.» Abbassa il capo.

Meredith scoppia a ridere seguita da Jennifer. Le sue lentiggini si espandono e il bianco del suo sorriso la illumina.

Pranziamo tranquillamente e Jennifer sembra meno in ansia di prima, ma ancora non mi ha degnato di uno sguardo.

Continua a guardare verso Meredith e Drake, e persino quando parlo io non gira il capo.

«Che lezione hai dopo?» le chiedo per vedere la sua reazione.

«Economia» risponde a testa bassa.

«Dopo hai ancora lezione?»

«Mmh, non so, non credo» continua mangiando il suo panino senza guardarmi.

Drake mi lancia un'occhiata preoccupata mentre la faccia di Meredith è confusa. Drake mi tira un calcio come per intimarmi di parlare, ma non ho la minima idea di cosa dire.

«Drake, ma cosa stai facendo?» chiede Jennifer.

«Sì, infatti, è mezz'ora che stai scarabocchiando su quel foglio» dice Meredith.

«Il professore di arte è da una settimana che mi tormenta per questo compito, ma non ho la minima idea di cosa devo fare.»

«Spiegati» intima Jennifer.

«Devo fare un disegno che rappresenti la speranza, una cosa del genere, ma prenderò un altro zero perché non ho la minima idea da dove iniziare e non so disegnare.»

«Non devi per forza saper disegnare.»

«Ah no? Se devo fare un disegno che rappresenti la speranza, dovrò pur saper disegnare.»

«Hai il materiale da disegno qua?» domanda Jennifer.

«Be', sì, ho tutto nella cartellina, perché?»

Jennifer si sporge leggermente per prendere la cartellina e comincia a guardare attentamente all'interno con curiosità. Tira fuori un foglio bianco mentre corruga leggermente le labbra. Non riesco a staccare gli occhi dalla sua bocca, io ho baciato quelle labbra...

«Posso usare i gessetti?» chiede.

«Oh, sì, credo» risponde Drake, «non ho nessuna istruzione precisa.»

Jennifer prende il gessetto nero e comincia a sfregarlo sul foglio. Comincia dall'angolo per poi colorare tutto il resto del foglio. Lo colora attentamente senza lasciare nemmeno un puntino bianco.

«Jennifer, credo che così non vada bene» dice Drake perplesso.

«Solo un attimo.»

Rimette a posto il gessetto nero e ne prende uno bianco. Si mette leggermente in diagonale e nessuno di noi riesce a vedere cosa stia disegnando.

«Ma cosa sta facendo?» sussurra Meredith mentre Drake alza le spalle.

Il braccio di Jennifer si muove frenetico sul foglio e la sua espressione mi è nuova. Non l'ho mai vista così concentrata, non sapevo di questa sua passione.

«Fatto» dice sorridente mentre si alza per raccogliere il suo zaino e lascia il foglio sul tavolo.

Drake tira su il foglio e io e Meredith ci sporgiamo per guardarlo mentre Jennifer sta in piedi davanti a noi.

Il foglio è ancora coperto di nero, ma al centro c'è una porta bianca da cui escono degli spiragli di luce che si espandono al centro.

«C'è sempre uno spiraglio di luce da cui puoi uscire nonostante tu sia immerso nel buio, perché la porta della speranza è sempre aperta» dice Jennifer. «Va bene?»

Meredith la guarda con la sua solita aria sognante mentre Drake rimane un po' interdetto.

È riuscita a cogliere perfettamente il tema e ha fatto un disegno semplice ma significativo in meno di dieci minuti. Può sorprendermi di più questa ragazza?

«Jennifer, è perfetto, grazie mille» la ringrazia Drake.

«Di niente, ma ora devo andare.»

«Jennifer, aspetta, devo parlarti» intervengo io.

«No, Josh, scusa, ma devo davvero scappare.»

Si fionda verso la porta come una scheggia e scompare in meno di un secondo dalla mia vista.

Mi accascio sulla sedia sotto gli occhi accusatori di Drake e quelli confusi di mia sorella.

Jennifer's pov

«Non posso crederci! Ma cosa diavolo gli salta in mente?» sbraita Meredith. Siamo nella sua stanza.

«Non ne ho idea.»

«Adesso mi sente» urla lei prendendo il cellulare.

«No, Meredith, non farlo!» la fermo io togliendole il cellulare dalle mani.

«Ma, Jennifer, ti ha baciata e poi se n'è stato zitto!»

«Lo so, ma avevi promesso che non avresti detto nulla. Davvero, non parlargliene.»

Meredith sbuffa riprendendosi il telefono e gettandolo sul letto.

«Non dirò nulla. E poi tanto è agli allenamenti di basket.»
«Grazie.»
«Quindi cosa ne pensi?»
«Penso che è un casino. Ti ho già spiegato tutto nei particolari e mi sento strana al riguardo, pensavo che avrei reagito e invece sono rimasta lì impalata e sinceramente mi è dispiaciuto che lui non mi abbia dato una spiegazione. Avrei voluto anche solo che si scusasse oppure…»
«Jennifer?» mi richiama con faccia furba Meredith.
«Sì?»
«Come ti sei sentita durante quel bacio?»
Sono sicura che le mie guance siano diventate rosse alla sua domanda.
Cerco di nascondere il viso con i capelli, ma Meredith me lo impedisce.
«Jennifer» cantilena ancora, «allora?»
«Mmh» torturo le mie dita esili, «sconvolta ma bene. Ero sorpresa ma in un modo piacevole, molto piacevole.»
«Ti piace Josh?» chiede all'improvviso.
«Cosa? No, cioè sì. Cosa? Eh? No!»
Meredith mi guarda perplessa e poi scoppia in una rumorosa risata mentre si stende sul letto.
I ricci si muovono freneticamente mentre rotola sul letto non riuscendo a placare le risate.
«Finito di ridere?» le lancio un cuscino.
Sto cominciando a sciogliermi con Meredith. Sono molto più amichevole, per quanto posso esserlo.
«Sì, ho finito» si rialza. «Quindi ti piace o no?»
«Non lo so.» Affondo la faccia nel cuscino dalla vergogna.
È la prima volta che metto in dubbio quello che potrei provare per Josh. Di solito rispondo sempre con un no o con una risata, ma mi sentirei falsa nel farlo perché non so davvero cosa provo per lui. Ho provato una sensazione così piacevole nello stare a contatto con lui.
«Io credo di sì» dice Meredith guardandomi con aria dolce.
«Io credo di non avere abbastanza esperienza per dirlo. Non ho mai avuto una relazione quindi non…» ma Meredith mi ferma bruscamente.

«Aspetta!» tuona lei. «Josh è il tuo primo bacio?»

Mi mordo nervosa il labbro desiderando di sotterrarmi. È solo Meredith, solo Meredith, a lei posso dire tutto. Sì.

«Ehm, sì» rispondo continuando a mordermi il labbro.

«Ma… ma» balbetta lei, «tu sei così… Cioè, com'è possibile?»

«È possibile» rispondo mettendomi vicino a lei. «Sai bene come sono fatta con chi non conosco. Da quando ho sette anni le mie amicizie sono diminuite sempre di più fino a scomparire. Il mio carattere si è indurito assieme alla mia diffidenza perciò non ho mai lasciato che nessuno si avvicinasse più del dovuto.»

«Giusto» ridacchia Meredith, «sono passati due mesi e ancora fai fatica a ricambiare i miei abbracci» conclude con una sorta di malinconia.

So che a volte Meredith ci rimane male per certi miei comportamenti, ma è più forte di me.

Anzi a volte nemmeno me ne accorgo che mi comporto con freddezza in risposta ai suoi gesti calorosi, ma lei cerca di non dargli peso.

Vorrei chiederle scusa ma non avrei motivi per farlo, non so nemmeno io perché mi comporto così.

«Credo di essermi sentita così euforica per il semplice fatto che sia stata una prima volta. Non significa che mi piaccia, forse avrei provato la st…» ma Meredith mi interrompe.

«Jennifer, può essere la prima, seconda, terza o quarta volta. Non importa. Non importa il numero, la situazione o il posto. Importa la persona. Ti sei sentita così perché era Josh.»

Sento il mondo crollarmi addosso alle sue parole. «Ma lui non ha fatto niente dopo. Parla sempre a vanvera di cose inutili, ma quando doveva parlare è stato zitto! Muto!»

«Questo infatti è abbastanza strano. Non è da lui.»

«Visto? Aaah!» lancio un gridolino di disperazione.

«Dovresti parlarne con lui.»

«No.»

«Avanti, Jennif…»

«No, Meredith, niente da fare. Non andrò da Josh a chiedergli perché mi ha baciata e poi ha fatto il gioco del silenzio.»

«Prova almeno a…» Ma la interrompo per la seconda volta.

«Assolutamente e categoricamente no.»

«Allora con Drake» dice come se le si fosse accesa una lampadina in testa. «Sì, è il suo migliore amico e Josh si confida con lui, sicuramente sa cosa gli passa per la testa e saprà consigliarti meglio di me. E poi lui ti adora, non dirà niente a Josh.»

«Quindi tu credi che parlarne con Drake sia la scelta migliore?»

«Sì.»

«Quindi ora state insieme? Definitivamente?»

«Be', sì» risponde timida.

«Sei contenta?»

«Sì» ridacchia lei con un sorriso enorme, «molto.»

«La tua faccia da innamorata mi fa vomitare» la derido guadagnandomi una cuscinata sullo stomaco.

«Ha sempre avuto una cotta per me.»

«Lo so.»

«Grazie, Jennifer.»

«E di cosa?» domando confusa.

«So che hai parlato con Drake prima che venisse a parlare con me. Grazie.»

Meredith mi rivolge uno dei suoi sorrisi dolci e non posso che sciogliermi davanti a così tanta lealtà e sincerità.

«Oh, la piccola Meredith ha il ragazzo» la derido.

«Sono solo un anno più piccola di voi» mi spinge lei.

«Dolce, piccola, innocente Meredith.»

Mi fiondo su di lei a cavalcioni e comincio a farle il solletico mentre lei si dimena disperatamente.

«Jennif...» continua a ridere lei. «Jennifer, ti prego.»

«Ammetti che sei la piccola, dolce Meredith.»

«Mai» risponde tra le risate.

«Ah sì? Va bene.»

Le faccio il solletico più violentemente mentre lei boccheggia alla ricerca di un po' di ossigeno finché la porta non si apre.

«Meredith, hai visto la mia div...» La voce di Josh si ferma appena ci vede nella strana posizione sul letto.

Meredith ha la testa in giù nel lato del letto con la maglia leggermente alzata e io sono sopra di lei a cavalcioni.

Josh ci guarda perplesso spostando più volte lo sguardo da sua sorella a me.

I suoi capelli castano ramato sono scompigliati e solo ora mi accorgo che in questi due mesi sono cresciuti molto. Indossa una canottiera verde con il numero uno davanti e dei pantaloncini corti dello stesso colore, deve essere la divisa della sua squadra. Si intravede molto dei suoi pettorali e anche le sue gambe toniche.

«Ti serve qualcosa, fratellone?» chiede Meredith facendomi riprendere dall'ammirarlo.

«Volevo chiederti se avevi visto la mia divisa di ricambio.»

«Credo che la mamma l'abbia messa a lavare.»

«Capisco» dice Josh, «ma cosa stavate facendo?»

Mi alzo dal corpo di Meredith tirandomi su a sedere e aiutandola a mettersi in una posizione umana.

«Niente» risponde Meredith tranquilla.

«Jennifer, senti, io dovrei...» Non lo lascio finire sapendo cosa vuole dirmi.

«Ehi, Josh, bella divisa.» Salto giù dal letto raccogliendo le mie scarpe. «È della squadra, vero? Da quanto giochi a basket?» chiedo veloce allacciandomi le scarpe. «Sei il capitano se ho ben capito. Molto bello» concludo dandogli una pacca sulla spalla. «Ciao, Meredith, ci vediamo domani.»

Corro giù per le scale come se mi stessero rincorrendo. Sono consapevole dell'aver sparato domande a raffica, ma non sono psicologicamente pronta ad affrontare Josh e nemmeno fisicamente, visto che non riesco a stargli accanto perché comincio a diventare rossa.

Sono stata vicino a Melissa e al suo orrendo maglione pur di non parlargli! Mi vergogno di me stessa, mi sento ridicola.

Finalmente esco dal cancello e il vento che soffia mi rilassa. È come se nel momento in cui Josh è entrato nella stanza di Meredith tutto fosse diventato più caldo, perciò questo vento è terapeutico.

Mi sento troppo confusa riguardo qualsiasi cosa. Cioè, ho dormito con lui, ho maledettamente dormito con lui mezzo nudo e il giorno dopo l'ho catapultato giù dal letto e ora non riesco nemmeno a guardarlo in faccia per più di due secondi.

«Jennifer» sento la voce roca di Josh chiamarmi da dietro.

Non voglio parlargli. Non voglio vedere i suoi capelli disordinati che contornano il viso. Non voglio vederlo con addosso quella divisa. Non voglio incontrare il suo sguardo scuro. Non voglio vedere Josh!

«Jennifer» mi richiama e sento che fa un passo verso di me.

Comincio a camminare come se niente fosse, ma non faccio in tempo a fare due passi che sento la sua mano toccare la mia spalla e girarmi verso di lui.

Il suo sguardo di carbone guarda le mie labbra rosse per poi tornare sui miei occhi.

«Dobbiamo parlare di quel bacio.»

2

Josh's pov

Sembra completamente terrorizzata da quello che voglio dire. La cosa più assurda è che io non ho la minima idea di cosa dire, non so perché l'ho fatto, non c'è una spiegazione logica.

«Ehm, io, ecco...» comincia Jennifer, ma una voce la ferma.

«Ehi, ragazzi, che ci fate qui?» chiede mio padre sporgendosi dal finestrino.

Ma proprio ora doveva arrivare? Che tempismo orribile.

È sempre rinchiuso in quel buco di ufficio e ora decide di stare in giro?

«Oh, salve, signor Cliver. Ero con Meredith e ora stavo andando a casa» spiega lei ancora visibilmente agitata.

Mio padre mi lancia un'occhiataccia.

«Ehi, tesoro.» Oh, fantastico.

«Papà?» chiede Jennifer confusa, vedendo che c'è anche suo padre.

«Stavo accompagnando Daniel a casa, vuoi tornare a casa con me?»

Daniel? Da quando sono diventati amici?

«Certo, subito» annuisce Jennifer.

«Ma...»

«Ciao, Josh, ci vediamo domani a scuola.»

Mi dà una pacca sulla spalla e si catapulta in macchina sotto lo sguardo attento di mio padre. Una pacca sulla spalla? Davvero?

«Cazzo» faccio io poco dopo calciando la ghiaia ed entrando in casa.

Ora sono in cucina sotto lo sguardo furtivo di mia madre e quello arrabbiato di Meredith. Ovviamente Jennifer le ha raccontato tutto.

Apro il frigo e borbotto qualcosa di incomprensibile persino a me stesso. «Non c'è del succo di frutta in questo inutile frigo?» urlo.

«L'ho messo in freezer perché era troppo caldo.»

Cerco di aprire il freezer, ma lo sportello è troppo duro e lo tiro senza successo barcollando un po' all'indietro. «Stupido freezer» sbotto dandogli un calcio.

«Ma cos'ha?» sussurra mia madre a Meredith.

«Ha baciato Jennifer e ora lei scappa da lui.»

«Meredith» le urlo io girandomi di scatto.

«Che c'è?» chiede con fare innocente.

«Che succede?» domanda mio padre togliendosi la giacca ed entrando in cucina.

«Josh ha baciato Jennifer.»

«Mamma!» sbotto urlando per la seconda volta.

«Per questo aveva quell'aria sconvolta prima?» domanda mio padre.

«Sì, perché l'ha baciata e poi è rimasto muto come un pesce.»

«Vuoi stare zitta, santo cielo?» sbraito io.

Oh, ma certo, raccontiamo tutti gli affari miei a chiunque. Chloe se la ride beatamente seduta sul tavolo. A volte mi sento più preso in giro da lei che da tutti gli altri.

«Meredith, hai intenzione di dirlo anche alla nostra vicina?»

«Oh, come la fai lunga, Josh, dài...»

Ha appena detto davanti ai miei genitori che ho baciato Jennifer e poi ho fatto la figura dello scemo e ora si prende persino gioco di me? Lo ha voluto lei.

«Drake ti sta facendo diventare sfacciata» le sorrido mentre lei diventa rossa.

«Drake, *quel* Drake?» chiede mio padre.

«Il nostro Drake?» esulta mia madre.

«Il vostro Drake?» Meredith fa una smorfia.

«Oh, non lo sapevate?» chiedo con tono falso. «Drake e Meredith si sono messi insieme.»

«Cosa?» domanda mio padre mezzo sconvolto.

«Aaah!» urla mia madre eccitata andando verso Meredith.

"Ti uccido" mi mima silenziosamente mia sorella.

«Da quando? E come? Oh, piccola, com'è successo? Perché non me lo hai detto?»

Mia madre sta facendo milioni di domande a Meredith come una ragazzina eccitata e mio padre è ancora mezzo sconvolto per la notizia. L'ha sempre vista come la sua piccola e dolce bambina e sinceramente anch'io.

Mi avvicino a Meredith e le sussurro all'orecchio: «Dovevi pensarci prima di sfidarmi, cara sorellina».

Esco dalla cucina lasciando che tutta l'attenzione venga riportata su di lei.

«Dobbiamo assolutamente invitarlo qui» sento la voce stridula di mia madre quando ormai sono sulle scale.

Ghigno immaginandomi la faccia di Meredith e soprattutto quando lo verrà a sapere Drake. Ci sarà da ridere!

«No, Drake, tu non capisci. Mi ha evitato tutta la settimana» sbraito, «tutta la settimana!»

«Vai da lei ora» dice Drake esasperato. Stiamo discutendo fuori dal laboratorio di scienze.

È da un'ora che lo sto esasperando per questa storia e credo che a momenti scoppieranno sia la mia testa che la sua.

«No, ora non posso, è con quel clown.»

«Effettivamente la vedo spesso con quel tizio.»

«Frequentano la stessa classe di arte e lui le sta attaccato come una cicca sotto la scarpa.»

Jennifer è dall'altra parte del corridoio che parla con quel Leo da un tempo ormai infinito. Di cosa mai dovranno parlare così tanto? Esce davvero qualcosa di interessante dalla bocca di quel clown?

La vedo buttare la testa in avanti facendo dondolare la sua lunga coda mentre ride e lui le tocca una spalla.

Rivolge al clown uno dei suoi enormi sorrisi che a me non toccano da troppo tempo. Deve sorridere a me, non a quel giocoliere dai capelli blu. Togli subito quella mano da lei!

Sto impazzendo, letteralmente impazzendo.

È passata una settimana ormai da quel bacio e Jennifer continua a evitarmi in tutti i modi possibili. Ammetto che anch'io non sono stato molto presente per via degli allenamenti, ma lei mi sta veramente evitando.

«E quindi se c'è lui? Vai a parlarle comunque.»

«No, è una specie di mastino» ringhio io, «appena mi avvicino se la trascina via e lei non oppone la minima resistenza. Credo anzi che lo ringrazi per questo.»

«Per me stai esagerando» mi dice Drake con indifferenza.

«No, Drake, non sto esagerando.»

Drake ride delle mie disgrazie, ma decido di continuare il mio sfogo.

«Non l'ho sentita né vista per tutto il weekend. Ho provato a chiamarla, ma non mi ha mai risposto perciò domenica sono andato a casa sua.»

«Quindi cosa è successo?» chiede Drake.

«Niente.»

«Niente?» Inarca un sopracciglio.

«No, mi ha risposto la sua cameriera Anny dicendomi che Jennifer non era in casa. E sai qual è la cosa più assurda?»

«No, quale?»

«Quando sono andato verso la moto ho visto la tendina di camera sua muoversi. Era in casa!»

«Magari era solo vento» dice con fare convinto.

«Vento?» chiedo tra il mezzo frustrato e divertito.

«Sto cercando di dare un senso a tutto ciò.»

«Non puoi farlo, perché lunedì l'ho aspettata di nuovo all'uscita, ma è passato a prenderla Michael. Immagina la mia faccia quando lei è salita sulla macchina di Michael.»

«Mi piace quel tipo» ammette Drake grattandosi il mento.

Gli lancio uno sguardo accusatorio. «È insopportabile.»

«A me sembra a posto, e quello insopportabile in questo momento sei tu.»

«Ti sbagli!» sbotto, «comunque martedì era a casa mia, ma suo padre ci ha fermati.»

«Cosa ci faceva suo padre con Jennifer a casa tua?»

«No, Jennifer era da Meredith e suo padre... Senti, lascia perdere, non è questo l'importante. Fatto sta che non sono riuscito a parlarle e ieri è scappata. Sai cosa vuol dire scappata?»

«Scappata?» chiede Drake mentre trattiene una risata.

«Sì. L'ho chiamata dal corridoio e lei ha cominciato a guardarsi attorno freneticamente e poi è entrata nel bagno delle ragazze di corsa. Sembrava che la stesse seguendo un sicario, ci si è gettata dentro.»

Drake prova con tutto se stesso a reprimere la risata, ma sta diventando rosso in faccia.

«Puoi ridere.»

Drake scoppia in una risata rumorosa che fa girare alcune persone nei corridoi.

Jennifer e Leo non sono più dove erano prima, chissà dove sono andati. Non mi fido per niente di quello!

«Devi averla proprio sconvolta.»

«Di solito non reagiscono in questo modo le ragazze che bacio, anzi, dopo mi stanno appiccicate per giorni.»

«Abbiamo già constatato che Jennifer non è come le altre ragazze.»

Ha ragione. Maledettamente ragione. Ormai il rapporto tra me e Jennifer è cambiato, almeno in parte, e mi piaceva. Non voglio rovinarlo.

«Non so come fare Drake» mi siedo per terra.

Metto le mani tra i capelli e sbuffo come un bambino viziato. Tanto ormai i corridoi sono vuoti.

«Ma cosa vuoi dirle esattamente?» mi chiede Drake sedendosi accanto a me.

Alzo il capo e lo guardo confuso senza dire niente.

«Josh» mi sgrida, «tu non sai nemmeno cosa vuoi dirle!»

«Non ci ho pensato» mi difendo, «ero così preso a cercare di fermarla per parlarle che non ho pensato a cosa dirle.»

«Be', pensaci prima di rincorrerla come uno stalker.»

«Credo che le dirò ciò che penso» mormoro mentre Drake mi sorride soddisfatto, «le dirò che ho sbagliato a baciarla e che comunque rivorrei il rapporto di prima.»

«Sei forse impazzito?» urla.

«Qual è il tuo problema?» lo zittisco.

«Il mio problema? Il mio problema? Stai scherzando?» urla ancora.

«Senti, ma ti vuoi dare una calmata? Cosa ti prende?»

«Vieni da me dicendomi che non hai mai provato niente di simile con nessun'altra baciando Jennifer e che dopo non sei riuscito a spiccicare parola. A momenti prendi a cazzotti chiunque le respiri vicino e ora mi stai dicendo che quel bacio non valeva niente e che vuoi esserle amico?»

Drake è rosso in faccia dalla rabbia e io non so cosa rispondere.

«Ci rinuncio.» Alza le braccia in aria e se ne va.

Jennifer's pov

«Ed è per questo che dobbiamo sempre semplificare le...»

La professoressa di matematica sta blaterando qualcosa che ormai so già perfettamente, quindi neanche la ascolto. Nemmeno gli altri la ascoltano, ma non credo che molti di loro sappiano di cosa stia parlando.

Sento il cellulare vibrare nella tasca.

Drake? Perché Drake mi manda dei messaggi quando è esattamente una fila davanti a me?

Lo guardo stranita, ma lui gesticola qualcosa indicando il cellulare.

Messaggio da Drake:

«Devo parlarti".

Parlarmi? Dalla sua faccia sembra serio, il che è strano. Che abbia fatto qualcosa a Meredith?

Messaggio a Drake:

"Se hai fatto qualcosa a Meredith ti cavo gli occhi".

Vedo Drake guardare il cellulare e girarsi verso di me. Mi regala una smorfia indignata e comincia a digitare.

Messaggio da Drake:

"Dovete smetterla tutti quanti di minacciarmi di morte, va a finire che mi capita qualcosa per davvero! Comunque Meredith non c'entra niente".

Ridacchio per il povero Drake che continua a essere sottomesso da me e Josh.

Messaggio a Drake:

"Va bene riccioli d'oro. Cosa vuoi dirmi?".

Messaggio da Drake:

"Te lo dico dopo, a fine lezione".

Messaggio a Drake:

"Dovresti stare attento, visto che dopo ti lamenti dei voti che prendi".

Messaggio da Drake:

"Non c'è bisogno, visto che ho una super amica dai capelli rossi che mi spiegherà tutti gli argomenti che non ho capito a pranzo".

Rido, mentre Drake mi osserva.

«Bene ragazzi, ricordatevi che la prossima volta ci sarà un compito in classe sull'argomento di oggi.»

Un boato di disapprovazione si innalza mentre la campanella ci avvisa che la lezione è terminata.

L'omino Michelin se ne va dalla classe ghignando, come se questo compito fosse la sua vendetta per non essere stata degnata di attenzione per tutte e due le ore.

«Ehi, rossa.» Si avvicina Drake mentre sistemo i libri.

«Ehi, riccioli d'oro» rispondo scuotendogli i capelli.

«Smetti di chiamarmi così.»

«Va bene riccioli d'oro» lo schernisco.

Camminiamo per i corridoi e ogni due secondi Drake si ferma a salutare qualcuno e ogni tanto qualche ragazza ammicca sorridente verso di lui.

A volte mi scordo di quante persone lui e Josh conoscono.

«Allora? Di cosa volevi parlarmi?»

Drake si gira verso di me rivolgendomi un sorrisetto malizioso. «Di Josh.»

Oh, no no no. Non ci penso neanche per sogno. Mi giro per allontanarmi, ma Drake mi afferra il braccio.

«Eh no, cara. Il trucco di fuggire potrà funzionare con Josh ma non con me» dice riportandomi davanti a lui.

«Io non scappo da Josh.»

«Ma certo che no» risponde con un tono più ironico che mai.

«Diciamo che sto evitando il contatto per un po', ecco tutto.»

«E per quanto hai intenzione di evitarlo? Tutta la vita?»

«Be', se ci riesco perché no?»

Drake mi da una manata sulla spalla. «Jennifer, non è da te» torna serio.

«Che cosa?»

«Scappare.»

Mi mordo il labbro. Sono consapevole che sto completamente

scappando da questa situazione mentre Josh non fa altro che rincorrermi.

In un certo senso tutto questo mi dà una specie di sollievo. Come se il fatto che Josh mi abbia rincorso per più di una settimana mi facesse intendere che gli importa qualcosa, che quel bacio volesse dire di più.

Continuo a scappare da lui perché ho una paura matta di quello che ha da dirmi, ma soprattutto perché ho paura di come potrei reagire io.

Se fosse successo qualche tempo fa sicuramente tutto questo non starebbe accadendo. Avrei reagito spostandolo o tirandogli un calcio. E se non fossi riuscita a spostarmi l'avrei sicuramente insultato e trattato male per tutti i giorni a seguire.

Ma ora? Ora sto scappando, come una codarda!

«Jennifer, smettila di farti filmini mentali» mi legge nel pensiero Drake.

Mi giro verso di lui con un'espressione stranita, ma Drake mi sorride in modo dolce, quasi come fa Meredith.

Mi piacciono davvero insieme. Tengo a Meredith e ritengo Drake un amico, oserei quasi direi che tengo anche a lui.

«Non so cosa fare» sospiro agitata.

«La cosa da fare è solo una» dice Drake con tono fermo, «andare a parlargli.»

Gli lancio un'occhiata cattiva ma lui non si smuove di un centimetro.

«Non so cosa pensare» sbuffo sperando di distoglierlo dal farmi parlare con Josh.

«Continuerai a non capirlo se non vai a parlargli.»

«Drake» cantileno io con tono flebile.

«Jennifer» mi richiama con tono duro.

«Avanti, vai» allunga il mento verso l'altra ala del campus.

«Dove?»

«In palestra. Josh ha gli allenamenti di basket ora.»

«E quindi?» chiedo ancora più confusa.

«Quindi ora tu ti alzi e vai a parlargli.»

«Non ci penso neanche. Categoricamente no.»

Drake si para davanti e mi alza mettendomi sulle sue spalle con una facilità inaudita.

«Drake, mollami subito!» grido. «Ho lezione.»

«Sono sicuro che se salti un'ora di lezione il tuo cervello da secchiona non ne risentirà.»

«Io non sono una secchiona» mi difendo, «potresti mettermi giù?»

«No. Perché se lo faccio tu scapperai via.»

«Questo è sequestro di persona!»

«Questo vuol dire aiutare un'amica.»

Drake mi fa scendere in modo poco aggraziato proprio davanti alla palestra.

«Io me ne vado.» Lo sorpasso da sinistra ma lui mi riprende un'altra volta.

«Jennifer, ascoltami per favore» mi guarda dritto negli occhi. «Cosa vuoi fare? Continuare a scappare? Pensi davvero che ci riuscirai ancora per molto? È solo questione di tempo. Prima o poi ti beccherà e vorrà parlarti e sarà sicuramente molto più arrabbiato.»

«Arrabbiato?» domando confusa.

«Sì, Jennifer, arrabbiato» sentenzia. «Ti sei nascosta in un bagno pur di non parlargli, è disperato.»

«Mmh…» mugugno io non sapendo cosa dire.

«Preferisci che ti colga di sorpresa oppure preferisci andare di tua spontanea volontà, preparata, evitando un Josh arrabbiato?»

Ho già avuto a che fare con un Josh arrabbiato, e l'idea non mi alletta per niente. «Decisamente la seconda.»

«Allora vai» sorride, «ti chiarirai le idee.»

«Mmh» mugugno frustrata, «devo proprio?»

«No, non devi, ma dovresti farlo per te stessa.»

Ci guardiamo. Avere davanti Drake così serio e saggio è davvero strano. Chissà se Meredith conosce questo suo lato adulto, io l'ho sempre visto come un bimbo giocherellone.

«Allora vado» sbuffo senza muovermi dalla mia postazione.

«Sì, vai.»

«Sì, ora vado» continuo senza spostarmi e Drake incomincia a ridere.

«Jennifer» mi prende per le spalle facendomi girare verso la porta, «vai.»

Tiro un grande respiro per andare ad affrontare la situazione che sto evitando da una settimana.

Un passo, due passi, tre passi. Più cammino e più sono in ansia.

«Jennifer» urla Drake.

Mi giro di scatto verso di lui con la speranza che mi dica di lasciar perdere tutto e di andare a lezione.

«Sappi che se non andrai a parlargli io lo scoprirò e ti tingerò i capelli dello stesso colore di quelli di Melissa.»

Sgrano gli occhi.

Il biondo di Melissa è davvero assurdo, ossigenato, quasi bianco.

Faccio una smorfia disgustata e mi rigiro riprendendo a camminare. Entro in un lunghissimo corridoio e sento dei rumori di palloni sbattere e delle urla quasi isteriche.

Mi avvicino sempre di più ed entro non facendomi ancora vedere. Un enorme campo da basket arancione ospita i giocatori e la squadra delle cheerleader.

Una massa di ragazzi in divise verdi corre per prendere la palla come dei cagnolini mentre una marea di oche starnazzano formando una strana figura. Credo stiano cercando di fare una piramide, ma a me sembra tutto fuorché una piramide. Chissà se conoscono almeno la sua forma.

I giocatori si mettono in fila per fare ognuno un tot di canestri e finalmente riesco a scorgere Josh in tutto questo casino.

È vestito esattamente come l'ultima volta a casa sua, solo che questa volta è molto più sudato e ha una benda nera che tiene i suoi capelli ramati all'indietro.

È la prima volta che gliela vedo addosso e devo ammettere che tutte le volte che indossa la sua divisa da basket un brivido mi percorre.

I giocatori iniziano a tirare verso il canestro mentre le cheerleader urlano motti senza un minimo di senso grammaticale.

Noto Johanna e Alissa, ma non vedo Melissa. Strano, credevo che il loro respiro si fermasse nel momento in cui Melissa si staccava da loro.

Un uomo alto, pelato, con un cappellino in testa urla ai giocatori di fare più veloce, credo sia il loro coach.

Josh tira una palla dopo l'altra senza mai mancare il canestro.

Faccio un grande respiro ed esco da dietro la scalinata.

Ora o mai più.

Josh's pov

«Avanti, ragazzi, muovete quei culi flaccidi! Spero per voi che alla partita sarete più veloci perché in questo momento persino mia nonna vi supererebbe.»

Il coach sta sbraitando da un'ora intera sul fatto che siamo troppo lenti, poco dinamici e che se saltiamo un altro allenamento ci taglia le gambe. Nonostante ne abbia saltato tre mi sento abbastanza in forma a differenza di Zack. Continua a sbagliare e non è ancora riuscito a fare nemmeno un canestro.

«Zack!» tuona il coach, «anche un cieco sarebbe riuscito a metterla dentro da lì.» Zack è davvero arrabbiato e siamo tutti veramente stanchi.

«Basta così per oggi» dice il coach rammaricato, «ma la prossima volta non voglio vedere niente del genere, dovete essere preparati! Negli spogliatoi ora.»

Ci incamminiamo verso gli spogliatoi mentre le cheerleader continuano a fare le loro prove.

Tatiana mi ha fatto tante di quelle volte l'occhiolino che credo le si sia paralizzato l'occhio.

«Proprio non sopporto quando il coach fa così» sbuffa Zack.

«Lascia perdere» lo rassicura Alan, «siamo tutti nervosi per questa partita.»

«Ci dobbiamo impegnare, ragazzi.»

«Non sia mai che si arrabbi anche il nostro capitano» mi deride Alan.

«Molto divertente» ironizzo.

«Ma quella chi è?» chiede Zack, «non è la rossa che era con te al tavolo l'altra volta? Jennifer Milton?»

Mi giro e la vedo. Jennifer è appostata proprio davanti alla porta mentre ci guarda andare verso di lei o, per meglio dire, guarda me con occhi impassibili.

«Jennifer Milton? Quella Jennifer Milton?» chiede Malcom da dietro.

Oh, no, mi ero scordato che tutta la squadra di basket deve passare per la stessa porta per raggiungere gli spogliatoi.

«Davvero una grande fi...» Ma fermo Zack prima che possa dire altro.

«Non azzardarti» tuono.

Zack mi rivolge uno sguardo indecifrabile.

Ormai siamo vicinissimi a Jennifer e mi sembra quasi un miracolo che mi stia aspettando. Sta aspettando me?

«Dobbiamo parlare» dice con tono freddo.

Una serie di brusii si espandono tra la squadra e credo che anche le cheerleader stiano guardando. Fortunatamente Melissa non è qui anche se Tatiana sta lanciando sguardi di fuoco.

Se lo sguardo di Tatiana è di fuoco, quello di Jennifer è di ghiaccio. Sembra quasi arrabbiata, eppure dovrei esserlo io per il fatto che mi ha evitato così tanto.

«Sicura di non voler parlare con me?» ammicca Zack mettendole un braccio sulle spalle.

Se non ci fossero praticamente tutti i miei compagni, il coach e le cheerleader, Zack sarebbe già a terra. Jennifer sposta lo sguardo da me a Zack, ma sempre con la solita espressione impassibile. Toglie lentamente il braccio di Zack dalle sue spalle.

«Parlami quando riuscirai a fare un canestro decente» sputa lei.

Un enorme *oooh* si espande per la palestra e vedo Alan che quasi soffoca per quanto sta ridendo. Il tutto sotto lo sguardo scioccato di Zack e quello attento del coach proprio dietro di noi.

«Avanti, andiamo» continua Jennifer trascinandomi fuori.

Rimango in silenzio mentre sento i miei compagni di squadra urlare cose del tipo: «Ahia» oppure: «Vai così, Josh».

Ma dal modo in cui mi guarda Jennifer e dalla sua forte presa sulla mia canottiera non promette niente di buono. Ci fermiamo verso metà corridoio e Jennifer lascia la sua presa squadrandomi di nuovo. Sto per aprire bocca, ma lei mi precede.

«Perché mi hai baciata?» chiede schietta.

Rimango leggermente spiazzato dal suo essere così diretta.

«Quindi?» chiede ancora.

Solo ora mi accorgo che in realtà non so cosa dire.

«Perché ti ho baciata?» le chiedo come se fossi un deficiente.

«Sì, Josh» risponde, «è la mia domanda.»

Perché l'ho baciata in quel modo? Non lo so nemmeno io, sto andando nel panico.

«Senti, Josh» rilassa lo sguardo, «dimmi solo la verità.»

Avanti diglielo, diglielo, diglielo.

Dille che ti piace, che sei geloso, che ti incanti a guardarla sorridere, che…

«Ho sbagliato.»

«Hai sbagliato?»

«Sì.»

«Cosa hai sbagliato? A baciarmi?»

«Sì, cioè, no» rispondo balbettando.

Baciarla non è stato assolutamente un errore.

«Sì o no?» chiede Jennifer.

Sospiro, mentre osservo la ragazza che mi sta facendo impazzire, che sta aspettando una mia risposta.

Devo darle almeno una risposta decente ora, dopo che ho fatto scena muta, fuori dalla galleria d'arte.

«Ascolta, Jennifer» dico grattandomi la nuca, «è stato bello baciarti, io…»

«Tu?» domanda Jennifer.

«Io credo di essermi fatto prendere dall'euforia del momento. Non dovevo farlo perché ovviamente tu non provi niente per me e tra di noi non potrà mai esserci niente, cioè guardaci…» rido nervoso indicandoci. «Litighiamo per qualsiasi cosa, anche per le cose più insulse.»

«Già.»

Jennifer continua a stare davanti a me, con le braccia incrociate e i suoi occhi verdi impassibili. E bellissimi.

«Però, cioè, io comunque, nel senso, forse…» Ormai non so più nemmeno cosa dico.

Gli occhi di Jennifer vacillano per un attimo, come se non fosse del tutto sicura, ma poi riprende il suo sguardo di ghiaccio.

«Josh» mi richiama, «non sono innamorata di te. Hai fatto un gesto senza pensarci, tutto qui.»

Non so perché, ma non credo nemmeno a una parola di quello che dice, almeno non a tutto.

«Però comunque si stava creando un rapporto abbastanza bello tra di noi» ridacchia.

«Sì, stava diventando abbastanza bello» ride.

«Quindi non vorrei che andasse tutto in fumo.»

«È okay. Tu non provi niente per me, io non provo niente per te. Tutto come prima.»

Io non provo niente per lei? E lei niente per me?

Eppure io sentivo i brividi che le mie mani provocavano al suo corpo, ho sentito il suo respiro affannato quando mi sono staccato. Il suo corpo paralizzato, ma le sue labbra che mi cercavano disperatamente.

«Ma ciò non vuol dire che mi puoi baciare quando vuoi» mi sgrida indicandomi, ma vedo una sorta di mezzo sorriso. Come se stesse provando ad alleggerire la tensione.

«Peccato.»

«Vai a cambiarti che puzzi di sudore e di cheerleader.»

«Di cheerleader?»

«Sì, credo ci sia una fragranza tossica nei loro pon pon.»

«Ma cosa dici?» soffoco una risata.

«Avanti, vai» mi spinge. «Drake e Meredith ci aspettano a pranzo.»

«Vado vado» mi incammino verso gli spogliatoi ma la voce di Jennifer mi richiama di nuovo.

«Josh» mi giro verso di lei.

«Sei davvero il capitano della squadra di basket?»

La guardo in modo strano. Cosa c'entra ora? «Sì perché?»

«E io che credevo che non riuscissi a fare due cose contemporaneamente. Tipo correre e allo stesso tempo pensare, invece sei addirittura il capitano della squadra, assurdo» mi deride lei attorcigliando i capelli rossi tra le dita.

«Sei stupita?»

«Assolutamente» dice fingendo uno shock e aprendo per metà la bocca, «sei proprio pieno di sorprese.»

Rido abbassando il capo ma riesco a scorgere quel suo piccolo sorrisetto farsi spazio tra le sue labbra rosse.

Eppure sembra quasi un sorriso nervoso, forzato. Era davvero sincera prima? Non le importa? Non prova niente?

E io? Non provo niente per lei?

Non lo so, non lo so!

3

Jennifer's pov

«I tuoi compagni di squadra sono tutti simpatici come il tipo che mi ha parlato?» chiedo a Josh mentre camminiamo.

«Ti riferisci ad Alan?»

«No, a quell'altro.»

«Ah, Zack» mi risponde ricordandosi. «Fa un po' il cascamorto ma è un tipo a posto.»

«Da quanto tempo giochi a basket?» chiedo ormai vicini alla mensa.

«Da anni, sono capitano solo da quest'anno però. Sarei potuto esserlo molto prima ma per un certo periodo non ho più giocato.»

Annuisco capendo benissimo a quale periodo Josh si riferisca, tutto riporta sempre al suo periodo buio, ombroso.

Continuiamo a camminare verso la mensa, in silenzio, c'è ancora un po' di imbarazzo tra di noi, riesco a percepirlo.

Forse dovrei essere più scossa riguardo a quello che Josh mi ha detto, ma non lo sono, perché in un certo senso me lo aspettavo.

Da una parte sono contenta di come si è svolta la conversazione, perché siamo rimasti amici, se così ci possiamo definire.

Josh tiene a me come amica, chi lo avrebbe mai detto.

Lui non è stato un turbine nella mia vita, è stato un vero e proprio tsunami. Uno tsunami di malizia, sorrisi incantevoli, bellezza, dolore e bei momenti. Josh è tutto questo, se non molto di più.

Quel bacio è stato dato senza pensare alle conseguenze, anch'io ho ricambiato semplicemente presa dal momento.

«Ehi» mi richiama Josh, «a cosa stai pensando?»

«Eh?» mi risveglio notando che siamo arrivati in mensa. «A niente.»

«Mmh» mugugna dubbioso.

«Guarda, ci sono Drake e Meredith» glieli indico in lontananza.

Sono seduti a un tavolino, o per meglio dire, Meredith è seduta sopra Drake mentre si scambiano effusioni. Devo veramente abituarmi a quei due.

«Ancora non riesco a credere che stanno insieme» mi legge nel pensiero.

«Dovremmo farci l'abitudine, credo.»

Ci sediamo al tavolo, ma i due sembrano non notarci minimamente. Io e Josh ci scambiamo sguardi confusi e disgustati da questa scena sdolcinata.

«Quando volete noi siamo qua» dice Josh ad alta voce.

Meredith e Drake si girano di scatto verso di noi. Meredith diventa rossa in faccia e fa per scendere dalla sua posizione ma Drake la tiene salda, facendola arrossire ancora di più.

«Ci manca solo che vomitiate arcobaleni e che Meredith sia incinta di un unicorno e siete a posto» derido i due piccioncini.

Drake mi regala una delle sue smorfie mentre Meredith arrossisce ancora di più, probabilmente per la mia allusione di una possibile gravidanza.

«Qui nessuna rimane incinta di nessuno, tantomeno di unicorni» dice Josh.

«Siete due guastafeste» si lamenta Drake.

«Attento con quelle mani, riccio.» Drake non sembra per niente spaventato dalla minaccia di Josh e gli tira un penna appoggiata sul tavolo.

«Drake» lo sgrida Meredith dandogli una sberla sulla spalla che non farebbe male nemmeno a una mosca.

«Perché il tavolo è pieno di fogli?» domando.

«Jennifer» mi chiama Drake con voce squillante, «la mia adorata rossa.»

Guardo in tralice Drake mentre Meredith ride leggermente, probabilmente sapendo perché fa così. Josh invece continua a guardarlo male.

«Sai che ti voglio davvero un gran bene?» mi domanda con fare dolce.

Sposto lo sguardo sospettoso da Drake ai fogli sparsi sul tavolo. Ah, ora capisco tutto.

«No, Drake. Non farò i tuoi compiti di matematica.»

«Dài, Jennifer, non devi fare i miei compiti, devi solo spiegarmi come fare.»

«Se tu non avessi dormito per metà lezione ora sapresti farli.»

«Ah quindi tu dormi durante le lezioni?» chiede Meredith quasi arrabbiata.

«E tu adesso lo scopri?» le domanda Josh aggravando la situazione di Drake.

«Hai promesso di migliorare i tuoi voti» lo sgrida Meredith.

«Lo farò» le promette.

«E come? Dormendo?» continuo io.

«Amico, ma un aiuto?» chiede disperato Drake.

«Non ho intenzione di infilarmi tra voi due, è troppo rischioso.»

«Avanti, comincia leggendo gli appunti di Jennifer» sentenzia Meredith.

Apro il mio zainetto porgendo i miei appunti a Drake che sbuffa sonoramente mentre Josh osserva divertito.

«Tu» mi indica Drake, «sei mia amica e tu» dice indicando Meredith «sei la mia ragazza.»

Io e Meredith ci guardiamo confuse.

«Non siete mia madre quindi se non voglio studiare non lo faccio e poi...» ma ovviamente non riesce a finire la frase.

«Studia!» lo sgridiamo nello stesso momento io e Meredith ad alta voce.

Drake sobbalza afferrando in men che non si dica i miei appunti.

Io e Meredith ridiamo mentre ci battiamo un cinque in alto e Drake continua a borbottare cose incomprensibili.

Pranziamo tranquillamente tra Meredith che minaccia Drake e lui che chiede disperato aiuto a Josh.

Sento un leggero calcio al ginocchio e alzo lo sguardo incontrando quello di Meredith.

Guarda Drake intento a leggere qualcosa che sicuramente non sta capendo e poi guarda Josh che scrive qualcosa al telefono, come per assicurarsi che non ci stiano prestando attenzione.

Guarda me e poi verso suo fratello mimando un "che succede?".

Metto la mano dietro la testa all'altezza dell'elastico, facendo roteare l'indice, come per farle capire che glielo dirò dopo, e lei annuisce.

«Basta» dice Drake spostando riluttante i fogli, «è troppo.»

«Hai capito qualcosa?» chiede il suo migliore amico.

«Assolutamente no.»

«Dammi qua» rido, «ti sottolineo ciò su cui ti devi focalizzare.»

Il telefono di Meredith squilla sul tavolino.

«Pronto?» dice Meredith. «Ehi, mamma, dimmi.»

Meredith spalanca gli occhi guardandoci tutti e tre velocemente.

«Cosa?» le chiede Josh lievemente preoccupato ma Meredith fa segno con la mano di aspettare.

«No, mamma, davvero io non credo sia una buona idea» si morde il labbro inferiore. «Ma mamma, no...»

Allontana il telefono dall'orecchio guardandolo quasi disperata. Probabilmente sua madre ha chiuso la chiamata prima che Meredith potesse finire di parlare.

«Meredith?» chiede Drake.

«Allora? Cosa voleva?» domanda Josh.

«Ecco... Devi venire a cena con tutta la mia famiglia stasera. Sanno che stiamo insieme e vogliono invitarti.»

Drake sbianca sotto la grande risata di Josh. Credo che persino i suoi ricci si stiano afflosciando e non posso che ridere anch'io.

«No no no» scuote la testa Drake, «non ci penso minimamente.»

«Mi dispiace, amico, ma quando mia madre decide una cosa è quella» lo avvisa Josh.

«È capace di venirti a prendere a casa» continua Meredith.

Sono sicura che Margaret potrebbe fare questo e altro. Mi piace quella donna.

«Avanti, Drake» provo a rassicurarlo, «già ti conoscono da tempo ormai, no?»

«Sì, ma come amico di Josh, non come ragazzo di Meredith.»

«E che differenza fa? Sei sempre la stessa persona.»

«Fa differenza!» sbotta Drake torturandosi i ricci. «E poi come fanno a sapere che stiamo insieme? Avevamo deciso di aspettare prima di dirlo.»

Meredith fa scattare il suo dito furiosa verso suo fratello. «È colpa di Josh» dice schietta, «è stato lui a fare la spia.»

«Cosa?» urla Drake. «Tu» lo indica «sei morto.»

«La tua ragazza mi aveva provocato.»

«E quindi?» chiede Drake esasperato, «dovevi mettere in mezzo anche me?»

«Avanti, cosa sarà mai» lo deride Josh.

«Josh» lo sgrida Drake, «tuo padre mi inquieta e tu lo sai.»

Rido piano per ciò che ha detto, visto che a volte inquieta anche me.

«E tua mamma è una mitragliatrice di domande» sputa infine.

«Non puoi non venire» usa un tono dolce Meredith, «per favore» continua sporgendo il labbro.

«Non usare questa tattica con me» la ammonisce poco convinto mentre Meredith continua a sporgere il labbro. «E va bene! Vengo. Contenta?»

Meredith gli schiocca un bacio sulle labbra e subito dopo Drake sbatte piano la testa sul tavolo in segno di disperazione.

«Avanti, amico» pronuncia Josh, «al massimo a un certo punto puoi scappare dalla finestra di camera mia.»

Drake gli lancia uno sguardo cattivo e poi punta le sue iridi verso di me. Un sorriso furbo si forma sulle sue labbra.

«Io non vengo da solo. Quindi verrà anche Jennifer.»

«Cosa?» domando sorpresa. «No!» diciamo io e Josh all'unisono.

«Sì» rispondono insieme Meredith e Drake.

«Ma io non c'entro assolutamente nulla con questa storia» cerco di convincerli.

«Esatto» continua Josh.

«Avanti, Jennifer, mi servi come sostegno morale» mi prega Drake. «Con te attorno l'attenzione non sarà solo su di me.»

«Questo dovrebbe convincermi?»

«Oh, per favore, Jennifer» biascica Meredith, «fallo per me. Anch'io mi sentirò più a mio agio se ci sei tu.»

«No, no e no. E poi si può sapere in che modo hai provocato questo deficiente per portarlo a dire che tu e Drake state insieme?» pongo la domanda indicando Josh.

Meredith sorride e fa per aprir bocca, ma Josh tossisce forte interrompendola.

«Questo non importa» sentenzia lui brusco.

«Jennifer, ti scongiuro» mi supplica Drake.

«Avanti, i miei genitori ti adorano e tu non hai niente da perderci.» Meredith si alza dalle gambe di Drake e mi abbraccia da dietro.

«Per favore per favore per favore» continua con voce da bambina, «fallo per me.»

«E va bene» sbuffo io, «sei una manipolatrice.»

«Concordo» continua Josh.

«E comunque» guardo Drake furba, «non so quanto ti convenga che io venga a cena stasera.»

«Perché?»

«Chi ti dice che non ti metterò in imbarazzo anch'io?»

Drake sta per ribattere ma un colpo di tosse ci distrae tutti dalla nostra lite di gruppo.

Una ragazza dai capelli nerissimi legati in una coda alta è ferma in piedi vicino al nostro tavolo.

La sua pelle è più scura di quella di tutti noi, mentre i suoi occhi assomigliano molto a quelli di Josh, solo che sono di un nero più leggero. Meno ombroso.

È molto più alta di me e indossa un top blu che lascia scoperto il suo ombelico e una gonna corta verde a balze. Dove ho già visto questo abbigliamento? Cheerleader!

«Tu devi essere Ally, vero?» le chiede Josh.

Sì, ora ne sono più che certa, sono le cheerleader ad avere quella divisa.

Chissà cosa vuole da Josh.

«Olly» lo corregge lei.

«Olly, scusa» dice lui. «Ti serve qualcosa?»

«Ehm, ecco io, in realtà volevo parlare con Jennifer.»

La cheerleader si gira verso di me, come gli altri tre, e mi sento estremamente osservata. Cosa vuole questa ora da me?

«Cosa vuoi?»

«Ecco...» sembra nervosa, «non è che potremmo parlare in privato?»

«Puoi dirmi quello che vuoi dire qua» dico io calma.

Attorciglia leggermente le dita della mano sinistra mentre abbassa la sua gonna con la mano destra.

«Preferirei da un'altra parte, non ci metterò molto» dice balbettante, «promesso.»

La guardo riluttante ma so che finché non le darò la possibilità di parlare non mi lascerà stare.

Cammino avviandomi fuori dalla mensa e sento i passi della ragazza seguirmi.

Entro dentro al bagno delle ragazze, visto che gli studenti sono sparsi ovunque per i corridoi e il campus.

«Qui è abbastanza privato?» chiedo con tono acido.

«Sì, va bene, grazie.»

La ragazza continua a guardarmi come se non fosse del tutto sicura di quello che vuole dirmi.

«Hai intenzione di dire qualcosa o vuoi rimanere in silenzio, Ally?»

«Olly» biascica un po' imbarazzata.

«Giusto, Olly.»

«In realtà mi chiamo Olivia, ma non mi piace per niente, quindi mi chiamano tutti Olly» spiega velocemente. «A parte mia madre, a volte non le rispondo ma lei si ostina a chiamarmi Olivia» finisce sempre con lo stesso tono veloce.

«Okay» la guardo stralunata. «Olly, va bene, allora.»

«Però se tu vuoi chiamarmi Olivia va bene» ricomincia a farneticare.

Scoppio in una risata.

«Se ti piace Olly ti chiamerò Olly, nessun problema» provo a essere il più gentile possibile.

«Oh, bene» sospira come se si fosse tolta un enorme peso dallo stomaco.

«Quindi sei venuta a parlarmi di come dovrei chiamarti o hai da dirmi qualcos'altro?» domando cercando di non ridere.

«Sì» sospira, «non so se lo sai ma sei nel mio stesso corso di matematica e letteratura.»

«Ehm… scusami, ma non lo sapevo.»

«Immaginavo» ridacchia, «comunque io volevo chiederti un favore.»

«Un favore?» Aggrotto le sopracciglia.

«Sì» si morde il labbro, «ecco, tu sei molto brava in matematica e in letteratura mentre io faccio letteralmente schifo, mi chiedevo se potresti aiutarmi.»

«È uno scherzo?»

«Veramente no.»

«E perché io? Ci sono un sacco di persone a cui puoi chiedere aiuto.»

«Be', l'intelligenza nella nostra classe di matematica scarseggia come l'acqua in Africa mentre in letteratura la loro conoscenza letteraria si ferma ai libri di Geronimo Stilton, quindi...»

Scoppio in un'altra risata davanti ai suoi paragoni. Rido perché è esattamente quello che penso io tutte le volte che entro in classe. Forse questa ragazza non è così male.

«Quindi io cosa dovrei fare?» le chiedo con tono meno acido.

«Non so, potresti darmi ripetizioni, ti pago se vuoi.»

«Ehm, no, direi che non è il caso» rido per la sua proposta.

«Giusto» dice nervosa. «Sicuramente hai più soldi di tutta la mia famiglia messa insieme solo nel tuo portafoglio» sussurra piano come se non si volesse far sentire.

Si porta subito una mano alla bocca accorgendosi di aver parlato ad alta voce. Faccio una smorfia osservandola e lei ricomincia ad agitarsi.

«Cioè non volevo dire che tu sia una riccona del cazzo. Cioè non del cazzo, solo una riccona» dice Olly veloce. «Ma a me non importa. Non volevo offenderti.»

Questa ragazza parla semplicemente a vanvera. È buffa.

Mi abbasso per riprendere il mio zaino e lei fa una smorfia, forse credendo che sto per andarmene. Apro la tasca dello zaino e tiro fuori il portafoglio mostrandoglielo.

«Venti dollari» tiro fuori la banconota, «una caramella che è lì dall'era preistorica e degli scontrini di cibo spazzatura. Il riccone del cazzo è mio padre, a quanto pare» dico facendole un sorriso rassicurante.

Olly fa una risata e tira fuori il suo portafoglio roseo aprendolo lentamente. «Cinque dollari, un biglietto dell'autobus e un buono per un tacos» mostra fiera il suo portafoglio.

«Siamo davvero ricche sfondate.»

Sto cominciando a capirla questa ragazza e inizio a sentirmi a mio agio. Ma ancora non mi fido di lei, è davvero troppo strana questa situazione, e il fatto che possa essere amica di Melissa mi mette ancora più dubbi.

«Ma tu sei Jennifer Milton, no?» chiede innocentemente.

«Sì, ma a me non piace andare in giro con tanti soldi né spendere troppo.»

Olly fa un sorriso strano come se si fosse rassicurata. «Quindi darai ripetizioni a questa povera cheerleader in cerca di aiuto?»

Guardo gli occhi di Olly mentre mi fa la proposta e sembrano sinceri.

I suoi capelli neri luccicano assieme alla sua pelle ambrata, ha davvero un bel fisico magro e slanciato e il suo sorriso bianco crea un bellissimo contrasto con la sua pelle.

Devo solo aiutarla in letteratura e matematica, cosa può mai succedere?

Se c'è una cosa che ho imparato in questi due mesi a Manhattan è che devo fidarmi e aprirmi di più agli altri. Se non lo avessi fatto, ora non avrei una testa di ricci biondi, una di ricci scuri e dei capelli castano ramati ad aspettarmi in mensa.

«Va bene, Olly» dico guardandola, «ma a una condizione.»

«Cioè?» Sembra un po' spaventata ora.

«Voglio il tuo buono per il tacos» le faccio un sorriso che subito ricambia.

«Va bene» ride, «posso avere la tua caramella preistorica allora?»

«Non ti bastano le mie lezioni private? Vuoi anche la mia caramella?» dico in tono scherzoso.

«Sono una ragazza che pretende molto.»

Mi porge il suo buono e io le do la mia caramella che chissà da quanto tempo giaceva nel fondo del mio portafoglio.

«Non hai intenzione di mangiarla, vero?» le chiedo uscendo dal bagno.

«Credo che la terrò in esposizione in camera mia.»

La guardo strano. Perché mai dovrebbe tenere esposta una caramella? Ma poi lascio perdere, capendo che questa ragazza è tutta strana.

«Allora ci vediamo uno di questi giorni per metterci d'accordo, va bene?» mi chiede fuori dalla porta.

«Va bene.»

«Ciao, Jennifer» mi saluta con la mano allontanandosi senza darmi il tempo di ricambiare.

Torno verso la mensa ormai mezza vuota e noto solo Josh al nostro tavolo.

«Dove sono finiti Cip e Ciop?» chiedo sedendomi.

«Sei stata mezz'ora via, sono andati a lezione.»

«E tu non hai lezione?»

«No, per oggi ho finito.»

Mi stava aspettando?

«Cosa voleva da te Olly?»

«Ripetizioni» dico ancora stranita.

«Da te?» domanda stupito.

«Sì, perché, cosa stai insinuando?»

«Che poteva chiedere a qualcuno di più intelligente e paziente di te» ride.

«Tipo te?» Gli tiro un calcio sotto il tavolo.

«Jennifer» sbraita, «mi hai fatto male.»

«Era la mia intenzione infatti» gli faccio la linguaccia.

«Cosa sai dirmi su di lei?» chiedo.

«Questa storia non ti quadra vero?» Quindi ha avuto anche lui la mia stessa sensazione?

«Non molto» corrugo leggermente le labbra.

«Non saprei. Sinceramente ci ho parlato pochissime volte, so solo che fa parte della squadra delle cheerleader.»

«Mmh, va be', staremo a vedere.»

«Perché?» quasi urla Josh. «Le hai detto di sì?»

Va bene che la mensa è praticamente vuota ma continuiamo a dare spettacolo.

«Cosa hai da urlare, idiota?» lo rimprovero. «Sì, le ho detto che va bene.»

«E perché?»

«Perché lei mi ha chiesto aiuto per delle ripetizioni e io ho accettato.» Josh alza lo sguardo interrogativo per poi fare un sorriso malizioso.

«Quindi se ti chiedessi di dare ripetizioni anche a me accetteresti?»

«In cosa?»

«Scienze» risponde sempre con quel sorriso malizioso.

«Scienze? Quale argomento?»

«Anatomia del corpo umano, ma nella teoria sono abbastanza bravo. Dovrei fare un po' di pratica.»

Sto per rispondergli, ma quando vedo il suo sorriso malizioso crescere capisco cosa vuole intendere.

«Sei un pervertito» dico e mi alzo dal tavolo.

«Non l'ho mai negato» si alza anche lui. «Hai lezione?»

«No, ho finito, sto andando a casa.»

«Bene, allora vieni con me» dice con tono sicuro prendendomi per il polso.

«Ehi» strattono via il polso, «era un ordine?»

«Sì.»

«Bene, allora ciao.»

Lo sorpasso uscendo dalla mensa lasciandolo da solo. Deve smetterla di dare ordini a destra e a manca pretendendo che tutti gli diano ascolto!

«Jennifer» sento richiamarmi mentre ride.

«Ho detto "ciao", Josh» continuo camminando, ma lui mi si para davanti.

«Oh, Jennifer Milton, potresti gentilmente bearmi della tua presenza?»

«Oh, Josh Cliver, potresti gentilmente privarmi della tua presenza?» lo derido sorpassandolo un'altra volta ma mi blocca di nuovo.

«Eh va bene» decide sospirando, «l'hai voluto tu» mi prende di peso caricandomi sulle spalle.

«Josh, mollami!» mi dimeno.

«Se tu mi ascoltassi non dovrei sempre trascinarti come un sequestratore.»

«Ma tu sei un sequestratore!» tuono. «Prima o poi ti denuncerò.»

«Va bene, Jennifer» ride lui sapendo che non lo farò mai.

«Dovete smetterla di alzarmi tutti sulle vostre spalle come se fosse un hobby.»

Josh mi rimette a terra bruscamente. È un miracolo che non sia caduta di sedere.

«Ma sei scemo?»

«Chi altro ti trascina così?» chiede quasi arrabbiato.

«Drake.»

«Drake? Perché?»

Sorrido alla sua domanda. Mi ero dimenticata del lato possessivo di Josh.

«Non sono affari tuoi» lo stuzzico.

«Jennifer» ringhia.

«Sì, mi chiamo così.»

«Ah, sei impossibile. Comunque devi davvero venire con me.»

«Ma dove?» chiedo.

«Mia mamma mi ha chiesto di comprare dei dolci e del vino per stasera.»

«E io cosa c'entro? Sono già stata costretta a partecipare a questa serata, quale altra tortura volete rifilarmi?»

Ormai siamo arrivati al cancello della scuola e intravedo la macchina nera di Josh. Devo davvero attaccarmi un post-it da qualche parte per ricordarmi di chiedere a mio padre se posso usare la macchina.

«Non voglio andare da solo» si lamenta come un bambino.

«Bene» lo guardo. «Prendi il cellulare, apri la tua rubrica e chiama qualcuno.»

«Devo di nuovo alzarti di peso e infilarti in macchina?» mi domanda divertito.

«Sei un sequestratore.»

«E tu una rompipalle, ma nessuno è perfetto.»

«Non mi lascerai stare finché non verrò con te, vero?» chiedo sapendo già la risposta.

Josh annuisce fiero e io lo seguo combattuta entrando nella sua macchina.

«Ma solo se mi offri un waffle dopo» dichiaro allacciando la cintura.

«Hai un'ossessione per il cibo.»

«Me lo compri un waffle dopo o no?»

«Va bene, ti compro il waffle e ti riporto anche all'asilo» mi deride.

«Ah ah ah» fingo una risata.

Il tempo in macchina passa silenziosamente, solo la musica riecheggia, ma non è un silenzio imbarazzante questa volta.

Josh è concentrato sulla strada e io osservo la rumorosa Manhattan passare velocemente accanto ai miei occhi.

«Perché hai accettato la proposta di Olly?»

«Sto provando a cambiare.»

«A cambiare? Perché?»

Forse qualcosa a Josh posso anche dirla, in fondo lui c'è sempre stato e mi ha raccontato cose di lui che mi rendo conto siano difficili anche solo da ricordare.

«Ho sempre evitato un contatto con gli altri credendo che così non mi sarei fatta del male. Perdere mia madre è stato come perdere metà della mia vita e il fatto che sia successo sotto i miei occhi non fa altro che amplificare il senso di perdita. Ero lì e non ho potuto fare niente per aiutarla, quindi ero anche arrabbiata oltre che disperata. Ero piccola quindi ho sempre creduto che andando avanti negli anni avrei dimenticato quella scena, in realtà però...» mi blocco sentendo un groppo in gola.

«In realtà te lo ricordi come se fosse successo ieri» finisce la mia frase continuando a guidare.

«Esatto» rispondo, «la rabbia si sovrapponeva alla perdita e alla tristezza, ma col tempo ci ho fatto l'abitudine e ho creato una sorta di muro, come se potesse proteggermi.

«Ho sempre avuto l'idea ferrea che se avessi fatto entrare qualcun altro nella mia vita, prima o poi l'avrei perso e tutta quella sorta di dolore sarebbe ritornato.»

«Cosa ti ha fatto cambiare idea?»

«Voi» mi giro incontrando le sue pozze nere, «ho capito che stavo peggio quando cercavo di stare da sola.»

«Ora non stai male?»

«Non del tutto» rispondo sincera.

I suoi occhi neri mi guardano intensamente come per cercare altre risposte.

Il verde scatta, Josh ripone la sua attenzione sulla strada e io osservo fuori dal finestrino.

Passano pochi minuti dal nostro breve ma intenso dialogo, finché la macchina si ferma davanti a un supermercato.

«Jennifer» mi richiama Josh mentre mi slaccio la cintura, «non cambiare troppo.»

«Perché?» chiedo sottovoce.

«Perché vai bene così» fa un mezzo sorriso ed esce dalla macchina.

Lo seguo subito dopo mentre ci avviamo verso il supermercato.

«Io sinceramente non ho idea di cosa devo prendere» dice Josh.

«Margaret cos'ha detto?»

Si gira verso di me con un mezzo sorriso, forse avrei dovuto dire "tua madre" o qualcosa del genere?

«Non so, ha detto di prendere dei pasticcini o una torta.»

«Pasticcini pasticcini pasticcini!» esulto io, come una bimba di tre anni.

«E pasticcini siano» mi asseconda Josh.

«Cos'è quello?» chiedo con espressione quasi schifata.

«Un cesto della spesa?» mi risponde non capendo la mia domanda.

«No» sbotto io, «noi prendiamo il carrello.»

«Perché dobbiamo prendere un carrello solo per dei pasticcini e una bottiglia di vino?»

«Perché così io posso salirci dentro e tu puoi spingermi per il supermercato.»

«Non sei seria, vero?»

«Mai stata più seria.»

«Io non spingerò un carrello per il supermercato con te dentro sotto gli occhi di tutti.»

«Bene» dico offesa.

Mi avvio verso i carrelli e ne estraggo uno sotto l'occhio di Josh che mi guarda a metà tra il divertito e lo scioccato. Lo sorpasso fingendo indignazione mentre carico un piede sotto la base del carrello e, con una grande spinta, percorro velocemente tutto il reparto surgelati mentre tengo una gamba alzata. Faccio la stessa cosa anche al ritorno solo molto più velocemente.

«Ancora non capisco perché» dice Josh con una mano sul viso.

Josh cammina mentre io lo seguo correndo con il carrello, finché non arriviamo al reparto dei vini.

«Yuhuuu» urlo, notando che se spingo con la gamba destra vado più veloce.

«Potresti aiutarmi a scegliere il vino?»

«Jennifer Milton sorpassa tutti gli altri carrelli» faccio una finta telecronaca. «I biscotti provano a intralciarle il terreno ma lei supera l'ostacolo» continuo urlando.

«Se ti trascino con il carrello mi aiuti a scegliere il vino?»

«Ma certo.»

Mi catapulto dentro al carrello come una bimba entusiasta mentre Josh ci riporta davanti ai vini che stavamo scegliendo.

«Quindi quale prendiamo?»

«Mmh… portami un po' più avanti.»

Poi lo vedo: «Quello là!».

«Quale?»

«Quello con l'etichetta giallognola, in alto a sinistra.»

«Questa bottiglia qui?»

«Ha l'annata più vecchia e poi il suo nome è francese, deve essere buono per forza.»

«È questo il tuo criterio di scelta?» ride.

«Sì, ovviamente, visto che tu non ti sai decidere.»

«Va bene, se moriremo avvelenati sarà colpa tua.»

«Avanti, fattorino» alzo il braccio in alto, «verso i pasticcini.»

Alcuni ci osservano in modo strano ma a me non importa. Adoro i supermercati e adori i carrelli.

«Ti rendi conto di quanto sia ridicola questa cosa?»

«Anche la bandana che hai in testa è ridicola eppure io non ho detto niente» difendo me stessa e il mio carrello.

«La tengo solo per oggi, domani taglierò i capelli.»

«Posso aiutarvi?» ci chiede un signore da dietro al bancone.

Sposta lo sguardo da me a Josh, ma soprattutto verso di me, si starà chiedendo perché sono dentro al carrello come una bimba di tre anni.

«Sì, vorremmo dei pasticcini.»

«Oh, be', c'è una vasta scelta, quanti siete?» domanda l'uomo aprendo il braccio verso l'enorme quantità di pasticcini. I miei occhi si illuminano dinnanzi a tanta bellezza.

«In sette.»

«Allora...» comincia l'uomo ma lo interrompo.

«Allora» mi alzo in piedi sul carrello, sovrastando di pochi centimetri Josh, «quei bignè al cioccolato e anche quelli alla crema, i pasticcini con sopra le fragole e anche quelli con i mandarini» continuo alzando il mento per riuscire a vedere meglio. «Anche quelli con lo zucchero a velo, con il caramello e... oh, quelli cosa sono?»

«Questi sono con la marmellata» dice sorridente.

«Allora anche un paio di quelli con la marmellata.»

«Anche questi con i kiwi?» chiede gentilmente il signore ma faccio una smorfia di disgusto.

«No, lei ha paura dei cibi verdi» ride Josh.

«Smettila!» lo rimprovero io. «Comunque quelli no, ma quelle tartine con le mele sì.»

«Jennifer, siamo in sette, non in venticinque» mi rimprovera Josh.

«Infatti questi sono per me, mica per voi. I pasticcini rendono felici» rido rimettendomi a sedere.

«Quindi impacchetto tutto quello che ha chiesto la signorina?»

Josh mi guarda mentre gli faccio gli occhioni e poi annuisce alzando gli occhi al cielo. «Sì, per favore.»

Il signore impacchetta tutto velocemente in due piccoli vassoi di cartone per poi porgerceli sorridendo.

«Siete davvero una bella coppia» si apre in un sorriso sincero.

«No» diciamo all'unisono.

«No?» chiede confuso.

«Non stiamo insieme» dico io di fretta.

Il signore sorride sotto i suoi baffi grigi e poi ci fa un cenno di saluto con la mano, servendo un'altra signora. Perché tutti devono pensare che stiamo insieme?

Finiamo di pagare sotto lo sguardo attento della commessa su Josh. Dire che gli ha fatto una radiografia è poco.

«Addio, carrello» lo abbraccio da dietro.

«Jennifer, ma vuoi smetterla?» continua esasperato Josh.

«Comprerò un carrello» dico mentre camminiamo verso un negozio di waffle nei dintorni.

«A cosa ti serve?»

«Non ne ho idea, ma gli troverò una funzione di vitale importanza nella mia vita.»

«Sei strana forte.»

«Smetti di ripetermelo» sbuffo.

Arriviamo davanti al negozio dei waffle e per fortuna c'è solo un'anziana signora davanti a noi.

«Tu lo prendi assieme a me, vero?»

«Devo proprio?»

«Sì, è triste mangiare da soli.»

«Buon pomeriggio» ci dice la ragazza da dietro al bancone.

È molto carina e indossa una divisa rossa e bianca con un enorme waffle in mezzo al grembiule.

Degna me di una mezza occhiata e a Josh fa una perlustrazione accurata.

«Noi vogliamo due waffle normali.»

«Gelosa, Milton?» mi sussurra Josh all'orecchio.
«No, affamata, Cliver.»

Josh's pov

«Mamma, non provare a metterlo in imbarazzo» Meredith rimprovera nostra madre. «E tu» continua indicando mio padre «non fare allusioni macabre.»
Siamo in cucina, Meredith sembra un capo militare mentre spara ordini qua e là a chiunque da almeno mezz'ora.
«Perché hai preso tutti questi pasticcini?» mi chiede mio padre.
«Non sono stato io» rido al pensiero di Jennifer che corre con il carrello.
«Ah no?» domanda mia madre curiosa.
«È stata Jennifer.» Evito lo sguardo dei presenti. «I pasticcini rendono felici, sue testuali parole.»
Chloe batte le mani appena sente il suo nome mentre mia madre sorride.
«Tipico suo» ride mia sorella.
«Quindi eri con lei oggi?» chiede furba mia madre.
«Non cominciare, tesoro» la ammonisce dolcemente mio padre.
Il campanello risuona facendo raddrizzare Meredith e scendere con un balzo Chloe dall'isola della cucina. La piccola corre verso la porta sotto lo sguardo stupito di tutti noi.
«Chloe» urla non troppo forte Jennifer e sentiamo la risata di Chloe.
«Che la tortura abbia inizio» dice Meredith, a fianco a me.
Quasi provo pena per il povero Drake che dovrà subire una Margaret esuberante e un Daniel esigente. Conoscono da sempre Drake, ma ora che è il ragazzo di Meredith lo vedono sotto un'altra luce.
«Buonasera» dice Drake nervoso entrando in cucina seguito da Jennifer che tiene mia sorella in braccio.
I suoi ricci ribelli sono pettinati e non indossa i suoi soliti pantaloni strappati. Ha una giacca nera con sotto una camicia bianca, si è proprio dato da fare.
«Drake caro» saluta stridula mia madre sotto lo sguardo corrugato di Meredith.

«Salve signora Cliver» dice Drake educato.

«Ehi, Margaret» saluta invece Jennifer posando Chloe per terra.

«Jennifer» cinguetta ancora più forte abbracciandola.

«Buonasera Drake» dice mio padre con voce tombale porgendo la mano.

«S-s-salve signor Cliver.»

Drake ha sempre varcato quella porta come se fosse casa sua invece ora ne è completamente intimorito.

Jennifer sorride a Chloe facendole strane facce buffe e solo ora mi accorgo che ha i capelli sciolti. Sono davvero lunghissimi e lei è estremamente bella.

«Andiamo a mangiare» dice Meredith che non vede l'ora che tutto finisca.

Entriamo in sala da pranzo. Mia madre e mio padre a capo tavola; io, Drake e Meredith da un lato e Jennifer e Chloe dall'altro.

Volevo sedermi io accanto a lei ma Chloe mi ha preceduto correndo alla velocità della luce. Mia madre per stasera ha chiamato la cameriera in modo che non si debba alzare troppe volte per le portate. A quanto pare vuole torturarlo a tempo pieno.

«Allora Drake, come stanno i tuoi?» chiede mia madre cercando di avviare la conversazione.

«Oh, tutto a posto. Penso che mio padre aprirà un'altra concessionaria.»

«Ma è fantastico» sorride Meredith, «non lo sapevo.»

«L'ho saputo prima» dice Drake facendo spallucce.

«Da quanto abusi di mia figlia quindi?» domanda mio padre.

Meredith si strozza con il vino mentre Drake sbianca.

«Papà!» tuona Meredith mentre Jennifer trattiene una risata.

«Io io-o non abuso di sua figlia.»

«Drake tranquillo» lo rassicura mia madre, «sta scherzando.»

«Sono molto innamorato di sua figlia, signor Cliver.»

Il viso di mia mamma si illumina e quello di Meredith arrossisce. Io ne ero già consapevole da un po' ma mio padre ora sembra più tranquillo.

«Sarà meglio» biascica Jennifer sottovoce ma in realtà l'abbiamo sentita tutti, «cioè volevo dire bene» cerca di riprendersi.

«È una settimana che Jennifer e Josh mi minacciano» dice Drake sentendosi un po' più a suo agio.

«Io non ti ho minacciato» si difende Jennifer.

«Jennifer» ride Meredith, «hai detto che saresti entrata in casa e avresti seppellito il suo corpo.»

Jennifer arrossisce e cerca di nascondere il suo viso tra i capelli rossi.

«Bene, allora non dovremmo preoccuparci visto che Jennifer è una specie di pitbull pronta ad attaccare» interviene mia madre.

La cena continua tranquillamente, tra qualche frecciatina di mia madre e qualche sguardo accusatorio di Meredith.

«Chi ha scelto questo vino?» chiede mio padre assaggiandolo.

«Io» risponde Jennifer tranquillamente.

«È davvero molto buono» sentenzia mio padre, «non sapevo te ne intendessi.»

Jennifer mi guarda. «Sì, sono una grande esperta» si vanta.

«Ma se lo hai scelto a caso» la rimprovero io.

«Ma cosa stai dicendo? È stata una scelta lunga e accurata» continua verso mio padre.

«Jennifer» la riprendo io, «l'hai scelto solo perché l'etichetta era bella.»

«E quindi? L'ho scelto comunque io, tu non ti muovevi» mi sgrida lei.

«Questo perché tu continuavi a fare le gare con il carrello per il reparto distraendomi.»

«Se tu mi avessi trascinato con il carrello fin dall'inizio avremmo finito molto prima.»

«Ragazzi» ci richiamano Drake e Meredith.

«È ridicolo, mi hai costretto a portarti a passeggio con il carrello.» Punto una forchetta verso di lei.

«Senza il mio aiuto saresti ancora al supermercato» ricambia con il coltello.

«Senza di te ora non avremmo chili di pasticcini in frigorifero.»

«Ragazzi!» ci richiamano ancora.

«Quante volte devo ripeterti che i pasticcini rendono felici?» continua lei.

«Ragazzi! Smettetela» tuonano forte Drake e Meredith all'unisono.

Non è la prima volta che quando discutiamo ci facciamo prendere la mano senza accorgerci di chi abbiamo attorno.

Quando comincio una litigata con Jennifer è come se il mondo si annullasse e riesco solo a vedere la sua figura che mi insulta o mi urla contro. *Molto romantico.*

Non so perché ho voluto portarla con me oggi, ci sarei riuscito benissimo da solo, ma ho pensato sarebbe stato più divertente e infatti avevo ragione.

L'ho rimproverata milioni di volte, ma in realtà adoro questa sua smania per il cibo e il suo lato giocoso. Non lo tira fuori molto spesso, quindi il fatto che sia stata così tutto il pomeriggio mi ha portato a osservarla ancora di più.

Mio padre e mia madre parlano con Drake e Meredith e io continuo a osservare la ragazza davanti a me.

«Questo con la fragola?» sussurra Jennifer a Chloe ma lei scuote la testa. «Allora questo con il mandarino?»

Jennifer sta mostrando tutti i pasticcini a Chloe in modo che lei ne scelga uno da poter mangiare. Sembra non pesarle per niente il fatto che lei non le risponda.

Chloe dà un piccolo morso al pasticcino al mandarino, ma appena sente il sapore asprigno si stizzisce corrugando tutta la faccia in una smorfia di disgusto.

«Aspro eh?» ride Jennifer mentre le lentiggini le risaltano sul viso. «Questo sono sicuro ti piacerà» e le porge un bignè al cioccolato.

Chloe lo prende tra le mani osservandolo attentamente, sicuramente per accertarsi che non ci sia un mandarino all'interno. Lo addenta e poi tira su il pollice verso Jennifer.

«Visto?» dice fiera, «l'avevo detto io.»

Chloe lo porge verso Jennifer ma non sembra capire.

«Vuoi che dia un morso anch'io?» le chiede e Chloe annuisce. «Ma è tuo.»

Chloe scuote la testa e avvicina ancora di più il pasticcino a Jennifer, che dà un piccolo morso sporcandosi il naso di cioccolato. Chloe ride tirandole una ciocca di capelli in basso per avvicinarla al suo viso e poi le toglie il cioccolato dal naso con un dito.

«Oh, grazie» sorride Jennifer imbarazzata.

È così bella, avrò davvero fatto bene a dirle quelle cose in palestra?

«Dovresti smetterla di guardarla così o la consumerai» mi deride piano mia madre.

«Non è vero» brontolo.

«Jennifer» la richiama mia madre.

Oh, no, conosco quello sguardo e non mi piace per niente. Anche Meredith se n'è accorta e mi guarda impaurita.

«Sì?» chiede tranquilla addentando un pasticcino alla fragola.

«Ho saputo che mio figlio ti ha baciata all'improvviso senza darti spiegazioni» dice tranquilla come se fosse una cosa normalissima.

Jennifer si strozza con il pasticcino mentre Drake si morde il labbro per non ridere.

«Mamma!» urliamo io e Meredith.

«Ecco, no, cioè sì» balbetta Jennifer, «è stato solo uno sbaglio.»

«Uno sbaglio?» chiede mia madre leggermente arrabbiata guardando verso di me.

«Tesoro, credo che non sia il momento adatto» la riprende mio padre.

«Esatto» dico a denti stretti.

A volte mia madre tende a essere troppo espansiva e ancora mi chiedo come può stare assieme a mio padre. Sono così diversi.

La cena per fortuna si conclude senza altre situazioni imbarazzanti, anche perché non avrei retto oltre.

«Mamma, noi andiamo a fare una passeggiata.» Meredith si infila il cappotto.

«Va bene, ma torna presto.»

«Jennifer, hai bisogno di un passaggio?» le chiede mio padre.

«Oh, giusto» dice Drake, «sei venuta in macchina con me. Se vuoi ti riportiamo prima a casa.»

«No, casa mia è lontana dalle vostre, prenderò un taxi» sorride infilando il cappotto nero.

«Ti porto io» scatto senza nemmeno rendermene conto.

«No, grazie, prendo un taxi.»

«Non ricominciare» prendo il giubbotto, «ti porto io.»

Mia madre continua a guardarmi con quel suo sorrisetto che ora ha stampato in faccia anche Meredith.

Mimo uno "smettetela" mentre ci dirigiamo tutti fuori dopo aver salutato i miei genitori.

«Ci vediamo domani a scuola» saluta Meredith andando dall'altra parte con Drake.

«A domani» risponde Jennifer.

Meredith e Drake vanno verso la macchina e mentre guardo l'orologio mi accorgo che sono solo le dieci.

«Ti va di camminare un po' prima?» le chiedo titubante. «È presto ancora.»

«E dove andiamo?» chiede confusa.

«Al parchetto qui dietro?»

Non ho la minima idea di cosa sto facendo, so solo che voglio stare ancora con lei. Non voglio che lei vada a casa.

Annuisce un po' interdetta e ci incamminiamo verso il parchetto.

Jennifer's pov

Siamo seduti sulla panchina mentre il vento freddo accarezza la mia pelle. È una serata gelida, ma questa quiete contornata dal cielo stellato la rende una pace per i sensi.

Il vento tira forte facendomi rannicchiare ancora più su me stessa mentre cerco di portare via i capelli dagli occhi.

«Hai freddo?» mi chiede Josh seduto accanto a me.

«No, ma questi capelli non si decidono a stare fermi» mi lamento.

Josh si gira verso di me e i suoi occhi si mescolano assieme alla notte.

Si porta una mano alla testa sfilandosi la bandana per poi avvolgermela intorno al collo. Le sue dita sfiorano le mie guance e spero che questo buio non faccia notare il mio rossore. Il tocco di Josh mi ha sempre fatto uno strano effetto, ma da quando mi ha baciata i miei brividi si sono amplificati. Mi guarda soddisfatto per poi farmi un sorriso che potrebbe illuminare tutto questo parchetto.

Mi tocco la testa notando che ora la bandana tiene su tutti i miei capelli evitando che mi vadano davanti agli occhi.

«Domani te la ridò» prometto.

«Non la voglio.»

«Ma è tua.» Si gira verso di me regalandomi un altro sorriso che potrebbe andare a fare compagnia alle stelle in cielo.

«A te sta meglio. A te sta bene tutto» sorride.

Porto la manica del mio maglione sulla bocca per evitare di fargli vedere il sorriso, ma soprattutto per riscaldarmi le mani. Fa davvero freddo ma voglio continuare a stare qui.

«Vuoi che ti porti a casa?»

«No, mi piace stare qua» dico sincera.

«Davvero?»

«Sì, è tranquillo.» Chiudo gli occhi e sollevo il viso verso il cielo sentendo il vento pizzicarmi il naso.

A un certo punto sento due braccia trascinarmi sulla panchina e in men che non si dica sono attaccata a Josh. Il suo abbraccio mi avvolge le spalle, le mie gambe sono sulle sue, il mio sedere è vicino al suo bacino e il suo mento è sopra la mia testa.

«Cosa stai facendo?» sussurro piano.

«Ti riscaldo, e non obiettare.»

Ringrazio che non possa vedermi e che io non possa vedere i suoi occhi di pece.

Ora sono decisamente più accaldata. Una scarica di elettricità mi percorre il corpo più volte.

«Secondo te i fenicotteri sono scomodi quando dormono, visto che stanno in piedi?» *Josh ti dice che sei bella per poi riscaldarti con il suo corpo e tu cominci a parlare di fenicotteri?*

«Da dove ti esce questa adesso?» Sento il petto di Josh vibrare per la risata che sta facendo.

«Non lo so, ci stavo pensando» faccio spallucce.

«Non ne ho idea. Credo che siano abituati a dormire in piedi quindi non dovrebbe creare loro nessun fastidio.»

«Ti piacerebbe essere un fenicottero?» chiedo mentre sento ancora il suo petto vibrare.

«Di solito non rifletto sulla possibilità di diventare un fenicottero.»

«Che animale vorresti essere?»

Josh ride ancora più forte e vorrei girarmi per poter vedere il suo sorriso. «Cosa hai da ridere?»

«Ti sto abbracciando sotto un cielo stellato e tu mi parli di fenicotteri.»

«Be'?» chiedo con tono da bambina. «Cosa dovrei fare?»

«Dici tutto quello che ti passa per la testa, vero?»

«La maggior parte delle volte» annuisco. «Quindi che animale saresti?»

«Non ne ho idea, credo un leone.»
«Perché un leone?» chiedo curiosa.
«Il leone è un animale feroce, ma con i suoi cuccioli e con la sua leonessa cambia, farebbe di tutto per difenderli.»
Mi soffermo sulle parole di Josh, e ora che ci penso il leone lo rappresenta appieno.
«E tu?»
«Il panda, ovviamente.»
«Il panda?» ride lui.
«Certo, starei tutto il giorno a mangiare e a dormire.»
«Sì, ti rappresenta appieno.»
Tiro un pugno sul suo stomaco ma ovviamente non si scalfisce. Un soffio forte di vento mi fa stringere ancora più forte a Josh che mi stringe ancora di più con il braccio.
«Posso fartela io una domanda ora?» mi chiede.
«Dimmi.»
«Perché non ti sei spostata quando ti ho baciata?»
Sento il respiro mancarmi per un attimo.
«Rispondi» dice con tono dolce. So che vuole una risposta.
«Mi sono sentita incatenata al terreno» dico sottovoce.
«È una cosa brutta?»
«No, mi sono sentita bene» abbasso ancora di più la voce.
Il silenzio incombe su di noi e spero che non abbia voglia di farmi un'altra domanda, ma a quanto pare mi sbaglio. In un gesto veloce, e non so nemmeno io come, mi ritrovo a cavalcioni su Josh. Le sue mani sono sulla mia vita.
«Ti ha dato fastidio quel bacio?» mi chiede con voce roca.
Faccio per togliermi da quella posizione, le sue mani però mi tengono ferma su di lui.
«Ti ha dato fastidio quel bacio?» mi chiede di nuovo.
«No» rispondo con voce flebile.
«Cosa hai provato?» mi domanda ancora.
«Troppe cose che in questo momento non riesco a dire» sorrido leggermente.
Josh sorride di rimando togliendo una mano dal mio fianco per accarezzarmi la guancia mentre continua a scrutarmi attentamente.
«Ti sei pentito di avermi baciato?»
«No» risponde subito sicuro di se stesso.

«Lo definisci un errore?»

«Assolutamente no» continua accarezzandomi la guancia.

Sento la bocca asciutta, ma devo avere assolutamente delle risposte e so che se non faccio le mie domande ora non ci riuscirò mai più.

«Lo rifaresti?» chiudo gli occhi per non incontrare i suoi.

La sua mano si stacca dalla mia guancia e mi solleva il mento, e apro gli occhi incontrando di nuovo i suoi.

Riporta le sue mani sui miei fianchi spingendomi ancora di più verso di lui e appoggia la sua fronte sulla mia. Sento il suo respiro caldo sulle mie labbra.

«Sì, Jennifer» dice a fior di labbra, «lo rifarei un milione di volte.»

Le sue labbra sfiorano leggermente le mie. Ora potrei strattonarlo ed evadere dalla sua presa, ma non voglio.

«Sto per baciarti» sussurra.

«Lo so.»

«Puoi andartene se vuoi» sfiora ancora le mie labbra.

«Lo so.»

«Non te ne vai quindi?»

«No.»

Sento le sue labbra piegarsi in un piccolo sorriso prima di appoggiarsi sulle mie. Le nostre labbra danzano nel silenzio della notte, ma questa volta il mio corpo non è stato colto di sorpresa e non mi sento immobile o pietrificata. Mi sento accaldata e sto bene, estremamente bene. Come se non avessi desiderato altro da quando si è staccato da me l'ultima volta. Porto le braccia dietro al collo stringendogli piano i capelli. Un leggero gemito di Josh si mescola nel nostro bacio mentre assaporo la sua lingua che sa di vino. La sua presa si restringe quasi volesse farmi entrare dentro al suo petto per sentire quanto batte il suo cuore. Continuiamo a baciarci sotto il cielo stellato, ma io sento come se l'unica cosa a brillare qui siamo noi due.

«Hai detto che noi due siamo amici» dico staccandomi.

Josh riporta le sue labbra su di me lasciando un piccolo bacio a stampo.

«Non riuscirò mai a essere solo tuo amico.»

Nell'esatto momento in cui vedo lo scuro dei suoi occhi schiarirsi leggermente nel pronunciare quelle parole capisco.

Finalmente capisco che io provo davvero qualcosa per Josh, che non mi importa se non saremo mai d'accordo su niente, non mi importa se dovrà continuare a caricarmi sulle spalle per farmi andare in giro con lui e non mi importa se tutto questo mi spaventa così tanto da farmi tremare le gambe. Ho lasciato andare troppe persone nella mia vita rinunciando a ciò che mi avrebbe potuto rendere felice.

Domani non scapperò. Domani resterò, basta scappare, basta nascondersi.

È il momento di restare.

4

Jennifer's pov

«Corri piccola, devi correre» urla la voce soave di mia madre che ora è impregnata di paura.

«Ma mamma, il tuo anello» urlo piangendo. «L'anello di papà.»

«Non importa, ora corri!» mi strattona più forte.

Un colpo. La pioggia. Il sangue.

«Oh, no!» tuona un uomo. «La polizia!»

«Ora cosa facciamo, capo?»

L'uomo si guarda attorno freneticamente, spostando lo sguardo dal corpo di mia madre ai suoi compagni.

«Prendi questa.» Lancia la pistola a uno di loro.

«Voi tre scappate dall'altra parte» ordina l'uomo, «voi due invece venite con me. Tu uccidi la bambina, ormai ha visto troppo, poi raggiungici alla base.»

«Perché non respira?» piango mischiando le mie lacrime con la pioggia, «aiutami per favore, aiutami.»

Il ragazzo trema mentre punta la pistola contro di me. La catena al collo oscilla e l'unica cosa colorata in quel momento è il tatuaggio sul braccio.

Stesso incubo. Stessa fronte sudata dopo un risveglio frenetico e sempre la stessa realtà. Mi libererò mai di tutto questo?

All'inizio questi sogni avevano provocato in me forti attacchi di panico. Con il passare del tempo cercavo semplicemente di non dormire, quindi mi limitavo a qualche ora di sonno, ma un giorno mi addormentai sull'autobus e capii che così non poteva andare.

Imparai a conviverci, ma non era più la mia reazione a farmi arrabbiare, piuttosto gli incubi in sé. Perché non posso fare un bel sogno su mia madre? In fondo ho sempre vissuto bei momenti accanto a lei, ora è come se mi perseguitasse.

Che sia arrabbiata con me per quello che le ho fatto? Si starà vendicando?

«Signorina Milton, la devo accompagnare io? È abbastanza tardi.» Sento Greg fuori dalla mia porta.

«Sì, Greg» accetto, «faccio una doccia veloce e ti raggiungo.»

Mi avvio verso la doccia notando che sono in ritardo tremendo.

Mi lavo alla velocità della luce e mi vesto. Intreccio i miei capelli ancora umidicci in una treccia a spiga mentre provo ad applicare un leggero strato di mascara sulle mie ciglia. Forse sembrerò meno uno zombie così.

Sto per applicare il mascara nell'esatto momento in cui sento il cellulare vibrare. Noto due messaggi.

Messaggio da Meredith:

"Sono sicura che starai ancora vagando per casa come una pazza perché sei in ritardo. Volevo solo avvisarti che Drake mi ha detto che l'ora di matematica è saltata quindi ti aspettiamo al bar davanti a scuola, cerca di arrivare in un orario decente e non in pigiama".

Rido per il tono saccente di Meredith e mi rilasso sapendo che ho ancora un po' di tempo.

Messaggio a Meredith:

"Drake ti sta facendo diventare aggressiva, piccola Meredith, non mi diventerai indomabile, vero? Ci vediamo al bar".

Messaggio da Meredith:

"No, di indomabile basti tu, grazie, Drake".

Ma quei due sono sempre insieme? Lascio perdere il riccio e leggo l'altro messaggio.

Messaggio da Michael:

"Ehi, Jennifer. Ti va di vederci oggi pomeriggio? Dovrei parlarti di una questione".

Odio quando le persone mi dicono "Devo parlarti". Mi mette un'ansia disumana e la mia mente comincia a immagazzinare tutti i possibili errori che potrei avere fatto.

Messaggio a Michael:

"Certo. Niente di grave, spero".

Metto il cellulare nel taschino dello zaino, poi mi dirigo verso le scale, però noto la porta dell'ufficio di mio padre mezzo aperta. La spalanco poco elegantemente, ma mio padre non sembra smuoversi di un millimetro dalla sua postazione.

Sta leggendo con una smorfia dei fogli davanti a lui.

«Buongiorno» saluto.

Mio padre sembra non accorgersi della mia presenza.

«Buongiorno, papà» ripeto alzando un po' la voce.

Niente. Sembra essere immerso completamente nella sua scrivania.

«Buongiorno!» urlo.

Mio padre alza il capo. «Jennifer, non urlare di prima mattina» mi ammonisce e poi riporta tutta la sua attenzione ai fogli.

Non dico che mio padre non si interessi a me o non mi includa nella sua vita. So quanto mi voglia bene ma a volte è come se fosse in uno stato di trance. Non credo lo faccia apposta, è semplicemente troppo concentrato.

«Allora io vado a scuola a drogarmi, va bene?» domando sussurrando.

«Buona scuola» biascica prendendo la calcolatrice.

Lo sapevo! È nel suo stato di trance, ora mi diverto.

Vedo Greg avvicinarsi a me fermandosi allo stipite della porta. Guarda me e poi guarda mio padre confuso.

«Non sono sicura di voler andare a scuola in realtà» dico con voce normale, «ho visto che ci sono degli spacciatori qua attorno, potrei unirmi a loro.»

«Sono contento che tu abbia degli amici, tesoro» risponde digitando velocemente sulla calcolatrice.

Sbuffo una piccola risata mentre Greg alza gli occhi al cielo capendo cosa sta succedendo. Non è la prima volta.

«Conosco anche dei rapinatori. Potrei portarli qui in modo che rubino qualcosa.» Trattengo una risata.

«Avvisa Anny, se vuoi che vengano a cena.»

«Anny sta facendo cose sconce con Greg in cucina.»

«Signorina» mi sussurra rosso in faccia Greg.

«Che c'è? Tanto non mi sta ascoltando.»

È vero. Tutta l'attenzione di mio padre è rivolta ai fogli davanti a lui.

«Suo padre è molto concentrato in questo momento, credo sia meglio andare ora.»

«Sei un guastafeste» sbuffo, «vado a ipotecare la casa» urlo mentre scendo le scale.

«Buona giornata» sento mio padre urlare di rimando.

«Greg» lo richiamo mentre entriamo in macchina, «perché tu e Anny non avete figli?»

Greg sembra un po' scosso dalla mia domanda.

«Non è stato possibile» dice girando a sinistra.

«In che senso?»

«Anny non può avere figli.»

Cerco di non sembrare troppo sorpresa dalla sua rivelazione, ma la realtà è che ne sono completamente scioccata. Anny è sterile?

«È s-sterile?» chiedo non più sicura come prima.

«Sì» risponde Greg osservando la strada, «l'abbiamo scoperto tardi. All'inizio non ne eravamo a conoscenza per il semplice fatto che non avevamo intenzione di avere figli ma dopo qualche anno di matrimonio abbiamo cominciato a provarci.»

«Ma Anny non rimaneva incinta...» constato io.

«Già. Ci abbiamo provato per anni e anni, ma niente da fare.»

«E l'adozione?»

«Ci abbiamo provato, solo che ormai eravamo troppo vecchi.»

«Voi non siete vecchi!» tuono mentre Greg ridacchia.

«Non molto, ma per adottare un figlio sì. Le leggi dell'adozione sono molto severe, quindi semplicemente ci siamo arresi, a un certo punto.»

«Perché io non ne so niente?» sussurro quasi offesa.

«Signorina Milton» sospira Greg, «ormai è una questione passata, non serve riportarla a galla e mia moglie è ancora fragile quando ne parla, quindi abbiamo sempre cercato di evitarla.»

Annuisco debolmente, non volendo rievocare tristi ricordi in Greg. Ha ragione lui. Le situazioni passate quando vengono riportate a galla fanno male e mi dispiace di essermi fatta gli affari loro in questo modo.

«Mi dispiace, Greg» sussurro.

«Ormai è passato» mi sorride sincero.

«Siete delle persone con tanto amore da regalare e non ne avete avuto la possibilità» proferisco amara.

«Questo non è vero, signorina» dice Greg parcheggiando fuori dalla mia scuola, «abbiamo avuto lei. Si fidi quando le dico che

Anny le ha trasmesso tutto l'amore che non ha potuto dare a nostro figlio. Lei è nostra figlia, in un certo senso» mi sorride amabilmente.

Mi si scioglie il cuore alle sue parole. È vero. Anny e Greg sono stati una specie di seconda famiglia per me.

«Grazie, Greg» sorrido aprendo la portiera.

«Buona giornata, signorina.»

Mentre mi dirigo al bar proprio di fronte a scuola riesco a vedere la testa di ricci di Drake muoversi accanto a Meredith.

«Finalmente, cenerentola!» sbotta Drake. «Mi stavo mummificando qui.»

«Jennifer, potresti per favore spiegare a Drake che non può mangiare così tanto a colazione perché poi si sentirà male?»

Guardo Meredith con un sorriso mentre osservo il cameriere avvicinarsi a noi.

«Posso portarle qualcosa?» mi chiede allegramente.

«Un cornetto alla Nutella e uno alla nocciola. Avete dei pasticcini alla frutta?»

«Certo» sorride.

«Allora anche quattro di quelli assieme a un cappuccino con panna.»

«Subito» dice il cameriere avviandosi dietro al bancone.

Drake mi osserva divertito mentre Meredith mi ammonisce con lo sguardo.

«Hai visto?» le dice Drake.

«Non sei d'aiuto così» sbuffa Meredith.

«Io ho fame» mi difendo.

«Tu hai sempre fame» ribatte lei.

«Josh ci raggiunge direttamente a pranzo» dice Drake guardando il suo cellulare.

Tossisco nel sentire il suo nome. Un po' devo ammettere che ero delusa stamattina quando ho visto che i due messaggi non appartenevano a lui, ma ieri sera dopo quel bacio è stato tutto piuttosto tranquillo.

Niente scene mute, niente corpi paralizzati o imbarazzo. Abbiamo continuato a parlare per un po', poi mi ha accompagnata a casa dandomi un leggero bacio.

«Jennifer, tutto bene?» mi chiede Meredith.

«Oh, certo.»

«Sicura?» domanda lei.

«Be', forse qualcosa c'è» muovo il cucchiaio nel mio cappuccino.

«Spara, rossa» dice Drake.

«Io e Josh ieri ci siamo baciati!» sbotto.

Meredith e Drake mi guardano interdetti e anche il cameriere che si era avvicinato per portarmi i pasticcini sembra imbarazzato.

«Oh, ehm, grazie» dico al cameriere.

«Buona colazione» sorride di rimando.

«In che senso tu e Josh vi siete baciati?» domanda Meredith mentre mi osserva attentamente.

«Quanti sensi ci sono?»

«Aaah» lancia un gridolino eccitato Meredith.

«E dopo vi siete parlati?» chiede Drake.

«Sì» rido.

«Oggi hai intenzione di infilarti in qualche bagno per nasconderti?» mi prende in giro lui.

«Non ti lancio questi pasticcini solo perché sono troppo buoni, riccioli d'oro» grugnisco a Drake in risposta.

«Quindi state insieme?» domanda Meredith eccitata.

«Io veramente non ne ho idea» rispondo sincera.

«Ma non avete parlato dopo?» domanda il riccio.

«Sì.»

«E di cosa avete parlato?»

«Di fenicotteri» rispondo addentando la brioche alla nocciola.

Drake ride mentre Meredith si porta una mano sul viso.

«Non ti chiedo nemmeno perché siete finiti su quell'argomento» continua ridendo.

«Fai bene.»

«Quindi non sai in che situazione siete?»

«Be', credo che stiamo insieme.» Mi mordo il labbro. «Insomma non siamo all'asilo, non dobbiamo decidere come etichettarci.»

A questo non avevo minimamente pensato. Io e Josh insieme? Suona così strano ora che ci penso. Dovrei chiederglielo?

Sembra imbarazzante andare a chiedere: "Ehi, ma quindi ora tu sei il mio ragazzo?".

Sta succedendo tutto così in fretta che non so né come reagire né cosa pensare.

Meredith sorride beatamente mentre Drake sembra un po' sovrappensiero.

«Te l'ha detto lui?» chiede. «Che non vuole essere tuo amico e basta?»

«Sì, perché?»

Drake sembra un po' combattuto nel rispondere e il suo sguardo mi sta mettendo addosso una strana ansia.

«Niente» scuote la testa sorridendo, «sono solo sorpreso. Chi lo avrebbe mai detto?»

«Sono qui da due mesi e ancora non riesco a trovare tutte le aule!» sbotto tra me e me vagando per la scuola.

Continuerò a ripeterlo all'infinito, devono regalare delle mappe della scuola! Continuo a vagare alla ricerca dell'aula di letteratura, eppure ero sicura fosse in quest'ala. Sono abituata ad andarci con Josh e non ho mai fatto caso al percorso.

«Si è persa, signorina?» mi sento dire da dietro.

Mi giro di scatto e alzo gli occhi sul ragazzo che mi appare di fronte. Jeans scuri strappati, maglietta nera con una scritta rossa illeggibile e un giubbotto di jeans.

Capelli castani leggermente più corti e occhi color petrolio. Josh.

«No, che non mi sono persa» dico io, falsa, sorpassandolo.

«Per questo stai andando dal lato sbagliato?» mi richiama lui.

Sento Josh ridacchiare nell'esatto momento in cui torno indietro, ma lo sorpasso comunque. Un braccio mi avvolge le spalle e la sua grande mano che penzola entra nella mia visuale. Mi regala un sorriso dolce.

«Mi ricorda tanto qualcosa questa scena» ride lui.

«Hai dei preservativi questa volta?» lo derido io.

«Sì» sussurra all'orecchio, «nel portafoglio. Vuoi usarli?»

Divento paonazza e mi scanso subito dalla sua presa aumentando il passo. Non che questo lato malizioso mi dispiaccia, ma perché va in giro con dei preservativi?

«Avanti, Jen, scherzavo» ride lui raggiungendomi.

«Non» gli punto il dito contro «chiamarmi» continuo avvicinandomi «Jen.»

«Cristo santo» sbuffa lui, «quanto sei complicata.»

Gli tiro una spallata e lui mi spinge a sua volta, ma non troppo forte.

«Ragazzi, avete intenzione di entrare?» ci chiede la professoressa con un sorriso.

Adoro la nostra professoressa di letteratura, ha sempre un sorriso stampato in faccia: purtroppo però molti si approfittano della sua bontà e lei si lascia abbindolare facilmente.

Entriamo in classe, ma Josh continua a tirarmi spallate scherzose e a me viene istintivamente da ridere.

«Smettila» sussurro.

«Mai» ride lui.

Ci addentriamo nella classe e noto che sono già tutti presenti e ovviamente ci fissano.

Melissa non è al suo solito posto a guardarsi le ciocche bionde. Non che la sua assenza mi infastidisca, anzi. Ci stiamo per avvicinare ai nostri soliti posti, quando vedo un braccio abbronzato che attira la nostra attenzione.

Olly mi sorride mentre si sbraccia indicandomi di sederci vicino a lei. Non l'avevo mai notata prima, allora è davvero nella mia classe. Josh mi guarda e io alzo le spalle incamminandomi confusa verso di lei.

Mi siedo mentre Josh si mette in seconda fila, proprio davanti a me, attaccato al muro.

«Ehi, Jennifer, come stai?» mi chiede Olly raggiante.

«Bene e tu?»

«Ieri notte ho dormito pochissimo perché i miei vicini hanno deciso di procreare.» Olly si mette due dita in bocca come per vomitare. «Orribile.»

Rido di fronte a questa buffa ragazza senza peli sulla lingua, con cui ho scambiato una caramella e delle ripetizioni per un tacos. Il mio cellulare vibra nella tasca e lo afferro notando che ci vuole ancora un po' all'inizio della lezione.

Guardo Josh confuso ma l'unica cosa che ricevo è il suo mento che mi indica il cellulare.

Messaggio da Josh:

"Vuoi fare la replica dei vicini di Olly?".

Chiudo subito il cellulare di scatto e mi guardo alle spalle, a destra e a sinistra. Assicurandomi che nessuno abbia letto niente, il tutto seguito dalla risata soffocata di Josh.

Poi tira fuori il portafoglio e me lo indica. Probabilmente alludendo a ciò che c'è dentro. Olly è intenta a parlare con qualcuno vicino a lei perciò ne approfitto per rispondere prima che si giri di nuovo.

Messaggio a Josh:

"Comprati dei porno".

Messaggio da Josh:

"Sono sicuro che sia meglio tu dei porno. PS: Li ho ma sono in cantina".

Come posso non ridere?

«Ascolta, oggi ci saresti per ripassare matematica?» mi chiede Olly mettendo fine al nostro messaggiare. «Si sta avvicinando quel famoso compito.»

«Non saprei, dovrei vedermi con un amico, ma ancora non mi ha fatto sapere niente.»

«Chi?» chiedono Olly e Josh nello stesso momento.

«Origli le nostre conversazioni?»

«Sono proprio davanti a voi, è un po' difficile non ascoltarvi» si difende lui.

«Si chiama Michael, frequenta l'accademia d'arte.»

«L'accademia d'arte?» chiede estasiata lei. «Chissà che figata! Io non so nemmeno fare un cerchio perfetto.»

Rido del suo beffeggiarsi da sola mentre Josh sbuffa sonoramente. Ricominciamo.

«Cosa c'è, Josh?» domando scocciata sapendo già cosa vuole dire.

«Non capisco perché tu ti debba ostinare a uscire con quella sottospecie di irlandese» si lamenta lui, «non è nemmeno simpatico.»

«Ancora con questa storia? Sì che lo è. Ma tu sei troppo impegnato a comportarti male con lui per notarlo.»

«Ma voi due state insieme?» chiede Olly mettendo fine al nostro battibecco.

Josh fa un'espressione che non riesco nemmeno a descrivere e non ho la più pallida idea di cosa dire. Per fortuna la professoressa comincia a parlare evitando il mio totale imbarazzo. E quello chi è?

«Allora, ragazzi» dice lei sorridente, «questa lezione sarà diversa dalle altre. Oggi con noi c'è Clark» indica un ragazzo alla sua destra.

«È un piacere, ragazzi.»

Un brusio si apre tra le ragazze della classe e vedo Olly fremere sulla sedia.

«Ma che gran piacere, Clark» sussurra Olly maliziosa.

Clark non è molto alto, non quanto Josh almeno, ma è robusto.

Anche se indossa una camicia e un gilet, si può notare che ha un fisico molto scolpito.

Ha i capelli scuri, rasati leggermente a lato e un po' più lunghi sul davanti.

Occhi verdi, ma non come i miei, i suoi sono molto più scuri. Quasi tenebrosi.

«Ti sei incantata?» ride Olly schioccandomi le dita davanti. «Bello, vero?»

«Mmh» faccio finta di pensarci, «è okay.»

«Okay?» chiede scioccata, «è un gran bel pezzo di ragazzo.»

«Sì» rido piano, «devo ammettere che è bello.»

«Ma fatemi il piacere» ribatte Josh, «è alto quanto una lattina.»

«Non ti va mai bene niente, Cliver» lo riprende Olly.

Finalmente qualcuno che la pensa come me!

«Clark non è molto più grande di voi, infatti ha solo vent'anni» solo due anni in più, eh? «Ha studiato psicologia e ora sta facendo uno stage che lo porterà a partecipare ad alcune delle nostre lezioni.»

«Cosa c'entra lui con quello che stiamo facendo?» domanda Josh forse in tono troppo burbero.

«Psicologia e letteratura a volte sono più simili di quanto tu possa credere, Josh» spiega lei calma. «Puoi cominciare, Clark.»

«Allora è un piacere essere qui con voi oggi.»

Tutte le ragazze pendono dalle sue labbra. Mi sembra leggermente esagerato...

«Non vi faccio fare il giro di nomi perché so già che me li scorderò immediatamente, li imparerò andando avanti nelle lezioni, almeno spero» sorride lui.

«Bello psicologo del cazzo» borbotta Josh.

«Josh, smettila!» Gli lancio una matita.

«Oggi parleremo di un noto neurologo e psicoanalista di nome Sigmund Freud. Molti di voi l'hanno sicuramente già sentito nominare, ma oggi voglio parlarvi di una delle sue tante citazioni e sapere cosa ne pensate.»

Clark prende un gessetto sotto lo sguardo attento di tutti e comincia a scrivere, in una scrittura corsiva e ordinata, sulla lavagna: "L'umanità ha sempre barattato un po' di felicità per un po' di sicurezza".

«Cosa pensate di questa frase?»

Cala il silenzio per qualche secondo e poi una ragazza della prima fila alza la mano.

«Sì?» chiede Clark.

«Ma che significato ha questa frase?» È arrivato il genio dell'anno.

«È proprio questo il punto. Ognuno ha una prospettiva diversa con cui legge una frase» comincia lui, «io potrei dirvi che secondo me questa è piena di significato mentre qualcun altro potrebbe dire che è una frase stupida e insensata.»

«Per me non ha molto senso» dice un altro ragazzo, «se io sono felice perché dovrei barattare la mia felicità?»

«Infatti è una frase stupida» sento dire da una voce roca vicino a me, «tutti combattono per raggiungere la felicità e nessuno è così stupido da barattarla.»

Clark ascolta le nostre risposte con un sorriso, come se fossero tutte giuste, ma c'è una risposta giusta?

«La pensate tutti allo stesso modo?» chiede Clark.

Tutti annuiscono.

«Io no» dico nel silenzio che si era creato.

Vedo la professoressa sfoggiare un piccolo sorriso e sento dire da Josh un: «Ti pareva».

Tutti gli sguardi sono fissi su di me in questo momento e Clark mi guarda curioso.

«Tu cosa pensi di questa frase?»

«Penso che sia vera» dico seria.

«Non credi sia stupido che l'umanità voglia barattare la propria felicità per un po' di sicurezza?»

«Non ho detto questo, anzi, lo penso. È davvero da stupidi, ma l'umanità è stupida. Tutti lo siamo quando si tratta di raggiungere la felicità.»

Clark si apre in un sorriso strano mentre si avvicina di qualche banco a me e a Olly.

«Potresti spiegarti meglio?» mi domanda.

«La scalinata per raggiungere la felicità a volte è lunghissima, altre invece è molto corta. Non siamo mai soddisfatti, non siamo mai del tutto felici perciò tendiamo a volere sempre di più e ci perdiamo nel percorso che facciamo. Quindi quando ci accorgiamo di esserci persi nel percorso per essere felici, tendiamo a cercare sicurezza.»

Il silenzio continua a incombere nella classe, hanno quasi tutti la stessa espressione impassibile, tranne Clark.

Continua a guardarmi in modo strano e sento lo sguardo di Josh bruciarmi lo stomaco. Tra gli occhi di Clark e quelli di Josh non so quali mi mettano più in soggezione.

«Potresti farmi un esempio pratico di ciò che hai detto?»

Annuisco alzando le spalle e abbasso lo sguardo verso il banco pensandoci un attimo, per poi rialzarlo subito dopo.

«Voglio sentirmi grande, evadere dagli altri, non dipendere da nessuno. Lascio la mia famiglia e decido di cambiare città. Vedo un appartamento. È bello, spazioso per una sola persona. Mi ci butto a capofitto decidendo di vivere da sola» comincio. «Sto nel mio appartamento credendomi grande, superiore ora che le regole le faccio io. Comincio a pensare di essere felice ma sono stufa di prendere un autobus, quindi decido di comprarmi una macchina credendo che dopo sarà perfetto. Prendo la mia macchina bella, spendendo un sacco di soldi, solo per dimostrare agli altri che ora ho un bolide e un appartamento tutto mio.»

«Continua» dice Clark avvicinandosi ancora di più.

«Ovviamente per essere appagata nella vita, devo avere un lavoro perfetto che mi farà guadagnare tanto, quindi decido di studiare legge per esempio. Mi immergo nello studio dentro il mio bell'appartamento nella mia nuova città e il giorno dopo vado a scuola con la mia macchina nuova» riprendo fiato. «Ovviamente il mio appartamento e la mia macchina perfetta costano, quindi decido di trovare un lavoro part time serale, per pagarmi il tutto e poter andare a scuola di giorno.»

«Direi che sembra una vita abbastanza felice, no? Indipendenza, studi legge, hai un bell'appartamento tutto tuo e un'auto altrettanto bella» dice Clark.

Lo guardo di sottecchi: non è convinto di quello che sta dicendo, come se mi stesse mettendo alla prova.

«Arriva il giorno di Natale. Non devo più andare a scuola e il pub in cui lavoro la sera è chiuso. Entro nel mio appartamento e noto che non ho amici da invitare o un fidanzato con cui stare. Prendo il mio cellulare e non ho nessuna chiamata persa dove i miei genitori mi dicono di passare il Natale con loro» sentenzio io. «Volevo così tanto l'indipendenza che ho lasciato indietro la mia famiglia prima del dovuto. Ero così presa dal voler mantenere il mio appartamento e la mia macchina costosa che lavoravo part time, forse troppe ore, invece che uscire con i ragazzi della mia età.»

«Quindi dove vuoi arrivare?» domanda ancora Clark.

«Sono seduta nel mio divano da sola e mi accorgo solo ora che ero così accecata dal crearmi una vita futura felice tralasciando che stavo rovinando la mia felicità del presente. Sono da sola su un divano che non condividerò mai con nessuno. Ho una macchina che trasporterà sempre e solo me, sempre negli stessi posti. Niente amore, niente amici, niente parenti. Sull'orlo della solitudine e della disperazione. Ora vorreste davvero dirmi che non barattereste un po' di questa felicità per un po' di sicurezza? Per la sicurezza che andrà bene nonostante tutto?»

Guardo i miei compagni credendo che prima o poi qualcuno risponderà alla mia domanda. Ma vedo solo Josh che mi fissa, Olly che mi sorride assieme alla professoressa e lo sguardo di tutti gli altri, tranne quello di Clark. Vorrei davvero togliergli quella specie di ghigno.

«Quindi stai dicendo che è sbagliato quello che hanno detto i tuoi compagni? Che sbagliano nel dire che non baratterebbero la loro felicità per nient'altro?»

«Non mi metta parole in bocca che non ho detto» dico con tono un po' brusco, «credo che ci siano due tipi di persone.»

«E sarebbero?»

«C'è chi ha avuto tanta di quella felicità nella propria vita che dare un po' di felicità per della sicurezza non gli cambierebbe nulla.» Fisso Clark. «Poi c'è chi ha dovuto affrontare così tanto dolore che se ne frega altamente della sicurezza e darebbe via un rene per un briciolo di felicità. E le assicuro che appena quella persona acquista un po' di felicità nella propria vita non la baratterebbe con altro.»

«E tu?» chiede Clark ormai vicino ai nostri banchi. «Tu di che categoria fai parte?»

La campanella suona ma nessuno si muove.

«Con tutto il rispetto» mi alzo e prendo il mio zaino, «non sono affari suoi.»

La classe comincia a uscire. Olly raccoglie il suo zaino e Josh mi fa cenno di andare con la mano. Seguo Olly che ormai ha raggiunto Josh, ma la mano di Clark mi prende il braccio fermandomi.

Vedo Josh ringhiare e avvicinarsi a noi, ma Olly lo ferma divertita mettendogli una mano sul petto.

«Come ti chiami?» mi chiede Clark.

Tolgo il braccio dalla sua presa sistemandomi meglio lo zaino sulla spalla. «Jennifer» lo sorpasso, «Jennifer Milton.»

Raggiungo Olly e Josh che mi aspettano alla porta e sento ancora lo sguardo di Clark sulla mia schiena.

«Qualcuno qui ha fatto colpo» cantilena Olly.

«Olly...» la riprendo io.

«Ma hai visto che occhi che ha?» mi chiede lei. «Sono strani. In realtà anche lui è abbastanza strano, però è bello, quindi posso passarci sopra» continua Olly. «Anche mio zio ha i suoi stessi occhi, però lui non è bello, è solo strano ed è pelato quindi...»

«Olly» la blocca Josh, «abbiamo capito.»

Olly ha davvero una grande parlantina, mi stupisce di non averla mai notata prima in classe, ma Josh non sembra molto sorpreso di questo suo parlare a vanvera.

«È solo un tappo esaltato che crede di poterci psicoanalizzare tutti» sentenzia schifato Josh.

«In realtà lui non ha quasi mai parlato» lo difende Olly, «ha semplicemente posto domande.»

«È uno sfigato» continua Josh, «e se ti tocca ancora gli taglio la mano» guarda verso di me.

Sbuffo. Josh si agita così solo perché mi ha toccato il braccio in mezzo a tante persone, se mai decidesse di abbracciarmi cosa farebbe? Gli brucerebbe la casa?

«Ma è geloso?» mi sussurra Olly all'orecchio.

«No, è solo *malatamente* possessivo» dico con tono normale.

«Non sono *malatamente* possessivo» mi rimbecca lui. «E poi che razza di termine è? Quel Clark ha un brutto effetto su di te. Lo sapevo. Psicologo da strapazzo.»

Olly scoppia in una risata, ma io sto ancora cercando di capire se Josh e Olly sono andati a letto insieme. Non sembrano a disagio nel parlare, per due che prima facevano sesso e ora non lo fanno più, ma Josh non sembra mai a disagio, quindi non so davvero che pensare.

Chi ti dice che non lo fanno più?

«Ehi, capitano» qualcuno chiama da dietro facendo girare Josh.

«Alan.»

È lo stesso ragazzo che era venuto a parlare con Josh a mensa e credo di averlo visto anche in palestra. Alan si avvicina e vedo Olly indietreggiare di un passo dietro di me.

«Ma cosa...» dico sottovoce.

«Non muoverti» mi sussurra Olly.

Alan è ormai faccia a faccia con Josh, ma io a quanto pare non posso muovermi di un passo, se no si vedrebbe anche Olly. Fortunatamente nessuno sembra accorgersene anche se lei è molto più alta di me, deve essersi accovacciata.

«Ehi, amico, hai una faccia» dice Alan. «Cosa ti turba?»

«Niente» sbuffa lui.

Rido sapendo che non è qualcosa che lo turba, ma qualcuno, e qualcuno si chiama Clark. A volte sembra che ce l'abbia con il mondo.

«Ehi, rossa» mi richiama Alan con un sorriso mentre Olly stringe il mio maglione. «Come stai?»

Faccio un cenno con la testa e un mezzo sorriso tirato. Se si avvicina anche solo di un passo scoprirà una cheerleader dietro di me.

«Hai detto che a pranzo ripassavamo lo schema per la partita» dice Alan.

«Me ne sono completamente scordato» si spalma la mano in faccia Josh. «Drake e Meredith sono al tavolo?» domanda guardandomi.

«Credo ci stiano aspettando, sì.»

«Va be', a questo punto vieni con noi, no?» chiede Josh ad Alan che annuisce. «Olly vieni anche tu?»

«Cazzo» impreca Olly uscendo dal suo nascondiglio.

«Olly?» Alan dice il suo nome più come una domanda.

«Ehi» biascica lei.

«Cosa ci facevi dietro Jennifer?»

Il mio maglione chiede pietà da quanto Olly lo sta stringendo, ma a notare la sua espressione di disagio davanti ad Alan, non posso che fulminare quel genio di Josh.

Mi guarda impassibile con una faccia come per dire: "Cosa ho fatto adesso?".

«Orecchino» dico, «mi era caduto l'orecchino e Olly lo stava cercando.»

«Eh già» mi asseconda lei titubante.

«Ma tu non hai i buchi alle orecchie.»

Ma si può sapere che razza di problemi ha questo ragazzo? Quante altre volte devo trucidarlo con lo sguardo prima di fargli capire che deve stare zitto?

«Era un orecchino a clip» ringhio contro Josh.

«Be'» comincia Alan con un ghigno, «l'hai trovato, Olly, l'orecchino?»

«No» risponde brusca lei.

Credo che tutti abbiamo capito che c'è una strana tensione tra Alan e Olly. Tutti tranne Josh che ovviamente sembra un pesce fuor d'acqua.

«Vogliamo andare?» domanda Josh.

«Andiamo, capitano» dice un Alan troppo esaltato.

Io e Olly camminiamo di poco dietro a Josh e Alan, mentre quest'ultimo continua a fare allusioni sessuali su tutte le ragazze che respirano in un raggio di cento metri. Josh non dà delle vere e proprie risposte, più che altro sono smorfie, il che mi risolleva un po'.

«Cosa succede tra te e Alan?» chiedo.

«Cosa succede tra te e Josh?» domanda lei.

«Mi dispiace ma hai già troppo da me, ripetizioni e una caramella, te le devi far bastare.»

«Avanti, raccontami» dice lei in preda all'enfasi, ma rimango in silenzio.

Un conto è lasciarmi andare, un altro è andare a raccontare i fatti miei a una cheerleader qualunque. Continuo a non fidarmi molto di Olly, ancora dopo due mesi non parlo apertamente con Josh e gli altri, figuriamoci con lei.

Riesco a vedere Meredith seduta sopra Drake, solita posizione, solo che la loro bolla d'amore sembra espandersi ogni giorno di più.

«Questa me l'ero persa» dice Alan un secondo prima di sedersi al tavolo.

Drake e Meredith si girano verso di noi con aria confusa. Effettivamente è strano avere Alan e Olly qui: il pranzo è il nostro luogo di ritrovo, ma non sembrano scocciati e stranamente nemmeno io.

«Drake» dice Josh, «ovviamente conosci già Alan.»

«Ma lei non è tua sorella?» chiede Alan indicando Meredith.

«Sì» dice lei sorridente come sempre, «sono Meredith.»

«Incantato» replica Alan.

«Lei è Meredith ed è la mia ragazza. Tu sei Alan e stai al tuo posto» dice Drake serio stringendo di più Meredith.

Ovviamente Alan e Drake si conoscono bene perché lui non sembra per niente ferito dal rimprovero di Drake. È la prima volta che lo vedo geloso e a giudicare dall'espressione di Meredith a lei non sembra dispiacere affatto.

«Lei è Olly» continua Josh.

Giusto! Forse avrei dovuto presentarla io.

«Sei nel nostro corso di matematica, vero?» chiede Drake indicandomi e Olly annuisce.

Il pranzo procede tranquillo. Io, Olly e Meredith siamo da un lato mentre Drake, Alan e Josh dall'altro intenti a esaminare una specie di mappa del campo.

«Allora?» chiede Olly, «da quanto stai con Drake?»

«Oh, be', ecco. Da poco in realtà» risponde timida.

«Davvero?» domanda incredula, «sembrava da molto di più da come vi guardavate.»

Olly tende a essere solare con tutti, quasi un libro aperto, perciò non le risulta strano fare domande private a una persona con cui probabilmente non ha mai parlato prima.

«Diciamo che andava avanti da un po' senza che noi lo sapessimo» dice Meredith sorridente guardando il riccio dall'altra parte.

«Aaah, l'amore» sospira Olly accasciandosi sulla sedia.

«E tu? Perché continui a mandare occhiate ad Alan?»

Olly rimane un po' interdetta, ovviamente non si aspettava questa domanda, ma se non gliel'avesse fatta Meredith gliel'avrei fatta io. Continua a osservarlo da quando ci siamo sedute, solo che lei non si è accorta che ogni tanto anche Alan lo fa.

«Io non stavo guardando nessuno» si difende lei.

«Certo» rido.

«Tu e Josh invece?» chiede per sviare il discorso.

Guardo Olly e poi guardo attentamente Josh davanti a me, stamattina si è comportato in modo stranamente affettuoso, ma ancora non ho idea di cosa siamo. Perciò alzo semplicemente le spalle e punto lo sguardo da tutt'altra parte.

Dritto davanti a me noto Clark con un caffè in mano. È abbastanza lontano, ma riesco a notare che non sta guardando da questa parte ed è intento semplicemente a scrutare attorno.

«Quello è davvero un gran figo!» dice Olly ad alta voce guadagnandosi l'attenzione dei ragazzi.

«Chi?» chiede Alan.

«Lo stagista di letteratura, si chiama Clark, è quello là in fondo» continua indicandolo poco discretamente.

Josh sbuffa senza nemmeno girarsi mentre Drake e Alan alzano il collo incuriositi.

«Ah sì» commenta Alan, «fa lo stage anche nel mio corso di dialettica. Un bel tipo.»

«Sembra giovane. Quanti anni ha?» chiede Drake.

«Venti» rispondo.

«E ci ha provato con Jennifer» continua Olly.

Josh si gira così velocemente verso Olly che è un miracolo che non gli si sia staccata la testa e abbia cominciato a rotolare per il pavimento.

La fulmina con uno dei soliti sguardi e lei deglutisce visibilmente. Come tutti.

«Rossa, devi smetterla di fare così tante conquiste» mi prende in giro Drake.

«Se vuoi mi aggiungo alle tue conquiste» dice con voce maliziosa Alan.

«Ne farò a meno, grazie» lo respingo scherzosamente, sotto la risata di Olly.

«Oh, be', allora vuoi farlo tu Olly un giro sulla mia giostra?»

Alan è anche più scemo di Josh e Drake messi insieme, ma qualcosa mi dice che è solo una facciata.

«Fai schifo» sputa Olly.

«Oh, non metterti a far la schizzinosa ora.»

Olly gli fa la linguaccia, ma lui le manda un bacio volante che lei fa finta di afferrare per poi pestare. Qualcosa non mi quadra con questi due, ma sono divertenti.

«Sta guardando verso di noi» dice Meredith.

Riporto lo sguardo dritto davanti a me e trovo gli occhi color smeraldo di Clark.

«Non proprio verso di noi» dice Olly.

È vero. Non sta guardando noi, sta fissando me, con un'intensità che mi mette i brividi. Lo vedo fare un mezzo sorriso e poi cominciare a incamminarsi verso il nostro tavolo. Cosa sta facendo?

«Oh, dio, viene qui» esclama Olly.

«Non ti eccitare troppo, per quello ci sono io» ammicca Alan.

«Cosa vuole quello, ora?» ringhia Josh.

Drake lo guarda divertito e poi mi mima un "avete parlato" e io scuoto la testa.

Non saprei nemmeno di cosa parlare.

«Ehi, ragazzi» esclama Clark ormai vicino a noi, «volevo chiedervi se qualcuno di voi era disposto a farmi fare un giro della scuola, devo ancora ambientarmi.»

Ho come la sensazione che uno come lui si troverebbe a suo agio ovunque. So che se lo dicessi a Josh darebbe di matto, ma loro due si somigliano molto.

«Puoi andare in segreteria e ti daranno una cartina della scuola» dice Josh.

«C'è una mappa della scuola?» dico con tono scioccato. «Quante altre volte avevi intenzione di vedermi vagare per la scuola prima di dirmelo?»

«Tanto ci sono sempre io a portarti nella direzione giusta» mi deride Josh.

Gli lancio il bloc-notes sul tavolo.

Avrò collezionato tanti di quei ritardi per colpa di questa scuola immensa. Mi sarò lamentata un centinaio di volte dicendo che dovevano dare delle cartine. E lui me lo dice solo ora in presenza di Clark?

«Non puoi lanciarmi tutto quello che trovi ogni volta che non ti va bene qualcosa» mi ributta il bloc-notes.

«E chi me lo impedisce, tu? Che non prendi i panini della mensa solo perché non riesci ad aprire da solo l'involucro?»

Alan e Drake scoppiano in una grassa risata seguita da quella strozzata di Olly e Meredith.

«Parla quella che non entra in un supermercato se non viene

portata a passeggio dentro al carrello e compra una valanga di pasticcini.»

«I pasticcini rendono felici, quante volte devo ripetertelo?»

«Giusto, scusami, signorina Milton» mi deride lui.

«Per questa volta ti perdono, Cliver.»

Meredith e Drake ci guardano scuotendo la testa, mentre Olly e Alan sono un po' confusi ma complici.

Nonostante ciò che è successo ieri, i litigi tra me e Josh non sono diminuiti, ma sono più leggeri, quasi scherzosi.

E ne sono contenta perché se le cose fossero cambiate radicalmente ci sarei rimasta male, non mi sarebbe sembrato vero.

«Sono sicuro che se qualcuno mi accompagnasse sarebbe più semplice che con una mappa» dice Clark.

Quasi sobbalzo nel sentire la sua voce dietro di me. Mi ero scordata che era ancora presente al nostro tavolo.

«Per quanto tempo sarai qui per lo stage?» chiede Olly sorridente.

«Per un tempo indefinito» le sorride e posso giurare di averla vista scogliersi per un attimo.

Anche Meredith sembra in balìa del suo sorriso e Drake comincia ad assumere la stessa espressione di Josh. Solo Alan lo guarda curioso.

«Siete tutti dell'ultimo anno?» domanda gentile.

«Sì, tutti» risponde Olly.

«Tranne me» dice Meredith, «io sono al penultimo.»

«Amore, vieni qui» la richiama Drake indicandosi le gambe.

Alzo un sopracciglio verso Drake visto che Meredith è avvampata mentre si dirige verso di lui. Amore? Non l'ha mai chiamata così e ora diventa un mini Josh Cliver che vuole marcare il territorio.

So che Clark se n'è accorto, lo vedo dal sorrisetto compiaciuto che ha stampato in faccia.

«Non hai altri psicologi stagisti con cui incontrarti?» chiede Josh cattivo.

Chiunque capirebbe che è più un invito ad andarsene che una domanda.

«No, qui solo io sono in stage» dice con tono molto più gentile. «Jennifer, ti andrebbe di accompagnarmi?»

Siamo in sette a questo tavolo, perché proprio a me? Addentro le mie iridi verdi dentro alle sue ma non riesco a captare niente. Solo il vuoto.

«Lei si perde tanto quanto te, quindi direi di no» dice Josh.

Fulmino Josh con lo sguardo. Odio quando fa così.

«In realtà io non ho un grande senso dell'orientamento» sorrido beffarda, «ma se vuoi un giorno possiamo fare un giro con la cartina.»

«Se ha la mappa perché dovresti andare con lui?» ringhia Josh.

«Quando imparerai a tenere la bocca chiusa lo saprai.»

Questa volta non è un dibattito scherzoso. Sa benissimo che odio chi cerca di tirare i fili rendendomi una marionetta e lui cerca di farlo costantemente.

«Sarebbe davvero un piacere» si avvicina a me Clark. «Allora ci vediamo in giro ragazzi.»

Tutti fanno un cenno di saluto e Clark si china leggermente verso il mio orecchio. Mi tocca il braccio e si avvicina ancora di più. Sussurra così piano che sono sicura che nessuno abbia sentito oltre a me.

Mi irrigidisco sul posto e spalanco un po' gli occhi, ma non troppo, non voglio far notare il mio sussulto. Se ne va senza nessuna espressione facciale, lasciandomi con tutti gli altri che vorrebbero chiedermi spiegazioni.

Sento un brivido percorrermi la schiena. Non è piacevole ma nemmeno spiacevole.

La sua voce non era minacciosa, semplicemente sicura. Non sono spaventata, sono stupita, per la prima volta mi sento come messa a nudo.

«Cosa ti ha detto?» mi chiede Meredith.

«Che non vedeva l'ora di fare il giro scolastico» rido nervosa.

Alan e Olly annuiscono tornando a farsi gli affari loro. Ma Drake, Meredith e Josh continuano a guardarmi di sottecchi, sanno che mento. Ormai loro in un certo senso mi conoscono. Meredith mi guarda e io le faccio il segno roteando il dito, segno che glielo dirò dopo. Ormai so che a lei posso dire tutto, ma non ne parlerò qui, davanti a Olly e Alan.

«So il tuo segreto, Jennifer Milton. Tu fai parte della categoria del dolore, quella che non baratterebbe la propria felicità.»

Chi diavolo è Clark?

5

Jennifer's pov

Il pranzo prosegue. Alan continua a fare avance a Olly, che rifiuta apertamente, ma Josh sembra essersi innervosito. Perciò si tiene in disparte annuendo ogni tanto ai nostri discorsi.

Spero per lui che non si metta a fare il bambino offeso perché non ne ho davvero voglia. Sono ancora troppo presa dal sussurro che è uscito dalle labbra di Clark.

A quale segreto si riferiva? Il cellulare vibra, distraendomi dai miei pensieri.

Messaggio da Michael:

"No, tranquilla, niente di grave. Scusami, ma oggi pomeriggio sono bloccato in accademia. Ti scrivo se riesco a liberarmi sul tardi, scusami ancora".

Mi ero praticamente scordata che avrei dovuto vedere Michael oggi pomeriggio.

Messaggio a Michael:

"Non preoccuparti, fammi sapere semmai".

Olly continua a parlare a manetta, ma ormai Drake e Meredith non ci fanno più caso.

All'inizio erano abbastanza disorientati, ma dopo un po' hanno cominciato a seguire i suoi discorsi insensati. Assurdo come cominci a parlare di una lezione di storia e finisca per parlare di quello che ha mangiato l'anno scorso a Pasqua.

A proposito di Olly...

«Olly, alla fine mi sono liberata oggi» le dico guadagnandomi la sua attenzione.

«Quindi mi aiuterai in matematica?» chiede forse troppo estasiata.

Annuisco debolmente, ma Olly mi salta addosso stringendomi in un abbraccio.

«Oh, grazie, grazie, grazie!» continua lei. «Non avrò un'altra insufficienza.»

Strizzo leggermente gli occhi allontanando il corpo di Olly dal mio, sicuramente ora avrò una faccia schifata, ma provo a farle un sorriso di cortesia.

Lei mi sorride di rimando, perciò sicuramente non si è accorta di niente, ma vedo Josh ridere di nascosto.

«Ho lezione fino alle quattro, quindi ti va bene se ci vediamo per le quattro e mezza?» mi chiede ancora mezza euforica.

E dire che stiamo solo per fare ripetizioni di matematica.

«Per me va bene» prende il quaderno su cui Alan stava facendo gli schemi e strappa un foglio.

«Ehi, chi ti ha dato il permesso?» le chiede Alan.

Olly non gli dà il minimo ascolto e gli strappa anche la penna che teneva in mano.

Comincia a scrivere qualcosa sul foglio e poi me lo porge. Credevo di avere già il suo numero.

«Quello è l'indirizzo di casa mia, ti aspetto dopo.»

Può sembrare un pensiero stupido ma il fatto che abbia voluto andare a casa sua e non mia vuol dire molto. La gente tende a volersi far vedere con me, entrare a casa mia solo per dire di conoscermi. Quindi il fatto che Olly abbia proposto casa sua mi ha fatto piacere. Si alza e va via, salutando.

«Ti serve qualcos'altro per gli schemi?» chiede Alan.

«No» risponde Josh.

«Allora io vado, ci vediamo domani agli allenamenti.»

Alan si dilegua senza nemmeno dare il tempo a Josh di rispondere o a noi di salutare.

Scommetto che sta seguendo Olly, chissà cosa nascondono quei due.

«Vuoi andare anche tu, piccola?» chiede Drake guardando Meredith.

«Sì.»

«Dove andate?» chiede Josh.

«Io ho lezione» risponde Drake.

«Io devo andare a prendere Chloe a scuola.»

Drake e Meredith se ne vanno salutandomi e Josh mi squadra da capo a piedi.

So benissimo che quello sguardo vuol dire: "Cosa stavi facendo con Clark prima?".

Ricambio con un'occhiata da "prova a fare l'arrabbiato e ti ammazzo" per poi girarmi dall'altra parte facendo finta di guardare qualcos'altro di molto più interessante, ma sussulto appena sento una mano sulla mia spalla.

«Non ignorarmi Jen… Jennifer» si corregge subito appena lo fulmino.

«Io non sono il tuo giocattolo, Josh, ricordatelo. So gestire benissimo da sola le situazioni che mi si pongono davanti» ringhio. «Non-sono-la-tua-bambolina» concludo scandendo.

«Devo ammettere che averti sulla mia mensola e giocare con te quando voglio non mi dispiacerebbe» si morde il labbro.

«Josh!» lo sgrido. «Hai capito cosa ti sto dicendo?»

Josh mi fissa abbassando la schiena e portandosi i gomiti sulle ginocchia.

«No» dice continuando a guardarmi, «sto ancora pensando a cosa succederebbe se ti avessi come bambola personale.»

«Sei assurdo» tuono incrociando le braccia.

«Ma quel Clark è un coglione» si difende lui.

«Be', dopo tutto il tempo passato con te so gestire anche i coglioni.»

Mi pento subito di quello che ho detto, ma non lo do a vedere. Mi aspetto una sfuriata da parte sua, ma l'unica cosa che sento è la sua risata.

«Cosa hai da ridere, Cliver?»

«E quindi sono un coglione?» mi chiede.

Cosa ci trova di così divertente in tutto ciò? «La maggior parte delle volte sì.»

«Avanti, andiamo.»

Mi prende la mano e mi trascina con sé chissà dove. Non capirò mai la sua lunaticità.

«Dove stiamo andando?» dico dopo che abbiamo raggiunto il cancello.

«Andiamo a farmi sembrare un po' meno coglione.»

Alzo un sopracciglio, ma l'unica cosa che fa è catapultarmi dentro la macchina. Dopo cinque minuti che lo fisso con sguardo accusatorio si decide a parlare.

«Avanti, Jennifer» sospira lui, «comincia pure.»

«Non credo che ci sia un modo per farti sembrare meno coglione» dico seria.

«Da dove ti esce tutta questa dolcezza?»

«Dal cuore.»

«E io che pensavo che dopo ieri sera ti saresti addolcita.»

Divento rossa in viso al ricordo di ieri sera e mi giro verso il finestrino per non farmi vedere. Ma a quanto pare lui lo ha notato e si mette a ridere.

Un piccolo sorriso si forma sul mio viso assieme al mio rossore mentre i ricordi di ieri vagano nella mia testa. Il freddo che è subito scomparso alla vicinanza dei nostri corpi, la mia vita stretta nelle sue braccia, i suoi occhi che illuminavano il buio, il mio stomaco attorcigliato e il suo respiro che si confondeva con il mio. Il tutto contornato da fenicotteri rosa.

«Siamo arrivati» mi riprendo dai miei pensieri.

«Perché siamo qui?»

«Non c'è modo migliore per farsi perdonare da te che portarti a mangiare» mi risponde slacciandosi la cintura.

«Mi stai raggirando?» domando puntandogli il dito contro.

«Forse» conclude con un sorriso prima di scendere dalla macchina.

In realtà l'arrabbiatura mi è passata nell'esatto momento in cui si è messo a ridere quando eravamo seduti, ma questo lo terrò per me. Se tutte le volte che mi arrabbio mi compra del cibo, lo farò arrabbiare più spesso.

«Sediamoci il più in fondo possibile» mi dice lui dopo avere aperto la porta.

«Perché?» mi acciglio.

«Perché quando mangi ti trasformi, non vorrei spaventassi gli altri clienti.»

Sto per tirargli un colpo sul braccio ma lui è già corso a un tavolo in fondo, probabilmente sapendo che avrei reagito picchiandolo. Alzo gli occhi al cielo mentre lo raggiungo.

Il posto non è molto grande ma è carino e non è troppo pieno di gente, il che mi piace molto.

«Ehi, ragazzi, cosa posso portarvi?»

Un cameriere si para davanti a noi con un sorriso grande come il tavolino.

«Dacci un minuto, non abbiamo ancora deciso» sentenzia Josh.

«Okay» sorride il cameriere, «allora torno tra un po'.»

«Senti» prendo due menu, «vogliamo mangiare o no?»

«Be', in realtà io sono ancora pieno dal pranzo, visto che abbiamo mangiato tipo mezz'ora fa, sei tu quella che mangerebbe a tutte le ore.»

«Io non voglio mangiare da sola» mi lamento come una bambina di tre anni.

«Vuoi che ti imbocchi?» domanda malizioso.

«Josh, ma cosa ti prende oggi? Sei più pervertito del solito!»

«Sarà l'astinenza» dice noncurante prendendomi dalle mani uno dei menu marroncini.

Leggo il menu attentamente ma in realtà sto pensando a tutt'altro. Astinenza eh? Il fatto che Josh non vada a letto con qualcuno da tempo mi rende quasi felice. Significa che non andava a letto con qualcuna da molto prima di ieri sera, a meno che la sua definizione di astinenza non sia uguale a "una sera senza sesso" ma non credo, almeno spero.

«Allora, cosa prendi?» chiedo per distrarmi dai miei pensieri.

«Prenderò un toast al bacon. Non capisco perché devo mangiare se sono ancora pieno.»

«Perché non voglio che tu mi fissi mentre io mangio» mi giustifico.

«Giusto» alza leggermente le mani, «a volte mi scordo quanto tu possa essere strana.»

Alzo il pugno e lo colpisco forte al petto. Fa un mugolio di dolore e fa finta di essere in punto di morte accasciandosi sul tavolino.

«Mi avrai sulla coscienza» dice tossendo come se non potesse più respirare.

«Me ne farò una ragione» rido.

«Tu cosa prendi?» mi domanda rialzandosi dalla sua posizione.

Do un'altra occhiata al menu visto che prima in realtà non ho realmente letto.

«Mmh» corrugo le labbra scrutando la carta, «tacos piccanti e una cioccolata calda.»

Josh si porta una mano sulla fronte appoggiando il gomito sul tavolino.

«Oh, ancora con questa storia?» alzo gli occhi al cielo.

«Come puoi mangiare dei tacos piccanti mentre sorseggi una cioccolata calda?»

«Esattamente come quando ho mangiato le patatine e il gelato o la mela con la marmellata» gli ricordo.

Patatine e gelato. La nostra "prima uscita" se così si può chiamare.

«Ma tacos piccanti e cioccolata!» continua lui come se stessi per commettere un omicidio.

«E quindi? Se non posso mangiare quello che voglio allora perché sono qui?»

Non so nemmeno quante volte abbiamo discusso sui miei gusti riguardo al cibo.

«Siete pronti?» ci domanda il cameriere di prima.

«Toast con bacon» dice Josh con voce annoiata.

Il cameriere appunta velocemente sul suo bloc-notes blu per poi posare il suo sguardo e il suo sorriso su di me.

«Tu invece?»

«Io prendo i tacos piccanti e una cioccolata calda.»

Il cameriere si acciglia leggermente mentre è intento a scrivere la mia ordinazione ma poi mi guarda di nuovo sorridendo.

«Che abbinamenti strani» dice con tono calmo, senza pregiudizio.

«Già, un po'» rispondo quasi timida.

«I tacos sono fatti da me, sai?»

«Davvero?»

«Sì.»

«Sono buoni?» chiedo curiosa.

«Certo, questa volta li farò ancora più buoni» sorride.

La nostra conversazione viene interrotta da Josh, che mette il braccio attorno alle mie spalle.

«Questo è tutto ciò che vogliamo ordinare» dice Josh con tono piatto.

In realtà è più un "levati e portaci da mangiare" e il cameriere sembra aver afferrato visto che si dilegua subito.

«Vuoi per caso attaccarmi un foglio in fronte con scritto: "Nessuno le parli"?» chiedo io ironica.

«Posso farlo?»

«Cosa? Certo che no.»

Intanto il cameriere ci porta la nostra ordinazione.

«Immaginavo» ride lui prendendo tra le mani il suo toast.

Infilo un tacos nella salsa piccante, forse ne ho messa troppa, perché la lingua comincia a scottarmi fortissimo. Tiro fuori la lingua come un cane e sventolo la mano sopra di essa in cerca di sollievo. Afferro la tazza di cioccolata e ne ingurgito un sorso enorme. La mia lingua brucia ancora, meno di prima, ma mi aspettavo più sollievo. Josh mi fissa sorridendo.

«Contenta del tuo abbinamento?»

«Certo.»

«Non avresti preferito una bibita fresca dopo aver mangiato quel tacos?» mi chiede, sapendo già la risposta. Bastardo.

«No» mento alzando il capo all'insù.

«Certo» ridacchia.

Il tempo passa tranquillo e Josh non perde occasione per lanciare occhiate al cameriere che continua a servire sotto il suo sguardo assassino.

«Smettila» sussurro calciandogli la gamba.

«Mai.»

«Ma tu non avevi lezione?» domando io notando che siamo andati via subito dopo la nostra pausa pranzo.

«Sì» dice noncurante.

«Come sì?»

«Sì, avevo lezione» risponde ancora più tranquillo.

«Perché sei qui se avevi lezione?»

«Ti dispiace?» mi chiede girandosi completamente su di me.

«Non devi saltarle!» lo ammonisco di nuovo.

«Mi piace più stare qui. Tu non le hai saltate?»

«No» rispondo, «io avevo finito.»

«E io che mi sono creduto importante» mette su un finto broncio.

«Sono seria» lo minaccio con un tacos in mano, «non saltare più le lezioni.»

«Se mi minacci con un tacos piccante in mano non posso che ascoltarti» si beffa di me Josh.

Sbuffo mangiando il tacos e prendendone un altro subito dopo. Aveva ragione il cameriere, sono davvero buoni.

«Ti piace?» mi domanda guardandomi.

«Sì.»

«Sono un po' meno coglione ora?» domanda sorridendo e incastrando la lingua nei denti.

«Mmh» faccio finta di pensarci, «sì un po' di meno.»

«Grandioso.»

«Ma se non avessi saltato le lezioni lo saresti stato ancora meno.»

«Ne terrò conto per la prossima volta.»

Prossima volta. Suona così bene. Significa che ci sarà una prossima volta e un'altra ancora.

«Jennifer» il suo tono è stranamente serio.

«Dimmi» mi acciglio un po'.

«Cosa ti ha detto quello psicologo da quattro soldi?»

Clark.

Ingoio in modo violento la salsa e sento la gola bruciarmi. Non so se è per la salsa o perché Josh ha ritirato fuori l'argomento.

So il tuo segreto, Jennifer Milton. Tu fai parte della categoria del dolore, quella che non baratterebbe la propria felicità.

«Mi ha detto qualcosa riguardo alla lezione di letteratura.»

«La lezione di letteratura?» domanda Josh. «Avanti Jennifer, non prendermi in giro.»

Sospiro accasciandomi sulla sedia e spostando il piatto di tacos da un lato.

«Non ti sto prendendo in giro» lo rassicuro. «Ha detto che io faccio parte della categoria del dolore, quella che non baratterebbe la propria felicità.»

Fa quasi strano ripetere ad alta voce una frase detta da un completo sconosciuto.

«Cosa?» urla lui facendo girare alcuni clienti.

«Josh, non urlare» lo riprendo io.

«Ma cosa diamine vuol dire?» sbraita.

«Non ne ho idea.»

«Vi siete mai incontrati prima? Cioè vi conoscete?»

«No.»

Mi sono davvero sforzata di ricordare il suo viso o qualche suo movimento particolare, ma niente. Sono quasi sicura di non averlo mai visto in vita mia.

«Appunto» sbatte il pugno sul tavolino. «Allora lui cosa ne sa? Chi si crede di essere?»

«Josh, andiamo» mi alzo.

Lo conosco. So quanto si agita e dopo un po' perde il controllo e non voglio dare spettacolo qui dentro. Josh mi sorpassa raggiungendo l'uscita a grandi falcate e il cameriere mi fa un cenno di saluto veloce con la mano. Quando ha pagato, scusa?

Quando esco Josh è già salito in macchina.

«Dovrei essere io quella arrabbiata, non tu» entro in macchina.

«Esatto. Perché non sei arrabbiata?»

«Perché è vero.»

«Ti accompagno da Olly.»

Mette in moto senza rispondere e il tragitto continua nel silenzio più totale.

Si sentono solo i rumori esterni e la valvola del riscaldamento.

È difficile arrabbiarsi quando ti viene semplicemente detta una cosa che sai da tempo.

Ora che ci penso Josh ha detto che mi sta accompagnando da Olly, ma io non gli ho dato il biglietto con l'indirizzo.

Josh sa dove abita Olly? Eppure qualche giorno fa non sapeva nemmeno pronunciare il suo nome in modo giusto. C'è stato qualcosa tra lui e Olly?

Sto per parlare ma Josh mi precede.

«Non sei felice?» mi chiede all'improvviso.

«Sì, lo sono» rispondo non del tutto sicura.

«Allora perché hai detto che ha ragione?» domanda senza guardarmi.

«Non so. Credo di sentirmi felice da poco tempo e non scambierei questi attimi di felicità che sto provando con niente.»

«Prima non lo eri?»

«Non credo, non sempre almeno.»

«Perché?» Sono davvero troppe domande per me.

«Non lo so, Josh. Non si è sempre felici.»

«E lui cosa ne sa di tutto questo?» borbotta.

«Non lo so, Josh, non lo so» sospiro stanca.

Non ho mai avuto così tanti dubbi come in questi giorni!

«Siamo arrivati» dice davanti a un grande palazzo rossiccio.

«Allora io vado.»

«Aspetta» mi richiama lui, «tu credi sia okay questa cosa?» chiede indicando il palazzo rosso.

«Di cosa stai parlando?»

«Olly. Cioè ti fidi di lei? Pensi sia tutto okay?»

«Non dovrebbe?» gli chiedo ansiosa.

«Non so» dice mentre aderisce con la schiena al sedile. «È spuntata all'improvviso e non lo so, solo non mi convince molto.»

Forse sto sbagliando tutto.

«Portami a casa» rimetto la cintura.

«Cosa? No» si avvicina.

«Hai ragione, Josh, io mi sto...» ma non mi lascia finire.

«No, Jennifer» mi slaccia la cintura, «sono contento di come ti stai sforzando nel lasciarti andare un po', è davvero una cosa bella. Solo stai attenta, va bene?»

Il suo viso è molto vicino al mio e la sua voce dolce accarezza la mia mente facendo riaffiorare bei ricordi.

«Va bene» sorrido, «allora ci vediamo domani.»

«A domani.»

Rimetto di nuovo la mano sulla portiera ed esco trovandomi di fronte al grande palazzo.

Credo sia un palazzo con tanti appartamenti dentro visto che sul foglietto c'era scritto 5B. Mi incammino, ma la voce di Josh mi richiama all'improvviso.

«Josh, cosa c'è ancora?» mi giro.

Appena mi giro, le labbra di Josh rubano le mie e in un secondo il suo braccio mi stringe.

Inaspettato.

È l'unica parola con cui riesco a descrivere questo bacio. Le nostre labbra si scontrano lentamente, come se non fossimo al centro della strada e avessimo tutto il tempo del mondo.

«Non puoi andartene senza un bacio» soffia sulla mia bocca.

«Sai di bacon» lui sorride e mi dà un altro bacio a fior di labbra.

«Tu di tacos e cioccolato.»

«No, io non capisco niente di questa roba» urla Olly buttandosi sul letto.

«Devi solo semplificare» le dico ridendo, «se semplifichi prima di risolvere riuscirai ad arrivare molto prima al risultato finale.»

Olly butta libri e fogli ovunque tutte le volte che il risultato non le viene e la cosa mi diverte molto visto che il tappeto della sua stanza è ricoperto di carta.

«Olly» rido, «avanti, prova con questo esercizio.»

«Va bene ma è l'ultimo, sono sui libri da troppo tempo.»

È vero. Sono almeno tre ore che stiamo ripassando matematica o, per meglio dire, Olly prova a ripassare e io mi metto a ridere a ogni sua smorfia.

Assurdo come la sua faccia riesca a fare così tante smorfie diverse nell'arco di pochi minuti. La camera di Olly è accogliente. È colorata e ci sono molte foto sparse un po' ovunque.

Mi trasmette una certa allegria. Questa camera rappresenta molto Olly.

Casa sua non è molto grande, ma è piacevole stare qui. Sua madre mi ha salutato abbracciandomi e offrendomi subito del cibo. È molto solare e assomiglia tantissimo a Olly. Stessa pelle ambrata e carisma.

Era da tempo che non entravo in un appartamento. A Londra non uscivo con i miei compagni di scuola e da quando sono a Manhattan sono sempre stata attorniata da persone che conducono il mio stesso stile di vita e la cosa mi rassicura.

Il mio cellulare vibra.

Messaggio da Michael:

"Jennifer, mi sono liberato, ti va di vederci?".

Oh, Michael, mi sono completamente scordata.

Messaggio a Michael:

"In realtà ora sono da un'amica. Tra un po' vado a casa".

Amica. Rido per la parola che ho usato. Sicuramente Olly non è un'amica. Ma cosa avrei dovuto scrivere?

Messaggio da Michael:

"Se mi dai l'indirizzo magari potrei accompagnarti a casa".

Michael è sempre educato e gentile. C'è una differenza abissale tra lui e Josh.

Mi sono dimenticata per la centesima volta di chiedere l'auto a mio padre, quindi accetto volentieri il suo invito e gli invio l'indirizzo di Olly.

«Finito!» esulta lei.

«Fammi vedere» allungo il braccio.

Prendo il foglio guardando attentamente tutti i passaggi.

«Olly» le sorrido, «è giusto.»

«Davvero? Aaah» urla lei.

Si alza bruscamente dalla sedia e mi salta addosso abbracciandomi. Subito dopo si alza e improvvisa una specie di danza hawaiana facendomi ridere.

«Finalmente» si butta di schiena sul letto.

«Io tra un po' vado a casa» l'avviso.

Si alza dal letto guardandomi furba. In questo momento mi sembra la fotocopia di Margaret, la madre di Josh.

«Ti viene a prendere Josh?» chiede dandomi una piccola spallata.

«Cosa? No.»

«Vi ho visto all'entrata» ridacchia.

Olly ha visto me e Josh baciarci? Oh, dio, no.

«Sembrava felice» guarda il soffitto.

«Come scusa?»

«Ho detto che sembrava felice. Era da tanto che non vedevo Josh così.»

«Non capisco.» Sono confusa.

«È la prima volta che lo vedo guardare in quel modo una ragazza. Di solito non bacia mai le ragazze in quel modo. Lo fa in posti loschi a scuola o alle feste ed è sempre più di un bacio. Con te sembrava davvero felice e credo che se non ci fossimo stati noi oggi avrebbe tirato fuori una freccia e trafitto il cuore di Clark» ride lei.

Rido anch'io perché ho pensato la stessa cosa. È bello sentirmi dire certe cose su Josh. Io non conosco Josh da molto tempo, ma lo conosco da abbastanza per sapere come si comporta con le ragazze.

«Conosci da molto Josh?» le chiedo cauta.

«Sì, ma non ci conosciamo in realtà» aggrotto le sopracciglia non capendo, «nel senso che sappiamo chi siamo, lui è nella squadra di basket e io faccio parte delle cheerleader. Molte volte i nostri gruppi si mischiano. Prima passava molto più tempo con noi, ora un po' di meno» mi guarda.

«Non crederai che...»

«È ovvio» ride lei, «è troppo preso da te.»

«Non ti dà fastidio?» provo a chiederle per capire la situazione.

«No» e sembra sincera, «sono contenta per lui.»

Proviamo a farle la domanda da un milione di dollari. Visto che siamo in tema di dichiarazioni.

«Olly, posso chiederti una cosa?»

«Dimmi» risponde rialzandosi.

«Sei andata a letto con Josh?» sussurro.

«Non ho sentito, Jennifer» si avvicina.

«Sei andata a letto con Josh?» le chiedo con tono normale.

Olly mi guarda come se fossi un alieno e poi scoppia in un'enorme risata.

«Aspetta. Ma sei seria?» Annuisco impercettibilmente. «Be', cara, sarai contenta di sapere che sono una delle poche cheerleader che non è andata a letto con Josh, se non l'unica forse.»

Il respiro che stava per uscirmi mi si strozza in gola. Una delle poche cheerleader che non è andata a letto con Josh? Vuol dire che ha fatto sesso con tutte le altre.

«Oh, no» si mette una mano in bocca, «scusami Jennifer, io non volevo dire questo.»

«Ma è così» faccio un sorriso amaro.

«Be'» si gratta nervosa la gamba, «sì. Ma te l'ho detto, con te è diverso.»

Annuisco per niente convinta, ma l'argomento Josh ormai mi gira in testa da troppo tempo. Voglio solo pensare ad altro.

«Alan?» le chiedo cambiando argomento.

«Cosa?» Spalanca gli occhi.

«Oh, avanti. Non mi crederai stupida.»

Olly fa un mezzo sorriso e si morde il labbro. «È complicato» si giustifica lei.

«Tutto lo è.»

«Siamo usciti qualche volta e ieri...» biascica lei. «È imbarazzante.»

«Se non vuoi dirlo va bene.»

Odio quando le persone mi costringono a rivelare cose che non voglio far sapere quindi la capisco.

«No, forse parlarne con te mi chiarirà le idee.»

«Avanti allora.»

«Siamo usciti un paio di volte e ieri è venuto a casa mia» comincia lei. «Non c'era nessuno e non so com'è cominciato il tutto, ma alla fine lo abbiamo fatto.»

«Mmh.»

Questa è l'unica cosa che sono riuscita a commentare. Non voglio parlare di lei e Alan che fanno chissà cosa a letto, ma gliel'ho detto io che poteva parlarmene.

«Lo so, lo so» si mette un cuscino in faccia. «Siamo usciti poche volte ed è successo tutto così presto. Ma a me Alan piace e non sono riuscita a fermarmi, se così posso dire.»

«E perché oggi ti nascondevi?»

«Quando abbiamo finito mi sono sentita come se fosse stato un errore e gli ho detto di scordarsene e che non succederà mai più.»

«Ma a te non piace?» le domando togliendole il cuscino dalla faccia per capire meglio.

«Sì, ma lui è una specie di donnaiolo» mi spiega. «Ho avuto paura che se gli avessi rivelato qualcosa si sarebbe stufato di me. Posso sembrare disperata, ma se non posso legarlo a me sentimentalmente vorrei averlo almeno carnalmente, mi spiego?»

La guardo un po' interdetta, io non sono pratica di questioni carnali. Parliamoci chiaro. Ho dato il mio primo bacio qualche settimana fa.

«Sono ridicola, vero?» si rimette il cuscino in faccia.

Adesso che ci penso questa situazione assomiglia a ciò che è successo tra me e Josh.

«Fossi in te gli parlerei» le suggerisco.

«Dici?»

«Sì» rispondo. «Probabilmente si sente confuso dal tuo comportamento. Se avesse voluto solo andare a letto con te per una notte e poi non rivolgerti più la parola, oggi non ti sarebbe stato addosso così e non ti avrebbe fissata per tutta la pausa.»

«Mi fissava?» chiede emozionata.

«Oh, sì. Letteralmente.»

Ho beccato Alan così tante volte a guardarla che ho perso il conto.

Messaggio da Michael:

"Sono sotto".

Mi alzo raccogliendo il mio zaino.

«Io vado allora. Ti serve altro?»

«No no» dice mentre mi accompagna alla porta. «Grazie, Jennifer. Davvero.»

«Sono solo ripetizioni.»

«No, grazie anche per prima. A volte basta qualcuno che mi chiarisca le idee.»

«Oh, be', non era niente» le dico quasi imbarazzata.

Apro la porta dirigendomi verso l'ascensore, ma la voce di Olly mi richiama dallo stipite della porta.

«Jennifer, so che probabilmente non lo farai mai perché non mi conosci abbastanza. Ma in caso avessi bisogno io ci sono.»

Le mie risate riecheggiano nella macchina di Michael da più di dieci minuti. A quanto pare è andato a una cena con suo padre ed è stato un vero e proprio incubo per lui. Rido per la faccia sconvolta di Michael mentre racconta, ma mi fermo quando sento il cellulare vibrare. Olly?

Ho lasciato casa sua da nemmeno dieci minuti.

«Olly?»

«Jennifer, scusami, ti posso chiedere un favore?» mi domanda.

«Ehm, okay.»

«Per andare a casa tua passi per la scuola?»

«Sì perché?»

«So che è chiederti molto, ma ho lasciato la mia divisa da cheerleader nell'armadietto e devo averla per domani mattina per portarla a lavare. E domani la palestra apre solo verso l'ora di pranzo.»

«Quindi cosa dovrei fare?» chiedo cercando di non sembrare seccata, perché non lo sono.

«Potresti passare a prenderla così domani mattina puoi darmela?» mi domanda quasi disperata.

«In realtà sono in macchina con un amico, provo a chiedere.»

«Okay, grazie.»

Stacco il cellulare dall'orecchio e mi rivolgo a Michael, che con un sorriso mi assicura che non ci sono problemi.

Sorrido di rimando per la sua gentilezza e rimetto il cellulare vicino all'orecchio.

«Va bene, Olly, sono quasi a scuola.»

«Oh, mio dio, grazie, Jennifer! E grazie anche al tuo amico di cui mi devi assolutamente parlare.»

«Va bene» rido, «domani ti dirò.»

Sembriamo davvero amiche nel parlare così.

«A domani e grazie ancora.»
«A domani.»
«Una tua amica?» mi chiede Michael.
«Compagna di scuola» rispondo.
Michael annuisce prima di fermarsi davanti al cancello della scuola.
«Ci metto neanche un minuto» lo rassicuro.
«Fai con calma.»
Entro dentro la scuola a passo veloce. Un po' perché non voglio far aspettare Michael e un po' perché a momenti i cancelli chiuderanno.
Per fortuna mi ricordo dov'è la palestra, se no avrebbero dovuto chiamare una squadra di soccorso per venirmi a cercare.
Josh l'altra volta è entrato nella porta di sinistra, quindi lo spogliatoio delle cheerleader deve essere in quello di destra.
Sento degli strani rumori. Più mi avvicino e più i rumori aumentano, vengono dallo spogliatoio delle cheerleader.
Sono davanti alla porta e riesco a capire che sono dei tonfi, tipo qualcuno che sbatte un armadietto. Non so se voglio entrare, ma ormai ho detto a Olly che avrei preso la sua divisa. Quindi appoggio la mano sulla maniglia e apro lentamente la porta.
Dentro non vedo nessuno, solo tonfi. Cammino verso i rumori e quello che mi si para davanti è l'ultima cosa che credevo di vedere.
La sua esile figura è rannicchiata per terra. Le sue ginocchia sono all'altezza del mento e sembra così stremata e fragile.
Solo quando fa un singhiozzo capisco che sta piangendo. Era trattenuto da tempo nella gola. Conosco quei tipi di singhiozzi.
La figura davanti a me alza il capo di scatto come spaventata e solo in quel momento scopro di conoscere il corpo tremante davanti a me.
«Melissa?»

6

Jennifer's pov

Le sue guance e i suoi occhi sono contornati dal trucco, che piangendo le è colato. I suoi capelli di solito pettinati ora sono legati disordinatamente e nemmeno il suo sorrisetto sempre compiaciuto aleggia più sul suo viso.

Le sue labbra sono coperte dall'enorme sciarpa grigia che ha addosso, il che è strano visto che qui si muore di caldo, ma non è l'unica cosa strana.

Non vedevo Melissa in giro da un po', ma ho notato anche che i giorni in cui la vedevo a scuola il suo abbigliamento era cambiato insieme al suo modo di fare.

Qualcosa in Melissa non andava e io lo avevo capito da tempo, semplicemente non ci avevo dato peso, ma ora è diverso.

La persona davanti a me non è Melissa, ma una ragazza che mi guarda con aria scioccata.

Cosa dovrei fare ora? Sorpassarla facendo finta di niente per recuperare la divisa di Olly?

Non parlo con Melissa dal giorno che mi sono seduta vicino a lei a letteratura, e ci eravamo solo insultate, visto che settimane prima l'avevo presa a schiaffi.

Non ci stiamo simpatiche, ma per quanto possa non sopportarla, non riesco a rimanere indifferente di fronte a questa scena. Ci guardiamo negli occhi senza dire nulla. Il suo sguardo da scioccato è passato a impaurito, per poi trasformarsi quasi in uno sguardo rassegnato. Sembra persa.

«Ovviamente» dice lei in una risata amara pulendosi gli occhi.

La guardo confusa non capendo cosa voglia dire.

«Ovviamente tra tutte le persone che dovevano passare, sei venuta tu.»

«Perché, chi doveva passare?» mi decido finalmente ad aprire bocca.

«Nessuno» usa un tono quasi cattivo, «nessuno è mai qui a quest'ora.»

È vero. È effettivamente tardi. La scuola è deserta, se non per qualche bidello. Tra un po' i cancelli chiuderanno. Non so davvero come comportami in questa situazione.

Mi stendo per terra davanti a Melissa. La mia schiena è appoggiata al muro, le mie gambe stese e le mie scarpe sono distanti di pochi centimetri da quelle di Melissa.

«Cosa ci fai tu qui?» mi osserva.

«E tu cosa ci fai qui?» rispondo.

«Non sono affari tuoi.»

«Bene» dico, «non è affar tuo nemmeno perché sono qui io allora.»

Riesce a essere insopportabile anche in questo momento.

Potevo benissimo scavalcarla, andare a prendere la divisa di Olly e andarmene. Ma invece non so quale stupida parte del mio cervello mi ha suggerito di sedermi e capire cos'ha.

«Dovresti almeno toglierti la sciarpa se hai intenzione di rimanere qui per molto» le dico. «Si muore di caldo.»

Il suo volto scatta per la seconda volta verso di me e i suoi occhi si spalancano. Stringe forte la sciarpa, così forte che le nocche della sua mano diventano bianche. «Non toccarla» mi minaccia. Quasi ringhia, ma i suoi occhi dicono tutt'altro. Stanno trasmettendo paura.

«Non ho toccato la tua stupida sciarpa, ho solo detto che se hai intenzione di stare qui dovresti toglierla» mi difendo.

«Non-sono-affari-tuoi» scandisce le parole.

«Attenta a come mi parli» la minaccio, «non ci metto molto a tirarti un altro schiaffo.»

Mi alzo da terra stufa di questa assurda situazione e del biondo accecante di Melissa. «Non so nemmeno perché ho provato a parlarti» le dico cattiva. «Nonostante tra di noi non scorra buon sangue ho avuto la decenza di capire cosa stava succedendo.»

«Ma non te lo ha chiesto nessuno» continua lei.

«Esatto» rido di lei, «una persona con un cuore non ha bisogno di farselo dire per aiutare qualcun altro, ma a quanto pare tu non sai cosa vuol dire» concludo acida andando verso gli armadietti.

Cerco di aprirli, ma sono tutti chiusi, continuo a provare finché non ne trovo uno aperto. Ed ecco la divisa!

Con quale coraggio la chiamano "divisa"? Se ci tolgo un altro po' di stoffa diventa un bikini. A quanto pare le cheerleader non soffrono il freddo.

«Perché hai in mano una divisa da cheerleader?» domanda Melissa.

«La devo portare a Olly domani» dico supponendo che già la conosca.

«Conosci Olly?» mi chiede incredula. «E da quando?»

«Da quando le do ripetizioni.»

«E da quando parli con le cheerleader?»

«Da quando ho scoperto che non sono tutte come te» dico sorridendole di rimando.

Melissa si zittisce e mi lancia un'occhiataccia che ricambio con uno sguardo annoiato. Chiudo lo zaino e la osservo ancora un po'. Il trucco colato ormai è sparito mentre le guance e gli occhi sono ancora un po' arrossati.

Decido di andarmene.

«Io amavo Josh» dice lei all'improvviso.

Mi giro lentamente e vedo che mi sta guardando seria. Nessun sorrisetto o faccia da presa in giro.

«Amavi Josh? *Quel* Josh?» domando titubante.

«Sì, Josh Cliver.»

Cosa c'entra Josh in tutto questo? È per lui che sta piangendo? Si sono parlati? Pretendo di sapere cosa sta succedendo.

«Rilassati» ride lei, «non è come pensi.»

«Sono calmissima» mento.

«Sicuro» dice sarcastica.

Mi appoggio al muretto.

«Amavo Josh» ripete, «o almeno credevo di amarlo.»

«Ora non lo ami più?» domando curiosa.

«Credo di non averlo mai amato in realtà.»

Aggrotto le sopracciglia facendo scivolare piano piano lo zaino a terra. A quanto pare non sono l'unica ad avere le idee confuse.

«Non capisco.»

«Ho sentito che fate coppia fissa adesso.»

È questo che dicono in giro? Mi limito a lanciarle un'occhiataccia.

«Conosco Josh da tempo, all'inizio credevo che lui provasse qualcosa per me, ma poi mi ha spiegato chiaro e tondo che non era così.»

«Cioè?» chiedo ancora più confusa.

«Mi aveva detto che lui non cercava una relazione, che voleva solo divertirsi e che, se volevo, ogni tanto potevo divertirmi con lui.»

«Intendi fare sesso?»

«Sesso occasionale.»

Deglutisco forte alla sua risposta. In realtà già sapevo ciò che c'era tra Melissa e Josh, solo che sentirmelo ripetere ora fa più male.

«E a te andava bene?» chiedo pensando che io non avrei mai accettato.

«All'inizio mi ero sentita offesa, pensando che un giorno Josh mi avrebbe chiesto scusa per la sua proposta indecente.»

«E invece?»

«E invece a Josh non faceva né caldo né freddo, era una specie di "se non vuole lei, avanti un'altra". Un giorno però ho ceduto ed è andata avanti così per un mese più o meno, credevo che passasse solo con me il suo tempo e che avesse lasciato perdere la sua idea di divertimento ma...»

«Ma in realtà lui si divertiva con tutte.» Mi ricordo la ragazza con cui stava in biblioteca e quell'altra alla festa di Tatiana.

«Già» dice con meno tristezza di quanto dovrebbe, «ma ho continuato comunque a stargli accanto, credendo che prima o poi si sarebbe stufato di quel suo stupido viavai tra ragazze e si sarebbe innamorato di me, tanto quanto io credevo di essere innamorata di lui.»

«E cos'è cambiato dopo?»

Melissa mi guarda con un'aria mista tra il sorridente e il triste. Mi scruta, poi scuote la testa divertita.

«Poi sei arrivata tu» sembra più una condanna che una frase.

«Io? Cosa c'entro io?»

«C'entri più di quanto credi quando si parla di Josh, solo che lui ancora non lo sa e nemmeno tu a quanto pare.»

«Continuo a non seguirti.»

«All'inizio pensavo che ti avesse preso come un gioco, ma dopo tu l'hai rifiutato e lui non ha semplicemente lasciato perdere come aveva fatto con me. Più tu lo rifiutavi più lui ti voleva e la cosa mi infastidiva tantissimo, per questo quando aveva deciso di farti quello scherzo in palestra io ero entusiasta.»

«Arriva al punto, Melissa» dico acida.

«Ma dopo quello scherzo ho capito che non ero innamorata di Josh, che non lo ero mai stata.»

«Perché?»

Sicuramente Michael avrà mandato una squadra di soccorso a cercarmi, ma non posso assolutamente lasciar perdere questa conversazione.

«Perché i giorni dopo lo scherzo Josh era distrutto, cosa che non mi aspettavo per niente, credevo che se ne sarebbe fregato, come ha sempre fatto. Non voleva più parlarmi, saltava gli allenamenti ed era costantemente arrabbiato. Ma dopo che l'hai perdonato, è come rinato e ho visto come ti guarda, Jennifer. Osserva ogni tuo movimento, si comporta diversamente nei tuoi confronti. Io non l'ho mai guardato in quel modo, quindi non sono mai stata veramente innamorata di lui, forse era un'infatuazione.»

«Stai dicendo che Josh è innamorato di me?» rido per l'assurdità.

«Hai poco da ridere, Milton, ve ne accorgerete entrambi.»

«È per questo che stavi piangendo? Perché ti sei accorta che tu non ami Josh?»

«No.»

«E perché stavi piangendo? Riguarda Josh?»

«No.»

Se mi risponde ancora a monosillabi le rubo la sciarpa!

«Hai mai amato qualcuno tanto intensamente da stare male?» mi chiede all'improvviso.

«Cosa intendi?»

«Quando sai che qualcuno ti farà del male, ma tu continui comunque a stargli accanto, quando durante una relazione stai male ma continui a combattere per tenerla in piedi, per amore.»

Non so nemmeno cosa voglia dire amare qualcuno, è un sentimento forte credo, ma non abbastanza da lasciarmi ferire intenzionalmente. O sbaglio? «Perché dovrei continuare a stare con una persona sapendo che soffrirò e basta?»

«Già» dice Melissa sconfitta, «immaginavo.»

«Ragazze, cosa fate qui?»

Un uomo dall'uniforme blu interrompe la nostra conversazione entrando nello spogliatoio. Deve essere un bidello. Melissa si ricompone alzandosi e stirando le sue mani sui jeans.

«Dovevo prendere una divisa.»

Il bidello ci guarda un po' scettico, ma ci fa un cenno annoiato con la mano.

«Be', ora uscite» ordina, «devo chiudere.»

Io e Melissa usciamo dagli spogliatoi. Alla fine non ho capito perché era rinchiusa nello spogliatoio da sola a piangere. Ha detto che non c'entrava Josh, eppure ha messo in mezzo lui, quindi davvero non capisco.

«Oh, mio dio!» strilla lei dietro di me facendomi prendere un colpo. «Quello è Michael» indica il cancello.

Michael è appoggiato al cancello e sta trafficando col cellulare.

«Conosci Michael?» domando sorpresa.

«Sì» sussurra nascondendosi dietro di me, «cosa ci fa qui?»

«Mi ha accompagnata lui.»

«Vi conoscete? Da quando? Siete amici o cosa?» spara a raffica Melissa.

«Ma cosa... Staccati» mi sposto a sinistra in modo che mi stia lontana.

Michael ci vede e alza il braccio sorridendoci. Melissa mi guarda con aria preoccupata, ma si può sapere che razza di problemi ha questa ragazza?

Mi incammino verso Michael, ma vedo che Melissa è ancora pietrificata al suo posto.

«Allora?» dico girando la testa, «hai intenzione di rimanere imbambolata ancora per molto?»

Come se l'avessi risvegliata comincia a correre a piccoli passi verso di me affiancandomi. «Come sto?» mi chiede guardandomi.

«Fai abbastanza schifo» le dico sincera, «hai ancora un po' di trucco sulla guancia.»

Mi regala un'altra occhiata di panico e si sfrega velocemente la mano sulla guancia.

«Se continui così te la buchi, la guancia» la derido.
«Zitta!» dice lei. «Come fai a conoscere Michael?»
«È il figlio di un amico di mio padre. Siamo amici.»
«Solo amici?» mi chiede sottovoce.
«Sì, perché?»
Ma ormai siamo arrivate al cancello e Michael ci regala un altro dei suoi immensi sorrisi. «Jennifer, dove eri finita? Stavo cominciando a preoccuparmi.»
«Scusami, ma non trovavo la divisa» mento io guardando verso Melissa.
«Ehi, Melissa» la saluta entusiasta Michael.
Melissa avvampa come un peperone appena lui la saluta. «M-Michael» sorride a stento, «ciao.»
«È un po' che non ti vedo» le sorride lui.
«Già» risponde nervosa.
«Siete amiche voi due?» ci chiede Michael.
Ci scambiamo un'occhiata quasi di disgusto e per poco non scoppio a ridere per la domanda di Michael. Siamo tutto tranne che amiche io e lei.
«Ci conosciamo» risponde Melissa.
«Capisco» dice Michael sereno. «Hai bisogno di un passaggio?»
«Cosa?» Melissa arrossisce ancora di più. «No, grazie, ho la macchina proprio qui.»
«Allora ci vediamo in giro» la saluta.
«Sì.»
Mi giro per lanciare un'occhiata di confusione verso Melissa mentre Michael è di spalle.
Melissa mi intima di non dire niente mettendo l'indice sopra la bocca.
«Vi conoscete?» chiedo a Michael dopo che ha messo in moto.
«Io e Melissa? Sì, da tanto tempo.»
Povero Michael. Sopporta quella megera da chissà quanto.
«È davvero una ragazza dolce.»
«Ma chi?» domando con la bocca mezza aperta. «Melissa?»
«Sì, perché?» mi chiede confuso.
«No, niente.»
«Le avevo chiesto di uscire un anno fa» ride lui.
«Tu hai chiesto di uscire a Melissa?» continuo incredula.

«Sì, ma lei mi ha rifiutato. Ci ero rimasto abbastanza male, ma a quanto pare non sono il suo tipo. È molto timida.»

«Timida» rido.

«Sì» risponde lui. «Ma cosa ti prende?»

«E ora siete amici?» chiedo io.

«Be', sì» mi risponde. «Sua madre cuce molti dei vestiti per mio padre e mia madre, a volte anche per me, è una stylist. Lavora assieme alla mia famiglia da molto tempo.»

«Capisco.»

Per strada non troviamo traffico, il che è un miracolo a Manhattan, e in poco tempo siamo arrivati di fronte a casa mia.

«Michael, posso chiederti una cosa?»

Ormai lo considero il mio consigliere personale, mi fido di lui.

«Certo» mi dice sorridente come sempre.

«Come si fa a capire se si sta insieme?»

«Eh?» Assottiglia gli occhi. «Be', credo che sia una cosa abbastanza palese, lo si sa quando si è una coppia.»

«Sì, ma quando invece non lo si sa? Nel senso: ci si comporta come tale, però non si è sicuri di esserlo, cioè… Lascia perdere» dico frustrata. «Non so nemmeno io cosa sto dicendo.»

«Jennifer» ride lui, «stai parlando di te e Josh?»

«Cosa? No.»

Sono sicura di essere diventata rossa in questo momento. È davvero così ovvio?

«No?» chiede alzando un sopracciglio.

«E va bene, sì.»

«Beccata» mi punta l'indice contro. «Quindi qual è il problema?»

«Non saprei. Diciamo che dopo la tua mostra è successo un po' un casino» mi mordo il labbro, «Josh mi ha baciata all'improvviso.»

«Oh» dice solo. «E poi?»

Gli racconto tutto quello che è successo dopo.

«Cosa non ti quadra?»

«Si comporta diversamente solo quando siamo da soli, non dico che debba starmi attaccato ventiquattr'ore su ventiquattro perché lo odierei, sono solo molto confusa.»

«Jennifer» Michael mi mette una mano sulla spalla, «penso che tu gli sia sempre piaciuta. Ma da quel che mi hai detto, questa situazione della relazione è nuova per te tanto quanto lo è per lui, no?»

«Be', sì» annuisco non del tutto convinta. Lui è stato con Caroline.

«Tu gli dai dimostrazioni d'affetto in pubblico?»

«No» rispondo non capendo dove voglia arrivare.

«Ecco, appunto» toglie la mano. «Tu non lo fai perché non sei abituata ancora a questa cosa, forse nemmeno lui lo è, per questo tende a farlo quando siete soli. Dovresti preoccupartene se non lo facesse proprio.»

«Quindi dici che è solo questione di tempo?» domando.

«Probabilmente» mi sorride.

Parlarne con Michael mi ha risollevata un bel po'. Drake e Meredith, nonostante stiano insieme da poco, si vede che sono una coppia.

Forse Michael ha ragione, serve solo del tempo e io ho tutto il tempo del mondo.

«Grazie, Michael, per la tua enorme saggezza che ogni tanto condividi con questa povera ragazza paranoica» chino leggermente il capo e la schiena.

«La prossima volta mi farò pagare» ride lui.

«Ascolta, Jennifer, dovrei parlarti di una cosa.»

«Sì, giusto. Dimmi.»

«Allora...» comincia slacciandosi la cintura. «La mostra è andata davvero bene e molti dei miei lavori sono stati apprezzati tantissimo, non me lo aspettavo.»

«Io sì. Erano bellissimi.»

«Bene, perché devo chiederti un favore» dice nervoso.

«Un favore?»

«Sì. Ecco i miei lavori sono piaciuti, ma è piaciuta soprattutto la tua foto. So che non sei il tipo, ma mi chiedevo se avessi voglia di farmi da modella per un altro progetto.»

«Non sono adatta a far la modella, Michael.»

«Sei perfetta» mi prende una mano. «Non devi fare davvero niente di che, è un progetto molto importante, sarà esposto in una galleria importante. Ci terrei davvero che tu ne facessi parte, mi faresti un enorme favore.»

Come faccio a dire di no a Michael? Mi ha sempre aiutata.

«Michael, io...» lo guardo e vedo la speranza nei suoi occhi. «E va bene» sospiro infine.

«Oh, dio, grazie» esulta lui abbracciandomi.
«Ma niente di esagerato» lo avviso.
«Vedremo...»

Era da tanto che non succedeva che fossimo tutti riuniti. Anny, Greg, mio padre e io siamo seduti a tavola, intenti a mangiare le squisite pietanze di Anny. Stasera siamo al completo e mi piace tantissimo.

«Questo pollo è la fine del mondo» la elogio.

«Grazie, signorina.»

«Puoi masticare prima di parlare?» mi ammonisce mio padre.

«No, perderei troppo tempo.»

«Oggi non è tornata a casa per pranzo, signorina» dice Anny.

«Avevi lezione fino a tardi?» chiede mio padre.

«No, ero con Josh.»

Alzo lo sguardo per sporgermi a prendere l'acqua, ma l'unica cosa che trovo sono occhi che mi fissano.

«Be'?» sbotto infastidita.

«Passi molto tempo con lui» tossisce mio padre come se non volesse farsi sentire davvero.

«Sì. Tanto quanto ne passo con Meredith o Drake.»

«Capisco» dice poco convinto.

La cena continua tranquilla mentre Greg e mio padre parlano di cose che non capirò mai. All'improvviso mi ricordo di una cosa importantissima che mi sono sempre scordata.

«Papà» quasi urlo come se mi avesse colpito un fulmine, «volevo dirti che mi serve la macchina.»

«Certo» dice confuso, «sai che Greg ti accompagna dove vuoi.»

«No, intendo che mi serve la mia macchina, quella che mi hai comprato.»

Mio padre fa cadere il cucchiaino facendo schizzare un po' della sua zuppa. «Intendi per guidarla?»

«No, per trascinarla in giro con una corda» dico sarcastica.

Anny ridacchia alla mia battuta. Ha sempre adorato il mio umorismo, mio padre un po' meno.

«Sì, per guidarla, papà» dico infine. «Posso averla?»

«Certo che puoi» dice troppo emozionato. «Domani passa nel mio ufficio per prendere le chiavi, sarò lì tutto il giorno.»

Finalmente non dovrò più litigare con ogni tassista di Manhattan per arrivare in tempo a scuola!

Ancora non riesco a capacitarmi di come riesca ad alzarmi ogni mattina e lasciare il mio letto caldo per addentrarmi in questo gelo.

Messaggio da Meredith:

"Sono al bar di fronte alla scuola, mi raggiungi?".

Ho davvero bisogno di un cappuccino caldo e di qualche cornetto. Stamattina ero in ritardo, come sempre, e non ho potuto fare colazione. Un crimine per me.

Greg era già partito per accompagnare mio padre al lavoro e quindi ho cominciato a correre alla ricerca di un taxi, non vedo l'ora di andare a prendere quelle chiavi.

Messaggio a Meredith:

"Arrivo subito".

In meno di quattro minuti sono davanti al bar. Per fortuna non è difficile trovare i ricci scuri di Meredith e il suo sorriso dolce in un tavolino in fondo.

«Ehi.»

«Jennifer» mi saluta lei, «il tuo naso è rossissimo.»

«Lo so» mi lamento io, «ho il sedere congelato.»

«Ieri Drake è scivolato su una specie di lastra di ghiaccio e ora ha un livido enorme sul sedere.»

«Il tuo ragazzo è uno stupido» lo prendo in giro io.

«Sì, un po'» ridacchia lei con aria sognante.

«A quanto pare vanno bene le cose tra di voi, eh?»

«Molto. Avevo paura che sarebbe stato difficile e imbarazzante, ma lui lo rende molto naturale, mi fa sentire a mio agio.»

«Sarà meglio per lui.»

«Jennifer» ride lei, «tu e Josh dovete smettere di minacciarlo.»

«E io che volevo farlo rientrare tra i miei hobby.»

«Tu cosa hai fatto ieri?»

«Ho aiutato Olly in matematica» le rispondo.

«Olly» esclama lei «è una ragazza strana.»

«Molto, ma credo sia okay.»

«Sì, lo credo anch'io» mi appoggia Meredith. «Solo che è strano che ti sia venuta a parlare così all'improvviso.»

«Ha comportamenti strani in generale, starò comunque attenta.»
«E Clark?» chiede titubante, «anche lui sembra un tipo strano.»
Clark. Mi ero completamente scordata di ciò che è successo con lui. «Più che strano è inquietante» la correggo.
«Già» dice lei sorseggiando il suo cappuccino. «Alla fine hai capito cosa intendeva con quella frase?»
«No, ma ho intenzione di parlargli.»
«Davvero?»
«Sì» dico decisa, «non mi piace per niente il fatto che la gente venga a sussurrarmi cose del genere all'orecchio e poi non lo conosco nemmeno, chi si crede di essere!»
Voglio proprio sentire cosa ha da dirmi.
«Ieri mi è successa una cosa strana» mi guadagno l'attenzione di Meredith.
«Sarebbe?»
«Ero tornata a scuola sul tardi e ho trovato Melissa negli spogliatoi.»
La sua immagine distrutta davanti all'armadietto riappare come un fulmine nella mia mente. Non so cosa le sia successo, ma ormai mi sento come se ci fossi dentro e poi devo ancora capire cosa le è preso davanti a Michael.
«È un po' che non la vedo in giro» dice Meredith pensierosa.
«Stava piangendo.»
«Piangendo? Perché?» chiede ora molto più interessata.
«Non ne ho idea» rispondo anch'io confusa, «ha cominciato a farmi dei discorsi su Josh e su quanto l'amore faccia male e cose del genere.»
«Josh? Non capisco.»
«Nemmeno io, davvero.»
Drake e Josh entrano dalla porta e si guardano un po' attorno probabilmente per capire dove siamo. Appena Meredith alza il braccio si dirigono verso di noi e in qualche secondo ci raggiungono.
«Ehi, piccola» le dà un bacio a stampo Drake.
«Ehi» sorride dolcemente lei.
«Ho il sedere congelato» dice Josh sedendosi accanto a me.
Io e Meredith ci scambiamo un'occhiata stranita e poi lei comincia a ridacchiare.

«Cosa ridi?» le chiede Josh.

«Jennifer ha detto esattamente la stessa identica cosa cinque minuti fa.»

«Ah, sì?» Mi sorride.

«A quanto pare la grazia non è per voi» ci deride Drake.

«Nemmeno per te, visto che sei caduto come una pera sul ghiaccio.»

«Meredith» la guarda in tralice, «perché glielo hai detto?»

«Perché è stato troppo divertente.»

Tutti e tre cominciamo a ridere mentre Drake fa finta di essere offeso e scompiglia i ricci a Meredith.

Josh si è tagliato i capelli e oggi mi sembra anche più bello dei giorni precedenti nel suo maglione beige e i suoi jeans scuri. Ma questo non glielo dirò mai.

«Ragazzi, cosa prendete?» chiede il cameriere avvicinandosi. È il cameriere dell'altra volta.

«Io solo un caffè» dice Josh.

«Io un caffè e una brioche alla marmellata» dice Drake. «E tu?»

«Io ho già preso» risponde Meredith.

«Io...» comincio ma vengo interrotta.

«Cornetto alla Nutella e uno alla nocciola, quattro pasticcini e un cappuccino con panna, vero?» chiede il cameriere.

«Come fai a ricordartelo?» domando mezza incredula e mezza divertita.

«Ho una buona memoria e poi hai un viso difficile da scordare.»

«Oh, be', okay» dico imbarazzata. «Comunque niente pasticcini questa volta, ho lezione tra poco, non riuscirei a finire tutto.»

«Vai a scuola qui?» mi chiede gentile.

«Sì, ci andiamo tutti e vorrei finire la mia colazione al più presto per non arrivare tardi» risponde brusco Josh al mio posto.

«Arrivano» dice il cameriere andandosene.

«Tu non verrai più qui senza di me» sentenzia Josh.

«Cosa?» rido io. «È un ordine?»

«Sì» dice lui.

«Bene, evita di darmi ordini perché non ti ascolterò. Ciò che mi chiedi tu è stupido.»

«Ragazzi, riuscite a non uccidervi già di prima mattina?» chiede Drake divertito.

«Non è colpa mia se lei è così testarda» mi accusa lui.

«Non è colpa mia se lui si diverte a fare il dittatore.»

Il cameriere di prima ci porta la colazione e Josh lo guarda male.

Il cameriere non lo nota e mi rivolge un sorriso e nello stesso momento Josh stringe la mia coscia. Sono contenta l'abbia fatto perché quando stringe qualcosa è per evitare di tirare un pugno a qualcuno e l'ultima cosa che voglio ora è una rissa. Ho già troppi problemi.

Mentre sorseggio il mio cappuccino noto che la mano di Josh è ancora sulla mia coscia e che la sta sfregando.

Mi giro verso di lui e lo trovo a fissarmi con il suo sorrisetto malizioso.

«Che c'è?» chiede innocente.

«Togli la mano» sussurro.

«Perché?»

«Perché sì.»

Non mi ascolta minimamente. Odio l'effetto che fa il suo tocco su di me, mi rende nervosa ma leggera allo stesso tempo, una sensazione strana.

«Josh» dico a denti stretti.

«Ammetti che ti faccio effetto» dice arrogante.

«No.»

«Avanti, Jennifer» si ferma con la mano vicino all'incavo della mia coscia, «ammettilo.»

«Togli la mano, Josh.»

Josh mi sorride beffardo e dopo essersi morso il labbro stringe forte l'incavo della mia coscia. Sussulto per la stretta improvvisa e comincio a tossire per il cappuccino che mi stava andando di traverso. Appoggio la tazza e caccio via la mano di Josh che comincia a ridacchiare.

«Che succede?» chiede Meredith.

«Niente, niente» mento. «Andiamo a lezione, è tardi.»

Ci dirigiamo dalla parte opposta per andare a scuola e Josh mi affianca un'altra volta mettendo la mano sulla parte bassa della mia schiena e abbassandosi all'altezza del mio orecchio.

«Se ti agiti così per una mano sopra la stoffa non voglio immaginarmi cosa succede se ti tolgo i pantaloni.»

Avvampo all'improvviso facendo il dito medio a Josh e sorpassandolo veloce. Intanto lo sento ridere dietro di me.

Mentre entriamo a scuola scorgo tra la folla una chioma bluastra e corro verso di lui.

«Leo» lo saluto sapendo che Josh non verrà qui.

«Jennifer» mi saluta lui, «andiamo a lezione?»

«Andiamo.»

Mi giro per salutare gli altri con la mano e ovviamente Josh mi squadra con sguardo omicida.

«Hai fatto la ricerca di arte?» mi chiede Leo.

«Sì, ma tanto non gli andrà bene» mi arrendo io. «Il professor Lennon mi odia.»

«È vero» ride.

«Be', nemmeno a me lui piace, però non lascerò quel corso.»

«Così ti voglio» esulta lui, «combattiva!»

Sentiamo una canzoncina e Leo si ferma nel corridoio. «Il cellulare» dice, «mi reggeresti un attimo lo zaino?»

«Certo.»

Prendo in mano lo zaino di Leo mentre lui risponde al cellulare. Ma questo zaino è leggerissimo. Ora che ci penso ho sempre visto Leo solo ed esclusivamente nei giorni di arte, non l'ho mai visto in giro per la scuola altre volte.

Che strano…

«Grazie» si riprende lo zaino.

«Leo» lo richiamo, «quanti altri corsi frequenti?»

Spalanca leggermente gli occhi e mi guarda confuso.

«Come hai detto, scusa?»

«Ho chiesto quali altri corsi frequenti oltre ad arte» ripeto.

«P-perché?»

«Perché il tuo zaino è leggerissimo, ci sarà a malapena il libro di arte.»

«No no» dice veloce, «io frequento altri corsi.»

«Tipo?» dico veloce per non dargli tempo di pensare.

«Tipo tipo tipo» tentenna lui, «economia aziendale.»

Economia aziendale? Drake!

«Sei in classe con Drake, quindi.»

«Drake?» Ovviamente non sa neanche chi è.

«Sì, anche lui fa economia aziendale all'ultimo anno.»

«Non so, non ci ho fatto caso, forse» dice veloce. «Vogliamo andare?»

«Va bene.»

Camminiamo in silenzio ormai giunti alla classe e a un certo punto vedo un altro dei miei problemi venire verso di noi. Clark cammina verso il nostro lato sinistro nel fondo del corridoio. Vorrei fermarlo e chiedergli cosa diavolo intendeva quel giorno a pranzo, ma non è il momento.

Leo è qui con me e se arrivo in ritardo il professor Lennon mi spella viva.

Clark si avvicina e mi aspettavo che mi regalasse uno dei suoi sorrisi fastidiosi o che mi facesse almeno un cenno col capo, ma sembra che non mi abbia nemmeno notata.

Invece che prestare attenzione a me guarda Leo, si scambiano delle strane occhiate, quasi preoccupate. Ci sorpassa senza degnarmi di uno sguardo.

Si conoscono?

«Conosci Clark?» gli domando.

«Clark?»

«Sì, è uno stagista, fa alcune lezioni nel mio corso di letteratura.»

«No» dice lui, «non so chi sia.»

Entriamo nella classe di arte e ci sediamo nei nostri rispettivi banchi. Leo rimane silenzioso per tutta la lezione e io sono più sicura che mi abbia mentito prima.

Si conoscono eccome!

Dopo la lezione di arte, raggiungo gli altri a pranzo ma sono troppo immersa nei miei pensieri per dar conto a loro. Mi sto innervosendo, sento che la testa sta per scoppiarmi, è come se ci fossero un sacco di dettagli intorno a me che mi stanno sfuggendo. Non capisco cosa sta succedendo tra me e Josh, non so perché d'un tratto Leo è così misterioso, ancora non mi è chiaro cosa vuole Clark da me, che cosa intendesse Melissa ieri, cosa prova lei per Michael, oppure se faccio bene a fidarmi di Olly.

È tutta una voragine di confusione che mi sta mandando in fumo il cervello.

Subito dopo vado in biblioteca a disegnare. Il mio cellulare vibra nel taschino. «Pronto??»

«Jennifer, dove sei?» mi chiede Josh calmo.

«Ciao anche a te» dico ironica.

«Sì, ciao» dice veloce, «quindi dove sei?»

Metto in vivavoce e appoggio il cellulare sul pavimento in modo da poter continuare a disegnare.

«Perché me lo chiedi?»

«Puoi semplicemente rispondere alle mie domande» sbuffa lui.

«Sono in biblioteca e tu stai interrompendo la mia attività.»

«Già» ride lui, «sei davvero carina rannicchiata in un angolino con la fronte corrugata.»

Alzo velocemente il capo dal mio blocco da disegno e mi guardo attorno. Come fa a sapere in che posizione sono?

«La finestra» sento dire all'altro capo del telefono.

Guardo verso la finestra e noto Josh seduto su una panchina proprio davanti alla biblioteca.

«Da quanto sei lì seduto a fissarmi?» tolgo il vivavoce portandomi il cellulare all'orecchio.

«Da un po'.»

«Sei inquietante.»

«Riuscirai a dirmi una cosa positiva un giorno?» mi chiede lui e riesco a vedere il suo sorrisetto.

«Un giorno lontano forse» rido.

«Posso venire da te o devo continuare a spiarti da qui?»

«Vieni dentro, ci manca solo che diventi anche uno stalker.»

Riaggancio il cellulare e vedo Josh alzarsi dalla panchina per poi sparire e vederlo rientrare subito dopo.

«Cosa ci fai qui?» mi chiede mettendosi vicino a me.

Porgo il mio blocco verso Josh e lui lo guarda con attenzione prima di rimettermelo in grembo.

«Sei molto brava» mi elogia.

«Grazie» rispondo, «mi piace disegnare, mi rilassa.»

«Per questo sei qui e non a lezione?»

Annuisco.

«Cosa avevi oggi a pranzo?»

Quindi lui se n'è accorto? Io credevo che nessuno avesse capito che non stavo prestando la minima attenzione a nessuno.

«Ti conosco, Jennifer» ride lui. «Quindi cosa ti turba?»

«Niente, sono solo davvero stanca ultimamente.»

Josh stende le gambe e allunga il braccio verso la mia spalla facendo pressione.

«Che fai?»

«Metti la testa sulle mie gambe.»

«Cosa? No» rispondo io scrollando la sua mano.

«Avanti, Jennifer, devi solo mettere la tua testa sulle mie gambe, non ti stupro.»

«E va bene» sospiro.

Mi stendo e appoggio la testa. Riesco a vedere il profondo dei suoi occhi scuri anche da qui mentre lui appoggia la mano sui miei capelli e fa scivolare via l'elastico che tiene la mia coda.

«Cosa fai?» domando ma lui ridacchia.

«Proprio non riesci a lasciarmi semplicemente fare, vero?»

Metto un finto broncio e guardo davanti a me per evitare il suo sguardo. I miei capelli sono completamenti sciolti e Josh ci passa delicatamente la mano.

«Chiudi gli occhi» dice con voce bassa e roca.

Mi beo semplicemente di questo momento di calma che tanto bramavo.

«Sei più bella con i capelli sciolti» dice ancora sottovoce mentre io sorrido non aprendo gli occhi. «Sei bella anche quando sorridi.»

Vorrei chiedergli a cosa sta pensando in questo momento oppure se anche lui si sente così bene accanto a me. Ma alla fine l'unica cosa che chiedo è tutt'altro.

«Cosa significa amare qualcuno così intensamente da stare male?»

Gli pongo questa domanda piano, sempre senza aprire gli occhi. Questa è la domanda che più mi tormenta e so che se c'è qualcuno che può rispondermi quello è Josh.

«Perché questa domanda?»

«Così» dico cercando di sembrare indifferente.

Josh non mi risponde, continua semplicemente ad accarezzare i miei capelli, nel più totale silenzio. Poi risponde.

«Significa amare qualcuno sapendo che riceverai più sofferenza che amore.»

«Perché la gente ama una persona sapendo che ci soffrirà?»

«Perché l'amore ci rende stupidi e deboli» dice lui, «ci acceca e non riusciamo a capire più niente.»

«Sembra davvero una cosa orribile l'amore, se la metti su questo piano» dico inesperta.

«A volte infatti è orribile, altre invece è la cosa migliore che si possa provare.»

La mia mano è appoggiata sulla sua guancia e il suo accenno di barba solletica il mio palmo mentre la sua mano continua ad accarezzare una parte dei miei capelli rossi.

«Hai mai amato qualcuno così intensamente da stare male?»

«Sì, e tu?»

«Io non ho mai amato.»

Rimaniamo così, come fermi nel tempo, in questa silenziosa biblioteca.

Perché noi siamo quelli che vivono nell'ombra.

Nell'ombra di chi ha amato fino a stare male e di chi non ha mai amato. E non so cos'è peggio.

7

Jennifer's pov

Non so nemmeno io per quanto tempo siamo rimasti stesi sul pavimento della biblioteca.

So solo che sicuramente la mano di Josh sarà intorpidita per quanto l'ha strofinata sui miei capelli. C'è una sorta di calma che ci avvolge, uno strato di vetro sottilissimo, come se si potesse rompere da un momento all'altro.

«Perché mi hai fatto quella domanda?» mi chiede Josh poggiando la mano sul pavimento.

Cosa dovrei dirgli ora? Che ho beccato una delle persone che più non sopporto nello spogliatoio e mi sono seduta con lei per capire cos'ha?

«Così» rispondo cercando di non far trapelare niente.

«Non è una domanda che si pone così» insiste lui.

«Invece è così.»

Josh sbuffa teatralmente e io decido di alzarmi.

«Ma quanto pesi?» ride, «non mi sento più le gambe.»

«Sei un bugiardo!» lo sgrido.

«È vero!» continua lui, «credo che non riuscirò a camminare per un po'.»

Mi alzo completamente dal pavimento puntandogli un dito contro.

«Tu sei uno stronzo.»

«Dimmi qualcosa che non so» si alza. «Che lezioni avevi?»

«Scienze» rispondo, «non dirmi che tu hai saltato ancora lezione!»

«Mmh...» alza le mani al cielo, «forse.»

«Josh!» grido. «Quante volte ti ho detto di non saltare lezione?»

«Mi andava bene dove ero prima» mi dice con un sorriso malizioso avvicinandosi.

Mi allontano mentre sento le guance arrossarsi. «Coglione» borbotto incrociando le braccia al petto.

«Mi piaceva di più quando stavi zitta» sbuffa. «Hai ancora lezione?»

«No, perché?»

Josh si gira dall'altra parte senza rispondermi e si carica sulle spalle gli zaini di entrambi, per poi prendermi per mano e trascinarmi fuori dalla biblioteca.

«Vieni con me.»

«Dove stiamo andando?»

Era parecchio che non vedevo la sua moto nera, ultimamente usava la macchina.

«Prendi» mi lancia il casco.

Ovviamente il casco cade per terra.

«Ma cosa fai?» mi chiede raccogliendo il casco.

«Dove stiamo andando?»

«A casa mia» dice come se fosse ovvio.

A casa sua? A fare cosa? E poi chi lo ha deciso?

«Smettila di fare il dittatore.»

«Jennifer» mi rilancia il casco che questa volta prendo, «non ricominciare.»

«Chi lo ha deciso che andiamo a casa tua?» gli ributto il casco addosso.

«Io» risponde noncurante.

«Bene. Allora vacci da solo.»

Mi giro andando verso la fermata, ma solo dopo mi accorgo di sentirmi estremamente leggera. Troppo leggera.

Mi giro per vedere quella sua espressione sfacciata che mi squadra. Ha indossato il suo ghigno odioso mentre fa oscillare il mio zaino come un giocattolo.

Mi dirigo verso di lui con passi poco aggraziati e tendo la mano senza nemmeno parlare. Josh alza il sopracciglio ma non fa sparire il suo sorrisetto.

Maledetto Josh Cliver.

«Non riesco proprio a capire cosa tu voglia» si prende gioco di me.

«Zaino» rispondo seccata.

«Aaah» dice ad alta voce, «questo zaino.»

Josh allontana lo zaino. Si sta divertendo? Io per niente.

«Vieni a casa con me e ti ridarò lo zaino.»

«Cosa?» boccheggio. «È un ricatto?»

«Mmh» fa finta di pensarci, «chiamalo invito allettante.»

«Io lo chiamo ricatto.»

«Perché non puoi semplicemente venire a casa mia?» chiede alzando la voce.

«Perché tu non puoi semplicemente chiedermelo?» domando usando lo stesso tono, «anziché trascinarmi come un pacco postale?»

«Preferisco ricattarti» sorride sornione, «è più divertente.»

«Josh, maledizione!» sbraito io tirandogli un pugno sul petto.

«Non stai nemmeno provando a riprendertelo» si solleva sulle punte in modo da stare ancora più in alto.

«Non mi arrampicherò su di te come una scimmia disperata» dico arrabbiata. «So già che non riuscirò a riprendermelo.»

«Peccato» si mette lo zaino in spalla, «ci speravo.»

«Ora me lo ridai?» chiedo per l'ennesima volta.

«Ora vieni a casa mia?»

Lo guardo in tralice un'ultima volta per poi strappare dalla sua mano il casco e infilarmelo violentemente, quasi facendomi male.

«Così si ragiona» ride.

«Non ti esaltare» dico subito, «se avessi avuto almeno il mio cellulare in tasca ti avrei mollato con lo zaino.»

«Perché, cosa hai nel cellulare? Foto di te nuda?»

«Cosa» quasi urlo, «no! Ma devo fare una chiamata importante dopo.»

«Sarebbe?» chiede quando siamo entrambi sulla moto.

«Devo chiamare mio padre per farmi dare le chiavi della macchina.»

«Non sapevo che avessi la macchina.»

«In realtà ne ho due» lo correggo.

«Ovviamente, signorina Milton» si beffa di me lui.

«Parti prima che cambi idea.»

Josh non se lo fa ripetere due volte e parte subito a tutta velocità.

È un po' che non vedo il signor Cliver e Margaret e mi manca la piccola Chloe.

Non so cosa darei per sentirla parlare, mi ci sono affezionata.

Josh guida a zig-zag per riuscire a prendere ogni buca che incontriamo sulla strada e io gli do un colpo sulla schiena. Lo vedo ridacchiare dallo specchietto davanti, ma tengo ancora più salde le braccia dietro. Non voglio dare a Josh anche la soddisfazione di aggrapparmi a lui.

Passano altri minuti e sorpassiamo una buca enorme che mi fa sobbalzare.

«Siamo arrivati.»

Senza nemmeno accorgermene siamo davanti alla villetta di Josh e in men che non si dica parcheggia la moto.

Suono il campanello ma rimango ad aspettare invano.

«Non c'è nessuno in casa» mi dice Josh raggiungendomi.

«Come mai?» chiedo mentre apre la porta.

«Mio padre e mia madre lavorano ancora e Meredith e Chloe sono a scuola.»

Josh butta le chiavi sul tavolino della cucina e la giacca sulla sedia. «Vuoi qualcosa da bere?» mi chiede aprendo il frigo.

«Dell'acqua.»

«Non ti chiedo se vuoi del cibo perché mi svuoteresti il frigo.»

Mi lancia una bottiglietta d'acqua mentre lui sorseggia una lattina di Coca-Cola.

Il silenzio regna in casa mentre beviamo e solo ora mi accorgo che siamo completamente soli. Spalanco leggermente gli occhi: perché diavolo sono qui?

«Qualcosa non va?» mi chiede accigliandosi.

«Cosa? No no.»

«Non sembra.»

Cosa siamo venuti a fare qui se non c'è nessuno?

A innaffiare le piante. Ma secondo te?

«Cosa vuoi fare?» mi chiede Josh spaventandomi.

«Cioè?» domando.

«Hai intenzione di rimanere qui in cucina a bere acqua?»

«No. Cosa proponi?»

Josh appoggia la lattina sull'isola della cucina e mi rivolge un sorriso grande quanto questa casa.

«Sicura di voler lasciar scegliere me?» chiede continuando a sorridere.

«No no no» scuoto la testa in agitazione. «Dammi un attimo. Potremmo improvvisarci falegnami e costruire una casetta per gli uccelli.»

«Sicura di non voler ascoltare la mia idea?» ride.

«No!» rispondo subito.

«Jennifer.»

«E poi tutti gli uccelli verrebbero nella nostra casetta, si troverebbero così bene da non volerla lasciare mai, creeremo un allevamento. Il primo uccellino che arriverà lo chiamerò Leopoldo e il secondo...»

«Jennifer, ascoltami!» tuona Josh. «Un film.»

«Stavo per dirlo» mento con fare altezzoso.

«Sicuramente» ride lui. «Dài, andiamo in camera mia.»

Camera sua? No! Perché?

«Perché in camera tua? Possiamo guardare un film in salotto» propongo senza sembrare agitata.

«In camera mia c'è il lettore DVD» risponde. «Perché? Ti crea qualche problema camera mia, Milton?»

«Andiamo a vedere questo film» lo sorpasso dirigendomi in camera sua senza aspettarlo.

«Vedo che sai già dove andare» mi raggiunge.

«Sì, una volta ci ho portato un cretino ubriaco perché non si reggeva in piedi.»

«Devi volergli davvero bene allora, se lo hai aiutato.»

Mi giro verso Josh fermandomi proprio davanti alla sua porta e incrociando le braccia al petto.

«No, mi faceva solo pena.»

«Hai trascinato un ubriaco in camera sua nel bel mezzo della notte solo perché ti faceva pena?» chiede avvicinandosi.

«Chiamami pure "donna di buon cuore".»

«Deve essere proprio un bel tipo allora.»

La sua altezza incombe su di me e se facesse solo un altro passo il suo corpo sarebbe spiaccicato al mio. Cerco di darmi un contegno e mi allontano.

«Ma niente di che» mento spudoratamente beandomi della sua faccia offesa.

«Come hai detto?» quasi urla lui.

Caccio un grido quando fa una falcata verso di me e corro in camera sua mentre rido.

«Non puoi scappare, Jennifer, sei nel mio territorio.»

Mi guardo freneticamente attorno, ma l'unica cosa che mi viene in mente è di saltare sul letto e andare sul fondo, in modo da mettere ancora più distanza.

«Ora sei ancora di più nel mio territorio» ridacchia lui.

«Stammi lontano.»

Josh si avvicina come un leone che deve acchiappare la sua preda.

Da un lato è inquietante, ma dall'altro è eccitante. Il lato eccitante è decisamente maggiore.

Decido di fare uno scatto improvviso provando a varcare una porta aperta, deve essere il bagno, sicuro.

Non faccio in tempo nemmeno a fare due passi che Josh si fionda sul letto e mi afferra il polso per un soffio.

«Aaah» rido e urlo nello stesso momento. «Mollami, Josh.»

«Mai» continua a tenermi.

Si alza dal letto mentre continua ancora a tenermi il polso e poi mi spinge con calma verso il muro. Mi sta facendo venire le palpitazioni.

«Ancora non sei disposta ad ammettere che ho un certo effetto su di te?» soffia mentre prende anche l'altro mio polso.

Mi solleva entrambi i polsi sopra la testa e mi guarda intensamente negli occhi.

Non posso negarlo, l'ho notato in laboratorio, sul muretto, al ristorante e tantissime altre volte: Josh ha un inspiegabile effetto su di me.

Sì. Josh mi fa un effetto incredibile, ma non glielo dirò mai.

«Dobbiamo guardare un film.» Trattengo il respiro per non balbettare.

Josh fa un sorrisetto e mi stringe leggermente i polsi, non troppo, non mi fa male.

Allunga il suo viso sul mio e le sue labbra mi sfiorano leggermente la bocca; quasi in automatico il mio corpo si spinge verso di lui, ma riesco a bloccarlo, con la poca lucidità che ho. Indugia un po' sulle mie labbra sfiorandole, senza mai baciarle, e mi ritrovo a desiderare ardentemente che lo faccia.

Josh sfiora un'ultima volta le mie labbra per poi spostarsi lentamente sul mio collo. Non lo bacia. Struscia il suo naso sulla mia pelle e ogni tanto il suo respiro pesante mi porta a sussultare.

«Nessun effetto eh?» mi chiede. «Posso lasciarti i polsi oppure cadrai per terra?»

Mi accorgo solo ora che la sua presa era più forte di quanto credessi visto che mi teneva praticamente lui in piedi.

Scuoto la testa cercando di darmi un contegno e lo strattono via, lanciandogli un'occhiataccia.

«Guardiamo questo film» sbotto.

«Come vuoi» ride lui. «Cerco qualche film.»

Josh va vicino al televisore e comincia a frugare tra i cassetti. Questa è la prima volta che presto davvero attenzione alla sua camera. È molto grande.

Tra la porta del bagno e quella della camera c'è una specie di lunga mensola con dei libri sopra.

Josh che legge. Quasi scoppio a ridere, probabilmente sono lì per bellezza.

«Che genere preferisci?» mi chiede facendomi distogliere lo sguardo dalla sua stanza.

«Mmh» corrugo le labbra io, «non ne ho idea.»

«Non hai un genere preferito?»

«Non guardo molti film» ammetto.

«E cosa fai?»

«Evito la gente fastidiosa come te» lo sgrido. «Forza, scegli!»

Sposta i suoi occhi neri sui DVD che ha sparso sul tappeto e poi ne prende uno sorridendomi.

«*L'alunna e il professore*» leggo io.

Assottiglio gli occhi per riuscire a vedere interamente la copertina e non ci metto molto a connettere.

«Josh» mi avvicino tirandogli uno schiaffo sulla spalla, «non guarderò un porno con te.»

«In realtà non so nemmeno perché sia qui» ride.

«Questo?» mi chiede alzando nuovamente il DVD.

«Bleah. Film romantico?»

«Non ti piacciono?» mi chiede stranito.

«No in realtà mi annoio sempre e finisco per addormentarmi o per mettermi a mangiare, oppure addormentarmi mentre mangio.»

Josh scoppia in una grande risata accasciandosi sul tappeto. Sembra un modello di un calendario, così steso, ci vorrebbe un barboncino accanto per fare scena.

«Davvero non ti piacciono i film romantici?» mi chiede di nuovo.

«Non ho detto che non mi piacciono» mi giustifico, «ma sono noiosi e non ne vado matta.»

«La prima ragazza a cui lo sento dire. E io che pensavo che ti saresti addolcita dopo aver guardato il film e mi avresti concesso di guardare il porno.»

«Prossima opzione?» chiedo.

«Va bene, va bene» ride lui, «un horror.»

Io e gli horror non andiamo molto d'accordo, non che sia una fifona, ma mi mettono davvero una grande ansia.

«Un giallo?» propongo, cercando di deviare l'argomento.

«No» dice subito, «sono troppo complicati, mi ci perdo.»

«Già» lo assecondo, «mi scordo che il tuo cervello non riesce ad assimilare troppe cose in una volta.»

«Non prendermi in giro, Milton.»

«Non prendermi in giro, Milton» scimmiotto la sua voce in modo rauco.

«Io non parlo così» si difende lui. «Quindi cosa guardiamo?» mi chiede, ma io faccio spallucce. «Non avrai mica paura dei film horror, vero Jennifer?»

«Non ho paura» mi difendo subito, «mi mettono solo un po' d'ansia.»

«Ansia eh?» ghigna lui, «e film horror sia.»

«Cosa?» spalanco la bocca. «No, io non ho scelto.»

«Ma io sì» ride lui. «Camera mia, regole mie.»

«Questa è anarchia! Sei fastidioso» lo ammonisco sedendomi sul tappeto a gambe incrociate.

«Dài, vieni» dice Josh andando verso il letto.

Lo guardo con aria interrogativa.

«Avanti» fa un altro cenno col capo, «non ti stupro.»

«No» scuoto la testa, «sto bene qui.»

«Non puoi essere seria» sbotta infastidito avvicinandosi.

«Giuro che se mi sposti di peso ti tiro un calcio così forte nelle parti basse che sentirai dolore per i prossimi vent'anni.» Josh si ritrae bruscamente coprendo le sue parti intime istintivamente.

«È assurdo che io guardi il film sul letto e tu sul tappeto» quasi urla.

«Be', vieni anche tu sul tappeto allora» propongo.

«No» sbotta ancora più irritato, «ho un letto per un motivo.»

Se ho ben capito il film parla di una ragazza che cerca la sua sorella gemella morta, che la perseguita nei sogni chiedendole di trovarla. Subito collego questo film ai miei sogni sentendomi anch'io in un certo senso perseguitata, ma scaccio subito via quei pensieri.

Il film comincia a farmi venire i brividi quando la ragazza ritrova il corpo della sua migliore amica in una vasca da bagno piena di sangue e una strana figura comincia a inseguirla. La ragazza comincia a correre in una strada buia in modo da raggiungere casa sua, ma più lei sembra correre più la strana figura si avvicina.

Entra in casa raggiungendo il prima possibile camera sua e chiudendo la porta a chiave. Si stende vicino al letto ansimante credendo di essere al sicuro, ma a un certo punto una mano esce fuori dal letto.

Mi guardo freneticamente attorno notando che sono proprio nella sua stessa posizione. Mi alzo alla velocità della luce dal tappeto catapultandomi sul letto vicino a Josh che mi guarda prima arrabbiato, poi stupito e infine divertito.

«Non riesco a crederci» ride.

Mi prende per un braccio e mi trascina verso di lui avvolgendomi in un abbraccio rassicurante.

Stupide mani di gemelle morte che escono da sotto i letti.

A questo punto può anche averci fatto un'orgia qui sopra, non mi importa un bel niente!

«Hai davvero paura allora» ride ancora.

«Stai zitto.» Tengo una mano mezza aperta sugli occhi per coprirmi subito da eventuali scene terrificanti. «A questo punto preferivo il porno.»

«L'avevo detto, io.»

Ora la ragazza sta correndo per le scale andando a sbattere ovunque, sembra quasi me quando sono in ritardo. Con la differenza che io non sono rincorsa da sorelle che mi perseguitano.

«Cristo santo» mi copro completamente gli occhi quando vedo i piedi cadaverici della ragazza scendere le scale.

«Mi ricorderò di questo momento per tutta la vita» ride ancora.

Già me lo immagino quanto mi perseguiterà per questa storia deridendomi. Si sta divertendo un mondo.

«Mi vendicherò per questo» sussurro io chiudendo gli occhi.

Sento la risata di Josh e poi la sua mano fa pressione sul mio braccio e, trascinandomi di poco più vicino a lui, il suo profumo invade le mie narici. La mia testa è sul suo petto e una mia gamba è avvinghiata alla sua, sono completamente incollata a lui e non posso fare altro che bearmene.

«Vado in bagno» dice dopo un po'.

Do un'occhiata alla televisione e noto che ora c'è una scena dove è pieno giorno e lei parla tranquillamente con i suoi amici. Come se la sera prima non stesse per essere uccisa.

«Riuscirai a resistere un minuto senza la mia protezione?» mi deride lui.

«Fottiti» tuono buttandogli addosso un cuscino.

Lo evita per un soffio e si rifugia in bagno.

La ragazza ora si sta addentrando con il suo fidanzato in una grotta. Come diavolo ci è finita in una grotta? E perché si è portata dietro il suo fidanzato? Evidentemente vuole fare ammazzare anche lui.

Continuano a camminare verso la grotta mentre lui le dice di rimanere sempre dietro di lui e di non spaventarsi. Cosa dovrebbe fare? Ballare la samba?

A un certo punto una mano esce da un muro della grotta trattenendo il ragazzo sulla parete e infilzandolo. La ragazza rimane pietrificata, ma appena sente la mano che la sfiora caccia un urlo enorme.

La porta del bagno si spalanca nello stesso momento in cui la ragazza urla.

«Aaaaaaaaaah» grido io dallo spavento.

«Aaaah» grida Josh nel sentire me gridare. «Sei forse impazzita?» tuona.

«Tu sei fuori di testa!» urlo, «non puoi entrare così in camera.»

«Così come? Ho semplicemente aperto la porta, non c'è altro modo per entrare in camera mia dal bagno» si difende lui. «Sei proprio una fifona. Forse è meglio che stoppiamo il film.»

Annuisco freneticamente facendolo ridere ancora di più.

Faccio per alzarmi dal letto visto che non guardiamo più il film, ma lui mi ferma subito.

«Rimani qui» ordina. Ma appena vede il mio sguardo si corregge: «Per favore».

Mi accascio di nuovo nella posizione di prima, solo che questa volta il mio bacino è ancora più stretto e Josh riprende ad accarezzare i miei capelli dolcemente, come in biblioteca.

«Dovresti davvero tenerli sciolti più spesso» mi consiglia, «non capisco perché ti ostini a nasconderli con una coda.»

«Sono lunghi e fastidiosi.»

«Be', allora tagliali leggermente, no?» propone.

«No» dico cominciando a sentirmi a disagio.

«Perché no?»

«Perché mia madre li aveva di questa lunghezza» ammetto, «rossi e lunghi.»

Seguono attimi di silenzio e so che la mia risposta ha messo a disagio Josh e non solo lui. Non ho mai parlato liberamente di mia madre con lui, in realtà con nessuno.

«Vi assomigliate molto?» mi chiede.

«Sì» sussurro.

«Allora doveva essere davvero bella.»

Un sorrisino si apre sul mio volto al suo commento e decido di dargli molto di più di un semplice sì sussurrato.

Faccio per alzarmi di nuovo ma Josh, esattamente come prima, afferra il mio braccio.

«Aspetta» gli sorrido.

Corruga un po' la fronte, poi mi lascia. Estraggo il portafoglio dallo zaino e ne tiro fuori una vecchia foto, un po' sbiadita con gli angoli rovinati, ma comunque la mia foto preferita.

Gliela porgo e lui la prende scrutandola attentamente, spalanca gli occhi e so anche il motivo.

«Siete due fotocopie» dice, come pensavo.

Sorrido davanti alla sua faccia curiosa mentre continua a guardare la foto cercando di assimilare tutti i dettagli.

La foto è di quando avevo cinque o sei anni, credo, ma già a quell'età si notava la grande somiglianza.

Io e papà siamo fisicamente gli opposti, se qualcuno non conoscesse mia madre potrebbe anche dire che lei lo abbia tradito e io non sia sua figlia.

«Eri a Manhattan qui, vero?» mi chiede.

«Sì» rispondo, «nel giardino della nostra vecchia casa.»

La foto ritrae me in giardino con una bambola completamente

distrutta ma la osservo con uno sguardo felice mentre mia mamma è intenta a leggere sull'amaca vicino a me. Mio padre dice che ce l'ha scattata Anny, tendeva a farci video e foto a tradimento, e lui ne usciva sempre fuori con facce buffe.

«Vecchia casa?» domanda stranito.

«Sì. Quando ci siamo trasferiti a Londra non abbiamo venduto la nostra vecchia casa, mio padre non ci è riuscito, ma quando siamo tornati ha preferito non tornarci comunque e io ne sono felice.»

Josh non mi fa altre domande per fortuna, riguarda la foto e un sorriso si dipinge sul suo volto.

«Perché la tua bambola non ha la testa?» ride e mi unisco a lui.

«Non andavo matta per le bambole» ammetto, «tendevo a staccare loro la testa o a bruciare qualche parte del corpo, però dopo mi sentivo in colpa quindi le tenevo comunque.»

«La cosa non mi sorprende per niente.»

«Cosa vorresti dire?» chiedo usando un tono scioccato.

«Non sei tipo da bambole.»

«E che tipo sono?»

«Devo ancora scoprirlo» dice con voce roca.

Mi fissa così intensamente da farmi abbassare gli occhi. A volte riesce davvero a intimidirmi e la cosa mi crea un gran fastidio.

«Tieni» mi porge la foto.

Prendo la foto dalla sua mano e la ripongo nel suo solito posto. È davvero una strana sensazione averla fatta vedere a Josh.

«Avete entrambe le lentiggini» nota.

«Sì» rido stendendomi sul letto accanto a lui che è mezzo alzato, appoggiato a un cuscino, «sembrano più degli spruzzi di vernice arancione chiaro, in realtà, e sulla mia pelle si notano ancora di più.»

«A me piacciono» avvicina il gomito al mio braccio.

«Davvero?» chiedo stupita. A me non piacciono per niente.

«Sì, Jennifer» ride lui.

«Le contavo da piccola. Contavo le lentiggini mie e di mia madre quasi tutte le notti.»

«Perché?» mi sorride.

«Non lo so» rido di rimando, «credo fosse una specie di gara a chi avesse più lentiggini. Contavo quelle più evidenti. Mi mettevo davanti allo specchio e cominciavo a contare le mie lentiggini, poi facevo stendere lei sul divano contando le sue. Lo facevo ogni sera perché credevo che durante la notte si spostassero o che scappassero via, quindi volevo assicurarmi che le avessi ancora tutte.»

«E chi vinceva?» mi chiede. Sembra davvero interessato a questa stupida storia.

«Io ovviamente» dico fiera, «più che altro perché a volte mentre contavo saltavo i numeri. Passavo dal tre all'otto quindi vincevo comunque.»

Josh mi guarda divertito e sono contenta di avere condiviso questa piccola informazione sulla mia vita passata con lui. Comincia a guardarmi meno divertito, facendosi quasi serio, mentre porta la mano ad accarezzare la mia guancia.

Piano piano alza completamente il busto mettendosi sopra di me e appoggiando le mani ai lati della mia testa.

«Co-cosa stai facendo?» chiedo disorientata dal suo gesto.

Josh non mi risponde, semplicemente alza il braccio tenendo il suo peso sopra di me solo con l'altro. Riporta la mano di nuovo sopra la mia guancia ormai tutta accaldata mentre io sono pietrificata sotto al suo corpo.

In questo momento mi sento esattamente come sotto quell'albero fuori dalla mostra.

«Uno» tocca un punto della mia guancia, «due, tre» continua spostando il suo dito leggermente vicino al naso, «quattro.»

Cinque. Sei. Sette.

Parla piano e lentamente, ogni numero che pronuncia riesco a vedere il movimento della sua lingua.

«Otto» sussurra ancora, «nove» diciamo all'unisono.

Una breve risata calma di entrambi riecheggia tra di noi.

«Dieci» diciamo ancora insieme.

«Quindici» dice lui all'improvviso facendo come facevo io da piccola.

«Cosa?» rido, «dove li hai messi tutti gli altri numeri?»

«Li ho buttati via insieme alla tua bambola.»

Rido di gusto sotto il busto di Josh e il letto vibra leggermente quando ride anche lui.

Da qui riesco a vedere il suo sorriso luminoso sopra la sua mascella definita. I suoi occhi ombrosi sono meno scuri del solito. È possibile che cambino a seconda dell'umore?

Continuiamo a fissarci intensamente e vorrei davvero avere una vista speciale, che mi permetta di vedere a cosa sta pensando mentre mi guarda così.

So che lui rimarrà sorpreso dal mio gesto e io stessa mi sto sorprendendo di questo mio pensiero, ma non mi importa. Perché io ne ho bisogno e poi, maledizione, sono sopra il letto di Josh e siamo in casa da soli!

Faccio scivolare la mano dai suoi capelli alla sua nuca e lo spingo verso di me facendo scontrare le nostre bocche.

Le nostre labbra si toccano leggermente, quasi come non volessimo farci troppo male.

Posso contarli sulle mie dita i baci che ci siamo dati io e Josh. Cinque.

Il primo è stato quello inaspettato, quello che ha creato un'enorme confusione in me, sotto l'ombra di quell'albero. Quello che mi ha pietrificato fuori ma sciolta dentro.

Il secondo è stato quello che mi ha dato modo di godermelo di più, sotto quel cielo di stelle sopra la panchina, avvolti dal freddo. Il bacio che mi ha creato incertezze, ma allo stesso tempo dato alcune sicurezze.

Il terzo è stato sempre quella sera, quando mi ha riaccompagnata a casa. Mi ha dato un bacio leggero, quasi un soffio ma comunque un bacio, dimostrandomi che quell'attimo sulla panchina non me lo ero sognata. Poi mi ha detto: «Ci vediamo domani» con la sua solita roca e bassa voce, dandomi la sicurezza che l'indomani niente sarebbe svanito, come era successo la prima volta.

Il quarto bacio è stato quello più divertente, quando le nostre lingue si mischiavano assieme al sapore di tacos e bacon, ma a me non importava. Perché era corso fuori dalla macchina per darmi quel bacio.

E poi il quinto, questo che ci stiamo scambiando ora, su questo letto. Il primo bacio che gli do io.

«Mmh» fa un gemito strozzato quando senza accorgermene tiro i suoi capelli tra le dita.

Ticchetta la sua lingua sui miei denti per chiedermi l'accesso e un secondo dopo la sua lingua calda avvolge la mia. Istintivamente porto le mie mani sulle braccia stringendole e lui spinge il bacino contro il mio provocando una reazione in me che non mi sarei mai aspettata.

Ingoio un gemito, poi inarco leggermente la schiena facendo scontrare nuovamente i nostri bacini. Il bacio diventa sempre più intenso ma proprio in quel momento sento le sue labbra allontanarsi e io apro gli occhi. Subito dopo le sue mani sono sui miei fianchi e le sue labbra sul mio collo.

Mi irrigidisco e so che anche lui se n'è accorto, sento il suo sorrisino sul mio collo, ma decido di non dargli peso. Ora non ho le forze per rimproverarlo.

Non fa niente di aggressivo, so che non mi sta lasciando alcun tipo di segno, non come quella volta al ristorante. Dà dei leggeri baci umidi sul mio collo pallido e mi sorprendo di me stessa e del fatto che io glielo lasci fare.

In questo momento le mie braccia sono distese, senza toccarlo, perché non ho la minima idea di come muovermi e i suoi baci mi stanno mandando completamente in estasi.

A un certo punto sento le sue mani infilarsi sotto il mio maglione e come un fulmine lo fermo.

Josh guarda la mia mano e poi i miei occhi per qualche secondo prima di parlare.

«Non voglio farti niente» riporta le labbra vicino alle mie, «voglio solo toccare la tua pelle e questo maglione ti sta grande tre volte.»

Mi fa un sorriso rassicurante e sentendomi più calma ritraggo lentamente la mano riportandola sui suoi capelli che tanto adoro e lui riprende a baciarmi.

La sua mano tocca i miei fianchi e sento i brividi in tutto il corpo mentre fa girare il suo pollice su di me. Sono così inebriata da lui, da tutto questo, da Josh.

«Josh, sei in camera?» urla qualcuno dal corridoio.

Appena sento la voce spalanco gli occhi e come una scossa spintono Josh con tutta la forza che ho.

Lui rotola dal letto e finisce sul tappeto.

«Sei psicopatica?» mi urla dal tappeto massaggiandosi la testa.

Probabilmente deve averla battuta sul pavimento. Ma cosa dovevo fare? Mi è venuto istintivo appena ho sentito quella voce.

«Josh, ma cosa...» La porta si apre ed entra Margaret, ben vestita. «Jennifer?»

«Ehi, Margaret» saluto imbarazzata.

Mi trovo a mio agio con Margaret ma il fatto che mi trovi da sola in camera con Josh mi dà comunque una certa preoccupazione.

Margaret sposta lo sguardo da me a Josh ma non sembra scocciata, anzi mostra un sorriso furbo. Eppure mi aveva detto che la infastidiva il viavai di ragazze che uscivano dalla camera di suo figlio.

«Ho interrotto qualcosa?» chiede guardandoci.

«Sì», «No» diciamo all'unisono io e Josh.

Margaret ci guarda ovviamente confusa dalle nostre risposte differenti.

«Sì o no?»

«Sì» risponde Josh seccato.

«No invece» ribatto, «non hai interrotto niente.»

«Che succede, tesoro?» chiede il signor Cliver spuntando dalla porta. «Oh, ciao, Jennifer.»

Oh, magnifico!

«Ho interrotto il "niente" di Josh e Jennifer.»

«Il niente?» chiede suo marito.

«Mamma» sbotta Josh rialzandosi, «cosa c'è?»

«Mi chiedevo se potevi andare a prendere a scuola Chloe, oggi esce il pomeriggio» chiede Margaret.

«Ora?» chiede ovviamente scocciato.

«Sì» risponde il padre, «esce tra dieci minuti nemmeno.»

«Non potete andare voi?» chiede quasi come una supplica.

«Io devo lavorare» risponde il signor Cliver.

«E io devo cominciare a preparare la cena» continua Margaret.

La cena? Ma che ore sono? Fisso lo sguardo sull'orologio appeso sopra il comodino.

Sono le sei! Come fanno a essere già le sei? Io dovevo andare da mio padre a prendere le chiavi!

«Potrebbe accompagnarti Jennifer» dice Margaret.

«Ehm ecco io...» comincio ma vengo subito fermata.

«Puoi accompagnare Josh a prendere Chloe e poi fermarti per cena» dice esuberante.

«Ecco io...» ricomincio con gli sguardi di tutti addosso «... dovrei passare da mio padre a prendere una cosa, a dire la verità.»

«Oh, ero giusto prima con tuo padre» mi dice il padre di Josh, «rimarrà fino a tardi in ufficio oggi.»

«Già, e dopo cena Josh ti accompagnerebbe da lui» dice ancora entusiasta Margaret, «che ne dici?»

Il sorriso fin troppo entusiasta di Margaret e lo sguardo del signor Cliver mi mettono in soggezione.

Mi giro verso Josh che fa spallucce, ovviamente a lui non fa differenza.

«Va bene» cerco di non sembrare dispiaciuta nell'accettare.

«Perfetto» quasi saltella Margaret, «hai preferenze per la cena?»

«Oh, mio dio, non chiederglielo» dice Josh alzandosi.

«Stai zitto, tu» lo ammonisco tirandogli un cuscino.

«Smetti di tirarmi cuscini» mi rimbecca.

«Smetti di rispondere al posto mio.»

«Quindi hai preferenze?» ride Margaret assieme a suo marito.

«Va bene tutto» la tranquillizzo.

«Ovviamente» sussurra Josh guadagnandosi una mia occhiataccia.

In meno di cinque minuti siamo sull'auto di Josh diretti a prendere Chloe. Mi esce un sorriso spontaneo a pensare a ciò che stavamo facendo qualche minuto fa ma anche una sorta di ansia. Come sarebbero andate avanti le cose?

«Non voglio farti niente» mi ha detto.

Una parte di me era sollevata, l'altra invece, quella più irrazionale, voleva che facesse tutto quello che voleva.

«Perché ridi?» mi chiede guardandomi di sfuggita mentre guida.

«Niente» dico, «perché mi hai portato a casa tua?»

«Eri strana oggi, sembravi scossa. Volevo sapere cosa avessi, ma non avresti mai parlato davanti a tutti. Poi quando ti ho vista in biblioteca sono venuto a parlarti e ho pensato che andare via per un po' potesse farti rilassare.»

Il fatto che sia stato l'unico ad accorgersi che qualcosa non andava oggi mi fa credere che forse Josh mi conosce più di quanto creda.

Sono stata davvero bene dopotutto e non ho pensato per tutto il resto del pomeriggio.

«Sicura che non ci sia niente?» Scuoto la testa. «Per caso quel Clark ti ha parlato ancora?»

Clark? Mi ero completamente dimenticata di lui e della sua frase.

«No.»

Josh's pov

Mi sorprende davvero il suo gesto di prima. Non avrei mai pensato che sarebbe arrivato il giorno in cui sarebbe stata lei a baciare me, ho sempre fatto io il primo passo.

Non so cosa sto combinando con lei o cosa siamo, so solo che tutta questa situazione mi piace, da impazzire.

Mi piace poterla baciare senza che lei si dilegui per giorni subito dopo, mi piace poterla toccare e vede il suo rossore.

Può essere sfacciata quanto vuole, ma in realtà è molto più timida e ingenua di quanto creda.

Quasi pura, oserei dire, non sarà mica vergine?

La guardo mentre aspetta l'uscita di Chloe assieme a me. La osservo in tutta la sua bellezza. Nonostante sia bassa, il suo peso e la sua forma le si addicono. Ancora non capisco dove vada a finire tutto il cibo che ingurgita.

Se solo mia madre non fosse arrivata all'improvviso. *Come se te lo avrebbe permesso.*

Non può essere vergine. Sicuramente ha queste reazioni da suora casta perché non si fida. Jennifer è diffidente quasi quanto me. So che si starà sforzando di non esserlo troppo, ma lo vedo che sta facendo fatica.

«Siamo davanti a una scuola per bambini» mi dice lei continuando a guardare l'entrata, «smetti di fissarmi come se fossi un pedofilo.»

Non mi ero nemmeno accorto che la stavo fissando, che figura da idiota.

Vedo quella piccola testolina di Chloe proprio sopra la scalinata, affiancata dalla maestra. Allunga il viso per trovare qualcuno a lei familiare e appena mi vede si apre in un sorrisetto. Quando nota Jennifer i suoi occhi si spalancano e il suo sorriso si apre il triplo. Comincia a fare freneticamente la scalinata mentre io faccio un cenno da lontano alla maestra per rassicurarla.

Quasi mi offendo quando praticamente si butta su Jennifer e non degna me nemmeno di uno sguardo.

Vedo la maestra osservarci da lontano con uno sguardo un po' dubbioso.

«Ehi, piccola Chloe» dice dopo che Chloe le si è avvinghiata addosso, «com'è andata a scuola?»

Chloe mette il pollice in su per far vedere che è andata bene e io stringo un pugno.

Non so cosa darei per sentirla parlare ancora una volta, a malapena ricordo la sua voce, ha detto così poche parole nella sua vita.

«Io sono qui comunque» alzo le braccia al cielo.

«Oh, Josh, ma sei ancora qui?» mi deride Jennifer.

Chloe arriccia il naso in un'espressione divertita e poi sporge le mani verso di me per farsi prendere in braccio.

«Ah ora mi hai notato?» le chiedo divertito, «e se io non volessi prenderti in braccio?»

Chloe continua a tendere le braccia mentre tira fuori il labbruccio. È una raggiratrice tanto quanto Jennifer quando vuole i pasticcini!

«Vieni qui, peste» la prendo mentre Jennifer me la porge e ride.

Il suo sorriso fa nuovamente espandere le sue lentiggini, che lei tanto odia ma che io adoro.

«Josh, potrei parlarti un attimo?» mi chiede una signora davanti a noi.

È la psicologa di Chloe, se non sbaglio, ci ho parlato due volte e la vedo spesso quando la vengo a prendere.

Chloe agita la manina in segno di saluto mentre Jennifer la guarda fredda, come fa con tutti gli esseri viventi di questa terra che non conosce.

«Certo» annuisco, «puoi tenere un attimo Chloe? Arrivo subito.»

«Okay» dice apatica continuando a guardare la signora.

La signora fa un cenno di saluto e ci avviamo verso la scalinata, ormai praticamente vuota.

«Cosa c'è che non va?» chiedo impaziente.

«Niente» mi dice, «va tutto bene. Pensavo la sarebbero venuti a prendere il signor o la signora Cliver, ma immagino che io possa parlare anche con te, riferirai dopo.»

Annuisco.

«Volevo avvisarvi che ci sono stati dei netti cambiamenti in Chloe.»

«Cambiamenti?» chiedo confuso.

«Sì» annuisce. «Chloe in questi ultimi tempi è molto più aperta. Interagisce molto di più con i suoi compagni. Si unisce di sua spontanea volontà ai giochi di gruppo.»

«Be', è fantastico, non crede?»

«Sì, certo, è meraviglioso. Però ovviamente i miglioramenti non vengono fuori da soli.»

«Cosa intende?» chiedo nuovamente confuso.

La psicologa dà di nuovo un'occhiata a Chloe. Jennifer la sta facendo volteggiare mentre Chloe strilla divertita. Un sorriso spontaneo mi compare sul viso.

«Di solito c'è sempre qualcosa che fa scattare una persona, che la rende felice e la porta a voler compiere miglioramenti nella propria vita. Questo procedimento succede senza nemmeno accorgersene e può benissimo capitare anche a una bambina come Chloe. Volevo chiedervi se è successo qualcosa di particolare ultimamente a Chloe o se ha incontrato qualche persona nuova.»

Non sono molto presente ma credo che lo saprei se Chloe avesse un'amica. Ovviamente, però, è impossibile.

«No» le dico sincero, «non mi sembra che ci sia qualcosa di nuovo nella vita di Chloe.»

La psicologa fa un specie di sospiro mettendo la mano nella sua borsetta ed estraendone un foglietto spiegazzato.

Osservo i disegni e dopo un po' spalanco gli occhi facendo guizzare lo sguardo su Chloe.

«Jennifer?» riporto lo sguardo sui disegni. «Questa è Jennifer.»

«Ah quindi è così che si chiama» dice la psicologa compiaciuta. «Come stavo dicendo, c'è sempre qualcosa che fa scattare la nostra mente e ultimamente Chloe si impegna molto di più. Ho subito pensato che le fosse successo qualcosa o che avesse avuto una specie di incontro e dopo aver visto i suoi disegni me ne sono completamente convinta. Era un po' di tempo che Chloe disegnava questa ragazza dai capelli rossi e ogni tanto disegnava qualche fata, ma sempre con le stesse caratteristiche. Quando le chiedevo chi fosse lei semplicemente batteva le mani. Avrei voluto parlare con i tuoi genitori di questa situazione, ma a quanto pare ho già capito chi è.»

La psicologa gira il suo sguardo verso Jennifer e Chloe, ma io ancora non mi capacito di questa situazione.

«Lei e Chloe si vedono spesso?» mi chiede.

«In realtà no. Però dalla prima volta che l'ha vista l'ha subito presa in simpatia, il che ci è sembrato strano, ma non avevamo dato un grande peso alla cosa.»

«Deve essere una persona particolare» guarda dall'altra parte come assorta nei suoi pensieri.

«Chloe?»

«No, Jennifer» mi corregge. «A volte i bambini percepiscono cose di cui noi non ci accorgiamo: se Chloe le ha percepite in Jennifer deve esserci qualcosa di particolare in lei.»

Mi perdo per un momento nel vedere i capelli rossi di Jennifer fluttuare nell'aria assieme a quelli castani di Chloe.

«Oh, sì, è speciale» lo penso assolutamente.

«Parla molto con Chloe?» mi domanda.

«Sì. Ci parla spesso nonostante non riceva risposta, ma a lei non sembra dispiacerle» le dico, «a volte preferisce parlare con lei che con me.»

La osserva come se fosse un topo da laboratorio e la cosa sinceramente mi sta infastidendo.

«È tutto?» domando provando a non sembrare scocciato.

«In realtà no...»

Cosa vuole ancora? Mia madre pagherà per questo, doveva passare a prenderla lei!

«Mi dica.»

«Se Jennifer ha questo effetto su di lei, magari provate a farle passare più tempo insieme o perlomeno non allontanatele.»

Far passare più tempo a Jennifer con Chloe? Potrebbero passare il pomeriggio a bruciare bambole nel giardino sul retro. Rido all'idea.

«Lo faremo» la rassicuro velocemente in modo che mi lasci andare.

«Poi c'è questo bambino» cantilena lei sorridente.

«Bambino?»

Scatto subito sull'attenti e inarco un sopracciglio. Chloe e un bambino? Un bambino maschio?

«Sì, un bambino» ride lei divertita, «si chiama Alex.»

«E con questo cosa vuole dirmi?»

«Chloe ha legato soprattutto con questo bambino, spendono molto del loro tempo insieme, lei gli ha addirittura insegnato alcuni segni del linguaggio muto. Si è sforzato di impararli e ogni tanto li usa anche, sembrano molto in sintonia, anche se lui è l'unico a parlare.»

«Capisco...» dico non capendo veramente.

«Sarebbe l'ideale che Alex spenda del tempo con Chloe al di fuori della scuola.»

«Vuole dire che devono avere un appuntamento?» quasi urlo.

La psicologa mi guarda stralunata e poi scoppia in una fastidiosa risata che non fa altro che irritarmi di più. «No, Josh, sono piccoli ancora, devono solo passare un pomeriggio insieme» mi spiega. «Chiamerò tua madre per eventuali chiarimenti e ho già parlato con i genitori di Alex che sono assolutamente d'accordo.»

«Mmh» rispondo. «Se farà del bene a Chloe...»

«Molto bene» mi dice, «allora ci vediamo presto.»

«A presto.»

Finalmente mi ha congedato, ci mancava solo questo Alex, già sto cercando di non sbottare per tutte le volte che Drake tocca Meredith dove non dovrebbe.

«Allora?» mi chiede Jennifer mentre tiene Chloe per mano.

«Niente, mi stava solo dicendo che Chloe ha avuto dei miglioramenti a scuola.»

Evito di dirle che il motivo è proprio lei, si monterebbe la testa.

«Ma chi era quella?» mi chiede con una faccia quasi schifata.

«La sua psicologa.»

«Psicologa?» domanda sorpresa. «E perché?»

«Come perché? Chloe ha bisogno di una psicologa.»

«No, non ne ha» ribatte.

«Sì che ne ha» le dico io, «lei è speciale» concludo sapendo che Chloe sta sentendo.

«Sì che lo è» continua, «ma non in quel modo.»

Jennifer sembra voler quasi proteggere Chloe da tutti noi che la reputiamo diversa... chissà come sarebbe Jennifer nelle vesti di madre.

Sento tirare la mia mano da Chloe che si dirige dalla parte opposta della macchina.

«Che c'è?» le chiedo.

Chloe indica un carretto dei gelati parcheggiato qui vicino.

«Vuoi il gelato?» le chiede Jennifer e Chloe annuisce.

«No, Chloe» le vieto, «ti rovinerai l'appetito, tra un po' ceniamo.»

Chloe non mi dà il minimo ascolto e continua a tirare verso il carretto.

«Cosa non ti è chiaro della frase "tra poco ceniamo"?» le chiedo ancora.

Se mia madre scopre che le ho comprato il gelato prima di cena mi taglierà le gambe.

«Oh, andiamo, Josh» ci si mette anche Jennifer, «c'è sempre posto per il gelato.»

«Questo lo dici tu che mangeresti anche un albero se fosse commestibile.»

Chloe comincia a brontolare e sono sicura che a momenti si metterà a piangere.

«Dài ma sei un mostro!» mi insulta, «vuole solo un gelato.»

«Senti. Se lo mangia, dopo non mangerà niente a cena.»

Jennifer dà un'occhiata a Chloe, al carretto dei gelati e poi a me. Sospira sconfitta, probabilmente ha capito.

«Sentito, Chloe?» le chiede e Chloe mette su un muso disperato.

«Josh, ma quello cos'è?» mi chiede Jennifer indicando un punto dietro di me e spalancando gli occhi.

«Dove?» mi giro.

Mi guardo attorno ma non riesco a scrutare niente di sospetto.

«Jennifer, ma cos…»

Né Jennifer né Chloe sono davanti a me, corrono verso il carretto dei gelati.

Che imbrogliona, mi ha ingannato! Mi dirigo verso di loro un po' scocciato ma più che altro divertito perché mi ha incastrato in pieno.

Chloe guarda intensamente i gusti cercando di sceglierne uno, sembra alla ricerca dell'oro.

«Chi è la bambina tra voi due?» le domando andandole accanto.

«Il gelato mette di buon umore» si difende.

«I pasticcini rendono felici» dico, «il gelato mette di buon umore, poi?»

«Le patatine fritte ti cambiano la vita» mi sorride come se stesse dicendo qualcosa di sensato.

«Metterò te dopo sul seggiolino, non lei» la derido.

«Se è reclinabile va bene» alza le spalle.

Rido per il suo umorismo. Perché Jennifer è anche questo, spiritosa, assieme a tante altre caratteristiche che sarebbe impossibile elencare.

«Ho detto che pagavo io» dico tornando verso la macchina dopo che Chloe ha preso il suo cono.

«Ormai avevo tirato fuori il portafoglio, non rompere.»

Sbuffo e saliamo in macchina mentre Chloe si muove freneticamente con il gelato in mano sul seggiolino.

«Non sporcare la macchina e finiscilo prima che arriviamo in casa, se no mamma uccide me e poi te.»

Chloe ride a quello che le ho detto.

Poi però la guardo sorridere come se avesse la cosa migliore del mondo tra le mani e mi dico che potrei farmi uccidere anche dieci volte se è felice.

«Sarà un segreto, vero Chloe?» le chiede Jennifer mentre Chloe fa una specie di occhiolino.

«La psicologa ha detto anche un'altra cosa» dichiaro mettendo in moto.

«Sarebbe?»

«Chloe ha legato con un suo compagno di classe, Alex, vorrebbe che venisse a casa nostra o qualcosa del genere. A quanto pare stanno sempre insieme.»

«Ma è fantastico!» esclama lei. «Alex è tuo amico?»

Chloe scuote la testa ed entrambi aggrottiamo le sopracciglia.

«Come no?» domanda di nuovo Jennifer. «Allora è il tuo ragazzo?»

Chloe annuisce fiera e io per poco non investo un pedone mentre Jennifer ride.

«Cosa? No!» mi affretto a dire. «Cosa vuol dire il tuo ragazzo?»

Chloe se ne sbatte altamente di quello che dico e si mette a ridere assieme a Jennifer.

«Ti piace questo Alex?» le chiede e lei annuisce, «è bello?» Chloe annuisce di nuovo allargando le braccia, «molto molto bello vuoi dire?»

«Oh, ma smettetela!» sbotto io, «Chloe sei piccola per queste cose!»

Chloe aggrotta le sopracciglia incrociando le braccia e guardandomi con sfida.

«Me lo farai conoscere, vero?» le chiede. Ma Chloe questa volta fa vedere l'anulare picchiettando su di esso… non capisco, «vi sposerete?» le chiede.

Chloe annuisce ancora più allegra e questo è davvero troppo per me. Io non facevo questi pensieri alla sua età! «Non è vero, Chloe» le dico, «sei troppo piccola per pensare al matrimonio.»

«Ma finiscila!» mi sgrida Jennifer quasi facendomi sgommare, farò un incidente con queste due in macchina. «L'amore è per tutti, Chloe.»

«Ma sono due bambini, Jennifer» continuo io.

«Quindi? Il loro è semplicemente un amore più puro e innocente, migliore di molti altri secondo me.»

Rimango abbastanza stordito dalla sua risposta, lei stessa ha ammesso di non aver mai amato e ora si mette a difendere questo sentimento.

Lei crede nell'amore? Io ormai ho smesso di crederci da tempo.

«Avanti, scendete, megere.» Parcheggio davanti casa.

Jennifer si slaccia la cintura e va a prendere Chloe nel sedile posteriore.

Chloe anziché scendere allunga le braccia verso Jennifer e lei se la carica sulle spalle.

Ci sta davvero prendendo troppo gusto nel farsi portare in braccio.

Corrono verso casa mentre ridono e io vedendo svolazzare quei suoi capelli rossi non posso che rimanerne estasiato.

Jennifer's pov

«Ma quanto ci avete messo?» chiede Margaret non appena entriamo in casa.

«Ora siamo qui» le dice Josh.

«Vieni qui, piccolina» sorride Margaret a Chloe.

Faccio scendere Chloe dalla schiena e lei corre verso sua madre che la accoglie in un abbraccio. Quasi mi sciolgo davanti a questa scena così materna.

«Perché odori di fragola?» chiede accigliandosi.

Io e Josh ci guardiamo freneticamente mentre Chloe si allontana innocente.

Facciamo spallucce e Margaret ci guarda assottigliando gli occhi.

«Tesoro, credo che il pollo sia quasi cotto» le dice il signor Cliver uscendo dalla cucina.

Margaret corre verso la cucina e tiriamo tutti e tre un sospiro di sollievo. Non so come sia l'ira della mamma di Josh, ma qualcosa mi dice che non è niente di bello.

Il signor Cliver guarda Chloe che trotterella qua e là e poi guarda noi due.

«Gelato eh?» ride lui. «Portala a lavarsi i denti prima che tua madre lo scopra.»

«Avanti, andiamo.»

Ancora mi chiedo come sia possibile che quest'uomo abbia praticamente lasciato che suo figlio se ne andasse di casa per poi lasciarlo marcire in prigione.

C'è davvero qualcosa che non mi quadra in tutto questo, vedo come guarda la sua famiglia, lui la ama davvero.

«Jennifer, puoi andare a prendere il tuo zaino e le chiavi della moto di sopra in camera?» mi domanda. «Così dopo riesco ad accompagnarti subito.»

«Certo.»

Mi dirigo in camera recuperando il mio zaino, ma delle chiavi della moto non ne vedo l'ombra. Guardo un po' ovunque, persino sotto il letto, ma niente. I comodini!

Il comodino di destra a differenza dell'altro è pieno di fogliacci e di foto, ma nel fondo riesco a vedere le chiavi.

«Eccole» esclamo soddisfatta.

Sto per richiudere il comodino quando una foto cattura la mia attenzione. La prendo cominciando a guardarla esattamente come stava facendo Josh prima. Una ragazza dai capelli biondi corti è seduta su un'altalena mentre fa la linguaccia all'obiettivo. È molto snella e dalla mezza maglia riesco a vedere il piercing al suo ombelico.

È davvero bella devo ammetterlo, chissà chi è. Soprattutto, perché Josh ha una sua foto nascosta nel comodino?

«Cosa stai facendo?» tuona lui.

Spaventata dalla sua improvvisa entrata mi metto una mano sul petto riprendendo il respiro.

«Niente, io...»

«Niente?» urla lui spaventandomi di nuovo. «Hai una foto di Caroline tra le mani!»

Caroline? Spalanco gli occhi. Quindi Josh tiene una foto di Caroline nascosta? È ancora innamorato di lei? Pensavo la odiasse.

Mi sta guardando con uno sguardo cattivo, sembra voglia prendermi a pugni.

«Io non lo sapevo» comincio, «stavo solo cercando le chiavi.»

«Be', indovina un po'?» mi strappa la foto dalle mani. «Queste non sono delle chiavi.»

Rimette la foto nel cassetto sbattendolo violentemente.

«C-calmati» balbetto, «non l'ho fatto apposta. Stavo cercando le chiavi e mentre le cercavo ho spostato le foto perciò l'ho vista.»

«Cazzate» tuona ancora, «volevi semplicemente farti i fatti miei!»

«Cosa?» urlo questa volta, «no, e lo sai benissimo!»

Josh ride, ma è una risata amara e cattiva, non sentivo questa risata da tempo ormai.

«Ti sei sempre messa in mezzo quando si parla di lei, scommetto che già sapevi che era lì, aspettavi solo il momento per osservarla meglio.»

«Questo è assurdo. Non sapevo nemmeno chi fosse prima che entrassi tu dalla porta. Smettila di fare il cazzone con me.»

Sinceramente Josh mi sta davvero spaventando e non so come io riesca a comporre una frase di senso.

Non faccio in tempo neanche a sussultare che Josh tira un pugno sul muro e mi regala un altro dei sguardi scuri.

«Devi farti i fatti tuoi, Jennifer» ringhia lui.

«Io me li faccio» rispondo, «mi hai chiesto tu di cercare le chiavi, e non è colpa mia se ti agiti così tanto per una foto.»

«Stai lontana da questo comodino d'ora in poi, stai lontana da ciò che è mio.»

Non lo riconosco più.

Non riesco a trovare nemmeno una traccia del Josh con cui ho guardato il film oggi o di quello che mi accarezzava i capelli in biblioteca.

«Mi hai invitata tu a casa tua.»

«Be', ho fatto una sbaglio allora, visto che sei una ficcanaso. Sarà meglio che ci ripensi due volte.»

Sta dicendo che si è pentito di aver speso il suo tempo con me oggi?

«Ci penserò anch'io due volte prima di accettare allora!»

Butto le chiavi sul suo petto spingendolo con la spalla e correndo verso le scale con lo zaino in mano.

«Jennifer, ma cos...» sento la voce di Margaret ma continuo ad andare verso l'uscita.

Corro finché praticamente non sono fuori e per fortuna qui sono molto più vicina al centro di quanto lo sono da casa mia. Corro veloce, un po' per allontanarmi il più possibile da Josh e un po' perché so che se mi fermo comincerò a pensare.

Non posso ancora realizzare ciò che è appena successo. Non succedeva da tanto una sfuriata dal genere. Mi guardava con disprezzo, come se fossi la feccia del mondo e dovessi sparire seduta stante.

In poco tempo riesco a fermare un taxi che si avvia subito all'indirizzo che gli ho dato. Non riesco a togliermi dalla mente il suo sguardo e il pugno che ha tirato al muro.

È stato così violento che se lo avesse dato a me mi avrebbe fracassato il cranio.

Era così arrabbiato e pronto a spaccare tutto ciò che gli fosse capitato tra le mani, ma sono arrabbiata anch'io.

«Sono 15 dollari» mi dice l'autista.

Porgo i soldi e scendo dall'auto dirigendomi all'entrata. Voglio prendere le mie chiavi della macchina e andare a casa a dormire. Dormire magari mi aiuterà a dimenticare quello sguardo.

Vorrei non aver mai aperto quello schifosissimo cassetto perché ora non starei correndo infuriata verso la segretaria che mi guarda stranita.

«Posso aiutarla?» mi chiede forzando un sorriso.

«John Milton» dico schietta.

«Ehm, non è disponibile al momento.»

«Come? Senta devo semplicemente fare una cosa veloce, è in riunione?»

«No ma...» non la faccio finire perché non voglio trattenermi oltre.

«Dove è il suo ufficio?» chiedo subito.

«Ho già detto che ora non è disponibile, è con un cliente» mi dice nervosa.

«Senta» sospiro, «sono Jennifer Milton, sua figlia.»

La segretaria subito si irrigidisce come mi aspettavo. Sempre la stessa e monotona storia del cognome.

«Oh, signorina Milton» mi sorride ancora più nervosa, «l'ufficio è proprio quello, ma davvero non può entrare.»

Appena vedo che indica la porta di fronte a me non ci penso due volte a dirigermi con grandi falcate.

«Signorina!» mi richiama lei.

Voglio solo le chiavi della mia auto e non dover fare i salti mortali per andare a scuola domani! Sono già abbastanza nervosa di mio, ci mancano solo le segretarie fastidiose! Apro la porta arrabbiata senza nemmeno bussare, ma rimango pietrificata da ciò che mi ritrovo davanti.

Non posso crederci, non avrò mai pace…

8

Jennifer's pov

«Jennifer!»

Avete presente quando si dice "cosa potrà mai succedere di peggio ora?" e poi seduta stante si presenta il peggio? Ecco, è esattamente quello che sta succedendo in questo momento. Osservo la scena disgustata mentre la donna scende dalle gambe di mio padre.

È una donna magra dai capelli castani raccolti in uno chignon, ora non tanto ordinato, e non voglio sapere il perché. Indossa un tailleur nero, una camicetta bordeaux e dei tacchi alti dello stesso colore della gonna.

I suo occhi azzurri mi scrutano con terrore.

«Jennifer» ripete mio padre, «cosa ci fai qui?»

Mi giro di scatto verso di lui che mi guarda terrorizzato quanto lei.

Non ho la minima idea di che espressione abbia la mia faccia in questo momento, ma sicuramente non è felice.

«Al massimo cosa ci fa lei qui» la indico. «Io sono venuta a prendere le mie chiavi.»

«Oh, io, cioè...» John Milton che balbetta, «... è tardi pensavo non saresti più venuta.»

«Dispiaciuto che vi abbia beccati?» chiedo amaramente.

«Jennifer...» mi richiama con il suo solito tono.

«No, Jennifer un bel niente!» grido. «Chi diavolo sei?»

La donna sbarra gli occhi come sorpresa che io le abbia rivolto la parola.

«Lei è...» comincia mio padre.

«Ho chiesto a lei» sputo acida, «non ho parlato con te.»

«I-io...»

«Allora? Devo chiederti un documento per caso?» le urlo ancora contro.

«Jennifer, ti devi calmare!» tuona mio padre.

«E tu devi cominciare a dirmi la verità.»

Dopo la mia frase mio padre si zittisce, sedendosi sulla poltrona, sapendo che non si può difendere in alcun modo.

«Sono Isabel» si decide finalmente la donna porgendomi la mano.

«Non ti stringerò la mano, quindi puoi anche ritirarla. Voglio solo le mie chiavi» sentenzio stanca di tutto. «Se non mi dai le chiavi me ne vado con un taxi.»

«Jennifer, abbiamo iniziato con il piede sbagliato» dice Isabel.

«Non abbiamo iniziato proprio un bel nulla» le dico. «Sei solo una tresca, non credere di poterti appropriare dei soldi di mio padre in questo modo.»

«Jennifer, stai esagerando!» urla lui. «Chiedile subito scusa.»

«Dovrei chiedere scusa? Non credo proprio.»

«Jennifer» ringhia lui, «chiedile subito scusa.»

Come può arrabbiarsi in questo modo con me per una donna qualunque? Come minimo è una delle tante segretarie di questo ufficio.

«Non importa, John, davvero» dice lei.

Oh, ma come sono intimi.

«Hai sentito, John?» lo derido. «Isabel ha detto che non importa.»

«È meglio che vada» dice lei.

«No» la blocca mio padre, «rimani, parliamone.»

«Sì, Isabel, rimani, me ne vado io.»

Esco e sbatto violentemente la porta e mi dirigo verso l'ascensore sotto lo sguardo della segretaria. Avrà sicuramente sentito tutte le urla, ora avrà qualcosa su cui spettegolare coi suoi colleghi quando si annoia.

Corro a più non posso per la seconda volta senza una meta precisa.

Non so dove andare, non voglio tornare a casa, ma credo sia l'unica opzione possibile.

Vorrei andare da Meredith, ma solo a pensare di poter incontrare ancora un volta lo sguardo cupo di Josh preferisco evitare.

Chiamare Drake sarebbe troppo strano, per quanto sia mio amico. So che la prima cosa che farebbe è chiamare Josh subito dopo.

Michael è fuori questione. Sembra che io lo chiami solo quando ho bisogno di qualcosa. Leo e Olly mi sono ancora troppo estranei per poter parlare con loro.

Olly si sta dimostrano abbastanza amichevole, ma ancora qualcosa non mi quadra.

Isabel. Da dove è sbucata? L'ultima cosa che credevo è che mio padre avesse bisogno di una donna. Decido di tornare a casa in autobus per allungare il percorso.

Giungo a casa e la mia tentazione di non rientrare e di dormire in giardino è alta. Poi il vento forte di novembre batte sulla mia pelle biancastra e accantono subito l'idea. Noto l'auto di mio padre parcheggiata, mi fa capire che lui è già a casa. Entro di soppiatto diretta in camera mia, senza degnare di uno sguardo nessuno, ma una voce mi chiama.

«Jennifer, fermati.»

Non ho intenzione di ascoltare le scuse di mio padre, quindi facendo finta di non sentirlo salgo sul primo scalino.

«Jennifer» mi fa girare prendendomi il polso, «per favore.»

«John Greg Milton, lasciami.»

Mio padre si incupisce, odia quando lo chiamo per nome. Anny e Greg invece si guardano nervosi perché sanno che quando lo chiamo così sono davvero furiosa.

«Parliamone.»

«Ma di cosa vuoi parlare? Forse avresti dovuto parlarmene prima, non credi?» chiedo severa.

«Lo avrei fatto.»

«Quando?» urlo, «quando mi avresti detto che hai una donna?»

Anny e Greg non si scompongono per niente e qualcosa mi dice che l'unica all'oscuro di questa situazione sono io.

«Voi lo sapevate?» chiedo girandomi, ma loro abbassano semplicemente il capo. «Oh, fantastico!»

«Jennifer, calmati.»

«Chi altro lo sa? Forse anche il postino lo sa e io no. Ma tanto che importa? Sono solo tua figlia! Te lo ricordi vero che sono tua figlia?»

«Certo che so che sei mia figlia» sbotta offeso. «Per questo non te l'ho detto, cercavo il momento giusto, per non ferirti.»

«Be', entrare nel tuo ufficio e trovarvi avvinghiati non è stato il momento giusto.»

So che può sembrare patetico, ma nell'esatto istante in cui ho visto il volto di Isabel nella mia mente è comparso quello di mia madre.

«Hai reagito in malo modo.»

«Come avrei dovuto reagire?» tuono. «Dovevo entrare sorridente, abbracciarla e poi cominciare a spargere petali di rosa per l'ufficio?»

«Jennifer…» mi richiama non sapendo cosa dire.

«No dài, dimmelo: cosa avrei dovuto fare? Farci un bel selfie a tre per poi incorniciarlo?»

«Avresti potuto cercare di capire la situazione» cerca di non urlare, ma so che vorrebbe farlo.

«Quale situazione?» urlo.

«Provare a conoscerla, io ci tengo a lei.»

In quel momento sento come se stessi fluttuando nel vuoto, come se le scale sotto di me fossero scomparse. Tiene a lei? Tiene a lei quanto teneva alla mamma? Si è scordato di lei?

«Tieni a lei? Da quanto tempo va avanti questa storia?» domando senza volerlo sapere davvero.

«Sette mesi» dice quasi in un sussurro.

«Sette mesi? Ancora prima di ritornare a Manhattan?» Ormai ho la gola in fiamme dalle urla. «E in sette mesi non hai mai trovato un momento giusto?»

«Jennifer, cosa dovevo fare?» mi chiede ormai disperato. «Tu eri sempre così silenziosa, appena sentivi qualcuno che aveva il nome di tua madre ti irrigidivi, come potevo dirti che c'era un'altra donna nella mia vita? Solo da quando sei qui hai cominciato a mostrare di stare meglio.»

Sposto lo sguardo da mio padre a Greg e Anny e decido che se non mi stendo subito potrei crollare su queste scale.

Mi rigiro andando verso camera mia perché mi sento semplicemente stanca e pesante. Stanca di tutte queste situazioni che si susseguono senza darmi pace.

«Schifosa Manhattan» mi accascio.

Porto le ginocchia al petto e chiudo gli occhi cominciando a dondolare. Vorrei tanto piangere dal nervosismo ma mi impongo di non farlo.

«Signorina Jennifer» dice Anny suonando alla porta.

Allungo la mano girando la chiave per farle capire che non ho voglia di parlare nemmeno con lei. Lei e Greg sapevano e non mi hanno mai detto niente, so che non era compito loro parlarmene, ma in questo momento sono arrabbiata con tutto e tutti.

Non piangere, Jennifer, non piangere, mi ripeto dondolandomi.

Josh's pov

«Amore, te lo ripeto per la milionesima volta, ti sbagli» cantilena Meredith.

«Tuo padre mi odia» le ripete cingendole i fianchi.

«Ti dico di no invece, lui fa così con tutti all'inizio.»

«Mmh, sarà» le risponde spostando ancora di più le mani.

«Ehi, Drake» tiro uno schiaffo sulle sue nocche, «su le mani.»

Meredith fa una risata mentre Drake mi lancia uno sguardo annoiato. Spero per lui che tenga le mani a posto, soprattutto con me attorno.

«Dov'è Jennifer?» chiede Meredith.

Uno sbuffo mi esce involontario nel sentire il suo nome.

Ancora riesco ad avvertire le sue dita premere sulle mie braccia e il sapore dei suoi baci. I suoi baci sono così diversi, sono persino diversi da quelli di Caroline.

Erano dolci, delicati, come se volesse solo baciarmi e non dimostrarsi seducente ed esperta ai miei occhi, come hanno sempre fatto tutte.

«Eccola» squittisce Meredith entusiasta.

Jennifer varca il cancello della scuola con le sopracciglia aggrottate e le labbra chiuse in una linea dura. Sembra davvero furiosa ed era parecchio che non la vedevo arrabbiata con il mondo. Ci sorpassa facendo un cenno di saluto con la mano e un mezzo sorriso per poi entrare spedita a scuola.

«Ma cosa diavolo...» dice Drake.

Entrambi si girano verso di me come due fulmini guardandomi di sottecchi.

«Cosa le hai fatto?» chiedono all'unisono.

«Cosa? Perché dovrei averle fatto qualcosa?»

So che è arrabbiata per quello che è successo ieri in camera mia per via della foto, lo so benissimo.

«Non credere che la mamma non mi abbia detto che ieri Jennifer è praticamente scappata da casa nostra.»

Non so cosa mi sia successo, ma sono davvero consapevole di aver sbagliato e di aver esagerato. Ho visto il terrore nei suoi occhi quando ho tirato il pugno ma ho anche visto la rabbia diffondersi nel suo corpo.

Quando l'ho vista guardare la foto di Caroline mi sono sentito sopraffatto da mille emozioni diverse.

«Non sono affari tuoi» dico sgarbato guardando mia sorella.

Meredith mi lancia un'occhiataccia e slegandosi dalla presa di Drake se ne va dalla parte in cui si è diretta Jennifer.

Forse dovrei essere io quello ad andare a cercarla, ma sono ancora troppo preso dalla rabbia e so che si creerebbe un altro casino.

«Allora?» domanda Drake calmo mettendo una mano sulla mia spalla, «me lo dici cos'è successo?»

«Caroline.»

Rispondo solamente con il suo nome perché basta quello per far capire che la situazione non è semplice.

Drake sospira e poi toglie la mano per potermi guardare.

«Non puoi farti comandare da lei anche quando non c'è, Josh, non permetterle di rovinarti anche da lontano.»

Lo so, Drake, lo so…

Jennifer's pov

Sarei voluta andare lì e tirare a Josh un pugno in faccia solo per sfogare un po' della mia rabbia. È così irritante vederlo calmo mentre chiacchiera con gli altri come se niente fosse.

«Jennifer» mi richiama Meredith correndo verso di me.

Poverina. Avrà creduto che ce l'avessi con lei o qualcosa di simile, mentre in realtà non volevo avvicinarmi a Josh per paura di poter avere un attacco di rabbia e tirargli qualcosa.

«Meredith.»

«Qualcosa non va?» mi chiede. «Ti ho fatto qualcosa?»

«No, Meredith» le dico il più dolcemente possibile, «tu non hai fatto niente.» È tuo fratello che è un totale idiota!

«Allora cosa succede? Sei praticamente scappata.»

Non mi piace che Meredith creda che sia colpa sua, anche se è una cosa che tende a fare davvero spesso.

«Vieni, dài» le dico con un cenno del capo, «ho ancora dieci minuti prima della lezione.»

Andiamo verso le scale vicino alla classe e mi siedo con un tonfo sospirando pesantemente.

«Vuoi dirmi cosa è successo?»

«Caroline era davvero importante, vero?» chiedo senza nemmeno pensare.

Meredith sembra spaesata dalla mia domanda.

«Lo era» mi risponde dopo un po', «lo era così tanto che quando se ne è andata è come se per Josh fosse tutto sparito.»

«Cosa vuoi dire?»

«Era come se non avesse più motivo di vivere.»

Mi irrigidisco alle sue parole. Nessuna motivazione per vivere?

«Com'è possibile?»

«Cosa?»

«Sembra che la odi così tanto in realtà» le dico confusa.

«Infatti la odia dal profondo del suo cuore, e il fatto che la odi così tanto significa che l'ha amata davvero molto, se se ne fosse fregato quando è partita, vorrebbe dire che non gli è mai importato di lei.»

«Capisco» dico ancora interdetta. «Hai usato il passato ma credo che avresti dovuto usare il presente» aggiungo poco dopo.

«Non ti seguo.»

«Hai detto che deve averla amata davvero tanto, ma credo che la ami ancora.»

«È questo che ti preoccupa?»

«No. In realtà c'è altro...» provo a deviarla dall'argomento Caroline.

«Dimmi pure.»

«Ieri ecco...» comincio nervosa, «ho visto mio padre con una donna. Si baciavano.»

«Cosa?» quasi urla. «Davvero?»

«Stavo andando a prendere le chiavi della mia macchina nel suo ufficio e li ho visti sulla poltrona.»

«Oh...»

Quasi sono contenta che l'unica sconvolta qui non sono io.

«Lui sa che tu lo sai?» mi domanda.

«Sì, lo sa. Abbiamo cominciato a litigare furiosamente davanti a lei, l'ha persino difesa perché l'ho insultata. Ma cosa dovevo fare? Si chiama Isabel» concludo con una smorfia.

«Jennifer» ride lei, «perché l'hai insultata?»

«Ma si chiama Isabel!» continuo mentre lei scoppia in un'altra risata.

«Cosa c'entra?»

«Non lo so, in realtà lei mi è sembrata anche abbastanza carina come persona. Ma chi mi dice che non sia una puttana succhia soldi?»

«Jennifer, non parlare così!» mi ammonisce.

Rido per la sua innocenza e dolcezza.

«Mmh» mi fa una smorfia arrabbiata per ridere subito dopo, «non vuoi che tuo padre sia felice?»

«Cosa? Certo che lo voglio!» Che domande sono?

«E non credi che questa donna lo renda felice?»

«Oh...»

«Non vuoi che dia una svolta alla sua vita?»

«Voglio che sia felice ma non così, chi diamine è lei? E poi perché non me ne ha parlato?» comincio ad agitarmi.

«Forse proprio perché sapeva che avresti reagito così.»

«Ehi, ma tu da che parte stai?»

A un tratto mi sento estremamente colpevole.

«Dalla tua, Jennifer» ride lei, «ma prova a capirlo. Vuoi davvero che rimanga solo tutta la vita?»

«No» sussurro.

«Ecco vedi? E il fatto che tu ti sia arrabbiata non fa altro che fargli capire che ha fatto bene a non dirtelo prima.»

«Odioso questo tuo lato saggio.»

In realtà l'unica domanda che ho in mente è: "Si è dimenticato di mia madre?".

«Ehi, Jennifer, non vieni in classe?» Leo compare davanti a me con il suo sorriso.

«Leo, certo arrivo» dico alzandomi, «grazie Meredith.»

«Quando vuoi. Dopo vieni a pranzo con noi?» mi chiede speranzosa.

La possibilità di poter passare un'intera ora con la faccia di Josh a pochi metri da me non mi alletta per niente.

«Non so...»

«Avanti, Jennifer, per favore» mi prega lei guardandomi con occhi dolci.

«E va bene!» Alzo gli occhi al cielo per la sua tattica. «Ci vediamo a pranzo.»

Meredith praticamente corre dall'altro lato del corridoio e mi lascia con un Leo stranito dalla situazione.

«Va tutto bene?» mi domanda.

«Certo. E tu, tutto a posto?» la mia domanda suona quasi come una minaccia, lo so.

«Sì, certo» mi risponde tranquillo.

Sono tentata di chiedergli se mi fa vedere quanto pesa il suo zaino ma sembrerei davvero una psicopatica.

«Sei di cattivo umore, eh? Se vuoi saltiamo lezione e andiamo a bere tanta cioccolata fino a svenire» propone dolcemente.

«No, Leo, va bene così» faccio una risata sincera.

«Avanti» mi scompiglia i capelli, «fammelo un sorriso.»

Lo guardo confusa cercando di trattenere una risata mentre continua a fare facce buffe.

«Ecco, così ti voglio!» esulta dandomi una pacca sulla schiena e facendomi entrare in classe.

«Siete in ritardo» dice il professor Lennon.

Mi siedo al mio posto notando il suo abbigliamento: sembra in lutto continuo quest'uomo.

«Ho detto che siete in ritardo!» ripete il professore.

«Abbiamo sentito! Non siamo sordi.»

«Ci scusi, professore, non ricapiterà più.»

«Dovete impegnarvi molto di più, ragazzi! Gli esami finali non saranno affatto semplici come le verifiche che facciamo in classe!» tuona.

Le sue urla mi danno fastidio.

«Anziché urlare potrebbe spiegare gli argomenti che non abbiamo capito!»

Mi lancia un'occhiata cattiva mentre Leo mi fa segno di stare zitta, non so quante volte ormai me lo ha ripetuto.

«Non le consiglio di mettersi contro di me!»

Gli do uno sguardo annoiato e per fortuna la discussione non continua, chissà dove saremmo andati a finire.

Dopo un tempo interminabile, le occhiatacce dal professor Lennon e le battute di Leo, mi ritrovo a matematica mentre l'omino Michelin cerca di spiegare qualcosa che nemmeno la professoressa ha capito. Olly guarda la lavagna come se ci fosse sopra il codice Da Vinci e non posso far altro che ridere alla sua espressione concentrata ma buffa.

Drake, invece, che oggi si è messo al mio fianco, sembra immerso nei suoi pensieri.

Chissà a cosa sta pensando.

«Non ci capisco niente!» dice Olly silenziosa imbronciandosi.

«Ripasseremo insieme questo argomento, tranquilla.»

«Se non ci fossi tu come farei? Niente, ecco cosa farei! In realtà non faccio mai niente, la mia vita sta diventando monotona, anche gli allenamenti sono sospesi per un po'. Sai perché? Perché la coach ha il raffreddore! Ma io mi chiedo: ma chi se ne frega? Non è lei che deve scuotere pon pon e fare acrobazie in aria che ti portano al vomito subito dopo. La gente lavorava in miniera con la malaria in giro e lei non viene per un raffreddore? Oltraggioso!»

«Olly, ma cosa stai blaterando?» le chiede Drake.

Olly come al solito salta da un argomento all'altro cominciando a parlare a vanvera.

«Niente, ho fame.» Ecco appunto, non ha senso.

L'omino Michelin ha ricominciato a scrivere alla lavagna e Olly mi passa un bigliettino vicino all'astuccio. La guardo stranita ma lei fa un cenno verso il biglietto.

"Ho 'parlato' con Alan."

«Olly, cos'è successo?» le domando anche se dalle virgolette ho già una mezza idea.

«Lo giuro! Ho provato a parlargli. Sono andata a casa sua e all'inizio sembrava che stessimo per cominciare una conversazione seria, ma poi mi ha baciata e non ho capito più niente. Mi fa andare fuori di testa. Oh, mio dio, Jennifer.»

Olly si prende i lunghi capelli tra le mani: sembra frustrata.

Quanto la capisco, quanto capisco la frustrazione di non capire cosa provi chi ti piace.

«Dovresti davvero parlargli seriamente.»

«Mmh. Dovremmo parlare divisi da una cella.»

Dopo mezz'ora in cui nessuno ha capito niente della lezione, compresa la professoressa stessa, ci dirigiamo in mensa.

«Ehi, riccio» chiamo Drake, «tutto a posto?»

«Certo, perché?»

«Oggi mi sembri ancora più tonto del solito» gli do una spallata scherzosa.

«Tu invece oggi sei anche più dolce del solito.»

«Grazie, riccioli d'oro» lo derido.

«E tu? Tutto a posto?»

Non ho intenzione di affrontare il discorso nuovamente.

«Certo» dico facendo un sorrisetto.

«Sarà.»

«Ecco la tua ragazza!» indico Meredith seduta con Josh e Alan.

«A volte quando mi sveglio al mattino e c'è un suo messaggio sul cellulare non riesco a credere che sia la mia ragazza. Ho come paura che sia tutto un sogno e che lei scomparirà da un momento all'altro.»

Nonostante mi faccia piacere non posso che prenderlo in giro per il suo commento sdolcinato. Gli tiro un pizzicotto sul braccio e lui sussulta all'istante.

«Perché lo hai fatto?»

«Visto? Non ti sei svegliato, quindi non è un sogno» gli dico con un sorrisetto.

Drake scuote la testa divertito e si dirige a dare un bacio a Meredith mentre Olly si mette vicino ad Alan. Invece di mettermi vicino a Josh, mi vado a sedere nel lato opposto.

Prima ancora che possa sedermi una voce mi distrae e tutti si girano in quella direzione.

«Devo parlarti.»

«Cosa vuoi, Melissa?» chiedo scocciata al massimo.

«È urgente!» ripete agitata.

«Ehi, Melissa, tutto a posto?» le chiede Olly.

Giusto. Cheerleader!

«Sì, tutto bene» sorride sempre nervosa. «Allora andiamo?» mi chiede.

Sbuffo sonoramente prima di guardarla confusa e dirigermi con lei in un angolo della mensa.

Non ho davvero voglia di Melissa ora. Non ho voglia di nessuno.

«Hai per caso detto qualcosa a Michael riguardo a ciò che è successo nello spogliatoio?»

«Perché avrei dovuto dire a Michael che ti ho trovato per terra che piangevi?»

«Sssh» mi avvicina lei, «non così ad alta voce.»

Ci stanno fissando in tanti, quasi peggio di quando passeggio con Josh.

«Quindi lui non sa niente?» chiede ancora.

«No niente, perché?»

Riesco a vedere Josh che mi lancia occhiate omicide dal suo posto. Cosa vuole? Sono io quella che dovrebbe essere arrabbiata.

«Diciamo che a volte tende a diventare un po' protettivo.»

«Sarebbe a dire?»

«La sera di quel giorno mi ha chiamata chiedendomi se stavo bene perché mi vedeva strana» mi rivela.

«Sì, me lo ha detto che vi conoscete da tanto.»

Melissa sbarra gli occhi quasi avesse visto la luce divina e si avvicina di un passo.

«Cosa? Ha parlato di me? Cosa ti ha detto? Quanto avete parlato?»

«Oh, oh, calma» la sposto.

«Jennifer, per favore! Cosa ti ha detto?»

È la prima volta che sento dalla sua bocca un "per favore" e sembra anche piuttosto disperata.

«Ha detto che vi conoscete da tanto tempo e che tua mamma lavora per loro.»

«E basta?» domanda frenetica.

«Mmh...» provo a pensare mentre mi guarda come se dovessi darle una caramella. «Ah sì! Ti ha chiesto di uscire un anno fa ma tu hai rifiutato.»

Melissa avvampa.

Ora sono più che sicura che è completamente cotta di Michael. Comincia ad agitarsi toccandosi i capelli e guardandosi i piedi.

Quasi quasi ora la metto ancora più in crisi.

«Ha detto anche che ci è rimasto male per il tuo rifiuto.»

Melissa si agita ancora di più.

Josh non fa altro che lanciarmi sguardi rabbiosi. Cosa crede di ottenere così?

«Non posso crederci!» sbotta lei.

«Ti piace Michael, quindi?» Comincio davvero a divertirmi. «Davvero non capisco perché tu abbia rifiutato. Michael per te è una manna dal cielo. Magari riesce a convincerti a cambiare colore di capelli.»

«È complicato» dice quasi assorta nei suoi pensieri.

Il fatto che non risponda al mio insulto ma sembri agitarsi ancora di più mi mette seri dubbi.

«Forse» comincio io, «dovresti provare a riavvicinarti a lui.»

«No! Perché?» chiede come se stessi bestemmiando.

«Be', perché tu sei sul punto di svenirmi qui, e poi sembrava piuttosto imbarazzato anche lui quando me ne parlava. E se ti ha chiamato significa che qualcosa gli importa.»

Ancora non ci credo che sto spingendo Melissa verso le braccia di Michael, ma lui sembrava averne una visione così diversa, quasi come se con lui fosse un'altra persona.

«Forse...» dice mordendosi il labbro. «È tutto a posto?»

«Non capisco» corrugo la fronte.

«Tra te e Josh è tutto a posto? Vi state uccidendo con gli occhi.»

«Hai altro da dirmi?» chiedo allontanandomi un po'.

«No.»

«Bene, allora ciao.»

Faccio per andarmene, ma la mano di Melissa si poggia sulla mia spalla facendomi fermare. «Grazie.»

Rimango incredula davanti a tutto ciò e Melissa sparisce in men che non si dica.

Cammino verso il mio tavolo ancora completamente interdetta ma riesco a sentire Olly che si dispera.

«Non ho capito davvero niente della lezione di matematica!» esclama accasciandosi sul tavolino.

«Non capisci mai niente» la deride Alan toccandole i capelli e guadagnandosi un'occhiataccia.

«In realtà non ho capito niente nemmeno io» la appoggia Drake.

«Nemmeno tu capisci mai niente» lo deride Meredith mentre lui sbuffa.

Alan alza la mano per dare il cinque a Meredith, che ricambia ridendo.

È bello vederla così aperta con gli altri.

«Cos'è, una coalizione contro noi due?» si offende Olly.

Mentre loro continuano la loro discussione su chi sia più intelligente noto Josh tenere lo sguardo fisso su di me. Dopo un po', stufa di lanciargli occhiatacce, mi decido a smettere di guardarlo e mi giro sbuffando.

«Josh, prendo il tuo orario un attimo» dice Alan afferrando lo zaino di Josh.

«Attento, non si sa mai che cominci a sbraitarti contro perché hai toccato le sue cose.» Guardo Josh anziché Alan.

«Eh?» chiede Alan.

«Fai pure, Alan, sono sicuro che tu prenderai solo l'orario e niente di più» gli ordina Josh.

«Non si sa mai quando si ha a che fare con psicopatici con problemi di rabbia» ringhio quanto lui.

«O con strambe asociali, dieci giorni sì e uno no, che non si fanno gli affari propri.»

«Ma che succede?» sento Olly sussurrare.

«Quindi cosa vuoi fare ora? Tirare un pugno al tavolo?»

«Non mi provocare, Jennifer!» Sbatte appunto il pugno sul tavolo.

«Tranquillo!» sbraito di nuovo alzandomi, «me ne vado.»

Me ne vado a passo veloce uscendo dalla mensa presa dalla rabbia.

Di fuori è freddo ma non ho la minima voglia di vedere nessuno quindi mi rifugio sotto il mio solito albero.

«Non è un po' freddo per fare un picnic?»

Alzo lo sguardo e mi ritrovo davanti l'ultima persona che in questo momento avrei voluto vedere. Avrei preferito ritrovarmi Melissa piuttosto che lui.

I suoi capelli biondi che nascondono lo sguardo mentre mi chiede scusa balenano nella mia mente.

«Che vuoi, Clark?»

Il suo ciuffo scuro che nasconde in parte la sua parte rasata è perfettamente pettinato e indossa uno dei suoi impeccabili gilet.

Non mi sono scordata di ciò che mi ha detto e so che mi ero ripromessa di chiedere spiegazioni ma ora non ne ho davvero voglia.

«Fai finta che non esisto» si siede vicino a me.
«Cosa vuoi, Clark?»
«Fare due chiacchiere» risponde noncurante.
«Ci sono tantissimi altri studenti con cui puoi fare due chiacchiere.»
«Voglio parlare con te» sfoggia un altro sorrisetto.
«Bene. Io no.»
Clark continua a ridere e non sembra per niente offeso o sorpreso dalla mia scontrosità. Cosa sa lui di me?
«Come mai sei così scontrosa oggi?» mi domanda avvicinandosi.
«In quanti avete ancora intenzione di chiedermelo?»
«Io finché non mi risponderai.»
Mi giro verso Clark regalandogli un'occhiataccia ma continua a non sembrarne turbato. Lo osservo attentamente e ha ragione Olly. È davvero un bel ragazzo.
Però non sembra americano e nemmeno inglese a dire il vero.
«Non sono affari tuoi.»
«Sei così scorbutica con tutti?»
«Solo con chi mi sta antipatico» faccio un sorriso falso.
«Nemmeno mi conosci. Come fai a dire che sono antipatico?»
«Nemmeno tu mi conosci eppure mi sussurri all'orecchio cose senza senso.»
Seguono attimi di silenzio e vedo Clark titubante per la prima volta.
«Non ti si è mai levata dalla testa quella frase vero?» domanda riacquistando quel suo ghigno.
«Non ci ho fatto caso più di tanto» mento spudoratamente.
So il tuo segreto Jennifer Milton. Tu fai parte della categoria del dolore, quella che non baratterebbe la propria felicità.
«Non mentire, Jennifer» ride lui ma faccio finta di non ascoltarlo, «sei arrabbiata con il tuo ragazzo, Josh?»
«Chi ti dice che è il mio ragazzo?» scatto subito e Clark ride.
Non lo so nemmeno io se lo è, come può dirlo lui?
«Seriamente? Sembrava volesse staccarmi la testa quando mi sono avvicinato a te.»
Faccio uno sbuffo infastidito per nascondere il piccolo sorrisino che si sta per creare.
Mi piace in un certo senso questa sua sorta di gelosia finché non diventa una possessione.

«Quindi è per lui?» domanda ancora.

«Può essere.»

«Se io avessi una ragazza così bella cercherei di farla arrabbiare il meno possibile.»

Cerco di nascondere il rossore che si sta per creare, continuando a tenere gli occhi da un'altra parte.

«Stai dicendo che ti piaccio?» chiedo sfacciata guardandolo negli occhi.

«Mi sembra che questo si fosse capito.»

Clark continua a guardarmi negli occhi e io fisso i miei nei suoi.

Sta dicendo esplicitamente che io gli piaccio? Come può dirlo? Nemmeno mi conosce.

«Stai delirando» rido scuotendo la testa e Clark mi rivolge un altro sorriso.

Un sorriso diverso, molto bello.

«Cosa intendevi con quella frase? Riguardo al dolore. Tu cosa ne sai di che cosa provo io e a quali segreti ti riferivi?»

«Insomma, non ti era rimasta impressa, eh?» ride.

«Rispondi» sbuffo.

Clark rimane in silenzio ma a un certo punto vedo la sua mano allungarsi sul mio viso. Mi fa girare verso di lui e con il pollice fa dei piccoli cerchi sulla mia guancia. Il suo tocco è così diverso da quello di Josh. Il tocco di Josh mi pietrifica, questo no.

«Il segreto dei tuoi occhi.»

«Come scusa?»

«Tutti gli occhi nascondono un segreto.»

«E i miei occhi che segreto nascondono?»

«Nascondono il dolore» dice fissandomi ancora.

«Non provo dolore» mento subito.

«Sì invece, lo provi. Lo hai provato e stai continuando a provarlo.»

«Tu cosa ne sai?»

«Bisogna aver provato dolore per potere dire ciò che hai detto nell'ora di letteratura.»

«Bisogna aver provato dolore per riuscire a trovarlo negli occhi degli altri.»

Clark mi guarda intensamente facendo un sorriso così triste che mi sento gelare il cuore.

«Può essere» si gira, «ma stai attenta, mia cara Jennifer, il dolore fa cadere nel baratro della disperazione se non si sta attenti.»

Guardo la figura di Clark andare via da me, lasciandomi con una pesantezza dentro che non riesco a scacciare.

Anonymous's pov

«Sono stanco di aspettare!» praticamente urlo, «voglio sicurezze!»

«Capo, ci stiamo provando ma è difficile!» si lamenta uno dei miei compagni.

Mi avvicino a passo felpato e lo prendo per il colletto sbattendolo contro il cofano della macchina.

«Cosa è difficile? È solo una ragazzina e Josh un riccone senza cervello, cosa non riuscite a capire?»

«È più complicato di quanto sembra» dice un altro, «non sappiamo se questa Jennifer è importante per lui quanto sembra.»

«Avete detto che è sempre con lui no?»

«Sì, ma non sappiamo se è una di passaggio o meno. Ci sono giunte voci che stanno insieme e altre che dicono che lei è il suo passatempo per novembre.»

Passatempo per novembre eh?

«Non capisco perché non puntiamo su Meredith» cantilena mia sorella.

«Ci abbiamo provato per mesi. La sorella è irraggiungibile. È sempre accompagnata e quando non lo è sta in casa e poi a quanto pare Drake ora è il suo ragazzo. Voglio che Josh soffra per davvero. Voglio che soffra per amore. Voglio che veda la persona che ama cadere a pezzi davanti ai suoi occhi.»

«Lo voglio anch'io e lo sai» mi appoggia mia sorella.

Fissiamo tutti quanti la ragazza rossa seduta sotto l'albero e non so cosa darei per marchiare quella sua pelle candida con il mio nome.

«Capo, non credi che sia rischioso puntare così tanto su una Milton? Potremmo metterci in casini seri.»

«So che è rischioso, ma se questa cosa farà del male a Josh allora rischierò.»

Butto a terra la canna e mi mordo il labbro quando riesco a intravedere il suo collo bianco.

«Tu devi starle più vicino, devi sapere di più!»

«Sì, capo.»

Soffrirai Josh. Soffrirete entrambi.

Caroline non sarà l'unico amore della tua vita che avrai perduto.

9

Josh's pov

Sono tre giorni che io e Jennifer o non ci parliamo o litighiamo e devo ammettere che la situazione è straziante.

Per due giorni non si è presentata a pranzo. Sta sempre attaccata a quel maledetto clown dai capelli blu e lui ovviamente ne approfitta.

Ieri, quando si è decisa finalmente a venire a pranzo con noi, è scoppiata un'altra litigata.

Non so nemmeno quale sia stato il motivo, ero solo felice che mi stesse parlando. Il silenzio di Jennifer è molto più straziante delle sue parole. Quando è silenziosa, pensa, pensa continuamente a tutto e quando pensa non è mai un bene.

Quando non parla, quando mi guarda senza proferire parola, sento che la sto perdendo. E quando smette persino di guardarti, è la fine.

Succede sempre così tra di noi, e ora di nuovo, per colpa della foto di Caroline.

La domanda che più mi sta girando in testa è: "Perché non ho ancora buttato via quella foto?".

«Ehi, capitano!» urla Alan dall'altra parte del campo, «come hai fatto a non fare canestro?»

È sempre così: quando qualcosa tra me e lei non va non riesco più a far andare le mie giornate in modo sereno o a non distrarmi continuamente.

«Non rompere, Alan» dico quando lo vedo venire verso di me.

«Dovresti fare pace con Jennifer.»

«Il punto con Jennifer è che la maggior parte delle volte lei attacca e basta.»

«L'ho vista lanciarti una forchetta senza scomporsi, mi è chiaro perché con lei è diverso.»

Ridiamo insieme mentre lui continua a imitare una ragazzina del terzo anno che pretendeva che mi trasferissi con lei per vivere insieme. Scorgo le occhiate che Olly ci tira.

«Cosa stai combinando con Olly?» chiedo fermando le sue imitazioni.

«Mmh?» dice finto tonto. «Ah, ci stiamo divertendo» risponde guardandola mentre tira su una ragazza.

«E basta?»

«Credo di sì. Non sono sicuro di volermi buttare in una relazione. Per ora continuerò a divertirmi con lei.»

«Non fare casini» lo ammonisco.

«Tatiana ti sta praticamente sbattendo il culo in faccia lo sai, vero?»

Come si fa a non notarla?

«Sì ho visto» dico facendo una smorfia, «è fastidiosa.»

«Jennifer ti ha fottuto il cervello.» Si allontana. «Ti abbiamo proprio perso!»

Gli faccio il dito medio un po' perché è un idiota e anche perché ha ragione.

Jennifer Milton mi ha fottuto il cervello. Lo vedo guardare con grande apprezzamento il sedere di Olly e non posso che ridere di lui.

Gli allenamenti sono finiti quindi mi fiondo su Olly.

«Olly» la richiamo facendola voltare, «aspetta.»

«Dimmi» mi risponde con una faccia abbastanza confusa.

Sto per parlare quando mi accorgo che praticamente tutte le cheerleader ci stanno guardando curiose perciò la prendo per un braccio trascinandola con me.

«Mi stai spaventando, Josh.»

«Scusa ma c'era troppa gente» le dico, «qui va bene.»

«Va bene» ripete poco convinta.

«Perché ti vedi con Jennifer?»

Olly mi guarda sbigottita, a quanto pare non si aspettava per niente questa domanda.

Io invece era da un po' che volevo parlarle, mi è sempre sembrato strano che si fosse avvicinata così a lei, senza motivo.

«Mi dà ripetizioni e ogni tanto sto con lei a pranzo» dice seccata, «ti crea qualche problema?»

Olly si sta scaldando, ma l'ultima cosa di cui ho bisogno è un altro casino che si aggiunge alla mia lista.

So che non lo ammetterebbe mai, ma se la allontanassi dal nostro gruppo, Alan se la prenderebbe con me.

Mi sfrego le mani sul viso sedendomi sul muretto per poi rivolgerle di nuovo lo sguardo.

«Olly, sono solo preoccupato okay? È strano il modo in cui ti sei legata a lei, non ti sto accusando di niente, sto solo cercando di capire.»

«Be'» dice mettendosi vicino a me, «Jennifer è molto intelligente, per questo le ho chiesto ripetizioni.»

«Ma non c'è solo lei di intelligente in questa scuola.»

«Lei ha aiutato qualcuno che mi sta a cuore» rivela infine.

«Chi?»

«Ti ricordi di Jessica? La ragazza che Melissa ha tormentato per non so quanto?»

Jessica? Proprio non ricordo.

«Non credo di aver presente.»

«Sì che ti ricordi! La ragazza che Jennifer ha difeso quando Melissa l'ha derisa davanti a tutti.»

Jessica! Giusto! La ragazza con le trecce, molto buffa.

«Sì» esclamo, «ora ricordo.»

«Bene» ridacchia per il mio entusiasmo esagerato nell'averla ricordata.

«Quindi cosa c'entra lei?»

«Lei era la mia migliore amica» dice con tono malinconico.

«Jessica era la tua migliore amica?» domando abbastanza sorpreso.

«Eh sì, lo era» dice ancora malinconica, «eravamo molto legate, quasi una sorella, poi una volta entrate qui ci siamo divise. A dir la verità io mi sono divisa da lei.»

«Cos'è successo?»

«Io ho preso un giro diverso, soprattutto dopo che sono entrata nelle cheerleader. Ho cominciato a uscire con persone più conosciute all'interno della scuola, ad andare alle feste o cose del genere. Lei invece preferiva stare più in disparte, a volte stavamo semplicemente a casa sua o mia e passavamo il nostro tempo insieme, le volevo bene e gliene voglio tuttora.

«Ma era come se a scuola non ci conoscessimo, come se ci dividessimo, per poi riconoscerci appena uscivamo dal cancello scolastico. Siamo sempre state molto diverse tra di noi, ma questo non ci aveva mai impedito di essere amiche.

«È andata avanti così per un sacco di tempo, finché un giorno mi dimenticai del suo compleanno. L'ho lasciata a casa da sola a festeggiare i suoi diciotto anni mentre io ero a una festa a ubriacarmi come una stupida. Ero così esaltata da tutta questa nuova vita che mi ero dimenticata di una parte importante della mia vecchia vita, Jessica.»

Il cellulare vibra nella mia tasca ma decido di ignorarlo.

«Dopo cos'è successo?» domando interessato.

«Il giorno dopo l'ho chiamata e sua madre mi ha detto che era stata tutta la notte ad aspettarmi. Corsi da lei in preda al panico e quando arrivai mi guardò in un modo strano. Non con cattiveria, ma con uno sguardo sconsolato. Mi disse che non potevo trattarla come se non esistesse, che ero cambiata, e continuava a dire che mi vergognavo di lei.

«Non mi vergognavo di lei, solo che quella vita così esaltante mi aveva trascinata con sé. Il primo anno, le feste, le prime esperienze, i primi ragazzi mi rendevano felice. Perciò quando mi chiese di scegliere lei o la mia nuova vita io scelsi la seconda.»

Riesco davvero a cogliere tutto il rimorso e la malinconia dal suo tono di voce.

«Te ne sei pentita?» le domando.

«Tantissimo. Non sto dicendo che sto conducendo una brutta vita, ma lei era davvero una colonna per me, c'era sempre stata. È come se ora mi mancasse costantemente qualcosa. È come se tu perdessi Drake.»

Rabbrividisco solo al pensiero di non avere più Drake al mio fianco.

«In questi anni non vi siete più parlate?»

«No» scuote la testa, «ma il peggio è venuto quest'anno. Quando Melissa ha deciso di prenderla di mira. Non so nemmeno il motivo del comportamento di Melissa, la conosco abbastanza per dire che lei non è così, ma comunque ha deciso di prendersela con lei. E io non l'ho mai aiutata, capisci?»

Olly ride nervosa, forse per non piangere, ed è davvero strano vederla così. L'ho sempre vista come una persona solare con un'infinita parlantina.

«Rimanevo lì a guardare come una stupida. Mi sentivo così debole e inutile. Sono una codarda egoista, me ne rendo conto, non facevo mai la cosa giusta. Non ho mai fatto niente di giusto nei confronti di Jessica. Jennifer invece sì. Jennifer l'ha aiutata senza nemmeno conoscerla mentre io che la conoscevo da praticamente tutta la vita non ho mosso un dito.

«Lei se ne frega di quello che pensano gli altri o delle conseguenze. Nessuno le ha detto di farlo e non la conosceva nemmeno. Perché avrebbe dovuto farlo?»

«Perché sa che è giusto così» sussurro.

«Già. Le ha ricomprato i suoi nuovi occhiali, ti rendi conto?» ride ancora.

«Come fai a saperlo?»

Se ricordo bene nessuno sa di questa storia e lei a Jessica aveva detto che li aveva in casa e che non le servivano più.

«Jessica se ne è andata» continua, «si è trasferita in Italia, ha ottenuto una specie di borsa di studio. La notte in cui doveva partire mi sono presentata alla sua porta. Piangevo come una bambina, ho cominciato a scusarmi per tutto il male che le ho fatto, dicendole che mi dispiaceva che nessuno avesse potuto difenderla. Sai lei cosa mi ha detto?»

«Dimmi.»

«Mi ha detto che qualcuno c'è stato...»

«Jennifer» dico al posto suo.

«Mi ha detto di come l'ha aiutata e del fatto che le ha comprato degli occhiali nuovi di zecca dicendole che li aveva in casa e non le servivano.»

Rido ricordandomi che quel paio di occhiali li aveva comprati con me e che aveva detto alla commessa che ero omosessuale.

«C'ero anch'io quando li ha comprati» rido ancora, «e li ha pagati un bel po'.»

«È particolare, non credi? È la prima volta che incontro una persona del genere.»

«Particolare...» sussurro più a me stesso che a lei.

«Sono sempre stata attorniata da persone che hanno regalato

sorrisi e dimostrazioni d'affetto a cani e porci, da persone che volevano sempre dimostrare i loro pregi agli altri, ma Jennifer no. Con Jennifer le cose te le devi meritare, se non sudare, non dà tutto per scontato e non dà tutto a tutti. E mi piace questa cosa, perché se dopo deciderà di darti un po' del suo affetto, allora significherà che te lo sei meritato per davvero.»

«Sì ecco, credo di sì...» balbetto.

Ho capito in pieno cosa sta cercando di dire.

Potrei paragonare l'affetto di Jennifer all'acqua. Beviamo acqua continuamente e ne sprechiamo litri su litri senza renderci conto di quanto sia di vitale importanza per noi. Ma se l'acqua finisse, noi ne moriremmo per poi pentirci di averne sprecata così tanta.

Poi l'acqua tornerebbe e berla sarebbe la cosa più bella di sempre. Ma se l'acqua non tornasse saremmo finiti ed è proprio così che mi sentirei se Jennifer non facesse più parte delle mie giornate.

Finito.

«Jessica mi ha detto una frase prima di partire che mi è rimasta davvero impressa: "Lei è una di quelle persone che aiuta gli altri senza accorgersene, forse proprio perché anche lei ha bisogno di essere aiutata. Mi sono sentita più protetta da lei quelle tre volte, che da chiunque altro in tutta la mia vita".»

Rimango a guardare Olly che continua a parlare con quel suo tono triste mentre comincio a realizzare che io devo assolutamente parlare con Jennifer.

«Da quel giorno ho cominciato a osservare Jennifer. L'ha scritto lei quel testo sulla pioggia in letteratura, vero?»

«Già...»

Allora non sono stato l'unico a capirlo?

«È una persona così profonda e complicata, ma allo stesso tempo così bella. Dopo che Jessica se ne è andata ho capito che avevo sbagliato e che non avrei più commesso gli stessi errori. E chi potrebbe insegnarmi questo meglio di Jennifer?» fa un sorriso verso di me.

«È per questo che le giri attorno?»

«In un certo senso» ridacchia, «le sto attorno perché voglio una persona come lei nella mia vita, voglio meritarmi affetto e fiducia, voglio imparare a essere una persona nuova. Voglio farlo per me. Voglio farlo per Jessica.»

Sapevo che Olly non si era avvicinata a Jennifer per caso ma non credevo fosse questo il motivo.

«E poi» continua Olly, «mi servono davvero quelle ripetizioni.»

Rido per un breve tempo insieme a lei.

«Sono contento che tu me lo abbia detto, ora sono più tranquillo» le rivelo.

«Cosa pensavi volessi fare, scusa?»

«Non lo so, ma sappi che se le farai del male, te la vedrai con me e non lo faccio per spaventarti, lo faccio perché...»

«Perché ci tieni» mi dice sorridendo. «Vedi di risolvere con lei qualsiasi cosa sia successa» mi suggerisce mentre si incammina.

«Lo farò» le dico sincero.

Nemmeno oggi si è presentata a pranzo. Meredith ha detto che doveva fare una ricerca con Leo e io a momenti stavo per spaccare il tavolo della mensa.

Drake e Alan sembrano divertirsi molto quando io do di matto per lei. Fortuna che almeno loro si divertono perché io per niente.

Dopo una lunga doccia rigenerante finalmente posso stendermi nel letto e non fare niente per tutto il resto della giornata.

Proprio mentre sto per buttarmi sul letto Meredith entra in camera a capofitto senza nemmeno bussare.

«Ti hanno mai insegnato a bussare?» la rimprovero stendendomi.

«Cos'è successo tra te e Jennifer?» mi chiede diretta senza rispondere alla mia domanda.

«Non sono affari tuoi.»

Il fatto che Meredith non sappia niente mi conferma quanto Jennifer si faccia gli affari propri. Quanto non andrebbe mai a dire a nessuno che io ho una foto di Caroline nascosta, quanto sia leale e quanto io sia un coglione.

«Senti, Josh» continua nervosa, «sono preoccupata, okay? Non c'entri solo tu.»

«Cosa intendi dire?» le chiedo alzando il busto.

«Non so se posso dirtelo.»

«Meredith, dimmelo.»

«No che non te lo dico! Dovresti saperlo da solo, io non faccio da intermediario» mi sgrida lei.

«Be', indovina? Io e Jennifer non ci parliamo, quindi parla.»

«Dovreste farlo allora. Josh, risolvi questa situazione e parlale!»

«Lo farò, domani le parlerò, ma ora dimmi cos'è successo.»

«Non posso, Josh» cantilena ancora, «lei non direbbe mai in giro ciò che le racconto.»

Mi ributto di nuovo sul letto cacciando un urlo. «Non ti sopporto» borbotto.

«Sei un bugiardo» si butta sulla mia schiena.

«Sei una cicciona, Meredith, mi uccidi così» la derido constatando che pesa anche meno di Jennifer.

«Morirai sotto il mio peso, allora» dice senza muoversi.

Mi sollevo portandola sulla schiena e comincio a farla girare velocissimo per la camera mentre lei ride.

«Era un sacco che non me lo facevi più» ride ancora vicino al mio orecchio.

«Lo so» ammetto, «ma tu sei sempre impegnata con il tuo ragazzo e non sai più cos'è la vita al di fuori di Drake.»

«Non è vero» mi schiaffeggia.

«Oh, andiamo, siete peggio della colla.»

Meredith continua a darmi schiaffi e morsi sulle spalle finché non la porto in bagno e la minaccio di infilarla sotto la doccia.

«No, Josh, non provarci nemmeno!» urla cercando di dimenarsi.

«Se no?» la sfido.

«Se no dico a Jennifer che mi maltratti e lei ti farà a brandelli.»

«Sei una piccola ricattatrice, lo farò presente a Drake.»

«Ne è consapevole.»

Ci fermiamo a guardare le nostre figure davanti allo specchio mentre lei si accoccola ancora di più sulla mia schiena.

«Josh...» mugola sulla mia spalla.

«Dimmi.»

«Io credo che Jennifer abbia bisogno di noi più di quanto creda.»

Il punto è che lei vuole far tutto da sola.

«Vado ora.» Faccio scendere mia sorella.

«Dove?»

«Da Jennifer, vado a parlarle.»

«Davvero?» chiede felice.

«Sì, davvero.» Prendo le chiavi dell'auto e corro per le scale.

«Ma dove corri? È quasi ora di cena» chiede mia madre.

«Va a riprendersi Jennifer» le risponde Meredith.

«Meredith, stai zitta!»

«Oh, be' allora vai» grida mia madre ridendo.

Dopo aver trovato il cappotto mi dirigo in macchina.

Voglio sapere cos'è successo!

Jennifer's pov

Ormai è diventata una specie di routine.

Con Josh litigo solamente e con mio padre ancora non proferisco parola.

Quando lui è in casa io sto in camera e Anny mi porta il cibo di sopra lamentandosi che se continuo così diventerò uno stecco, ma io davvero non riesco a guardare in faccia mio padre senza provare rabbia. Da quella sera ha provato a parlarmi solo un'altra volta ma ancora prima che continuasse il discorso sono uscita di casa. Non sapevo nemmeno dove stessi andando. Sapevo solo che non volevo parlare con lui.

«Vuole che le faccia una cioccolata calda?» mi chiede Anny venendo verso di me in cucina.

«No, non disturbarti.»

«Ha più parlato con il signor Milton?» si azzarda a chiedere.

«Vuoi dire "signor trastulliamoci nel mio ufficio"? No, non ci ho parlato.»

«Lei non deve pensare che in questo modo sua madre verrà messa da parte, suo padre am...»

«Anny!» tuono, «basta così...»

Il fatto che lei sapesse già della situazione sentimentale di mio padre prima di me è davvero assurdo.

Il campanello di casa rimbomba fino alla cucina rompendo il silenzio.

Mi giro verso la finestra per guardare il cancello e rimango quasi scioccata.

«Josh?»

«Di' che non ci sono.»

«Sì?» dice Anny, «mi dispiace, ma la signorina Milton non è qui.»

Anny fa una faccia corrucciata e mi rivolge uno sguardo di richiesta di aiuto.

«No, davvero, signorino Josh, lei non è qui» seguono attimi di silenzio, «signorino?»

Anny riappoggia la cornetta del citofono e viene verso di me, confusa, guardando fuori dalla finestra.

«Cos'ha detto?»

«Ha detto che sa che lei è in casa e che non se ne andrà.»

«Non posso crederci» sbuffo.

«Posso sapere cos'è successo?» mi chiede Anny.

«Anny, sei esasperante oggi.»

«Sto solo dicendo che se è venuto fino a qui con questo tempo ci tiene veramente a parlarle. È seduto sul muretto d'entrata.»

«Cosa?» urlo. «Non è dentro l'auto?»

«No» ride divertita.

Cosa c'è di divertente?

Fuori c'è il diluvio universale!

Il mio cellulare vibra sul tavolino della cucina ma non riesco ad arrivarci. «Anny, passami il cellulare per favore.»

«Non può rimanere accovacciata alla finestra tutta la sera.»

«Il cellulare, grazie» la ignoro.

Me lo porge e subito leggo il nome di Josh.

Messaggio da Josh:

"So che sei in casa".

«Perché è così testardo?» chiedo parlando a me stessa, ma mi risponde Anny.

«Mi chiedo la stessa cosa» e guarda verso di me.

Messaggio a Josh:

"Il numero da lei utilizzato è irraggiungibile. La persona da lei cercata potrebbe trovarsi ovunque. Distinti saluti dal servizio 'Non rompete le palle a Jennifer Milton'".

«Lei è davvero tremenda» mi rimprovera Anny prima che il mio cellulare trilli di nuovo.

Josh mi sta chiamando.

«Metta il vivavoce.»

«Sembri una scolaretta, Anny» la derido.

«Metta il vivavoce, signorina.»

«Non capisco perché mi devi chiamare così se poi ti comporti come la mia amica del cuore in fibrillazione.»

«Vuole mettere in vivavoce o no?»

Le faccio la linguaccia e accetto la chiamata mettendo in vivavoce.

Seguono attimi di silenzio e Anny mi sussurra che sta cercando di coprirsi col giubbotto mentre tiene il telefono.

«Sei davvero di una simpatia unica, Jennifer» tuba all'improvviso Josh.

«Ma come? Non ti è piaciuto il mio messaggio?» rido.

«No» dice serio, «e puoi anche alzarti da qualunque posto tu sia nascosta tanto so che sei in casa.»

Sbuffando mi alzo dal pavimento sotto la finestra.

Riesco a vedere Josh che si copre la testa con il giubbotto con una mano e con l'altra tiene il telefono.

Alzo la mano sventolandola in segno di saluto mentre rido sommessamente e Anny mi tira una mezza gomitata.

«Perché non vieni qua fuori a salutarmi?» mi fa, risuonando ancora una volta in tutta la cucina.

«No grazie, sto bene dove sono. Hai notato che brutto tempaccio che c'è?» chiedo ironica.

«Quindi non mi farai entrare?» domanda.

«No.»

«Bene» sembra arrendersi, ma rilancia: «Allora aspetterò qui finché non uscirai domani per andare a scuola».

«Non lo faresti mai!» dico non del tutto convinta.

«Tu credi?»

Josh chiude la chiamata e io rimango a bocca aperta mentre non riesco nemmeno a staccare il telefono dall'orecchio.

«Non lo farà» sussurro continuando a guardarlo.

«Qualcosa mi dice di sì» dice Anny.

Un po' mi dispiace per lui, ma un sorriso cresce istintivamente sulle mie labbra nel vederlo.

Non ho mai dato più di tanto peso a questa litigata, non che non fosse importante, semplicemente ho capito che quando si tratta di Caroline le cose degenerano sempre. Ero più arrabbiata con mio padre e ci ha rimesso anche Josh.

«Posso sapere perché il signorino Cliver è appostato fuori casa sotto questa pioggia?» domanda Greg facendo il suo ingresso.

«Perché è un coglione» rispondo.

Greg mi lancia un'occhiata di disapprovazione per il linguaggio poi sposta lo sguardo verso Anny, come se la mia spiegazione non fosse quella giusta.

«Lui e la signorina Jennifer hanno litigato» spiega Anny mentre io sbuffo.

«Si prenderà un malanno» sentenzia mentre apro il frigo.

Afferro il cellulare e provo almeno a farlo ragionare.

Messaggio a Josh:

"Almeno entra dentro la macchina. Stai facendo venire il raffreddore a me a forza di guardarti sotto la pioggia".

Messaggio da Josh:

"No perché so che se entro tu non prenderai minimamente in considerazione di parlarmi. Guarda fuori dalla finestra".

Mi affaccio e scorgo Josh che sta facendo… delle giravolte? Scoppio in una sonora risata. Anny sorride insieme a me mentre Greg ci guarda confuso.

«Vai ad aprire, Anny» dico con un sorriso disperato.

Sono contenta che lui sia qui ma sono anche esasperata da queste situazioni che si creano continuamente.

Un Josh completamente fradicio si presenta davanti a me in tutta la sua bellezza. Nel momento in cui si passa la mano nei capelli scuotendoli posso dire che se non fossi appoggiata all'isola della cucina sarei caduta. È questo il problema. Se non fosse così bello sarebbe tutto più facile.

«Come mai sei fradicio?» chiedo ridendo dietro la mia tazza di cioccolata.

«Perché una sadica ha deciso che dovevo soffrire al gelo.»

«Oh» mi metto una mano sul cuore, «che brutta gente che c'è in giro.»

Continuo a sorseggiare la mia tazza di cioccolata mentre Josh mi guarda in silenzio.

Sembra quasi agitato. Smuove mari e monti per parlarmi e poi non sa cosa dire.

«Vuole dei vestiti puliti, signorino?» domanda Anny sorridendo.

«No, perché lui se ne va subito» rispondo al posto suo.

«Ma non può tornare a casa in questo stato.»

«Non si preoccupi, lasci stare» la rassicura.

«Allora cosa hai da dirmi, che hai fatto il clown là fuori per mezz'ora?»

«Possiamo parlare in privato?» chiede ignorando il mio insulto.

Non faccio in tempo a rispondere che la porta si spalanca e l'uomo in giacca e cravatta che ho ignorato per giorni fa il suo ingresso.

Mi guarda per un lasso di tempo abbastanza lungo facendo corrugare la fronte a Josh che ovviamente non capisce il perché di quel suo sguardo.

«Oh, Josh» saluta dopo averlo notato, «cosa ti è successo?»

«Problemi di percorso» risponde.

«Jennif...» comincia ma lo blocco subito.

«Andiamo, Josh» lo prendo per mano, «parliamo di sopra.»

Trascino velocemente Josh per le scale mentre cerca di biascicare un saluto a mio padre e lo faccio entrare bruscamente in camera mia.

«Se sei vogliosa basta dirlo, eh» mi deride. «Non c'è bisogno di usare questi modi per farmi venire in camera tua.»

«Josh» dico già stufa della sua malizia, «cosa vuoi?»

A un tratto la mia guancia viene sbattuta contro il suo torace e la mia vita avvolta dalle sue braccia. Mi stringe così forte da farmi mancare il respiro ma non ho intenzione di dimenarmi.

Ma cosa gli prende? La sua mano fredda trasmette brividi alla mia spalla calda.

«Io la odio, Jennifer.»

«Chi?» chiedo non capendo.

«Caroline.»

Mi sposto dal suo petto per incontrare i suoi occhi scuri continuando a tenere la mia mano nella sua. Quello sguardo grida di non andarmene e non ho intenzione di farlo. Ho smesso di farlo tempo fa ormai.

Tre colpi risuonano alla porta rompendo il piccolo momento di silenzio.

Ma proprio ora? Spero non sia mio padre.

«Avanti!» grido.

Nessuno risponde. Quando apro la porta per vedere chi c'è, noto solo una tuta vicino alla porta. Anny e la sua testardaggine!

«Tieni» dico lanciando i vestiti, «mi stai bagnando il letto.»

«Scusa, signorina Milton.»

«Non chiamarmi così» lo rimprovero.

«Miss riccona di Manhattan.»

«Odioso.»

Alzo gli occhi al cielo aspettando che entri in bagno per cambiarsi ma il silenzio cala un'altra volta su di noi.

«Continua a rovinarmi» dice riferendosi a Caroline, «riesce a rovinarmi la vita anche se non è presente. Com'è possibile?»

Già. Com'è possibile che mia mamma sia morta ormai da anni e ancora mi tormenti?

«Credo che quando una persona entra a far parte della tua vita, entri anche nella tua testa e anche se non c'è fisicamente non puoi smettere di pensarla.»

«Io non voglio» dice rabbioso.

È proprio questo l'effetto di Caroline su di lui. Un misto tra tristezza e rabbia.

Il problema è che la rabbia ha sempre il sopravvento e questo mi spaventa, perché lui nemmeno se ne rende conto.

Mi avvicino e mi metto in ginocchio, appoggiando i miei gomiti sulle sue gambe e guardandolo negli occhi. Occhi così scuri e tormentati.

«Non lo vuole nessuno, Josh» sussurro piano. «Devi capire che non puoi comportarti in quel modo quando si tratta di lei. So che fa male anche solo sentire il suo nome perché ti evoca brutti ricordi, ma tutti ne abbiamo, da quelli più leggeri a quelli più pesanti. Ci sono ricordi che ti rendono felice e altri che ti tormentano per tutta la vita, persino quando dormi. Sicuramente non riuscirai mai a dimenticare completamente Caroline, ma puoi sovrastare i ricordi che hai di lei. Createne altri, più belli, più felici e nascondi i ricordi che ti rovinano.»

Josh continua a guardarmi negli occhi, poi si allunga verso di me baciandomi la fronte. Chiudo le palpebre.

«Scusa se ho reagito così quel giorno» borbotta.

«Non sono ancora sicura che ti perdonerò» rido alzandomi.

«Ah no?» chiede divertito alzando un sopracciglio.

«Dài, cambiati ti prenderai un malanno» indico il bagno.

«Devo per forza andare in bagno per cambiarmi? Paura di saltarmi addosso Milton?»

«Fai quello che vuoi» ringhio buttandomi sul letto.

Riesco a vedere Josh ghignare e cominciare a sfilarsi i pantaloni.

Prendo una rivista a caso e la metto davanti agli occhi facendo finta di leggerla. Non so nemmeno come ci sia finita questa rivista di cucina in camera mia, non riuscirò mai a cucinare questa robaccia sofisticata.

«Ti diverti a leggere libri di cucina?» chiede Josh.

«Finito?»

«Sì.»

Tolgo la rivista e ovviamente il suo petto è in bella mostra e indossa solo i pantaloni della tuta.

«Io e te abbiamo un concetto diverso di finito, a quanto pare.»

Josh ride e viene verso di me afferrandomi per le caviglie e facendomi urlare. Mi tira sotto il suo corpo e riesco a vedere perfettamente i tatuaggi.

«Cosa vuoi?» dico cercando di spostarlo senza risultati.

«Dimmi cos'è successo» mi ordina.

«Eh?»

«Con tuo padre» continua, «sei scappata prima.»

«Vai a casa.» Stringo il suo polso.

«Jennifer» mi sussurra all'orecchio paralizzandomi, «parlamene. Fatti aiutare.»

«Non ho bisogno di essere aiutata» sospiro.

«Io ne ho bisogno.» Lo guardo confusa. «Ho bisogno di aiutarti.»

Riesco a vedere il suo sorrisino malizioso e so che si sta trattenendo dal dire qualche doppio senso.

«Se magari ti metti una maglia e ti alzi da questa posizione potrei anche parlartene.»

«Sapevo che i miei muscoli ti avrebbero confusa» bofonchia alzandosi.

Si mette subito la maglia e quasi mi pento di avergliela fatta indossare. Mi guarda appoggiandosi al muro, incrociando le braccia, in attesa che io racconti.

«Muoviti.»

«E va bene!» grido anch'io, «ho beccato mio padre con un'altra donna.»

Non era esattamente questo il modo in cui volevo dirlo e sicuramente mi hanno sentito anche al piano di sotto.

Josh spalanca gli occhi e quasi rido per la sua faccia da pesce lesso, assomiglia a quella di Meredith.

«Ah» è l'unica cosa che riesce a dire.

«Adoro quando sei di tante parole» lo derido.

«Scusa è che, non so…»

«La sai la cosa più divertente? Anny e Greg lo sapevano e io no» rido tra me e me per questa cosa assurda.

«Come lo hai scoperto?» mi chiede.

«Quando sono andata via da casa tua, sono andata a recuperare le chiavi nell'ufficio di mio padre, e li ho beccati lì» fingo un conato di vomito.

«E tu?»

«Io ovviamente sono corsa ad abbracciarla e poi ci siamo fatte le treccine insieme.»

«Sii seria» ride Josh.

«Dopo mio padre ha tirato fuori un pony da sotto la scrivania e siamo tornati tutti e tre a casa felici e contenti.»

Josh si abbassa per recuperare un cuscino e me lo tira addosso.

«Josh, ma cosa vuoi che abbia fatto? Ho cominciato a urlare contro di loro. Ho preso e me ne sono andata perché mio padre ha anche avuto il coraggio di dirmi che stavo esagerando. La litigata è continuata anche a casa ma dopo quella sera non ci siamo più parlati.»

«Per quale motivo ti sei arrabbiata così tanto?» domanda.

«Ma come, per quale motivo? Lui me lo ha tenuto nascosto! Per sette mesi ha avuto questa relazione e io non ne sapevo niente.»

«E tu lo sapevi già da quando sei entrata in ufficio che te lo teneva nascosto da tutto quel tempo?»

«Be', no» dico contorcendo le labbra.

«Allora non è solo questo il motivo.»

«Josh, non può farlo!» dico irritata.

«Perché no? È un uomo adulto, può fare quello che vuole.»

«E allora perché me lo ha nascosto per così tanto?»

«Forse aveva paura di come avresti reagito, gli serviva solo più tempo oppure pensava servisse più tempo a te e poi…» ma lo interrompo subito.

«Più di sette mesi?» urlo alzandomi.

«Non puoi decidere per lui. È la sua vita» urla alzandosi anche lui.

«E mia madre?» urlo forte.

Josh fa un mezzo sorriso dolce come se fosse proprio a questo che voleva arrivare.

Si avvicina a me cingendomi una spalla mentre io continuo a tenere una specie di broncio da bambina.

«È questo il problema?» domanda. «Tua madre?»

«È sempre stato innamorato di mia madre e ora arriva questa qua. Ma chi è poi? Non prenderà mai il posto di mia madre! Se l'è dimenticata, Josh! Si è scordato di mia madre!»

«Sono sicuro che non è così.»

«E tu che ne sai?» sbotto ancora.

«L'hai detto tu stessa, no? Prova a ricordare cosa mi hai detto prima. Le persone vanno e vengono dalla nostra vita. Ci sono quelle che se ne vanno e quelle che restano, tua madre se ne è andata ma in realtà e rimasta. È rimasta impressa nelle vostre vite, nella tua testa, nel tuo cuore. Esattamente come con tuo padre, non si è dimenticato di tua madre.»

«Allora perché sta con un'altra?» brontolo sulla sua spalla e Josh ride per il mio comportamento da bambina.

«Il fatto che abbia un'altra donna non significa che abbia dimenticato tua madre. Tua madre vi ha lasciati, non per volere suo, quindi si è creato un vuoto in voi anche doppio. Me lo hai detto tu stessa che da quando sei tornata qui, in un certo senso, sei più felice, perché noi abbiamo colmato quel vuoto. Forse il vuoto di tuo padre riesce a colmarlo quella donna. Non vuoi che anche lui si senta meglio?»

«Sì, che lo voglio.»

Ovvio che voglio che mio padre sia felice...

«Allora vedi?» E mi fa un sorriso.

«E se invece così si dimentica di me?» dico vergognandomi.

«Be', questo è impossibile. Sei troppo rompipalle per passare inosservata.»

Gli tiro uno schiaffo sul petto e poi un altro ancora sulla spalla.

Riesco a intravedere un pezzo del suo tatuaggio sul braccio sinistro. Josh ha tre catene sul braccio.

Una con una K, in mezzo un'altra con una C e un'altra ancora con una M.

Kevin, Chloe, Margaret e Meredith.

«Josh, posso farti una domanda?» chiedo non molto sicura.

«Dimmi.»

«Perché non hai tatuata anche una catena con l'iniziale di tuo padre?»

«Non lo merita» dice senza nemmeno pensarci un attimo.

Annuisco insicura, non volendo continuare. Abbiamo già affrontato discorsi troppo stressanti, per oggi basta così.

«Vai a parlare con tuo padre.» Come non detto.

«Non ci penso neanche.»

«Non hai capito niente del discorso che ti ho fatto?» chiede.

«Sì, ho capito, gli parlerò.»

«Jennifer, tu hai un sacco di domande in testa e l'unico modo per avere un po' di risposte è parlare con tuo padre.»

Sbuffo sonoramente come una bambina di tre anni che non vuole andare a lavarsi i denti.

Josh mi carica di peso sulle spalle facendomi cacciare l'ennesimo urlo.

«Cosa stai facendo Josh?»

«Ti porto a parlare con tuo padre.»

Arriviamo in men che non si dica verso il salotto in cui mio padre, Anny e Greg ci guardano allarmati. Josh mi mette giù mentre io lo guardo in cagnesco sistemandomi la maglia.

«Avete bisogno?» chiede mio padre.

«Sì» risponde Josh al posto mio, «Jennifer vuole parlarle.»

«Ti farò soffrire» sussurro io in modo che mi senta solo lui.

«Oh, be' okay…» biascica mio padre.

«Allora io vado» dice Josh.

«A mai più Josh» dico fulminandolo con lo sguardo.

Mio padre mi guarda non sapendo cosa dire e sinceramente nemmeno io so come cominciare.

«Mi dispiace» dice dopo un po', «non avrei dovuto tenertelo nascosto.»

«Perché lo hai fatto?» chiedo.

«Credevo tu non fossi pronta oppure probabilmente non lo ero io. Non ho programmato Isabel nella mia vita, c'è sempre stata solo tua madre, è stato difficile anche per me rendermene conto.»

«Senti, papà, sono esausta, non avevo nemmeno intenzione di avere questa conversazione ora, puoi semplicemente spiegarti?»

Mio padre fa un grande sospiro e si accascia sulla poltrona. «Sai che lavoravo a Londra, ma spesso dovevo tornare a Manhattan, ed è proprio in una delle riunioni di lavoro che ho incontrato Isabel.

So che può sembrarti strano, ma non sono poi così vecchio, sono abbastanza in forma, e ricco...»

«Papà, continua» trattengo una risata.

«Va bene» dice nervoso. «Ecco, le donne hanno sempre cercato alla fine di mettersi a posto con me, se così si può dire...»

«Scopare con te per farsi sposare e appropriarsi dei tuoi soldi?» dico sbrigativa.

«Jennifer!» tuona mio padre. «C'è modo e modo.»

«Bene. Questo è il modo più veloce.»

Mio padre sospira e cerca di lasciar perdere il mio commento. «Sta di fatto che le donne ci hanno sempre provato ma Isabel, con cui ho lavorato per un periodo di tempo, non l'ha fatto. Ha sempre e solo fatto il suo lavoro e questo mi ha affascinato in un certo senso. Non starò a raccontarti i dettagli, ma mi sentivo tranquillo in sua presenza, potevo abbassare la guardia. Qualcosa mi ha spinto a darle un po' di fiducia e l'ho invitata a cena, le ho raccontato persino di tua madre.

«Tra una cena e l'altra, tutte le volte che tornavo a Manhattan la vedevo, passavo la maggior parte del tempo con lei. All'inizio non ti avevo detto niente perché non pensavo fosse importante, poi perché credevo tu non fossi ancora pronta e dopo semplicemente perché avevo paura.»

«La ami?» chiedo sorprendendolo.

«Oh, be', non lo so» dice come se ci stesse pensando. «Vedi, Isabel è diversa per me. Le persone cercavano di farmi dimenticare tua madre, provavano a prendere il suo posto per farmi sentire meglio, Isabel l'ha accolta. Non ha mai provato a oscurare la sua figura, anzi, molte volte litigavamo proprio perché lei ne parlava. Diceva sempre che è una bella donna e che da come ne parlavo sicuramente era bella anche dentro e che quindi non dovevo dimenticarla.»

Sorrido nel sentire queste parole che somigliano tanto a quelle di Anny. «Sembra una brava persona» dico quasi forzata.

«Lo è, Jennifer. Mi ha aiutato molto, mi ha aiutato a dimenticare i brutti momenti e a ricordare quelli belli. Mi ha insegnato che non posso nascondermi dalle mie paure ma che devo affrontarle. E io l'ho ferita, so di averlo fatto» dice afflitto.

«In che senso?»

«La tenevo nascosta e non voglio nemmeno immaginare come

si sia sentita. Doveva far finta di non conoscermi quando ci incontravamo in un luogo pubblico. Doveva mentire a sua figlia proprio come io facevo a te.»

«Ha una figlia?» chiedo ansiosa.

«Sì, e non voglio immaginare come si sia sentita nel tenere nascosta la sua felicità, così diceva lei» sorride nervoso. «Però lei mi è sempre rimasta accanto, mi ha sempre aiutato, ma quando te ne sei andata da quella stanza ho temuto di perderla e di perdere anche te. Ho temuto che dopo ciò che le hai detto e per come l'hai trattata lei se ne sarebbe andata stufa di tutta questa ombra tra di noi, ma non l'ha fatto.»

«Ti sei dimenticato della mamma?»

«Non potrei mai, non mi dimenticherò mai di lei, come non mi dimenticherei mai di te. L'ho amata con tutto me stesso e probabilmente continuo a farlo ancora dentro al cuore. Se c'è una cosa che tua madre mi ha insegnato è che bisogna continuare a essere felici e non arrendersi mai. E io purtroppo non ho mai fatto nessuna delle due cose. Mi sono arreso alla sua morte e ho continuato a essere infelice.»

Sento le lacrime che stanno per sgorgare nel capire quanto mio padre si sentisse esattamente come me.

«Credo che...» comincio con voce tremolante «... sarebbe felice di conoscere Isabel.»

«Tu credi?» dice con voce strozzata, segno che sta trattenendo le lacrime anche lui.

«Sì, penso che la porterebbe a casa nostra per farle bere i suoi schifosi tè» dico ridendo con ancora la voce che trema.

«Oppure la porterebbe con sé per andare a correre e poi infilarsi in un bar a mangiare un pezzo di torta» dice inspirando forte. «Oh, Jennifer!»

Mio padre si alza di scatto e mi abbraccia forte, forte come ha fatto Josh prima.

«Mi dispiace così tanto, piccola mia» mi stringe e sento una lacrima sulla mia spalla, «mi dispiace così tanto per tutto.»

Non so nemmeno per cosa si stia scusando, forse perché mia madre è morta, forse per il fatto di essere stato poco presente in quei tempi, forse solo per Isabel.

«Dispiace anche a me, papà...»

Mio padre si stacca con gli occhi lucidi e Josh aveva ragione. Le persone, anche se se ne vanno, rimangono comunque a vivere dentro di noi.

«Forse potrei incontrare questa Isabel» mi mordo il labbro.

«Ne sarà contenta, ha sempre voluto incontrarti.»

«Bene» dico a disagio, «allora fammi sapere.»

Faccio per uscire dalla porta ma la voce di mio padre mi ferma.

«È stato Josh a farti parlare con me, vero?»

«In realtà mi ha costretta.»

«Credo che il tuo Josh sia la mia Isabel.»

Faccio un mezzo sorriso e mi dirigo verso camera mia stendendomi sul letto stanca.

Il cellulare vibra. Messaggio da Josh:

"Ti va di sovrastare i miei ricordi con me?".

«Lo credo anch'io papà, lo credo anch'io» sussurro a me stessa.

10

Jennifer's pov

Non potete nemmeno capire quanto io possa sentirmi felice questa mattina.

Finalmente ho avuto le chiavi della mia auto e ho risparmiato un sacco di tempo. E il professor Lennon non era presente a scuola, questo basta per rendermi felice tutto il giorno.

Ho ritagliato quel tempo per disegnare e anche per portarmi avanti con lo studio.

Ho chiarito con mio padre e ci siamo messi d'accordo che uno di questi giorni incontrerò Isabel e sua figlia. Questa situazione mi mette un po' a disagio, soprattutto il fatto che Isabel abbia una figlia. Sento come se d'ora in poi la mia vita cambierà radicalmente e la cosa mi agita parecchio. E se la figlia non mi stesse simpatica?

Ma poi guardo il braccio di Josh avvolgermi le spalle, Meredith che scompiglia i ricci a Drake e Alan che cerca di convincere Olly a provare qualche strana posizione che ha visto ieri in qualche porno scadente.

Olly continua a sbuffare dicendo che non fa cose di questo tipo e lui continua a ribattere la sua teoria del: «Ma sei una cheerlader, dovresti fare acrobazie di ogni genere». A volte Alan sa essere davvero squallido, ma in fondo comincia a piacermi perché tutte le volte che io e Josh discutiamo lui dà ragione a me. Ogni tanto perché ho davvero ragione altre volte semplicemente perché adora vedere Josh innervosirsi. Lui fa parte del cerchio ristretto. Perché sono sicura che nessun altro vorrebbe davvero far innervosire Josh, ma ad Alan non importa, perché sa che lui non gli farebbe mai del male. Proprio come succede con Drake e Meredith, il suo cerchio ristretto.

Non posso che sentirmi felice e sorridere.

«Ti vedo contenta, oggi» dice Alan che non ha fatto altro che guardare il braccio di Josh.

«La signorina Milton ha avuto la macchina e non deve venire in taxi o con l'autista» spiega Josh al posto mio.

«Ti ho detto di non chiamarmi così!» ribatto.

«Tu hai un autista privato?» chiede Olly.

«Anche la cameriera» dice Drake.

«La smettete di rispondere al posto mio?» continuo esasperata.

«Che macchina hai?» domanda Meredith.

«Non ho ben capito, pero è nera.»

«Ah be', allora se è nera ho capito tutto» mi sbeffeggia Josh.

«Sei proprio simpatico» poi penso al modello dell'auto e lo dico.

Vedo Alan, Josh e Drake spalancare la bocca il secondo dopo mentre io, Meredith e Olly li guardiamo stranite.

Cos'ho detto?

«E tu lo dici così?» quasi urla Josh.

«Perché, qual è il problema?»

«Quella macchina vale quanto casa mia» dice Alan scioccato.

«Mio padre non me la farebbe vedere nemmeno in copertina una macchina del genere» continua Drake. «E ha delle concessionarie.»

«Ma i vostri genitori non fanno lo stesso lavoro di quelli di Jennifer?» domanda Olly.

Sento un brivido di disagio nel sentire Olly parlare dei miei genitori. Lei non sa nulla.

«Sì Olly» dice Meredith, «ma, ecco, la famiglia Milton, diciamo, è un po' più di noi.»

Non mi piace per niente la conversazione che stiamo tenendo.

«Un po' più?» chiede ancora.

«In poche parole, se il padre di Jennifer volesse, potrebbe comprare tutte le concessionarie di Drake e appropriarsi delle nostre aziende di trasporto in men che non si dica» spiega Josh calmo.

«Dovete parlare di questo ancora per molto?» dico infastidita.

«Oooh» mormorano tutti in coro.

«La nostra principessa si è infastidita» dice Josh.

«Ci inchiniamo al suo cospetto» continua Drake.

Drake e Alan cominciano a fare strani inchini e Josh fa finta di sbattere un ventaglio su di me con un fazzoletto mentre Olly e Meredith ridono. Il mio cellulare comincia a squillare.

Michael?

«Chi è?» chiede Josh.

«Michael.» Lo vedo alzare gli occhi al cielo e imbronciarsi all'improvviso. «Pronto?»

«Jennifer!» dice lui entusiasta. «Ti disturbo?»

«No, non disturbi affatto.» Josh accenna un "sì" con la testa.

«Ti ricordi quello di cui avevamo parlato? Del fatto che avevo una mostra da organizzare?»

Mi ero dimenticata, ma ormai non posso ritirarmi. Michael è sempre stato disponibile con me.

«Sì, mi ricordo» dico facendo nascere un'espressione dubbiosa a Josh che non sa di che parliamo.

«Ti andrebbe di cominciare a fare quelle foto oggi? Devo iniziare a modificarle, stamparle e vedere come organizzarle. Mi serve tempo e vorrei poterle fare il prima possibile.»

«Vederci oggi?» Josh mi mima un "no" facendo ridere chi ho attorno. «Dovrebbe andare bene.»

«Perfetto, allora passo a prenderti a scuola?» mi chiede gentile come sempre.

«Ho la macchina oggi, se mi invii l'indirizzo del posto ti raggiungo.»

«Perfetto. Te lo mando. Io sarò già lì per sistemare alcune cose.»

«Va bene, a dopo Michael.» Chiudo la chiamata e guardo Josh in tralice. «Si può sapere cosa stai facendo?»

«Perché devi vederti con quell'irlandese?» chiede acido.

«Non è irlandese» replico per la milionesima volta.

«Ma chi? Michael quel tipo simpaticissimo che abbiamo incontrato al party di Susan?» infierisce Drake.

«Sì, amore» continua Meredith, «quello che chiede spesso di uscire a Jennifer, le ha anche fatto una foto che poi ha messo nella sua mostra. Ed è anche bello ora che ricordo.»

«Piantatela!» tuona Josh.

So benissimo ciò che stanno cercando di fare e dall'espressione di Josh, direi che ci stanno riuscendo benissimo.

«Ah sì, quel tipo fighissimo!» esclama Olly e non posso che ridere visto che nemmeno sa chi è.

«Olly» brontola Josh, «nemmeno lo conosci.»

«Quindi questo Michael ti viene dietro?» domanda Alan.

«No», «sì» diciamo io e Josh all'unisono.

«No Josh, è solo una tua impressione!»

«Sì Jennifer, sei tu che sei troppo ingenua» continua lui.

«Sei tu che vedi ciò che non c'è.»

«Oppure tu non vedi abbastanza.»

«Ehm ragazzi?» chiede Olly.

«Ma cosa stai dicendo? Michael è solo un amico per me!» mi difendo.

«Be', forse per te, ma tu non lo sei per lui.»

«Siamo entrambi amici» ripeto per la miliardesima volta.

«Vuole solo entrarti nelle mutande» dice con tono troppo alto.

«Jennifer, Josh» ci richiama Meredith.

Ovviamente non riusciamo a sentire nessuna voce che ci circonda tutte le volte che inizia una discussione.

«Quindi chi è questo Michael?» domanda nuovamente Olly facendo corrugare ancora la fronte a Josh.

«Un mio amico che frequenta l'accademia d'arte. Organizza delle mostre e mi ha chiesto di posare per alcuni scatti.»

«Non posso crederci» borbotta ancora Josh.

«Farai da modella quindi?» chiede Olly, eccitata.

«Cosa? No» dico quasi schifata, «devo solo fare dei semplicissimi scatti, niente di più.»

«Non vedo l'ora di vederle» esclama Meredith eccitata più di me.

«Tra un po' è Natale, ragazzi!»

Natale. Ormai è dicembre eppure a me sembra di essere arrivata ieri a Manhattan.

«Tu cosa farai a Natale, Jennifer?» mi chiede Drake.

«Oh, niente di che, rimarrò qui.»

«Non hai un aereo privato con cui ti sposterai in giro per il mondo?» mi deride Josh.

«No, ho un pugno che sta per posarsi sulla tua faccia.»

Josh mi manda un bacio volante visto che ora sono seduta vicino a Meredith, ma io gli rispondo con il dito medio.

«Potremmo passare Capodanno insieme però» propone Alan e io mi irrigidisco all'istante.

«Sì» dicono all'unisono Meredith e Olly mentre io comincio ad agitarmi.

«Se ho ben capito gli altri danno una festa, no?» chiede Drake.

«Sì» risponde Josh, «la squadra di basket dà una festa a cui parteciperà praticamente tutta la scuola.»

Io non posso. Io non posso festeggiare con loro.

«È fantastico» dice un'esultante Olly, «tu verrai vero?»

«Ehm come?» chiedo nervosa.

«Alla festa di Capodanno con noi.»

«Oh, io, cioè non credo, non fa per me» dico una mezza verità.

«Ma come? E cosa hai intenzione di fare a Capodanno?»

«Io non lo so, insomma...» sto entrando nel panico totale.

Io non posso, si creerebbe un grande casino, che non voglio rivivere.

«Perché non vuoi venire?» mi domanda Josh stranito.

«Ci penserò, okay?» rispondo con un sorriso nervoso.

Possibile che non si ricordino ciò che è successo tempo fa?

«Ora devo andare» mi alzo nervosa.

«Vai già?» mi chiede Meredith.

«Sì, voglio passare a casa prima di andare da Michael» mento.

Non avrei mai pensato che si sarebbe posto questo problema, ho sempre festeggiato Capodanno in camera mia, non perché lo volessi ma perché dovevo. Per fortuna manca ancora un po' di tempo.

«Jennifer» mi richiama Josh che viene verso di me, «tutto bene?»

«Certo, perché?» dico facendo finta di niente.

«Perché non vuoi fare Capodanno con noi?»

So che può sembrare che io non voglia stare con loro. Cioè chi preferirebbe stare a casa piuttosto che festeggiare con i propri amici? Così sembra quasi che io li schifi.

«Ne riparliamo, va bene?» cerco di fare un sorriso rassicurante.

«Mmh, va bene» mi prende avvicinandomi a lui. «Devi proprio andare da quello là?»

«Quello chi?» chiedo sapendolo benissimo.

«Quello là» brontola sopra la mia testa, mi scordo quanto sono bassa rispetto a lui.

«Il mio amato amico Michael?»

Mi trascina con lui in una classe vuota dopo essersi guardato attorno. Mi appoggia sulla porta incastrandomi con le braccia e avvicinando la sua bocca al mio orecchio. «Rimani con me» sussurra.

«Josh...» dico sapendo già come andrà a finire.

«Stai dicendo che...» comincia a mordermi il lobo facendomi respirare forte, «preferisci stare con lui che con me?»

«Ho p-preso un impegno ormai» odio quando mi fa balbettare.

«Rimandalo» soffia sul mio collo.

Le mie braccia si attaccano alla base dei suoi capelli. So che questo lo spingerà solo a continuare, ma mi viene istintivo.

«Devo andare, Josh» dico poco convinta.

«Mmh» mugola arrivando al mio mento.

Un gemito basso esce dalle mie labbra e d'istinto stringo ancora di più i suoi capelli.

Il mio gesto lo porta ad afferrare le mie cosce e tirarmi su in mezzo secondo per poi mettermi bruscamente sopra il banco.

Non è un gesto dolce, ma mi piace comunque. Mi fa sentire voluta, sembra che mi desideri disperatamente. Chissà da quanto Josh non va a letto con qualcuno, penso, ma vengo distratta dalla sua bocca che si poggia sulla mia. La sua lingua danza assieme alla mia in un ballo voglioso.

È così che mi sento con Josh: eccitata, calda e vogliosa. Non mi sono mai sentita tanto desiderata in tutta la mia vita e quasi mi vergogno.

Le mie labbra continuano a venire baciate e morse da quelle di Josh, le mie mani stringono forte i suoi capelli e le sue si muovono sui miei fianchi.

Potrei rimanere qui anche tutto il pomeriggio, ma devo incontrarmi con Michael e non ho intenzione di dargli buca. Tiro a malincuore i capelli di Josh all'indietro e scendo velocemente dal banco prima che possa afferrarmi di nuovo.

«Devo andare da Michael» dico sistemandomi la maglietta stropicciata.

«Se prima non lo sopportavo, ora potrei sotterrarlo vivo» si lamenta incrociando le braccia mentre me ne vado.

Ormai sono vicino al cancello quando sento dei mormorii vicino a un albero, sembrano insulti.

«Smettila di fare la bambina!»

Continuo a camminare verso il cancello facendo finta di niente ma scorgo la testa bionda di Melissa.

Cosa ci fa a scuola? Non c'era a lezione di letteratura.

Mi avvicino per capire cosa stia succedendo e riesco finalmente a vedere la figura di Melissa per intero mentre parla animatamente con un ragazzo. Provo a focalizzare la figura ma non riesco a capire chi sia.

«Io mi sono stancata hai capito?» urla Melissa. «Sono stanca.»

«Oh, povero tesoro» dice lui con un sorriso cattivo sfiorandole il mento.

Il ragazzo è muscoloso, ha un piercing al sopracciglio e i capelli biondi come quelli di Melissa. Se è il suo ragazzo deve essere uno scherzo della natura, come fanno a guardarsi negli occhi con quei capelli? Io rimarrei accecata.

«Tu vieni a casa con me!» le ordina sbattendo il palmo della mano sull'albero.

«Io non voglio venire, devo stare a scuola» dice quasi disperata.

«Vieni» la prende per un polso e comincia a trascinarla mentre lei si dimena.

Melissa comincia a piangere. Ma cosa sta succedendo?

«Ehi» urlo e senza nemmeno sapere perché corro verso di loro, «che succede?»

Melissa mi guarda con occhi sbarrati.

«E tu chi sei?» la sua voce è rude e roca, ma completamente diversa da quella di Josh.

«Cosa le stai facendo?» chiedo guardando le lacrime di Melissa.

«Jennifer, vattene!» urla Melissa.

È la seconda volta che vedo Melissa piangere e ora che la guardo qualcosa mi dice che il motivo è sempre questo ragazzo.

«Hai sentito, ragazzina? Non sono affari tuoi» la strattona ancora.

«Vai via. Me la cavo benissimo da sola» dice Melissa con così poca convinzione che se la situazione non fosse questa, scoppierei a ridere.

Melissa mi grida di andarmene e i suoi occhi pieni di paura di rimanere.

L'incombenza del ragazzo e i suoi muscoli stanno mettendo paura anche a me, ma qualcosa mi dice che se la lascio andare, potrebbe capitare qualcosa di brutto.

«Lasciala stare» dico di nuovo mettendo la mia mano sulla presa del polso, «ora.»

«Allora non hai capito eh?» Molla Melissa e si dirige verso di me.

«Lascia stare, Roy» dice di nuovo Melissa venendo verso di noi, ma lui la spinge e lei cade a terra.

«Devi andartene!» ringhia vicino a me.

«Tu devi andartene, non sei di questa scuola» cerco di dire con tono più fermo possibile.

«Ah no» scoppia in una fragorosa risata, «e chi me lo dice, tu? Forza Melissa, andiamo.»

Si gira verso di lei alzandola in modo poco elegante da terra e cominciando a camminare.

Lei piange, cade, si rialza a comando di Roy. Sembra quasi una bambola di pezza.

«Roy» urlo attirando la sua attenzione, «se non la lasci subito andare, io entrerò dentro e dirò al preside che un tizio, ovviamente più grande e non di questa scuola, è venuto a sequestrare un'alunna contro la sua volontà. Farò esattamente la tua descrizione, verranno a cercarti e ovviamente ti troveranno. E tu sarai nella merda. Quindi ora o la lasci andare di tua spontanea volontà o verrà su un gran casino. Ci siamo capiti?»

Se il mio discorso è uscito fermo e sicuro, allora devo pensare a una carriera da attrice, perché sto morendo di paura. Melissa sembra stia trattenendo il respiro mentre questo Roy sposta lo sguardo furioso da me a Melissa.

Sicuramente sta valutando la situazione e soprattutto se ne vale la pena.

Molla in modo violento Melissa sputando per terra e guardandomi con tutto l'odio che possiede.

«Non finisce qui, non sarà certo una ragazzina a intimorirmi» sorride cattivo. «Ci vediamo presto, zuccherino» conclude verso Melissa.

«Sei una stupida» mormora Melissa senza guardarmi.

Riesco a vedere finalmente Roy uscire dal cancello e Melissa che guarda da tutt'altra parte pur di non incontrare il mio sguardo. Raccolgo la mia borsa e mi avvio verso il cancello dando le spalle a Melissa.

«La stupida sei tu» dico dandole le spalle. «Non so in che guaio ti sei cacciata, ma fossi in te starei attenta, non ci sarò io la prossima volta a salvarti il culo.»

Non le do nemmeno il tempo di rispondere. Non sono sicura che lo avrebbe fatto comunque, era troppo terrorizzata e frastornata. Sono sicura che il fatto che sia intervenuta io l'abbia infastidita, l'ho già beccata nello spogliatoio nelle stesse condizioni e sono sicura che c'entri sempre Roy. Da dov'è sbucato questo tizio poi? Cosa ci fa Melissa con uno come lui? Ma poi perché io devo preoccuparmi di queste cose? E dove sono finite tutte le sue "amiche"?

Quanto vorrei sapere cosa sta succedendo!

«Michael, ma perché devo mettere questo?» brontolo da mezz'ora ormai.

«Jennifer, te l'ho detto: serve quel vestito per le foto.»

«Ma sembro una tenda» mi lamento.

«Sono sicuro che starai benissimo» ride, «non è così brutto come sembra.»

«Peggio» sussurro. «Come conosci questo posto?» chiedo mentre lui sistema alcuni specchi sulle rocce.

«Ci venivo spesso con mio padre quando ero piccolo, col tempo la gente ha cominciato a buttarci i rifiuti o cose che non usava più ed era diventato una discarica. Quest'anno un'associazione di volontariato ha deciso di ripulirlo e ho ricominciato a venirci più spesso. È rilassante, non credi?»

Si riesce a sentire l'odore degli alberi e il verde rapisce i tuoi occhi beandoti di una visione fantastica.

«È davvero molto bello» annuisco.

«Già» dice guardandosi attorno, «di questi tempi ci vengo spesso, sai, per pensare e tutto il resto.»

Sembra quasi rattristarsi mentre lo dice. Sto per chiedergli se qualcosa non va, ma la sua voce mi ferma prima che possa aprire bocca.

«Puoi andare dietro l'albero a cambiarti. Puoi metterti il vestito sopra e sfilare i tuoi vestiti da sotto, è abbastanza largo.»

«Vuoi dire questa tenda?» dico.

«Avanti, Jennifer» ride lui.

Vado dietro un albero un po' lontano e dopo essermi assicurata che nessuno sia qui, sfilo velocemente la maglia infilando subito il vestito per poi togliere da sotto i jeans e le scarpe. Dopo infilo subito le scarpe, non sono intenzionata a camminare scalza.

Ritorno dov'è appostato Michael, lui è di schiena intento a regolare la sua Canon.

Mi guardo in uno dei tanti specchi che ha posizionato ovunque e noto che non è poi così male come credevo. Si tratta di una specie di top bianco brillantato seguito da un lungo strato bianco. Il vestito va allargandosi facendo risaltare solo il mio seno e metà del mio busto. È come se fluttuassi in aria.

«Sciogli i capelli.»

Sciolgo piano la lunga treccia notando come i capelli rossi siano più ondulati del solito.

Il contrasto dei miei capelli a contatto con la mia pelle pallida e il vestito bianco è assurdo.

«Sei bellissima» si complimenta Michael.

«Fa freddissimo» mi lamento.

«Lo so, mi dispiace» si scusa, «ma queste foto mi servono davvero.»

«Tranquillo, Michael» dico sentendomi in colpa per tutte queste lamentele, «allora come dovremmo procedere?»

«Ecco, in realtà dovresti toglierti le scarpe» dice timido, «le foto le faremo in acqua.»

«In acqua? Ma si gela!»

Michael mi guarda sconsolato e non posso che sbuffare. «Va bene non c'è problema» mi arrendo facendo spuntare sulla sua faccia un sorriso.

«Allora mettiti su questa roccia, stendi le gambe e guarda in alto.»

Impacciata mi metto nella posizione da lui richiesta e lui comincia a scattare una foto dopo l'altra.

«Sembrerò una scema.»

«Andrai benissimo, tu rilassati» mi rassicura.

«A cosa servono tutti questi specchi?»

«A dare la luce giusta.»

«Come sei professionale» rido.

«Perfetto!» urla.

«Oh, dio, cosa?» mi spavento.

«Ho preso proprio il momento in cui hai riso, è perfetta.»

Michael continua a scattarmi foto da ormai un'ora e anche se sono mezza fradicia non posso lamentarmi, perché vederlo così appassionato e felice mi basta.

So cosa vuol dire appassionarsi a qualcosa, io mi mettevo a disegnare i paesaggi, perfino quando nevicava.

«Okay, perfetta. Ora te ne faccio una da lontano. Mettiti dietro l'albero e fai vedere solo metà corpo.»

Mi sentivo decisamente a disagio all'inizio, ma Michael riuscirebbe a mettere a proprio agio chiunque.

«Immergi i piedi mentre guardi in basso e portati una ciocca dietro l'orecchio.»

«Così?» chiedo.

«Sì, ferma!»

Un'altra cosa che ho notato è che scatta molte più foto quando tira il vento, soprattutto quando i miei capelli si muovono.

«Ci sono quasi, tranquilla» mi dice, «aspetta solo un attimo» dice mentre fruga nello zaino. «Eccolo.»

«Un telo?» domando non capendo.

«Fidati di me» mi sorride e non posso far altro che fidarmi.

Alcuni degli specchi emanano una specie di luce arcobaleno davvero rilassante. Michael ha messo il telo rosso a galleggiare sopra l'acqua e sta scattando delle foto dal basso mentre io faccio finta di appoggiarci il piede.

Credo voglia far sembrare che stia per camminarci sopra o qualcosa del genere.

«Cambio telo» dice tirandone fuori uno azzurro.

Michael mi mette un po' come pare a lui, come se fossi un quadro e cercasse dove appenderlo, ma a me sta bene. Non fa altro che sorridermi, chiedermi scusa e ogni tanto mi riscalda con una coperta.

«Fai finta di trascinare il telo.»

Se la mente di Michael è tutta concentrata su di me e sulla fotocamera io sono in un altro mondo, o per meglio dire in un altro posto.

Continuo a rivivere il momento in cui ero in classe con Josh e come le sue mani esploravano il mio corpo senza mai esagerare. Il punto è proprio questo, io volevo esagerare, credo che avessi più voglia di toccarlo io di quanta ne avesse lui di toccare me.

Non so che mi prende, è istintivo, non mi è mai successo.

«Siediti e tieniti le ginocchia con le braccia.»

Mi sento così viva in quei momenti, anzi con Josh mi sento sempre viva, la sua possessività a volte mi rende anche contenta.

Significa che qualcosa di me gli importa, no?

«Abbassa la testa. Fai bagnare un po' i capelli, per favore.»

L'acqua gelida ravviva i miei pensieri e mi viene in mente un altro particolare.

«Gambe incrociate e guarda proprio davanti allo specchio.»

Cosa voleva Clark? Sembra che faccia lo stage nella nostra classe di letteratura solo per mettere i bastoni tra le ruote a noi. Cosa voleva insinuare? Josh ha un segreto? Sembrava davvero non sapesse di cosa stava parlando.

«Inclina solo un po' la testa.»

Vedo il mio riflesso che mi fissa intensamente mentre poso davanti all'obiettivo. Il vestito è bagnato e il top continua a brillare mentre i miei capelli rossi, toccati dall'acqua, sembrano anche più scuri.

Vorrei davvero parlare con lui di questa situazione che mi tormenta, ma sembra che non sia mai il momento giusto.

«Eeeh finito!» dice facendo altri due scatti.

«Come sono venute?» mi avvicino.

«Eh no» esclama mettendo il braccio davanti, «le vedrai alla mostra.»

«Cosa?» chiedo scioccata, «devo aspettare così tanto?»

«Effetto sorpresa» dice furbo, «ora rivestiti, andiamo a casa.»

Rimettere la mia maglia e i miei jeans è davvero una sensazione bellissima.

Sento finalmente tutto il caldo ritornare in me e per fortuna i capelli non ci mettono molto ad asciugarsi, anche se ora sono più vaporosi.

«Ho parlato con Melissa» dice d'improvviso Michael quando siamo vicini alle auto.

Melissa. Roy.

«Ah sì?» chiedo cercando di rimanere calma, «e cosa vi siete detti?»

«Mi ha chiamato lei in realtà.»

Allora alla fine ha seguito il mio consiglio eh? Glielo rinfaccerò a vita.

«Abbiamo cominciato a sentirci più spesso. Una volta lo facevamo sempre, ma con il tempo si è allontanata, cambiando.»

«Da quando?»

«Da quando suo padre è scappato con un'altra donna» dice triste.

«Oh, questo non me l'aspettavo proprio.

«Già. È stato un brutto periodo per lei e non so nemmeno perché si sia allontana da me.»

Michael sembra molto rammaricato di questa storia.

«Ti piaceva?»

«Mi piaceva» sorride, «e mi piace ancora.»

Dire che provo con tutta me stessa a non avere un'espressione scioccata è un eufemismo. Melissa e Michael? A questo punto preferisco Melissa e Roy.

«Non ti offendere» dico sincera, «ma non mi sembrate fatti l'uno per l'altra.»

In realtà volevo dire che lui è un ragazzo d'oro e lei vorrei spiaccicarla. Però quasi mi dispiace pensare questo di lei, in questo momento.

L'ho vista indifesa, colma di lacrime, triste e sola. Non capisco il suo cambiamento e nemmeno quello che sta succedendo, so solo che per quanto possa provare antipatia per lei, la situazione mi preoccupa. Molto.

«Forse» mi risponde, «ma sono sicuro che io la conosco meglio di chiunque altro. Io conosco la vera Melissa.»

«La vera Melissa?» domando.

«L'ho conosciuta nella fase in cui il padre c'era ancora e in quella in cui è andato via. So che non capisci, ma io conosco davvero Melissa.»

«Va bene, Michael» gli sorrido vedendolo agitarsi.

«Però lo sento che c'è qualcosa che non va» mi confessa.

I miei allarmi cominciano a suonare come una sirena dell'ambulanza. Lui sa qualcosa?

«Del tipo?» chiedo facendo finta di niente.

«Non so, sembra quasi impaurita, non saprei spiegarlo. Parla molto con me al telefono, ma quando le chiedo di vederci, lei rifiuta sempre.»

Il ragazzo enorme con il piercing al sopracciglio è il problema, ne sono sicura, ma come posso dirglielo?

«Sono sicura che tu non c'entri niente» gli sorrido, «sarà solo un periodo.»

«Dici che dovrei insistere quindi?»

«Be', io sono abbastanza scettica su questa cosa, ma se ti piace insisti.»

Il mio cellulare suona interrompendo la nostra conversazione. Si può sapere cosa vuole, adesso? «Josh?» dico.

«Tu devi aiutarmi!» dice quasi disperato.

«Cosa succede?»

«Chloe» dice lui.

«È successo qualcosa a Chloe?» Sto cominciando ad agitarmi.

«Cosa? No, devo farle da baby-sitter, mi aiuti?»

«Ma sei scemo?» quasi urlo.

«Perché?» ride lui.

«Pensavo fosse successo qualcosa di grave» dico ancora arrabbiata.

«Be', lo è» si difende.

«Jennifer, ma che succede?» mi domanda Michael.

«Niente di grave, Michael, stai tranquillo» sorrido.

Riesco a sentire Josh ringhiare da qui. «Sei ancora con quello?» domanda con tono nervoso.

«Sì.»

«Digli che gli spacco quel sorrisetto da bambolotto che si ritrova» ringhia ancora.

«Ha detto che ti saluta» ripeto a Michael cercando di non ridere.

«Cosa? No» tuona Josh mentre abbasso ancora di più il volume.

«Come va, Josh, tutto bene?»

«Ha chiesto se stai bene.»

«No non sto bene, se prova a toccarti gli amputo quel braccio.»

Faccio un sorriso di circostanza a Michael che mi osserva confuso. «Ha detto che è tutto a posto e che non vede l'ora di vederti.»

«Jennifer!» sento urlare Josh.

«Senti, Josh» dico ancora divertita, «quindi cosa devo fare?»

«Viene una specie di amico di Chloe a casa, ma mia madre e mio padre sono al lavoro. Meredith è con Drake, quindi non possono rimanere a casa da soli, aiutami.»

«Non riesci a badare a due bambini da solo?» rido.

«Cosa ne so io di cosa devo fare? Senti, mi aiuti o no?»

Non posso non ridere del suo tono disperato, e poi vedere Chloe non può che farmi piacere.

«Ci vediamo tra poco, Josh» lo avviso senza dargli il tempo di replicare.

Michael mi guarda con un sorrisetto furbo e so già cosa sta per dire.

«No» lo fermo subito agitando la mano, «non una parola.»

Michael alza le mani in segno di resa e comincia a ridere.

Non so nemmeno io cosa siamo, quindi è ovvio che non so cosa rispondere.

«Quindi ricapitolando: la psicologa ha detto che questo Alex ha una buona influenza su Chloe e che sarebbe un bene per lei che ci passasse del tempo?» chiedo vedendo la sua fronte corrugarsi ancora di più.

«Esatto.»

«Ma è fantastico!» esclamo.

Il fatto che Chloe passi il tempo con qualcuno della sua età nonostante non ci abbia una conversazione è davvero bellissimo.

Non posso che esserne felice, ma Josh non lo sembra.

«Non lo credi anche tu?»

«È un bambino.»

«Lo so» dico confusa, «quindi?»

«Un bambino maschio.»

«Josh, ma...»

Non posso finire la frase che scoppio in una fragorosa risata rotolando sul tappetino davanti al divano.

«Non c'è niente da ridere» si imbroncia ancora di più.

«Già. Potrebbe rubarle la verginità» scherzo io, ma lui spalanca gli occhi.

«Cosa? No!»

«Josh, calmati» continuo a ridere, «tua sorella è piccola.»

«Sarà meglio per lui che non le si avvicini troppo» dice duro.

«Josh!» ormai sono esasperata. «Sono dei bambini!»

«E allora» si mette anche lui seduto sul tappeto del salotto, «i bambini di oggi sono moderni, sanno già tutto. Io a sette anni lo sapevo» quasi si vanta.

«Che bambino precoce, per questo sei cresciuto male.»

Josh sta quasi per ribattere, ma Chloe fa la sua entrata in salotto camminando come se fosse una diva di Hollywood. Ha due codini che le raccolgono i capelli e un vestito a fiori, rosso e bianco. Fa un giro su se stessa e poi ci regala un'espressione interrogativa.

«Stai benissimo, Chloe» le dico.

«Potevi benissimo rimanere col grembiule, non deve arrivare il principe d'Inghilterra» borbotta Josh guadagnandosi una gomitata.

«Non ascoltarlo, vai a scegliere una cassetta così dopo la guardate, che ne dici?»

Chloe annuisce e si catapulta di nuovo per le scale dirigendosi nella sua cameretta.

«Una cassetta?» domanda Josh.

«Almeno per due ore buone saranno occupati.»

«Io pensavo di fare stare lui in cucina, Chloe in camera sua e farli comunicare telepaticamente.»

«Non puoi essere serio» rido ancora.

«Io volevo solo stare tranquillo oggi» si lamenta ancora, «fare gli allenamenti così spesso mi distrugge.»

«Come mai non c'è Meredith?»

«Quella megera è scappata prima che mia madre potesse fermarla. Ora potrebbero esserci lei e Drake qui, la pagheranno.»

«A me non dispiace» alzo le spalle, «voglio proprio vedere chi è questo bambino speciale.»

«Non è speciale!» ribatte lui.

«Be', se a Chloe piace allora lo è.»

Il campanello suona e Josh si dirige verso la porta.

Un secondo dopo rientra in salotto imbronciato e il fatto che anche il bimbo sia imbronciato tanto quanto lui mi fa ridere.

È un bel bambino, ha i capelli neri corti e due enormi occhioni verdi. È abbastanza magro, anche se il giubbotto beige e i pantaloni scuri lo coprono abbondantemente.

«Ehi, ciao» gli sorrido, «come ti chiami?»

«Alex» dice lui diffidente.

«Ciao, Alex, io sono Jennifer.» Mi fa un sorrisone. È davvero un bel bambino.

«Io sono Josh.»

«So chi sei» dice guardandolo brutto.

«Te lo ha detto Chloe?» chiede stranito.

«No, me lo ha disegnato. Sei forse stupido? Lei non parla, sicuro sia tua sorella?» dice quasi squittendo.

Josh spalanca gli occhi come se avesse preso la scossa e io scoppio in un'altra enorme risata. Già amo questo bambino!

In men che non si dica i piccoli passi di Chloe risuonano verso il salotto e spalanca gli occhi appena vede Alex.

«Ehi, Chloe» le sorride il bambino sornione mentre Chloe corre ad abbracciarlo e Josh alza gli occhi al cielo.

«Non cominciare» sussurro.

«Gli abbracci non durano così tanto.»

«Josh, smettila!» lo rimprovero. «Allora cosa volete fare?»

Chloe e Alex si guardano e poi alzano entrambi le spalle. Mi piacciono questi bambini pieni di idee innovative.

«Volere fare merenda?» chiede Josh.

«Sì!» esclamo felice.

«Guarda che lo stavo chiedendo a loro» ride Josh.

«Ma voglio anch'io la merenda» sporgo il labbro.

«Oh, dio» dice andando verso la cucina seguito da tutti noi, «dovrò badare a tre bambini.»

Chloe e Alex si guardano senza parlare, eppure ad Alex non sembra dare per niente fastidio. Sembra tranquillo e a suo agio.

«Allora cosa volete?» chiede Josh.

Mentre io penso a come posso svuotare il frigo di Josh, Alex fissa Chloe.

«Lei vuole bere, non mangiare» esclama infine, e Chloe annuisce.

«C-come fai a saperlo?» chiedo quasi spaventata.

«Quando deglutisce molte volte significa che ha sete» spiega Alex.

Io e Josh ci scambiamo sguardi confusi e sorpresi mentre Chloe sorride amabilmente.

«Va bene allora, Chloe, ti do un succo» dice Josh.

«Cos'è, un ordine?» chiede Alex.

«Eh?» domanda Josh non capendo.

«Hai detto che ora le dai un succo, ma non glielo hai chiesto. Cosa ne sai se vuole un succo? Magari vuole qualcos'altro.»

Ho già detto che amo questo bambino?

«Ti va bene il succo, Chloe?» chiede cercando di non esplodere, ma Chloe scuote la testa quasi a farlo apposta.

«Vuoi la Coca-Cola?» le domanda Alex e Chloe annuisce. «Visto? Dalle la Coca-Cola.»

«Senti, piccoletto...» comincia Josh.

«Josh» lo richiamo subito, «prendile la Coca.»

Josh digrigna i denti e poi lo aiuto a fare dei panini per noi mentre Chloe e Alex sono seduti in salotto. Lei sembra immersa in una grande conversazione con segnali e strani movimenti di cui io non capisco assolutamente nulla, ma Alex sembra capire qualsiasi cosa e annuisce interessato.

«Non mi piace per niente questo qua» sbuffa Josh spalmando della cioccolata sul pane.

«Non piace mai nessuno a te.»

«Ha parlato lei» ride di me.

«Zitto» gli do una pacca sulla spalla, «Alex a quanto pare è molto speciale per Chloe.»

«Già, purtroppo l'ho notato. Hai visto quando ha parlato di quella cosa sul deglutire? Inquietante» dice facendo finta di mandar via i brividi.

«È stato... profondo» ammetto. «Deve capire Chloe meglio di chiunque altro.»

«Anche tu capisci Chloe» dice continuando a fare i panini.

«Può essere» scrollo le spalle, «ma non quanto lui.»

Continuo a guardare il braccio muscoloso di Josh muovere il coltello su e giù per spalmare la cioccolata sui panini.

«Ripetimi perché non ho potuto fare io i panini.»

«Per tre motivi» dice serio.

«Addirittura tre?» chiedo sedendomi sul ripiano.

«Motivo numero uno: potresti uccidere quei bambini mescolando cose non commestibili su un panino.»

«Ciò che mischio è sempre commestibile!»

Josh alza il sopracciglio e mi guarda come se avessi detto la bugia del secolo.

«Motivo numero due» continua lui ignorando il mio commento, «faresti otto panini per te e forse uno a testa per noi.»

«Non sono così ingorda» gonfio le guance.

«Lo sei» mi pizzica una guancia sgonfiandomela. «Motivo numero tre: sei troppo pericolosa, non maneggerai mai un coltello con dei bambini vicino. Nemmeno con me vicino. Facciamo che tu non tocchi i coltelli e basta.»

«Come la fai tragica» dico mettendo un dito nella Nutella e avvicinandolo alla bocca.

«Non farlo» mi intima subito Josh.

«Cosa?» sorrido facendo la finta innocente.

«Jennifer» ride mordendosi il labbro per nascondere i denti, «non farlo.»

«Non ho proprio idea di che cosa tu stia parlando» dico avvicinando ancora di più la cioccolata.

«Lo sai benissimo.»

Sorrido come una bimba che sta per usare di nascosto i trucchi della mamma e infilo il dito in bocca godendomi il sapore della Nutella e continuando a guardare Josh.

Josh molla i panini e si avvicina a me bloccandomi con il suo corpo.

«Ringrazia che ci sono dei bambini» soffia su di me.

«Se no?» dico con faccia innocente.

«Chloe ha fame ora!» urla Alex dal salotto.

«Ho già detto che quel bambino non mi piace per niente?» mi dice sollevandomi per i fianchi e aiutandomi a scendere dal ripiano.

«Quarantacinque volte solamente quando eravamo in salotto.»

«È per rendere l'idea» si difende prendendo i piatti.

«Oh, l'hai resa perfettamente, ma io lo adoro.»

«Non avevo dubbi!»

Io e Josh siamo seduti sul divano mentre Chloe e Alex sul tappeto proprio sotto di noi. Anche Josh voleva sedersi sul tappeto, per la precisione in mezzo a loro due.

Fortuna ci sono io che non gliel'ho permesso.

Stiamo guardando *Cenerentola* da mezz'ora e siamo arrivati alla parte in cui i topi cantano e poco dopo lei va al ballo.

«Sei sicura che ti piaccia questo cartone?» le chiede Alex e Chloe annuisce. «Sicura sicura?»

Povero Alex.

Costretto a vedere un film che sicuramente non sopporta.

Chloe annuisce ancora e poi gli punta il dito contro come per chiedergli se a lui piace.

«Se a me piace?» le chiede Alex. «No, a me non piace.»

Chloe aggrotta la fronte e fa per alzarsi, forse per togliere la cassetta, ma Alex la ferma, prendendole la manina.

«Però se a te piace lo guardo.» Chloe scuote la testa. «Dài, Chloe siediti, davvero, se ti piace lo guardo.»

Chloe si risiede sollevata e noto che Alex non ha staccato la manina dalla sua.

Alex è un bambino molto intelligente, su questo non ci sono dubbi. Sentire certe cose dalla voce di un bambino fa davvero uno strano effetto.

«Adesso fa il gentleman» sussurra Josh.

«Smettila, idiota.»

«Deve smettere di toccarla.» Sembra lui il bambino qui.

«Tu stai male» sussurro. «E poi dovresti essere grato che le tiene solo la mano, visto che tu mi prendi e mi sbatti contro i banchi della scuola.»

Josh si scosta guardandomi scioccato mentre io continuo a guardare *Cenerentola*.

«Non mi sembra ti dispiacesse» si avvicina, ma io non gli rispondo.

Cenerentola ora sta scappando perché è mezzanotte.

«Ti piace?» mi chiede Josh.

«Se io fossi stata al suo posto, a quest'ora sarei già caduta e avrei qualche costola fratturata.»

«Come sei romantica» ride Josh.

Il viso di Alex è completamente imbrattato di cioccolata e sia io che Chloe ridacchiamo guardandolo. Chloe gli porge un fazzoletto.

«No Chloe, non voglio» lo allontana dal viso ma Chloe lo avvicina. «Non c'è bisogno» ma Chloe indurisce lo sguardo e credo che a momenti glielo lanci. «E va bene, va bene, mi pulisco.»

Alex si arrende e si pulisce il viso continuando a guardare il cartone. Il tutto senza togliere mai la mano da quella di Chloe.

«Ora capisci perché dico che tu e Chloe siete uguali?» ride Josh.

Quando *Cenerentola* è finita Alex e Chloe disegnano. In realtà, Chloe disegna e Alex la guarda.

«Noi andiamo a giocare fuori!» esclama Alex.

«Fa freddo fuori» dice Josh.

«Chloe vuole andare a giocare fuori» ripete lui.

«Ma fa freddo.»

«Vuoi andare a giocare fuori?» le chiede Alex ignorando Josh. Chloe alza il pollice. «Bene, allora andiamo fuori, coprila per bene.»

«È un ordine?» chiede Josh.

«Ordine, richiesta, chiamalo come vuoi. Basta che ti sbrighi.»

Il fatto che queste parole escano da un corpicino così piccolo fa un effetto veramente strano. Sono sicura che Josh stia davvero per scoppiare.

«Adesso Chloe mette il giubbotto e i guanti e tu copriti altrettanto bene» mi inginocchio per aiutare Chloe a vestirsi. «Poi vi portiamo fuori a giocare, va bene?»

«Certo» risponde Alex educato. «Non indossi il cappello?» domanda a Chloe che fa una smorfia.

Alex la guarda duro quasi volesse rimproverarla. Mi sembra di vedere Josh in questo momento. «Fa freddo fuori. Metti il mio cappello» le intima, ma Chloe scuote la testa. «Non voglio che ti ammali, mettilo e basta.»

Alex si sfila il cappello e nonostante il tono duro glielo infila delicatamente sui capelli mentre Chloe sbuffa.

«Mi ricorda tanto qualcuno sai?» ammicco verso Josh e lui fa finta di niente.

In men che non si dica siamo nel giardino sul retro. Chloe corre all'impazzata e Alex la insegue divertito. Io e Josh siamo seduti su una specie di panchina e devo ammettere che questo giardino sul retro è davvero grande e bellissimo, non l'avevo mai visto prima.

«Insopportabile» sussurra Josh.

«È un bambino adorabile, un po' inquietante, ma adorabile» lo difendo.

«Con te forse, non fa altro che sorriderti e ubbidirti» si lamenta Josh.

«Sei paranoico.»

«Hai visto?» dice Josh socchiudendo gli occhi e sorridendo.

«Che cosa?»

«Alex è molto più veloce di mia sorella, ma fa finta di non riuscire a prenderla.»

Aggrotto la fronte e presto la mia attenzione agli schiamazzi che provengono dai due bambini.

Alex corre veloce verso Chloe e proprio mentre è a un passo da lei, rallenta.

«Lui sì che è un gentiluomo.»

«Stai insinuando che io non lo sia?»

«Josh» lo punto, «tu mi sollevi da terra quando rifiuto di venire con te da qualche parte come se fossi un sacco di patate.»

«Be', so anche essere molto dolce e romantico. A differenza tua.»

Il fatto che Josh a volte sia particolarmente dolce non mi è sfuggito. Ma mi piace provocarlo.

«Anch'io so esserlo!»

«Ma se prima hai dato della poveraccia coi piedi abnormi a Cenerentola per mezz'ora» ride lui.

«E quindi? Cosa c'entra?» sbuffo.

«Hai anche detto che se fossi stata nel principe avresti rivenduto la scarpetta di cristallo e con il ricavato avresti disinfestato la casa di Cenerentola dai topi. Sei proprio una romanticona.»

«Tu esageri.»

«Esagero? Jennifer, ti sei lamentata per tutto il cartone. Quando il principe ha trovato Cenerentola hai finto conati di vomito e poi hai fatto finta di suicidarti.»

«Sono dettagli» sussurro fissando Alex e Chloe. «Speciale.»

«Cosa?»

«Alex deve aver capito che Chloe è molto speciale» dico ancora guardandoli.

«Cosa te lo fa credere?» mi chiede.

«Per come la guarda. La guarda come se fosse la cosa più bella che abbia mai visto.»

«Già, credo di aver capito di che sguardo parli.»

Mi giro per guardare Josh e trovo il suo sguardo insistente su di me. Sono sicura di essere arrossita perciò mi giro brusca dall'altra parte.

«Chloe» la richiama Josh, «andiamo dentro, tra poco la mamma di Alex verrà a riprenderlo.»

«Arriviamo» urla Alex dandole la mano.

«Vi siete divertiti?» chiedo togliendo il giubbotto e Chloe agita la mano sul braccio. «Faceva freddo, vero?» Agita le mani in aria. «Sì lo so, c'era molto vento.»

Chloe va in camera sua per mettersi qualcosa di più comodo e Alex mi guarda perplesso.

«Ehm qualcosa non va?» chiedo ad Alex.

«Tu capisci cosa ti dice?» mi domanda fissandomi.

«Non sempre ma a volte sì. All'inizio facevo molta fatica ma col tempo è più facile, non credi?» domando rimettendomi sul divano con Josh.

«Forse» dice indifferente.

«Tu la capisci molto bene, vero?»

«Certo» dice fiero.

«Sempre?» domando ancora.

«No, non sempre» mi rivela, «ma faccio finta di capire. Quando non capisco cosa dice si rattrista, quindi faccio finta di capire.»

Chissà quante volte Alex non capisce e si limita semplicemente ad assecondarla.

«Non ti dà fastidio che Chloe non parla?» domanda Josh.

«Molte mie compagne di classe parlano tantissimo ma sono fastidiose» fa una smorfia schifata e io rido.

«Tu sai perché Chloe non parla?» provo a chiedere.

«Sì che lo so.»

Io e Josh ci scambiamo occhiate scioccate e rivolgo subito la mia attenzione ad Alex.

«E perché?» chiedo.

«Perché non vuole. Ma parlerà.»

«Come lo sai?» chiede Josh incuriosito.

«Lo so. Devo solo aspettare, lei parlerà.»

Vedo Chloe scendere con un pigiama multicolore buffissimo, ma Alex continua a guardarla con occhi adoranti.

Sento Josh sussurrare un "lo spero" e sono d'accordo con Alex. Lei parlerà, ne sono sicura anch'io.

«Tra poco i suoi genitori saranno qui» mi dice Josh mentre Alex e Chloe hanno un'altra conversazione animata.

Chloe fa degli strani gesti toccandosi i capelli e mi indica e Alex continua a guardare da questa parte.

«Ma che dicono?» mi chiede Josh.

«E io che ne so.»

Alex si avvicina a me a passo veloce mettendo le mani sul divano e scrutandomi per poi toccarmi i capelli.

«I tuoi capelli sono strani.»

«Ehm...» dico non sapendo che dire.

«Sono belli, e anche tu sei bella» si complimenta.

«Oh, grazie.»

«Chloe dice che sei speciale» sentenzia e vedo Chloe sorridere.

«Anch'io credo che lei sia speciale» le sorrido.

Alex guarda Chloe, poi riprende a guardare me e subito dopo Josh.

«Voi siete sposati?» chiede all'improvviso.

«No!» diciamo all'unisono come se ci fossimo scottati.

Sono sicura che se non fosse una domanda così scomoda e soprattutto fatta così all'improvviso sarei scoppiata a ridere.

«Perché no?» domanda ancora.

«Siamo giovani» spiega Josh.

«Ma io sposerò Chloe» dice facendo battere le mani a quest'ultima.

«Cosa farai tu?» sbotta Josh.

«Sposerò Chloe» dice ancora più sicuro di prima. Ed è davvero bellissimo vederla battere le mani.

«Non sei troppo piccolo per pensare a queste cose?»

«Mia mamma dice che se voglio qualcosa devo prendermela e io voglio Chloe.» Credo che ormai i palmi di Chloe siano arrossati da quanto sta applaudendo.

«Tua mamma ha ragione, Alex» mi guadagno un'occhiataccia.

«Le comprerò un anello enorme e vivremo in una casa in campagna. Avremo anche un cane e un pappagallo.» Chloe annuisce. «E tanti bambini.»

«Io non posso crederci» tuona Josh, «visto Jennifer? Io te l'avevo detto!»

«Come mai in campagna?» chiedo ignorando quello psicopatico.

«Perché in città ci sono troppi ragazzi e dopo la guarderebbero tutti quanti e io non voglio.»

Ruoto immediatamente lo sguardo verso Josh e gli mimo un "siete identici", ma lui alza gli occhi al cielo.

«Anche voi vi sposerete e avrete una casa vostra con dei bambini» dice facendomi arrossire.

«E chi lo dice?» sorride Josh quasi gli piacesse l'idea.

Alex sposta lo sguardo frenetico da me a Josh per poi guardare Chloe. Chloe indica me, poi suo fratello alzando le spalle e ridendo.

«Già, lo credo anch'io» le risponde Alex, «lo dicono le vostre facce.»

«Le n-nostre facce?» Ormai sono sicura di essere un peperone.

Il campanello suona e Josh va ad aprire facendo entrare la mamma di Alex che lo abbraccia subito.

Assurdo come un bambino possa parlare così tranquillamente di matrimonio riguardo a Chloe e io che ho diciotto anni non riesco nemmeno a capire se ho una relazione con Josh.

«Finalmente se ne è andato!» esclama Josh.

«Ammettilo che ti piaceva in realtà.»

«Nemmeno un po'» fa una smorfia. «Però vedo raramente Chloe così spensierata, quindi credo vada bene.»

«È un bambino molto complicato» sentenzio.

«Lui non la sposerà.»

«Josh» comincio a ridere, «vuoi lasciar perdere?»

«No.»

«Non voglio immaginare le pene dell'inferno che dovrà passare tua figlia» lo derido.

«Se mai avrò una figlia avrà sempre un GPS addosso» dice serio.

«Ah sì? E la privacy?»

«Quella l'avrà in bagno.»

«Quindi se si porta un ragazzo in bagno va bene?» domando ridendo.

«Cosa?» Sbarra gli occhi. «Jennifer, non dirlo nemmeno per scherzo! I ragazzi saranno vietati fino ai vent'anni e il suo futuro marito dovrà prima strisciare ai miei piedi e affrontare prove di resistenza e psicologiche.»

So che non dice seriamente ed è scombussolato dalla chiacchierata con Alex, ma mi diverto troppo.

«Potrà almeno vestirsi come vuole?»

«Non saprà nemmeno dell'esistenza delle gonne.»

Scoppio in una fragorosa risata facendo ridere con me anche Josh e non posso smettere di sorridere se penso che d'ora in poi sarà così.

Sarà con Josh.

Clark sta riprendendo il suo discorso dell'altra volta facendo domande agli studenti e ascoltando le loro opinioni.

Sinceramente non sto ascoltando ed è da ieri sera che penso ad Alex.

Vorrei davvero sapere come un bambino possa essere in realtà così adulto, so che può sembrare una cosa straordinaria, ma a me invece sembra triste.

Succedono cose nella vita che ti portano a crescere prima del dovuto e ho come la sensazione che sia il caso di Alex.

Un bambino non dovrebbe pensare in quel modo. Mi piace come tratta Chloe, ma tra i due l'unica bambina sembrava Chloe. I suoi occhi verdi, le sue parole o i suoi movimenti sono da persona adulta.

«Capite cosa intendo?» esclama Clark.

Josh non smette di guardarlo male, nonostante lui lo abbia notato fa finta di niente.

È la prima persona che si comporta in modo così indifferente nei confronti di Josh e credo che questo lo infastidisca molto.

«Il segreto dei tuoi occhi.»

«Come scusa?»

«Ogni paio di occhi ha un segreto.»

«E i miei occhi che segreto nascondono?»

«Nascondono il dolore» dice fissandomi ancora.

«Non provo dolore» mento subito.

«Sì invece, lo provi. Lo hai provato e stai continuando a provarlo.»

«Tu cosa ne sai?»

«Bisogna aver provato dolore per potere dire ciò che hai detto nell'ora di letteratura.»

«Bisogna aver provato dolore per riuscire a trovarlo negli occhi degli altri.»

Clark mi guarda intensamente facendo un sorriso così triste che sento gelare il cuore.

«Può essere» si gira, «ma stai attenta, mia cara Jennifer, il dolore fa cadere nel baratro della disperazione se non si sta attenti.»

Non ho dimenticato quella conversazione e penso che mai la dimenticherò.

Non mi sono mai sentita così a disagio di fronte a un sorriso. Era il sorriso più falso che io avessi mai visto.

Credo che Clark abbia ragione, il dolore porta alla disperazione e anche se è brutto ammetterlo, credo che io stessi quasi per cadere in quel baratro.

Clark incontra il mio sguardo beccandomi a fissarlo e mi regala un sorriso facendomi spostare gli occhi.

«Ragazzi, cosa sono per voi le bugie?» chiede.

«Come mai abbiamo cambiato argomento?» chiede duro Josh.

«Non ho una scaletta per gli argomenti che affronto» risponde tranquillo Clark.

«Ma questo non c'entra assolutamente niente.»

«Posso parlare di ciò che voglio nelle mie ore di stage, finché non sono domande estremamente personali o finché un alunno non vuole rispondere, vero professoressa?»

La professoressa fa un lieve cenno con la testa e Clark sorride.

Credo sia proprio questo modo calmo e pacato di rispondere che faccia imbestialire Josh.

«Allora? Cosa sono per voi le bugie?» chiede di nuovo.

«Be', è quando menti a qualcuno, mi sembra ovvio no?» dice Olly.

«Sì, questa è una delle definizioni» dice, «ma sono sempre negative?»

«Credo che a nessuno piacciano le bugie» dice un tizio dai capelli arancioni in prima fila.

«Eppure ci sono persone che vivono di esse» dice Clark.

Sbaglio o nel dire la frase ha rivolto lo sguardo a Josh?

«In che senso?» chiede un'alunna.

«Le bugie ormai sono all'ordine del giorno, c'è chi vive nelle menzogne. Chi si crea una vita basata su esse oppure c'è chi ne è vittima.»

«Vittima?» richiede l'alunna.

Clark guarda Josh per poi riposare di nuovo lo sguardo su di me. Ma cosa sta succedendo?

«Sì, vittima delle bugie degli altri. Un esempio molto semplice è il tradimento in una relazione. Quando si viene traditi si è vittime di quel tradimento e delle bugie che il tuo compagno ha usato per nasconderlo. Molte volte succede che ne sei vittima anche dopo, perché quella persona cerca di rimediare, sempre con altre bugie la maggior parte delle volte.»

«Ci sono anche bugie a fin di bene» dice Josh.

«Ma sono sempre bugie!» dice Clark un po' più duro.

Non riesco nemmeno ad aprire bocca, non mi quadra qualcosa in questa conversazione. Sembra che voglia parlare direttamente a Josh e che lui stia cercando di difendersi.

«Se una bugia è a fin di bene, la persona quando la scoprirà, se la scoprirà, la prenderà bene perché ci sono motivazioni valide» continua Josh.

«Credo che dovrebbe essere la persona a decidere cosa va bene per lei. Magari non vuole nessun tipo di bugia, che sia a fin di bene o no, vuole semplicemente la verità.»

«O forse no» esclama Josh.

«O forse sì» continua Clark un po' più duro, «perché quando racconti una bugia, non c'è mai di mezzo solo una persona, a meno che non la racconti a te stesso. E quel tipo di bugie a volte sono le peggiori.»

Josh sembra completamente contro questa idea di Clark e io per la prima volta non riesco a dare la mia opinione.

Sento come se stessero discutendo di una questione personale.

«Ma cosa succede?» mi sussurra Olly all'orecchio.

«Non ne ho idea…» quindi non l'ho notato solo io.

«Però è vero» dice il tizio di prima, «ci sono anche bugie a fin di bene.»

«Oh, ma certo ci sono vari tipi di bugie» annuisce Clark. «Come ho detto prima, oltre a quelle a fin di bene, ci sono anche quelle che si raccontano a se stessi e per me sono le peggiori. Quando menti a qualcun altro, lo fai per scelta, ma quando menti a te stesso non te ne accorgi nemmeno. Continui a ripetere quella bugia a te stesso sforzandoti di farla diventare verità.»

Clark si dirige verso la lavagna e comincia a scrivere.

"Le bugie più crudeli sono spesso raccontate in silenzio."

«Questa è una citazione di Adlai Ewing Stevenson II» ci informa Clark. «Non era uno psicologo o uno psichiatria, anzi, non aveva nessuna carica di questo genere. Era un politico statunitense, morto a Londra nel 1965, membro del partito democratico. Eppure credo fermamente in ciò che ha detto, nella citazione che ho scritto alla lavagna.»

«Ma come può una bugia essere crudele se non la si dice nemmeno?» domanda una ragazza che è seduta proprio sotto di me.

«Una bugia non detta significa nascondere la verità, il che è comunque mentire, no?»

«Be', sì» annuisce la ragazza.

«Ecco, quando si racconta una bugia lo si fa subito, quando la si racconta in silenzio la si porta dietro» dice guardandomi. «Continui a tenerti dentro quella verità silenziosa per così tanto tempo che poi quando viene scoperta farà ancora più male, molto male. Per svariati fattori ma soprattutto perché in quel periodo di tempo ti fiderai di quella persona, ma quando scoprirai la verità ti sentirai crollare addosso tutte le tue certezze.»

Deglutisco forte, non so nemmeno perché, forse perché mi sta guardando come a volermi comunicare qualcosa, forse perché Olly lo guarda accigliandosi o forse perché adesso il suo sguardo è rivolto a Josh.

«La bugia più crudele è spesso raccontata in silenzio perché quando viene detta scoppia come una bomba rompendoti in mille pezzi. Quella persona comincerà a odiarti e non solo per la bugia che hai raccontato, ma perché hai aspettato per dirla, perché le hai rubato tempo in cui lei si è fidata di te. Il tempo aiuta a rimettere insieme i pezzi ma a volte serve anche a romperli di più.»

La campanella suona e tutti ci dirigiamo fuori dalla porta.

Tutti parlano animatamente, tranne me e Josh, che sembriamo quasi turbati da questa lezione.

Lui più di me.

«Ehi, tutto a posto?» domando.

«Certo» dice con sguardo duro, «solo non capisco cosa avesse da fissarmi in quel modo.»

«Effettivamente non faceva altro che spostare lo sguardo da te a Jennifer» gli dice Olly.

Clark esce dalla classe e fa un sorriso furbo, come se niente fosse.

«Ehi, Josh, piaciuta la lezione di oggi?» chiede con tono provocatorio.

«No. Non mi piacciono le lezioni se sono tenute da coglioni come te.»

«Come siamo irascibili» ride lui. «E a te, Jennifer? È piaciuta?»

Sto quasi per rispondere ma lo sguardo duro e la voce roca di Josh mi precedono.

«Se hai qualcosa da dire Clark, dillo e basta!» ringhia Josh avvicinandosi.

«Sono sicuro che non lo vuoi veramente» avanza verso di lui.

In mezzo secondo le mani di Josh sono attaccate al colletto della camicia di Clark e lo sbatte al muro. Gli occhi sono pezzi di carbone ardenti.

«Come siamo maneschi» ride Clark tranquillo.

Ma non ha capito che non è nella posizione di ridere? E poi perché Josh si sta agitando così tanto?

«Non mi piacciono i tuoi giochetti» stringe ancora di più la presa.

«Nemmeno a me i tuoi» tuona Clark liberandosi e spingendolo.

«A cosa ti riferisci?» chiede Josh spazientito.

Non ci sto capendo più niente.

«Ehi» li sgrida la professoressa. «Che succede qui?»

«Niente» risponde Clark pacato come sempre. «Stavo giusto andando nella prossima classe.»

«Josh, cosa sta succedendo?» chiede lei.

«Niente» dice brusco.

Prende il suo zaino e si dirige verso la parte opposta senza dare una vera spiegazione.

Né a me né alla professoressa. È tutto così strano.

Se stamattina mi sentivo contenta ora invece mi sento addosso una grande ansia.

Vado in biblioteca per rilassarmi un po' con il disegno e ci trovo Melissa.

«Cosa ci fai qui, Milton?» mi dice subito scorbutica appena mi vede entrare.

Ha ricominciato a indossare quella sua disgustosa sciarpa e mi guarda infastidita.

Sicuramente non sta facendo nessuna ricerca visto che quando sono entrata era intenta a guardare il vuoto in silenzio.

«Di certo non sono venuta per te! Ma già che ci siamo vorrei dirti due parole a proposito del tizio dell'altro giorno.»

«Tu non lo conosci!» mi sgrida spingendomi, «non sono affari tuoi!»

Faccio una risata nervosa per la sua stupidità.

«Melissa» ringhio avvicinandomi ancora, «stavi tremando sotto il suo sguardo. Stavi urlando contro di lui.»

«N-non è vero» sussurra.

«Stavi piangendo!» urlo ancora spingendola a mia volta. «Hai provato sollievo quando sono arrivata.»

«Io so benissimo gestirla da sola, Roy mi ama e io amo lui!» dice quasi per convincere se stessa. «Stavamo avendo una semplice litigata.»

«Quello lo chiami amore? Sbatterti per terra lo chiami amore?» chiedo nervosa. «Costringerti a fare qualcosa che non vuoi lo chiami amore?»

«Tu non sai niente» sussurra toccandosi la sciarpa e i capelli. «No, tu non sai…» ma la interrompo subito.

«Non provare a dirmi che non so niente» la spingo violentemente cercando una sua reazione.

«Non mi toccare, Jennifer» mi spinge a sua volta.

«So anche che stavi piangendo nello spogliatoio» le tiro una manata sulla spalla. «Stavi piangendo nello stesso modo in cui piangevi ieri.»

Melissa comincia ad ansimare e non so più se sia arrabbiata, triste o impaurita.

«Lui mi ama» dice ancora socchiudendo gli occhi, come se avesse ricevuto un pugno nello stomaco. «Cosa ne sai tu dell'amore Jennifer eh? Fino a qualche tempo fa a malapena parlavi con qualcuno e ora solo perché hai qualche amico e Josh ti dà qualche attenzione, ti credi chissà chi?»

Mi avvicino verso di lei e la sbatto al muro del laboratorio in modo brusco. Le tolgo violentemente la sciarpa, in un gesto veloce, in modo che non possa bloccarmi.

«Lasciala» urla cercando di riprendersela.

Si porta le mani al collo cominciando a piangere e spostando lo sguardo ovunque.

Il suo collo è pieno di lividi violacei. Le abbasso la spalla della maglia scoprendo un altro livido. La guardo ancora scoprendo leggermente il seno. Sopra il reggiseno ha dei graffi.

«N-non non…» piange forte, «non è nulla, Jennifer.»

Singhiozza a tratti per poi riscoppiare di nuovo a piangere.

«Lui mi ama» mormora sul mio petto.

«Melissa, io non credo…»

«Sì invece» sbatte il pugno sulla mia spalla. «Io lo amo» dice questa volta urlando quasi isterica e io chiudo gli occhi.

«Lo ami fino a stare male» sussurro.

11

Jennifer's pov

«Roy non era così» dice Melissa distogliendomi dai miei pensieri.

«Come?»

«Ho conosciuto Roy tempo fa a una festa. Ero con Joanna e Alissa, ma a un certo punto le ho perse e mi sono ritrovata con lui.»

«Ti ha fatto del male?»

«No» dice subito guadagnandosi un'occhiata torva da parte mia. «Davvero non mi aveva fatto del male. È stato dolce e mi ha offerto un drink e poi mi ha accompagnato da Alissa e Joanna. È stato lui a trovarle e abbiamo parlato praticamente tutta la notte finché ci siamo scambiati i numeri. L'ho conosciuto ancora prima che tu arrivassi nella nostra scuola…»

«Melissa, da quanto tempo va avanti questa storia?» chiedo allarmata.

«Le avance di Roy mi facevano stare bene ed erano ben accette. Però andando avanti ho scoperto che faceva parte di brutti giri.»

«In che senso?»

«Gare clandestine e i premi non erano sempre soldi. A me non piaceva il fatto che partecipasse a gare così pericolose e lui ha cominciato ad arrabbiarsi dicendo che non erano affari miei.

«Le litigate aumentavano e lui diventava sempre più cupo finché non ho scoperto della cocaina nel suo comodino. Quando è entrato in camera e mi ha vista con la cocaina in mano ho cominciato a urlare e mi ha tirato uno schiaffo.»

«Melissa, dovevi dirlo subito a qualcuno o andartene e non parlargli mai più.»

«Lo so lo so, ma ero così confusa perché era la prima volta che succedeva. Dopo si è scusato e ho pensato che fosse un piccolo sfogo non controllato.»

Mi accascio ancora di più sul pavimento mentre ascolto la voce di Melissa che cerca di non diventare tremante.

«Solo che andando avanti succedeva sempre più spesso, ma non mi toccava mai in faccia.»

«In modo che nessuno sospettasse» concludo io. «Furbo pezzo di merda.»

Come si può essere un uomo così schifoso? Vorrei stappargli quei maledetti piercing che si ritrova e farlo mugolare dal dolore.

«Ha minacciato Michael.»

«Cosa?» domando preoccupata per il mio amico.

«Ha detto che se mi fossi allontanata da lui avrebbe cercato Michael e gliel'avrebbe fatta pagare. Lo può fare, Jennifer, sarebbe riuscito a trovarlo e lo avrebbe fatto a pezzi. Non potevo dirlo a nessuno, capisci?»

«Be', io lo so.»

«Infatti adesso tu sei nei guai. Non avresti dovuto farti vedere da lui.»

«Me ne farò una ragione» dico con fare teatrale facendola ridacchiare.

«Perché sei venuta ad aiutarmi? Perché sei qui?»

«Perché è giusto così» sospiro. «Troveremo una soluzione.»

Ci incamminiamo verso la porta, ma Melissa sembra ancora completamente persa e impaurita.

Forse questo potrebbe aiutarla. «Ho parlato con Michael ieri.»

La sua testa bionda scatta verso di me. «Come? Quando? Per cosa? Sospetta qualcosa? Oh, mio dio. Oh, mio dio.»

«Ehi, bulldozer, calmati» rido. «Dice che sei distaccata e che sente che qualcosa non va. E anche che gli piaci» borbotto per non scoppiare a ridere.

«Oh, mio dio» urla in fibrillazione, facendomi alzare un sopracciglio.

«Melissa, non eccitarti davanti a me.»

Lei sbuffa e ci incamminiamo verso il corridoio in silenzio. Chissà dov'è Josh.

Spero non stia combinando qualche casino dei suoi. Sono sicura che prima, se non fosse intervenuta la professoressa di letteratura, sarebbe scoppiata una rissa tra lui e Clark. Lo innervosisce particolarmente.

«Io vado di qua.» Melissa indica un altro corridoio.

«Okay.» Le faccio un cenno del capo e vado dall'altra parte.

«Anche a me piace Michael!» sbotta rossa in viso facendomi girare.

«Ma non mi dire. Non lo avrei mai creduto» ribatto ironica.

Melissa si gira e la sento sussurrare un "grazie" quasi impercettibile.

So che non vuole che senta mentre mi ringrazia quindi faccio finta di niente. Si risolveranno mai tutti questi casini?

Non so nemmeno perché sono qui. Davvero, non ne ho la minima idea.

So solo che non riesco a togliermi dalla testa quello che Clark ha detto a Josh oggi e come lui ha reagito.

Non l'ho più visto a scuola e quindi ora sono qui in cerca di risposte.

Suono il campanello in attesa che qualcuno mi apra e in meno di mezzo minuto, dopo aver oltrepassato il cancello, mi ritrovo tra le braccia di Margaret.

«Tesoro, come stai?» mi domanda raggiante, ma non faccio in tempo a rispondere che vengo attaccata da una mini figura. «Chloe» sorrido. «Tutto bene?»

Chloe annuisce e alza i pollici.

«Oggi va da Alex» mi informa Margaret per spiegare la sua euforia.

«Aaah ora capisco.» Scompiglio i capelli a Chloe che arriccia il naso.

«Cercavi Meredith?»

«Ehm no» comincio un po' in imbarazzo. «In realtà cercavo Josh.»

Margaret mi riserva uno sguardo interrogativo che faccio finta di non cogliere. «È in camera sua, cara» dice beffarda.

Josh's pov

Sono troppo nervoso e arrabbiato per fare qualsiasi cosa in questo momento. Voglio solo andare in cantina e prendere a pugni il sacco fino a sentirmi sfinito.

Non ho la minima idea di cosa intendesse Clark, so solo che in quel momento guardava Jennifer. La guarda sempre, la guarda troppo!

Quindi è questo il problema? Sei geloso?

No. Il problema è che mi ha accusato di qualcosa che non ho fatto. Non so a che gioco stia giocando, ma non mi piace per niente.

Sembra quasi che provi rancore per me nonostante io con lui non c'entri niente. Sembrava addirittura contento che io lo abbia attaccato in quel modo, come se così potesse passare dalla parte della ragione.

Mi tolgo furiosamente la maglietta e la butto per terra mentre infilo il necessario nella borsa.

«Dovresti smetterla di girare senza maglietta, sei un esibizionista da quattro soldi.» Una voce a me ben conosciuta mi fa girare di scatto verso la porta.

Jennifer ha la spalla appoggiata allo stipite mentre mi guarda attorcigliandosi i capelli tra le dita.

Ha i capelli raccolti solo per metà e una camicetta azzurra coperta da un lungo cardigan grigio. I suoi occhi mi scrutano con attenzione e io posso solo pensare che è bellissima.

«Cosa ci fai qui?» chiedo cercando di non sembrare troppo duro.

«Tutto bene?»

«Sì perché?» mi acciglio.

«Ti vedevo agitato» conclude tirando un'occhiata alla mia maglietta per terra.

«No» le rispondo secco. Le do le spalle continuando a mettere cose a caso dentro la borsa.

Sicuramente non è venuta a farmi compagnia.

«Cos'è successo con Clark?» Ecco appunto.

«Niente.» Continuo a darle le spalle.

«Josh» mi richiama facendomi girare.

«Cosa vuoi, Jennifer?» ringhio.

«Sapere cosa è successo forse?» ringhia di rimando. «Stavi per fare a botte con Clark senza un motivo preciso.»

«Senza un motivo preciso?» sbotto. «Sei forse cieca?»

«Non so nemmeno perché sono venuta» ringhia nervosa uscendo. *La vuoi far scappare ancora una volta? È venuta a vedere se stavi bene.*

Non voglio ripiombare di nuovo nella stessa merda, perciò mi metto a correre verso le scale prima che lei esca.

«Trentacinque secondi» dice una voce vicino alla mia porta. «Record.»

Jennifer è seduta a gambe stese vicino alla mia porta e mi guarda divertita.

«Perché...» non riesco nemmeno a comporre una frase.

«Sapevo che mi avresti rincorso per scusarti non appena avresti realizzato che sei un coglione.»

È cambiata. Lo sono anch'io, ma lei di più. Sta imparando a rimanere, a non lasciar perdere e a fidarsi. Se avessimo avuto una discussione come questa mesi fa a quest'ora Jennifer sarebbe già a casa sua. E a me non sarebbe mai passato per la testa di rincorrerla per scusarmi.

Le cose sono cambiate e a me questi cambiamenti piacciono tantissimo.

«Comunque sei passato da settimane, a giorni a trentacinque secondi» continua guardando il suo cellulare. «Stai migliorando.»

«Vieni, palla» le porgo la mano e rientriamo in camera mia.

«Seriamente mettitela una maglietta» sbuffa ancora.

«Quindi?» mi chiede dopo che mi sono vestito.

«Quindi Clark è un pezzo di merda che prenderà tante botte» dico sincero.

«Josh...» mi ammonisce lei.

«Cosa? Jennifer, hai visto anche tu. Mi stava accusando di essere un bugiardo e di fare giochetti.»

«Ed è vero?» domanda.

«Mi stai dando del bugiardo?» Digrigno i denti.

Jennifer mi butta il cuscino in faccia e mi viene contro. «Josh, devi darti una calmata, okay? Devi imparare a connettere il tuo minicervello alla bocca prima di sparare stronzate, va bene? Non ti sto accusando di niente, sto solo cercando di capire cos'è successo» dice diventando rossa in viso per il nervoso. «Josh, le persone rimangono ferite da quello che dici quando sei arrabbiato, okay?» mi spiega fissandomi con i suoi occhi verdi.

Non voglio ferirla, è l'ultima cosa che voglio. *Eppure lo fai continuamente.*

Il suo discorso riecheggia nella mia testa infinite volte e questa è una di quelle. Come quando al parco mi ha detto che le parole hanno un grande peso e che prima o poi le persone si stufano di perdonare.

Non la voglio allontanare in nessun modo, in nessun modo, non dopo che abbiamo appena risolto. Basta già Caroline a farmi scoppiare, non mi serve anche Clark.

Allungo il braccio prendendo il suo e facendole fare una specie di giravolta per portarmela al petto. Inspiro il suo profumo di fragola e vaniglia e mi rilasso immediatamente.

«Non so davvero perché Clark mi abbia accusato in quel modo. Ma io non nascondo niente, per questo mi sono innervosito. Ho reagito d'istinto, mi stava infastidendo.»

«Quindi quello che Clark diceva sulle bugie non c'entra niente?» chiede sospirando.

«Niente» dico sicuro di me stesso.

Non ho davvero la più pallida idea di perché lui creda che io nasconda qualcosa.

«Va bene» dice Jennifer.

«Vieni con me» le dico prendendole la mano e la borsa.

«Dove?»

In men che non si dica siamo finalmente arrivati. «Eccoci qui» dico buttando la borsa per terra. «C'è un sacco da boxe appeso, vedi? Vengo qui per sfogarmi.»

Scruta tutto cio che ha attorno e tocca dei libri con le dita leggendone i titoli. Passa accanto a degli acquerelli e ci soffia sopra spolverandoli. Disegnare è sempre stata una delle sue grandi passioni, ma non ho mai potuto guardare uno dei suoi disegni veri e propri.

In realtà ci sono un sacco di cose che ancora non so di lei.

«Vieni qui spesso?» mi domanda.

«Ultimamente sì.»

«Stai forse dicendo che è colpa mia?»

«In parte» rido guadagnandomi una smorfia.

Scuoto la testa e comincio a fare una piccola corsetta sul posto per poi tirare qualche pugno.

Jennifer continua a gironzolare attorno finché non scompare dal mio raggio visivo.

L'immagine di me in mezzo alle sue gambe sopra il banco riaffiora nella mia mente. Anche le sue mani sui miei capelli e le mie sui suoi fianchi mentre mi tortura con i suoi baci.

Devo essere sincero: non so mai come comportarmi con lei perché non so mai come potrebbe reagire. Ho dovuto tranquillizzarla dicendo che non volevo fare niente affinché mi permettesse di continuare.

A volte ho come la sensazione che sia vergine, ma poi mi ricordo semplicemente che Jennifer è diffidente. E a volte ho paura di spingermi troppo in là, ma quando si morde il labbro rosso e si attorciglia le ciocche tra i capelli mi fa impazzire.

Il punto di tutto questo è che in realtà non mi dispiace, nella mia testa ho solo lei, solo quei capelli rosso fuoco.

Continuo a tirare pugni verso il sacco e aumento la velocità quando altri pensieri mi percorrono la testa.

Cosa sto facendo con lei? Non voglio una relazione, eppure praticamente lo è già. Passo la metà del mio tempo con Jennifer e non ne ho mai abbastanza.

È tutto così un casino quando c'è lei di mezzo e non riesco mai a capire niente. Sono arrabbiato perché non riesco a capirla. Arrabbiato perché Clark mi sta complicando le cose guardandola in quel modo.

Sbatto ancora più forte i pugni perché sono arrabbiato. Arrabbiato per tutto.

Arrabbiato per Jennifer, arrabbiato per Clark e arrabbiato con Caroline perché continua a condizionare la mia vita. Perché Chloe ancora non parla e perché Kevin non è qui.

Sono arrabbiato perché tutti nella nostra famiglia continuano a fare finta di niente. Sono arrabbiato perché il mio fratello maggiore non è con me per colpa di mio padre.

Una mano fredda si poggia sulla mia schiena sudata facendomi fermare di colpo.

Il mio respiro pesante è l'unica cosa che si sente in questa stanza diventata improvvisamente troppo stretta per me.

La mano fa su e giù sulla mia schiena infondendo in me calma e facendomi socchiudere gli occhi.

«Basta così, va bene?» sussurra piano Jennifer. «È tutto okay.»

Annuisco ancora cercando di regolare il mio respiro mentre mi godo le carezze del mio calmante.

«Io ho fame!» esclama Jennifer correndo verso la cucina.

«Strano» rido seguendola.

Jennifer infila la testa dentro al frigo dandomi la bella visione del suo didietro.

«Non so quanto ti convenga stare in quella posizione.»

«Fottiti, Cliver» dice sporgendo il braccio per farmi il dito medio. «Ho fame.»

Il tempo passa in silenzio mentre mangiamo una torta. Ma non è un silenzio scomodo, è rilassante.

Ogni tanto Jennifer sbatte contro la mia forchetta per impedirmi di prendere le fragole sopra la torta in modo da mangiarle tutte lei.

Riesco a prendere l'ultima fragola e Jennifer mi guarda scioccata come se le avessi strappato il cuore dal petto.

«Cosa c'è?» Scoppio a ridere per la sua faccia.

«No, Josh, ti prego» sporge il labbro.

«Non funziona, Jennifer» mento spudoratamente.

«Ti prego, quella è l'ultima fragola.» Unisce le mani a mo' di preghiera.

«Sì, so che è l'ultima e per questo sarà la più buona.»

Jennifer si imbroncia e guarda me e poi la torta. Raccoglie la sua forchetta e prende un altro pezzo.

«Ti do il mio kiwi» dice seria.

«Cosa?» rido io.

«Ti do il mio kiwi. Il tuo palato potrà gustarsi questo bellissimo e raro esemplare di frutta esotica» continua come se stesse dando una spiegazione scientifica.

«È solo un kiwi.»

«Un fantastico kiwi verde e splendente.»

Come posso non ridere davanti a tutte queste sfaccettature?

Jennifer è come un'ombra: non la si riesce mai a definire completamente.

«E se io volessi qualcos'altro e non il tuo kiwi?» chiedo malizioso.

Allungo la forchetta verso di lei, ma me ne pento all'istante.

Le sue labbra rosse chiudono la mia forchetta addentando la fragola. Torna indietro sporgendo la lingua e leccandosi il labbro superiore per poi succhiare quello inferiore.

Toglie così tutti i residui della polpa di fragola e faccio una specie di grugnito involontario.

«Allora, Rocky Balboa, a cosa pensavi prima?»

«A tante cose» sospiro non volendo parlarne.

«Preferiresti venire sbranato da una tigre o vivere il resto della tua vita con dei conigli?» mi domanda seria.

«Ma che domanda è?» rido io.

Questa è una delle altre cose che non capirò mai di lei. Ogni tanto se ne esce con queste domande strane come: "Vorresti essere un fenicottero?" oppure: "Qual è la tua parola preferita?".

Il punto è che le chiede con una tale serietà che non puoi non risponderle.

«La mia domanda.»

«Vivrei tutto il resto della mia vita con i conigli credo. Perché, tu ti faresti sbranare viva da una tigre?»

«Be', non so» dice pensierosa. «Pensa vivere tutta la tua esistenza senza nessun essere umano, ma solo con dei conigli. Dopo un po' ti stufi di parlare con un coniglio e poi se mi venisse fame? Mangerei un coniglio e avrei il rimorso per tutta la vita oppure semplicemente gli altri conigli si coalizzerebbero contro di me. Sarebbe pesante.»

Rimango un po' interdetto dalla serietà dei suoi pensieri malsani.

«Tu ci pensi la notte a queste cose, vero?»

«A volte» ride lei.

«Sei anormale.»

Prima ancora che me ne accorga un pezzo di torta mi vola sulla faccia e Jennifer comincia a ridere scappando in salotto.

«Me la paghi» le dico correndole dietro.

Lei comincia a correre cercando di ripararsi dietro il divano, ma faccio un salto veloce e lo scavalco acchiappandola.

«Non vale così, Josh!» ride cercando di liberarsi dalla presa. «Mi hai sporcato la faccia!»

Jennifer guarda la mia guancia e fa un piccolo sorriso furbo. Un sorrisino che vedo raramente su di lei. Porta un dito sul mio naso togliendo la panna, lo guarda attentamente per poi avvicinarlo alle labbra.

No. Non lo può fare.

Comincio a succhiare la panna dal dito.

Stringo la presa su di lei e lei fa una piccola risata.

«Jennifer...» sussurro. «Non puoi fare così, Milton» dico con occhi maliziosi.

«E chi lo dice, Cliver? Tu?» mi sorride ancora furba.

La giro velocemente facendola sbattere contro il muro vicino alla tenda e riesco a vedere la sorpresa nei suoi occhi.

Le mordo il labbro inferiore per poi baciare avidamente le sue labbra color sangue. All'inizio, ancora sorpresa, ci mette un po' per realizzare ma poi ricambia subito il bacio stringendo le mie spalle.

«Josh» dice ansimando quando stacco le mie labbra dalle sue.

Il mio nome pronunciato in questo modo non mi ha mai fatto eccitare così tanto come adesso.

La voglio. La voglio ora. La voglio domani. Voglio Jennifer ogni ora, secondo e attimo delle mie giornate.

«La difesa è scarica, capitano» continua a insistere Alan.

«Alan, lo so. Ma se Zack rimane in panchina siamo fottuti.»

«Lo so» sbotta frustrato Alan.

La partita di domani ci sta mettendo tutti sotto pressione e gli allenamenti stanno diventando veramente duri.

«Questa vostra partita sta mettendo in ansia anche noi» dice Olly dall'altra parte del tavolo. «La coach dice che dobbiamo modificare tutti i motti per questa partita.»

«È così importante?» chiede Meredith.

«Sì amore» le risponde Drake baciandole i ricci.

Stiamo discutendo da ormai venti minuti mentre Jennifer è intenta a fare uno strano gioco con le marmotte sul suo cellulare. Non ho intenzione di dirle niente perché comincerebbe uno dei suoi strani discorsi su quanto le marmotte siano di vitale importanza per il genere umano.

Una testa biondissima fa capolino in mensa e fa scattare Jennifer.

Lei guarda Melissa sulla soglia della porta con occhi indagatori. Fa un enorme sospiro e poi alza il braccio in alto agitandolo.

«Melissa» la chiama.

Spalanco gli occhi e subito tutti quelli presenti al tavolo la guardano spaesati.

Jennifer ci lancia un'occhiataccia e continua ad agitare un braccio davanti a lei. «Melissa, vieni qui.»

Melissa la guarda con gli occhi sbarrati tanto quanto i miei e si avvicina cauta.

Ma cosa sta combinando? Da quando è amica di Melissa?

«Ehm, Jennifer, cosa stai facendo?» domanda nervosa Meredith.

«Niente» fa spallucce lei.

Melissa arriva al nostro tavolo con un vassoio pieno di frutta e una specie di insalata e si siede nel posto accanto a Meredith.

So che Jennifer è strana e lunatica ma non fino a questo punto. Si è forse scordata dello scherzo della palestra? *Forse l'ha perdonata proprio come ha fatto con te.*

Sì ma non è la stessa cosa. Lei è Melissa.

«Credo tu mi debba una spiegazione» le sussurro all'orecchio.

«Proprio non capisco» continua facendomi accigliare.

«Quelli sono gli schemi della partita?» domanda Melissa.

«Sì» dice Alan frustrato.

«Dài, andrà bene, ragazzi» ci rassicura Drake.

«Io non ne sarei così sicura, fate schifo» ride Jennifer facendo ridere anche Olly.

«Ma stai zitta» le dico. «Continua a giocare con le marmotte del tuo cellulare.»

«Persino queste marmotte sono più veloci di te quando corri» continua a ridere lei. «Dovrebbe farlo Alan il capitano.»

«Jennifer, Josh» ci richiama Olly.

Le prendo il cellulare per cancellare il gioco con le marmotte e lei praticamente mi si butta addosso.

«Josh, mollalo! Ti denuncio per violazione della privacy» mi minaccia.

«E cosa vuoi dire?» rido di lei. «Denuncio Josh Cliver per avermi cancellato il gioco con le marmotte?»

«Ti odio» sbuffa cercando di riprendersi ancora il cellulare.

«Ma fanno sempre così?» chiede Melissa e tutti annuiscono.

Lei e Jennifer non si sono rivolte parola, solo qualche cenno silenzioso, ma non ho ancora capito perché Melissa sia al tavolo con noi.

«Dopodomani iniziano le vacanze di Natale!» dice Olly estasiata.

Ormai è quasi la vigilia di Natale e io non mi sono nemmeno accorto di quanto il tempo sia passato veloce. Tra un po' sarà anche Capodanno. Chissà se Jennifer ha deciso di trascorrerlo con noi.

Ancora non capisco perché non voglia venire e divertirsi.

«Non me ne parlare» esclama Drake. «Verranno tutti i miei parenti, mia madre ha invitato tutto il mio albero genealogico.»

«La mia sta cominciando a cucinare già da ora» dice Olly facendo ridere Alan.

«Tu invece come passerai il Natale, Jennifer?» le domanda Meredith.

«In famiglia» dice un po' nervosa.

«Tuo padre non è in giro per il mondo a sfornare soldi?» si beffa di lei Alan.

«Ah ah ah» fa finta di ridere Jennifer. «Divertente.»

«Va be', se non c'è tuo padre starai comunque con tua madre» dice Olly.

Riesco a vedere Jennifer irrigidirsi da qui mentre Meredith e Drake spalancano gli occhi.

Olly fermati, ti prego.

«Mmh» dice solo Jennifer mentre ride nervosa.

«A proposito, come si chiama?» le domanda Alan.

Cerco di dare un calcio ad Alan, ma va a finire che lo do a Drake che mi guarda confuso.

Sembriamo tutti e tre nel panico mentre Jennifer si fa molto più seria.

«Elisabeth» dice seria guardando Alan.

«Che bel nome» sorride Olly. «Non l'ho mai vista nelle riviste, lavora con tuo padre?»

Vorrei alzarmi dalla sedia e mettere un grosso e spesso nastro adesivo sulla loro bocca. Vorrei solo che stessero zitti.

Jennifer punta le sue iridi verdi su Olly e Alan e li guarda con uno sguardo serio, quasi duro. «Mia madre è morta.»

Nessuna incrinatura della voce. Né tristezza né rabbia. Una voce apatica senza alcuna emozione.

Rimane seduta eretta senza spostare lo sguardo, pronta ad attutire il colpo.

Riesco a vedere Melissa e Olly spalancare gli occhi e Alan ingoiare un enorme groppo in gola.

Jennifer beve il suo succo guardando dall'altra parte mentre Meredith la guarda sconsolata. Drake fa un grande sospiro mentre Melissa è ancora a bocca aperta.

«M-mi d-dispiace» cerca di rimediare Olly. «Io non sa...» ma viene subito interrotta.

«Non preoccuparti» sorride Jennifer rassicurante. «Non lo sapevate, ora lo sapete.»

Jennifer fa un sorriso che sembra quasi sincero facendo rilassare un po' Olly, anche se Alan mi guarda mortificato.

«Devo andare» dice Jennifer alzandosi. «Devo vedermi con Leo per una ricerca di arte.»

Quasi mi lamento del fatto che si veda con quel pagliaccio dai capelli blu, ma ora come ora non ho il coraggio di dirle niente che possa farla arrabbiare.

Molte persone al mondo hanno perso i loro genitori, quanti però li hanno persi davanti ai propri occhi? Quanto vorrei sapere di più su quella notte, ma non ne ho il coraggio.

Non ho il coraggio di farle nessuna domanda al riguardo, come potrei?

«Allora Josh?»

«Come scusa?» chiedo non sapendo di cosa stessero parlando.

«Sveglia» ride Olly.

«Scusate» sospiro frustrato. «Ditemi.»

«Stavamo dicendo che è deciso. Andremo alla festa della squadra di basket per Capodanno.»

«Perfetto» annuisco.

«Sì, ma Jennifer...» biascica Meredith.

«Cosa Jennifer?» domanda Melissa. È davvero strana: mi sembra troppo interessata a lei.

«Non vuole venire» spiega Alan.

«Ma siete stupidi?» esclama quasi indignata.

«Perché?»

Meredith lascia cadere il coltello sul tavolo e mi guarda con occhi pieni di terrore, uguale Drake.

«I botti!» diciamo all'unisono noi tre.

Jennifer's pov

Forse non avrei dovuto reagire in quel modo, forse sarei dovuta rimanere a tavola e fare finta di niente, ma avevo paura.

Paura che se fossi rimasta anche solo un minuto in più sarebbero cominciati i "dove", i "quando" e i "perché"?

Rivedo quelle immagini quando dormo, quando sono sveglia, quando cammino per i vicoli e anche quando piove.

Il senso di colpa mi lacera dentro ogni volta che guardo mio padre negli occhi per troppo tempo. E se io quella notte non mi fossi opposta? Se non avessi urlato?

Forse avrei ancora una madre e mio padre ancora una moglie.

Perché lui non mi ha aiutata? Perché mi ha lasciata lì e non mi ha sparato? Quel ragazzo aveva ucciso mia madre? Era stato lui a sparare?

Nemmeno mi ricordo più il giorno in cui ho pianto per davvero.

Non so nemmeno quanto tempo sia rimasta vicino alla finestra a guardare il cielo azzurro venire cacciato via dall'oscura notte. La notte ha una sorta di doppia faccia. Una tranquillità e una pace che viene sovrastata dalla paura e dall'ignoto.

Tutto fa paura quando non puoi vederlo, tutti hanno paura di camminare dove è buio.

Non sai dove vai e nemmeno chi puoi incontrare. Ma d'altronde non succede anche di giorno?

A volte un raggio di sole può farti perdere molto più di un'ombra.

Il rumore del mio cellulare squilla facendomi avvicinare al mobiletto.

Messaggio da Josh:

"Aspettami".

Aspettami?

«Stupido Josh!» sbotto buttandomi sul letto.

Frustrata mi dirigo al piano di sotto alla ricerca di cibo in grado di risollevarmi e la figura slanciata di Josh fa capolino nel corridoio che separa cucina e salotto.

«Josh?» domando incredula.

«Pasticcini?» sorride.

Un tempo mi avrebbe infastidita questa sua visita perché l'avrei interpretata come un gesto di compassione, ma adesso ne sono contenta.

Quando l'ho visto con un sorriso e i capelli leggermente scompigliati mentre scuoteva i pasticcini in mano ho solo potuto sorridere e farlo entrare.

«Jennifer!» mi ferma Josh mentre sto per addentare il mio pasticcino.

«Che?»

«Il tuo pasticcino ha un kiwi sopra.»

Allontano il pasticcino guardandolo con disgusto.

Ero così presa nel parlare da sola nella mia mente che non avevo notato il kiwi sopra il mio pasticcino.

Ormai è mezzanotte, ma io e Josh stiamo guardando uno stupido film nel mio letto. Avevamo intravisto un horror tra i canali, ma ho subito cambiato sperando non lo notasse.

Invece lo ha notato e mi ha preso in giro per venti minuti.

«Dov'è tuo padre?» mi domanda all'improvviso.

«In Giappone per affari.»

Riesco a vedere Josh avvicinarsi cauto a me e questo non promette mai niente di buono. Non per i miei ormoni almeno.

Stiamo guardando un film in cui un ragazzo mezzo stalker si prende una cotta per la sua vicina.

«Meredith è innamorata di questo film» dice Josh.

«Lo hai già visto?»

«Sì un sacco di volte. Ripeto: Meredith è innamorata di questo film.»

«Fa schifo» dico sincera e lui ridacchia.

«Perché fa schifo?»

«È ossessionato da lei.»

«È amore» dice.

«È stalking.»

Josh ride e mi spinge verso di lui.

Cosa sta cercando di fare? Se mi spinge ancora un po', gli entro nella gabbia toracica e gli esco dalla schiena.

Quando Josh mi stringe a sé lo fa in modo strano, non è la prima volta che lo noto; mi stringe come se potessi scappare. Ogni tanto fa passare il suo pollice sulla mia guancia o sulle mie spalle, solo per qualche secondo e poi lo ritira, come per assicurarsi che io ci sia davvero.

«Jennifer» mi richiama con voce più seria.

«Dimmi» rispondo stranita dal suo tono di voce.

«Perché sei andata via oggi?»

«Avevo una ricerca da fare» rispondo subito.

«E perché non ti sei fatta sentire tutto il pomeriggio?» So il motivo per cui è venuto qui.

«Avevo voglio di stare da sola.»

«Per quello che hanno detto Alan e Olly?»

«Sì ma non è colpa loro, non potevano saperlo, è il ricordo» dico sincera. «Potevano anche dire la parola "eucalipto", ma se mi ricorda mia madre cambio subito atteggiamento. È più forte di me, non so perché, è come se venissi avvolta da una bolla. Una bolla in cui nessuno può entrare ed è fatta solo per ricordare quella notte. Ci provo davvero a farla scoppiare ma, come ho già detto, è più forte di me.»

«Forse...» si gratta il retro del collo «... potresti raccontarmi qualcosa. Qualcosa di bello, della tua infanzia o del tuo presente o passato quando eri a Londra. Non so.»

Lo vedo che si sta agitando, è visibilmente nervoso.

Non ha la minima idea di quanto io lo stia ringraziando tra me e me per non fare domande su quella notte. So che lui sa, sa benissimo cos'è successo, mio padre glielo ha raccontato in ospedale.

«A volte ricordare cose belle fa bene» continua vedendo che non parlo.

Guardo quegli occhi tanto scuri che ora mi sembrano così chiari e pieni di fiducia.

«Mmh» comincio. «C'è una via qui a Manhattan, l'ho scoperta per caso quando ero ritornata per qualche giorno. Mio padre doveva compilare alcuni documenti e io ero ritornata con lui. Non è lontano dal centro, l'ho chiamata "via degli artisti", mi piace molto.»

«Perché l'hai chiamata così?» mi chiede curioso.

«È piena di arte. Ci sono svariati muri pieni di graffiti, un sacco di pittori che disegnano e persone che suonano qualche strumento.»

«È quella via che viene subito dopo il Power Town? Il negozio di dischi?»

«Sì» annuisco contenta che abbia capito. «Poi ci sono anche due coppie di ragazze che fanno dei ritratti buffi delle persone.»

Josh mi sorride e io mi sento ancora più libera nel parlargli. Mi avvicino un po' e lui subito avvolge un braccio sulle mie spalle.

Le ore passano e io continuo a raccontargli tutto ciò che mi passa per la testa. Lui annuisce e fa qualche battuta ogni tanto ma sembra davvero interessato.

Gli racconto qualcosa su mia mamma, ma qualcosa di davvero vago, tipo quando preparava sempre il tè ma non lo beveva nessuno e Anny doveva rifarlo.

Gli racconto di come passavo le mie giornate a Londra e di quante volte sono caduta dalla bicicletta. Di come mio padre una volta si è arrabbiato tantissimo quando ho fatto cadere degli spaghetti su un suo contratto.

Cose semplici, banali, senza alcuna importanza. Eppure lui sembra così contento di sentirmi parlare e mi sento anch'io così.

Uno sbadiglio involontario esce dalla mia bocca mentre sto parlando.

Josh tira fuori il suo cellulare illuminando lo schermo. Segna le due e mezza.

È davvero così tardi?

«Puoi rimanere a dormire.»

Non so nemmeno perché l'ho detto o cosa mi ha portato a dirlo. So solo che Josh ha gli occhi spalancati e io mi sento sprofondare.

«Oppure no» mi affretto a dire. «Cioè se vuoi, ma se devi andare, nel senso che…»

«Va bene» fa un sorriso malizioso, «rimango.»

Le sue labbra incontrano le mie, ma in modo più brusco, non più come prima. Si mangia i miei respiri e ruba i miei ansimi imprigionandoli con i suoi baci.

Passa le sue labbra sul mio collo mentre comincia a muovere le mani dai miei fianchi alla mia pancia. Sposta leggermente la mia maglia e comincia ad accarezzare la mia pelle nuda.

Appena comincia a mordere il mio lobo entro in un mondo parallelo. Ma siamo ancora in camera mia? Ho ancora le corde vocali?

Le mia mano sinistra stringe i suoi capelli e quella destra stringe il suo fianco. In pochi secondi Josh è di nuovo su di me, sono stanca di sentirmi così sottomessa.

Senza che nemmeno se ne accorga riesco a ribaltare la situazione e sono a cavalcioni su di lui.

Riesco a vedere la sorpresa sul suo viso trasformarsi subito in malizia.

«Prendi l'iniziativa?» ride lui.

«Ci provo.»

Non so esattamente cosa devo fare o come devo farlo. Ma credo non sarà molto difficile fare esattamente come lui. Mi sporgo per baciare il suo collo, solo che nel momento in cui lo faccio, spingo accidentalmente il mio bacino verso di lui e un gemito strozzato esce dalle sue labbra.

«Jennifer» dice in un sussurro.

Le nostre bocche si rincontrano e la presa sui miei fianchi più stretta fa andare più veloce i miei movimenti. È una bella sensazione sapere che i gemiti rochi che provengono da lui sono io a provocarli. Lascio un ultimo bacio sulle sue labbra e sulla sua mascella e poi scendo.

Per fortuna mio padre non è qui, quindi posso prendere dei vestiti puliti per Josh senza dare spiegazioni a nessuno.

Vado in bagno per indossare il mio pigiama e lascio Josh a cambiarsi in camera.

Dopo aver messo la mia maglia larga e i pantaloni faccio capolino in stanza.

«Sempre meglio del pigiama con i pulcini.»

«Per quanto me lo rinfaccerai?»

«Sempre Jennifer, sempre» ride.

Ci addormentiamo così. Insieme nel letto.

Non mi sembra nemmeno strano in questo momento, è già successo, ma adesso mi sembra più giusto… non saprei neanche spiegarlo.

È giusto così. Lo voglio qui. Nel mio letto.

Io e lui.

Josh's pov

Il mio sonno profondo viene interrotto da una forte gomitata nel mio fianco.

«Ma cosa diavolo...» mi alzo leggermente per capire.

La fronte di Jennifer è imperlata di sudore e lei si sta agitando nel letto. Mi alzo subito e rimango pietrificato nel vedere quanto la sua pelle sia diventata pallida.

Scalcia e muove le braccia con un'espressione afflitta sul volto. Sta avendo un incubo? La prima notte che sono venuto a dormire qui era sveglia appunto perché aveva avuto un incubo.

Ogni quanto le succede? Che cosa sogna?

«No!» dice piano Jennifer aggrottando le sopracciglia. «Per favore no.»

La sua voce è bassa ma straziante e riesco a vederla lottare contro qualcosa nella sua mente.

Vorrei svegliarla immediatamente ma sono come pietrificato davanti al letto.

I capelli le si sono appiccicati alla fronte e le sue labbra sono dischiuse.

«Basta! Lasciatela. Basta» urla questa volta e io faccio un passo indietro per lo spavento. «Vengo con voi. Vengo con voi ma lasciatela stare.»

Dice queste due frasi urlando e contorcendosi di più sul letto.

Ora sul suo viso c'è un'espressione quasi di dolore mentre è piegata su stessa. Come se le avessero tirato un pugno nello stomaco.

«Vi prego» sussurra con voce tremolante, «prendete me, prendete me.»

La sua voce è bassa e sembra quasi sul punto di piangere mentre cerca di raggomitolarsi ancora di più.

Non riesco più a guardare questa scena che mi sta facendo gelare il sangue.

«Jennifer» la scuoto. «Jennifer.»

«Mi dispiace così tanto» trema ancora nella voce. «Prendete me.»

«No, Jennifer» alzo la voce «Svegliati.»

«Mi dispiace, prendete me.»

La scuoto ancora più forte e un enorme peso si risolleva dal mio stomaco quando finalmente mi scontro con il verde dei suoi occhi.

«Jennifer, stai bene?» chiedo.

«Dove sono?»

Gli occhi sono iniettati di paura e i lunghi capelli attaccati alla fronte le rendono la visuale difficile.

Glieli sposto delicatamente per incontrare ancora più verde.

«Sei in camera tua» le sussurro.

«No, io ero là.» Si prende la testa tra le mani. «Ero là.»

«Dove, Jennifer? Dove?»

«Là» tiene stretti i capelli «Ero là.»

Sto davvero avendo paura, non di lei, non so di cosa ho paura.

È una sensazione strana ma sento il gelo nelle vene mentre guardo il suo viso così bianco e le sue labbra che ora non sembrano così rosse.

«Jennifer, ascoltami» le prendo l'elastico dal polso. «Sei in camera tua.»

Le tolgo anche l'altra mano dai capelli mentre lei mi guarda impaurita. Prendo tutti i suoi capelli e le faccio una coda bassa di lato per darle un po' di sollievo dal caldo e dal sudore.

Sembra ancora così sotto shock.

«Lo vedi?» le mostro il cuscino. «È il tuo cuscino.»

«Il mio cuscino.»

«Tocca.» Le faccio passare la mano sulle lenzuola. «Le tue lenzuola.»

«Le mie lenzuola.» La voce trema ancora.

«Sei in camera tua, visto?»

«Camera mia.»

Ripete tutto ciò che dico per assicurarsi di essere davvero in camera e di avere tutto attorno.

«Sei in camera tua.» Le stringo la mano. «E io sono qui.»

Jennifer punta i suoi occhi verdi su di me e stringe la mia mano quasi a farmi male.

«Sei qui» ripete sottovoce.

«Mi dispiace, prendete me» sussurra un'ultima volta.

12

Josh's pov

«Josh» sento sussurrare.

Sono troppo stanco per rendermi conto di qualsiasi cosa mi accada attorno.

«Josh.» La voce richiama più forte. «Josh, alzati!»

«Jennifer» ringhio. «È la seconda volta. Perché devi svegliarmi così? Sai che le ragazze darebbero via un rene per potermi tenere a letto con loro il più possibile?»

«Mi terrò il mio rene» urla dal bagno.

Mi accascio sul pavimento e non mi rimane che ridere, perché Jennifer è un pacchetto unico, o la prendi tutta o non la prendi per niente.

E io la voglio completamente.

«Andiamo a fare colazione.»

«Se vuoi fare la doccia, verrò con te» dico malizioso mentre scendiamo le scale.

«Farò a meno di questo tuo grande sacrificio.»

Posso vedere il sorriso sulle sue labbra mentre lo dice e anche la faccia un po' stupita di Anny e Greg quando arriviamo.

«Buongiorno» dice Greg titubante.

«'Giorno» risponde Jennifer atona.

«Ehm… ha dormito qui, signorino Cliver?» domanda Anny.

«No, ha deciso di arrampicarsi stamattina sul cornicione di casa nostra, è entrato in camera mia, e ora siamo qui a fare colazione» ironizza Jennifer.

L'ironia è un altro dei suoi punti che adoro e odio allo stesso tempo. Credo di adorarla quando non la usa su di me.

Anny fa finta di niente e comincia a servire l'abbondante colazione sul tavolo.

Suonano al campanello del cancello e Greg va a rispondere con il suo solito tono professionale.

«Chi è?» chiede Jennifer.

«Lena.»

Vedo Jennifer sbuffare sonoramente e le labbra di Anny si corrugano in un'altra piccola risata.

«Chi è Lena?» domando.

«Una delle segretarie di mio padre.»

«Alla signorina Jennifer non è mai piaciuta Lena, l'ha sempre messa sotto pressione» mi informa Anny.

«La segretaria di tuo padre ti mette sotto pressione?» chiedo incredulo.

«No» ride Greg. «È la signorina a metterne a lei.»

«Ci prova con mio padre» dice nervosa.

«Buongiorno.»

Una figura snella e slanciata fa capolino nel corridoio di mezzo. È alta, con una gonna che chiamarla gonna è un eufemismo, e una camicetta molto scollata.

Non mi sembra davvero una tenuta da lavoro, tantomeno da usare a quest'ora del mattino. Le labbra sono marcate di un rosso accesso e l'eccessivo trucco non mi fa capire l'età che potrebbe avere.

Cammina verso di noi sui suoi tacchi vertiginosi e ora capisco perché a Jennifer non piace.

«Anny, Greg» li saluta con una voce squillante e Jennifer fa finta di coprirsi le orecchie.

«Lena» la saluta Greg. «Le serve qualcosa?»

Lena sta quasi per parlare quando vede Jennifer che la sta guardando e posso dire di vederla immobilizzarsi per un attimo.

«Oh, s-signorina Jennifer, che piacere vederla.»

«Vorrei poter dire lo stesso. Cosa ti serve, Lena?» domanda schietta Jennifer.

«Sono venuta a portare queste pratiche a suo padre.»

«Mio padre è in Giappone.»

«Giappone? Avevo capito che non era in casa, ma non credevo fosse in Giappone.»

«Non lo sapevi?» domanda con un sorriso cattivo Jennifer.
«No» risponde Lena scocciata.
«Si vede che lo avrà detto a qualche segretaria intelligente.»
Vedo gli occhi di Lena indurirsi e socchiudere le labbra per replicare, ma si zittisce subito non appena Jennifer rialza lo sguardo.
«Mi dia pure» prova a rimediare Anny con la sua gentilezza.
«Mi dispiace che non hai potuto sfoggiare il tuo abbigliamento stamattina.»
Lena raccatta quel poco di dignità che le è rimasta e si dirige fuori dalla porta.
«Sei una stronza» dico appena esce.
«A quanto pare» risponde Jennifer apatica.
«Signorina, suo padre ha chiamato stamattina presto dicendo di richiamarlo.»
«Vado subito» risponde uscendo dalla cucina e andando verso il salotto seguita da Greg.
Continuo a sorseggiare il mio caffè.
«Difficile eh?» mi domanda Anny.
Le rivolgo uno sguardo confuso e lei mi fa un cenno del capo verso il salotto indicando Jennifer.
«Difficile è dire poco» rispondo facendola ridere. «Ieri ha avuto degli incubi» dico incapace di aggiungere altro.
Anny si gira di scatto come scossa da un fulmine e mi guarda pensierosa.
«Come? Cioè davvero?»
«Ha cominciato a farfugliare che dovevano prendere lei e si scusava. Si dimenava e sembrava persa.»
Anny rilascia un sospiro carico di emozioni e vorrei poterlo fare anch'io.
Forse così un po' della mia frustrazione si dissolverebbe nell'aria.
«Cosa succede in questi sogni?» chiedo curioso.
«Te lo dirà quando se la sentirà.»
«Da quanto vanno avanti almeno?» chiedo speranzoso.
«Da quando aveva nove anni.»
«Cosa?» Sbarro gli occhi.
«Sì. Non tutte le notti, ma la maggior parte. A un certo punto a Londra avevano smesso per parecchi mesi, ma poi sono ricominciati e qui a Manhattan peggiorati.»

Mi giro per guardare Jennifer distesa sulla poltroncina mentre parla al telefono.

«È un casino» dice Anny.

«A me piace come casino» sussurro. «Finito?» le chiedo quando la vedo tornare in cucina.

«Sì.»

«Che cosa voleva?»

«Alla vigilia ceneremo con Isabel, la compagna di mio padre, e sua figlia.»

Ovviamente lo dice apatica come sempre perché si era preparata prima a rispondere a questa domanda.

Jennifer barcolla di emozioni solo quando la si prende alla sprovvista.

«E ti sta bene?» le domando.

«È okay.»

«È okay non è una risposta.»

«Oggi hai la partita quindi?» mi chiede cambiando discorso.

La partita! Mi ero completamente scordato. «Vuoi venire?»

«Alla partita?» chiede sorpresa.

«Sì, vuoi venire?»

Sembra essere sorpresa dalla mia richiesta, forse perché è tanto che ne parliamo e io non gliel'ho mai chiesto.

Oppure semplicemente non vuole stare sugli spalti a osservare da sola. E se invece non vuole venire e sta cercando una scusa?

«Ci saranno anche Drake e Meredith» le dico di getto e sembra rilassarsi.

«Oh, be'» comincia a dire incerta, «credo vada bene. Verrò con loro.»

Annuisco contento. Voglio Jennifer sugli spalti.

Jennifer's pov

Il caos regna sovrano nella palestra della scuola in questo momento.

Urla dagli spalti. Cartelloni appesi ovunque. Le cheerleader si sgolano con i motti e Olly si dimena ovunque. Ma le piace davvero questa cosa?

La mascotte di qualche animale a me sconosciuto batte le mani incitando la folla che urla sempre di più.

Una musica pompante risuona tra le tribune e il buio ruba la scena.

Una luce viene posta proprio al centro della palestra e una cheerleader si mette al centro cominciando a urlare dei numeri e dei nomi.

Non mi interessa anche se quella cheerleader mi sembra di averla già vista, solo non ricordo dove.

Dopo qualche suo movimento da pornostar si aggiungono anche le altre cheerleader e devo ammettere che Olly ha davvero un fisico da modella.

È alta, magra ma scolpita, con una pelle abbronzata da fare invidia a chiunque.

Per me Olly è la più bella e a quanto pare non solo per me, visto che Alan continua a fissarla.

Quello è anche più coglione di Josh. Continua ad andare a letto con Olly senza capire che prima o poi lei si stuferà di questa relazione malsana.

I giocatori sono nell'angolo a sinistra della palestra, pronti a entrare sul campo appena questa esibizione da circo sarà finita.

Riesco a scorgere quel ciuffo castano ramato anche se la squadra è nascosta nel buio. Indossa la sua solita divisa da basket che a me piace tanto, forse troppo.

Dall'altro lato c'è la squadra avversaria e noto che hanno giocatori molto più alti della squadra di Josh. Ma niente di troppo grave, almeno spero.

Josh stringe la mano a tutti, ma vedo che quando arriva a uno di loro non lo fa, anzi si guardano in cagnesco. Penso che se non fossimo quasi a inizio partita si prenderebbero a botte.

Al fischio dell'arbitro Josh fa un salto intercettando la palla e prendendo subito il comando.

«Vai, Josh!» urla una ragazza davanti a me.

«Ti amiamo!» urlano altre ragazze di fianco a me.

No aspetta. Credo di aver sentito male.

«Sei bellissimo!» urla un'altra.

Aggrotto le sopracciglia disgustata da questo tifo patetico e incrocio le braccia.

La partita è molto combattuta ed entrambe le squadre sono stanchissime, quella di Josh è sotto di diversi canestri.

Il fischio segna la fine dei primi due quarti e le cheerleader tornano per la coreografia mentre le squadre escono dalla nostra visuale.

Vedo Josh tirare un calcio a una bottiglietta e Alan mettergli una mano sulla spalla.

Mi alzo decidendo di andare a controllare se è tutto in ordine.

«Ehi, rossa» mi dice Josh scorgendomi.

Mi avvicino a lui e mi alzo sulle punte mettendo le mani a coppa sul suo viso e spingendolo verso di me.

Porta la mano sulla parte bassa della mia schiena e io gli mordo piano il labbro dandogli un ultimo e sonoro bacio prima di staccarmi.

«Mi piacciono questi incoraggiamenti» ride malizioso.

«Già, forse dovrei andare a farli a tutta la squadra.» Il sorriso malizioso scompare con una faccia seria facendomi ridere. «Scherzavo.»

Mi incammino per tornare sugli spalti, ma Josh mi richiama prendendomi per mano. Mi guarda per qualche secondo e poi molla la presa.

«Vinco» dice sicuro.

«Vinci» rispondo.

Quando torno sugli spalti, oltre a Drake e Meredith, si intravede la chioma bionda di Melissa.

Quando è arrivata?

Mi siedo tra Melissa e Meredith e riesco a scorgere lo sguardo disorientato di lei.

«Cosa?» le sussurro all'orecchio.

«Si è voluta sedere lei qui» dice indicando di nascosto Melissa.

Annuisco piano lasciandola ancora confusa mentre osservo Melissa guardare le cheerleader.

«Stanno perdendo» la informo.

«Lo so.»

«Come va?» le domando.

«Va» mi risponde sospirando. «Non ho potuto partecipare perché Roy sa che sono a casa malata. Rischio a essere qui.»

Annuisco e vedo di nuovo le due squadre rientrare, ma c'è qualcosa che attira la mia attenzione.

Olly è in un angolo che parla con… Clark?

Perché Olly parla con Clark? La situazione non mi piace per niente e sento un moto di fastidio e preoccupazione farsi strada in me.

«Ho parlato con Michael» mi dice Melissa.

«Ah si?» Ma continuo a prestare la mia attenzione a Olly che si è allontanata da Clark.

«Voleva uscire a mangiare qualcosa» dice rigirandosi i pollici.

«Ma tu non puoi» realizzo sentendo la rabbia pervadermi.

«Non finché non è finita.»

Mi guarda speranzosa come per dire: "Perché finirà, vero?".

«Finirà presto.» Lo dico perché lo so.

Non so cosa fare a dire la verità, ma so che la tirerò fuori da questa situazione.

Basta la mia di fossa per affondare, non ce ne serve un'altra.

Prima che me ne accorga un boato si alza tra la folla e io faccio subito scattare la testa di lato.

Josh ha appena fatto canestro e mi rivolge un sorriso mentre raggiunge i suoi compagni.

Olly, Clark, Olly, Clark.

«Fategli il culo in questi ultimi minuti!» urla Drake e questa volta è Meredith a calmarlo.

Manca poco alla fine della partita e il distacco è di solo un punto, serve solo un canestro.

Solo un maledetto canestro.

Josh prende la palla, si guarda attorno e con forza la tira dall'altra parte del campo, un tipo a me sconosciuto prende la palla e la butta sul canestro.

La palla gira, gira, gira e rigira sul bordo. C'è così tanto silenzio in palestra che credo abbiano smesso tutti di respirare.

La palla entra. È entrata nel canestro ma nessuno parla per svariati secondi finché non si sente un forte fischio e l'arbitro distende le braccia per far capire che è finita.

«Abbiamo vinto» urla Melissa. «Abbiamo vinto!»

Josh si guarda attorno e poi mi sorride mentre io alzo il pollice in aria.

Lo vedo sfilarsi la fascia da capitano e poi me la lancia.

L'afferro incredula e la stringo in mano rivolgendogli un sorriso.

È un bel gesto. Un po' come dire: "Ti dedico questa vittoria". Oppure: "Lavami la fascia".

«Al capitano» urla Alan alzando la birra.

«Alla squadra» fa Josh.

I tintinnii dei bicchieri risuonano tra le nostre risate e tra il profumo della pizza. C'è una maledetta cheerleader che continua a guardarmi male da un tempo ormai infinito e vorrei andare lì e chiederle cos'ha da fissarmi.

Ma non lo farò perché in questo momento mi sento felice e non lo voglio rovinare.

Melissa non è potuta venire perché ha detto che sarebbe stato troppo rischioso andare in giro non sapendo dov'è Roy.

Solo a sentirlo nominare la rabbia mi brucia gli organi. Nemmeno lo so perché mi importa così tanto, soprattutto visto che si tratta di Melissa, ma proprio non riesco a mandarla giù questa situazione.

Mi guardo attorno e cerco con tutta me stessa di non pensarci perché mi sento veramente felice.

Mi sento felice perché Olly continua a parlare a vanvera su quanto il suo hamburger vegetariano sia più salutare delle nostre pizze.

Mi sento felice perché Alan, Zack e un altro ragazzo stanno facendo una battaglia con dei grissini.

Perché Drake gioca con i ricci di Meredith mentre Josh sta ridendo assieme alla sua squadra.

Sono felice perché oggi mi sono sentita parte di qualcosa.

Mi perdo nel guardarlo mentre ride, poi abbasso lo sguardo sul mio polso e vedo la sua fascia da capitano.

Appena rialzo gli occhi lo vedo osservarmi, mi ha vista che fissavo la sua fascia e mi fa un occhiolino seguito da un sorriso.

Mi sento felice.

«Josh io non ci voglio andare! Non ci voglio andare!» ripeto per la cinquantesima volta.

«Jennifer, ascoltami» sospira lui. «È solo una cena.»

«Una cena con Isabel e sua figlia.»

Ieri notte non ho chiuso occhio per questa maledetta cena. Ho cominciato a farmi un sacco di domande e un sacco di complessi al riguardo che mi stanno mandando in fumo il cervello.

Cosa devo fare quando la vedrò? Il nostro incontro precedente non è andato molto bene, e se ora lei mi odia? Già non mi va a genio, se poi non le vado a genio nemmeno io, non può che essere una catastrofe.

Non la voglio un'altra donna nella mia vita. Non la voglio una specie di sorella o quel che è.

Mi vengono i brividi solo a pensarlo.

Andrà male. Andrà male. Andrà male.

«Andrà bene, Jennifer» dice Josh come leggendomi nel pensiero.

«Esci dalla mia testa» sbuffo io facendolo ridere.

«Ricordati che è per tuo padre.»

Per mio padre. Per la sua salvezza.

Sono in macchina intenta a guardare fuori dal finestrino per riuscire a distrarmi da mio padre.

Continua a passarsi la mano tra i capelli brizzolati e girare il volante.

Non mi ero nemmeno accorta di tutta questa atmosfera natalizia di Manhattan, ma ora posso concedermi di ammirarla un po'.

Devo essere sincera, almeno con me stessa: non che non mi fossi accorta dell'atmosfera, è che non volevo accorgermene.

Sono state poche le volte che mi sono messa a guardare Manhattan fuori dal finestrino del taxi o dell'autobus perché non volevo ricordare. Tutte le volte che guardo Manhattan ho solo brutti ricordi. Ormai quelli belli prima dei sette anni nemmeno me li ricordo e quindi automaticamente quelli brutti mi sovrastano la mente.

Ma ora mi prendo del tempo per osservare, non perché voglio punire me stessa, solo per provare a ricordare qualcosa di felice.

Guardo le luci appese un po' ovunque nella città, che però in questo modo non rendono visibili le stelle nel cielo. Guardo qualche Babbo Natale passeggiare qua e là per il marciapiede mentre sorride ai bambini, ma penso che Babbo Natale non esiste e che questi bambini vengono solo presi in giro.

Intravedo un'enorme fila in un negozio di regali e mi vengono in mente le montagne di soldi che la gente spende per questi stupidi regali di Natale.

È proprio questo a cui mi riferivo. Il fatto che io non riesca a guardare Manhattan in modo sereno.

Fisso un enorme albero proprio alla nostra sinistra e faccio finta di rimanerne stupita e meravigliata. Forse questa è l'unica cosa che posso fare mentre guardo Manhattan. Fingere.

«Certo che potevi metterlo un vestito» mi rimprovera mio padre mentre svolta a sinistra.

«Ho una camicia stretta.»

«Ma non è un vestito.»

«Senti» sospiro rumorosamente, «tu e Josh dovete ringraziare che io stia andando da Isabel.»

«Ami Josh?»

Eh? Cosa? Chi ha parlato? Mi giro e noto mio padre che mi scruta per poi riguardare la strada.

Ma l'ha chiesto veramente o me lo sono immaginata?

«Allora?» domanda ancora.

Non può chiedermi veramente una cosa del genere. Non si può, è vietato.

E perché no?

Perché non si può.

Non sai rispondere?

Sì che so rispondere. Ovviamente è no.

Allora dillo.

Faccio per aprire la bocca, ma la richiudo subito dopo. Io amo Josh? No, mi sembra più che palese ma non riesco a dirlo.

Non riesco a dire né sì né no. Non so perché, ma mi sembra che mentirei in entrambi i casi.

Perché la nostra "relazione" è strana. Amare è troppo. Amare è grande. Amare non lo posso gestire, non è per me.

Mio padre mi lancia qualche occhiata, forse attendendo una mia risposta, ma non l'avrà e spero non me lo richieda perché non gliela saprei dare.

«Siamo arrivati» mi annuncia mio padre parcheggiando.

Mi aspettavo un appartamento invece è una casa. Una casetta un po' lontana dal centro rumoroso. Mi piace, ha uno stile molto rustico, quasi come l'interno della casa di Josh. Molto diverso dalla nostra casa moderna, ma mi piace.

«Jennifer.» Mio padre mi mette una mano sulla spalla. «So che fare la cena di Natale con loro è una cosa abbastanza intima e che forse non avrei dovuto accettare. So che lo hai scoperto nel peggiore dei modi e che forse il discorso nel mio ufficio ti ha influenzato, ma rispondimi sinceramente, ti senti costretta a essere qui? Se è così, risaliamo in macchina. Se non sei pronta ce ne andiamo.»

Me lo ha detto chiaro è tondo che Isabel lo sta aiutando molto.

Me lo ha detto che per lui è diversa dalle altre persone. Proprio come per me Josh.

Io rinuncerei a Josh se me lo chiedessero? Ho capito che Isabel è quella forza che lo fa andare avanti.

A volte abbiamo bisogno di aiuto, io stessa per troppo tempo me lo sono negata, ma serve una spinta. Serve quella spinta verso la luce, verso il buon umore, verso il sereno.

Guardo il suo azzurro incerto che attende pazientemente una risposta, ma non gliela do.

Semplicemente esco dalla macchina. Non ho parlato, ma sa che questo gesto è come una risposta, che vale più di mille parole.

«Ciao, Jennifer.» Isabel mi dà un abbraccio che ovviamente non ricambio.

«Ciao» rispondo imbarazzata.

Si avvicina a mio padre e si danno un bacio sulla guancia. Ringrazio che non si siano dati un bacio vero, perché devo ancora digerire la ciambella che ho mangiato prima di uscire.

Mio padre le sorride e io continuo a ripetermi che lo sto facendo per lui e devo rilassarmi.

Mi guardo un po' in giro e noto che l'ingresso dà direttamente nel salotto ben arredato e di buon gusto. Mi rassicura sul fatto che non voglia solo i soldi di mio padre.

«Venite a sedervi sul divano» sorride Isabel. «Vado a chiamare mia figlia.»

Poco dopo, le porte scorrevoli si aprono e la figura di Isabel ricompare di nuovo in salotto seguita da quella di una ragazza.

Lei spalanca gli occhi e apre la bocca.

E sono sicura che io ho la sua stessa identica espressione.

«Melissa?»

13

Jennifer's pov

Non è Melissa. Non è Melissa. Non è Melissa.

«Jennifer?»

È Melissa.

«C-cosa ci fai tu qui?» chiede a bocca spalancata.

Io, a differenza sua, non riesco nemmeno ad aprirla, la bocca. Siamo in miliardi nel mondo, ma chi doveva essere la figlia della compagna di mio padre? Melissa.

Isabel e mio padre ci guardano stupiti.

«Vi conoscete?» domanda Isabel.

Se ci conosciamo? Vediamo un po'. Come potrei dire? Sai, Isabel, tua figlia ha ben pensato di farmi un fantastico scherzo che mi ha provocato un trauma e portata all'ospedale.

«Sì» rispondo solo.

«Oh, quindi siete amiche?» Mio padre fa un sorriso nervoso.

«No!» tuoniamo insieme io e Melissa.

Sguardi di fuoco vengono lanciati in mezzo al salotto e io ancora non posso credere che le nostre strade siano ancora più incrociate.

Questa situazione di Roy e Michael aveva messo un po' di tregua tra noi, ma non fino a questo punto.

«È un piacere conoscerti, Melissa» le dice mio padre. «Tua madre mi ha parlato molto di te.»

«Mia madre invece no.»

Mi ricordo che mio padre mi aveva accennato al fatto che aveva detto a Isabel di non dire niente a nessuno, sua figlia compresa, ma non mi piace il tono che usa nei confronti di mio padre.

«Tranquilla che io nemmeno sapevo dell'esistenza di tua madre.»

Melissa cerca di mimarmi qualcosa, ma non capisco assolutamente niente. All'improvviso mi prende per il polso.

«Torniamo subito» dice trascinandomi via.

Apre una porta vicino al salotto e ci ritroviamo in un piccolo ma grazioso bagno.

«Senti!» alza la voce. «Io ho saputo da pochissimo che mia mamma aveva un fidanzato, nemmeno mi ricordavo si chiamasse John, figurati se pensavo che si trattasse di John Milton.»

«Nemmeno io l'ho saputo nel migliore dei modi» faccio una smorfia. «Erano nel loro ufficio che facevano chissà cosa prima che li sorprendessi.»

«Bleah» diciamo all'unisono.

Sentiamo delle risate strane e decidiamo di uscire dal bagno per capire cosa sta succedendo.

Ci avviciniamo alla porta del salotto e sentiamo le risate di Isabel e mio padre che riecheggiano dentro.

Facciamo entrambe delle smorfie per poi guardarci negli occhi e immediatamente capiamo cosa dobbiamo fare.

«Senti...» fa un grande sospiro. «Mia madre ha già sofferto abbastanza e per non so quale assurdo motivo con tuo padre si trova bene, mi sembra una ragazzina eccitata. E preferisco vederla così che depressa quando torna dal lavoro.»

«Lo so.» Incrocio le braccia pensando la stessa cosa di mio padre.

«Quindi vediamo di darci una calmata e far finta di niente almeno per stasera» sentenzia seria.

«Per mio padre.»

«Per mia madre.»

Apriamo la porta del salotto sperando di non trovarli in una situazione scomoda, ma per fortuna niente di grave.

«Oh, ragazze, la cena è pronta, possiamo andare a mangiare.»

La cena sta andando meglio di quanto credessi e in poco tempo mi ritrovo in camera di Melissa.

Abbiamo deciso di lasciarli un po' soli, devo ammettere che ci stiamo davvero impegnando.

Quando Isabel ha detto a mio padre che lui lavora troppo stavo quasi per andare ad abbracciarla. E durante la serata non è mai stata troppo espansiva nei suoi confronti.

«Credo sia andata bene» sospira buttandosi sul letto.

Sono rimasta molto sorpresa da camera sua. Mi aspettavo di entrare nel mondo di "Barbie amo il rosa shocking". Migliaia di specchi appesi qua e là e un tappeto peloso.

Invece è una normale stanza, è meta della mia, ma sicuramente più ordinata.

Ci sono foto con Alissa e Joanna, altre con sua madre, alcune con la divisa da cheerleader. Riesco a scorgerne una persino con Olly e un'altra con... Michael?

«Oh, mio dio» praticamente urlo.

«Cosa?» domanda allarmata alzandosi.

«Tu sei castana!»

Ho in mano una foto di Melissa e Michael seduti su una panchina. Avranno più o meno quindici anni credo e sembrano una vera e propria coppia.

«Ridammela subito» cerca di riprendersela.

«Sembravate felici» le dico affiancandola e guardando la foto.

«Lo eravamo.» So che vuole dire qualcosa in più e infatti riapre la bocca. «Mi sono tinta dopo che mio padre se n'è andato con un'altra donna. Mia madre era distrutta e non si prendeva più cura di se stessa, stava quasi per perdere il suo lavoro. A quei tempi io stavo spesso con Michael, ma ho cominciato a trascurarlo perché ero troppo concentrata nel mio intento.»

«Sarebbe?»

«Volevo trovare mio padre. Sapevamo solamente che se ne era andato con un'altra donna, o almeno così aveva scritto nel suo biglietto.»

Un padre che lascia la sua famiglia tramite un biglietto per poi scappare con un'altra donna.

Nessuna spiegazione, nessun ciao, nessun addio.

«L'ho cercato tanto e alla fine l'ho trovato, sai?» ride amara.

«Sì?»

«Sì, solo che non l'ho trovato con una donna, ma con un uomo.» Spalanco gli occhi alla sua affermazione.

«C-come, cioè...» Non so nemmeno cosa dire.

«Sono andata all'indirizzo che avevo trovato, ero elettrizzata, ma quando sono arrivata avrei voluto non averlo mai cercato. È sceso dalla macchina del suo vialetto assieme a un uomo. Non mi sono fatta problemi e mi sono incamminata verso di lui, ma poi lui e l'uomo hanno incominciato a baciarsi. Ti rendi conto?»

Ora Melissa sta piangendo e anche se ormai non dovrei più scompormi davanti alle sue lacrime sento comunque una morsa allo stomaco.

«Cos'ha detto quando ti ha vista?»

«Non mi ha vista. Me ne sono andata e non mi sono fatta più vedere. Quel giorno mi sono tinta i capelli, ho cominciato una dieta, cambiato modo di vestirmi e sono entrata nella squadra delle cheerleader. I ragazzi cominciavano a darmi un sacco di attenzioni e io mi imponevo di essere sempre perfetta, sempre bella. Ho avuto la costante paura che se non mi fossi fatta vedere sempre al meglio prima o poi il mio ragazzo mi avrebbe lasciato per un'altra o, chissà, anche un altro.»

Non so cosa stia succedendo, ma sembra che la mia vita vada controcorrente.

Prima ci odiamo, poi mi manda in ospedale, dopo la picchio davanti a tutti, poi facciamo discorsi da premio Oscar negli spogliatoi, poi la aiuto contro Roy, piange sulla mia spalla e dopo siamo in camera sua con i nostri genitori fidanzati di sotto.

Può essere più complicata di così la mia vita? Ma poi ora che ci penso è tutto un intreccio, un assurdo intreccio. Sembrava tutto così casuale all'inizio, invece è un labirinto.

Daniel, il padre di Josh, è uno dei soci di mio padre. Margaret, la madre di Josh, a quanto pare conosceva mia madre da giovane. I miei due migliori amici sono la sorella e il migliore amico del mio "ragazzo". Olly era la migliore amica di Jessica, la ragazza che avevo salvato da Melissa tempo fa. Michael è sempre stato innamorato della mia peggior nemica che ora è quasi la mia sorellastra.

Qualcun altro si vuole aggiungere?

«Tua mamma cos'ha detto al riguardo?»

«Non lo sa.»

«In quanti lo sanno, Melissa?» Mi volto per guardarla e anche lei si gira puntando i suoi occhi nei miei.

«Solo tu.»

«Perché?»

«Non lo so.»

Una risposta senza senso, ma in realtà così giusta perché nemmeno io so il motivo di tante cose.

Perché lei continua a raccontarmi fatti della sua vita che non sa nessuno? Perché io continuo ad ascoltarla?

«Avrei voluto non cacciare mai Michael dalla mia vita. Avrei voluto averlo accanto» sentenzia triste.

Allora era questo il periodo di cui parlava Michael? Quello in cui diceva di perderla?

«Potreste recuperare ora il tempo perso.»

«Roy» dice solamente come se dovesse essere la risposta a tutti i mali.

È bastato solo il suo nome per farmi stringere ancora di più la mano di Melissa. Non per infonderle forza, ma perché sono arrabbiata.

«Roy uscirà dalla tua vita presto» dico sicura.

«Prometti?»

«Prometto.»

I giorni seguenti delle vacanze natalizie passano tranquillamente e me li sto godendo al massimo. Svegliarmi la mattina senza le urla di mio padre o quella fastidiosa sveglia è davvero una cosa magnifica.

Ho solamente detto a Josh che la cena era andata bene e che ero riuscita a mantenere la calma.

Non ho accennato alla presenza di Melissa. Dovrei spiegare troppe cose e non ho voglia di altri drammi.

Oggi Josh ha insistito veramente tanto sul fatto che voleva stare con me e ci ho messo davvero tanto ad accettare. Oggi è Capodanno.

Questa giornata mi mette addosso un'immensa ansia. Ho paura anche solo a mettere un piede fuori di casa, non riesco a camminare per strada.

Ho paura che da un momento all'altro qualche ragazzo spari un petardo o che comincino i fuochi d'artificio e io mi ritrovi a terra a urlare.

Non voglio che qualcuno metta le mani su di me per aiutarmi o che la gente si metta attorno a me per capire cos'abbia. Non voglio che qualcuno veda il mio corpo tremare o senta le mie urla strozzate. Non voglio la compassione di nessuno.

E sicuramente non voglio nemmeno finire di nuovo in ospedale solo perché non riesco a sostenere qualche botto.

Josh però ha insistito così tanto per portarmi fuori e io non volevo spiegargli le mie motivazioni.

So che sa benissimo che io ho paura dei botti e forse se n'è anche reso conto visto che non mi ha più chiesto niente riguardo alla festa di stasera.

Non sono mai stata un'amante delle feste, però credo che mi sarei divertita a festeggiare l'anno nuovo con gli altri, ma non posso farci niente e nemmeno loro.

D'altra parte mi sono detta che una passeggiata di pomeriggio non può farmi niente. Non credo che la gente comincerà a sparare fuochi, petardi o botti alle quattro del pomeriggio.

Vedo Josh arrivare verso di me con dei pantaloni marroni e un cappotto lungo nero.

«Bel cappellino, chi te lo ha regalato?» mi sorride.

«Uno che proprio non sopporto» alzo gli occhi al cielo.

«Andiamo a bere qualcosa di caldo?» propone tra le risate.

«Va bene. Andiamo a piedi o in macchina?»

«Ho la macchina qui, ma possiamo anche fare quattro passi e poi torniamo indietro quando ti riaccompagno a casa.»

Annuisco e ci incamminiamo verso la caffetteria più vicina.

«Mi piace qui» dico mentre mi siedo su una delle poltrone rosse.

«Sì, anche a me» risponde Josh. «Non l'avevo mai notato prima.»

Appesi ai muri ci sono svariati quadri di varie dimensioni, ma uno attira la mia attenzione. C'è una donna vestita di nero seduta sulla riva del mare mentre guarda un'altra donna. Sono la stessa identica persona, solo che l'altra donna è vestita di bianco, ed è immersa tra le onde.

«Ti piace?» sento chiedermi da Josh e annuisco senza distogliere lo sguardo.

«È un quadro così contraddittorio» sussurro. «Sono la stessa identica persona ma anche due persone completamente diverse. Credo che la donna vestita di nero sulla riva sia la parte oscura mentre quella vestita di bianco tra le onde sia la parte buona o quella felice.»

Sento gli occhi di Josh perforarmi il corpo, ma continuo a fissare intensamente il quadro.

«Secondo te cosa vuol dire?»

«Credo che la donna vestita di nero stia guardando la sua parte felice andare alla deriva. La perdi ma la guardi andare via perché sai che non puoi fare niente. Diventi anche stanco di lottare e decidi semplicemente di rimanere sulla riva insieme alla tua oscurità. A volte succede, sai? Perdersi fino al punto da non ritrovarsi più.»

Fisso ancora per un po' il quadro e poi mi volto verso Josh.

Mi sta guardando intensamente e mi sento spogliata dal suo sguardo. Perché devo sempre dire tutto ciò che mi passa per la testa?

«O-ordiniamo, okay?» balbetto nascondendomi con il menu.

«Vado direttamente al bancone, così ci metteremo di meno.»

La poltroncina davanti a me viene occupata, solo che questa volta non è Josh ma Clark.

Clark? Cosa ci fa qui?

«Ehi, bellissima» mi sorride lui.

L'ultima volta che ho visto Clark è stato quando discuteva alla partita con Olly e tutti gli altri nostri incontri non sono mai stati più di tanto normali.

A parte essere enigmatico, a me non ha mai fatto niente, ma sono sicura che se Josh lo vedesse lo picchierebbe davanti a tutti.

«Non mi rispondi?»

Mi sporgo un po' in avanti e noto che Josh è ancora in fila e che non ha ancora guardato da questa parte.

«Cosa vuoi, Clark?» chiedo schietta.

«Ero qui in giro, ti ho vista dalla vetrina e ho pensato di venire a salutarti» mi sorride ancora.

«Oh, ma che premuroso» esclamo ironica facendolo ridacchiare.

«Sei da sola?» Faccio un cenno verso il bancone e Clark si gira verso Josh.

«Vedo che non hai ascoltato le mie parole» mi dice quasi duro.

«Perché hai dato a Josh del bugiardo?»

Non so nemmeno io da quanto tempo mi tenevo questa domanda per me.

Josh mi ha giurato che non ne ha la minima idea e a me sembrava fosse sincero, ma anche Clark era così convinto mentre parlava.

«Da quanto vuoi chiedermelo?» Fa un sorriso furbo.

«Rispondi o no?» Sto cominciando a stufarmi.

«Io non ho detto niente.» Si accascia alla poltrona. «Ho semplicemente tenuto una lezione...»

«Una lezione che non c'entrava niente, visto che parlavamo d'altro» lo correggo.

«Be', io posso parlare degli argomenti che voglio, se poi lui si è sentito tirato in causa un motivo ci sarà, no?»

«Tu lo fissavi, sembrava stessi parlando direttamente con lui, mi hai presa per scema?»

Clark ride e sporge un po' il suo viso verso di me e mi guarda con quel suo sorriso furbo.

È brutto da dire, ma purtroppo è bello, ed è un peccato visto che è un cretino. Ma posso anche dire che è estremamente intelligente e una persona profonda, molto più di quanto dà a vedere.

«Ti fidi di Josh?» mi domanda.

«Sì.»

«Ne sembri convinta.»

«Lo sono» rispondo sicura. «Perché dovrei credere a te?»

«Perché dovresti credere a Josh?» ribatte Clark.

«Be', lui lo conosco, di te so a malapena il nome e che fai uno stage nella nostra scuola.»

Clark mi guarda e si passa la lingua tra le labbra prima di riprendere parola. «A volte sono le persone più vicino a te che ti pugnalano» dice continuando a guardare le mie labbra. «Sei davvero bella oggi.» Mi prende una ciocca di capelli e gli sposto subito la mano.

«Non attacca.» Quasi mi metto a ridere per il suo tentativo di distrarmi.

«Ci ho provato.» Ride e mi aggiungo anch'io.

Mentre Clark imbocca la porta ed esce dalla caffetteria, Josh lo vede e si avvicina al tavolo con aria contrariata.

«Cosa voleva? Perché è venuto a parlare con te immagino, no?»

«Niente, era venuto solo per fare il cascamorto e principalmente dare fastidio a te e a quanto pare ci è riuscito» lo guardo severa.

Messaggio da papà:

"Jennifer, ti dispiacerebbe farmi un favore? Dovrebbe passare uno dei segretari di un cliente oggi a casa per prendere delle pratiche, solo che io sono bloccato al lavoro, ti dispiacerebbe prendere le pratiche dal mio ufficio e aspettarlo?".

Alzo gli occhi al cielo nel leggere il messaggio e maledico mio padre perché lavora anche a Capodanno.

Ormai è passata un'ora e quel segretario non si è ancora fatto vivo. Siamo sul divano in salotto, la mia testa è sulle gambe di Josh mentre passa la mano tra i miei capelli.

Continua a dire che dovrebbe controllare la mia voglia per assicurarsi che vada tutto bene e che a volte possono essere pericolose per la salute.

«Quindi ne sei sicura?» mi domanda ancora.

«Josh» lo richiamo al limite della pazienza. «Ne sono sicura!»

«Va bene, va bene» ride «Quindi cosa farai stasera?»

«Mmh, niente. Tu?»

«La festa comincia alle dieci. Ma io, Olly e Alan andiamo prima per aiutare a sistemare» mi avvisa.

«Olly non la sento da un po'.»

«Avrà avuto da fare.» Sembra quasi agitato.

Passiamo il resto del tempo a parlare in generale e ogni tanto si lamenta del fatto che Alex e Chloe sono sempre insieme.

«Posso chiederti una cosa?» mi domanda serio.

«Ehm, sì cosa?» Il suo tono mi sta agitando.

Si muove leggermente e io mi alzo dalla mia posizione per poterlo guardare in faccia.

«Ti sei, ecco... ti sei mai sentita come quella donna del quadro?»

Non mi aspettavo sicuramente una domanda del genere. Avevo visto che era rimasto un po' interdetto dal mio discorso ma non pensavo ci avesse dato peso più di tanto, non fino al punto da rifletterci e rivolgermi quella domanda. Per quanto ci ha pensato?

«Io sì» mi rivela. «Credo di essermi sentito proprio come in quel quadro.»

«Credo che a tutti almeno una volta è successo di sentirsi così» parlo piano.

«Forse.» Porta il viso in alto. «A volte penso che mi sentirò costantemente così. È come se la mia parte vestita di bianco immersa tra le onde facesse avanti e indietro nella mia vita. Vorrei solo un po' di stabilità, credo ci siano troppe onde» ride nervoso guardandomi negli occhi. «Tu non credi?»

Sapessi quante volte sono stata alla finestra a guardare le persone passare, e a ogni loro sorriso era come se rubassero un pezzo di me. Sapessi quante volte mi sono sentita presa via dalla luce e nascosta dall'ombra. Se solo tu sapessi quanto mi sono sentita gettata nelle onde di quel quadro. Che poi tu magari ci provi anche a nuotare tra quelle onde per tornare a riva ma la corrente è troppo forte.

So che non sto parlando e che Josh mi sta continuando a guardare in attesa di una risposta.

Gli accarezzo la mascella e vorrei davvero togliere un po' del dolore che ha dentro con il mio tocco.

Cominciamo a baciarci persi l'uno nell'altra finché il campanello suona e sento Josh imprecare.

Il campanello suona ancora, ma nessuno di noi accenna ad alzarsi e rimaniamo ancora incatenati dai nostri sguardi.

Sembra che ormai basti guardarci per capire che non possiamo sfuggirci. Come se l'uno incatenasse l'altro.

Mi da un bacio a fior di labbra quasi impercettibile. E ormai io l'ho capito che sono incatenata nella sua gabbia ma non ne voglio uscire, io la chiave nemmeno la voglio cercare, voglio rimanere qui rinchiusa.

«Ma dove sono?»

Mio padre è in salotto che cerca freneticamente le chiavi della sua macchina mentre Isabel è seduta vicino al camino che lo guarda spostarsi come una trottola davanti a me.

Detto sinceramente? Ci sono rimasta davvero male quando ho saputo che lui e Isabel avrebbero passato il Capodanno fuori. Sembra che tutti si siano dimenticati quanto questa sia una serata infernale per me. Anche Anny e Greg erano soliti stare con me. Nonostante io non li calcolassi più di tanto stando rinchiusa in camera mia, rimanevano in casa e a me la cosa rassicurava molto. Sapevo che se fosse successo qualcosa, mio padre o Anny e Greg sarebbero venuti in mio soccorso.

Ma ora loro sono chissà dove e mio padre sta uscendo con Isabel e a me sale una grande tristezza.

Vorrei arrabbiarmi con Isabel perché mi porta via mio padre in una serata del genere ma l'unica persona con cui dovrei prendermela è mio padre, visto che lei non sa niente.

«Vado a cercarle in ufficio.» Esce frettolosamente dal salotto.

Riesco a vedere le chiavi proprio di fianco a Isabel ed è impossibile che lei non le abbia viste.

«Ma le chiavi sono lì» indico.

«Lo so» sorride.

«E perché non glielo hai detto?»

«Una piccola vendetta.»

Isabel ricomincia a parlare appena vede la mia espressione accigliata. «La sua segretaria oggi ci provava con lui e non vuole ammetterlo» sbuffa.

«Per questo gli hai nascosto le chiavi?» domando ridendo e Isabel arrossisce. «Si chiama Lena per caso?»

«Sì» spalanca gli occhi. «Come fai a saperlo?»

«Ci prova con mio padre dal suo primo giorno di lavoro.»

La faccia di Isabel è davvero troppo epica. Non posso non ridere, è completamente scioccata da questa mia rivelazione.

«Io lo sapevo!» Si mette la mani tra i capelli sospirando.

Quasi mi addolcisco vedendo Isabel in crisi per la gelosia nei confronti di Lena.

«Tranquilla. Mio padre non l'ha mai calcolata ed è troppo preso da te per guardare qualsiasi altra persona.»

Isabel mi dà un'occhiata forse per capire se sono veramente seria oppure la sto prendendo in giro. Mi rivolge un cenno del capo e un sorriso dolce mentre si rigira i pollici.

La prima volta il nostro scontro è stato abbastanza acceso, più che altro io sono stata accesa nei suoi confronti.

Mentre a cena non le ho praticamente mai rivolto la parola, quindi ovvio che è sorpresa da questa mia uscita.

«Io non voglio prendere il posto di Elisabeth.» Cosa c'entra mia madre ora?

«No se la dimenticherà mai.» Scatto subito forse con tono troppo duro.

«Lo so e ne sono contenta, non voglio che si scordi di lei.»

«Ricordare fa male» le dico.

«Far finta di non ricordare è anche peggio.»

Non aggiungiamo altro.

Guardo il cellulare e sono le undici e mezza. Mi alzo e chiudo la porta, poi chiudo bene la finestra e tiro le tendine.

Prendo le cuffie in modo da attaccarle al cellulare e ascoltare la musica al massimo. Così il rumore che sentirò sarà minimo e a me non succederà niente.

Mi tremano le mani mentre provo ad attaccare le cuffie e quasi mi viene da piangere per quanta ansia ho addosso.

La porta della mia camera si spalanca e il mio cuore si ferma mezzo secondo.

«Josh, cosa cavolo fai qui? Mi hai fatto prendere un colpo!» urlo io.

«Vestiti, è tardi» mi ordina tirando fuori dei jeans e un maglione dall'armadio.

«Cosa fai? Pensavo fossero entrati dei ladri, stava per venirmi un infarto!»

Ancora non riesco a realizzare il fatto che Josh sia piombato in casa mia in questo modo.

«Be', sono io, invece, quindi vestiti.» Mi lancia i jeans e il maglione.

«Josh, non posso uscire, okay?»

«Sì che puoi.» Ora basta sono al limite della pazienza. «Vestiti e andiamo.»

«No, Josh!» sbotto tirando via le coperte. «I botti, okay? Ci saranno un sacco di botti in giro, vuoi uccidermi per caso? Ti sei scordato cos'è successo tempo fa? Oppure il tuo cervello lo ha rimosso? Non verrò fuori con te solo perché tu hai degli stupidi vuoti di memoria. C'è un motivo se non sono voluta venire a quella stupida festa e non è sicuramente perché avevo voglia di fare la depressa in casa. Quindi no, Josh, non posso!»

Il mio busto fa su e giù per la foga che ci ho messo nell'urlargli contro ma lui non sembra scomporsi.

«Lo so» dice solo.

«Lo sai?» domando incredula.

«Mi ricordo dei botti.»

«E allora cosa diavolo fai qui?»

Josh si allontana e riprende un'altra volta i miei vestiti mettendomeli tra le mani.

«Ti fidi di me?» mi chiede piano.

«Josh, sì, ma davvero non posso» dico al limite ormai.

«Rispondi solo sì o no. Ti fidi di me?»

Sì che mi fido di lui. Ormai è ovvio che ho riposto molte volte la mia fiducia in Josh.

«Sì» sussurro.

«Allora vieni con me.»

«Io non...» ma vengo subito interrotta dalla presa ferrea di Josh.

«Fidati di me.»

Sono le undici e trenta e tra un po' ci saranno spari, botti e fuochi ovunque e non mi sembra che siamo molto lontani dal centro.

Corriamo così veloce che nemmeno riesco a capire dove stiamo realmente andando e non mi rendo conto di che cosa ho attorno.

Arriviamo davanti a una porta e Josh bussa freneticamente sotto il mio sguardo preoccupato.

«Finalmente! Dove eravate finiti?»

Meredith?

«Ci ho messo una vita per convincerla a seguirmi» grida quando entriamo dentro.

«La mia rossa preferita» mi saluta Drake con un bacio sulla guancia.

Ma cosa sta succedendo? Davvero non riesco a capire.

Siamo in un appartamento abbastanza grande. Ci sono luci sparse ovunque e in un angolo tantissimo cibo.

Perché sono qui?

«Jennifer, certo che potevi mettertelo un vestito» mi sgrida scherzosamente Olly spuntando davanti a me.

Ancora non riesco a parlare e non sto davvero capendo cosa stia succedendo.

«Se avessi dovuto anche convincerla a mettersi un vestito saremmo arrivati domani» le spiega Josh.

«Cosa sta succedendo? Io devo andare a casa» esclamo subito agitata.

«No, tu devi stare qui.»

Alan? C'è anche lui?

Mi guardo attorno e sono tutti presenti, dal primo all'ultimo, persino Melissa e Michael sono seduti sui divanetti. Cosa ci fanno qui?

«No ragazzi, non capite, io devo davvero andare.»

«È insonorizzata» spiega Drake. «Qualsiasi rumore proveniente da fuori qui dentro non si sentirà.»

«C-cosa?» Sono ancora sconvolta.

«Stai a vedere, rossa!»

Alan si alza e va verso la finestra con un petardo in mano. Lo accende appoggiandolo sul terrazzo e poi corre dentro.

Mi porto istintivamente le mani alle orecchie e mi volto dall'altra parte. Passa qualche secondo ma non sento nessun rumore. Mi volto e vedo che ormai il petardo è spento e tutti mi sorridono tranquilli.

«Buon Capodanno, Jennifer» mi abbraccia Meredith.

«Non so nemmeno cosa dire... grazie» rido nervosa.

«A dopo i sentimentalismi, mancano dieci minuti!» tuona Alan.

Un boato esce fuori dalla bocca di tutti e Drake accende la musica mentre Michael e Josh spostano alcuni divanetti. Vedo Melissa che guarda Michael adorante e mi avvicino a lei che tiene un bicchiere in mano.

«Sorpresa?» mi domanda.

«No, ma va. Ero completamente preparata a tutto questo. Mi aspettavo che un mezzo psicotico sarebbe venuto a casa mia di notte trascinandomi via come un forsennato.»

Josh ride e Alan annuncia che tra un po' comincia il conto alla rovescia e io mi guardo attorno sentendo che sta per scoppiarmi il cuore.

Guardiamo attentamente i fuochi che stanno per cominciare.

Josh mi stringe ancora di più e io istintivamente chiudo gli occhi mentre tutti quanti cominciano a urlare il conto alla rovescia e i ricordi riaffiorano in me.

Dieci.

Il bacio sotto l'albero e quello sotto le stelle.

Nove.

La prima volta che ho visto Meredith in biblioteca.

Otto.

Quando Drake ha cominciato a chiamarmi "rossa".

Sette.

I "batti cinque" con Alan.

Sei.

Quando ho scambiato ripetizioni per un tacos con Olly.

Cinque.

La mano di Melissa avvinghiata alla mia.

Quattro.

Isabel che nasconde le chiavi a mio padre.

Tre.

Michael che mi rassicura in ospedale e Leo che mi fa ridere durante l'ora di arte.

Due.

Anny e Greg che mi cucinano i pancake al mattino e l'odore di tè che preparava mia madre.

Uno.

Josh.

14

Jennifer's pov

«Be', potevi dirmelo!» sbotto.

«Non potevo, tesoro» ridacchia mio padre.

Il giorno dopo Capodanno mi sono alzata e la prima cosa che ho fatto è stata scatenare l'ira su di lui.

«Ti ho odiato» sbuffo accasciandomi sul divano.

Non può nemmeno immaginare quanto io fossi accecata dalla rabbia nel momento in cui lui se n'è andato con Isabel, ma quando Josh mi ha detto che mio padre sapeva già tutto mi sono sentita risollevata.

Non so davvero come avrei reagito al suo ritorno sapendo che mi aveva lasciata da sola in una delle notti che mi mettono più timore.

«Jennifer, tuo padre è stato una manichino di legno per tutta la serata, era preoccupatissimo» ride Isabel.

«Non è affatto vero» si difende lui.

«Oh, sì, era tipo: "Se le capita qualcosa, Josh se la vedrà con me". Oppure: "Credo sia tardi, magari dovremmo tornare a casa" e non era nemmeno mezzanotte.»

Mio padre lancia un'occhiataccia a Isabel che si prende beatamente gioco di lui.

Anny e Greg tornano domani e siccome io non so nemmeno spalmare decentemente il burro sul pane e mio padre nemmeno sa che forma abbia la cucina, Isabel è venuta a cucinare per noi.

Mentre Isabel continua a prendere in giro mio padre, mi arriva un messaggio. È un numero sconosciuto.

Messaggio da sconosciuto:

"Tu hai visto, vero?".
Ma chi è? Visto cosa poi?
Un altro messaggio in arrivo.
Messaggio da sconosciuto:
"Sono Melissa".
Messaggio a sconosciuto:
"Come fai ad avere il mio numero? E poi visto cosa? Non fare la psicopatica già di prima mattina".
Messaggio da Melissa:
"Tu invece sei acida già di prima mattina! Comunque parlavo di Michael, hai visto il bacio, vero?".
Messaggio a Melissa:
"Sì, è stato orribile, avrei preferito non vedere. Però tu avevi un sorriso da imbecille, quindi credo sia okay".
Messaggio da Melissa:
"Milton, come fai a essere così insopportabile già a quest'ora?".
Messaggio a Melissa:
"Chiamalo dono".
Messaggio da Melissa:
"Sìsì, va bene. Comunque Roy mi ha inviato uno strano messaggio dicendo che vuole parlarmi. E se sa che ho baciato Michael?".
Questa storia mi sta davvero cominciando a mettere un'ansia assurda e non vedo l'ora di mettere fine a tutto.
Messaggio a Melissa:
"Qualunque cosa sia, tu cerca di rimanere meno tempo possibile con lui, okay?".
Il tempo passa e da Melissa nessuna risposta. Forse sta semplicemente riflettendo, ma sapere che si dovrà incontrare con Roy mi agita.

Josh's pov

«Stupidi mocciosi» borbotto.
«Smettila di tenere quel broncio» mi ammonisce Jennifer. «Non dovevi venire se hai intenzione di rompere le palle tutto il pomeriggio.»
«E cosa dovevo fare? Lasciare due bambini innocenti con te? Ci tengo a mia sorella, sai?»

Dobbiamo badare a Chloe e Alex perché Meredith e Drake se la sono svignata. In realtà volevo semplicemente stare con lei. Ma questo magari me lo tengo per me ora.

«Smettila di fare il bambino» sorride dandomi un buffetto sulla guancia.

Chloe e Alex si avvicinano a noi e lei scende dalle mie gambe per prendere Chloe che l'abbraccia fortissimo, quasi a soffocarla, e io non posso che sorridere.

«Chloe, non respiro» ride Jennifer facendole allentare la presa.

«Volete già andare a casa?» domando.

«No» mi risponde Alex, «vogliamo andare là a giocare a palla.» Indica un campetto da basket.

«Dài, allora spostiamoci.» Jennifer mette giù Chloe.

«Sbrigatevi!»

Alex prende per mano Chloe e comincia a trascinarla verso il campetto mentre tiene la palla sotto il braccio.

«Non vedo l'ora che si stanchi di quel bambino» sentenzio io.

«Per me loro staranno insieme anche da grandi, forse anche solo come amici, ma staranno insieme.»

«Cosa te lo fa pensare?» le chiedo osservandola.

Jennifer immerge i suoi occhi nel loro sguardo mentre osserva le loro mani intrecciate. Abbozza un piccolo sorriso che poi diventa più grande e si gira verso di me.

Una ciocca rossa le svolazza davanti alla bocca e lei ci soffia su stringendo le labbra rosse.

Potrei svenire in questo esatto momento. Distolgo lo sguardo perché mi accorgo dalla sua espressione che la sto fissando troppo.

«Non ho una motivazione precisa, me lo sento e basta.»

«Mmh» annuisco poco convinto.

«Non hai mai avuto la sensazione di guardare una persona e dire: "Ce la metterò tutta per non lasciarla andare?".»

Questa volta non mi sta guardando e forse è meglio così perché questa domanda mi ha fatto vacillare.

Forse sì. Forse ho guardato Caroline in quel modo ma non ne sono completamente convinto.

«Non credo» rispondo sincero.

«Nemmeno con Caroline?» Sapevo che voleva andare a parare lì.

«Non so. Non l'ho mai pensato perché non avevo mai pensato

all'idea che se ne sarebbe andata. Ho sempre dato per scontato che sarebbe rimasta, perciò non l'ho mai pensato.»

«Non è un po' triste?» mi domanda guardandomi.

«Cosa?»

«Dare per scontato che una persona rimanga.»

Faccio semplicemente spallucce mentre ci sediamo sulla panchina davanti al campetto da basket.

Chloe e Alex si passano la palla mentre io rimango di nuovo di sasso davanti alle domande e alle opinioni di Jennifer.

Forse è anche per questo che sono rimasto sconvolto quando Caroline se n'è andata all'improvviso. Perché ho sempre creduto che sarebbe rimasta per sempre. Non perché me ne dava dimostrazione, anzi la fiducia in lei era una cosa che barcollava spesso, proprio per questo le ero sempre appiccicato. Però il rapporto tra me e Caroline era così: io le davo quello che voleva e lei era contenta.

«Chloe vuole che giocate con noi!» urla Alex.

«Dài, andiamo» dice divertita Jennifer.

«Non possiamo rimanere seduti qui e guardarli?»

«Muoviti!»

Siamo rientrati a casa e siamo finalmente soli perché la mamma di Alex è venuta a prendere sia lui che Chloe. Siamo sul divano e Jennifer passa le dita sul mio torace e poi inclina la testa tracciando i tatuaggi sul mio braccio.

Posa il suo sguardo su di me e poi intreccia le sue gambe al mio bacino attirandomi verso di lei e mi bacia.

Non posso fare a meno di sorridere durante il bacio e poi comincia a sorridere anche lei e non riusciamo più a baciarci.

«Smettila di ridere, cretino» ride lei.

«Sei bella» dico sincero mentre la guardo con tutti i capelli sparsi sul divano.

Un leggero rossore si spande sulle sue guance e questo non può che farmi sorridere ancora di più.

Le lascio dei baci sul collo mentre Jennifer accarezza la mia schiena nuda e non so nemmeno io con quale forza mi stia trattenendo.

Devono darmi un premio perché qualche tempo fa avrei già cominciato e finito. Le accarezzo il ventre e quando è lei che comincia a mordicchiare il mio collo perdo qualsiasi tipo di controllo.

Le mordo il labbro e comincio ad abbassarle lentamente i leggings. La sento deglutire e non posso vedere la sua espressione perché è nascosta nell'incavo del mio collo. Però non mi sta fermando.

Tiro ancora un po' i suoi leggings fino a sotto il sedere e quando infilo la mano nell'elastico delle sue mutande la sua mano scatta sul mio braccio.

Toglie piano il mio braccio e si rimette a sedere aggiustandosi i pantaloni.

È rossissima in viso e non mi guarda nemmeno negli occhi e io sto entrando completamente nel panico.

Lo sapevo che non dovevo farlo! Ci devo andare piano con lei. Lei non è come le altre.

«Jennifer, scusami davvero» sussurro.

Non ho nemmeno il coraggio di parlare ad alta voce, da quanto mi sento stupido in questo momento.

Adesso non vorrà nemmeno più parlarmi, ne sono sicuro! Non ha ancora voltato il viso dalla mia parte.

«Ho agito senza riflettere. Mi sono fatto prendere la mano, non ti toccherò più e...» ma non mi lascia finire che si gira di scatto.

«No!» risponde subito «Josh, io...»

Diventa ancora più rossa e se la situazione non fosse quella in cui da stupido ho affrettato le cose ora riderei. Muove freneticamente le dita e poi riprende la maglietta infilandosela senza degnarmi di uno sguardo.

Sento come se con quel gesto l'avessi allontanata da me, come se avessi rotto qualcosa nel nostro legame.

Mi sto sentendo malissimo e quando si alza dal divano mettendosi in piedi ho quasi il cuore in gola.

«Te ne vai?» le domando.

Sembro quasi un cucciolo impaurito e mi sembra di essere veramente patetico nel sentirmi così in questo momento. Non mi era quasi mai capitato un rifiuto e quelle poche volte che è successo non mi è mai importato più di tanto.

Anche perché solitamente lo facevano solo per farsi desiderare e dopo tornavano da me.

Ma Jennifer non è così, lo vedo dal suo viso che questa non è una stupida tattica.

«A me dispiace davvero» ripeto ancora e lei chiude le palpebre.

«A me no.»

«No?» domando confuso.

A questo punto non ci capisco veramente più niente. Sembrava davvero scossa e infastidita dal mio gesto.

Mi fissa una manciata di secondi e poi si butta sul divano coprendosi gli occhi con la mano. «Josh, sono vergine.»

Ah, è questo il problema: è vergine. No aspetta, cosa? Vergine?

«Perché non me lo hai mai detto?» Non mi risponde e fa spallucce. «Avevi paura della mia reazione?»

«Non ho paura di te, Cliver!» scatta subito alzando il busto.

La guardo stralunato e poi scoppio in una fragorosa risata. Per quanto possa essere sotto pressione o imbarazzata Jennifer è sempre Jennifer!

«Cosa hai da ridere adesso?» sbuffa lei.

«Niente, ma rimani sempre la stessa Jennifer. Non mi importa» rispondo sincero.

«Non mentirmi!»

«Non sto mentendo.» La faccio sedere sulle mie gambe. «Ammetto di essere rimasto stupito, ma non capisco cosa dovrebbe cambiare questo.»

«Cambia» sbotta subito. «È più complicato. Perché tu… cioè tu… e poi io.»

Non sa nemmeno lei quello che sta dicendo, ma credo di aver capito il suo discorso.

«Jennifer, non mi importa.» Strofino il naso sul suo collo inalando il suo profumo. «Significa solo che sei mia a tutti gli effetti.»

Mi squilla il cellulare e leggo il numero di mio padre, quindi rispondo subito. Si infuria quando deve chiamare più volte.

«Sì?»

«Josh, sei a casa?» mi domanda svelto.

«Sì, perché?»

«Devi controllare le cartelle dei dipendenti, i conti non quadrano. Doveva farlo la segretaria, ma è in malattia. Io non riesco ora, puoi farlo tu? So che ne sei più che capace.»

«Proprio ora?» chiedo scocciato.

«Sì ora!» risponde burbero.

«Tutto a posto?» mi domanda Jennifer.

«Sì, devo fare un lavoro per mio padre. Andiamo in camera mia, vieni.»

Ci dirigiamo in camera e subito mi siedo al computer in attesa che si accenda. Jennifer ovviamente gironzola qua e là come fa sempre.

«Ancora non capisco perché tu abbia questi libri qui, se tanto non sai nemmeno leggere» dice prendendone in mano uno.

Apro la prima cartella e mi metto subito al lavoro. Mi devo concentrare.

«Sconosciuta numero 4.»

È davvero straziante il fatto che mio padre mi abbia inviato tutto il lavoro ancora prima che io accettassi. E se io avessi detto di no? Lui che ne sa?

«Sconosciuta numero 9.»

Se crede che può semplicemente ordinare e avermi al suo cospetto con uno schiocco di dita si sbaglia di grosso. Voglio davvero entrare a far parte dell'azienda di famiglia. A differenza di Kevin, questo è quello che voglio fare, ma ciò non significa che devo sottostare a tutto quello che mi dice mio padre.

«Tatiana Merel.»

Non ho la minima idea di che cosa stia dicendo Jennifer. Ma sono troppo occupato a maledire mio padre e a concentrarmi su queste buste paga per prestarle attenzione ora.

Il punto è che lui non capisce! Non capisce niente.

«Marie Flan.»

Non capisce che così facendo fa esattamente lo stesso errore che ha commesso con Kevin.

Ha la fortuna che io voglia entrare in azienda e che quindi non mi dispiace partecipare a quelle stupide feste o fare questi lavori. Ma se non fosse stato così? Si sarebbe comportato come ha fatto anni fa, ne sono sicuro.

«Sconosciuta numero 15.»

Cerco di scacciare il pallino di mio padre per concentrarmi al massimo sul computer ma automaticamente ripenso a oggi pomeriggio.

Mi aspettavo davvero di stare tutto il tempo seduto a badare a quei mocciosi, ma a quanto pare mi sono dovuto ricredere. Mi sono divertito.

«Clara Stewart.»

Mi sono divertita a rincorrere Jennifer a ogni stupida battuta che faceva per offendermi. A giocare a basket e sentirla vantarsi per un canestro che non ha nemmeno fatto lei.

«Sconosciuta numero 22.»

Ma soprattutto, anche se non sopporto quell'Alex, devo ammettere che Jennifer ha ragione. Chloe è ovviamente più felice quando c'è lui intorno. Se lei è felice lo sono anch'io. Non vedo mia sorella così contenta e felice da tempo ormai.

«Ella Blawly.»

Che razza di cognome è Blawly? Cosa sta leggendo Jennifer?

Mi arriva un'altra mail di mio padre in cui dice che devo mettere il tutto in ordine alfabetico.

Oh, fantastico, ma poi? Che nervoso.

Cerco di non pensare a quel dittatore di mio padre e ripenso a qualche attimo fa. Assurdo. Jennifer è vergine. Non so perché, ma mi sento persino sollevato.

Il pensiero che sono stato il primo a baciarla, il primo a toccarla e che le farà provare piacere mi dà un'euforia quasi unica.

«Cassy Blawly» ride Jennifer amaramente. «Deve essere la sorella.»

A questo punto davvero non capisco cosa stia facendo e mi giro verso di lei.

Mi guarda in modo cattivo quasi volesse alzarsi e uccidermi e io rimango impietrito.

«Sconosciuta numero 32» dice cattiva. «Sconosciuta numero 35.»

Sono sicuro che tutti i colori sono spariti dal mio viso e ho un groppo in gola così grande che non riesco nemmeno a deglutire.

«Laura Scott» continua, «Melissa Vans» finisce con una risata isterica.

Non riesco ad aprire bocca e vorrei solamente sparire da questa stanza. Mi sta guardando piena di odio, mi sta guardando come mi ha guardata quel giorno in ospedale.

«Jennifer Milton» ringhia leggendo il suo nome.

Mi sta guardando con disgusto e disprezzo, come non mi guardava da tempo ormai.

Vorrei davvero sparire da questa stanza perché sta stringendo con rabbia tra le sue mani la lista.

La mia lista.

15

Jennifer's pov

Josh è come una statua davanti a me e io sono il martello pronto a farlo in mille pezzi.

Non proferisce parola, sta lì seduto, come paralizzato.

Voglio che dica qualcosa, ma allo stesso tempo so che quando aprirà bocca vorrò solo prenderlo a schiaffi.

Sono stracolma di rabbia, persino i miei organi sono arrabbiati e non ho nemmeno capito ancora tutta la situazione. Anche se ho già un quadro generale, anzi, una lista generale!

«Jennifer io...» ma non continua a parlare.

«Tu cosa?» ringhio a denti stretti.

Sto cercando davvero di non urlare ma vorrei farlo così forte da spaccare ogni vetro in questa casa. Forse sto esagerando o forse no ma ora come ora non riesco a pensare a nient'altro che a Josh muto davanti a me e al foglio che sto stringendo in mano.

«Cos'è questo?» gli sbatto il foglio sul petto, ma lui continua a non rispondere. «Allora?» urlo a questo punto.

«Jennifer, ascoltami...»

«No!» lo interrompo. «Non ti ascolto. Ti ho fatto una domanda, rispondi! Cos'è questo foglio?»

«È una lista di ragazze, okay?» si alza sbattendo il pugno sulla scrivania. «È una lista che ho cominciato per gioco in cui scrivevo tutti i nomi delle ragazze che mi facevo.»

Chiudo gli occhi cercando di calmarmi, ma invece di vedere nero vedo rosso dalla rabbia e fuggo via.

Tutte le ragazze che si faceva. È così infantile, ridicolo e deplorevole!

Sono stata una stupida a farmi toccare in quel modo. Come mi è saltato in mente di fidarmi fino a quel punto? Stavo veramente per lasciargli la mia verginità? Per cosa poi? Per farmi mettere nella sua lista due volte? Magari avrebbe evidenziato il mio nome.

Che stupida. Rido tra me e me.

Io lo so perché rido. Io lo so perché ho urlato in quel modo. Perché nell'esatto momento in cui ho letto il mio nome in quella lista mi veniva da piangere. Ma lui non avrà mai le mie lacrime. Non avrà più niente da me. Josh è fuori dalla mia vita.

Non gli hai dato neanche il tempo di riprendersi dalle tue minacce e dal tuo sclerare per spiegarsi.

Non volevo rimanere un minuto in più in quella casa, stavo dando di matto.

Cammino fino alla fermata non sapendo dove andare. Non voglio tornare a casa e crogiolarmi in camera mia. So che una volta che sarò da sola la rabbia scomparirà e l'unica cosa che mi farà compagnia saranno la tristezza e la consapevolezza.

La consapevolezza di essere stata presa in giro, di aver creduto in qualcosa che in realtà non c'era. Di aver abbassato così tanto la mia corazza da farmi ferire in questo modo.

Assurdo il fatto che prima eravamo così intimi su quel divano, che il pomeriggio ci rincorrevamo mentre provava a insegnarmi a giocare a basket.

Eravamo spensierati mentre passavamo il nostro tempo assieme a Chloe e ad Alex. E ora?

Ora sono seduta a una fermata ad aspettare un autobus che non so nemmeno dove mi porterà. Non so dove scendere e non cosa pensare.

«Io cambio cognome!» sbotta Meredith. «Non posso avere lo stesso sangue di quello stupido.»

«Calma, Meredith.»

Tu che dici calma a lei?

«Io ancora non ci credo che abbia una lista con tutti i nomi» dice Olly.

«Io invece non ho ancora capito perché tu sei qui» le dico.

«Te l'ho già detto, ho incontrato Meredith sull'autobus tutta agitata e quando mi ha spiegato che Josh ti aveva fatto qualcosa sono venuta con lei» mi spiega.

«In realtà mi si è accollata addosso come una sanguisuga» ribatte Meredith.

«E tu perché eri sull'autobus?» chiedo a Meredith.

«Perché Drake è andato a casa nostra da Josh e io da lì ho preso l'autobus.»

Faccio un cenno con la testa per far vedere che ho capito e giro il capo.

Drake è da Josh ora? Chissà cosa si dicono…

Sono in totale confusione. Non riesco più a capire niente. La lista c'è. Il nome è presente.

I giorni sono passati velocemente e le vacanze sono finite in fretta, troppo in fretta secondo me.

Dopo quel discorso con Olly e Meredith ci siamo viste spesso nei giorni rimanenti, soprattutto con Meredith, ma l'argomento lista e Josh è sempre stato tabù.

Siamo andati a cena con Melissa e Isabel l'altro ieri sera e ne ho parlato anche con lei. In realtà mi ha costretta dicendo che si vedeva che qualcosa in me non andava. Dopo una mezz'ora delle sue lamentele le ho spiegato che io e Josh avevamo rotto qualsiasi cosa ci fosse stata tra di noi, senza nominarle la lista. C'era anche il suo nome e non avevo voglia di dirglielo. Dopo non ha insistito per sapere tutti i dettagli, sembrava quasi pensierosa come se qualcosa non le quadrasse, ma non ho voluto indagare oltre e ho spostato l'argomento su Michael.

Mi ha spiegato che dopo Capodanno si sono visti solo una volta perché non voleva affrettare le cose e aveva paura che Roy scoprisse tutto. A quanto pare quel messaggio che le aveva scritto non era niente di importante e voleva solo incontrarla. Non l'ha più toccata, ma solo perché ha molto da fare e si vedono raramente.

Da quel giorno non ho più né visto né sentito Josh ed è meglio così, anche se oggi purtroppo lo rivedrò.

Ricomincia la scuola e sarà inevitabile incontrarlo. L'unica cosa che devo fare è mantenere la calma.

La macchina stamattina non partiva perché mi sono dimenticata di fare benzina e mio padre e Greg erano già usciti, quindi ora sono in estremo ritardo.

Corro per il corridoio per riuscire ad arrivare in tempo a lezione di letteratura. Quando entro tutti gli occhi si posano su di me, compresi quelli di Josh, che mi scruta attentamente.

Appena incontro il suo sguardo lo distoglie subito riportandolo sul banco. Perfetto, direi.

Noto Clark seduto nell'angolo della classe e appena nota che l'ho visto mi fa un cenno con la mano che ricambio con un gesto del capo.

Strano che sia qui se non sta facendo lezione, di solito non partecipa mai alle lezioni.

«Clark è venuto qui oggi perché la prossima volta non ci sarà e ha bisogno del bonus di oggi» spiega la professoressa rispondendo alla mia domanda silenziosa. «Vai a pagina 242, siamo arrivati lì.»

La lezione passa normalmente mentre leggiamo e commentiamo *Orgoglio e Pregiudizio*. È uno dei tanti libri che ho sempre amato e passare questi mesi a leggerlo non mi ha procurato altro che piacere. Chissà se Josh lo ha davvero letto. In caso contrario dovrebbe farlo, credo imparerebbe qualcosa.

Ogni tanto sento il suo sguardo su di me, ma appena faccio il minimo movimento lui riporta l'attenzione sulla lezione. Cosa sta facendo?

Oltre agli occhi di Josh sento su di me anche quelli di Clark, con l'unica differenza che lui non lo nasconde.

Rimango incantata dalle parole che escono dalla bocca della mia professoressa. La sua voce è davvero soave: «Si struggeva dal desiderio di sapere cosa si agitasse in quel momento nell'animo di lui, in che modo egli pensasse a lei e se, a onta di tutto, gli fosse ancora cara. Forse era stato gentile perché si sentiva a suo agio, eppure c'era stato quel non so che nella sua voce che non somigliava a un senso di agio. Non avrebbe saputo dire se, vedendola, egli avesse provato più gioia o più dolore, ma quel ch'era certo era che non l'aveva veduta con animo indifferente...».

Quante volte la mia mente è stata torturata dai pensieri su Josh. Quante volte, in questi giorni, ho pensato a ogni momento fra noi per capire se lui davvero ci tenesse o meno.

Ancora adesso mi chiedo perché in tutto questo tempo lui si sia comportato così con me. Tutta quella sua preoccupazione nei miei confronti, il dormire con me e confortarmi, il cercare di farmi stare bene. Contare le mie lentiggini, farmi raccontare avvenimenti felici della mia vita, venire in casa mia nel pieno della notte per controllare che stessi bene. Organizzare quella sorpresa a Capodanno per non farmi stare da sola.

Cosa prova quando mi vede? Ha almeno un po' di rimorso?

La vibrazione del mio cellulare mi distrae dalla mia tortura mentale.

Messaggio da Melissa:

"Come mai sei arrivata tardi?".

Mi guardo attorno per essere sicura che la professoressa non mi stia osservando e non appena ne sono sicura comincio a digitare.

Messaggio a Melissa:

"Non mi partiva la macchina. Perché?".

Messaggio da Melissa:

"Niente, per sapere. Pensavo che oggi non saresti venuta, se no ti avrei lasciato il posto vicino a me. Josh non fa altro che fissarti".

«Ragazzi» la professoressa chiude il libro, «per oggi abbiamo finito, però visto che mancano dieci minuti volevo chiedervi una cosa. Molti di voi sono andati avanti nella lettura, perciò volevo che alcuni di voi, in questi minuti rimasti, mi leggessero la loro parte preferita. Voglio sapere quale parte vi è piaciuta e se volete anche una motivazione.»

Il silenzio cala e nessuno parla mentre lei aspetta appoggiata alla cattedra che qualcuno dica la sua.

«Nessuno?»

«Io» dice Clark.

«Tu non sei un alunno di questa classe!» ribatte Josh.

Quasi spalanco la bocca nel sentire la sua voce dopo questi giorni. È roca e forte, persino rabbiosa. Serviva Clark per farlo uscire dal suo stato di trance?

«Josh, se vuole parlare qui nessuno glielo vieta.»

Clark fa un sorrisetto che fa stringere di più i pugni di Josh. Si avvicina a me e prende il libro sul mio banco.

«Posso?»

Poteva benissimo prenderlo dal ragazzo vicino a lui oppure quello della professoressa appoggiato alla scrivania.

«Sì.» Non posso negarglielo davanti alla professoressa.

Clark prende il mio libro e solo ora ricordo che è aperto alla pagina in cui ho evidenziato la frase. Clark guarda la pagina e poi sposta lo sguardo su di me. Lo incenerisco perché è come se si stesse appropriando della mia privacy.

Fa un passo indietro e va diretto a una pagina, senza nemmeno sfogliarlo, segno che sa già quale parte vuole leggere.

Guardo velocemente la pagina, mentre lui fa un piccolo colpo di tosse e poi posa lo sguardo su di me.

«Elisabeth, che s'era piuttosto aspettata di ferirlo, rimase meravigliata della sua galanteria; ma v'era in lei un misto di dolcezza e birichineria che le rendeva difficile offendere la gente; e Darcy non era stato mai tanto affascinato da una donna quanto si sentiva ora affascinato da Elisabeth.»

La parte non è lunga ma il suo sguardo intenso posato a intermittenza su di me mentre leggeva l'ha fatta durare un'eternità.

Cosa sta cercando di fare? Perché mi ha guardata mentre recitava la parte? Spero non ci sia nessun motivo di fondo, perché non ho davvero bisogno degli enigmi e sotterfugi di Clark ora.

La professoressa fa scattare il suo sguardo tra me e Clark, forse si è accorta di qualcosa, e anche Josh, visto che sta praticamente distruggendo la matita tra le sue mani.

«Okay» tossisce la professoressa. «È una parte davvero bella, Clark, grazie.»

Lui torna al suo posto facendomi un piccolo sorrisetto e io gli mimo un "ti uccido" che lo fa solo sorridere di più.

«Qualcun altro?»

«Io» dico alzando la mano.

«Oh, Jennifer, certo» mi risponde sorridente. «Vieni pure davanti alla cattedra, visto che sei in piedi.»

Vado al centro della scrivania e quando guardo la pagina che ha aperto Clark rimango un po' interdetta. Gli do uno sguardo veloce e lui mi fa un cenno con la testa per indurmi a leggere.

Mi ha lasciato la pagina dove ho sottolineato quella frase. Perché vuole che io la legga?

«Hai trovato la parte?» mi chiede la professoressa, notando il mio silenzio.

«Ehm, sì, un attimo.»

Non voglio leggere quella frase sapendo che Josh mi sta ascoltando e tantomeno voglio sottostare agli ordini di Clark.

Sfoglio freneticamente le pagine finché non scorgo ciò che stavo cercando.

È una parte che so a memoria, perciò dopo averla riletta velocemente dirigo il mio sguardo verso Josh che questa volta mi sta osservando.

«Sono poche le persone a cui io voglio veramente bene e ancor meno sono quelle di cui io nutro una buona opinione. Più conosco il mondo e meno ne sono entusiasta: ogni giorno che passa mi conferma il mio giudizio sull'instabilità dei caratteri e sullo scarso affidamento che va fatto su ciò che può apparire merito o ingegno.»

Questa volta sono stata io a puntare il mio sguardo su Josh e non sembra avergli fatto molto piacere la parte che ho letto.

Spero che abbia recepito il mio messaggio. Spero che abbia capito che sono davvero poche le persone per cui io provo un affetto vero e spero si sia reso conto che ormai è fuori da quella cerchia ristretta.

Alza la mano con mio grande stupore e io ne rimango abbastanza scioccata.

«Posso leggere una parte anch'io?» chiede.

«Oh, sicuro, sta per suonare, ma se non ci metti molto...» La professoressa viene interrotta dalla voce di Josh.

«So già cosa leggere, ci metto poco.»

Prende il libro e va diretto su una pagina. Non pensavo che avesse davvero cominciato quel libro e nemmeno che sarebbe stato disposto a leggerne una parte davanti a tutti.

«Fin dall'inizio, fin dal primo istante, direi quasi, che l'ho conosciuta, i suoi modi, palesandomi appieno tutta la sua alterigia, la sua presunzione, il suo egoistico sdegno dei sentimenti altrui, furono tali da costituire quella base di disapprovazione sulla quale gli avvenimenti che seguirono hanno costruito una così irriducibile antipatia; e non era ancora un mese che la conoscevo che già sentivo che lei era l'ultima persona al mondo che mi sarei mai lasciata indurre a sposare.»

Mi irrigidisco nel sentire tali parole provenire dalle sue labbra con voce roca mentre mi blocca con il suo sguardo.

La campanella suona, ma io rimango pietrificata. Chiude violentemente il libro uscendo dalla classe senza più guardarmi.

Mentre passo tra i libri, scorgo una figura accanto alla finestra della biblioteca e senza nemmeno pensarci corro di fuori il più veloce possibile.

«Josh!» lo chiamo forte.

Si gira di scatto e spalanca gli occhi appena mi vede. Si guarda attorno come per essere sicuro che mi riferissi a lui e poi rimane impalato davanti a me. Cammino veloce, presa da un impeto di rabbia e tristezza che mi sta logorando il cuore.

Mi avvicino a lui e gli tiro un pugno forte nel petto fino a farlo indietreggiare di qualche passo.

«Ora io voglio che tu parli! Voglio che tu mi dica perché hai scritto il mio nome in quella lista. Perché hai sprecato così tanto tempo con me? Solo per quella lista? Potevi lasciarmi andare subito, no?» Continuo a tirargli pugni sul petto che a 'sto giro non lo fanno smuovere. «Dimmi perché non mi hai lasciata stare dopo che hai scritto il mio nome. Dimmi perché mi hai voluto prendere in giro in quel modo.»

Josh mi afferra forte per i polsi e mi spinge contro il muretto vicino a noi. «Io non volevo andasse così, okay? Volevo metterti su quella lista va bene? Sei contenta? L'ho detto. Il mio scopo era quello di metterti nella lista, ma dopo le cose sono cambiate, Jennifer! Sono cambiate perché ho cominciato a voler stare davvero con te. Ho cominciato a provare qualcosa per te e non per quella lista.»

«Quindi quello che c'è stato era per mettermi nella tua lista? Quando è stato il momento in cui hai cominciato a stare con me per davvero?»

Josh mi guarda nervoso e poi molla la presa sui miei polsi per allontanarsi un po'.

«Josh, rispondimi!»

Non voglio ricevere silenzio. Non voglio più avere tutte queste domande in testa. Non voglio avere dubbi o rimorsi.

«Non lo so, Jennifer! Mio dio, non lo so!» urla. «Non lo so nemmeno io quando ho cominciato a provare davvero qualcosa per te, so solo che qualcosa c'è! Non so cosa sia, non so quando ho cominciato, non so un cazzo.»

«Questo mi fa solo capire che tu non hai mai provato niente, in realtà! Perché quel giorno mi hai risposto con il silenzio. Perché non mi hai più cercata. Ho avuto il tuo silenzio per giorni mentre io volevo solo una tua parola. Quel giorno che sono andata via da casa tua avrei voluto davvero che tu mi fermassi ma non l'hai fatto. Non hai fatto niente e anche adesso sono stata io a venire a parlare con te. Josh, la mia vita è stata sempre un'ombra. Tutta un "forse", "non lo so", "credo". Sono stanca di stare sempre sul filo del rasoio, io voglio appoggiarmi a una colonna solida.»

«Allora io sono la persona sbagliata, Jennifer. Io non posso stare con te perché io non sono una colonna. Sono una parete sgretolata. Una stupida parete sgretolata che può cadere da un momento all'altro. Quindi non sono io la persona con cui devi sprecare il tuo tempo!»

«E da quando pensi questo?» domando ormai con voce rotta.

«Da sempre. Da quando Caroline se n'è andata io non ho più potuto avere una relazione, non ne sono stato in grado e continuo a non esserlo tuttora. Dopo di lei ho cominciato a scrivere quella lista. Leggendo i nomi su quel fogli mi sentivo appagato perché così mi sentivo come se stessi andando avanti, ma con te non è stato così. Non mi sentivo appagato nel leggere il tuo nome sulla lista, ma nell'averti accanto. Perciò mi dispiace per quella lista. Mi dispiace di averti dato una falsa speranza di credere che tra di noi potesse esserci qualcosa di stabile, ma non ci sarà. Non so nemmeno io perché ci ho provato, ma a quanto pare non ne sono in grado, lo vedi, no? Se non è un casino è un altro. Se non sono lacrime sono urla, se non sono urla è rabbia oppure tristezza. È tutto così tra noi, Jennifer. Ti posso giurare su ciò che ho di più caro che il mio unico scopo non era metterti in quella lista, ma se tu vuoi stabilità allora io non sono per te. Non posso darti ciò che vuoi: io non sono stabilità, io sono un casino e tu lo sei tanto quanto me. E due casini insieme ne formano solo uno più grande!»

«Da sempre? Lo pensi da sempre? Allora perché hai fatto tutto questo se sapevi che non avresti mai potuto darmi una vera relazione? Volevi fare un test di prova? E adesso? Il test ha fallito, quindi si passa a un'altra ragazza oppure se ne aggiunge un'altra alla lista, vero?»

Josh stringe forte i pugni mentre io continuo a parlare con un peso enorme nel petto che diventa sempre più grande. Le parole mi escono a fiumi come la rabbia.

«Mi sento così sciocca sai, Josh? Perché io me lo sentivo che qualcosa non andava. Sentivo che qualcosa non quadrava, ma mi sentivo così infantile a venire a chiederti: "Ehi, Josh, ma quindi noi due stiamo insieme? Cosa siamo? Cosa provi per me?"» alzo la voce. «Ma forse era meglio che facessi la figura della stupida, anziché stare qui a urlarti contro. Dici che in realtà la lista non ha mai avuto una vera influenza su noi due, vero? Allora giuramelo. Giurami che non mi hai mai baciata davanti agli altri per puro caso. Giura che non avevi problemi a far vedere agli altri che stavamo insieme. Giurami che non mi hai mai abbracciata davanti agli altri o che non mi hai baciata a Capodanno per puro caso. Ti sei sempre comportato diversamente quando eravamo da soli e quando eravamo in presenza di altre persone. È sempre stato un caso? Io non credo, sai.» Ora la mia voce è più bassa. «Tu ti comportavi diversamente perché non mi hai mai considerata veramente parte della tua vita. Non mi hai mai considerata la tua ragazza. Hai sempre avuto in mente quella lista.»

Mi avvicino a lui e stringo la mia mano sulla sua maglietta fissandolo negli occhi e cercando di non rimanere incantata da quel nero che mi ha sempre affascinata.

«Guardami negli occhi, Josh.» Stringo forte la sua maglietta. «Guardami negli occhi e dimmi con sincerità che tu mi consideravi la tua ragazza e che è sempre stato un caso che ti comportassi in un altro modo vicino agli altri. Guardami negli occhi e giurami che la lista non c'è mai entrata niente in realtà e che tu per me hai sempre provato qualcosa. Solo per me, senza nessuno scopo. Sempre.»

Stringo ancora più forte la mia presa pregandolo con gli occhi di giurarmi ciò che gli ho chiesto. Pregandolo di dirmi la verità. Chiudo le palpebre e solo ora realizzo che voglio sentirmelo dire perché non sono pronta a farlo uscire dalla mia vita. So che posso sembrare debole, ma anche se adesso mi giurasse tutto ciò e io mi accorgessi che sta mentendo probabilmente farei finta di niente. Perché sono così stanca di crearmi muri attorno, stanca di essere arrabbiata per non piangere. Stanca di tutta questa ansia che mi sta pressando il cuore.

La mia presa si allenta perché Josh si è allontanato da me indietreggiando di un passo. Mi guarda, ma non mi sta realmente guardando perché sposta gli occhi dal mio viso a terra, combattuto su cosa dire o semplicemente troppo nervoso per sostenere il mio sguardo.

«Mi dispiace, Jennifer…»

16

Jennifer's pov

Vuota.

È esattamente come mi sento in questo momento. Assolutamente e inevitabilmente vuota.

Niente rabbia o tristezza, mi sento semplicemente impossessata da una sorta di apatia, un vuoto.

Come se mi avessero tolto una parte importante, ed è davvero difficile pensarla così, visto che Josh a quanto pare non ha mai fatto parte della mia vita.

Cos'era in realtà Josh? E adesso che cos'è?

Vorrei arrabbiarmi in questo momento, ma non riesco a fare nemmeno quello.

Da quanto tempo sono seduta qui ormai? Continuo a tenere lo sguardo fisso senza guardare realmente.

Dipendevo veramente così tanto da Josh da sentirmi così ora? Eppure ero stata attenta. Ero stata così attenta in questi anni a non farmi ferire da nessuno. Ma è arrivato lui e in pochi mesi ha stravolto tutto. Distrugge i miei muri, scava le mie fosse e abbatte le mie corazze. Non sono mai stata una persona ingenua, tantomeno debole. Quindi ora mi chiedo: com'è potuto succedere?

Mentre continuo a torturarmi con le mie domande senza risposta scorgo una figura che mi sta guardando da lontano.

Drake.

Chissà da quanto tempo mi sta osservando senza avvicinarsi. Devo ammettere che all'inizio ero arrabbiata anche con lui per avermelo tenuto nascosto, perché ovviamente lui sa tutto. Il giorno che Meredith è venuta da me lui è andato da Josh.

Distolgo lo sguardo, stanca di questo fissarmi senza senso e subito dopo lo vedo con la coda dell'occhio che si avvicina a me.

«Sei arrabbiata con me?»

Arrabbiata con lui? Magari, penso tra me e me. Non so cosa darei in questo momento per provare rabbia e sfogarmi. Non sono più arrabbiata nemmeno con Josh.

Qui ormai non si parla più della lista, ormai l'argomento si è spostato su tutt'altro, le parole di Josh sono state chiare.

«No» rispondo secca.

«Sembrerebbe di sì.»

«Tu sapevi, vero?» domando solo per averne una conferma.

Drake distoglie lo sguardo e dopo un grande sospiro annuisce. Non ne rimango per niente sorpresa. Era solo per una conferma, un dubbio in meno non fa male, visto che ora come ora ne sono piena.

«In mia difesa posso dire che non ne ero completamente a conoscenza» mi rivela.

«Cioè?» domando ora interessata.

«Sapevo che Josh voleva metterti nella lista, ma non sapevo che avesse veramente scritto il tuo nome. Credevo che avesse lasciato perdere e che volesse stare davvero con te. E ne sono ancora sicuro.»

Annuisco impercettibilmente, ma Drake continua a parlare.

«E poi Josh è il mio migliore amico da sempre. Ti voglio un gran bene, Jennifer, e ho una profonda stima nei tuoi confronti, ma non tradirei mai Josh. In nessun modo. So che è un esempio strano, ma prova a vederla in questo modo» spiega guardandomi con un sorriso dolce. «Se Meredith avesse avuto questa lista con il mio nome mentre sta con me tu verresti a spifferarmelo?»

«No» rispondo subito. «Non le farei mai un torto simile e poi sarebbe una cosa sua. Spetterebbe a lei decidere se dirtelo o meno.»

Drake mi guarda soddisfatto allargando il suo sorriso e ne faccio uno piccolo anch'io, capendo che con lui non posso prendermela.

«Non riesco proprio a vedercela, Meredith, con una lista» ridacchio leggermente.

«Lo spero» dice tranquillo sapendo anche lui che è impossibile.

Decido di raccontargli cos'è successo perché se continuo a tenermi tutto dentro sento che impazzirò.

Gli racconto tutto per filo e per segno. Gli spiego che lui non si sente in grado di avere una relazione, che non può darmi ciò che voglio, che non si sente una colonna ma una parete sgretolata.

Perché ormai il problema non è più la lista. Il problema è Josh. Il problema è che lui è rotto tanto quanto me. Nessuno dei due ha certezze, basi solide su cui camminare. Troppe ferite per poter curare quelle dell'altro.

«Jennifer, sei una ragazza intelligente, puoi benissimo arrivarci da sola. Sono cresciuto con Josh, l'ho visto io stesso giocare con quelle ragazze, scrivere i loro nomi nella lista e far finta di non conoscerle il giorno dopo. Ci giocava un po' e se non riusciva nel suo intento, anche se accadeva di rado, le lasciava perdere dopo qualche giorno.»

Presto tutta la mia attenzione su di lui anche se ho già capito dove vuole arrivare.

«Inutile dire quanto tempo è stato dietro a te e quanti gesti abbia fatto che hanno fatto rimanere di sasso persino me. Quanto è rimasto confuso quando ti ha baciata e come ha continuato a stare con te anche dopo, e per diverso tempo. Ha sempre avuto in mente solo e semplicemente te. Si preoccupava per te o rimaneva incantato guardandoti. La gelosia gli sprizzava da tutti i pori quando qualcuno si avvicinava troppo e fidati che se Josh provava tutto questo, il suo unico scopo non poteva essere la lista. Per questo gli credo: per quanto tu possa essere diffidente e Josh uno stupido, i fatti parlano chiaro.»

Assimilo parola per parola e sento di voler avere sempre accanto a me Drake per quanto riesce a essere saggio a volte.

Potrebbe tipo consigliarmi cosa mettere la mattina o che scelte fare durante la giornata, solo che dopo Meredith sarebbe gelosa, quindi accantono subito l'idea.

Solo per Meredith.

«Sei insopportabilmente saggio a volte. Dove la nascondi la tua saggezza, eh? Tra i ricci?» lo derido. «Sapevo che eri losco.»

«Sono pieno di sorprese» dice con fare altezzoso facendomi ridere.

Sono contenta che Drake sia venuto a parlarmi. Se non ci fosse stato lui sarei ancora qui a fissare il vuoto continuando a pensare ma senza arrivare a nulla.

Potrà anche essere il migliore amico di Josh, ma quando lui ha sbagliato in passato ha sempre preso le mie difese. Quindi se ora lo difende così un motivo deve pur esserci, no?

Ciò non toglie che io sia ancora abbattuta e confusa.

«Quindi ora cosa hai intenzione di fare?» mi domanda Drake.

«Io?» rispondo confusa. «Assolutamente niente.»

«Ma come?» aggrotta le sopracciglia. «Ti arrendi così?»

«Non è questione di arrendersi. È stato chiaro, mi sembra, no? Niente più Jennifer e Josh.»

Drake mi guarda stralunato e poi scoppia in una grande risata. «Cosa?» continua a ridere. «C'è sempre stato un Jennifer e Josh. Ancora prima che voi ve ne accorgeste.»

«Santo cielo» sbuffo. «Tu e Meredith avete i pensieri in sintonia.»

Drake fa un sorrisone nel sentire nominare la sua ragazza e io sono divertita dalla sua reazione.

«A proposito di Meredith, ormai ci starà aspettando per pranzo. Andiamo?» mi domanda allegro.

«Mmh, non so...» rispondo titubante.

«Jennifer, non chiuderti in te stessa.» Ora è molto serio nel parlare. «Non ci evitare e soprattutto non evitare Meredith. So che ora è complicato perché ovviamente è inevitabile non incontrare Josh, ma fidati che stare lontano anche da noi peggiorerà solo la situazione. Ti ho vista seduta lì da sola, sai? Volevi nasconderti e stare per conto tuo e non voglio mai più vederti con quello sguardo. Hai fatto tanto per arrivare dove sei ora, non rovinarlo. Le prime volte a malapena mi guardavi in faccia, ora invece addirittura ti confidi con me e non voglio perderti.»

Mi fa un sorriso rassicurante e io lo seguo senza esitare. Mi ci è voluto davvero tanto per dare un po' di fiducia alle persone, per riuscire a integrarmi di nuovo a Manhattan e non sarà Josh a rovinare tutto!

Appena arriviamo gli altri sono già al tavolo e subito mi rimangio tutto quello che ho detto.

Josh è concentrato sul suo telefono mentre alcune ciocche gli svolazzano davanti agli occhi e lui le trascina su con la mano.

Ma chi voglio prendere in giro? Faccio per andarmene, ma Drake mi afferra la mano.

«Non provarci neanche» e mi mette davanti a lui.

«Ti odio» borbotto, ma ricevo solo una risata.
«Ma dove eravate finiti voi due?» domanda Olly.
Tutti alzano lo sguardo su di noi, Josh compreso.
Mi fissa attentamente e io provo con tutta me stessa a fare finta di niente.
«Ora siamo qui» risponde Drake al posto mio.
Mi metto tra Olly e Meredith e noto che anche Melissa è seduta al tavolo.
«Ti stavo aspettando» mi dice e tutti si mettono in ascolto.
«Cosa vuoi?»
«Tuo padre ha chiamato me perché tu non rispondevi al telefono.»
Mi acciglio e prendo il cellulare tra le mani notando le chiamate perse di mio padre che prima non avevo sentito.
«Cosa voleva?» chiedo tranquilla.
«Mi ha chiesto se stasera vogliamo cenare tutti insieme.»
«E adesso ce lo chiedono?» chiedo nervosa.
«Anch'io non lo sapevo, eppure ha fatto tutto mia mamma.»
«Va be', quindi cosa vuoi fare?» le domando.
«Non so, andiamo?»
«Andata, però se cominciano a infastidirmi io me ne vado.»
L'ultima volta è stata veramente plateale. Non facevano altro che scambiarsi complimenti, accarezzarsi e cose del genere. A questo punto mi chiedo perché si ostinino a invitare me e Melissa, se tanto sono rinchiusi nella loro bolla.
«E io ti seguo» ride Melissa.
Faccio una risata, ma mi blocco non appena vedo gli sguardi di tutti i presenti sgranati verso di noi. Quello di Josh soprattutto.
«Ehm… scusate, ma cosa succede?» chiede Meredith.
«Voi vi odiavate» continua Drake.
Mi do una manata sulla fronte per essermi completamente dimenticata che gli altri non sanno della mia situazione familiare con Melissa.
«Glielo dici tu o glielo dico io?» mi domanda Melissa.
«Dire che cosa?» chiede Alan.
«Faccio io» sbuffo. «Io e Melissa siamo quasi sorellastre.»
«Che cosa?» gridano all'unisono, facendo girare un sacco di ragazzi verso di noi.
«Cosa urlate?» Melissa si nasconde il viso.

Le loro espressioni sono davvero impagabili, infatti scoppio in una immensa risata. Sembrano delle statuette paralizzate, soprattutto Josh che non ha ancora chiuso la bocca. Passa qualche secondo, ma ancora nessuno di loro parla.

«Secondo te si riprendono prima della fine della pausa?» chiede tranquilla lei mentre sorseggia il suo succo.

«Non lo so. Punto cinque dollari che Olly sviene» dico vedendola impallidire.

«Dieci dollari che sviene prima Meredith» ribatte Melissa.

«Smettetela!» dice con voce stridula Olly. «Siamo ancora tutti qui!»

«Sì, ne siamo consapevoli, ma sembrate delle mummie» li deride lei.

Josh mi guarda ancora scioccato tanto quanto Meredith e Drake. Forse loro si aspettavano che io glielo dicessi subito essendo miei amici.

«Quindi tuo padre sta con sua madre?» domanda Alan.

«No, il suo gatto sta col mio cane che non ho» dico ironica e Melissa alza gli occhi al cielo.

«Sì, Alan. I nostri genitori stanno insieme» risponde.

«E da quando va avanti questa storia?» chiede Drake.

«Sette mesi» rispondiamo all'unisono.

«Cosa?» squittisce Meredith. «P-perché non me lo hai detto prima?»

La delusione sul viso di Meredith è evidente e mi dispiace davvero tantissimo. So esattamente cosa crede ora: che non ho avuto abbastanza fiducia in lei da raccontarle un evento simile, ma non è così.

«Non lo sapevo. Ti ricordi quando ti ho detto che avevo beccato mio padre con una donna?» Lei annuisce. «Ecco, è successo solo poco tempo fa e io ancora non sapevo che fosse la madre di Melissa, l'ho scoperto molto dopo.»

«L'abbiamo scoperto a una cena per puro caso» continua Melissa.

«Te lo avrei detto subito, ma dovevo ancora assimilare la notizia e poi volevo essere sicura che la loro relazione fosse stabile, quindi abbiamo deciso di aspettare un po'.»

«E la loro relazione è stabile? Cioè è ufficiale?» chiede Alan.

Io e Melissa ci guardiamo come per avere una conferma, ma ormai è più che ovvio. Sembrano due adolescenti al liceo.

«Sì» rispondo.

Tutti stanno in silenzio ancora completamenti sconvolti. Avrebbero dovuto vedere me quando ho visto Melissa entrare nel salotto di Isabel. Meredith invece sembra semplicemente delusa.

«Meredith» la richiamo. «Appena ne sarei stata certa, saresti stata la prima a saperlo» concludo facendole un sorriso che lei ricambia subito e Drake la stringe a sé.

In tutto questo, Josh non ha detto una sola parola. È rimasto semplicemente a osservarmi mentre spiegavo la situazione. Chissà cosa pensa.

Dove sono? Non sono più nel mio letto.

Comincio a respirare in modo affannato non appena realizzo di non essere più a casa ma in un posto sconosciuto.

Presa dal panico mi alzo di scatto, ma sento il mio piede affondare e i miei passi sono affaticati.

«Dove sono?» mormoro respirando a malapena.

L'aria è davvero pesante e sento che un attacco di panico sta per invadermi.

Mi inginocchio per terra non riuscendo a vedere niente e tasto con le mani il pavimento.

No. Non è un pavimento, è terreno. Sono seduta sopra del terriccio. Dove cavolo sono?

Comincio a gattonare nel buio, ma continuo sempre a tastare terreno. Faccio avanti e indietro e mi sembra di essere sempre nello stesso punto. Non so nemmeno da quanto tempo sono qui dentro e l'aria si fa sempre più densa.

Prendo della terra tra le mani, lanciandola nel buio, e urlo forte, e poi mi sdraio.

Subito dopo una luce abbagliante illumina tutto quanto, costringendomi a chiudere gli occhi.

Appena la luce si affievolisce riapro subito gli occhi e mi guardo furtiva attorno.

Sono in una buca?

Lo spazio che mi circonda è molto ristretto mentre le pareti sono altissime.

Non è una buca ma una fossa profonda. Comincio ad agitarmi ancora di più e a urlare senza freni per un tempo lunghissimo.

«Aiuto!» urlo a squarciagola. «Sono qui.»

Nessuno mi risponde e io comincio ad aggrapparmi alle pareti in modo da arrivare su in alto, ma non riesco.

Provo più volte a salire perché qui dentro mi sento soffocare, ma continuo a cadere provocandomi lividi e ferite.

Faccio un grande respiro e poggio un piede sulla parete un'altra volta, poi un'altra ancora cominciando a scalare la grande fossa.

Sono quasi all'uscita e mi apro in un grande sorriso finché la terra trema e io ricado di nuovo con un forte tonfo per terra.

Mi porto le ginocchia vicino al petto e guardo il mio pigiama completamente sporco.

Sento qualcosa uscire dai bordi della fossa e all'improvviso sento i piedi bagnati.

L'acqua esce violenta dai lati e mi alzo di scatto per poter uscire dalla fossa arrampicandomi ancora una volta sulle pareti.

«Per favore, aiutatemi!» urlo ancora. «N-non respiro.»

Mi arrampico, ma tutte le volte che cado affogo nell'acqua che ormai è altissima e continua a salire.

Scorgo una figura in piedi all'uscita della fossa. Una donna alta dai capelli lunghi rossi e dagli occhi verdi e profondi che mi guarda triste e delusa.

Cado ancora una volta, ormai stremata, e non provo nemmeno più a risalire mentre osservo la donna guardarmi dall'alto.

«Mamma!» urlo, ma l'acqua mi entra in gola e ferma le mie urla strazianti facendomi sprofondare sempre di più.

Mi sveglio di soprassalto con il fiato pesante e mi guardo subito attorno constatando di essere in camera mia.

«Incubi...» sussurro asciugandomi la fronte con la mano. «Non finiranno mai...»

Josh's pov

Ormai è più di mezz'ora che siamo in macchina. Dove diavolo è questo posto?

Abbiamo preso la Jeep di Drake in modo da starci tutti e arrivare alla mostra di quel damerino di Michael insieme.

«Siamo arrivati» annuncia Drake.

«Stanzetta con qualche stronzata appesa, eh?» domanda Olly guardando di fuori con stupore.

Il parcheggio è pieno di auto e c'è una fila così lunga da arrivare quasi fino alla strada da cui siamo entrati.

Il palazzo è enorme. La facciata è di vetro mentre i due lati sono fatti di mattoni neri. Non è un semplice palazzo, è come se fosse fatto a blocchi.

Davvero molto particolare, non lo avevo mai notato, eppure pensavo di conoscere ogni posto qui a Manhattan. Ed è pieno di gente. Non entreremo mai.

«È bellissimo» dice Meredith guardando il soffitto una volta entrati. Jennifer ha messo i nostri nomi in lista, per cui non abbiamo avuto problemi all'ingresso.

Il soffitto è una specie di enorme mosaico che rappresenta nella parte sinistra una montagna innevata e dall'altra un bosco fittissimo.

Delle ragazze ci offrono subito del vino passandoci accanto con dei vassoi e un sacco di persone fanno avanti e indietro per la sala.

«Non mi sarei mai immaginato tutto questo» dice Drake.

«Nemmeno io...» sussurro.

L'altra volta non era assolutamente così. Maledetto Michael!

«Ragazzi, ragazzi!» ci chiama frenetica Olly. «Venite a vedere» ci dice indicando un corridoio davanti a sé.

Subito la seguiamo per andare a vedere e spalanco gli occhi come tutti gli altri.

Ci sono foto e quadri di Jennifer ovunque e questo corridoio è anche più pieno di quello in cui siamo entrati.

Non ci posso credere.

«Non posso crederci» esulta euforica Meredith «È bellissima.»

Non avrei mai pensato a niente del genere. Il viso di Jennifer è protagonista in questo corridoio e le persone la osservano attentamente.

Mi avvicino e rimango completamente incantato. È una cornice divisa in due parti. Nel lato sinistro il viso di Jennifer è immerso nell'acqua e la sua pelle sembra ancora più pallida rendendo ancora più evidenti le sue lentiggini.

I suoi capelli rossi galleggiano nella trasparenza dell'acqua esattamente come nell'altra foto, con l'unica differenza che nel lato destro ha gli occhi aperti. I suoi occhi verdi sembrano quasi brillare.

Non riesco nemmeno a commentare e subito mi dirigo un po' più avanti. Questo invece è un quadro a tempera, se non sbaglio, non una foto. La distesa è completamente verde e si riesce a vedere tutta l'acqua brillare vicino. Un enorme albero è il protagonista del quadro e dietro si riesce a intravedere metà del corpo di Jennifer e il suo occhio destro che osserva attentamente davanti a sé. L'effetto che ha creato la fa sembrare quasi un'ombra dietro l'albero.

«Questa è davvero incantevole» sento dire da una donna vicino a me e subito mi avvicino.

Jennifer è sotto la cascata e il lungo vestito bianco, reso trasparente dal bagnato, aderisce perfettamente al suo corpo, ma l'acqua non rende visibili le sue nudità.

Il suo viso è rivolto verso l'alto e i suoi capelli bagnati sono di un rosso scuro e ancora più lunghi del solito.

«Le piace, giovanotto?» mi chiede la donna piuttosto anziana sorridendomi.

«Oh, be', sì» rispondo impacciato.

«Ci sono molte foto di questa ragazza» continua.

«Già.»

«Credo che se non fosse stata lei il soggetto, le foto non sarebbero venute così bene» mi rivela. «Tu non credi?»

«Può essere» dico atono.

A un certo punto sentiamo un applauso e tutti quanti si dirigono verso il centro.

E ora che succede?

«È Jennifer» dice Alan.

Vediamo Jennifer affiancata da Michael camminare tra la gente mentre lui stringe la mano a qualcuno.

In pochi secondi salgono su una specie di palchetto su cui ora ci sono due microfoni e un tavolo che prima non avevo notato.

«Ma cosa succede?» chiedo.

«Oh, non lo sapete? C'è una specie di intervista adesso» ci dice un signore lì accanto.

Si vede moltissimo che Jennifer è imbarazzata da tutti questi sguardi, infatti Michael le sussurra qualcosa all'orecchio e lei subito si siede sorridendo.

«Dannato Michael...» borbotto.

Sento che sto per impazzire nel guardarla lì con lui, perciò esco di colpo e, dopo essermi guardato attorno, comincio a prendere a pugni il muro davanti a me.

Perché non è arrivata prima?

Sarebbe dovuta piombare prima nella mia vita, prima di Caroline. Quando credevo in qualcosa, quando credevo nei sentimenti.

Doveva arrivare quando avrei potuto darle tanto, anche quello che non avevo.

Tiro un altro pugno forte verso il muro e maledico me stesso per essere così vigliacco.

«Cosa ti ha fatto quel povero muro, eh?» Sento una voce dietro di me.

Mi giro e vedo Jennifer con le braccia al petto osservarmi severa. Non mi rivolgeva la parola da un sacco e quasi mi sento felice solo nel sentirla. Ma cosa ci fa qua? È andata via dall'intervista?

«Sei uno stupido...» sussurra guardando la mia mano.

Guardo la mia mano e noto il sangue sulle mie nocche. Subito ritiro la mia mano dalla sua non volendo che veda che non riesco nemmeno a gestire la mia rabbia.

Allungo la mia mano sana verso il suo viso e le accarezzo lentamente la sua guancia morbida e pallida.

Non dovrei farlo, lo so. Ne sono consapevole. Ma è più forte di me.

«Cosa fai?» domanda piano.

«Vorrei saperlo anch'io» le rispondo sincero.

«Vuoi... vuoi fare un giro?» chiede titubante.

Io non voglio fare un giro con lei. Io voglio stare con lei dalla mattina alla sera. Voglio che non ci sia bisogno di chiedermelo, ma che lei sappia che sia scontato che vorrei stare sempre con lei.

Nonostante sia buio riesco a vedere il suo rossore e sono contento di farle ancora un certo effetto.

«Jennifer...» sibilo piano. «Tu davvero non c'entri niente con quella lista. Assolutamente niente.»

Non so perché, ma mi sentivo di dirglielo. Lei non si è mai meritata di stare in quel foglio come io non mi merito di starle accanto ora.

«Lo so» risponde.

«Lo sai?» domando confuso.

«Credo che il problema non sia più la lista ormai» mi guarda penetrante.

Con quale forza di volontà non la sto stringendo tra le mie braccia ora? Non posso.

Non posso perché la prenderei solo in giro. Non si merita questo mio tiro e molla.

«Avrei voluto arrivassi prima» le rivelo.

«Perché?» chiede guardandomi.

«Ti avrei potuto dare tanto... più di quanto posso darti ora» dico malinconico.

«Mi hai già dato molto, Josh» mi dice, «le gabbie sono fatte per essere aperte.»

«Le gabbie sono fatte per essere rinchiusi» rispondo subito. «Non voglio tenerti in gabbia con me. So che può sembrarti una scusa, ma tu non puoi nemmeno immaginarti quanta confusione io abbia in testa e non voglio creartene più di quanta tu già ne abbia.»

«Sarebbe un casino» dice.

Camminiamo ancora un po' in silenzio e ritorniamo all'entrata della mostra. Mi guarda e mi fa un mezzo sorriso che io non riesco nemmeno a ricambiare da quanto mi sento male in questo momento.

Sta per entrare quando la prendo per un braccio e la riporto vicino a me stringendola forte.

La stringo fortissimo per paura che possa scappare via, anche se è esattamente quello che dovrei permetterle.

Mi sento così egoista nel tenerla stretta quando sono stato proprio io a dirle di andarsene.

«Josh...» sussurra. «Cosa fai?»

«Solo per stanotte, Jennifer. Per favore...»

Jennifer non risponde ma allunga le sue braccia sulla mia schiena stringendomi a sé ancora di più e io appoggio il mio mento sul suo capo inalando il suo profumo.

«Solo per stanotte...»

Anonymous's pov

«Ma che scena romantica» dico sarcastico.

«Vomitevole» risponde mia sorella.

«Capo, attacchiamo ora?» mi chiede il mio amico.

Li osservo avvinghiati e guardo attorno a me.

«È troppo rischioso» sentenzio. «Ci saranno sicuramente un sacco di guardie in giro e la polizia ci metterebbe pochissimo ad arrivare.»

«Però le nostri fonti avevano detto che ultimamente non si parlavano più» continua mia sorella.

«A quanto pare si sono sbagliate, visto che mi sembrano ancora molto intimi. Avete controllato le telecamere?» chiedo.

«Ci sono due telecamere al cancello e una proprio sul loro portone.»

Mi gratto il mento cominciando a riflettere.

«Non possiamo attaccarla a casa sua. Chiama gli altri, la attaccheremo questa settimana, è deciso.»

«Non è più facile attaccare sua sorella?»

«No» tuono. «Conosco Josh e so che colpendo Jennifer sarà molto peggio.»

«Diretti su Jennifer?» sorride mia sorella.

«Diretti su Jennifer!» confermo sorridendo di rimando.

17

Jennifer's pov

Due braccia avvolte su di me.

Quanto potrà mai trasmettere un abbraccio? Quante sensazioni potrà mai darti una semplice stretta? Tantissime.

Essere stretta da Josh è come essere stretta da una lastra di ghiaccio, che però ti trasmette fuoco.

È così contraddittorio, ma è proprio quello che sento in questo momento.

Mi stringe forte a sé, ma riesco a percepire che è rigido e agitato per questo gesto che non dovrebbe accadere e allo stesso tempo mi trasmette un calore unico.

Mi fa sentire come un oggetto prezioso che tiene stretto a sé sapendo che se mollerà la presa potrebbe scomparire.

Il punto è che io non voglio scomparire. Io voglio rimanere qui tra le sue braccia. Io ci voglio vivere, in questo gelido fuoco.

Ma purtroppo, per quanto io stia bene in questo momento, so che è sbagliato e che non possiamo fare così, perciò poggio le mani sul suo petto e mi allontano.

«Non possiamo» sentenzio quasi severa.

Non so nemmeno da dove mi esca questo tono autoritario, visto che in realtà mi sento vulnerabile.

Un cerbiatto tra le fauci di un leone.

«Lo so» sospira.

I suoi occhi sembrano ancora più scuri e mi sembra notte fonda solo guardandoli. Non voglio essere incantata dall'oscurità nelle sue iridi che mi ha sempre affascinata, perciò distolgo lo sguardo prima che il mio verde ne rimanga intrappolato.

Io e Josh decidiamo di mettere distanza tra noi e poi la annulliamo. Decidiamo di mettere dei muri e poi li distruggiamo. Che senso ha tutto questo? «Ho davvero pensato al tuo discorso e credo tu abbia ragione» dico.

«Sì?» mi domanda accigliato, come se in realtà non volesse che io fossi d'accordo con lui.

«Hai ragione. Forse è stato un bene che io abbia trovato quella lista. Stavamo portando avanti una cosa che non esisteva» dico cercando di non guardarlo. «Ci facciamo del male...» sussurro infine.

Il vento tira gelido e solo ora mi ricordo di essere in camicia e gonna. Josh nota la mia pelle d'oca e senza dire un'altra parola mi apre la porta per tornare alla mostra.

«Ma dove eri finita?» chiede Meredith. «Michael ti sta cercando da un sacco di tempo.»

Michael!

Poverino, l'ho lasciato da solo per chissà quanto tempo a gestire tutto questo.

Sento un nodo nello stomaco se rifletto sul fatto che per Caroline Josh aveva lottato tanto e con me ha chiuso ancora prima di cominciare.

Ma cosa succede se dopo aver riposto tutti i tuoi sforzi, la tua fiducia e il tuo amore in una persona questa se ne va?

Succede proprio quello che è successo a lui. Si diventa rotti.

Siamo stati tutti e due troppo ciechi. Forse troppo presi da quei baci rubati, quelle carezze che colmavano i silenzi e quegli sguardi che ci incatenavano per terra.

Troppo presi ad annegare ognuno negli occhi dell'altro o a insultarci e litigare per poi fare pace.

Sempre pronti a farci la guerra tenendo le armi nascoste, con l'intenzione di non ferirci per davvero.

Troppo presi da tutto ciò per renderci conto di come stavano realmente le cose. Di quanto lui non si sentisse pronto per ricominciare tutto e di come fosse instabile in realtà.

Solo una cosa mi chiedo: cosa sarebbe successo?

Cosa sarebbe successo se non avessi mai trovato quella lista? Sarebbe andato avanti sapendo che non sarebbe mai riuscito a darmi una vera relazione.

E io? Guardo le persone girarmi attorno mentre Meredith continua a dirmi quanto sia bella nelle svariate foto.

Le persone si fermano per congratularsi con me e Michael, ma io sono in un altro mondo.

Mi sto addentrando nella mia mente cupa alla ricerca di risposte.

Io ero pronta ad avere una relazione con Josh? Ero davvero pronta a lasciarmi completamente andare? Mi sentivo davvero così forte da potergli dare un sostegno e aprirmi con lui?

È tutto un "forse" e io odio tutti questi ripensamenti. Tutti questi: "forse", "ma" o "se".

Io voglio dei punti alla fine delle mie frasi e non dei punti interrogativi.

Sono così stanca di essere sempre alla ricerca di domande a cui non trovo mai risposta.

Voglio un punto fermo nella mia vita e credevo di averlo trovato, credevo che quel punto fosse Josh, ma a quanto pare mi sbagliavo.

Perché invece che un punto avevo trovato un'incognita.

Sono passati cinque giorni dalla mostra e solo ieri io e Josh ci siamo parlati. O meglio, ci siamo insultati a pranzo.

Oggi, dopo la lezione di arte, chiedo a Leo se vuole mangiare al nostro tavolo, ma lui dice che ha altri impegni e se ne va.

«Ehi, rossa» mi saluta Drake

«Jennifer» mi sorride Meredith.

«Oh, la mia rossa preferita.» Alan mi batte il cinque che ricambio subito.

«Ciao, Cip e Ciop.»

Meredith ride e Drake alza gli occhi al cielo per il soprannome.

«Olly?» chiedo.

«Eccomi.» Spunta da dietro di me facendomi prendere un colpo.

Siamo tutti seduti intenti a mangiare e a parlare tra di noi. Ovviamente io e Josh non ci siamo rivolti la parola.

«Ti vedo spesso con quel tizio dai capelli blu» dice Alan.

«Leo? Sì, è nel mio corso di arte» rispondo senza problemi.

«Lo stavi abbracciando. È solo un amico?» Mi fa un sorriso malizioso.

Alzo lo sguardo dal mio pasto per guardare le occhiate maliziose di Alan, ma riesco a scorgere anche le occhiatacce di Josh.

Non gli è mai andato a genio Leo e non ho mai capito perché, ma ora mi diverto.

«Mah… chi lo sa» sorrido falsamente.

«Come?» quasi urla Olly.

«Non fatevi troppo viaggi mentali, lei abbraccia tutti.»

Questa volta è Josh a parlare e tutti spostano lo sguardo su di lui che mi fissa con quel suo sorriso soddisfatto che non vedo l'ora di togliergli.

«Oppure sono loro ad abbracciare me. Tu non credi, Josh?»

«Oggi ho davvero un sacco di cose da fare. Jennifer, mi accompagneresti a fare compere?» chiede Meredith ansiosa.

Sa quanto odio andare al centro commerciale, ma credo abbia detto la prima cosa che le sia capitata in mente per porre fine al nostro dialogo.

«Non credo potrà venire. La signorina Milton è troppo impegnata a fare la modella per Michael» dice Josh ironico.

«Meredith, sai cosa dovresti fare quando hai tanti impegni?» le chiedo guardando invece Josh. «Dovresti scrivere i tuoi impegni in una lista.»

Josh spalanca gli occhi e gli altri distolgono lo sguardo imbarazzati dalla mia risposta.

Il silenzio cala tra di noi, ma Josh non mi guarda più in faccia.

«Ehi, ragazzi.»

Perfetto. Ci mancava solo lui adesso. Ma cosa vuole?

«Ehi, ciao» risponde una Olly anche troppo esuberante.

Tutti gli altri salutano tranne me e Josh che facciamo finta di niente. A un certo punto sento la sua mano sulla mia spalla e sia il mio sguardo che quello di Josh scattano su Clark.

«Non mi saluti?» chiede sempre con quel sorrisetto da "sono più furbo di voi".

«Ciao, Clark» rispondo atona.

«Oh oh, frena l'entusiasmo» ride per niente offeso.

«L'entusiasmo mi muore sotto i piedi quando spunti così all'improvviso.»

Clark mi rivolge uno dei suoi sorrisi più fastidiosi e stringe ancora di più la presa sulla mia spalla.

«Agitatina, eh?»

Sto per parlare ma un'altra voce mi ferma.

«Senti, Clark, cosa vuoi?» chiede brusco Josh.

«Volevo chiedere a Jennifer se è vera la storia del giornale.»

Giornale? Quale storia del giornale?

Clark sembra notare gli sguardi confusi di tutti e per la prima volta vedo lo stupore nei suoi occhi.

«Non ditemi che non avete visto l'articolo sul giornale!»

Me lo porge e io faccio un grande sospiro prima di cominciare a leggere.

Triangoli amorosi a Manhattan?

I triangoli amorosi nel mondo del gossip sono all'ordine del giorno, ormai, ma questo è un triangolo speciale. Questo è il triangolo del mese.

Un triangolo composto da bellezza, alta società e ricchezza.

Josh Cliver, Jennifer Alexandra Milton e Michael Johnson sono i protagonisti della sezione "Gossip" di oggi.

Già un articolo era stato scritto riguardo ai nostri Josh e Jennifer, ma chi lo avrebbe mai detto che avrebbero di nuovo attirato l'attenzione?

Eravamo tanto preoccupati che Josh si sarebbe presentato con la ragazza di turno al prossimo party, ma a quanto pare è Jennifer ad aver cambiato idea.

I sorrisi e gli abbracci, a questo giro, sono stati dedicati a Michael in un'importante mostra. Più e più volte durante l'intervista hanno entrambi ribadito di essere solo amici, ma a quanto pare le parole non combaciano con i fatti.

Che Jennifer sia diventata una ragazza dall'aspetto molto affascinante lo avevamo capito, ma il fatto che Michael abbia scelto proprio lei per dare il via alla sua carriera lavorativa vuol dire molto.

Da quanto è iniziata la loro amicizia? E soprattutto perché era rimasta nascosta fino a ora? Che volessero tenere la loro relazione segreta? Ma il punto è: volevano nasconderla ai nostri occhi o a quelli di Josh?

Be', in ogni caso non ci sono riusciti. La domanda ora è: chi sta con chi?

Se Josh ha occhi solo per Jennifer, allora dovrà cominciare a stare attento perché a quanto pare i rivali ci sono, e che rivali!
Michael è conosciuto per i suoi vari lavori nelle gallerie e soprattutto per il lavoro del padre, che, per chi non lo sapesse, ha contatti con John Greg Milton, padre di Jennifer.
Ma oltre ad avere una forte posizione sociale è anche un bel ragazzo e questo alla nostra Jennifer non è sfuggito.
Che stia tenendo entrambi sulle spine?
A quanto pare ha rubato il cuore di entrambi, ma il punto ora è un altro. Josh Cliver o Michael Johnson? Quale sarà la scelta di Jennifer?
In ogni caso, beata lei!

«Oh, mio dio.» Queste sono le uniche parole che riesco a dire.

«Ma che cazzo!» ringhia Josh innervosito. «Clark, vattene. È meglio.»

Lui si avvicina a me e si abbassa leggermente fino a raggiungere il mio orecchio.

«Tra i due litiganti il terzo gode, no? Quindi forse alla fine scegli me.» Mi fa un occhiolino sfacciato e se ne va sempre con quel suo sorriso maledetto.

Dopo pranzo lo incontro di nuovo nel laboratorio di scienze. È l'ultima persona al mondo che vorrei vedere…

Faccio per andarmene, ma lui mi blocca la strada avvicinandosi pericolosamente a me. Qui in giro non c'è nessuno.

Mi guarda fisso negli occhi e stavolta non c'è nessuna malizia. Solo tanta serietà. Mi guarda come se cercasse di leggermi dentro.

«Cos'è successo tra te e Josh?» mi domanda.

«Non sono affari tuoi.»

«Qualcosa è successo» sussurra, poggiando le mani ai lati della mia testa. «So già che non me lo dirai, ma non lasciarti abbattere da lui.»

«E tu che ne sai se sono abbattuta o meno?»

«So riconoscere quando una persona sta male. L'unica cosa che mi dispiace è che tutte le volte che ti vedo me ne accorgo. Sono state poche le volte che ti ho visto sorridere e non è mai stato un sorriso sincero. Quindi dimmi, Jennifer… cosa succede?»

Il cuore mi batte troppo velocemente e non riesco a farlo rallentare. Troppa vicinanza e troppe parole da assimilare ora.

Mi dà così fastidio che riesca sempre a colpirmi o a mandarmi in confusione. Non ho ancora capito com'è fatto, ma sembra un'ombra vagante senza un vero carattere.

Appare e compare a suo piacimento, ma quando lo fa mi sconvolge sempre tutto.

Lo vedo avvicinarsi al mio viso e in meno di un secondo la mia mano è sul suo petto per allontanarlo.

«Clark, stai giocando con il fuoco. Non sono affari tuoi, ma se vuoi un consiglio lascia stare Josh. Per quanto possa divertirti farlo arrabbiare non lo conosci veramente e quando è arrabbiato cambia, diventa un'altra persona ed è capace di farti del male senza che nemmeno se ne accorga» lo avviso squadrandolo.

«Credi che io non possa fargliene di conseguenza?» Sembra quasi mi stia sfidando.

«Lo faresti?»

«Non mi conosci, Jennifer. Posso fare molto male se voglio e a volte anche quando non voglio.»

Scendo dalla moto alla velocità della luce e butto il casco contro il petto di Josh, facendolo mugolare dal dolore.

«Ma sei impazzita?»

«Io? Tu vuoi uccidermi!» sbotto mentre apre il cancelletto.

I nostri genitori ci hanno convocato a casa dei Cliver per discutere dell'articolo, e ora eccoci qui, dopo il viaggio in moto durante il quale non abbiamo smesso un attimo di battibeccare e Josh per farmi stare zitta ha cominciato ad andare velocissimo.

«Come la fai lunga, Jennifer» dice divertito. «Per un po' di velocità.»

«Un po' di velocità?» sembro un'isterica. «A momenti mi si staccava la pelle, ma tu ovviamente dovevi fare il "guardate come sono figo sulla mia moto".»

Appena mi giro vedo mio padre, Daniel e Margaret guardarci un po' straniti ma divertiti dalla cucina. Non mi ero nemmeno accorta di essere già entrata in casa.

Sembra quasi che a loro piaccia vedere me e Josh litigare. Che razza di genitori sono?

«Allora, perché siamo qui?» chiede Josh.

«Sicuramente avrete letto l'articolo» dice Daniel.

«Sì, il falso articolo» rimarco bene la parola "falso".

«Appunto. Abbiamo deciso di inviare una lettera di smentita e voi dovete aiutarci a scriverla» dice Daniel.

«Bene, cosa dobbiamo fare?»

«Dovete dirci cosa è vero e cosa no» sbotta Margaret stanca di tutti questi giri di parole.

«Cosa?» Spalanco gli occhi. «Niente di tutto quello che c'è scritto è vero.»

«Quindi cosa dobbiamo scrivere? Che voi due state insieme o...» Blocco subito mio padre.

«Noi due non stiamo insieme!» dico frettolosa.

Do un'occhiata a Josh che ora ha un'espressione dura in volto e Margaret lo guarda bene.

«Allora?» chiede lui un po' troppo ad alta voce. «Adesso abbiamo finito?»

«Quindi scriviamo che non c'è niente di vero» dice Daniel e io annuisco convinta.

«E per Michael?» domanda mio padre.

«Non sta nemmeno con Michael» scatta subito Josh.

L'espressione severa di Margaret si tramuta in un sorriso e io mi sono già stufata di stare qui dentro.

«Potevo benissimo dirlo da sola» ribatto.

«Non si sa mai. Hai già fatto fraintendere troppo con i tuoi gesti.»

«Cosa vuoi dire? L'unico ad aver fatto fraintendere con i suoi gesti sei tu, Josh.»

Lo vedo serrare la mascella perché ha capito benissimo. Lui ha fatto fraintendere un'intera relazione che a quanto pare non c'era.

«Sentite» sospiro stanca di questo spettacolino, «smentite tutto ciò che c'è scritto perché niente di ciò che c'è scritto è vero.»

Prendo la mia borsa, furiosa, e mi dirigo fuori da casa Cliver, non volendo rimanere lì un minuto di più.

Mi sembra di essere ritornata agli inizi. Quando ogni scusa era buona per litigare. Quando una semplice parola ci faceva scattare come furie.

«Jennifer!» mi richiama Josh mentre mi avvio alla fermata.

Mi allontano ancora più velocemente non avendo nessuna intenzione di vederlo ancora. Quasi mi maledico per essermi scordata che avevo la macchina con me ed essere andata con Josh.

Ora devo prendere l'autobus, andare fino a scuola e da lì prendere la mia macchina. Ero così impegnata a discutere con Melissa e a imprecare contro Josh che mi ero scordata di avere il mio veicolo.

Ultimamente ho sempre la testa da tutt'altra parte e la colpa è solo sua.

«Smettila di seguirmi!» sbotto girandomi.

«Ti accompagno» risponde, fermandosi di colpo per strada.

«No.»

Mi giro di nuovo, ma Josh mi prende per il polso facendomi girare di nuovo.

«Fatti accompagnare» mi grida dietro.

«Josh, smettila!» dico nervosa strattonandomi dalla presa. «Non so perché tu ti sia innervosito così tanto dopo la mostra e nemmeno voglio saperlo perché è sempre così. Prima dici che devi starmi lontano, ma la vuoi la notizia dell'ultimo momento? Non ci stai riuscendo! In un modo o in un altro mi sei sempre attorno. Ma chi ti credi di essere, eh? Mi regali il tuo silenzio quando scopro della lista e dopo mi sconvolgi con quel tuo discorso fuori dalla biblioteca, ma ovviamente a te non basta! Non ti basta perché devi sempre darmi quello sguardo in più, quell'accenno di sorriso nascosto. Mi devi abbracciare e sussurrare parole che non fanno altro che farmi stare ancora più male.»

Lo sguardo di Josh vacilla per un secondo nell'udire l'ultima frase, ma poi non si sposta di un centimetro.

«Sì, Josh, sei contento? Tutta questa situazione mi sta facendo andare in tilt. Sei contento di sentirtelo dire? Sei contento di sapere che ci sto male?» Le mie domande sono quasi un urlo.

Lo sguardo confuso e afflitto di Josh cambia all'istante facendosi impossessare di nuovo dall'oscurità.

Ora sembra arrabbiato mentre avanza verso di me deciso e con i pugni stretti. Sta cercando di trattenere la sua rabbia, ma dal suo sguardo non sembra riuscirci.

«Credi di essere l'unica, vero?» ride in modo inquietante. «Credi di essere l'unica vittima tra i due, ma ora te la do io la notizia dell'ultimo momento: non sei l'unica! Sai cosa vuol dire vederti sorridere con gli altri e sapere che quei sorrisi così luminosi non sono più dedicati a me? Vederti toccare i tuoi capelli rossi e non poterli attorcigliare nella mia mano o vederti in giro e non poterti correre incontro spaventandoti per poi ridere di te? Tu non sai cosa vuol dire vedere Clark stringerti la spalla oppure Michael abbracciarti mentre io non posso neanche starti vicino. Ma la vuoi sapere la parte più brutta di tutta questa storia? È che se voglio farlo posso ma non devo! Più ti vedo parlare serenamente e scherzare con gli altri più mi rendo conto di quanti passi avanti tu abbia fatto. Quanti cambiamenti e quanta forza tu ci abbia messo per arrivare fino a questo punto. So che stando con te rovinerei tutto perché un giorno ti accorgeresti di quanto io sia rotto e affonderesti con me!»

Lo guardo mentre mi urla contro tutta la sua frustrazione facendola volare nell'aria fino a raggiungere le mie orecchie in un'esplosione di dolore. Mi mordo il labbro perché so che qualsiasi cosa dirò ora la mia voce uscirà incrinata.

«E non morderti quel labbro, Jennifer, perché mi viene una maledetta voglia di baciarti! Perché tu non sai cosa vuol dire volere qualcuno così intensamente dopo tanto tempo e non poterlo avere!»

Se ne va lasciandomi in mezzo alla strada mentre assaporo ancora la sua rabbia uguale alla mia.

Perché alla fine non è proprio questo quello che facciamo noi due? Ci buttiamo addosso la rabbia nel tentativo di non far uscire la nostra tristezza che potrebbe trasformarsi in lacrime amare.

Proprio quelle che sto trattenendo con tutta me stessa. Lacrime che trattengo dentro al mio corpo e credo che stiano cadendo sul mio cuore. Perché lo sento bruciare intensamente.

Josh's pov

Ormai è mezzanotte e nonostante domani mattina debba alzarmi alle sei per andare agli allenamenti, sono nel mio letto a girarmi e rigirarmi.

Dei colpi alla porta fanno scattare il mio sguardo verso l'entrata e ancora prima che possa dire qualcosa la porta si apre rivelando una Meredith in pigiama.

Mi fa un debole sorriso e subito alzo le coperte sapendo già che vuole dormire con me. Era da tempo che non succedeva e non ho la forza di chiederle cosa l'abbia spinta a venire.

C'è stato un tempo che lei dormiva quasi tutte le notti con me tormentata dai fantasmi della nostra famiglia.

Si avvicina al mio letto e si infila sotto le coperte e subito la stringo forte cercando di dimostrarle che qualsiasi cosa la stia tormentando la proteggerò.

Un mugolio mi fa alzare di nuovo lo sguardo verso la porta e vedo Chloe con un codino su e un altro mezzo sciolto mentre si strofina gli occhi.

A quanto pare stanotte nessuno riesce a dormire. Meredith ride nell'osservare la faccia assonnata di Chloe.

«Vieni, Chloe.» Meredith ripete gli stessi gesti e Chloe si fionda al suo fianco.

«Quando avevo chiesto ai miei un letto matrimoniale lo volevo per altro, sicuramente non per ospitare voi due» scherzo quando Chloe si accoccola su Meredith.

Chloe ride non capendo il doppio senso, mentre Meredith si gira solo per darmi un pugno sul braccio.

Passa svariato tempo, ma io ancora non riesco a dormire. Almeno ora sono più rilassato perché stringo tra le mie braccia i due pezzi più importanti della mia vita.

Le mie donne.

Sento i sospiri che Chloe fa sempre mentre dorme, ma sento anche un singhiozzo.

«Meredith, girati.» Ma lei non lo fa e adesso piange più rumorosamente. «Meredith… Che succede?» chiedo piano.

«Tu… credi che Kevin tornerà mai?» Si sporge e accarezza con la mano la sua M sul mio braccio. «Te ne andrai anche tu?» sussurra piano quando io non le rispondo.

«Io rimarrò qui» dico deciso e pieno di sincerità, ma le lacrime continuano a rigarle il viso.

«Josh, sembra che tu stia ricadendo in quel baratro di un anno fa. Quando hai incontrato Jennifer sembravi davvero cambiato, passavi molto più tempo con me e Chloe, le discussioni con papà erano diminuite, sorridevi più spesso e le litigate con Jennifer erano sempre scherzose.»

«Meredith…» Ma un suo singhiozzo strozzato mi ferma.

«Ora sei sempre così arrabbiato e triste e io non voglio. Io voglio mio fratello Josh.» Ora piange aggrappandosi alle mie spalle e cercando di nascondere il viso, ma glielo impedisco. «Ho paura che se cadrai di nuovo in quel baratro non riuscirò più a venire a prenderti. Non ti troverò più e te ne andrai.»

Le asciugo le lacrime stringendola a me. È stata lei a salvarmi. Drake e mia madre sono state parti fondamentali e anche Chloe. Ma lei è stata la mia vera ancora.

La porto vicino a me stringendola forte e le permetto di calmarsi nell'incavo del mio collo.

Passa qualche minuto e il suo respiro sembra regolarsi, ma ancora non mi mostra il suo viso.

«Perché non stai più con Jennifer?»

«Cosa succede quando ti appoggi a una colonna, ma questa crolla?»

«Cadi» risponde subito.

«Esatto. Io non voglio farla cadere.»

«Sei forte, Josh. Forse non crolli. Forse lei non cade, non cadrete.»

«O forse sì.»

L'ultima frase che dice è più un sussurro che mi fa leggermente spalancare gli occhi e me la fa stringere ancora di più a me. «Magari cadete insieme e poi vi rialzate.»

18

Jennifer's pov

«Papà, ti prego» esclamo per la quindicesima volta. «Ho detto che non è un problema.»

Io e papà abbiamo regalato ad Anny per il compleanno una vacanza in Francia per lei e Greg.

È da tanto tempo che ci pensavamo e l'abbiamo ritenuto il regalo più adatto visto l'amore di Anny per la Francia e anche per fare riposare un po' Greg.

Anny ne era entusiasta, anche se cercava in tutti i modi di non darlo a vedere, ma era felicissima.

«Posso benissimo badare a me stessa!»

«Ma se l'ultima volta stavi per dare fuoco alla cucina!»

Il problema di tutta questa situazione alla fine è che Anny e Greg devono partire oggi, ma anche mio padre, e non vuole che rimanga tutto questo tempo a casa da sola.

Deve andare in Giappone per lavoro e starà via una settimana proprio come Anny e Greg.

Il punto è che io non ho la minima intenzione di far saltare la loro vacanza e nemmeno mio padre può rimanere a casa. I contatti con il Giappone sono troppo importanti e non è nemmeno dietro l'angolo da poter rimandare quando vuole.

«La mia soluzione è: John in Giappone, Anny e Greg in Francia e Jennifer a Manhattan.»

«Il mio problema è: io in Giappone, Anny e Greg in Francia e casa mia in fiamme» risponde prontamente.

«Ti posso promettere che starò superattenta e che non succederà niente né a me né alla casa.»

Mio padre sembra pensarci un po', ma poi sospira e si accascia alla sedia.

«A una sola condizione» alza l'indice. «Di qualsiasi cosa tu abbia bisogno chiama Isabel.»

«Isabel?» faccio una smorfia. «E perché?»

«Jennifer...» mi richiama. «Devi giurarmi che almeno una volta questa settimana tu contatterai Isabel. Almeno una volta oppure non se ne fa niente!»

«Solo una volta» ripeto io.

«Domani sera sei a cena dai Cliver» dice tranquillo. «Mi sono già accordato con Daniel.»

«Cosa? No! Perché?»

«Entro domani saremo già andati tutti via, ma verso le sette verrà Lena a sistemare dei documenti nel mio ufficio e so già che se vi lascerò a casa da sole tu potresti strangolarla.»

«Lena la tua segretaria sciatta?» domando schifata.

«Ecco, appunto» ride lui. «E non è sciatta. È una brava segretaria, lavora per me da anni.»

«Prova a infilarsi nel tuo letto da anni» lo correggo.

«Jennifer!» mi richiama.

«Ti odio» urlo.

«Ti voglio bene anch'io, tesoro» urla di rimando.

Mentre torniamo dall'aeroporto, dopo aver accompagnato Anny e Greg, mio padre dice all'improvviso: «Daniel mi ha detto che ultimamente suo figlio è cambiato in modo radicale e posso dire la stessa identica cosa di te. Hai degli amici, sorridi di più, non sei sempre in casa e parli molto più spesso con me. Se tempo fa ti avessi presentato Isabel a quest'ora tu avresti fatto il gioco del silenzio per chissà quanto tempo...».

«Non è vero.»

«Sì, Jennifer, è vero, tu devi solo...»

«Tu non sai niente!»

Non lo lascio finire e appena parcheggia l'auto apro subito la portiera e mi dirigo velocemente dentro casa.

Sono stanca che tutti debbano continuare a parlarmi di Josh come se la mia esistenza dipendesse solo da lui.

Salgo velocemente le scale per mettere più distanza possibile tra me e mio padre. Distanza tra me e chiunque voglia parlarmi di lui.

Voglio stare in camera mia. Nel mio letto, solo io, senza nessun'altra voce o pensiero.

«Aaaah!» grido con la faccia sul cuscino.

Josh. Josh. Josh. Il mio mondo non gira intorno a lui. Non deve per forza far parte della mia vita perché io sia felice.

Le immagini di ieri compaiono nella mia mente come un filmino che serve a ricordarmi senza tregua che Josh ormai è dentro la mia vita.

Ci è dentro più di chiunque altro e io non posso fare niente per mandarlo via, perché è anche dentro la mia mente.

È dentro ad alcuni dei miei ricordi più profondi ed è dentro alle mie notte insonni accompagnate dai miei incubi.

Credi di essere l'unica, vero? Credi di essere l'unica vittima tra i due, ma ora te la do io la notizia dell'ultimo momento: non sei l'unica!

Io lo so di non essere l'unica. Lo so ed è proprio questo che mi angoscia, non so a chi dare la colpa. Non so su chi riversare la mia rabbia perché in realtà non è colpa sua come non è colpa mia.

Perché siamo un vaso frantumato, che non si può aggiustare, i pezzi sono così piccoli e sparsi ovunque che non li troveresti mai.

Ma io la voglio sentire, la sua mano nei miei capelli che mi tiene ancora più vicina al suo viso.

Voglio sentire quel mancamento d'aria che mi investe quando appoggio le mie labbra alle sue. Ed è la mancanza di ossigeno più bella del mondo, perché è come se in realtà stessi respirando le sue emozioni.

«Basta!» sbatto il pugno sul materasso.

Mio padre bussa alla porta e cerca di entrare, ma per fortuna ho chiuso a chiave. «Jennifer, apri.»

No, non apro, voglio stare da sola e maledirmi.

Maledirmi per ogni cosa. Per ogni azione che ho compiuto da quando sono a Manhattan.

Maledetto il giorno che sono entrata in quella biblioteca. Maledetto il momento che gli ho stretto la mano e gli ho detto il mio nome.

Maledizione, Josh, perché hai reso la mia vita migliore ma anche un casino colossale?

«Jennifer...» Ormai la voce di mio padre sembra esausta. «Sai che non sono mai stato un tipo invadente, ma sono davvero preoccupato. Sai quanti anni ho passato a vedere quei tuoi occhi verdi spenti? Parlarti senza avere una vera risposta o vederti seduta su quel divano ad aspettare una cosa che non tornerà mai.»

Ora la sua voce è stanca, spossata, al culmine dello strazio.

Come se mi stesse rivelando tutto ciò che ha sentito in questi anni.

Per fortuna che c'è la porta a separarci, perché non sopporterei di vedere gli occhi azzurri di mio padre guardarmi in questo momento. Non sopporterei di vedere l'ombra di delusione o tristezza che sicuramente lo trapassa.

«Io non so cosa ci sia stato tra te e Josh, ma qualcosa ovviamente c'è stato, e ora sembra finito. Non te l'ho mai detto, Jennifer, ma tu eri morta. Eri morta da anni ormai e ho avuto davvero paura a tornare a Manhattan perché credevo che ti avrei spezzato definitivamente. Ma in realtà tu sei risorta, hai ricominciato a vivere, sei viva!» Passa qualche secondo e sembra attendere una mia risposta. «Non so cosa sia successo, ma fai qualcosa, Jennifer. Se non vuoi farlo per te stessa, fallo per me, ti sembrerò egoista, ma non mi importa. Fai in modo che io non debba vederti mai più sprofondare. Fai in modo che io non veda più il tuo sguardo assente perché io non lo sopporterei, non più. Non voglio alzarmi una mattina e vederti viva, ma sapendo che in realtà sei morta dentro.»

Continuo a non rispondere perché le parole sono incastrate in gola. Forse nemmeno ci sono, ma anche se ci fossero io non riuscirei a tirarle fuori.

L'unica differenza è che ora sono in piedi vicino alla mia finestra perché ha cominciato a piovere.

Mi apro in un sorriso quasi amaro perché ovviamente la pioggia deve accompagnare ogni momento brutto della mia vita.

È lì a ricordarmi che non potrò mai essere completamente felice. Che appena comincerò a stare bene, ci penserà lei a ricordarmi che durerà poco, che le sue gocce laveranno via le mie speranze.

Pioggia.

Pioggia violenta. Pioggia disastrosa. Pioggia straziante.

Tempo atmosferico nato per maledire ogni attimo oscuro della mia esistenza.

«Ho già perso una donna dai capelli rossi e dagli occhi verdi. Non sopporterei di perderne un'altra.»

«Al tempo la popolazione non era particolarmente ricca ma...»

Il mio cellulare vibra e subito lo sfilo senza nemmeno guardarmi attorno.

Ho due messaggi.

Messaggio da Meredith:

"Andiamo tutti quanti a pranzare insieme in un posto qui vicino, vuoi venire?".

Non mi sembra una cattiva idea, anzi, sto morendo di fame e stare un po' con loro magari mi distrarrà.

Messaggio a Meredith:

"Va bene. Ci becchiamo all'entrata e vi seguo con la macchina?".

Mentre attendo la risposta di Meredith apro l'altro messaggio.

Messaggio da Olly:

"Andiamo a pranzo insieme, ti aspetto fuori".

Le differenza tra Olly e Meredith è più che evidente. Una me lo chiede gentilmente lasciandomi l'opzione di scegliere, l'altra invece sembra il caporale dei caporali.

Messaggio a Olly:

"Sì, mi ha già avvisata Meredith, ci sono".

Messaggio da Meredith:

"Sì sì, ci vediamo fuori, così puoi seguirci con la tua auto".

Messaggio da Olly:

"Perfetto, ti devo dire tante cose!".

Ovviamente Olly deve sempre dirmi tante cose, che in realtà potrebbe riassumere benissimo in una sola frase.

Appena suona la campanella mi dirigo con calma verso l'uscita cercando di non rimanere travolta da tutti gli altri.

Riesco a scorgere la pelle scura di Olly da qui mentre scuote la sua coda e sbatte il piede sul pavimento.

Credo se la stia prendendo con Alan, ma lui sembra solamente divertito dalla sua reazione.

«Jennifer, finalmente!» esclama.

Josh gira subito il suo sguardo su di me e lo sposta subito dopo.

«Allora vogliamo andare?» domanda Drake e tutti annuiamo. «Come ci dividiamo?»

«Io vado con Jennifer!» esclama Olly avvicinandosi al mio orecchio. «Ti devo raccontare.»

«Io e Meredith andiamo con Josh, allora» riprende Drake. «Alan?»

«Vado con la mia rossa.» Mi mette un braccio sulle spalle.

«Puoi venire anche con noi» si intromette subito Josh.

Alan alza un sopracciglio e Drake alza gli occhi al cielo.

«Sì, posso, ma vado comunque con Jennifer, qualche problema, capitano?»

«Jennifer! Jennifer! Ti prego, ti prego» dice Alan ad alta voce.

«Non urlare, cosa vuoi?»

«Posso guidarla?»

«Certo.»

«Oh, dài, ti pre… aspetta cosa? Davvero?»

Faccio spallucce e gli lancio le chiavi mentre lui si fionda velocemente nel posto del guidatore.

Non mi importa se la guida o meno, mi importa solo andare a pranzare.

In tre secondi mette in moto tra le nostre risate.

«Cosa dovevi dirmi, che è da stamattina che mi torturi con questa cosa?» le domando.

«Ah sì.» Olly scatta subito sul sedile. «Hai presente il tipo che dicevi che mi guarda sempre nell'ora di matematica? L'amico di Drake?»

«Flex?» domando continuando a non capire.

«Sì!» esclama euforica.

Vedo Alan che presta attenzione alla nostra conversazione anche se cerca di non darlo a vedere.

«Mi ha parlato, abbiamo cominciato a parlare un po' di tutto. I suoi sono di Portland, sei mai stata a Portland? Io no ma vorrei andarci, credo di esserci stata ma ero piccola. Non me la ricordo per niente, forse potrei tornarci, ho dei parenti là e poi…»

«Olly!» la fermo subito. «Vai al dunque.»

«Ah sì, allora abbiamo cominciato a parlare e dopo un po' ha detto che gli farebbe piacere uscire con me qualche volta e che se voglio potremmo andare a bere qualcosa un giorno.»

«Uscire con Flex, eh?»

Alan stringe così forte il volante che tra un po' gli scoppiano le nocche per la pressione.

Faccio finta di pensarci su solo per aumentare la sua tensione ma penso sia una grande idea.

Olly finalmente si distrarrà da Alan, che continua a stare con lei solo a suo beneficio e magari lui capirà che lei non starà sempre ai suoi comodi.

«Penso sia grandioso» dico felice.

«Davvero lo credi?»

«Ma chi è questo Flex?» sbotta Alan irritato.

Ed eccolo il pesce che abbocca!

«Tu esci con il primo scemo che ti viene a parlare?»

«Non è uno scemo» lo difende subito Olly.

«Secondo me lo è.»

«Cosa ne sai? Lo conosci?» domanda arrabbiandosi ancora di più.

«No, ma uno che ti chiede di uscire dopo mezz'ora che parlate può essere solo uno scemo e tu che hai accettato lo sei anche più di lui» la insulta Alan.

Olly si sta arrabbiando e lui anche e io non voglio fare un incidente stradale solo perché non sanno tenere a bada i loro sentimenti.

Da che pulpito.

Oh, coscienza, è da un po' che non sbuchi, dove eri finita?

La tua testa era troppo incasinata e non sono mai riuscita a parlarti. Sappi che stai facendo un grande casino.

«Già, lui è uno scemo, vero?» dice ridendo Olly. «Preferisco uno che mi chiede di uscire dopo mezz'ora che parliamo piuttosto che uno che mi porta a letto e il giorno dopo lo trovo accollato a un'altra.»

Spalanco gli occhi e Olly si mette a fissare fuori dal finestrino. Alan apre la bocca e la richiude un paio di volte per poi rimanere in silenzio. Per fortuna siamo arrivati.

Mentre mangiamo e ci prendiamo come al solito in giro, il mio cellulare squilla.

Messaggio da Melissa:

"Esci, sono qui".

Vado fuori dal locale e mi guardo attorno alla ricerca di Melissa e appena vedo una chioma bionda mi dirigo verso di lei.

«Melissa, ma che succede?»

Lei si gira e solo ora posso vedere le lacrime solcarle le guance e una ferita sul braccio.

«J-jennifer!»

Si butta su di me e io non riesco nemmeno ad abbracciarla perché sono ancora pietrificata.

«Io non v-volevo che si arrabbiasse ma…» scoppia in lacrime.

Ha una specie di taglio sul braccio e si vede ancora il sangue secco, significa che è successo poco fa.

«Non volevo toccare le cose di Roy» singhiozza ancora. «Stavo cercando solo la mia giacca e lui…»

«Va bene, Melissa, va bene.» Le accarezzo la schiena.

«Era già agitato perché ho p-provato a dirgli che non volevo più avere a che fare con l-lui.»

Comincia a piangere forte e questa volta sembra completamente fuori di sé. Roy questa volta ha esagerato e io sono fuori di me.

È ora di mettere fine a questa situazione.

«Melissa, vai in bagno. Dentro ci sono gli altri e anche Olly.»

«Tu… tu non vieni?»

«Sì, devo solo fare una cosa. Ti raggiungo subito.»

Melissa si asciuga le lacrime e annuisce mentre si dirige all'interno del locale.

Prendo il cellulare e chiamo l'ultima persona che dovrei chiamare in questo momento.

«Pronto?»

«Ho bisogno del tuo aiuto.»

Ho detto a Melissa di chiamare Roy e farlo venire qui fuori, ma ormai è svariato tempo che aspettiamo.

Ho un piano e spero vivamente che andrà tutto bene, altrimenti non so come andrà a finire questa storia.

Sinceramente avrei voluto che le cose andassero diversamente e soprattutto che avvenisse in un posto diverso, dove non ci fossero tutti gli altri.

Avrei voluto anche pensarci un po' di più, ma ormai non ho più tempo e non ho intenzione di far tornare Melissa da lui.

«È qui fuori» sussurra Melissa guardando il suo cellulare.

«Okay, andiamo.»

Faccio un grande sospiro e mi alzo da tavola cercando di avere l'espressione più serena possibile.

«Noi andiamo a fare una commissione. È qui vicino, torniamo subito.»

«Che commissione?» chiede Josh.

«Cose mie» risponde sbrigativa lei.

La mia mano viene subito afferrata.

«Josh, ti prego… lasciami.»

Sembra davvero titubante, ma alla fine molla la presa anche se non smette di fissarmi con quei suoi occhi scuri.

«C-cosa facciamo ora?» mi chiede Melissa.

«Lo so io, tranquilla. Tu stai sempre dietro di me.»

«Ma…»

«Niente "ma", Melissa!» la fulmino. «Ho detto che devi stare dietro di me.»

Ci manca solo che Melissa complichi la situazione già difficile. Passiamo la seconda porta scorrevole e subito la figura di Roy compare davanti ai nostri occhi.

Devo raccogliere tutte le mie forze per non andare lì e strappargli quel piercing dalla faccia.

Appena arriviamo fa una risata forzata che mi porta davvero al limite della sopportazione.

«Davvero, Melissa? Ti sei portata la supereroina della situazione? Non ti avevo detto che non ti dovevi più immischiare?» mi domanda ancora.

«Io e te dobbiamo parlare» dico seria.

«Cosa?» ride Roy. «Dài, Melissa, vieni subito qui.»

Porto il braccio verso lo stomaco di Melissa e la sposto subito dietro di me.

«Lei rimane qui e tu parli con me» ripeto.

«Non ho voglia dei tuoi giochi, ragazzina» parla Roy serio.

«Nemmeno io dei tuoi.»

Sto cercando di mantenere il controllo, ma la verità è che dentro sto tremando.

«E cosa vorresti dirmi, sentiamo?» Incrocia le braccia al petto con fare superiore.

«Andiamo più in là.»
«Perché non qui?» chiede lui.
«Perché non là?»
Alla fine cede e ci spostiamo.
«Le persone non sono oggetti e sicuramente non di tua proprietà» attacco.
«Ah, no? Forse non hai capito con chi stai parlando. Melissa è di mia proprietà dal primo momento che mi ha rivolto parola. Li hai mai visti i suoi lividi?»
Sento Melissa sussultare dietro di me e stringere subito la mia maglia in un pugno.
«Allora, ragazzina? Li hai mai visti i suoi lividi?»
«Certo che li ho visti» rispondo disgustata.
«Ecco, allora se li hai visti ti sei risposta da sola. Quelle ferite e quei lividi che ha sul corpo sono la prova che lei è mia. Ha scelto da sola la sua strada.»
«Lei non ha scelto proprio niente! Devi lasciarla stare» gli ordino.
Mi guarda come se fosse un alieno e scoppia in una risata. Ma questa volta è una risata fragorosa, quasi sincera.
«Lasciarla stare? Non la lascerò mai stare. Lei è mia e poi sa troppe cose.»
«Io i-io giuro che non dirò niente a nessuno» parla per la prima volta Melissa.
«Ah sì? Non mi sembra che stai mantenendo la promessa visto che lei è qui.» Fa un cenno verso di me.
«Io vi ho scoperti solo per caso, se no Melissa non mi avrebbe mai detto niente. Quindi lasciala stare.»
«No» sorride lui.
«Allora io andrò alla polizia e racconterò tutto.»
Melissa spalanca gli occhi mentre Roy si avvicina di nuovo a me.
«Ah, sì? E cosa diresti?»
«Dirò che tu l'hai ingannata e che l'hai maltratta» dico decisa.
«È la mia parola contro la tua. Credi che sia stupido? Non mi sono mai fatto vedere da qualcun altro, oltre a te e ai miei amici, in giro con Melissa. Non l'ho mai nemmeno portata nel mio vero appartamento e non sa nessun nome dei miei amici.»
«Cosa? Sì, invece, che li so» ribatte Melissa.

«Oh, bambolina, quelli non sono i loro veri nomi. Li usiamo per precauzione.»

«Ma m-ma io so dove vi ritrovate sempre» continua Melissa mettendosi al mio fianco.

«Il pub? E quindi? Lo frequenta un sacco di gente, è molto conosciuto. È proprio per questo che lo abbiamo scelto. È uno dei pub più frequentati di Manhattan e sarebbe facile puntare il dito contro quel posto.»

«Sei un verme» pronuncio cattiva.

«Se lei dirà che io l'ho picchiata, risponderò che nemmeno la conosco, non avete prove, rossa.» Si apre in un sorriso soddisfatto.

Sembra davvero soddisfatto della sua ipotesi e Melissa è sconvolta. Il sorriso di Roy si apre sempre di più, ma scompare quando vede che sorrido anch'io.

«Credi di essere furbo, vero?» Sorrido maligna. «Ora!»

Michael esce fuori dal vicolo accanto con una telecamera in mano e continua a riprendere tutto.

Gli occhi di Roy si spalancano e subito indietreggia mentre Melissa si porta una mano alla bocca.

«Michael?» domanda sorpresa. «Cosa ci fai qui?»

«Andrà bene, Melissa» le risponde senza lasciare la telecamera.

«Allora, Roy? Come la mettiamo adesso?» domando sorridendo come lui prima. «Se tu non lascerai in pace Melissa io spedirò questo video in centrale.»

Mi avvicino a Michael e Melissa puntando il dito sulla telecamera.

«La vedi, no? La vedi come inquadra bene il tuo viso da vigliacco? Ha registrato ogni attimo da quando tu ti sei avvicinato a me. Sarà impossibile per te dire che non hai mai avuto a che fare con Melissa» sentenzio.

«Giuro su me stesso che se non ti allontani subito da lei ti farò passare le pene dell'inferno. Rimarrai così tanto tempo in prigione che non ti ricorderai nemmeno cosa vuol dire "uscire fuori"» lo minaccia Michael.

«Siete solo dei bambini che stanno giocando col fuoco» ringhia Roy mentre stringe i pugni.

«Intanto tu sei l'unico che ne rimarrà bruciato. Allora Roy?» domando di nuovo. «Cosa fai? La lasci stare o vuoi far vedere questo bellissimo video alla polizia?»

Roy continua a spostare lo sguardo da Melissa alla telecamera freneticamente. Si vede che è indeciso, non se lo aspettava e ora non ha la minima idea di cosa fare.

Tutta la sua dichiarazione, che i miei insulti lo hanno istigato a rivelare, è dentro quella telecamera.

«Okay...» Fa un sorriso amaro alzando le mani al cielo.

«Okay?» chiedo.

«Be', cosa posso fare a questo punto, no?»

È davvero troppo calmo e tranquillo per i miei gusti.

Si stacca dal muretto andando verso sinistra in modo da uscire dal vicolo e tutti e tre lo seguiamo con lo sguardo.

In un gesto veloce spinge Melissa e tira un forte pugno sulla guancia di Michael.

«Michael!» urla Melissa.

Lei prova ad allontanare Roy da Michael, ma subito la spinge per terra facendole sbattere la schiena contro il muretto.

Roy gli tira un altro pugno e la telecamera casca a terra. Fa per prenderla, ma Michael subito lo spintona tirandogli un pugno allo stomaco.

«Jennifer!» grida Michael. «La telecamera!»

Mi guardo velocemente attorno mentre Roy cerca di liberarsi di Michael e sembra riuscirci alla grande. È in netto vantaggio su di lui.

Mi fiondo subito sulla telecamera ai loro piedi, ma appena la afferro vedo Roy dirigersi verso di me.

Metto la telecamera dietro la schiena e indietreggio il più possibile, ma ormai Roy è praticamente arrivato. Mi guardo dietro e noto che è un vicolo cieco, perciò rimango ferma dove sono alla ricerca di una via d'uscita.

Melissa è svenuta, credo abbia sbattuto forte la testa mentre Michael cerca di rialzarsi anche se il suo viso è malridotto.

«Dovevi farti gli affari tuoi, bambolina! Ora dammi quella telecamera» sbraita.

«Non-avrai-niente-da-me» scandisco ogni parola con rabbia.

Fa per avvicinarsi ancora alzando la mano, ma subito un pugno sbatte violento contro la sua guancia destra.

In meno di un secondo Roy è attaccato al muro mentre Josh lo tiene fermo per le spalle.

«Josh!» lo chiamo sbalordita.

Roy gli tira una ginocchiata nello stomaco allontanandolo e subito viene verso di me.

Michael lo gira per una spalla assestandogli un forte calcio nella gamba che lo fa cadere a terra.

Subito sento dei passi dietro di me e vedo tutti gli altri a occhi aperti mentre guardano la scena.

«Josh!» lo richiamano Drake e Alan.

Subito si avvicinano a lui, ma Josh li scansa andando verso Roy furioso. Lo prende per il colletto e lo sbatte violentemente contro il muro facendolo gemere.

«Ragazze, prendete Melissa e portatela al parco qui vicino. Buttatele dell'acqua addosso o qualcosa del genere, ma non fatevi vedere da nessuno» ordino a Olly e Meredith.

«Cosa sta succedendo?» domanda Meredith mentre guarda Josh.

«Meredith, fai come ti dico!»

Subito vedo Olly e Meredith correre verso Melissa preoccupate e noto che ora anche Drake sta trattenendo Roy che si agita come una furia.

«E poi sarei io il vigliacco?» chiede mentre cerca di pulirsi il sangue dalla bocca. «Quattro contro uno non è leale.»

«Picchiare Melissa e ricattarla è leale?» domando con rabbia avvicinandomi. «Hai due scelte, Roy, ed è la tua ultima occasione per accettare. Lascerai stare Melissa e chiunque le stia attorno, non ti farai più vedere né tu né i tuoi amici, non le parlerai più e non proverai mai più a toccarla o minacciarla.» Mi avvicino ancora di più. «Se così farai allora questa telecamera rimarrà a me e tu sarai libero di andartene e noi non ne faremo parola con nessuno. Ma se ti rifiuterai o non rispetterai la parola data allora questo video andrà dritto in centrale.»

«Cosa? Jennifer no» esclama Michael «Deve andare in prigione.»

«No» nego subito. «Se lui andrà in prigione ci penseranno i suoi amici a farcela pagare e Melissa non sarà mai al sicuro, vero Roy?» chiedo fulminandolo.

Avevo già proposto a Melissa di denunciarlo in segreto alla polizia.

Di andare in centrale, indicare dove abita, un luogo in cui trovarlo, in modo che potessero arrestarlo senza dargli il tempo di pensare a come uscire da questa situazione.

Ma purtroppo la mia idea era stata troncata sul nascere perché per quanto io desideri vedere Roy dietro le sbarre mi è impossibile.

Melissa mi aveva spiegato che nell'esatto momento in cui Roy sarebbe andato in prigione i suoi amici ci sarebbero venuti a cercare, quindi non ci saremmo mai veramente liberate di lui.

«Sei furba, a quanto pare» ride in modo maligno.

«Scegli, Roy: lasci stare Melissa e la finiamo qui oppure vai a fare una bella gita in prigione?»

«Sei una lurida puttana!»

«Ho detto scegli!» grido di rimando.

«Cosa mi garantisce che quando me ne andrò tu non manderai subito il video?» mi domanda.

«Ne ricaverei la vendetta dei tuoi amici, niente a mio favore.»

Alza il busto mettendosi in posizione retta per metà e passandosi il pugno sulle labbra. «Accetto.»

«No, Roy» rido e gli prendo con forza i capelli riportandolo per terra. «Tu devi giurarmi sulla tua inutile e vergognosa vita che starai lontano da lei. Non respirerai nemmeno più la sua aria perché giuro su mia madre che se vedo ancora la tua faccia al di fuori di oggi, vorrai andare in prigione tu stesso, perché qui a Manhattan passerai l'inferno.»

Gli tiro ancora più violentemente i capelli facendo sbattere la sua testa per terra. «Va bene, va bene, lo giuro» mugola dolorante.

Passo la telecamera a Michael mentre mi allontano da Roy.

«Ci siamo capiti, allora. A mai più, Roy.»

Michael si avvicina a lui e lo vedo con un'espressione che non avevo mai notato. Ho sempre visto la sua parte tranquilla e sorridente, ma ora il suo viso sembra impregnato di rabbia e rancore.

Solleva la gamba e gli tira un calcio nello stomaco.

«Questo è per quello che le hai fatto passare.» Gli tira un altro calcio. «E questo perché sei una persona di merda.»

Michael stringe la telecamera tra le mani e mi affianca assieme a Drake e Alan.

«Josh, dài, andiamo» lo richiamo vedendo che è rimasto vicino a Roy.

«Non ho capito bene questa situazione ma...» mi indica e tira un pugno a Roy che ora urla di dolore. «Questo è perché le hai dato della puttana e hai anche solo pensato di poterla toccare.»

Sono convinta che Roy debba andare in prigione, perché chissà a chi altro potrebbe farlo, proverò a convincere Melissa. Ma per ora anche questa è andata. Anche questa è finita.

Siamo al parchetto da un'ora ormai e Melissa si era risvegliata in lacrime fiondandosi subito su Michael.

Ovviamente abbiamo dovuto spiegare la situazione a tutti quanti perché sarebbe stato impensabile non dire niente dopo ciò che è successo.

Le facce di tutti erano sconcertate mentre continuavano a guardare me e Melissa a bocca aperta.

L'unico momento in cui abbiamo riso è stato quello in cui Alan ha detto: «Fortuna che voi due vi odiavate».

Josh non ha detto una parola per tutto il tempo in cui io e Melissa spiegavamo, ma la sorpresa era evidente anche sul suo volto.

Olly, Melissa e Michael sono andati al pronto soccorso e non ho idea di che cosa diranno ai dottori, ma Michael ha detto che ci penserà lui.

Non potevano non farsi medicare, soprattutto Melissa che ha sbattuto la testa.

Io sono seduta su questa panchina da sola mentre gli altri decidono cosa fare. Ma il mio momento di solitudine viene disturbato da una figura che si siede vicino a me.

«Non posso lasciarti sola un po' di tempo che metti in scena un piano da FBI.» Josh ride guardandomi.

«Forse non devi lasciarmi sola» lo guardo con sincerità.

«Forse...» sussurra mettendosi le mani in tasca. «Non avrei mai pensato che tu potessi fare questo per Melissa.»

«Oh» dico con fare teatrale. «Quante cose non sai di me, Cliver.»

«Le scoprirò tutte, Milton» mi fa l'occhiolino.

Subito Alan, Drake e Meredith ci raggiungono mettendosi davanti a noi.

«Allora Rocky Balboa va in macchina con Josh e...»

Ma interrompo subito Drake. «Chi sarebbe Rocky Balboa?» domando inarcando un sopracciglio.

«Tu, ovviamente» risponde Alan. «Ah, a proposito: batti il cinque!»

Gli batto il cinque e subito Josh sbuffa infastidito come sempre.

«Comunque no, io non vado in macchina con Josh perché ho la mia auto qui.»

Io e Meredith saliamo in macchina e ci dirigiamo in direzione di casa mia.

«Per fortuna che posso venire a prendere adesso gli appunti. Devo assolutamente studiare qualcosa prima di cena, se no non riuscirò mai a studiare tutto per domani» si lamenta Meredith.

«Se vuoi dopo posso darti una mano» le propongo.

«Davvero? Grazie mille.»

Le faccio un sorriso e riporto la mia attenzione alla guida.

Chissà cosa deciderà di fare Melissa, se racconterà o meno l'accaduto a Isabel. Non credo lo farà. Non ha detto niente prima, sicuramente non lo farà ora. Spero solo stia bene.

«Sapevo che c'era qualcosa che non quadrava tra te e Melissa, ma quando avete detto che in pratica siete sorellastre pensavo fosse quello il motivo» dice Meredith dopo un po' di tempo.

«È complicato. Se avessimo parlato troppo vi sareste fatti del male tutti» le spiego dispiaciuta.

«Mi sento così...» gesticola con le mani in modo disordinato «fortunata.»

«Fortunata?»

«Sì, ad aver incontrato una persona come te.»

«Meredith, ma che dici?» rido mentre slaccio la cintura.

Lei scende dalla macchina saltellando e continuando a fare strani gesti con le braccia.

«La verità.»

Scuoto la testa mentre cerco le chiavi e ci dirigiamo verso il cancello, ma all'improvviso sento l'urlo strozzato di Meredith dietro di me.

Mi giro di scatto ma non riesco a vedere niente perché i miei occhi vengono coperti da qualcosa e la mia bocca uguale.

Provo a urlare ma la stretta alla mia bocca aumenta, vengo trascinata a forza mentre mi dimeno inutilmente.

Un forte pugno nello stomaco mi fa piegare in due e riesco a sentire l'asfalto entrare in collisione con le mie ginocchia.

Cosa sta succedendo?

19

Jennifer's pov

Le mie ginocchia sbattono al suolo, ma subito vengo rialzata per venire trascinata nuovamente.

Non ho una benda davanti agli occhi, solo una grande mano che mi impedisce la visuale, ma nonostante tutto non riesco comunque a vedere nulla.

Sento dei mugolii che provengono da Meredith mentre io continuo a calciare l'aria violentemente.

Più provo a urlare più la mano viene pressata sulla mia bocca, perciò smetto di farlo, perché mi sento mancare il respiro.

Continuo a scalciare, ma all'improvviso anche le mie caviglie vengono afferrate.

Quindi sono più di due? Se due tengono me e uno Meredith, vuol dire che sono in tre. Oppure no?

Nessuno di loro parla, ma all'improvviso la mano si toglie da davanti ai miei occhi e mi fanno cadere in un tonfo.

È tutto buio e riesco solo a scorgere una piccola luce. Subito mi guardo attorno per trovare Meredith.

«Meredith!» urlo ma vengo zittita da un forte calcio allo stomaco che mi fa rannicchiare su me stessa.

Striscio all'indietro e la mia schiena tocca una parete. Strizzo forte gli occhi e subito la mia vista diventa più nitida e riesco a scorgere le figure davanti a me e il posto.

Sono a tre vicoli da casa mia, ne sono sicura, e ci sono cinque persone davanti a me. Comincio a respirare affannosamente mentre mi guardo attorno e provo a non gemere per il dolore allo stomaco.

«Chi diavolo siete?» sbraito, ma l'uomo davanti a me comincia a ridere.

«Di solito le persone non hanno questa reazione ma più un: "Chi siete? Per favore, lasciatemi andare!"» dice l'uomo con fare teatrale e due di loro cominciano a ridere.

Strizzo ancora gli occhi per poter scorgere qualcosa del suo viso, ma subito noto che ha un passamontagna da cui solo la bocca e gli occhi sono scoperti.

Guardo l'uomo che sta tenendo ferma Meredith in un angolo e anche lui ne è provvisto, come tutti gli altri.

Così mi sarà impossibile anche solo provare a riconoscerli, maledizione!

«È stato fin troppo facile, mia cara Jennifer...»

«Come sapete il mio nome?» lo interrompo di scatto e uno schiaffo violento si posa sulla mia guancia.

«Non interromperlo!» tuona uno di loro avvicinandosi a me.

L'uomo fa un ghigno e si abbassa al mio livello toccandomi i capelli.

Subito gli schiaffeggio la mano e vedo la figura alla mia destra alzarla. Istintivamente chiudo gli occhi, ma quando li riapro noto di non aver ricevuto nessuno colpo.

Uno di loro ha fermato il colpo tenendo per il polso colui che stava per colpirmi.

«È inutile picchiarla così tanto senza nemmeno dare il tempo al capo di parlare.» Questa è una voce molto più giovanile, si nota.

«Fatti da parte» ringhia l'uomo.

«Smettetela!» tuona quello che credo sia il loro capo.

Sento i mugolii di Meredith che continua ad agitarsi vicino all'angolo del vicolo e subito mi allarmo.

«Lasciale la bocca! Non ha più aria.»

«Mmh, no» dice il loro capo. «La tua amica è troppo irrequieta per i miei gusti.»

«E chi ti dice che io non urlerò proprio in questo momento?» domando acida mentre provo a stare il più eretta possibile.

L'uomo ride e si alza cominciando a camminare davanti a me. Cos'ha da ridere?

Stringe la presa su Meredith avvolgendole il braccio intorno alla gola e sollevandola leggermente.

«No, no!» dico velocemente. «Non urlo.»
«Ci capiamo.» Mi fa l'occhiolino che riesco a vedere a malapena. Sa anche chi è Meredith.
«Quindi cosa siete? Stalker?»
«Oh, no, cara!» dice in tono offeso. «Siamo amici.»
Amici? Oh, mio dio!
Solo poco tempo prima eravamo con Roy, sicuramente questi sono i suoi amici, che vogliono vendetta.
«Siete amici di Roy?» grido. «Siete dei vigliacchi schifosi! Roy ha detto che ci avrebbe lasciate stare. Sappiate che ho il video, brutti infami!»
L'uomo fa uno schiocco di dita e subito sento tirarmi i capelli e la mia testa sbatte violentemente contro il muro.
«Non ci siamo proprio, Jennifer» scuote l'indice. «Sei una Milton, dovresti essere a modo, no? John non ti ha insegnato niente? Tua madre Elisabeth prima di morire non ti ha detto che non si urla in faccia alle persone?»
Spalanco gli occhi a quell'affermazione e subito mi alzo di scatto lasciando perdere il dolore alla testa.
«Cosa ne sai della mia famiglia? Non far uscire il nome di mia madre dalla tua lurida bocca» sbraito in preda all'ira.
L'uomo schiocca ancora le dita e subito vengo risbattuta a terra. Sento una forte fitta alla spina dorsale mentre boccheggio. Solo due di loro stanno fermi a guardare la scena in silenzio.
«Ti consiglio di stare zitta e di parlare con educazione, se volete uscire vive da questo vicolo.»
«Siete amici di chi?» domando straziata.
«Ma come di chi?» ride il capo. «Di Josh.»
Spalanco gli occhi e giro subito lo sguardo verso Meredith che è sorpresa tanto quanto me.
Ogni mio muscolo sembra congelarsi nel sapere che Josh c'entra qualcosa in questa storia.
«J-Josh?» domando incredula.
«È stato così facile, sai? Pensavo che avrei dovuto mettere le mani nei vostri sistemi di sicurezza oppure che avrei dovuto aspettare altri mesi» parla tranquillo. «Invece siamo stati fortunati visto che tutti in casa Milton sono partiti e ti ho beccata da sola. Be', proprio da sola no, ma Meredith è innocua, lo è sempre stata.»

«Come fai a sapere tutte queste cose?»

«Non importa, cara, non importa» cantilena divertito. «Persino il fatto che tu abiti qui è un punto a nostro favore. Tre lunghi vicoli, casa tua e poi altri tre lunghi vicoli, giusto? Così isolata da tutti. Quante macchine sono passate?»

«Tre, capo» risponde uno dei due uomini che si tengono in disparte.

«Solo tre» continua divertito facendomi vedere il numero sulle dita.

Sto letteralmente perdendo la pazienza e vorrei solo chiedere aiuto a squarciagola.

Ma ormai ho ben capito che qualsiasi passo falso io faccia ci rimette Meredith.

«Cosa volete?» domando.

«Quanta impazienza. Che c'è? Josh ti aspetta?»

«Cosa-volete-da-me» scandisco le parole arrabbiata.

«Mmh, non ci siamo.»

Schiocca le dita e vengo di nuovo alzata bruscamente ricevendo un forte pugno sul labbro.

Il respiro mi si strozza e appena tossisco delle gocce di sangue finiscono sulle mie nocche.

«Dovrò davvero dire a Josh di insegnarti le buone maniere» parla tra sé. «Comunque stavo dicendo che è molto che ti osserviamo e abbiamo notato con piacere che il nostro Josh si è finalmente legato a qualcuno. Miracolo! Visto che dopo Caroline sembrava un morto che cammina.»

Sanno persino di Caroline. Com'è possibile?

«Sai, non l'avremmo mai scoperto se non fosse stato per quell'articolo di un certo party. Come si chiamava?»

«Susan Flan» risponde quello che ha fermato il colpo prima.

«Esatto, il party di quella Susan! Era un po' che cercavo un modo per farla pagare a Josh e poi sei arrivata tu.»

A un certo punto si sente un forte lamento e subito Meredith parla.

«Jennifer!» urla verso di me, ma subito viene ripresa tra le braccia dell'uomo.

«Questa ragazzina mi ha morso la mano!» sbraita colui che la tiene ferma.

«Sai, Meredith, dovresti stare zitta e ringraziarmi» sentenzia il capo severo.

«Ringraziarti per cosa?» È la prima volta che sento la voce di Meredith così schifata e piena di indignazione.

«Prima che leggessimo l'articolo avevamo puntato su di te. Solo che eri sempre tutta "scuola e casa" e quando non lo eri, stavi con Josh. Poi è arrivato Drake e le cose si sono complicate ancora di più» le spiega. «Avevamo anche in mente di prendere la piccola Chloe, ma lei è decisamente troppo difficile e rischiosa.»

«Perché?» chiede Meredith.

«Fai troppe domande.»

Subito schiocca le dita e l'uomo vicino a me si dirige verso di lei.

«No! Non toccatela» grido subito.

«Ah no?» Sembra davvero divertito da tutto ciò.

«No!» Ma l'uomo continua ad avanzare verso di lei. «Vi prego, non toccatela. Non è lei che volete! Non volete lei!»

Il capo mette una mano sulla spalla dell'uomo fermandolo e mi squadra da capo a piedi.

«Lo vuoi fare un gioco, Jennifer?»

«No» rispondo subito.

«Oh, be', allora...» Molla l'uomo che va subito verso Meredith.

«Va bene!» dico di fretta.

«Va bene cosa?» mi chiede guardandomi.

«Voglio fare un gioco.»

«Sappi che io non do mai niente senza ricevere. Quindi per ogni risposta che vorrai avere io dovrò schioccare le dita.»

Schioccare le dita? Significa che...

«Allora, che ne dici?»

«Capo, non credo che sia una buona idea» si intromette uno dei due ragazzi di prima.

Vorrei così tanto almeno concentrarmi sulle loro voci. Ma sono così stanca, dolorante e piena di rabbia che sto concentrando tutta la mia attenzione sul mio respiro. Sento l'aria mancarmi e ho paura che mi venga un attacco di panico.

«Zitto tu!» lo ammonisce. «Allora cominciamo così: se vuoi evitare che il mio socio tocchi la tua preziosa Meredith tu prenderai i colpi che dovrebbero andare a lei. Allora cosa avevi intenzione di farle?» domanda al suo amico.

«Una semplice ginocchiata per zittirla» risponde calmo.

«Allora, Jennifer? La prendi tu o la prende Meredith la ginocchiata?»

Guardo l'uomo davanti a me e tutti quelli che ho attorno, Meredith è completamente terrorizzata e il suo ginocchio comincia a tremare.

«Io» sospiro.

«No!» dice subito Meredith.

«Ragazzi, tenetele le braccia.»

I ragazzi sembrano titubanti, ma dopo uno di loro dà una spinta all'altro e mi immobilizzano i polsi contro il muro.

Il capo schiocca le dita e l'uomo si avvicina subito assestandomi una gomitata al centro dello stomaco.

«Aaah!» mugolo.

Faccio per accasciarmi ma i due mi tengono forte i polsi in modo da farmi stare alzata.

«Chi siete? Cosa volete? Lasciatela stare!» Meredith viene verso di noi ma subito viene fermata dal capo.

«Più fai così, Meredith, più la tua amica ci rimetterà» la minaccia. «Ancora.»

L'uomo mi assesta un'altra ginocchiata più forte di quella precedente.

Un altro schiocco di dita e questa volta un calcio sbatte contro le mie costole. Mi viene da vomitare.

«Basta, ti prego...» sussurra Meredith in preda al pianto mentre lui la tiene ferma per un braccio.

«Sono un uomo di parole, Jennifer» si avvicina. «Quindi fammi pure le tue domande.»

«E s-se non faces-si nessuna domanda?»

«Ci rimetteresti solo, visto che il trattamento che ti stiamo servendo ci sarà comunque, quindi approfittane.»

«Chi siete?» sussurro.

«Siamo amici di Josh, te l'ho già detto.»

«Impossibile» dico decisa.

Non conosco tutti gli amici di Josh, ma sono sicura che non abbia amici del genere.

Ho visto come si comportano gli amici di Josh nei miei confronti, quasi con fare protettivo, non come loro.

«Oh, be', forse lui non ci considera più suoi amici, ma io sono un tipo sentimentale, sai?» ridacchia. «Sono ancora legato a lui.»

«Cosa c'entro io in tutto questo?»

«Ah ah ah» mi ammonisce con la mano. «Io do solo per ricevere.»

Schiocca le dita e uno schiaffo mi graffia la guancia, brucia tantissimo.

«Stavi dicendo? Cosa c'entri in tutto questo?» chiede retorico. «Sai la frase: per ferire davvero qualcuno punta su chi ama? Ecco, direi che questa è la risposta alla tua domanda.»

«Josh non mi ama» lo avviso.

«Chi credi di prendere in giro, ragazzina?» chiede furioso alitandomi sul viso.

«Io non sto con Josh!» ribatto furiosa quanto lui.

«Abbassa la voce.» Mi schiaffeggia. «Non ho ben capito cosa siete. Se tu sia la sua ragazza, amica o puttana. Sta di fatto che tiene molto a te, più di quanto credi.»

Mi sento debolissima e non so cosa darei per riuscire a scorgere il colore dei loro occhi. È troppo buio e l'unica cosa che riesco a distinguere sono le loro sagome.

«Altre domande?»

Sono davvero esausta, ma voglio assolutamente sapere perché sono in questa situazione. Non mi lascerò picchiare senza ricavarne nulla.

«Perché state facendo tutto ciò?»

«Devi sapere, cara, che Josh ci ha fatto un grande torto e che si è nascosto da noi per tanto tempo. Ci ha delusi e se n'è andato lasciandoci in un mare di problemi. Problemi grossi di cui lui non si è posto alcun problema. Il tuo ragazzo è un vigliacco!»

«Tu sei un vigliacco!»

Un pugno arriva diretto al mio zigomo destro facendo sussultare Meredith che continua a cercare di evadere dalla presa ferrea del capo.

«Smettetela, vi prego!» chiede disperata.

«Ancora» tuona il capo.

Un altro pugno, questa volta allo zigomo sinistro, sento che sto per svenire.

«Ancora!» Questa volta urla.

Tira un pugno sulla mia spalla destra e una forte scossa mi fa urlare, ma subito una mano si posa sulla mia bocca.

«Capo» dice l'uomo che mi tiene uno dei polsi. «Dovremmo andare… attiriamo troppa attenzione.»

«Tu non devi permetterti di parlarmi così, hai capito?» domanda arrabbiato il loro capo.

«Cosa vi ha fatto Josh?» Mentre parlo vedo il sangue colare sulla mia ascella e istintivamente chiudo gli occhi. Mi viene da piangere perché mi sembra tutto così familiare.

Essere in un vicolo al buio, la vista del sangue, la paura di morire. L'ansia, i brividi e la mancanza di respiro.

Solo che questa volta il dolore fisico è molto alto e io mi sento davvero male.

«Mollatela per terra» ordina.

«Lasciatela!» urla Meredith in preda al panico.

«Sei solo uno schif…» ma non riesco a finire la frase per colpa di un altro pugno.

«Allora non hai capito.» Mi tira per i capelli. «Sono sicuro che sarà contento di vederti così tra qualche giorno.»

Le persone attorno cominciano a ridere e la mia vista comincia a offuscarsi.

«Allora Jennifer vuoi sapere cosa sta succedendo?»

«S-sì» dico senza fiato.

Meredith comincia a piangere senza sosta mentre prova a venire verso di me senza riuscirci.

«Be', non è il momento di dirlo. Non ora… Sappi che oltre a essere un tipo molto sentimentale sono anche molto vendicativo. I torti che mi vengono fatti non li lascio impuniti.»

«Che torto ti ha fatto Josh? Perché tutto questo odio?»

«Ho già detto che non è il momento di dirlo. Sappi che il male che ho ricevuto gli tornerà indietro. Mi ha tolto delle persone a me care e io farò lo stesso con lui.»

Provo a parlare un'altra volta, ma il groppo in gola e il sangue me lo impediscono. La testa comincia a pulsarmi forte e inizio a sentire il dolore dei lividi sulla mia faccia.

Le costole e lo stomaco mi fanno male e sono sicura che un altro calcio mi farà rigettare tutto il cibo che ho mangiato.

«Ma come? Noi picchiamo lei e piangi tu, Meredith?»

«Non fatele ancora del male» dice piano.

«Jennifer e tu non piangi?» Si avvicina al mio viso sfiorandomi la guancia. Non ho le forze di allontanarlo. «Nemmeno una lacrima.»

«N-non piangerò per te» sussurro allo stremo.

«Io sono la sorella di Josh» sibila Meredith. «Anch'io sono una persona a lui cara. Lasciatela stare, ci sono anch'io!»

L'uomo si alza e squadra Meredith mentre gli altri quattro ora sono leggermente distanti da noi.

«Ammirevole davvero» ghigna cattivo.

«Allora, Jennifer? Vuoi prendere una pausa e ci divertiamo un po' con Meredith?»

«No!» dico subito.

«Sì» risponde Meredith.

«Ho detto no...»

Il capo fa un cenno con la testa e subito vengo rialzata in piedi mentre uno di loro chiude di nuovo la bocca a Meredith.

«Allora? Tu o Meredith?»

«Io» sospiro.

Schiocco di dita. La mia testa viene sbattuta contro il muro. Meno forte questa volta, forse non vogliono farmi svenire, per torturarmi ancora di più.

«Tu o Meredith?» chiede ancora.

«Io.»

Meredith si dimena, ma ormai riesco a sentire a stento le sue proteste. Uno schiaffo sbatte violento sulla mia guancia, ma questa volta fa più male. Credo abbia usato una mano con un anello.

«Cap...» qualcuno parla ma viene subito interrotto.

«Allora, Jennifer?» Il suo tono è arrabbiato. «Tu o Meredith?»

Non ci riesco più. Non riesco più a parlare. Le palpebre sono pesanti tanto quanto il mio cuore in questo momento.

Sento un forte peso nel petto che mi impedisce di respirare normalmente.

«Chi tace acconsente» lo sento dire.

Prende la mia gola e la afferra in una morsa stretta sollevandomi come una bambola. I miei piedi non toccano più terra e provo con tutte le mie forze a tenere gli occhi aperti.

Quindi finisce così?

Se non fossi bloccata in questo modo probabilmente sorriderei amaramente. Sorriderei per lo scherzo che il destino ha deciso di regalarmi.

Morirò in questo modo, che coincidenza la vita, una vita piena di schifo, la mia.

Morire in un vicolo per colpa di qualcun altro, come mia madre, come quella notte.

Il mio respiro è sempre più strozzato e non riesco nemmeno più a dimenare le gambe.

Almeno non piove, penso nella mia testa.

Forse è giusto così. Forse sono maledetta da quella notte e questo è il mio destino. Non posso nemmeno vedere in faccia chi porrà fine alla mia vita.

Mi dispiace, Meredith, che tu debba vedere questo.

Mi dispiace, papà, perché perderai un'altra donna dai capelli rossi.

Mi dispiace, Anny, perché non potrò vedere le tue foto in Francia.

Mi dispiace, Josh, per non aver potuto toccare le tue labbra un'ultima volta.

«Capo!» tuona uno di loro. «La ucciderete!»

All'improvviso vengo lasciata per terra e le mie ossa scricchiolano forte.

Porto le mani alla gola e rilascio uno dei sospiri più lunghi della mia vita. Prendo dei respiri enormi, tanto che sento come se i miei polmoni stessero per scoppiare.

«Jennifer! Jennifer.» La mano di Meredith si posa sulla mia spalla.

Solo ora nota che gli uomini stanno andando via dal vicolo, ma subito uno di loro si gira verso di me.

«Voi non direte nulla a Josh e a nessun altro.»

«Cosa?» domanda Meredith incredula.

«Hai sentito bene: non direte nulla a Josh e a nessun altro» le ripete. «Ovviamente Josh deve sapere che qualcuno ha sofferto per colpa sua, ma non ora. Voi manterrete la parola data. Se scopro che Josh verrà a sapere l'accaduto oggi stesso o che la polizia o tuo padre lo scoprirà in seguito, allora le conseguenze saranno molto più gravi.» Indica il vicolo e poi noi due.

Cominciano ad allontanarsi di nuovo mentre Meredith prova ad alzarmi.

«Ah Jennifer» mi richiama e io tento di alzare la testa. «Spero che quando ti vedrà proverà disgusto nei tuoi confronti e ti lascerà crogiolare nel tuo dolore, come il codardo che è. Spero anche che questo vicolo ti abbia portato dei bei ricordi. Ci vediamo presto, Jennifer Milton, stanne certa e salutami Josh.»

I passi si allontanano mentre Meredith continua a piangere sulla mia spalla intenta a tenermi in piedi.

«Oh, mio dio» dice con voce strozzata. «Io n-non so nemmeno cosa sia successo e n-non…»

«Meredith…» sospiro. «C-casa.»

A ogni parola che dico sento un forte dolore al petto e non riesco a comporre una frase di senso compiuto.

«Aggrappati a me.»

Mi butto praticamente a peso morto su di lei provando a camminare il più velocemente possibile.

La vedo che si sta sforzando di portarmi, data la sua corporatura minuta, ma non riesco davvero a farcela da sola.

Usciamo dal vicolo e spero con tutta me stessa che non passi nessuno perché se no è davvero un casino. Se qualcuno scopre quello che è successo la vendetta sarà dura. È stato chiaro e sono più che sicura che parlasse seriamente. Ho sentito la rabbia e il rancore nel suo tono e se avessi potuto vedere i suoi occhi sono sicura che sarebbero stati impregnati di astio.

«C-ci siamo quasi» dice e continua a trascinarmi.

Sta continuando a piangere e vorrei poterlo fare anch'io. Ma c'è solo un luccichio nei miei occhi.

C'ero quasi, stavo per piangere, sentivo le lacrime che stavano per scendere quando mi teneva per la gola.

Dopo mi ha lasciata e le lacrime sono tornate indietro, ma vorrei davvero tanto farlo ora.

«Mi servono le chiavi per il cancello e quelle del portone» mi dice con voce tremante.

Le indico la tasca posteriore e subito apre il cancello. Il suo respiro è affannato mentre il mio non riesco nemmeno a sentirlo.

«Prenditi una pausa.» Faccio per sedermi nel giardino, ma subito mi tira su.

«Non sono io quella che è stata menata, okay?» La sua domanda è più un impeto di rabbia.

Le emozioni la stanno sopraffacendo. Devo essere davvero orribile in questo momento.

Mi adagia subito sul divano e si inginocchia davanti a me mordendosi il labbro per fermare le lacrime.

Mi sposta una ciocca di capelli e socchiude gli occhi stringendomi il ginocchio.

«S-sono così orribile?» le chiedo piano.

«No, Jennifer.» Le lacrime contornano il suo viso come una cascata. «Sei… sei bellissima.»

«Non mentirmi, Meredith.» Provo a ridere, ma ne esce solo una grande tosse.

«Io… io vado a prendere qualcosa per pulirti. Perché… cioè… tu sei e io n-non…»

«Meredith» le tocco un braccio, «prima calmati.»

Piano piano riesco a riacquistare la mia voce, anche se roca e bassa, mentre il mio respiro si normalizza.

Si alza e si siede vicino a me guardandomi attentamente, prima di scoppiare in un fragoroso pianto coprendosi gli occhi con le mani.

«Sono così debole» piange forte. «Io dovrei consolare te, ma sono così debole. Lo sono sempre stata, sono sempre stati gli altri ad aiutarmi e ancora una volta sono stata salvata da qualcun altro. Non riesco m-mai a salvare nessuno.»

«Non dire così…»

Vorrei tanto consolarla, ma mi è davvero difficile riuscire a tenere un discorso ora e le mie capacità motorie non sono messe meglio.

«S-sì, è vero. Non ho fatto niente prima!»

«Meredith, ci hai provato, io ti ho vista.» Faccio un grande respiro. «Nessuna di noi due poteva fare niente.»

«Ma tu lo hai fatto. Mi hai protetta.»

Continua il suo pianto isterico e poi si poggia alla mia spalla, ma subito mugolo di dolore e si sposta.

«Scusa scusa scusa» si affretta a dire. «Dobbiamo andare in ospedale. Hai sbattuto la testa tante volte e…» ma la interrompo subito.

«No, Meredith, sto bene.» Provo a sollevare la schiena.

«Non stai affatto bene. Dobbiamo assolutamente andare in ospedale.»

«Se andiamo in ospedale ci chiederanno cos'è successo e appena sapranno il mio cognome arriverà subito la stampa. Quindi anche mio padre e sarà un enorme casino.»

«Tu… t-tu non vuoi dirlo a nessuno?»

Alzo completamente la schiena e chiudo gli occhi per il forte giramento di testa.

«Non hai sentito? Se qualcuno lo scopre finiamo nei guai.»

«Ma…»

«Niente ma! Sono stanca, per favore…»

Si asciuga le lacrime e corre in cucina per tornare qualche secondo dopo con un bicchiere d'acqua mentre me lo porge.

Con fatica lo porto alle labbra, ma quando deglutisco la gola mi fa malissimo.

«Ti devo disinfettare le ferite e metterti almeno un po' di crema» mi dice più tranquilla. «Hai un kit del pronto soccorso?»

«Sì. Nel bagno ce n'è uno completo.»

«Te lo porto qui.»

«Almeno fammi andare in camera mia così mi stendo.»

«Jennifer, no, ti prego tu…»

Si morde il labbro inferiore e i suoi occhi guardano in modo frenetico il mio viso per poi abbassarsi.

«Non vuoi che mi guardi allo specchio, vero?» La mia voce ora esce spezzata.

«È solo che perdi ancora molto sangue e magari è meglio che ti vedi quando ti avrò pulita per bene.»

«Va bene.» Mi stendo con un po' di fatica. «È nel bagno degli ospiti. C'è una porta sotto le scale, nel fondo, lo troverai in qualche cassetto.»

«Torno subito, non muoverti.»

Se potessi muovermi lo farei. Se riuscissi a deglutire senza sentire un gran dolore sarei più sollevata. Se non sentissi dolore a ogni movimento che faccio mi curerei da sola. Chissà quanto orribile sono in questo momento.

«Eccomi.» Si siede subito vicino a me.

Tira fuori del cotone e ci versa sopra del disinfettante per poi tamponarmi delicatamente il viso.

«Ahia!» esclamo.

«Lo so, mi dispiace ma è necessario.»

Passa il cotone sui miei zigomi e poi sul labbro facendomi un male cane. Stringo i denti e la tortura va avanti per ben dieci minuti.

Meredith tampona quasi impercettibilmente e con estrema lentezza per paura di farmi male, ma questo è niente in confronto al dolore fisico che ho provato prima.

Tuttavia lo apprezzo perché mi sento uno schifo in questo momento e il suo tocco delicato non può che farmi bene.

Prende il cotone sporco di sangue e corre in cucina per poi tornare con un panno.

«Oh, è gelido» constato.

«Sì, l'ho inzuppato d'acqua per pulirti il sangue che si è rappreso.»

Lo passa sulla mia fronte, sotto gli occhi, strofina bene sulle guance e anche sulle mie clavicole.

Prende le mie mani e comincia a pulire con il panno le mie nocche. Deve essermi scivolato il sangue mentre tossivo.

«Non sei messa così male.» Mi guarda dolcemente.

«Questo lo dirò io quando mi guarderò» le dico, visto che non ci credo minimamente.

Mi mette una mano dietro la schiena e controlla la mia testa massaggiandomi la cute.

«Non ti sei fatta niente, credo. Forse uscirà un bernoccolo.»

«Non ho mai avuto un bernoccolo» sorrido. «Quante prime volte per Jennifer Milton qui a Manhattan.»

Meredith mi sorride tristemente e mi solleva la maglia per osservarmi. Abbasso il capo e il mio stomaco non è messo per niente bene.

Alza ancora un po' di più la maglia e guarda la mia schiena e la sento sospirare rumorosamente.

«Meglio mettere della crema.» Ne tira fuori una gialla e legge l'etichetta. «Credo che questa ti allevierà un po' il dolore.»

Mi fa girare piano piano e spalma la crema sulla mia schiena. Deve essere piena di lividi perché anche se tocca piano sento un gran dolore.

Mi fa stendere e ne spalma un po' anche sulla mia pancia. È un miscuglio di macchie violacee. Credevo che non si sarebbero notati subito ma solo dopo un po', a quanto pare mi sbagliavo, forse i colpi sono stati molto forti.

«Forse è meglio che ti metta un po' di crema anche sul collo.»

«Va bene...»

Il collo. Pensavo che sarei morta quando ho sentito il respiro mancarmi totalmente. Forse se uno di loro non fosse intervenuto, mi avrebbe uccisa per davvero.

Chiudo gli occhi come se potessi cancellare dalla mente ciò che è successo prima, ma non accade.

Le sue mani sulla mia gola, che mi rubano piano piano la vita, mi compaiono davanti agli occhi.

Il mio corpo è tutto un brivido e serro i pugni sul mio fianco per non tremare.

«Ho finito.»

«Vai a casa, Meredith. Riposati, io andrò a fare una doccia.»

«No, rimango qui. Dormo qui stanotte.»

«No» dico dolorante mentre mi alzo. «Devi tornare a casa o si insospettiranno.»

«E cosa dico a Josh e ai miei genitori? Tu dovevi venire a casa con me per cena.»

«Di' che sono stata poco bene e non me la sono sentita di venire.»

«Dovrai farti vedere prima o poi.»

«Meglio dopo che prima» sentenzio.

Meredith si avvicina a me e si accoccola al mio fianco cercando di non farmi male.

«Meredith, vai...» le sussurro.

«N-non voglio.» Mi stringe ancora un po' «Non erano amici di Josh quelli. Io non li conosco, è impossibile.»

«Non ho idea di chi siano veramente e nemmeno cosa abbiano a che fare con lui.»

«Ma sembravano così arrabbiati. Che cosa può aver mai fatto loro Josh per farli vendicare in questo modo?»

«Meredith, non lo so...» Sospiro per mantenere la calma. «Non sappiano nemmeno se tutto ciò è vero. Ormai è passato.»

«Hanno detto che torneranno» scatta subito guardandomi «E se dovessero tornare? No, io rimango qui e dobbiamo dirlo almeno a Josh o a Drake.»

«Meredith, Meredith!» la scuoto lievemente. «No! Non possiamo dirlo a nessuno, non ora almeno.»

«Però lo diremo almeno a Josh tra un po', vero?» mi domanda sottovoce.

«Sì...» dico poco convinta.

Non sono sicura di volerlo dire a Josh, anzi credo che non glielo dirò. Loro non aspettano altro, vogliono che gli dia qualche giorno, per poi farmi vedere da Josh e farlo soffrire.

Almeno così hanno detto, io non ho la minima idea di come reagirà, ma non voglio scoprirlo.

So già cosa farò. Chiamerò mio padre domattina e gli dirò che non mi sento tanto bene in modo da fornire una giustificazione per la mia assenza a casa Cliver e anche in questa settimana da scuola.

Spero solo che alla fine della settimana i lividi sulla mia faccia scompariranno o che siano almeno copribili con del fondotinta. Sul corpo non ci saranno problemi, è inverno, li coprirò con i miei soliti vestiti.

«Meredith, vai» le dico ancora una volta.

«Ti accompagno in bagno almeno, così ti farai una doccia» mi propone e io annuisco.

Metto un braccio sulle sue spalle e lei lo avvolge alla mia vita. Facciamo un passo per volta perché le costole mi fanno davvero male ci fermiamo qualche secondo e sui gradini.

Entro senza guardarmi allo specchio, non sono ancora pronta, per poi sedermi sopra la tavoletta.

«È un'agonia muovermi» mugolo.

«Visto? Io devo rimanere qui» dice subito lei.

«Meredith» rido leggermente ma mi fermo quando sento male allo stomaco. «Devi andare a casa e spiegare ai tuoi che è tutto okay. Che non mi sono sentita bene, ma niente di grave, però volevo riposare.»

«Sicura?» chiede abbassando lo sguardo.

Si sente in colpa per non avermi aiutata. Il punto è che non è colpa sua, non è colpa di nessuno.

Solo di quei viscidi uomini malati di mente. L'ultima cosa che mi aspettavo è di essere malmenata a tre vicoli da casa mia. Per cosa, poi? Per una cosa che non ho nemmeno fatto io.

Gli occhi di Meredith ora mi guardano colmi di tristezza e pentimento e a me si spezza il cuore.

Io vedevo come cercava di aiutarmi, ma glielo impedivano e non me lo scorderò mai.

«Meredith» la richiamo dolcemente sorridendole, «vai e lasciami un pezzo di torta, okay?»

Meredith mi fa un sorriso amaro e poi le lacrime cominciano a sgorgarle dagli occhi senza sosta.

«Oh, Jennifer.» Si fionda su di me abbracciandomi.

Mi fa male, ma cerco di non dire niente e di non darlo a vedere. Il suo calore corporeo mi fa sentire bene e forse quello di cui ho bisogno è proprio un abbraccio.

«Sto piangendo per entrambe perché... p-perché tu non lo fai e non so se sia un bene o no» continua a singhiozzare. «Piangi se vuoi, Jennifer, o-ora siamo solo io e te.»

Non le rispondo ma comincio ad accarezzarle i suoi ricci scuri. Non so cosa dire.

«Te lo giuro su ciò che ho di più caro che mi sarei presa quei calci e quei pugni al posto tuo. Giuro!» Ora sta praticamente urlando mentre nasconde il viso nel mio petto.

«Ssh...» Continuo ad accarezzarle i ricci.

«Non so cosa c'entra Josh in questa storia, ma non te la prendere con lui. Sono sicura che lui non sa niente e che non ha niente a che fare con quei tizi.»

«Non ce l'ho con lui» le sussurro.

Ed è vero. Non sto mentendo. Anzi forse dovremmo cominciare a preoccuparci anche per Josh, visto che a quanto pare questi uomini sono pericolosi e ce l'hanno a morte con lui.

«A ogni pugno che ti tiravano sentivo una morsa al petto. Perché non hai lasciato che toccassero anche me? Sarebbe stato più facile! Potevo resistere a qualche schiaffo o a un pugno. Ora non saresti ridotta così.»

«Non sarebbe stato qualche s-schiaffo.» Sento le parole che cominciano a mancarmi.

«Non mi importa!» urla forte mentre le sue lacrime inzuppano completamente la mia maglia. «Li avrei presi tutti. Jennifer, mi hai ridato indietro mio fratello, quello di un tempo. Hai riavvicinato Drake e finalmente mi sento parte di un gruppo, di un qualcosa» dice singhiozzando. «Sei una delle persone più importanti della mia vita. Dimmi perché non hai lasciato che toccassero anche a me. Dimmelo!»

Passano minuti in cui Meredith continua a piangere rumorosamente e io guardo un punto indefinito davanti a me come in trance.

I singhiozzi si placano e subito mi guarda asciugandosi le lacrime dalle guance. La osservo seria mentre indietreggia lentamente.

«Ho già visto una persona morire davanti ai miei occhi. Non accadrà di nuovo.»

«Non c'è bisogno, papà.»

«Sono già tre giorni che manchi da scuola. Basta dirlo e io mollo tutto per venire da te.»

«Non mollerai il tuo lavoro in Giappone solo perché io ho un po' di febbre» ripeto per la quinta volta. «E non ti azzardare a chiamare Anny o Greg.»

Sono tre giorni che mio padre mi chiama ogni due ore per sapere se mi è passata la febbre.

Eggià, sono passati tre giorni da quella sera nel vicolo e sono stati un inferno.

In realtà non ho la febbre, ma sicuramente Daniel avrebbe chiamato mio padre quindi l'ho fatto prima io.

«Stai almeno un po' meglio?» mi chiede.

«Un po', ma ancora non me la sento di andare a scuola.»

«Certo che no! Non andare o potresti svenire o sentirti male all'improvviso. Vai solo quando tornerai in piene forze.»

Oh, papà, sapessi quello che mi è successo.

«Non mi succederà nulla.» E sento un groppo in gola mentre lo dico.

«Va bene» sospira. «Allora io vado, mi raccomando per qualsiasi cosa chiama.»

«Va bene, tranquillo» mento di nuovo.

«Ti voglio bene, tesoro.»

«Te ne voglio anch'io, papà.»

Chiudo la chiamata e subito mi ributto a letto provando a riaddormentarmi, ma ormai sono troppo sveglia.

Chissà come stanno gli altri e cosa è successo in questi tre giorni.

Meredith mi ha praticamente fatto da badante e credo che continuerà a farlo finché non tornerà mio padre.

In pratica ha vissuto a casa mia, nonostante le dicessi che così tanto tempo da me avrebbe insospettito Drake o Josh, ma se n'è altamente fregata.

Ieri è persino venuta verso l'ora di cena e mi ha chiesto quando ho intenzione di parlarne con Josh.

«Presto» le ho detto.

Ha semplicemente annuito, anche se sembrava piuttosto titubante.

Josh. Non l'ho più sentito a parte quella sera in cui sono mancata da casa sua. Mi aveva mandato un messaggio.

Messaggio da Josh:

"Meredith mi ha detto che non stai bene, tutto okay?".

Messaggio a Josh:

"Solo un po' di mal di stomaco, tranquillo".

Messaggio da Josh:

"Ti serve qualcosa?".

Dopo quel messaggio non ho più risposto perché avevo cominciato a vomitare come se non ci fosse un domani.

Se avessi potuto avrei vomitato anche i ricordi, ma purtroppo l'unica cosa che sentivo era un gran dolore allo stomaco.

Mi sposto leggermente per riuscire a prendere il telefono e subito noto due messaggi.

Messaggio da Olly:

"Quando torni a scuola? Le lezioni di matematica stanno diventano uno strazio e Drake fa finta di capire".

Messaggio a Olly:

"Se magari invece di messaggiare con me prestassi attenzione capiresti qualcosa".

Messaggio da Olly:

"No, sono troppo occupata a guardare Flex che non mi guarda. Jennifer, non mi guarda!".

Scoppio in una grande risata rendendomi conto che Olly e il suo blaterare mi mancano.

Meredith mi racconta ciò che accade come se fossimo in una puntata di *Gossip Girl*.

Da quel che ho capito Olly e Alan continuano a non parlarsi

mentre tra lei e Drake le cose vanno alla grande. Ah sì! Olly e Flex sono usciti e lei non ha fatto altro che parlarne per un'intera giornata.

Messaggio a Olly:

"Se tu lo fissi è ovvio che non ti guarda, smetti di fissarlo, stai inquietando me che sono in camera mia".

Mentre attendo una risposta vado a leggere l'altro messaggio e vedo che è Melissa.

Da quel che ho capito in questi tre giorni si è seduta con loro solo una volta, sotto richiesta di Olly, ma è stata piuttosto silenziosa.

Messaggio da Melissa:

"Stai meglio?".

Anche se i suoi messaggi sono abbastanza freddi è stata quella che ho sentito di più oltre a Meredith.

Finalmente posso ritenere il capitolo Roy chiuso, almeno spero, non vorrei finire di nuovo in qualche vicolo.

Messaggio a Melissa:

"Sto bene".

Non è importante come ci rispondiamo. Qualcuno guardandoci potrebbe dire che l'una se ne frega dell'altra o che ci odiamo, ma è complicato.

Con Melissa è diverso rispetto che con Olly o Meredith perché, nonostante il nostro comportamento, sappiamo che c'è molto di più dietro.

Messaggio da Melissa:

"Sicura che non vuoi che passo da te?".

Messaggio a Melissa:

"No tranquilla, mi sento meglio. Di' a tua madre che mi farò sentire presto".

Non posso ancora farmi vedere, devo far passare qualche giorno, sperando che nessuno noti niente.

Messaggio a Melissa:

"Mmh… va bene. Comunque appena puoi io e Michael vorremmo parlarti".

Lei e Michael escono insieme ora che non hanno più nessun Roy di mezzo. Oppure ci stanno riprovando, non ho ben capito, mi informerò più avanti.

Stanca di stare nel letto a non fare niente, mi dirigo in bagno per una doccia.

Ormai non faccio altro che docce, mi sento così… sporca.

Continuo a guardarmi allo specchio passando la mano sui lividi della pancia. Mi fanno davvero impressione queste macchie violacee sulla mia pelle pallida.

«Cristo…»

Mi appoggio al lavandino perché la testa mi gira forte e mi viene voglia di vomitare. Devo davvero smetterla di guardarmi allo specchio.

Josh's pov

«Forza, ragazzi!» urla il coach. «Voglio più canestri da tre! Ci riesce anche la bidella della mensa a quella distanza.»

«Lo odio…» ringhia Zack al mio fianco.

«Non è vero e lo sai» gli ripeto. «È il nostro coach e vuole solamente il meglio.»

«Lo so, ma quando si avvicinano le partite diventa una specie di mastino» si lamenta.

«Dài ascolto al capitano e alla sua immensa saggezza, Zack» dice Alan intromettendosi da dietro in modo ironico.

«Non l'ho mai notata tutta questa saggezza in realtà» mi deride.

Lo squadro in malo modo e poi gli rivolgo un sorriso sghembo che lo confonde.

«Coach!» lo richiamo. «Credo che anche Zack debba allenarsi con i canestri da tre.»

«Cosa?» Zack sbarra gli occhi.

«Avanti, sbrigati» lo richiama il coach. «Non ho tempo da perdere.»

Mi lancia un'occhiata omicida mentre si dirige in mezzo al campo e Alan se la ride.

«Te la farà pagare» mi dice Alan.

«Può essere» rido visto che non mi importa.

«Hai più sentito Jennifer?»

«No. Credo stia ancora male.»

Jennifer non si è presentata a cena a casa nostra perché si è sentita poco bene. Almeno così ha detto Meredith quando è arrivata, anche se mi sembrava piuttosto turbata e ha mangiato pochissimo.

In questi giorni l'ho vista di sfuggita e persino a Drake sta cominciando a dare fastidio questa situazione.

Più che fastidio è preoccupato perché da quando stanno insieme sono sempre stati molto uniti e ultimamente sembra assente.

Ha provato a parlarle anch'io, ma ha sempre sviato il discorso, cosa non da mia sorella.

Abbiamo parlato spesso di ciò che è successo con quel Roy e Melissa, e dire che eravamo sconvolti è poco. Melissa che veniva maltrattata da un ragazzo più grande? Jennifer che la aiuta tendendogli un'imboscata con Michael? Troppo sconvolgente per me.

«Okay ragazzi, basta per oggi!»

Il coach si dilegua prendendo la sua cartellina e tutti raccogliamo le nostre cose.

«Josh, posso parlarti?»

Mi giro e mi ritrovo Melissa nella sua divisa da cheerleader che mi fissa seria.

«Dovrei cambiarmi ora e farmi una doccia veloce in spogliatoio. Successo qualcosa?»

«Volevo chiederti una cosa su Jennifer.»

Solo al sentire il suo nome un campanello d'allarme scatta nella mia testa e mi ritrovo subito ad annuire.

«Aspettami dove ci sediamo sempre al campus. Verrò lì tra poco.»

«Senti, Josh, detto schietto: cosa succede tra te e Jennifer?» È ovvio che voleva chiedermi questo, avrei dovuto pensarci prima. «Tu la ami» mi dice.

«Cosa?» La guardo sbigottito.

«Cos'è successo, Josh?» mi chiede ancora.

«Diciamo che tra me e Jennifer le cose sono troppo complicate e sarebbe una relazione quasi impossibile. Anche se...»

«Se?» mi sprona.

«Melissa, da quanto andava avanti quella storia?» Voglio cambiare discorso e poi è un po' che voglio chiederglielo.

«Alcuni mesi.»

«Mesi?» chiedo sbalordito. «Ma aspetta… quindi ti stava aiutando prima che scoprisse che eri la sua futura sorellastra?»

«Certo che sì» ride come se fosse ovvio. «Cosa credevate? Che lo facesse per quello?»

Deve sempre mettersi in mezzo a ogni cosa, che la riguardi o meno.

«Mi ha aiutato molto, Josh.»

«Lo so…» sospiro.

«No» ride nervosa. «Non lo sai. Non mi ha aiutata solo con Roy. Mi ha aiutata in situazioni molto più complicate di cui non mi va di parlare, ma lo ha fatto senza nemmeno accorgersene, dicendomi cose che mi hanno fatto rimanere di sasso.»

«Sì, è brava con le parole.»

A volte quando Jennifer parla mi perdo nei suoi discorsi e devo ammettere che spesso mi vengono i brividi.

Raggiungiamo gli altri a mensa e appena mi siedo vedo una chioma blu venire verso di me e subito mi innervosisco. Cosa vuole?

«Ehi, ragazzi» sembra leggermente agitato, «volevo chiedervi dov'è Jennifer. Non la vedo da un po'.»

«Si sente poco bene, ma dovrebbe tornare tra qualche giorno» risponde Olly che nel frattempo ci ha raggiunti.

Leo si mette una mano tra i capelli e sospira rumorosamente. Cosa gliene frega a lui?

«Se la sentite potete dirle di chiamarmi o mandarmi un messaggio?»

«Perché dovrebbe?» scatto subito.

«Voglio sapere come sta» mi risponde brusco.

«Non sono affari tuoi.»

«E chi sei per dirlo? Il suo ragazzo?»

Ci lanciamo occhiate di fuoco e so che non posso rispondere alla sua provocazione.

«Ehm…» tossisce Drake. «Va bene, Leo, tranquillo, le diremo di contattarti.»

Leo biascica un «grazie», se ne va a passo svelto e gli altri mi guardano male.

«Le lezioni di letteratura sono noiose senza di lei che ribatte a ogni frase» sentenzia Melissa.

«Dovremmo andare a trovarla!» squittisce Olly euforica.

«No!» scatta Meredith.

«Perché no?» chiede stranita Olly.

«Perché... p-perché sta male e non vuole che nessuno vada da lei.»

«Tutti abbiamo avuto un po' di febbre, non sarà niente di scandaloso» sostiene Alan.

Meredith comincia a guardarci in modo nervoso e tutti capiamo che c'è qualcosa che non va.

«Meredith, cosa succede?» chiede Drake mettendole un braccio sulle spalle.

«Io n-non posso.»

«Non puoi?» chiedo subito alzandomi dalla panca. «Non puoi cosa?»

«Io non...» La sua voce trema e i suoi occhi diventano lucidi. «Voi l'avete mai vista piangere?»

Nessuno risponde e la guardiamo tutti straniti. Credo che nessuno di noi l'abbia mai vista piangere.

Quando tempo fa avevo fatto quello stupido scherzo in palestra avevo visto i suoi occhi lucidi, ma mai vere e proprie lacrime.

«Meredith...» La voce di Melissa è tremolante. «Cos'è successo?»

Tutto quello che succede dopo mi fa letteralmente cadere il mondo addosso. Le frasi mi arrivano alle orecchie a scatti, sono troppo preso dallo shock.

«Io non volevo...» comincia a piangere. «Ma loro ci hanno prese e portate in un vicolo.»

Tutti spalancano gli occhi e continuo a rimanere in piedi paralizzato mentre vedo le lacrime di mia sorella scorrere veloci.

«Dicevano che volevano farla pagare a Josh e hanno cominciato a p-pestarla.»

Io? L'hanno pestata per fare un torto a me?

Non è possibile. È colpa mia? Chi ce l'ha con me?

Non ho mai fatto un torto a nessuno, non tanto grande da portare a fare una cosa del genere.

Non riesco a concentrarmi su niente perché Meredith continua a piangere mentre spiega e io sento dei conati di vomito.

«Poi le hanno tirato un pugno e un calcio e sono andati avanti per tanto e dopo...»

Non riesco nemmeno a sentire quello che dice. Tutti spostano lo sguardo da Meredith a me sconvolti.

Sono paralizzato sul posto mentre stringo i pugni sul fianco.

«Oh, mio dio.» Olly si porta le mani al viso sconvolta e comincia a piangere.

Alan la stringe a sé mentre tutti gli altri continuano a tenere gli occhi spalancati.

«Tutte le volte che quello schioccava le dita quell'altro...» prova a respirare per prendere fiato «... lui la picchiava e io volevo aiutarla ma erano in cinque.»

«Tu... cioè ti hanno toccata?» La voce di Drake è spezzata e ora anche Melissa sta piangendo.

«No.» Piange forte e alcuni si girano verso di noi. «Volevano farlo, ma lei non lo ha permesso e si è presa anche le botte che avrei dovuto prendere io.»

Mi sento in un altro mondo. Sento ciò che dice, ma non riesco a muovere un muscolo.

Meredith continua a piangere e non riesco nemmeno a descrivere le emozioni degli altri. E nemmeno le mie.

Hanno picchiato Jennifer. Non ha la febbre ma è stata picchiata. Malmenata per colpa mia.

Qualcuno mi odia tanto da fare una cosa del genere. *Chi?*

Sento un enorme groppo in gola ed è solo la rabbia che mi fa tirare un forte pugno sul tavolo. Tutti si girano verso di me e Meredith mi guarda con occhi supplicanti.

«Perché lo dici ora, Meredith?» urlo.

Tutti si voltano a guardare, ma non me ne può fregare di meno.

«Non potevo» continua a singhiozzare. «Hanno detto che se avessimo parlato prima del dovuto sarebbero tornati. Te lo giuro, Josh, che volevo difenderla ma lei non ha voluto, ha detto che aveva già visto qualcuno morire davanti ai suoi occhi.»

Il gelo.

Jennifer's pov

«Stupidi noodles che non si cuociono!» dico infastidita. «Eppure sulla scatola c'è scritto "pronti in cinque minuti".»

Spengo il gas e mando tutto al diavolo. Ma come fa Anny? Chiamerò il ristorante cinese tra un po' in modo da farmi portare il pranzo.

Il campanello suona e subito mi dirigo al citofono per aprire il cancello.

Oggi Meredith è arrivata anche prima del solito. Spero che non abbia saltato le lezioni per venire qui.

Apre anche la porta di casa e mi dirigo in bagno a prendere il kit.

La prima cosa che fa quando arriva è dirigersi subito in bagno, senza rivolgermi la parola, e prendere il kit per mettermi la crema.

Quindi per non sprecare tempo vado direttamente a prenderlo aspettandola in bagno.

«Meredith» urlo nel corridoio. «Sono in bagno, vieni.»

Mi sporgo per prendere il kit e subito lo apro tirandone fuori il necessario. Sento dei passi avvicinarsi e subito mi giro.

«Meredith, credo che...»

Il mio cuore comincia a battere all'impazzata mentre tutto il mio corpo è fermo.

I suoi occhi continuano a guardarmi in modo frenetico senza fermarsi su un punto preciso.

Josh è davanti a me e per la prima volta non riesco a decifrare il suo sguardo. Arrabbiato? Affranto? Deluso?

Deglutisco forte e in quel momento Josh si avvicina a passo lento.

Automaticamente indietreggio, non per paura, ma perché sento il cuore scoppiarmi. Sono al limite.

Vorrei dicesse qualcosa perché io non riesco a parlare, ma lui continua a venire verso di me.

Chissà cosa sta pensando mentre mi guarda in questo stato. Disgusto, compassione?

Josh è a un centimetro dal mio viso e subito alza la mano accarezzando il livido sulla mia guancia.

Istintivamente chiudo gli occhi al suo tocco. La sua mano è così calda e le sue dita mi toccano come se potessi rompermi da un momento all'altro, e forse è vero.

Apro gli occhi e trovo i suoi fissi sui miei. *Cosa stai facendo, Josh? Perché sei qui?*

Poggia una mano sulla mia guancia e io chiudo gli occhi beandomi della sua carezza soave.

Non dovrei sentirmi così, è sbagliato, ma mi sembra uno sbaglio così bello.

Sento le sue mani andare sotto la mia maglia e subito fermo il suo braccio.

«Jennifer» sussurra tenendo la sua fronte alla mia. «Ti p-prego.»

La sua voce è strozzata, segno che si sta trattenendo e quasi sussulto nel sentirlo.

Non è decisa e roca come sempre, ma spezzata e vicina al pianto, è la prima volta che lo sento così.

Decido di lasciarlo fare e in modo quasi straziante tira via la mia maglia.

Vorrei dirgli di non andare così piano perché non riuscirebbe mai a farmi male come quegli uomini. Che il suo tocco mi sta facendo sentire anche meglio di quella crema che ormai è abbandonata nel lavandino.

Tira via la mia maglietta e osserva il mio petto e il mio stomaco, senza malizia, solo dolore.

Questa volta riesco a scorgere emozioni nei suoi occhi e non sono per niente belle.

Faccio per spostarmi, ma subito mi ferma e mi poggia una mano sulla guancia.

Mi dà un bacio sulla fronte, sullo zigomo e sulla mascella. Mi accarezza i capelli e riesco a sentire le sue mani tremanti.

Si ferma e guarda le mie labbra per poi darmi un leggero bacio. Non mi sta davvero baciando e nessuno dei due muove le labbra. Le appoggia semplicemente alle mie e mi accorgo che tutto ciò mi è mancato più di quanto credessi.

Strofina le sue labbra piano per poi schioccare un silenzioso e morbido bacio. Chiude gli occhi ancora una volta, per poi farmi sedere sul bordo della vasca.

Capisco perché chiude e apre le palpebre. Io lo faccio continuamente da giorni ormai. Magari se chiudo gli occhi e li riapro scompare tutto.

Poi li riapro ma i lividi ci sono ancora, segni indelebili, pronti a ricordarmi tutto.

Lo vedo girarsi e prendere un panno dal lavandino bagnandolo d'acqua. Si inginocchia e comincia a strofinare il panno sul mio zigomo destro.

Cosa sta facendo? Non sono sporca e un panno bagnato sicuramente non farà scomparire i lividi.

Sto quasi per fermarlo finché non vedo il suo sguardo mentre passa il panno sulle mie spalle.

I suoi occhi sono così scuri in questo momento, impregnati di rabbia inquietante.

Continua a strofinare il panno sui miei lividi come se potesse farli scomparire da un momento all'altro.

È tutto così angosciante e triste che mi mordo il labbro per non cedere alle lacrime. Mi fa male, ma quello che sto provando ora mi fa più male.

Josh inginocchiato davanti a me che cerca di far sparire i segni sul mio corpo con un panno. Questo fa davvero male.

«Josh...» lo richiamo piano. «Non andranno via.»

Lui non mi ascolta, anzi comincia a passare il panno più freneticamente sulla mia spalla destra.

«Andranno via.» La sua voce trema.

Comincia a passare il panno sullo stomaco respirando pesantemente e si arrabbia quando vede che rimangono lì.

Passano quasi cinque minuti in cui prova a mandare via quei lividi, quel dolore sul mio corpo. Perché deve essere sempre tutto così scuro nella mia vita?

«Josh, fermati. Andranno via col tempo.»

«No» alza la voce. «Andranno via ora! Se ne devono andare. Non starai più male. G-giuro.»

Lo prendo per le spalle allontanandolo e lo guardo negli occhi cercando di non vacillare. «Calma, Josh...»

Mi sento così stupida nel dirlo, visto che io non sono calma per niente.

Si alza di scatto e butta il panno a terra mettendosi le mani tra i capelli e tirandoli violentemente.

«Non sto calmo, Jennifer!» urla e butta tutto cio che c'è sul ripiano urlando. «Piangi, Jennifer!»

Piangere? Perché dovrei piangere?

«Piangi, Jennifer, per favore!» urla esasperato. «Se vuoi non ti guardo nemmeno ma piangi.»

«P-perché?»

«Devi espellere tutto ciò che hai passato. Piangi. Devi farlo.» Sta veramente perdendo il controllo. «Se vuoi mi giro e non ti guardo oppure ti asciugo le lacrime o piango con te, non lo so! Ma piangi, Jennifer, ti serve, so che lo vuoi fare ma ti trattieni.»

«Io non ne ho bisogno» sussurro.

«Sì, invece.» Si avvicina e ritorna in ginocchio davanti a me. «Tutti ne hanno bisogno almeno una volta.»

«Io non c-ci riesco. Non posso.»

«Sì che puoi. Fallo!»

«Ho promesso che non avrei più pianto.»

Josh mi guarda e per la prima volta vedo i suoi occhi lucidi. Sembrano così chiari in questo momento.

«Piangi, Jennifer, perché voglio farlo anch'io» dice allo stremo delle forze.

«Fallo, se vuoi.»

«Non senza di te.»

Josh, sempre inginocchiato, mette la testa sulle mie gambe. Nasconde completamente il viso e comincia a tremare come una foglia.

Sembra così vulnerabile e so che sta trattenendo le sue lacrime e i suoi singhiozzi.

Succede questo quando trattieni le lacrime, cominci a tremare.

«Non ti lascio più, Jennifer, lo giuro.» La sua voce si spezza. «Non ti lascerò mai più.»

Comincio ad accarezzare i suoi capelli ramati mentre chiudo gli occhi. Trema. Trema forte.

Oh, Josh. Luce ricoperta dall'ombra. Singhiozzi coperti dal tremore.

Non so nemmeno cosa provo in questo momento, non lo so mai.

Si può provare felicità, quando la persona che te l'ha provocata sta tremando sulle tue gambe?

Si può provare tristezza, quando la persona che mi ha ingabbiato il cuore ti sta rivelando che non ti lascerà più scappare?

«Mai più, Jennifer, mai più» continua a promettermi mentre trema.

Ci si può sentire bene quando si è attorniati dal male? Ci si può sentire felici nell'infelicità?

20

Jennifer's pov

L'acqua scorre veloce sul mio corpo, quasi a farmi male, ma non importa. Rimango sotto il getto cercando di rilassare ogni singolo muscolo teso senza riuscirci. Forse dovrei uscire, sono ormai venti minuti che sono qui e Josh mi sta aspettando in camera mia.

Non ho la minima idea di quanto tempo siamo rimasti seduti in silenzio. La mia mano tra i suoi capelli e il suo corpo tremante inginocchiato.

«Vai pure a casa. Devi essere stanco» ho detto dopo un'infinità.

«Non ti lascio più, Jennifer, lo giuro.»

Una promessa così piena di importanza e aspettative. Ci vuole coraggio per poter dire una cosa del genere, ma la sua promessa sembrava così vera.

Dopo essermi asciugata e aver lasciato perdere i capelli, raccogliendoli in una coda disordinata, esco dal bagno e subito vedo Josh.

È seduto sul mio letto mentre guarda un punto indefinito davanti a sé. Non sembra essersi accorto della mia entrata, quindi mi prendo un po' di tempo per osservarlo.

Come siamo finiti in questo casino? Com'è iniziato tutto?

«So di essere bello, ma tanto da fissarmi in quel modo?»

Sbatto le palpebre rendendomi conto di essermi incantata. Era da un po' che non lo osservavo attentamente e devo essermici persa.

Accenna un sorrisino ma si vede che è abbastanza forzato, la tensione è alta.

Sorrido imbarazzata senza rispondere e mi avvicino al letto sedendomi accanto a lui.

Il silenzio regna sovrano un'altra volta prima che Josh apra bocca.

«Riusciresti a descrivermi il loro aspetto?» mi chiede serrando la mascella.

È arrabbiato e l'ultima cosa che voglio ora è un Josh arrabbiato.

«Avevano tutti dei passamontagna.»

«Li troverò» dice serio.

«No, tu non farai proprio un bel niente» ribatto.

Si alza di scatto guardandomi con un'espressione indecifrabile. «Cosa?»

«Hai capito bene. Non voglio rivedere nessuno di loro e mi hanno fatto capire che una parola di troppo sarebbe stata un pericolo per noi. Non voglio rivivere niente del genere.»

«Ma devono pagarla!»

«L'unica a pagarla sono stata io...» sussurro.

Essere arrabbiata significa darla vinta a quelle persone. Tutte le volte che sento di stare per crollare rivedo il ghigno di quell'uomo. Non vinceranno loro, io non impazzirò per loro.

Ho sempre sprecato troppe energie o rabbia per persone che non si meritavano niente. Avranno solo la mia totale indifferenza, non avranno mai una mia lacrima, nemmeno una.

«È successo quel che è successo per colpa mia» stringe i pugni.

«È successo perché al mondo ci sono persone senza ritegno e tu non sei tra quelle.»

«Quindi non sei arrabbiata?» chiede quasi sollevato.

«Sì, lo sono perché ti sei presentato qui senza del cibo.» Faccio una faccia indignata.

Josh accenna una risata e poi si alza porgendomi la mano.

Sospiro e lascio il trancio di pizza sul piatto stanca dell'insistenza di Josh che vuole trovare chi mi ha ridotto così.

«Josh, vogliono vederti impazzire. Stare male. Vogliono che li cerchi fino allo sfinimento, che ti senti in colpa» gli spiego. «Vogliono che il senso di colpa ti logori fino a che non crolli. Non fare niente, dico sul serio.»

Sembra riflettere molto sulle mie parole, visto che finiamo di mangiare senza parlarci.

So che vuole vendetta, che vuole sapere chi ce l'ha con lui in questo modo e che vorrebbe rifilargli la stessa medicina.

«La prima volta che ti ho baciato è stato strano.»

Spalanco gli occhi alla sua affermazione, ma lui sembra completamente a suo agio. Cosa c'entra ora?

«La prima cosa che ho fatto quel giorno quando sono tornato a casa è stato scrivere il tuo nome sulla lista e sai perché?»

Dovrei rispondere? No, perché potrei cominciare a insultarlo pesantemente.

«Perché non doveva andare così. Io dovevo sedurti, raggirarti e quando avessi ottenuto quello che volevo, lasciarti» mi rivela. «Invece è successo esattamente il contrario.»

«Mah, insomma...» mormoro.

«Oh, sì invece.» Mi regala un sorriso. «Avresti dovuto addiritura baciarmi tu o perlomeno venirmi dietro invece sono completamente impazzito sotto quell'albero. Volevo baciarti da così tanto tempo, Jennifer. Ma non baciarti per sfizio, ma perché dopo tanto tempo ne sentivo il desiderio.»

«Il desiderio?» domando confusa.

Non so perché, ma ho la sensazione che questa conversazione prenderà una piega decisiva.

«Sì, il desiderio. Ma non quello di averti per una notte, anche per tutte le altre.» Sono sicura di non respirare più a questo punto. «Ti ricordi quando mi hai detto che avevi sempre rifiutato tutti nella tua vita? Che non avevi mai fatto entrare nessuno, ma quando hai incontrato noi ti sei sentita felice?»

«Mi ricordo.»

«Io potrei fare entrare anche mezza Manhattan nella mia vita, ma non colmerei mai quel vuoto che mi ha procurato la tua assenza. Stare con te non è stata una scommessa, abitudine o un gioco. Stare con te è stato desiderio. Provare qualcosa che mi faceva letteralmente impazzire. Ti voglio nella mia vita adesso, ma ti voglio anche domani. Ti voglio finché tu vorrai me.»

Io sinceramente non ho la minima idea di cosa dire. So che, se apro bocca ora, o rovino tutto o dico qualcosa di stupido.

È la prima volta in assoluto che Josh mi parla così apertamente dei suoi sentimenti verso di me.

«Ero così arrabbiato quel giorno dopo la mostra. Mi ero lasciato andare dopo tanto tempo. Non avevo seguito i miei soliti schemi e mi sono lasciato andare sulle tue labbra. Ma la cosa che mi ha fatto più arrabbiare è che mi era piaciuto tanto.» Prende fiato per ricominciare. «Mi sono accorto che non eri tu quella completamente infatuata di me ma io di te. Più il tempo andava avanti più mi stupivo dei pensieri che facevo.»

«In che senso?»

«Nel senso che se dormivamo insieme, a me bastava dormire, niente di più. La mattina rimproveravo me stesso per non essere riuscito a osservarti. Quando sorridevi quasi volevo nasconderti perché non volevo che anche gli altri vedessero quanto bella fossi in quel momento. Nemmeno con Caroline mi sono sentito così perché l'ho sempre data per scontata. Ma tu non sei come lei, sei da conquistare, da capire e si deve lottare per tenerti. Io sono disposto a lottare e conquistarti ogni giorno.»

A questo punto dovrei dire qualcosa, vero?

Sì, in teoria. È da quando ha cominciato a parlare che sembri disadattata.

«So che probabilmente non mi crederai, ma ero così frustrato. Nella mia mente si scatenavano domande come: "E se se ne va anche lei?", "Sto di nuovo cascando nella stessa trappola?".» Si passa una mano tra i capelli, nervoso. «Mi sentivo così trasportato da te e da tutto quello che facevi... Sembrava che avessi la capacità di manipolarmi e sono già stato manipolato abbastanza nella mia vita.»

Caroline lo ha sempre comandato a bacchetta. Lei chiedeva e lui dava. Lo manipolava come se fosse la sua marionetta.

«Non so nemmeno spiegare come mi sentivo. Tu sorridevi e io mi incantavo a guardarti. Tu ti arrabbiavi e io analizzavo la tua espressione dura. Invece quando eri triste scrutavo i tuoi occhi così tanto da perdermici dentro. È proprio questo il punto, Jennifer, io mi ci perdo in te. L'unica cosa che rimpiango è che l'ho sempre pensata come una cosa brutta, che mi avrebbe condannato, invece è proprio l'unica cosa che voglio. Voglio perdermi in ogni tua parola e in ogni tuo gesto.»

Mi guarda attentamente e riesco a vedere il suo petto alzarsi e abbassarsi in modo poco regolare. Ha parlato davvero in fretta e respirato a malapena per riuscire a completare il suo discorso.

A volte anche a me capita. Parlo di fretta perché so che se mi soffermo un attimo a pensare potrei non riuscire più ad andare avanti.

«E di tutte quelle parole cosa ne facciamo? Quando dicevamo

che eravamo troppo rotti per stare insieme. Che non potevamo avere una relazione perché nessuno sarebbe riuscito a sostenere l'altro?»

Josh mi sorride e si avvicina subito a me tirando la mia sedia verso di lui. Traballo un po', ma subito mi mette una mano sulla schiena attirandomi ancora più vicino a lui. Riesco a sentire il suo respiro sulle mie labbra e già non mi ricordo più di tutti quei problemi. Quei dubbi e ripensamenti svaniscono come se non fossero mai esistiti.

«Non ti mentirò, Jennifer. Io sono rotto. Non so se riuscirò a trattarti come davvero meriti. Non so se sarai sempre felice o se non ci saranno liti tra di noi. Anzi, parliamoci chiaro, litigheremo sempre, forse anche più di prima. Cioè abbiamo litigato venti minuti su quale fosse il fungo più grande della pizza...» Sorrido. «Non sono mai stato un tipo sdolcinato, quindi mettiamola così: farò tutto quello che posso per farti arrabbiare per poi vederti sorridere. Potrò farti scappare, ma verrò sempre a riprenderti. Forse ti ferirò, come tu forse ferirai me, ma ti prometto, Jennifer, su ciò che ho di più caro al mondo che non ti lascerò mai più andare.»

Ogni sua parola è stata risucchiata dalle mie labbra vicino alle sue. È come se il suo discorso si fosse mischiato al mio respiro per poi entrare come un turbine nel mio cuore. Come una fitta. Una fitta così piacevole e dannatamente bella.

«Josh...» Ma non mi fa nemmeno iniziare che mi blocca parlando.

«No, aspetta» si allontana leggermente. «Una penna?» mi domanda.

«Ehm, in salotto c'è un portapenne.»

Ma cosa sta facendo?

Quando torna mi passa un biglietto un po' ansioso:

"Ti vuoi mettere con me? Sì. No. Forse".

Lo prendo per il colletto e lo avvicino a me baciandolo con così tanto trasporto da sorprendere me stessa.

«Josh» respiro in modo affannato, «sono rotta anch'io però.»

«Sei la cosa rotta più bella che ho.»

Josh's pov

«Civetta. C-i-v-e-t-t-a.»

«Jennifer, smettila.»

È da più o meno dieci minuti che lei si è messa davanti allo specchio a ripetere la parola "civetta".

«Non riesco a smettere di dirlo. È in assoluto la mia parola preferita.»

«È una stupidaggine» le ripeto ancora.

«Civetta. Civetta. Civetta.»

Adesso si è messa a osservare la forma che fa la sua bocca mentre lo dice. È davvero troppo buffa mentre lo fa.

Ormai è domenica e io ho passato tutte le notti con lei. L'ho lasciata sola solamente la mattina quando ero a scuola, ma per il resto le sono sempre stato accanto.

Ho troppa paura a lasciarla a casa da sola, anche se lei continua a minacciare di denunciarmi.

Ieri ha addiritura scritto un cartello e lo ha attaccato alla porta con scritto: JOSH NON PUÒ ENTRARE.

I lividi sono quasi spariti. Sulla sua faccia non si vede quasi più niente.

C'è un leggero colore violaceo sulla guancia, ma quando ci mette il correttore non si vede. Devi proprio avvicinarti tantissimo per notarlo.

Il corpo invece è un'altra cosa. Ieri ha dovuto coprirsi interamente quando è andata da Isabel.

«Ma a che ora vengono gli altri?» mi chiede.

«Credo tra mezz'ora.»

Jennifer non ha voluto vedere nessuno finché almeno la sua faccia non fosse tornata a posto.

Aveva anche detto che avrebbe rivisto tutti domani a scuola, però gli altri hanno insistito.

L'unica ad averla vista in questi giorni è stata Meredith ma è venuta poco, forse per lasciarci un po' più da soli.

«Viene anche Melissa?» le domando.

«Sì, è probabile che venga in elicottero» mi dice continuando a guardare il film.

«Perché?»

«È stata irrequieta in tutti questi giorni.»

«Be', siete sorelle.» Rido mentre lo dico, infatti si alza di scatto.

«Non siamo sorelle!»

«Torna giù e non rompere.»

Questi giorni con lei sono stati davvero sorprendenti. Siamo molto più a nostro agio, più intimi e anche più felici.

Ora posso letteralmente dire che è mia. Solamente mia.

Gli unici momenti in cui mi sento morire sono quando le faccio male, senza accorgermene, toccandola.

A volte fa finta di niente ma so che in realtà sta male e mi si stringe il cuore ancora di più.

Sentiamo il campanello suonare e mi pento immediatamente di aver acconsentito a questa visita.

«Fortuna che dovevano arrivare tra mezz'ora» dice mentre si alza.

«Come minimo stavano aspettando di suonare già da dieci minuti.»

Scendiamo le scale mentre lei cerca invano di superarmi. L'altro ieri sono anche caduto per colpa sua, ma l'unica cosa che ha fatto è stata ridere.

Preme il pulsante per aprire il cancello e nemmeno cinque secondi dopo suonano subito alla porta.

«Ma come diavolo hanno fatto...» la sento mormorare.

«Jennifer!» Questo urlo è di Olly.

Olly prende subito Jennifer tra le braccia stritolandola.

«Olly, le fai male» le dico avvicinandomi.

«Oddio, scusami» è ovviamente imbarazzata. «Non ci avevo pensato.»

«Non fa niente» la rassicura.

«Lasciala stare, rossa. È una povera scema» si intromette Alan.

Si danno il cinque mentre Olly comincia a parlare a vanvera e Alan fa finta di ascoltarla.

«Sei una stupida!» tuona Melissa. «Adesso ti fai vedere? Dopo tutti questi giorni?»

«Non mi era mancata per niente la tua voce» la deride Jennifer.

«Ti odio.»

Melissa la abbraccia e Jennifer sorride ricambiando. Il loro è un rapporto troppo strano da capire. Non ci provo nemmeno.

«Vedo che stai decisamente meglio» le dice Meredith.

«Sì, mi hai riempito di creme e medicine. Dovevo cominciare a star meglio per forza.»

«Okay okay, toglietevi tutti.»

Mi sembrava strano che Drake non fosse ancora intervenuto.

«Ho perso dieci anni di vita, Jennifer. Chi avrebbe fatto i miei compiti di matematica?»

«Stupido.» Lei gli scompiglia i ricci.

Passiamo la giornata a casa di Jennifer e parliamo un po' di tutto. Purtroppo l'imbarazzo è evidente.

Tutti cercano di distogliere lo sguardo dalle sue braccia o dal suo collo, quando la parte viene scoperta o per sbaglio la manica si alza. Anche Jennifer lo nota e ogni tanto si guarda per vedere se è tutto a posto.

Lo vedo che è felice che loro siano qui, ma odia la compassione e purtroppo ne sta ricevendo molta.

Vorrei urlare loro di fare finta di niente e di comportarsi normalmente, ma non credo ci riuscirebbero, non ci riesco nemmeno io.

«Ma in quanti abitate qui?» chiede Alan.

«In quattro» risponde Jennifer.

«Quattro? Io qui dentro mi ci perdo!» dice Olly.

«Tu ti perdi per andare dal bagno alla tua camera. È ovvio.»

«Vuoi essere menato?» lo minaccia Olly.

Subito spalanca gli occhi e si morde il labbro. «Scusa, Jennifer, io non volevo. Parlo davvero a sproposito...» si scusa subito.

«Sì, infatti.» La trafigge con lo sguardo Melissa.

«Non importa» le risponde Jennifer. «E smettetela di guardarmi in quel modo. Non sono morta.»

«Ci sei andata vicina e noi non abbiamo potuto fare niente» si rimprovera Drake.

«Non è colpa di nessuno.»

«Io avrei potuto fare qualcosa» sospira Meredith.

«No! Non potevi fare niente tu e neanch'io. Quel che è stato è stato. Basta.»

La voce di Jennifer è severa e forte in questo momento, infatti tutti rimaniamo in silenzio. So che vorrebbero dire ancora molto ma non è possibile. Alan però, a quanto pare, non è della stessa idea.

«Come puoi essere così indifferente?» le chiede.

«Alan...» ringhio a denti stretti.

Jennifer scuote la testa e fa una delle risate più tristi che abbia sentito. «Non sono indifferente. Avete mai perso qualcuno?» Ci osserva tutti attentamente. «E non intendo qualcuno che se n'è andato perché vi ha ferito. Perché ci avete litigato o semplicemente abita un po' più lontano. Intendo avete mai perso qualcuno veramente? Morto. Sepolto. Lontano da ogni forma di vita. Allora?»

Nessuno risponde e si forma un orribile silenzio tra di noi. Alcuni abbassano il capo non riuscendo nemmeno a guardarla negli occhi.

Io so perché lo ha specificato.

Tutti abbiamo perso qualcuno. Io, Caroline e Kevin. Meredith ha perso Drake per tanto tempo e ha sempre sentito un vuoto lasciato da nostro fratello maggiore.

Olly ha perso Jessica, la sua migliore amica mentre Melissa, da quel che mi aveva detto anni fa, ha perso suo padre.

Ma quella che ha perso realmente più di tutti è Jennifer.

«Potrò sembrarvi egoista, ma avrei voluto che mia mamma fosse scappata di casa oppure avesse avuto una scappatella con un altro uomo. Avrei voluto che divorziassero oppure che lei non mi accettasse come sua figlia e facesse perdere le sue tracce. Invece lei mi ha amato così tanto... Mi ha amato così tanto che anche ora a diciotto anni riesco a sentire il suo vuoto. Quanto vorrei dire che in realtà era una cattiva persona; che non era una buona moglie o una buona madre. Sarebbe più facile, non credete?» Ma nessuno risponde. «Vivrei di odio verso di lei, invece vivo solo di tristezza. E questi?» indica i suoi capelli. «Oppure questi?» indica i suoi occhi. «Sapete cosa vuol dire assomigliare così tanto a lei da farti venire quasi il vomito? I primi due anni mio padre non riusciva nemmeno a guardarmi in faccia per più di due minuti.»

Le stringo la mano ma lei la ritrae subito continuando a fissarci negli occhi.

«Vorrei che fosse stata una cattiva persona per non sentirmi così male. Vorrei che fosse scappata perché almeno saprei che vive ancora. Avrei ancora una piccola speranza di rivederla un giorno, forse per caso, mentre giro per Manhattan. Ma è morta e l'unico posto in cui posso rivederla è in un cimitero. Che poi che stupida!» ride amaramente. «Non posso neanche vederla davvero perché è a chissà quanti metri sottoterra.»

«Io credo possa bastare, Jennifer, non intendevo questo» dice flebile Alan.

«No, aspetta» risponde decisa. «Non voglio la vostra compassione. Né ora né mai. Quindi ascoltatemi. A volte la gente si chiede: ma cosa sarà mai? Sicuramente nemmeno si ricorderà di lei. Aveva sì e no sette anni.»

Non riesco più ad ascoltare e Olly sta per piangere.

«Invece no. Perché io l'ho vista morire con i miei occhi e rivedo quella scena quasi tutte le notti, come una tortura. Credete che sia finita quando mia madre è morta? Oh, no. Perché io tremo come le peggiori foglie d'autunno appeno sento un botto. Perché io devo vedere mio padre sospirare quando mi fissa per molto tempo. Vedo una stupida bambina dai capelli rossi sopra un corpo freddo. Sento quell'orribile odore di sangue che poi viene spazzato via dalla pioggia. Ma lo sapete cosa vuol dire battere i pugni su un corpo morto mentre si piange a squarciagola?» La sua voce si sta leggermente alzando e subito accarezzo la sua spalla. «Quindi non compatitemi e no, non sono indifferente. Ma quello che mi è successo è niente e non sprecherò una lacrima, perché le mie sono rimaste in quel vicolo piovoso.»

Jennifer's pov

«Forza, ragazzi!» urlano le cheerleader.

Siamo alla partita di basket di Josh e Alan. Sono in netto vantaggio e sono sicura che vinceranno. Fanno punti su punti e l'altra squadra ormai sembra non volere nemmeno più correre.

«Vuoi da bere?» chiede Drake.

«No, ho ancora la mia bibita.»

È lunedì e oggi ho ripreso normalmente le mie lezioni. Devo ancora vedere mio padre, credo sia a casa ormai, spero non si accorga di niente.

Ho dovuto rischiare e andare da Isabel perché altrimenti si sarebbe insospettito troppo, ma per fortuna l'ho passata liscia. Per fortuna quel giorno Melissa non c'era, aveva gli allenamenti, se no avrebbe mandato a monte tutto.

Quando poi sua madre le ha detto che ero passata mi ha insultata in tipo venticinque messaggi che ho ovviamente ignorato.

«Mi prenderesti della Sprite?»

«Sì, amore.» Drake le dà un bacio e poi scende dalle basse tribune.

«Vincono sicuro» sentenzia Meredith.

«Per forza, guarda quello.» Indico un avversario. «Il tizio con la barella è da inizio partita che gli gira attorno. Sa che tra un po' gli prende un infarto.»

Meredith ride e ringrazia Drake quando torna con la sua bibita. Mancano tre minuti a fine partita ormai e non hanno bisogno di segnare altri punti.

«Bravissimi!» Un enorme boato si leva per tutta la palestra.

Ovviamente hanno vinto e mi alzo per applaudire alla squadra della nostra scuola.

Zack corre per il campo come uno scemo mentre un altro, non so il suo nome, fa una strana danza con il bacino che fa morire Meredith dalle risate.

«Via la maglietta, capitano» urla una ragazza da dietro.

Mi giro e la fulmino con lo sguardo ma nemmeno mi vede. *Ma ti ci strozzo con la maglietta.*

«Jennifer» sento urlare Josh. «Abbiamo vinto!»

«Bravissimo!» gli urlo di rimando.

La ragazza di prima mi guarda in cagnesco. Beccati questa!

Mi giro verso il campo e vedo ancora gli altri esultare e ora ci sono di mezzo anche le cheerleader. Josh viene verso di noi sorridente mentre Drake è scomparso in mezzo ai giocatori.

Ancora mi chiedo perché si mette sempre lì in mezzo se nemmeno è nella squadra.

Josh è davanti a me e sto per aprire la bocca, ma il suo bacio me lo impedisce. Mette le mani sul mio viso abbassandosi ancora di più e mi dà un bacio a stampo.

Rimango interdetta, ma poi si alza e mi fa uno dei sorrisi più belli che gli abbia mai visto fare. Mi dà un altro bacio e poi scompare di nuovo in mezzo al campo.

Io rimango ancora a occhi spalancati e mi giro verso Meredith.

Tutti gli sguardi sono su di me e sono sicura che il mio cuore sta per esplodere.

Josh mi ha baciata. Mi ha baciata davanti a tutti senza nascondersi. Forse non siamo poi così rotti. Lui è la colla delle mie crepe.

Non sono più baci nell'ombra, ora sono baci scoperti.

21

Jennifer's pov

Ho letteralmente tutti gli occhi addosso e Meredith continua a guardarmi scioccata.

«Mi ha baciata» mormoro. «Davanti a tutti.»

«A quanto pare...» sorride Meredith.

Mi guardo un po' attorno e hanno tutti una strana espressione. Josh ha sempre avuto svariati flirt con la maggior parte delle ragazze, ma non si è mai esposto. Ci hanno sempre visti in giro insieme e li ho sempre sentiti mormorare cose del tipo: «Stanno insieme si sa, ha trovato il suo nuovo giocattolo» oppure: «Non durano più di una settimana».

Hanno sempre fatto un sacco di supposizioni senza mai sapere niente, quindi è ovvio che ora siano sorpresi.

Cavolo, lo sono anch'io!

Mi avvio fuori dai cancelli del campus e mi appoggio al muretto cercando di assimilare tutto.

Josh si è presentato a casa mia ed era sull'orlo del pianto. Ha cercato di ripulire invano i miei lividi ed è il gesto più intimo e intenso che io abbia mai ricevuto.

Ho pensato che quello sarebbe stato il millesimo gesto tra di noi che poi sarebbe scomparso il giorno dopo, come se nulla fosse, ma non è stato così. È rimasto ad aspettarmi e se non lo avessi calmato io sarebbe già stato chissà dove a cercare quei tizi.

Ma quello che più mi ha sorpreso è stato ciò che mi ha detto. Le sue parole mi rimbombano nella mente facendomi battere il cuore. È stato di una dolcezza estrema e anche se a volte fingevo fastidio mi dava un enorme piacere.

Mi ha trattata e guardata come non aveva mai fatto e soprattutto è stato paziente. Ha dormito con me tutte le notti fino a ieri e so che più che dormire mi controllava. È stato paziente perché due volte l'ho buttato fuori dal letto e lui si è sempre risvegliato sconvolto con un gran mal di testa. Le poche volte che non l'ho scaraventato fuori mi svegliavo prima di lui e si lamentava che voleva vedermi dormire di mattina.

Non so perché ci tenga così tanto, ma sembra serio quando lo dice. Non glielo dirò mai, ma l'ho osservato spesso dormire e a volte mi perdevo nel suo viso. Ieri quando mi sono svegliata e ho visto il suo braccio avvolto alla mia vita mi sono sentita protetta e completa.

Abbiamo discusso un'infinità di volte perché voleva aiutarmi a fare la doccia, ma io ho sempre rifiutato.

Questo ci fa capire quanto tu sia stupida in realtà.

Perché non voglio fare la doccia nuda con lui?

Perché non gli sei già saltata addosso?

«Che bello spettacolino» sento dire da una voce dietro di me. Clark in tutta la sua bellezza si avvicina a me con il suo solito sorriso composto. «Quindi adesso state insieme o cosa?»

«Clark, ci sono centinaia di studenti in questa scuola. Perché devi torturare me?»

«Ti torturo? Ti sto facendo una semplice domanda.»

«Non mi piace chi mi fa troppe domande.»

«Non mi piace chi non mi risponde.» Ci lanciamo uno sguardo di sfida. «E tu non mi rispondi quasi mai.»

«Perché vuoi sapere i cavoli miei?»

Me lo sono sempre chiesta. Dal primo giorno che ho visto Clark a lezione questa domanda si ripete nella mia mente.

Cosa vuole Clark da me? Perché vuole sempre sapere cosa mi succede?

«Mi affascini, Milton» sussurra seducente.

La sua voce è graffiante mentre si avvicina ancora di più con quei suoi occhi verdi magnetici.

«Una volta hai detto che puoi fare del male anche senza volerlo. Cosa intendevi?» gli domando a corto di respiro.

«A volte il male è inevitabile, Jennifer. Tu stai sempre attenta.»

Si allontana rientrando nei cancelli della scuola, lasciandomi per l'ennesima volta con milioni domande.

Credo che non ci sia stata nemmeno una volta in cui Clark non abbia fatto il misterioso. So che non dovrei dirlo ma vorrei davvero conoscerlo meglio.

Sapere cosa nasconde dietro alle sue parole o ai suoi modi sospettosi. Sembra avvolto da un velo di mistero, ma non un mistero intrigante che vuoi scoprire per placare la curiosità; un mistero pericoloso che sai ti farà finire nei guai.

«Il bacio alla Romeo ti ha sconvolta troppo e sei scappata fuori?»

«Zitto, Drake» sbuffo.

«È stato così dolce» strilla Olly.

Sono usciti tutti tranne Josh, Alan e Melissa. Se ho capito bene lei doveva rimanere di più per parlare con il capo cheerleader.

«Ci mancava solo che vi buttassero addosso dei coriandoli ed eravate a posto» mi deride Drake.

Gli do uno schiaffo sulla spalla.

«Che succede qui?»

Tutti ci giriamo verso Josh, che esce con la sua divisa e il borsone. Josh Cliver non patisce il freddo, ormai l'ho capito.

«La tua ragazza è manesca» si lamenta Drake tenendosi lo stomaco.

La sua ragazza. Credo che non mi abituerò mai a sentirlo dire.

Dopo averci salutato, Meredith e Drake si avviano a casa di lui a fare chissà cosa. Dovrò ricordarmi di chiedere quanto sono intimi lei e Drake un giorno. Sono curiosa.

«Siamo rimasti noi. Che facciamo?»

«Tu!» lo sgrido puntandolo. «Mi hai baciata davanti a tutti.»

In risposta ride e mentre mi abbraccia ci avviamo alla sua macchina.

Questa è un'altra delle numerose questioni su cui abbiamo litigato in questi giorni. Non vuole farmi usare l'auto. Non che l'abbia dovuta usare molto ultimamente, ma perfino quando dovevo andare a comprare del burro è andato lui al mio posto. Mi ha persino portata da Isabel e ripresa, nonostante le mie numerose proteste.

«Ma dove stiamo andando?» domando dopo un po' che siamo in macchina.

«Effettivamente. Dove andiamo?»

«Io devo vedere mio padre, Anny e Greg.»

Non vedo l'ora di riabbracciare tutti e tre. Sono stati via poco, ma mi sono mancati tantissimo.

Il cibo surgelato non fa per me.

«E ci devi andare proprio ora?» Mette su il broncio.

«Non li vedo da una settimana e tu mi sei stato tra i piedi dodici ore al giorno.»

Ci mancava solo che mi passasse la carta igienica in bagno dopo che avevo finito i miei bisogni.

«Be', sei mia e ho un bigliettino che lo dimostra» gonfia il petto.

«È solo un biglietto, non un contratto» rido.

«No!» tuona subito. «È un lecito contratto indissolubile firmato da due persone di alto rango. Un rispettabile contratto che non può essere assolutamente annullato.»

«È un foglio di bloc-notes scritto con una penna su cui c'erano stampate delle rane.»

«Devi sempre rovinare tutto.» Mi dà un colpetto sulla spalla. «Ma quindi devo riportarti per forza a casa?»

«Almeno fammici passare per salutarli e poi andiamo dove vuoi.»

«Signorina!» Una voce morbida grida appena varco la soglia.

«Anny!» La abbraccio calorosamente. «Com'è la Francia?»

«Oh, mi è piaciuta molto.»

«Eh ci credo» spunta Greg. «Mi ha trascinato da un posto all'altro senza sosta. La mia povera schiena.»

Mi spingo per abbracciare Greg e subito Anny comincia a raccontarmi di quello che hanno fatto in Franca.

«Papà dov'è?» chiedo alla fine del lungo racconto.

«Nel suo ufficio. È lì da un po'»

Annuisco e mi dirigo con Josh verso le scale per raggiungere l'ufficio di mio padre.

Mi è davvero mancato. Spero solo non si accorga di nulla.

Quando entriamo mio padre non è da solo, ma con Margaret e Daniel, i genitori di Josh. Cosa ci fanno qui?

«Possiamo entrare o c'è in atto una transazione d'affari?»

Subito tutti girano di scatto la testa verso di noi e mio padre si alza dalla poltrona.

«Piccola!» e si apre in un enorme sorriso. «Pensavo di trovarti a casa quando fossi tornato.»

«C'era la mia partita di basket» si intromette Josh.

«Oh, Josh, ciao» saluta mio padre.

«Com'è andata la partita quindi?» chiede Margaret.

«Abbiamo vinto ovviamente» dice in tono fiero Josh.

«Certo che avete vinto. Il giocatore più alto dell'altra squadra era un metro e una mela. Mentre a un altro a momenti gli veniva un arresto cardiaco a forza di correre.»

«Abbiamo vinto perché siamo forti» mi sgrida.

«Perché siete stati fortunati.»

«Forti» ribatte lui.

«For-tu-na-ti» sillabo.

«Bene, figliolo» ci interrompe Daniel sotto lo sguardo divertito di Margaret.

Trattengo una risata perché riesco a leggere le loro migliaia di domande solo guardandoli in faccia.

«Com'è andata in Giappone?» domando.

«Oh, benissimo» esclama entusiasta. «Credo di aver concluso e di non tornarci più. Ne stavo appunto parlando con Daniel e sua moglie. Le compagnie dei Cliver trasporteranno la nostra merce in Giappone.»

«In Giappone? Davvero?» chiede Josh esterrefatto.

«Certo» sorride il padre. «Io e John siamo soci e noi siamo la sua filiale di trasporto.»

«Daremo una piccola festa infatti» dice Margaret entusiasta.

Ah ecco perché lei è qui. Per decidere sulla festa, mi sembrava strano, Margaret non è tipo da affari. Il che mi riporta a pensare a cosa ci faccia con Daniel e a come sembri anche felice.

«Scusate ma… tra di voi… cioè tutto bene?» chiede Margaret.

Subito spalanco gli occhi pregando che Josh non dica niente, non ora almeno.

Mio padre penserebbe che in realtà glielo tenevo nascosto da chissà quanto mentre Margaret comincerebbe a buttare petali di rosa ovunque.

Tutti ci fissano in attesa, e dal sorriso furbo di Josh so già che non ho scampo.

Mi tira più vicino a sé e poi, ahimè, parla.

«In realtà stiamo insieme.»

«Che *cosaaaa*?» strilla Margaret.

Oh, mio dio.

Josh ride di gusto mentre lo trascino velocemente per le scale sotto lo sguardo mezzo sconvolto di Anny e Greg.

«Anny, Greg, stiamo insieme!» urla Josh mentre lo trascino di peso.

«Josh, smettila!» Ma lui in tutta risposta ride ancora.

Alla velocità della luce corro via da casa mia e mi fermo per cercare di riprendere respiro. Non me ne starò lì con mio padre, Daniel e Margaret che mi chiederà anche di che colore avevo le mutande quando ci siamo messi insieme.

«Respiri ancora?» chiede divertito Josh.

«Perché lo hai dovuto dire ora? In quel modo, poi» sbotto irritata.

«Come dovevo dirlo? Mandare un telegramma?»

«Dovevi aspettare.»

Prima ti lamentavi che non diceva niente a nessuno e ora rompi che lo dice a tutti!

«Ho aspettato fin troppo.»

Josh ha deciso che oggi vuole recuperare il tempo che ha sprecato con me.

Non so se sia completamente impazzito, ma a un certo punto se n'è uscito con la frase: «Ora mi comporto con te come avrei dovuto comportarmi già dal primo momento».

L'unica cosa che ho risposto è stato uno sguardo piuttosto impaurito, visto che tutto questo spirito di iniziativa mi spaventa.

Sembra un'altra persona… oppure è sempre stato così?

«Guarda questa scena, Jennifer.»

Ma io ho gli occhi coperti e non ho intenzione di togliere le mani. Siamo al cinema e stiamo guardando un film horror. Inutile dire che mi ha completamente ingannata.

Lui voleva andare a fare un giro, poi a cena e dopo andare al cinema, ma io ho risposto che almeno dopo cena sarei dovuta rientrare a casa per stare un po' con mio padre.

Quindi abbiamo deciso di andare al cinema sul presto e poi a mangiare fuori.

«Cose di coppia» le ha chiamate, contento, lui.

Quando ha visto che c'era in programmazione un film horror

praticamente gli si sono illuminati gli occhi, io invece ero già pronta a chiamare un taxi e scappare.

Avrei preferito guardare quel cartone con i folletti che cercano l'oro in un lago piuttosto che questo.

«Ho pagato un biglietto del cinema per vederti fare la contorsionista sulla poltroncina?»

«Mi hai ingannata!» Sollevo lo sguardo, ma vorrei non averlo mai fatto. Odio questi stupidi film horror. «Ti odio, Josh.»

Tiro un sospiro di sollievo e dopo un'infinità di tempo guardo lo schermo, ma subito strozzo un urlo e mi butto sul petto di Josh che ride sommessamente.

«Avevi detto che era una scena tranquilla.» Gli rivolgo uno sguardo truce e faccio per andarmene, ma subito mi blocca.

«Dove vai?» Corruga la fronte.

«Via. Ti aspetto fuori.»

Mi tira con forza il braccio e mi porta sopra di lui. Le poltroncine sono piccole, perciò alza ancora di più il busto e le mie esili gambe finiscono incastrate tra i suoi fianchi.

«Tu non vai da nessun parte» sussurra mettendomi una ciocca di capelli dietro l'orecchio.

Con la mano destra accarezza la mia schiena nuda e con il pollice della mano sinistra fa dei piccoli cerchi sul mio fianco.

«Josh, siamo al cinema» sussurro piano.

Fregatene, fallo!

Continuo a lasciare piccoli baci sul suo collo mentre lui slega in un solo gesto la mia lunga coda rossa. Mette una mano sulla mia nuca e la massaggia leggermente facendo cascare i capelli lungo la mia schiena, in tutta la loro lunghezza.

Tolgo le mani dalle sue spalle e le faccio scendere lentamente fino ai suoi addominali. Subito aumenta la presa sulla mia nuca e prendendo una manciata di capelli mi tira la testa all'indietro.

«Questo è giocare sporco, Milton.»

«Tu mi hai portato a guardare un film horror.»

Poggia le sue labbra sulle mie in un modo quasi urgente. Questa volta di dolcezza non c'è traccia, ma solo una grande passione che fa vibrare la mia spina dorsale.

Insinua la sua lingua nella mia bocca che la accoglie senza discutere e stringo la presa sulla sua maglia.

Siamo ancora al cinema, giusto?

Stavate guardando un film in realtà.

Film? Quale film?

Quando sposta il suo bacino verso il mio emetto un piccolo gemito che subito lo fa fermare.

«Merda» impreca. «Meglio che la smettiamo qui prima che non riesca più a fermarmi.»

Chi ha detto che si deve fermare?

Zitta!

Dopo un tempo che mi sembra quasi infinito si stacca da me e mi osserva con quei suoi occhi scuri.

Passa il pollice sulle mie labbra ora sicuramente più rosse e gonfie. Le luci provenienti dal film illuminano il suo viso rendendomi visibili i suoi lineamenti mascolini.

Passa una mano sulle mie lentiggini senza staccare mai lo sguardo dai miei occhi e subito dopo posa la sua fronte alla mia.

«Cosa c'è?»

«Grazie» sussurra sulle mie labbra.

«Per cosa?» domando confusa.

«Per essere rimasta.»

Forse siamo rotti. Forse non siamo fatti per stare insieme e forse le cose non andranno sempre bene. Ma di una cosa sono sicura: a me, di tutti questi forse, non me ne frega niente.

22

Josh's pov

Sto con Jennifer.

Questo è il pensiero che continuo a ripetermi in testa ormai da giorni. Lo ripeto continuamente come per convincermene.

Quando è al mio fianco ne sono sicuro. Ne sono sicuro perché posso baciarla, toccarla, guardarla. Posso infilare la mano tra i suoi capelli o stringerla a me quando qualcuno la guarda troppo.

Quando non è con me però comincio a vacillare e mi sento insicuro. È come se quando non fosse al mio fianco non riuscissi a realizzare il fatto che ora è la mia ragazza.

Sto con Jennifer. Sto con Jennifer. Sto insieme a Jennifer.

«Sì!» esclamo forte.

«Josh!» urla mia madre dalla cucina.

Entro in cucina e trovo mia madre, mio padre, Chloe e Meredith. Ovviamente si deve fare la riunione "Facciamoci gli affari di Josh".

«Sono stanchissimo, vado a fare la doccia» dico velocemente girandomi.

«No!» Sento un tonfo e subito dopo la mano di mia madre è aggrappata alla mia maglietta. Mi giro e nella piccola corsa che ha fatto per prendermi ha fatto cadere una ciotola per terra.

Meredith e Chloe guardano la scena divertite, chissà quante cose ha detto durante la mia assenza.

«Margaret, calmati» sospira mio padre.

«Quindi? Non hai niente da dirci?» chiede lei.

Sembra una ragazzina euforica che attende il gossip dell'amica. Inquietante. La guardo quasi spaventato e mi dirigo verso il frigo.

«La smettete di fissarmi?» sbotto esasperato.

«Ma quindi?» chiede di nuovo mia madre.

«Sto con Jennifer!» rispondo. «Contenta?»

«Aaaaaaaaah!» Un urlo stridulo invade tutta la cucina.

Tutti quanti ci copriamo le orecchie tranne mio padre. Chissà da quanti anni è abituato a questo urlo, ormai non se ne accorgerà nemmeno più.

«Aaaaaaaah!» urla ancora.

«Mamma! Basta» provo a calmarla.

Chloe batte le mani con un gran sorriso stampato in volto, Meredith ride e la prende in braccio.

Se fanno tutte queste storie adesso, quando mi sposo che succede? Comprano un trenino e girano per Manhattan urlando?

«In realtà stanno insieme da quasi cinque, sei giorni o una cosa del genere» dice Meredith.

Subito la fulmino, ma lei fa finta di non vedermi e accarezza i capelli a Chloe.

«Che cosaaa?» Qualcuno la fermi.

«Tesoro, dài, calmati.» Mio padre le mette una mano sulla spalla ma lei si scansa subito.

«Come? Perché? Chi ha detto o fatto cosa?»

«Sono affari miei» provo a uscirne.

«Sono anche affari miei!» esclama risoluta. «Sei mio figlio.»

«E questo cosa vuol dire?» domando divertito.

«Ho il diritto di sapere qual è la persona che sta insieme a mio figlio.»

Sta cercando di fare la parte del genitore protettivo che vuole sapere le cose solo per il bene dei figli.

In realtà l'unica cosa che vuole sapere sono i dettagli di ciò che è successo per poi parlarne con mio padre per il resto della settimana.

Mia mamma sarà anche una chiacchierona che vuole sempre sapere tutto, ma se le racconti un segreto se lo terrà per sé o per lei e mio padre. Non lo dirà a mezza Manhattan come fanno tutti.

Ciò non vuol dire che le dirò comunque i dettagli.

«Quindi? Come ti senti? Come si sente lei?» spara ancora domande. «Dobbiamo chiamare John e invitarlo a cena con Jennifer.»

«Cosa?» Sbianco. «Tu non chiami proprio nessuno!»

Meredith scoppia in una risata così forte che Chloe è costretta a scendere dalle sue braccia. Si guarda un po' attorno e poi comincia a ridere anche lei. Per quanto ancora dovrò sopportare le donne di questa casa?

«E perché no? Dovrò pur conoscere la fidanzata di mio figlio, oppure no?»

«Ma tu già la conosci!» Ormai sono più che esasperato.

«Non vuol dire niente. Conoscevamo anche Drake, ma lo abbiamo invitato di nuovo perché ora è il fidanzato di Meredith.»

«Il fidanzato di Meredith che tiene le mani a posto, vero?» chiede mio padre.

Meredith arrossisce di colpo e fa cenno di sì con la testa. Devo ricordarmi di parlare con Drake.

Mia mamma non si arrenderà mai all'idea di questa cena e lo farà con o senza il mio consenso.

«Va bene» sbuffo. «Domani dico a Jennifer che deve venire a cena da noi.»

«Perfetto» dice felice mia madre. «Io chiamo John.»

«No! Perché anche lui?» chiedo subito.

«Perché è suo padre?» fa un domanda retorica mio papà.

Mi squilla il cellulare e subito lo prendo in mano. Messaggio da Jennifer:

"Secondo te se mi arrampico sul terrazzo riesco a evitare il terzo grado di John Milton?".

Non è ancora entrata in casa? L'ho lasciata lì da mezz'ora ormai.

Messaggio a Jennifer:

"Prima entri prima ti togli il peso. Non sarà mai terribile come quello che mi ha fatto mia madre".

Messaggio da Jennifer:

"L'euforia di Margaret Cliver si è già abbattuta su di te? PS: lo sapevi che i koala se non dormono abbastanza ore muoiono?".

Ovviamente comincio a sorridere come un ebete al suo messaggio. Questa è una delle particolarità che non capirò mai di Jennifer.

Tira fuori domande a caso che non c'entrano assolutamente niente con il discorso.

Messaggio a Jennifer:

"Cosa c'entrano i koala con il discorso che devi affrontare con tuo padre?".

Messaggio da Jennifer:

“Entro e dico che se i koala non dormono abbastanza ore muoiono. Perciò dovrò subito andare a dormire e mi chiudo in camera”.

Messaggio a Jennifer:

“Che senso ha? Tu non sei un koala”.

Messaggio da Jennifer:

“Questi sono dettagli di poco conto”.

È strano non dormire con lei. Anche se solo per pochi giorni mi ero abituato ad averla vicina di notte. L’unica cosa positiva è che la mattina mi sveglierò nel mio letto e non per terra. Credo che lo avesse preso come un rito mattutino buttarmi giù per terra.

Speriamo solo che la cena di domani sera non sia un totale disastro.

Jennifer’s pov

«Tu-stai-scherzando» scandisco le parole.

«Vorrei davvero scherzare.»

Josh mi ha appena detto che stasera i suoi genitori hanno invitato me e mio padre a cena.

Potrebbe essere più imbarazzante?

«Ma non ha senso! Già mi conoscono e conoscono anche mio padre» dico esasperata.

«Ho cercato di spiegarlo, Jennifer, ma sai com’è mia madre.»

Ieri sera mio padre mi ha semplicemente chiesto se glielo nascondevo, ma quando gli ho risposto che è successo tutto negli ultimi giorni ha tirato un sospiro di sollievo.

Credo che la paura più grande di mio padre sia che io ricominci a non parlargli più. A non raccontargli più cio che mi succede nelle mie giornate.

Sono svariati mesi che mio padre rientra per cena, soprattutto da quando sta con Isabel, e parliamo spesso.

«Sei felice?» mi ha chiesto mentre entrava nel suo ufficio.

«Sì.»

La mia risposta mi ha sorpreso ancora più della domanda. È arrivata senza nemmeno pensarci. Mi è uscita dalle labbra in modo automatico.

«Ma di che parlate?» chiede Alan.

«Mia madre ha voluto organizzare una cena con Jennifer e suo padre» risponde Josh.

«Ma di cosa ti lamenti?» chiede Melissa. «È una semplice cena, non devi andare al purgatorio.»

Ora sta con Michael e lui la accetta per quel che è e anche per il suo passato. Si nota il suo leggero cambiamento: è sempre bionda e ha sempre una voce maledettamente fastidiosa, ma si veste in maniera diversa. Non la vedo indossare qualcosa di fluo e accecante da non so quanto tempo. Anche il suo modo di atteggiarsi è diverso, più gentile. Michael ha una buona influenza su di lei.

Ho parlato più volte con lui al telefono e posso dire che è davvero felice. In un certo senso l'ha sempre aspettata e ora l'ha avuta.

Invece non provo nemmeno a descrivere ciò che stanno facendo Olly e Alan perché non lo capisco. Olly è uscita con Flex, ma non è andata come si aspettava. È stato carino e dolce ma non si è sentita come avrebbe voluto. Parole sue.

In realtà per riassumere il tutto basterebbe semplicemente dire: «Non è Alan».

Riguardo ad Alan non saprei proprio cosa dire. È molto più distaccato ora, ma io riesco comunque a vedere le occhiate che lancia a Olly.

Forse la mia coscienza ha ragione. Siamo una soap opera.

Ho sempre ragione.

Ogni tanto qualcuno lancia uno sguardo al nostro tavolo e a volte qualcuno guarda un po' troppo. Effettivamente è un tavolo abbastanza strano. Cavolo, ci guarderei anch'io!

«Se ti fa del male lo uccido.» Come non detto.

«Papà...» alzo gli occhi al cielo.

Siamo in salotto mentre Anny pulisce il camino, cioè sta facendo finta di pulire il camino visto che ormai è completamente pulito. Vuole semplicemente ascoltare.

Anche se la sera prima papà non ha fatto più tante domande, so che quando vedrà Josh attaccherà come un mastino.

Non perché non gli piaccia Josh, ma un padre è un padre!

Il campanello suona e Anny si dirige ad aprire.

Fortunatamente mio padre non verrà alla cena perché ha troppo lavoro da fare. Josh fa la sua entrata in salotto. Hanno già parlato più e più volte, ma ora sembra nervoso.

Lancio un'occhiata assassina a mio padre e lui si alza verso Josh.

«Ehi, Josh, vieni a sederti.» Sembra più una minaccia che una proposta.

«Salve, signor Milton.» Si avvicina alla poltrona.

«Bazzecole! Chiamami John.» Bazzecole? Da dove l'ha presa questa?

«Okay, John...»

Josh sembra un agnellino che entra nella tana del lupo, tutto questo mi diverte e spaventa allo stesso tempo.

«Io vado a prendere la giacca e arrivo» dico a Josh che annuisce.

Lancio uno sguardo a mio padre da: "Spero di avere ancora il mio ragazzo quanto torno" e mi dirigo verso le scale.

Anny è appollaiata dietro la porta scorrevole e so già cosa vuole fare.

«Anny, no» sussurro dall'altra parte della porta scorrevole.

«Solo poco» parla sottovoce.

Mi abbasso vicino al lato della mia porta e mi metto nella stessa posizione di Anny. Origliare è il suo passatempo preferito.

«Allora, Jennifer mi ha detto che dovete passare a prendere tua sorella minore. Chloe, se non sbaglio» dice mio padre.

«Sì, la andiamo a prendere tra poco.»

«Andate in macchina?»

«Sì.»

«Da quanto guidi?» chiede subito dopo.

«Oh, be', da un po', non n-non c'è pericolo.» Quanto vorrei vedere la sua faccia.

«No eh? Mmh, va bene...»

Vedo Anny ridacchiare e in quel momento Greg esce dalla cucina. Guarda me e Anny nelle nostre posizioni e poi guarda mio padre e Josh in salotto. Scuote la testa e si dilegua chissà dove.

«Quindi con mia figlia è una cosa seria?» Oh, no.

«Certo.» La sua voce sembra più sicura.

«Da quanto va avanti?»

Quale parte del "non fargli l'interrogatorio" non ha capito?

«Qualche giorno» risponde Josh.

«E come puoi dire, così presto, che è una cosa seria?»

«È complicato. La cosa andava avanti già da un po', ma nessuno dei due se ne era veramente accorto.»

Sono sicura che mio padre è abbastanza confuso al momento, ma non dice niente. È davvero troppo difficile e lungo da spiegare come sono andate le cose tra noi.

«Io non voglio farle del male» risponde Josh.

«Non ne dubito, ma Jennifer è una persona molto complicata. Non fraintendermi, perché è meravigliosamente complicata e a volte può essere difficile comprenderla o anche adeguarsi alla sua personalità.»

«Da piccolo Drake si lamentava sempre con me» dice Josh.

«Come scusa?» chiede mio padre. Sì infatti, cosa sta dicendo?

«Da piccolo Drake si lamentava sempre con me perché mentre giocavamo inserivo regole nel mezzo del gioco oppure penitenze e sa perché?»

«Perché?»

«Perché il gioco era sempre troppo semplice e a me le cose semplici non sono mai piaciute.»

«Allora, Jennifer, cosa pensi di fare dopo aver finito la scuola?» mi chiede Daniel una volta che tutti siamo seduti a tavola.

Cosa penso di fare? In realtà non ci ho ancora pensato. Mio padre vorrebbe che andassi all'università e facessi degli stage da lui. Oppure che andassi direttamente da lui e cominciassi dal basso. Ne abbiamo parlato svariate volte, ma la conversazione non è mai andata a buon fine. Non è il mio campo.

«Non saprei, ancora c'è tempo» rispondo.

«Be', non direi. Dovresti cominciare a pensarci da ora.»

«C'è tempo.» Sembra quasi un ringhio quello di Josh.

«Sto solo dicendo che il vostro futuro è importante e non da sottovalutare.»

«Sì, lo capisco.»

Provo a sorridere per allentare la tensione, ma non sembro riuscirci. Margaret fa per aprire la bocca, ma Daniel lo precede.

«Josh sa già cosa vuole fare.»

«Oh.»

Davvero? Non ne abbiamo mai parlato in realtà quindi non ne

ho la minima idea. Mi aveva accennato che avrebbe voluto lavorare nel campo di suo padre, ma niente di sicuro.

«Non è niente di sicuro» dice Josh.

«Sì, invece. Appena finirà gli studi comincerà a lavorare da me.»

«Solo se vorrò io» risponde Josh in modo brusco. «Se mai lavorerò nell'azienda di famiglia sarà perché io decido di farlo. Faccio io le mie scelte» dice in tono severo.

«Hai dei doveri. Non lascerò tutto il mio duro lavoro nelle mani del primo che passa. Perciò è ovvio che lavorerai nell'azienda. Ha già fatto abbastanza casini Kevin.»

Ed è qui il momento in cui Josh si alza in modo brusco facendo cadere la sedia per terra.

So già dov'è andato e poco dopo mi dirigo in quel posto. La cantina.

Questa stanza è un casino. Tutto è ribaltato per terra e un urlo mi fa sobbalzare.

Josh tira calci e pugni violenti contro il sacco appeso. A ogni colpo urla o grugnisce.

«Josh, calmati...»

«Maledetto!» urla di nuovo.

Si sposta e il suo bersaglio diventa un altro. Tira un pugno contro il muro. Ne tira un altro più forte e le sue nocche si macchiano di sangue. Quasi mi viene da vomitare alla scena. Immagini del mio corpo pieno di sangue mi fanno raggelare e chiudere gli occhi per un attimo. Un'imprecazione me li fa riaprire di scatto.

«Josh, devi calmarti. Arrabbiarti non servirà a niente.» Riesco a sentire la sua collera. «Sai cosa diceva Albert Einstein?» domando.

«Cosa diceva?»

«Diceva che per ogni minuto che passiamo in preda alla rabbia, perdiamo sessanta secondi felici. Non credi di essere stato abbastanza arrabbiato nella tua vita? Non credi di aver perso troppi secondi felici?»

«Mi sento sempre così preso in giro. Come se le persone mi nascondessero costantemente qualcosa o cercassero di comandarmi. Non ho mai saputo niente di Kevin come non ho mai saputo niente di Caroline. Anche di te, Jennifer, non so mai niente.»

«Cosa dici?» mormoro sulla sua spalla.

«Sei sempre così misteriosa. Devo sempre cercare di capire cosa ti passa per la testa. Non mi dici mai come ti senti e non so mai come devo comportarmi. Sta bene? È felice? È triste? Non ho mai una risposta. Hai sempre lo stesso sguardo freddo e le parole sempre pronte a rispondere. Vorrei solo… solo capire, conoscerti per davvero.»

Mi tolgo dalla sua presa alzandomi e gli porgo la mano. «Andiamo» gli dico.

«Dove andiamo?»

«Andiamo a conoscermi.»

23

Jennifer's pov

«Cosa ci facciamo qui?»

«Siamo venuti a conoscermi.»

«In una stradina sconosciuta e fredda di Manhattan?»

«Sì, Josh» rido per la sua faccia perplessa.

Ci incamminiamo in un silenzio carico d'ansia. So che vorrebbe chiedermi tante cose ma sta tenendo a freno la lingua.

Passiamo per i vicoli e dei ragazzi ci guardano o, per meglio dire, mi guardano. Forse un po' troppo.

Fanno un ghigno tra di loro e sento la mano di Josh stringersi nella mia e tirarmi verso di lui. La possessività è nel suo sangue.

«Geloso, Cliver?» lo prendo in giro.

«Non sai quanto, Milton.»

Scuoto la testa mentre nella sua calda presa lo trascino con me. Arriviamo in una piccola stradina illuminata dalle luci degli ultimi negozi rimasti aperti.

Cammino ancora un po' e finalmente lo vedo, nella sua solita posizione, concentrato in quello che fa.

«Martin» dico.

Subito alza il capo e i suoi occhi si spalancano. Ferma tutto quello che fa e sta per parlare, senza però guardarmi negli occhi.

«Signorina Milton?» chiede incredulo.

«Sì, sono io» ridacchio.

«Cosa ci fa qui? Non viene a trovarmi da così tanto tempo.»

«Sono qui con una persona» gli spiego.

«Una persona? Davvero?»

Josh è spaesato e non ci sta capendo niente. Ma sono sicura che ciò che lo confonde più di tutto è il fatto che non stia guardando precisamente verso di noi.

«Martin è cieco» gli sussurro all'orecchio.

«Come si chiama?» sento chiedere a Martin.

Martin è un vecchio signore, non so precisamente quanti anni abbia, ma la sua barbetta bianca non inganna. È cieco praticamente da sempre ed è un artista di strada.

Do una gomitata a Josh per indurlo a rispondere.

«Mi chiamo Josh.»

«Oh, Josh. Devi essere davvero speciale per essere qui. La signorina Milton non ci ha mai portato nessuno.»

«Come fai a conoscerlo?» mi chiede Josh sottovoce.

«Questa è una via che mi è sempre piaciuta. L'ho chiamata "la via degli artisti". Me ne sono andata via presto da Manhattan, ma tutte le volte che mio padre tornava per lavoro mi portava con sé» gli spiego. «Un giorno ho scoperto questa via e da quel giorno ci sono sempre venuta appena ne avevo la possibilità. È uno dei miei posti preferiti, te ne avevo già parlato, ricordi?»

Martin guarda, per modo di dire, la sua tela con attenzione. In realtà la percepisce, non la guarda, così mi ha spiegato una volta. La sua fronte si corruga e subito cambia pennello prendendone un altro.

«Come… come fa a sapere dove deve disegnare?» chiede Josh.

«Infatti è buio, non so come faccia» lo prendo in giro.

«Sai cosa intendo, Jennifer.»

«Martin è cieco da sempre e ha un'abilità di percezione fuori dal normale. Anche il suo udito è davvero assurdo, non credere che in questo momento non ci stia sentendo.»

Martin si piega in un sorriso, ma continua comunque a disegnare.

«La prima volta che l'ho visto era giorno e aveva gli occhiali da sole scuri. Non avevo capito che fosse cieco, pensavo li tenesse perché batteva il sole. Quando ha tolto gli occhiali ero abbastanza scioccata» gli racconto.

«Oh, mi ricordo quel giorno. Sei stata accanto a me per quasi un'ora senza mai parlare» ridacchia Martin.

«Ti piace?» mi aveva chiesto.

Non avevo risposto, ma avevo osservato attentamente quel quadro. Rappresentava il volto di una donna diviso a metà. Nella parte sinistra c'era una bella donna giovane dai capelli biondi e gli occhi azzurri. Nella seconda ritraeva un viso solcato dalle rughe e dai capelli grigiastri.

«È la stessa persona» mi aveva spiegato. «Era mia moglie.»

E poi avevo guardato meglio quel quadro: nelle due parti gli occhi e il sorriso erano identici ed era la cosa che più mi aveva fatto rabbrividire. Era un quadro meravigliosamente inquietante.

Martin mi aveva affascinato fin da subito e tutte le volte che tornavo a Manhattan venivo qui da lui. A volte ci stavo persino un pomeriggio intero.

«Cosa ti porta qui, signorina Milton?» mi chiede Martin mentre pulisce il suo pennello.

«Devo farmi conoscere da una persona.» La presa sulla mia mano si fa più salda.

«Qual migliore modo di farsi conoscere attraverso gli occhi degli altri? Non ci vedo, signor Josh, ma posso assicurarle che ho visto molto in Jennifer.»

«Non ne dubito» risponde Josh.

Rimaniamo ancora un po' a guardare l'arte imprimersi nella notte di questa via dimenticata, poi salutiamo Martin e porto Josh un po' più avanti.

«Okay, il tuo amico cieco ultrasessantenne artista non me l'aspettavo proprio» dice tutto d'un fiato.

«Ho passato davvero tantissimo tempo con Martin. Le prime volte non ci rivolgevamo mai la parola. Io rimanevo seduta accanto a lui e dopo qualche ora si girava per mostrarmi il suo disegno e io davo un mio piccolo parere.»

«Non... non lo trovi un po' strano?» chiede sicuramente con la paura di offendermi.

«Sì, ma io un po' strana lo sono, no?» Josh mi sorride.

Ci incamminiamo fino ad arrivare vicino a un negozio di dischi e troviamo una ragazza che suona il violino.

Alza gli occhi verso di noi e mi sorride, subito ricambio.

«Amica tua?» mi chiede Josh.

«Non proprio. Chiudi gli occhi, Josh.»

Josh sospira e chiude gli occhi, subito dopo lo faccio anch'io. La musica triste e leggera riecheggia tra noi. Non smetterò mai di ripeterlo: "Per sentire davvero qualcosa si devono chiudere gli occhi".

«Si chiama Amelia» sussurro sempre a occhi chiusi. «Ha ventiquattro anni.»

«È una melodia davvero triste» mi dice.

Il violino emana un'immensa tristezza, così immensa che ti senti immediatamente triste anche tu. Amelia riesce a trasmetterti ciò che prova semplicemente sfregando le corde del suo violino. Non è forse arte questa?

Amelia finisce di suonare e posa il suo violino mentre raccoglie le sue cose.

«'Sera Jennifer, quanto tempo» mi saluta cordiale.

«Ciao, Amelia, tutto bene?»

«Come sempre» mi congeda con un sorriso dolce.

Le faccio un cenno con il capo e ci dirigiamo dall'altra parte della stradina per raggiungere la macchina.

«Tutto qui? Un "tutto bene" e un cenno del capo?» domanda stranito.

«Amelia non è mai stata di molte parole e nemmeno io.»

«Allora andate d'accordo» ridacchia lui.

«Ci siamo parlate solo una volta.»

Salgo in auto e mi metto la cintura. Josh ripete le mie stesse azioni aspettando che continui il mio discorso.

«Non è un caso che Amelia suoni in quel posto proprio a quell'ora. Il suo ragazzo lavorava in quel negozio di dischi ed è morto di arresto cardiaco proprio lì. Le ripeteva sempre che se doveva morire avrebbe voluto morire nel suo negozio di dischi e così è stato. Da quel giorno Amelia suona alla stessa ora, allo stesso posto una canzone per il suo ragazzo. Che ci sia il sole, la pioggia o la neve, tu la troverai lì.»

«È tristissimo» dice Josh scioccato.

Parcheggio la macchina e giro il capo verso Josh.

«Perché siamo a casa tua?» chiede all'improvviso.

«Te ne accorgi solo ora?» rido aprendo la portiera. «Perché dormi da me.»

Faccio spallucce e mi incammino, ma non sento i passi di Josh. Mi giro e lo vedo appoggiato alla sua portiera.

«Non vieni?»

Lui assottiglia lo sguardo. «Ma sei seria?» mi domanda sospettoso.

«Sì, perché?»

«Forse perché quando dormivo da te hai cercato di cacciarmi tipo dieci volte su dieci?»

«È diverso» sbuffo. «In quei giorni tu ti piantavi a casa mia e non te ne andavi. Ora te lo sto chiedendo io.»

Josh fa una faccia dubbiosa e poi si avvicina a me scrutando il giardino all'interno.

«E tuo padre? Cosa gli dici?» mi chiede ansioso.

«Mio padre non è in casa. Stai sicuro che se tuo padre ha detto che era tornato al lavoro tornerà tardi. Vedi?» Indico il giardino. «Non c'è la macchina. Ci penseremo domani mattina, al massimo.»

«Okay, tutto questo tuo spirito di iniziativa è molto sexy, ma perché?»

«Credi di aver sbollito la rabbia, ma in realtà non è così. Appena rivedrai la faccia di tuo padre vorrai prenderlo a pugni. Sicuramente anche lui è ancora arrabbiato e voi ricomincerete a litigare. Tua madre attaccherà a piangere e tu ti incazzerai anche con te stesso. Sveglierete Chloe, e Meredith dovrà riaddormentarla.» Apro il cancello con le chiavi. «Ovviamente Meredith rimarrà triste per tutti i giorni a venire e ne risentirà anche Drake. Automaticamente si creerà una situazione di disagio al tavolo che coinvolgerà anche tutti gli altri.»

«Mi hai convinto, andiamo.»

Dopo aver aperto anche la porta ci dirigiamo verso le scale. Spero di non incontrare né Anny né Greg, non ho voglia di dare spiegazioni.

Appena entriamo in camera mia sto per chiedere a Josh se vuole qualche vestito ma non faccio in tempo.

In un nano secondo la mia schiena viene sbattuta contro il muro e il resto del mio corpo è imprigionato da quello di Josh.

Okay, qualcosa mi dice che la cosa non finirà per niente bene.

Oh, sì, io credo proprio di sì.

Mi mordicchia il lobo e posa piccoli baci sul mio collo, accarezza i miei capelli portandomi a inclinare la testa.

È cauto nei suoi movimenti, un po' troppo, visto che io mi sento fremere.

Porta le mani sotto la mia maglietta e le passa sulla mia pelle ormai calda.

«Ti fa ancora male qualcosa?» mi chiede staccandosi.

No. No. No.

«Non mi fa male niente.»

«Sicura?»

Mi mordo il labbro guardandolo e porto le mani verso la sua maglia, sfilandogliela.

«Deduco sia un sì» sorride malizioso.

Comincia a mordere e leccare il mio lobo mentre abbassa piano piano i miei pantaloni. Quando raggiungono terra passa un dito sulle mie cosce. Avanti e indietro fino a raggiungere la mia parte sensibile.

Continua ad accarezzare lì accanto senza mai arrivare al punto giusto e io mi irrigidisco.

«Rilassati, Jennifer» dice dopo aver stretto il mio labbro inferiore tra i suoi denti.

Porta una mano sui miei slip ma invece di sbarazzarsene sfrega il suo palmo sulla mia intimità, sopra il tessuto. Josh sa benissimo cosa fa, lo sa dannatamente bene.

«Sei già bagnata.»

Tira giù i miei slip e io alzo i piedi per levare di torno sia i jeans sia gli slip che sono ai miei piedi.

Ora sì che mi sento imbarazzata. Non sono mai stata così tanto esposta davanti a qualcuno e il fatto che Josh sposti il suo sguardo dalla mia intimità a me non mi aiuta affatto.

Si lecca il labbro inferiore e mi fissa con attenzione… desiderio. Sono sicura di avere il suo stesso sguardo.

Porta il suo pollice sul mio clitoride e comincia a fare dei piccoli cerchi che a me fanno mancare il respiro. È così… inebriante?

«Il fatto che nessuno ti abbia mai toccata in questo modo per me è bellissimo» dice poggiando l'altra mano sulla mia natica. «Tu sei bellissima.»

Porta la sua mano sulla mia fronte e scosta i miei capelli sudati. «Ma non posso.»

«N-non puoi?» chiedo confusa.

«Voglio che tu sia sicura al massimo.» Mi accarezza la guancia. «E so che ancora non lo sei.»

Sto quasi per ribattere, ma alla fine non riesco a proferire parola perché forse ha ragione. Appena entrati, quando stava per abbassarmi i pantaloni, la prima cosa che ho fatto istintivamente è stata fermare il suo braccio, poi però non gli è bastato molto per farmi cedere completamente.

Forse io voglio cedere completamente...

«Vestiti, sei sicuramente stanca, dormiamo un po'.»

Annuisco senza parlare, ormai ho perso la mia capacità di parola da un pezzo, è già molto se mi ricordo come mi chiamo.

«Grazie» dice nel silenzio della notte.

«Di cosa?»

«Semplicemente grazie.»

Josh's pov

Boom!

Uno può pensare: ieri è stata una serata piena di eventi e l'ho fatta venire contro la parete della sua stanza. Sarà sicuramente stanca.

Invece no!

«Josh, cosa ci fai lì per terra?» mi chiede divertita.

«Tu mi ci hai buttato per terra! Io stavo dormendo.»

«Dobbiamo svegliarci» risponde, alzandosi.

«E quindi tu devi catapultarmi fuori dal tuo letto? Sai cos'è una sveglia? O un tocco leggero?»

Jennifer raccoglie i suoi capelli in una veloce coda disordinata e sistema un cuscino caduto.

«Hai sempre da lamentarti» sbuffa. «Vado a fare una doccia» mi dice con gli asciugamani sul braccio.

Immagini di ieri invadono la mia mente portandomi a osservare la porta del bagno.

Mi ci è voluto davvero tutto il mio autocontrollo per non spingermi troppo in là. È stata una mossa azzardata e ammetto che anche se non ci ho riflettuto molto ho avuto paura della sua reazione.

Se non me lo avesse lasciato fare, ci sarei rimasto male, non per motivi fisici ma mentali. Sarebbe stata l'ennesima dimostrazione che lei non si fida di me. Ma ieri notte si è fidata in tutto e per tutto.

Jennifer è così pura che mi eccito al solo pensiero di sapere che sono l'unico che l'ha toccata in quel modo. I suoi capelli rossi che si vedevano nonostante il buio, la sua pelle lattea e morbida, ma soprattutto i suoi suoni.

Suoni di piacere per me, per quello che le stavo facendo. Gemiti che uscivano da quelle labbra rosse che tanto adoro.

Spero di uscire vivo da qui.

John è chino su alcuni fogli che legge con attenzione. Chiuso nel suo completo raffinato e con un'espressione piuttosto accigliata. Ora mi uccide, è già arrabbiato.

«Papà» lo chiama Jennifer.

Avrei dovuto mandare un messaggio a Drake e dirgli i miei ultimi voleri. Di prendersi cura di Meredith, di mia madre e di Chloe. Seppellire tutti i miei porno in un posto sicuro.

«Papà» lo richiama Jennifer.

«Ah? Sì?»

Non ha ancora alzato lo sguardo dai suoi fogli nonostante ci abbia risposto. Strano, sembra quasi non ci abbia notato.

A Jennifer si illuminano gli occhi come a un bambino a Natale e si apre in un sorriso enorme.

«Stato di trance» sussurra a se stessa.

Stato di che? Cosa succede?

«Ehi, papà, volevo dirti che ieri Josh è venuto a dormire qui da noi» sputa senza preavviso.

Il mio cuore si è fermato. Non sento più il battito. Non poteva dirglielo più delicatamente?

«Sono contento, tesoro.»

Lo sapevo. Io lo sapevo che mi avrebbe uccis… no aspetta cosa? È contento?

Strabuzzo gli occhi, ma Jennifer non sembra per niente perplessa… divertita?

«Sì, lui voleva fare sesso tutta la notte ma io per fortuna l'ho fermato» esclama. «Ah, i ragazzi d'oggi!»

«Cosa?» La mia domanda assume un tono sconvolto.

Mi farà venire un infarto a questo punto. Cosa sta dicendo?

«Sei una ragazza responsabile, Jennifer.» Prende la calcolatrice e digita qualcosa.

«Sì, però mi ha legata al letto e ora mi fanno male i polsi. Non è che hai una crema?»

«Jennifer, cosa diamine stai dicendo?» le domando.

Questo è ridicolo. Il limite del ridicolo. Sta dicendo delle assurdità e John sembra addiritura sostenerla.

«Chiedi ad Anny di comprartela» le risponde.

Chiedi ad Anny di comprarla? Sono in un mondo parallelo. Jennifer sta cercando di soffocare una risata ma invece continua imperterrita.

«Mmh, va bene, comunque volevo dirti che oggi non andiamo a scuola.»

«No?» chiede lui.

Si alza per prendere un altro foglio e poi torna a sedersi composto su una sedia. Ma ciò è normale?

«No, ieri abbiamo visto un cinema erotico e abbiamo deciso di farci un salto. Quindi ci vediamo a pranzo, un bacio!»

Mi prende per il braccio e mi trascina per le scale. Alla velocità della luce ci ritroviamo accanto alla mia macchina.

«Jennifer, cosa diamine era quello?» quasi urlo. «Vuoi uccidermi? No, dillo se lo vuoi, perché ci sei andata vicino!»

«Eccoci» esclama spegnendo l'auto dopo un po'.

Si ferma davanti a una casa abbastanza grande. Il giardino è malridotto e un'altalena quasi distrutta è l'unica cosa che lo decora. Ma dove siamo?

Scende dalla macchina e tira fuori due piccole chiavi da una tasca del suo maglione. Quando le ha prese?

«Qui è dove sono nata e cresciuta. La casa in cui abitavo con mia madre.»

Casa sua? La casa della foto? Mi rivolge un sorriso forzato e poi apre il cancello. Le tremano leggermente le mani e le chiavi le scivolano a terra. Mi alzo per raccoglierle e le stringo in un pugno.

«Jennifer, torniamo indietro, non c'è bisogno» la rassicuro.

«Sì, invece. Voglio farlo. Non solo per te, anche per me. Non vengo qui da quando ci siamo trasferiti anni fa.»

Chissà a cosa sta pensando…

«Passavo un sacco di tempo su quell'altalena» sorride nostalgica. «Se noti, una delle catene è rotta. Mia mamma voleva salirci e ovviamente si è rotta. “Non ci sono più le altalene di una volta” ha detto dopo aver fatto il danno.»

«È molto da te un gesto del genere» ridacchio.

«Il giorno dei funerali, quando siamo tornati, mi sono seduta sull'altalena che non era rotta. Mi sono messa a parlare con mia madre, anche se non c'era. Le ho detto che se mi mandava un segno l'avrei raggiunta. È una cosa davvero orribile da dire a quell'età e mio padre mi ha sentita ed è scoppiato a piangere ai piedi di quell'altalena. Da quel giorno non ci sono più salita.»

Jennifer da bambina voleva… voleva suicidarsi? Per raggiungere la madre?

«Ora entriamo in casa, solo…» La sua voce è titubante. «Qualsiasi cosa io ti dirò d'ora in poi non te ne andare va bene? Rimani.»

È la prima volta che Jennifer mi chiede una cosa del genere. C'è paura nella sua voce ma speranza nei suoi occhi. L'immagine di una bambina dai capelli rossi, che tornando dal funerale di sua madre si ferma a parlarci mi fa rabbrividire. Il fatto che le dice che se vuole la raggiunge e suo padre che le piange davanti mi fa stringere il cuore.

Quanto deve soffrire una persona prima che scoppi completamente?

«Rimango.»

24

Jennifer's pov

«Rimango» sento dire da Josh.

Finché lui rimane io non scappo. Ormai non scappo più. Se c'è una cosa che ho imparato nella mia vita è che i problemi corrono velocissimi e se scappi ti raggiungeranno sempre.

«Andiamo» dico sicura.

L'ho vista la sua faccia sconvolta prima. C'era quasi terrore nei suoi occhi, ma mi ha fraintesa.

«Io quel giorno non volevo uccidermi davvero. Semplicemente non avevo ancora realizzato.»

«Non avevi realizzato che tua madre era morta?» Si siede accanto a me.

«Quello ormai l'avevo capito da un pezzo. Non avevo realizzato com'è morire» gli spiego. «Quando tornammo dal funerale e mi sedetti su quell'altalena cominciai a parlare con mia madre. Ho un ricordo abbastanza vago, ma non è che vedessi mia madre e ci parlassi, parlai con il suo ricordo. Parlavo a me stessa però speravo che lei in qualche modo mi sentisse. Per questo le chiesi se voleva che la raggiungessi.»

«E hai cambiato idea quando tuo padre ti ha sentita?» mi chiede.

«No, te lo ripeto, non avevo intenzione di suicidarmi. Ancora non avevo realizzato che uccidermi sarebbe stato prendere un coltello e ficcarmelo nel petto oppure prendere una pistola e puntarmela alla testa. Se avessi avuto davvero un segnale da mia madre sarei rimasta lì su quella altalena ad aspettare. Ad aspettare che mi portassero da lei in qualche modo. Non volevo uccidermi, volevo solo stare con lei. Semplicemente non avevo capito che non era possibile.»

È un pensiero così complicato che ancora io faccio fatica a capire. È stato anni fa ormai e non ricordo tutto in modo nitido, ma sono sicura che non volevo davvero uccidermi. Non volevo farmi del male e non avevo intenzione di suicidarmi, non è mai stata questa la soluzione ai miei problemi. Semplicemente non avevo realizzato.

«Ho capito.» Mi rivolge un sorriso dolce.

«Lei mi chiamava sempre Jen, sai? Mio padre mi chiamava sempre per intero mentre Anny e Greg: signorina Jennifer o signorina Milton.»

«Per questo non vuoi che ti chiami Jen?»

«So che può sembrare stupido ma lei era l'unica a chiamarmi così. Era una cosa sua, anzi, nostra.»

Ci dirigiamo verso la mia vecchia e piccola stanzetta.

«Jennifer, posso chiederti una cosa? Se non vuoi rispondermi non sei obbligata.»

«Dimmi.»

«Come è possibile che noi non lo sapessimo? Cioè, la tua famiglia è abbastanza conosciuta e i giornali sono sempre in agguato per questa cosa. Com'è possibile che la notizia di tua madre non si sia diffusa e che noi non lo sapessimo?»

Questa è una domanda che secondo me si sono fatti in molti, ma non hanno mai avuto il coraggio di chiedermelo. Com'è possibile che la morte della moglie di John Milton sia stata così oscurata?

«Se hai notato, questa casa è molto più piccola della mia, nonostante al tempo ci fosse una persona in più. Mio padre non era ancora una macchina da soldi e non era nemmeno altrettanto conosciuto. Era agli inizi, se così si può dire, e solo dopo la morte di mia madre si è davvero buttato nel lavoro.»

«Quindi la notizia di tua madre non si è diffusa perché tuo padre non era ancora conosciuto?»

«Non del tutto. La sua morte è stata tenuta nascosta per due giorni massimo, poi ovviamente il giornale si è messo in mezzo. Mio padre non voleva essere perseguitato dai media, quindi aveva pagato una somma abbastanza grande per "fare stare in silenzio" il più possibile. I soldi riescono a comprare persino un prete, poi il trasferimento a Londra ha aiutato molto.»

Josh sembra pensieroso, ma poi annuisce con energia. «Ora capisco perché in pochi lo sanno. E non è mai venuto fuori dopo? Nemmeno quando sei tornata a Manhattan?»

«Stranamente no.» Chiudo la porta della mia stanza uscendo. «Il fatto che mia madre non portasse il cognome di mio padre ha giovato.»

«Non si chiamava Elisabeth Milton?» domando stranito.

«No» ridacchio. «I miei nonni, da parte di mia madre, se ne sono andati presto. Ancora prima che io nascessi e avevano avuto una sola figlia, mia madre. Non voleva che il suo cognome andasse perso perciò ha preferito tenere il suo: Elisabeth Tomson.»

Non gli faccio vedere nient'altro perché non c'è nulla da vedere. La stanza dei miei genitori e quella di Anny e Greg sono le uniche altre stanze. Nonostante da fuori sembri una grande casa, con un grande giardino, dentro non lo è. Mentre usciamo dal cancello mi rigiro verso casa mia e la osservo.

La osservo come un vecchio film della mia vita che ho voluto cancellare per tanto tempo. Le sento le risate di questa casa mischiate alle grida di quella notte. La vedo quell'altalena che si muove senza nessuno sopra. Un giardino ormai non più verde e un cielo che ormai sta diventando scuro.

«Credo stia per piovere» dice Josh guardando la casa.

Pioggia. Ci mancava lei.

«Quella notte stava piovendo. Pioveva così forte che credevo che la pioggia mi avrebbe bucato la pelle. Eravamo uscite per fare la spesa, ma non so come ci perdemmo e finimmo in quel vicolo. Anny aveva proposto di andare lei. Brutto il destino, vero? Se fosse andata lei, non si sarebbe mai persa e io, invece di guardare casa mia, ci vivrei dentro. Sai qual è stata la parte più brutta? Non quando le hanno sparato o quando è caduta per terra, ma quando l'hanno portata via. Stavano per uccidere anche me, sai? Mi avevano puntato una pistola contro, forse per pena non lo hanno fatto.»

«Jennifer, non devi raccontarmi queste cose...» La sua voce è dura.

«La parte più straziante è stata quando è arrivata l'ambulanza. Cercavano di staccarmi dal suo corpo ma io urlavo, piangevo e mi aggrappavo al suo torace. Ero così sporca di sangue, pioveva a dirotto, ma io continuavo a essere sporca del suo sangue. Questa casa mi porta così tanti ricordi a galla...»

Però sono fiera di me stessa. Sono fiera di riuscire a guardare questo giardino senza cadere per terra in un pianto senza fine. Sono fiera per averlo mostrato a qualcuno. Per non aver urlato nemmeno una volta. Per non aver esitato. Perché non potrà mai andare male finché ci sono due occhi scuri che mi guardano attenti.

Questo è uno di quei momenti che non sai nemmeno tu cosa stai provando. Senti solo qualcosa riscaldarti il petto e far sciogliere quel groppo in gola. Il bene si sovrappone al male. È così che va la vita, bisogna solo scegliere chi far vincere dei due.

«Andiamo a mangiare qualcosa» dice Josh.

«Cosa?»

«Pasticcini.»

Josh's pov

«Secondo te c'è un limite di pasticcini da mangiare?» mi domanda osservandone uno.

«Be', il galateo dice di non ingozzarsi di dolci, quindi...» ma mi interrompe bruscamente.

«Non me ne frega niente del galateo.»

Si alza dalla sedia e va verso il bancone. La vedo indicare altri pasticcini e attendere al bancone.

«Non ho fatto colazione» si difende quando vede il mio sguardo di disapprovazione.

«Nemmeno io, ma un cappuccino e una brioche mi sono bastati.»

Mi fa una linguaccia infantile e continua con la sua colazione. Che poi ormai è l'ora di pranzo, ma non importa. Le squilla il cellulare e dopo aver visto lo schermo sbuffa sonoramente.

«Chi è?» le chiedo curioso.

«Melissa.»

Lo rimette in borsa, ma dopo neanche qualche secondo, ricomincia a squillare.

«Melissa, cosa vuoi dalla mia vita?» risponde.

«Che cosa succede?» le chiedo.

«Di' a Isabel di stare tranquilla e che Lena è solo una segretaria da quattro soldi» risponde a Melissa.

«Okay okay, ciao, Melissa, non disturbarmi più, rompiti una gamba mentre saltelli agli allenamenti.» Rimane in attesa della risposta e poi si acciglia. «Ma tu sei una bisbetica acida, non io!»

«Ma cos'è successo?» domando.

«Isabel dà di matto perché Lena gira sempre intorno a mio padre e Melissa deve subirsi i suoi attacchi isterici. Cosa crede che possa farci io?»

La osservo divertito mentre ingurgita una quantità spropositata di pasticcini, poi una volta placata la fame infila la mano nella sua borsa e ne tira fuori una cartellina. Me la porge mordendosi il labbro.

«Cos'è?»

«Il mio blocco da disegno.»

Le mie dita si fermano in aria. La osservo per un lungo momento e poi titubante lo sfoglio.

Il primo disegno è una stradina che si vede a malapena a causa della pioggia. Sul fondo della strada ci sono delle ombre, poco visibili a causa della nebbia. Il disegno è in bianco e nero.

Passo al secondo disegno e quasi sbarro gli occhi per quanto sembra reale. C'è una mano con un anello, per terra. Si vedono persino le linee sul palmo della mano e le dita sono sporche di sangue. Un'altra mano, più piccola, è stretta alla sua.

È una scena di quella notte quella che ha disegnato. Alzo lo sguardo verso di lei e mi fa cenno di continuare.

Passo al terzo disegno, che rappresenta un enorme buco nel terreno. Una… fossa?

Sembra una fossa e ha dato al disegno una sorta di profondità tanto che sembra di non riuscire a vedere il fondo della fossa. Tutto il resto è bianco. Solo un enorme e profondo buco nero all'interno.

Passo al quarto disegno, che rappresenta due occhi di colore diversi. Una pupilla verde a sinistra, con delle lunga ciglia scure. Una pupilla azzurra da cui fuoriesce una piccola lacrima.

Sembra ti stiano osservando.

«Il primo occhio è il mio. Il secondo è quello di mio padre» mi spiega.

«Perché il tuo occhio non piange?»

«Non è importante.»

Sto per ribattere, ma subito distoglie lo sguardo. Non vuole parlarne. Faccio per girare il foglio ma non trovo nient'altro.

«Avevo smesso di disegnare. Ho ricominciato da poco per questo non sono tanti» dice guardandomi di nuovo.

«Come mai?»

«Disegnare mi ha sempre fatta stare bene, in un certo senso, ma c'è stato un periodo in cui ho pensato che non me lo meritavo.»

«Certo che te lo meriti!» sbotto subito.

«Se quella notte non avessi urlato o fossi stata buona, quei tizi non si sarebbero arrabbiati, mia madre sarebbe viva e poi...» Ma la fermo lanciandole il blocco addosso. «Josh! Cosa diamine fai?»

«Ti fermo dal dire quel genere di stronzate! Cosa significa che non ti meritavi di stare bene? Quello che ti è successo anni fa non ho potuto evitarlo, ma quello che ti è successo in quel vicolo potevo evitarlo. Invece io ero chissà dove mentre venivi... venivi menata.» Non riesco nemmeno a dirlo. «Non me lo perdonerò mai e non mi perdonerò mai il fatto di aver perso così tanto tempo. Ti meriti di stare bene più di qualsiasi altra persona e ho intenzione di fare in modo che accada.»

Sul viso di Jennifer aleggia un sorriso, ma io continuo a essere imbronciato e incrocio le braccia davanti a me girando il capo. La sento ridacchiare e poi sento lo stridio di una sedia, segno che si è alzata. La vedo arrivare verso di me e poi sedersi sulle mie gambe. La coppia davanti a noi ci guarda, ma lei sembra non darci peso.

«Grazie.» Mi accarezza i capelli.

«Ti ricordi quella frase di Albert Einstein? Quando mi hai detto quella frase filosofica sui sessanta secondi felici.»

«Quella che per ogni minuto che passiamo in preda alla rabbia perdiamo sessanta secondi felici?» mi ricorda.

«Esatto, quella.» La sistemo meglio sulle gambe. «Ora te la dico io una frase filosofica: se continui a guardarti indietro non vedrai mai ciò che hai davanti.»

«E questo quale scrittore famoso lo disse?» mi domanda.

«Lo dice *Ratatouille*.»

Jennifer's pov

Dopo aver fatto colazione/pranzo, dipende da che punto di vista si vuole vederla, Josh mi sta riaccompagnando a casa per poi tornare da sua madre e vedere come sta.

«Guarda quanto fumo, ti fermi?»

«Sì, sembra abbia bisogno di aiuto.»

Josh accelera un po' e poi si accosta alla macchina di un ragazzo in panne al bordo della strada. Scendo anch'io e il ragazzo si avvicina con le mani sporche di nero.

«Scusatemi davvero, ma io credo che la mia macchina abbia qualche problema al motore» dice timido il ragazzo.

«Tranquillo, do un'occhiata.»

Josh si alza le maniche fino a scoprire le braccia e comincia a trafficare nel motore. Il ragazzo sembra agitato, forse preoccupato che la sua auto si sia rotta. Josh traffica per qualche altro minuto, poi accigliandosi si rivolge al ragazzo. «Ma qui è tutto in ordine.»

Quello che avviene dopo è una scena veloce che non mi dà nemmeno il tempo di realizzare.

Il ragazzo tira fuori qualcosa dalla tasca e con una forte scossa elettrica sul braccio di Josh lo fa accasciare a terra.

Caccio un urlo agghiacciante e subito dopo i miei occhi vengono coperti da una benda e una mano è sulla mia bocca.

Un forte stridio di gomme risuona per la strada e quasi provo sollievo, perché credo che qualcuno abbia visto e stia venendo ad aiutarci.

«Sbrigatevi a metterli in macchina!» tuona uno di loro.

Tutte le mie speranze svaniscono quando vengo portata di peso chissà dove e una portiera si chiude violentemente. Cerco di urlare, ma un colpo alla testa mi stordisce. La benda si leva dai miei occhi che si chiudono lentamente. L'ultima cosa che riesco a vedere è Josh svenuto accanto e una voce cattiva che risuona in lontananza.

«Ci si rivede, Cliver.»

E poi il buio più totale.

25

Jennifer's pov

«Dove siamo?» chiedo confusa.

«Vorrei saperlo anch'io.»

Alzo il busto e solo ora mi accorgo che il mio polso sinistro è incatenato al muro. Incatenata? Davvero? Non sono un animale!

Tutto comincia a riaffiorare lentamente anche se in modo sfocato. L'ultima cosa che ricordo è di essere dentro un'auto con Josh accanto a me.

«Le tue catene come sono messe?» mi chiede.

Provo a tirarla un po' ma niente da fare. «Sono attaccate al muro.»

Strizzo gli occhi e comincio a guardarmi attorno per capirci qualcosa. Nonostante sia pieno pomeriggio, almeno credo lo sia, si vede poco. Solo una flebile luce che entra da una finestra in alto, coperta per metà da un pezzo di cartone, mi permette di vedere qualcosa.

Credo di essere in una specie di scantinato o qualcosa di simile.

Josh è lontano da me, dall'altra parte della stanza, non riesco nemmeno a vederlo bene.

Ci sono altre catene ai muri, forse non siamo i primi a essere stati incatenati qui.

Qualche scatolone posto sui ripiani, tantissima polvere e due sedie in fondo allo scantinato.

«Josh, cosa succede?»

«Non lo so, Jennifer… non lo so. Mi dispiace Jennifer» lo sento sospirare. «Ma non riesco ancora a capire niente di questa situazione e il fatto di non poterti essere almeno vicino mi innervosisce il doppio.»

«Proviamo a fare mente locale» propongo. «Tu non conoscevi quel ragazzo.»

«No» risponde subito.

«Okay, ma a quanto pare lui conosceva te e ha deciso di fermarti.»

«Sì però, Jennifer, noi stavamo andando a casa tua: se voleva me, perché era appostato lì?»

Subito mi immobilizzo e sento il cuore battere più veloce. È vero, era sulla strada di casa mia, quindi aspettava me, non Josh.

«Dici che… che aspettavano me?»

«Tu lo hai riconosciuto?»

«No, te lo avrei detto già da subito che lo conoscevo, no?»

«E la voce?» mi chiede.

«La voce?» non capisco.

«Jennifer, sono sveglio da un po' e non faccio altro che pensarci. E se sono quelli dell'altra volta? Quelli che ti hanno…»

Non riesce nemmeno a finire la frase che tira di nuovo forte le catene e poi sbatte il pugno libero sul pavimento.

Non riesco più a pensare lucidamente a questo punto e mi sento nel panico. Sono quelli che hanno preso me e Meredith nel vicolo vicino a casa mia? Avrebbe senso.

Provano un forte rancore verso Josh ed erano venuti da me solo per far soffrire Josh, ma a quanto pare non basta più.

Volevano rifarlo nuovamente, ma hanno trovato anche Josh con me.

«Josh, ti prego, pensaci. Qualcuno ci ha rapiti. Rapiti, ti rendi conto? Quando sono arrivati a me lo hanno fatto per arrivare a te. Qualcuno deve avercela davvero con te. Cos'è successo?»

È impossibile che qualcuno ce l'abbia così tanto con lui e lui non ne sappia nemmeno il motivo. Deve per forza essere successo qualcosa.

«Se lo sapessi te lo direi, non credi? Ma io non ne ho davvero idea.» Sta alzando troppo la voce.

«E allora cosa sta succedendo?» urlo di rimando. «Siamo incatenati al muro come animali.»

«Jennifer…» La sua voce è più calma. «Ti posso giurare sulla mia stessa vita che io non ho mai fatto niente di così grave da far succedere tutto questo.»

Non lo so. Non so più che pensare. Sono arrabbiata, confusa e il polso comincia a farmi male.

«Jennifer, fidati di me, ti prego. Credimi.»

La sua voce è pacata e bisognosa. Bisognosa di sapere che gli credo, che mi fido di lui. In questo momento l'ultima cosa che mi serve è litigare con lui.

«Mi credi?» lo sento domandare.

«Mi giuri che tu non hai veramente idea di quello che sta succedendo?»

«Assolutamente sì.»

Rimaniamo in silenzio. Ogni tanto lui tira le catene e a volte invece lo faccio io. Senza nessun risultato. Da quando mi sono svegliata sono passate ore e nessuno si è ancora fatto vedere o sentire. Gli unici suoni sono il tintinnio delle catene e i sospiri frustrati di Josh.

Vorrei urlare e imprecare anch'io, il punto è che non ho voce per farlo. Non voglio che Josh se ne accorga, ma ho paura, tanta paura.

Se sono quelli dell'altra volta mi rimetteranno le mani addosso. Riavrò di nuovo tutti quei lividi a tappezzarmi il corpo e dovrò nascondermi da occhi indiscreti.

Questa volta sarà anche peggio, perché Josh è qui con me. Vorranno farlo soffrire e mi picchieranno di più. Più pugni, più sangue, più schiocchi di dita. Più gemiti strazianti, più urla, più dolore.

Il respiro accelera e comincio a tremare visibilmente. Sto andando nel panico e il rumore delle catene non aggiusta le cose.

Non voglio incontrare di nuovo quegli uomini. Non voglio essere qui. Non doveva andare così.

Tremo ancora per l'ansia e la paura.

«Jennifer, non tremare, ti prego...» La voce di Josh sembra sofferente.

«Non ci riesco, Josh.» La mia gola è secca. «Non voglio essere toccata.»

«Non ti toccheranno!» Tira ancora le catene.

«Sì, invece. Loro lo faranno e poi schioccherà le dita e...» ma vengo fermata da Josh.

«Jennifer! Jennifer, ascoltami.»

Non riesco a ragionare. Mi sento così debole e il panico sta cominciando a invadermi. Non sopporterei tutto questo un'altra volta.

«Ascoltami, vogliono me, okay? E io sono qui. Non ti guarderanno nemmeno.»

«Josh, erano sulla strada di casa mia! Stavano aspettando me» grido isterica.

«No no no no.»

Riesco a vederlo mettere la mano libera tra i capelli e tirarli furiosamente. Il tremolio delle mie gambe si placa leggermente, ma il respiro non accenna a diventare regolare.

Ansimo in modo brusco e porto la mano al petto.

«Respira» lo sento dire. «Non respirare in modo veloce. Trattieni il respiro e butta fuori quando non riesci più a trattenere. Fallo finché non senti che puoi respirare bene.»

Stringo le dita sulla maglia e comincio a trattenere il fiato. Lo trattengo e butto fuori quando sento di non farcela più.

Inspirare, trattenere, espirare. Inspirare, trattenere, espirare. Inspirare, trattenere, espirare.

«Va meglio?»

«Sì, grazie» butto fuori l'ultimo.

«Non ti succederà niente» mi dice sicuro.

«Come fai a saperlo?»

«Farò in modo che non accada.»

Perché siamo qui? Cosa vogliono da me? Cos'ha fatto Josh? Eppure quell'uomo ha detto che faceva del male a me perché Josh aveva fatto del male a lui.

Troppe domande. Domande a cui forse ora avrò risposta perché qualcuno sta scendendo le scale.

Qualcuno stava scendendo le scale e ha acceso la luce, ma poi si è fermato.

«Josh!» lo richiamo. «Josh, chi è?»

Ma Josh non risponde. Comincia a mancare l'aria qui dentro. Sento una risata provenire dalle scale, poi altri passi.

A ogni passo il cuore rimbomba in modo furioso nel mio petto. Perché Josh non mi risponde?

Vedo delle scarpe sbucare e poi la figura davanti a me si mostra in tutta la sua altezza.

«Ehi, bambolina, vedo che i tuoi lividi sono passati, dici che dovremo rimediare?»

In quel momento Josh sembra riscuotersi e tira così forte le catene che credo che i suoi polsi cominceranno a sanguinare.

«Non provare a toccarla, Steven!»

Steven? Si chiama Steven? L'uomo che mi ha picchiata in quel vicolo si chiama Steven?

Cominciano a scendere altri uomini e ci guardano come animali chiusi nello zoo. Sono loro.

Sono le stesse persone che mi hanno trascinata in quel vicolo. Quindi Josh li conosce?

«Ah ah» ride di gusto avvicinandosi. «Calmo, Cliver. Non mi saluti neanche?»

«Non saluto la gente di merda come te» ribatte cattivo.

«Oh, ma una volta tu facevi parte di questa gente di merda.»

Non capisco. Cosa vuol dire? La mia espressione deve rivelare la mia confusione perché Steven mi guarda compiaciuto.

«Non sa niente, vero?» chiede presuntuoso.

«Sì che lo sa.»

Cosa? No, io non so un bel niente!

«Be', a me non sembra che sappia, data la sua faccia.»

Josh digrigna i denti e io capisco sempre meno.

«Jennifer, io...» comincia Josh, ma Steven lo ferma.

«Ehi, no no! Gli onori di casa a me.» Mi sorride diabolico. «Devi sapere che io e Josh siamo ottimi amici.»

«Io-non-sono-tuo-amico» scandisce Josh arrabbiato.

«Mi offendi così» risponde in modo teatrale mettendosi una mano sul petto.

Il ragazzo che prima ci aveva fermati sul ciglio della strada raggiunge gli altri uomini. Sono molti di più dell'altra volta, deve essere il loro ritrovo.

«Be', prima eravamo molto amici. Non credi?»

«Prima che scoprissi la vostra merda squallida.»

Steven perde il suo ghigno beffardo e assume un'espressione seria. Fa un cenno a uno dei ragazzi, che assesta subito un calcio allo stomaco di Josh.

«No!» urlo.

«E tu non urlare se non vuoi che ti rovini ancora il tuo bel visino» mi aggredisce. «Stavamo dicendo? Ah sì! Parlavamo di vecchi tempi. Noi siamo amici di Josh, vecchi amici.»

«Ti ricordi quando ti ho spiegato di quel mio brutto periodo? Lo passavo con loro o per meglio dire con lui» mi dice Josh.

«Oh, sì, il tuo brutto periodo.» Alza le mani al cielo, Steven. «L'innocente e smarrito Cliver. Il ragazzo che cercava disperatamente suo fratello.»

«Che cosa volete? Non hai già fatto abbastanza danni?» domanda Josh.

«Che cosa vogliamo? Oh, finalmente una domanda intelligente!» esclama. «Vai a chiamare mia sorella.»

Sua sorella? C'è persino una donna in mezzo a tutto ciò?

Il ragazzo di prima mi riserva un'ultima occhiata e poi si allontana.

«Devi sapere, carissima Jennifer, che un giorno trovai un ragazzo seduto su una panchina. Era lì tutto solo sotto la pioggia, perciò, da brava persona che sono, mi fermai» mi spiega camminando avanti e indietro. «Era ubriaco e spaesato, per fortuna l'ho accolto tra noi.»

«Tu mi hai trascinato nel vostro giro di drogati, che è diverso. Io non sapevo cosa facevate, all'inizio, se no non ti avrei mai seguito!»

«Quindi? Non hai ancora detto perché siamo qui.» Richiamo la sua attenzione.

Si avvicina a me a grandi passi e si china sul mio viso. Mi scruta negli occhi, ma non vedo odio, non quello vero. Il suo odio è tutto riservato a Josh. Mi guarda con divertimento mentre mi tocca una ciocca di capelli. Faccio per spostarmi, ma serra la mia mascella tra le sue dita.

«Non la toccare!»

Josh grida da dietro, ma non lo ascolta. Sento un tonfo e poi un gemito di dolore. Provo a spostarmi per vedere cosa succede, ma la sua presa mi tiene ferma.

«Come ho già detto: un passo alla volta, per poi non uscirne più. Il problema è che Josh ne è uscito, creandoci un sacco di problemi.»

«C-cosa?» La voce di Josh è strozzata.

«Abbiamo chiamato i vostri genitori per un riscatto. Una bella somma.» Si allontana dal mio viso.

«Fermo!» dice Steven. «Deve essere lucido per sentire questa parte. Avresti fatto bene a non fare il cocco di papà, Josh, ora non saresti in questa situazione.»

«Non capisco. E toglile le mani di dosso, cazzo!» Ma non lo ascolta.

«Non hai perso tempo, vero? Non hai perso tempo a raccontare tutto al paparino e a farci finire nei guai. Hai notato che in questo posto conosci solo me, Josh? Che non hai la minima idea di chi siano tutti gli altri? Sei andato a raccontare tutto a tuo padre come un bambino nei guai e lui ci ha trovati!»

«Cosa?» Sbarra gli occhi. «Io non ho mai detto niente a nessuno! Mai.»

«Non mentire!» urla mollando la presa e alzandosi. «Tuo padre ha sporto denuncia e sono venuti nel nostro vecchio covo. Hanno preso tutti! Dal primo all'ultimo. Hanno preso il mio migliore amico e anche mio fratello. Ti ricordi di Jack e Luke, vero?»

Sta urlando, ha perso tutto il suo tono derisorio e la sua pazienza. Riesco a vedere le vene pulsargli nel collo.

«Io quel giorno ero a trovare mia sorella e il mio nome non è stato fatto. Ho dovuto aspettare mesi prima di ritornare, tutto ciò perché tu e la tua famiglia di ricconi avete deciso di giocare con la vita altrui!»

Credo che ci sia qualcuno che sta origliando dalle scale, ma non ne sono sicura. Sono troppo concentrata nel capire ciò che sta succedendo.

«Io-non-ho-detto-niente» scandisce ogni parola.

«Tuo padre sapeva!»

«Be', non da me! Io non ho mai raccontato nulla di tutto questo alla mia famiglia e non ho fatto nomi.»

«Stronzate, Cliver! Tuo padre ha chiamato la polizia e sono finiti tutti nella merda. Non vedo Jack e Luke da anni ormai e tutto questo per colpa di un ragazzino viziato che non sa tenere la bocca chiusa. Ma ora è il mio momento. Ora sono tornato e potrò finalmente riscattarmi.»

«Cosa hai fatto?» domando questa volta io.

«Tuo padre ci ha rovinati e ora io rovinerò lui e la sua famiglia. Ho chiesto un riscatto, una somma di denaro che lo porterà al fallimento. Gli toglierò il suo amato potere. Il buon nome dei Cliver. Già mi immagino i titoli sul giornale: *Il figlio di Daniel Cliver nei guai per vecchi giri di droga*. Carino, vero?»

«Mi fai schifo» sibilo velenosa.

«Non ti conviene parlarmi in quel modo, sai? Hai già constatato cosa posso fare.»

«Perché lei è qui?»

«Giusto.» Schiocca la lingua sul palato. «Sai, ero davvero appagato nel sapere come ti saresti ridotto vedendola. È stato puro divertimento marchiare la sua pelle candida. Sapere che ti saresti rinchiuso di nuovo in te stesso, magari prendendo ancora un brutto giro.»

«Non è successo. I tuoi giochetti malati non hanno funzionato.»

«Esatto» ringhia puntandomi. «Questa puttana da quattro soldi non ha versato nemmeno una lacrima, non ha detto niente a nessuno e l'ho vista camminare con te dopo nemmeno una settimana. Sembravate ancora più legati di prima, perciò mi sono detto: se la mia vendetta non è andata a buon fine prolunghiamola, no? Perciò ho deciso di chiedere un riscatto alle vostre famiglie.»

«Nostre? Hai chiesto denaro anche a mio padre?» chiedo incredula.

Sento dei passi scendere per le scale e una risata stridula, che mi ricorda tantissimo qualcuno.

I passi si avvicinano e mai in vita mia mi sarei immaginata una cosa del genere.

«Oh, mio dio.» Mi porto una mano alla bocca per lo sconcerto.

«Felice di vedermi, signorina Milton?»

Non è possibile. Non può essere.

Lena? Lena la segretaria di mio padre è la sorella di Steven?

«Diciamo che c'entri anche tu in tutto questo, non ti sei comportata bene con mia sorella, vero?» domanda divertito.

«Cosa ci fai tu qui?» chiedo ancora sconcertata.

«Mi sei sempre stata tra i piedi» si avvicina. «Tutte le volte che cercavo di avvicinarmi a tuo padre, tu eri sempre in mezzo, pronta ad allontanarlo. Se non ci fossi stata tu a quest'ora io sarei già stata sposata con lui e sarei l'erede del suo patrimonio una volta schiattato.»

«Tu sei una malata. L'ho sempre detto che non mi avevi mai convinta, ma credevo fossi solo una puttana, invece sei una puttana psicopatica.»

Lena apre e richiude la bocca e poi apre il palmo della mano per assestarmi uno schiaffo. È troppo lenta perciò con la mano libera richiudo il suo polso stringendoglielo forte. Presa dalla rabbia e dallo sconcerto stringo ancora più forte fino a farla mugolare.

Un uomo si avvicina subito tirandola via da me e io le lancio uno sguardo di fuoco e odio. Non mi è mai piaciuta per svariati motivi, ma non credevo che sarebbe arrivata fino a questo punto.

«Calma, Lena» la ammonisce Steven. «Non ora.»

«Fatto sta che quando mio fratello è venuto da me a Londra è successo tutto quel casino. Quando siete tornati a Manhattan io vi ho seguiti per lavoro e mio fratello, essendosi calmate le acque, è venuto con me.»

Non ci posso credere. Ora capisco come facevano a sapere così tante cose su di me. Lena lavora per mio padre da anni. Lui si fida ciecamente di lei.

«Il punto è questo.» Steven si aggiusta il colletto. «Noi prenderemo il riscatto di tuo padre e poi ce ne andremo da Manhattan. Se fai il bravo, forse potrei anche non farti del male durante la tua permanenza qui. Ovviamente quando e se sarai libero dirai che non hai mai sentito nessuna voce e che non hai mai visto nessuno.»

«Tu invece» Lena mi punta un dito «starai al mio gioco. Sarò io stessa a chiamare la polizia dicendo di averti trovata e da quel giorno in poi mi spalleggerai. Mi tratterai con rispetto e poi inventeremo un piano per togliere di mezzo Isabel dalla vita di John. Pronta a chiamarmi mamma, Jen?»

Steven conclude. «Ah. Se credete che una volta usciti di qui potrete fare di testa vostra vi sbagliate.»

«Cosa vuoi dire?» domanda Josh.

«Se uno di voi non rispetta il patto, io ucciderò l'altro e tu Josh sai benissimo che non ho problemi a farlo.»

Se ne vanno spegnendo la luce e noi ritorniamo nel buio più totale. Ormai non riesco nemmeno a distinguere la figura di Josh. L'unica cosa che sono riuscita a comprendere è che siamo tutti nei guai. Nei guai fino al collo.

26

Jennifer's pov

Ormai non ho la più pallida idea da quanto tempo io sia qui dentro. Ore o un'intera giornata? A me sembra un'eternità. Il polso comincia a farmi male e l'assenza di cibo e acqua mi sta destabilizzando.

«Tra un po' ci portano qualcosa, tranquilla» mi rassicura Josh. «Il loro scopo è tenerci prigionieri, non farci morire di fame.»

«Be', sicuramente non ci stanno cucinando un buffet là sopra.»

«Josh, secondo te quanto siamo lontani da casa?» gli domando preoccupata.

«Non molto, secondo me siamo più vicini di quanto crediamo, è la cosa che mi fa incazzare ancora di più. Magari ci stanno cercando e noi siamo proprio sotto il loro naso.»

«Perché sei così sicuro che non siamo lontani da casa?»

«Lena ha detto che avrebbe avvertito lei la polizia, quindi non possiamo essere lontani. Sarebbe strano se lei ci trovasse in un posto troppo lontano, come potrebbe saperlo?»

Giusto. Avrei dovuto ragionare, ma purtroppo è l'ultima cosa che in questo momento riesco a fare. Nella mia testa è tutto frammentato.

«Hai paura?» mi chiede.

In realtà in un certo senso la loro spiegazione mi ha confortata. Tutta questa storia del rapimento e del riscatto è uno schifo ovviamente, ma io pensavo sarebbe andata peggio.

«Mi dispiace, Jennifer. Se non fosse per me tu non saresti qui.» La sua voce è malinconica.

«In realtà siamo più o meno sulla stessa barca. Lena mi ha sempre voluta fuori dai piedi.»

«Se viene fuori tutto perderò il posto da capitano. Casa mia diventerà un cumulo di delusione e urla. Non faranno altro che parlare del brutto giro in cui ero finito, potrei persino essere espulso e andrà tutto a rotoli. Di nuovo.»

«Andrà tutto bene.»

«Cosa te lo fa credere?» mi domanda irrequieto.

Sto quasi per rispondere, ma un fascio di luce illumina un pezzo del seminterrato. Riesco a scorgere delle figure tra me e Josh.

«Cosa volete?» domanda Josh con voce rabbiosa.

Nessuno risponde, ma a un certo punto la luce viene accesa nuovamente per accecarci un'altra volta. Dopo essermi leggermente abituata riapro gli occhi.

«Clark? Leo?»

Tutti a spingermi ad abbassare la mia corazza e sono rimasta ferita nei peggiori dei modi, Leo e Clark sono scagnozzi di Steven. La porta sbatte e Steven compare nella stanza con un altro dei suoi scagnozzi. Steven ci guarda, poi si rivolge a Leo e Clark.

«Troppa calma, non credi?» mi dice con un ghigno sul volto.

Spalanco gli occhi e subito mi attacco al muretto. L'ho già sentito quel ghigno. Lo stesso che mi aveva rivolto in quel vicolo.

Si avvicina a me e prende i miei capelli nel suo pugno. No. No. No.

«Non toccarla! Non provare a toccarla!» grida Josh.

«Se no? Non mi sembra che tu possa fare molto in questo stato.»

«Hai detto che ti servivamo solo per il tuo riscatto. Non la toccare!»

Steven mi tira i capelli e io butto fuori un mugolio di dolore.

«Josh, lo sai che mentre aspetto mi è sempre piaciuto divertirmi. Vuoi una replica, allora?»

«Hai messo in mezzo persino tua sorella» lo deride Josh. «Ora capisco perché è una puttana squilibrata.»

«Non mettere in mezzo la mia famiglia!» Steven si allontana da me e gli tira un pugno.

Cerca di non farsi vedere dolorante e si pulisce il sangue con la manica. Gli dico di smetterla, ma Josh parla a voce sempre più alta, come se volesse nascondere il mio suono. Sta cercando di distrarlo.

Clark e Leo osservano la scena mentre Steven comincia ad accumulare rabbia su rabbia.

Urla. Insulti. Calci. Nervosismo. Ormai non sto nemmeno più urlando perché Steven ribatte semplicemente a parole, isterico. Non ha più quel suo ghigno malefico e persino il ragazzo che teneva Josh per le spalle sembra spaventato in questo momento.

«Ora basta!»

Steven tira fuori una pistola e con mano decisa la punta su Josh. L'espressione di Josh è di terrore e sono sicura che la mia è uguale.

«Nooo!» urlo.

Dopo succede il putiferio.

27

Jennifer's pov

Steven, dopo il mio urlo, si gira verso di me con gli occhi sbarrati e con la pistola ancora stretta nel palmo.

«Il segnale, ora!» urla Clark.

Mi giro verso Clark e Leo, ma mi ritrovo uno di loro subito davanti. Un forte tonfo e la pistola cade a terra. Josh osserva la scena con il petto gonfio e io mi porto la mano alla bocca sconcertata. Cosa sta succedendo?

«Cosa cazzo fai?» sbraita Steven.

Clark ha sbattuto Steven per terra. La guancia a toccare il pavimento e un braccio dietro la schiena. Clark è sopra le sue gambe mentre lo tiene fermo.

«È meglio per te che non fiati» ringhia Clark. «Hai il diritto di restare in silenzio, qualunque cosa dirai potrà essere usata contro di te in tribunale.»

«Hai il diritto ad avere un avvocato.» Giro la testa e vedo Leo che ha braccato l'altro tizio presente in stanza. «Se non puoi permettertelo ti verrà assegnato un avvocato d'ufficio.»

Sento Clark sussurrare un: «Anche se l'avvocato servirà a poco».

«Ma cosa...» mormora Josh.

All'improvviso si sentono delle grida da sopra e poi la porta viene spalancata. Il rumore di alcune sirene e anche di un'ambulanza giunge alle mie orecchie mentre un gruppo di persone entra di soppiatto nella stanza.

Tutti con addosso la stessa divisa e uno di loro si avvicina a Leo, un altro invece a Clark tirando via Steven da sotto il suo corpo.

Non riesco a capirci molto, solo che la stessa frase di Clark e Leo viene ripetuta e qualcuno dice: «FBI».

«Steven Collin, ti dichiaro in arresto per occultamento di prove, spaccio di sostanze illecite, tentato omicidio, violenza, rapimento e...»

E chi più ne ha più ne metta, dico tra me e me.

«Sapevo che qualcosa non quadrava in voi due, stronzi» sbraita mentre viene ammanettato.

«Dicono tutti così» ride Leo.

Io e Josh continuiamo a guardarci scioccati. Sono addiritura più scioccata ora di quando ha tirato fuori la pistola. Leo e Clark che fanno parte dell'FBI? Non riesco nemmeno a concepirlo.

Sentiamo delle imprecazioni provenire da sopra. Probabilmente hanno preso tutti.

«FBI?» domando guardando verso di loro. «Seriamente?»

«Sorpresa?» chiede Leo.

«No, ma che scherzi?» chiedo nervosa. «Anche l'anno scorso il mio vicino di banco al corso di arte mi ha salvata da un rapimento. Infatti mi stavo giusto chiedendo quando sarebbe successo quest'anno.»

L'uomo vicino a Josh ridacchia e subito dopo la catena cade a terra. Josh tira un sospiro di sollievo e si massaggia il polso.

«Lei potete anche lasciarla incatenata» sorride.

«Come sei simpatico» gli faccio la linguaccia.

Gli altri ci guardano sbigottiti. Forse perché stiamo litigando in un momento simile?

«Quindi tu non sei uno studente della SES?» chiedo a Leo che è vicino a me.

Lui scuote la testa.

«Tu ovviamente invece non c'entri niente con lo stage in letteratura.»

«No» risponde Clark.

«Ora tutto torna» mormoro.

«Cosa?» chiede Clark incuriosito.

«Be', prima di tutto il fatto che tu sia un tipo così misterioso.» Clark ridacchia. «E poi il fatto che quella volta che mi hai lasciato il tuo zaino c'era solo il libro di arte e che quando Clark ci passava a fianco lo riempivi di sguardi.»

La testa di Clark scatta e gli riserva uno sguardo fulminato. Leo fa un sorriso nervoso.

«Io e te dovremmo fare molta più pratica!» lo rimprovera Clark.

«Quindi voi lavorate insieme per l'FBI?» domanda Josh.

«Esatto» rispondono all'unisono.

«Ma l'FBI è intervenuta solo per un giro di droga?» chiede Josh «Cioè lo so che siamo stati rapiti e quindi è ovvio che sareste intervenuti, ma voi ci eravate dentro già da un po'.»

«Io in realtà ci sono dentro da poco, mentre lui» indica Clark «lavora a questa operazione da tre anni.»

«Tre anni?» sbarro gli occhi.

«Dovete sapere che Steven, i suoi scagnozzi attuali e anche quelli in carcere avevano già preso in ostaggio qualcuno per soldi e facevano» mi rivolge un'occhiata veloce «lavori sporchi.»

Non ci vuole un genio per capire a cosa si riferisca.

«Impossibile» dice Josh. «Non avevano mai fatto cose del genere.»

«Sì, invece» risponde subito Leo. «Solo che tu non eri troppo affidabile perché loro te lo rivelassero. Era un giro molto più grande di quanto credessi al tempo e ha continuato a esserlo finora.»

Ora capisco perché Josh non aveva mai supposto che fossero stati loro. Non gli hanno mai mostrato davvero cosa facevano. E non credeva nemmeno che Steven avesse del rancore verso di lui per colpa della soffiata di Daniel Cliver.

Ma poi davvero il signor Cliver ha sempre saputo tutto e non ha detto niente?

«Ovviamente Steven è accusato di diversi reati ma voi dovrete testimoniare e dichiarare tutto quello che vi è successo.»

Josh è agitato. Le sue paure che tutto venga allo scoperto si realizzeranno.

Pensava di esserselo lasciato alle spalle, ma il problema si è ripresentato più grave di prima.

Ecco cosa succede a tralasciare le cose e a non risolverle. Tutto torna. Sempre.

«Per quanto riguarda te, Jennifer» mi richiama con tono dolce Leo, «devi fare la stessa cosa con tuo padre. Verrà fuori anche quello.»

Non so con quale coraggio riuscirò a guardare mio padre dicendogli cosa è realmente successo nel suo periodo di assenza. Lo distruggerebbe, ne sono sicura.

Alzo lo sguardo verso Josh ma non vedo la solita sicurezza. Titubanza e timore coprono i suoi occhi che sembrano non volersi rivelare.

Stringo la presa e sposto il mio sguardo verso i due, notando che Clark sta guardando le nostre mani intrecciate.

«Lo faremo» dico decisa. A quanto pare continua a essere tutto contro di me. Di noi.

«Ehi» sento Josh richiamarmi mentre mi accarezza la mano. «Andrà bene.»

Annuisco e poi un agente chiama Josh che lo segue titubante. Guarda verso di me, ma io gli faccio un cenno positivo e mi lascia la mano. Leo lo segue e io improvvisamente sento freddo.

«Stammi bene, Jennifer» sento dire da Clark che poi si gira dandomi le spalle.

«Aspetta» lo agguanto per la camicia. «Mi devi delle risposte» dico seria.

«Ah sì?» sembra divertito ora.

«Sì» continuo imperterrita. «Sei sempre stato piuttosto vago con me. Quando hai parlato del segreto che sapevi, ti riferivi davvero al fatto che sapevi il dolore che provavo?»

Clark sembra sorpreso della mia domanda ma poi si ricompone, come sempre. «Ero serio.»

«Cosa ne sai tu?»

«A volte so troppe cose.»

«Hai dato del bugiardo a Josh. Perché?»

«Ho sbagliato. All'inizio pensavamo che Josh sapesse tutto ciò che Steven stava tramando e che si fosse avvicinato a te appositamente. Per questo abbiamo messo Leo in classe con te, poi però abbiamo capito che il bersaglio non eri tu, ma entrambi.»

Ora la situazione è più chiara. Forse Clark stava cercando di far crollare Josh su questo fronte, solo che davanti a tutta la classe mi sembra piuttosto… strano?

«Posso andare o devi continuare con l'interrogatorio? Ti ricordo che l'agente sono io.»

«Non ti chiami Clark, vero?» Mi fa un mezzo sorriso. «Non mi dirai il tuo vero nome?»

Clark in tutta risposta si rimette una mano in tasca e fa per allontanarsi quando ormai Josh è vicino.

«Per te rimarrò comunque Clark.» Mi fa un sorriso, uno di quelli veri che non mi aveva mai fatto. «L'umanità ha da sempre barattato un po' di felicità per un po' di sicurezza. Ora che l'hai trovata, la tua felicità, tienitela stretta, Jennifer Milton.»

I controlli in ospedale sono durati un'eternità. Sono stati fatti così tanti esami che dopo un po' ho perso il conto.

So che Leo e Clark non erano tenuti a rivelarci tutte quelle informazioni, ma gliene sono grata perché abbiamo avuto un quadro generale di ciò che ci aspetta, e non è per niente bello.

Ma la parte peggiore, quella che voleva portarmi a scappare dall'ospedale, è stata l'arrivo di mio padre.

Ovviamente Meredith, Chloe, Margaret, il signor Cliver e mio padre si sono catapultati da noi.

L'azzurro degli occhi di mio padre sembrava così privo di vita che quando mi ha abbracciata ho creduto di crollare per terra e scoppiare in un pianto isterico. Mi ha abbracciata così forte, quasi da farmi male, ma non era dolore fisico quello che sentivo. Il suo sguardo, quel mare gelido e burrascoso, ora era inquietamente limpido, ma la tempesta era pronta ad arrivare.

Erano tutti scossi, quasi scioccati dalla nostra apparente calma, ma è normale, non capiscono. Dopo quello che abbiamo passato, stare in ospedale poteva solo portarci sollievo.

Meredith non riusciva a staccarsi da Josh finché Chloe non è scoppiata a piangere e ha dovuto calmarla. Erano tutti movimenti così disperati e parole sconnesse finché la dottoressa Hollowel ci ha chiesto di seguirla.

I nostri genitori sono rimasti in sala d'attesa mentre noi venivamo visitati separatamente. Meredith mi ha detto che Isabel e Melissa volevano venire, ma che mio padre gliel'ha impedito, come anche ad Alan e Olly.

Quando le ho chiesto perché, mi ha detto che probabilmente qualche giornalista era già appostato fuori dall'ospedale, e così è stato.

Quando siamo arrivati a casa Anny e Greg mi hanno accolta con un sorriso che era pronto a essere sostituito dalle lacrime. Mio padre è andato dritto nel suo ufficio, senza una parola, ed è per questo che ora sono qui. Davanti al suo ufficio. La porta è chiusa, ma sento la sua voce.

«Non l'ho protetta. Non l'ho protetta nemmeno questa volta» lo sento dire con voce grave. «Che razza di padre sono? Non riesco nemmeno a tenere al sicuro l'unica figlia che ho.»

Sto per entrare e smentire tutto ciò che dice, pensando che stia semplicemente parlando al telefono con Isabel, finché non continua.

«Mi dispiace così tanto, Elisabeth. Se tu fossi stata qui non avresti lasciato che accadesse.»

Apro leggermente la porta e lo trovo sulla sua solita poltrona, ma senza la sua postura rigida. È chino sulla scrivania con una foto in mano e un bicchiere dal liquido ambrato all'interno.

«È stata picchiata e quando sono tornato non me ne sono mai accorto. L'hanno toccata e io non ho potuto fare niente.» Ora stringe il bicchiere tra le mani. «L'hanno rapita, Elisabeth, ti rendi conto? Rapita!»

Prende il bicchiere e lo scaraventa dall'altra parte, facendolo frantumare contro la sua grande libreria. Sussulto spaventata, ma poi lo guardo di nuovo. La faccia nascosta tra le braccia completamente chino su quella scrivania. Così distrutto e spossato per colpa della poca felicità della mia vita.

Apro la porta e la richiudo dietro di me. So che mi ha sentita entrare, ma non alza comunque lo sguardo.

«Ho incontrato un'altra donna, si chiama Isabel. La ameresti e so che saresti felice del fatto che io non sia rimasto solo. Me lo dicevi sempre che rimanere soli è una delle più grandi torture che il destino ci riserva» continua con la testa china.

«Ho incontrato un ragazzo, mamma» mi avvicino. «Si chiama Josh e dice che mi assomigli tantissimo.»

Un singhiozzo forte mi arriva alle orecchie appena sente la mia voce. Cerco di trattenermi e mi avvicino ancora un po'.

«Mi manchi, Elisabeth. Mi manchi tantissimo, ti sogno sempre, ti vedo ovunque. Tengo a Isabel, ma se ora torni indietro ti prometto che non insulterò più i tuoi tè privi di gusto.»

«Se torni ti prometto che non sporcherò più il divano» continuo con voce strozzata.

«Se torni ti prometto che rincaserò sempre a un'ora decente e potrai scegliere tu il colore delle pareti.»

Mi avvicino ancora a quel corpo che ora mi sembra così piccolo. Giro attorno alla scrivania e mi appoggio completamente alla schiena di mio padre.

«Mi dispiace così tanto, Elisabeth, so che sei delusa, ma la migliore dei due sei sempre stata tu.»

Continua la sua lenta agonia di autocommiserazione. Dovrei consolarlo e dirgli che si sbaglia, ma conosco mio padre. So che ora gli serve solo punirsi verbalmente e dirgli che si sbaglia non lo farà sentire meglio. Ora gli serve solo piangere e parlare con mia mamma.

«Jennifer ti assomiglia così tanto.» Un singhiozzo forte mi fa stringere ancora di più la sua schiena.

«P-papà, ti prego...»

Mio padre si alza bruscamente facendomi indietreggiare. Non riesco a vederlo in faccia perché si inginocchia davanti a me. Mi stringe le gambe tenendo il viso verso il basso.

Vorrei poterglielo alzare per asciugargli le lacrime, ma so che lo ferirebbe ancora di più questo gesto. Piange per il mio dolore e per il suo.

«La chiave della nostra vecchia casa è scomparsa. L'ha presa Jennifer.» Parla come se io non ci fossi. «È riuscita a entrare in quella casa mentre io non ci sono più tornato. Grazie, Elisabeth, per aver lasciato la tua immensa forza tutta in Jennifer quando te ne sei andata, però potevi lasciarne un po' anche a me, non credi?»

Chiudo gli occhi e sfrego una mano sulla sua schiena e con l'altra le spalle.

«Perdonami, Jennifer, perdonami...»

«Non ti devo perdonare, papà.» La mia voce è un tremolio incontrollato. «Non hai colpe.»

«Perdonami... perdonami.»

Lo ripete continuamente come se non conoscesse più nessun'altra parola. Perdonami.

Ma perdonarti di cosa, papà? Non è colpa tua se sono sempre avvolta dall'infelicità. Forse la vita deve rimproverarmi per qualcosa e non ho ancora scontato le mie pene.

«Ti prego...» mi supplica.

«Ti perdono, papà.» Lo dico per calmarlo, perché non riesco più a vederlo in questo stato. Vorrei chinarmi e alzarlo da questa posizione, ma non vuole mostrarmi le sue lacrime. Non se lo perdonerebbe.

E io rivivo quel momento in cui ero seduta sull'altalena e mio padre piangeva davanti a me.

Guardo fuori dalla finestra mentre osservo il cielo scuro, ogni tanto le mie gambe tremano per i singhiozzi di mio padre. Non posso piangere anch'io. Lo distruggerà. Distruggerà anche me.

Non piangere, Jennifer. Non ora e nemmeno domani.

«Ehi, mamma, hai visto quanti casini? Non è ora di mandarci un segno per farci capire che andrà tutto bene? Lo aspetto sull'altalena.»

28

Jennifer's pov

«Lo sapevi che c'è un menu che si chiama "Coppia d'amore"?» mi chiede Josh una volta a casa sua. «San Valentino è proprio una stronzata.»

Sorride divertito guardando il menu e io capisco che Josh è ciò che voglio. Voglio tutto di lui, ma la cosa più importante è che voglio che lui abbia tutto di me.

Gli ho fatto conoscere la mia vita passo dopo passo, con fatica, ma l'ho fatto. Josh ha resistito, ha avuto pazienza ed è rimasto quando tutti gli altri avevano mollato. Tutti hanno provato a conoscermi, ma dopo una brutta risposta o dopo averli ignorati se ne andavano. Tutti volevano sapere di più su Jennifer Milton senza conoscerla veramente. Josh ha scavato fino allo sfinimento e ora siamo qui, io sono qui.

Sono qui sul divano di casa sua mentre osservo il mio ragazzo che sistema il cibo davanti a me, togliendo ciò che c'è di verde dal piatto.

Lo guardo e non riesco a non sorridere perché sento il cuore scoppiarmi per quanti sentimenti sto provando in questo momento. Perché abbiamo passato l'inferno e probabilmente continueremo a passarlo, ma insieme sarà l'inferno più piacevole che ci sia.

«A cosa stai pensando?» mi chiede curioso, avvicinandosi.

«Stavo pensando che in realtà io ho un regalo di San Valentino per te.»

«Cosa?» Sbarra gli occhi. «Davvero?»

«Sì» ridacchio per la sua espressione incredula.

Gli prendo il braccio e lo strattono verso il divano mettendomi a cavalcioni su di lui.

«Oh» riesce solo a dire.

Metto le mani sul suo viso e lo bacio sperando di fargli capire tutto quello che provo per lui. Non so se riuscirei mai a esprimerlo a parole perciò ci provo ora, con questo bacio.

Bacio le sue labbra con delicatezza. Noi assorbiamo le emozioni degli altri.

Assorbile, Josh, prenditi tutto, perché per una volta sono pronta a uscire allo scoperto.

Preme le mani sui miei fianchi e mi porta ancora più vicino al suo petto, al suo cuore. Chissà se sente quanto batte il mio, perché non riesco a controllarlo.

La sua lingua è esperta, e io ne sono in balia. Mi muovo su di lui strofinando le nostre intimità.

«Jennifer?» La sua voce è così bassa e roca che mi fa deglutire.

«Ho detto che sono vergine, non stupida» dico facendolo aprire in uno dei suoi soliti sorrisi maliziosi.

Non mi importa, non voglio fermarmi, lo voglio adesso e so che non me ne pentirò.

Porto la mia mano sopra il cavallo dei suoi pantaloni e comincio a strofinare finché non sento il suo pene diventare duro sotto al mio tocco.

Questa volta è il suo corpo a essere rigido, sono io ad avere il controllo e mi piace da impazzire.

Mi stacco per guardarlo negli occhi senza stoppare il mio movimento e vedo così tanto desiderio in quelle pozze nere da farmi mancare il respiro.

«Mmh…» mugola. «Dovresti f-fermarti.»

«Josh…» Tolgo la mano per portarla ai lati della maglia. «Non hai capito. Ho detto che ho un regalo di San Valentino per te.»

Mi sfilo la maglietta, rimanendo in reggiseno davanti a lui, e la lancio in un punto indefinito. Non so nemmeno io da dove esce tutto questo spirito di iniziativa, ma so che se esito anche solo un attimo comincerò ad avere paura.

«Andiamo di sopra» sussurra.

Mi fa scendere prendendomi per mano e ci avviamo verso le scale, ma appena arriviamo a metà mi spinge contro il muro.

Tengo le mani sulle sue spalle per poi aggrapparmi completamente a lui mentre comincia a camminare verso camera sua.

Entriamo e io accarezzo le sue braccia senza mai staccarmi dalle sue labbra, che in questo momento desidero più di qualsiasi altra cosa.

Le sue mani si spostano fino ai miei leggings per poi abbassarli con facilità. Di solito non li metto mai, ma a quanto pare oggi è il mio giorno fortunato. Grazie, leggings, per essere così facili da togliere!

«Questi leggings ti facevano un gran culo, ma stai meglio senza.»

A questo punto lo rimprovererei, ma il fatto che mi abbia appena fatta stendere sul suo letto mi fa dimenticare cosa dovevo dire. Mi guarda dall'alto con i suoi occhi voraci, come se volesse mangiarmi.

Viene sopra di me e accarezza la mia spalla con la sua mano calda fino ad abbassare la spallina del mio reggiseno. Fa la stessa cosa con l'altra spallina senza distogliere il suo sguardo dal mio. Non riuscirei a evitare il contatto nemmeno se lo volessi, perché, anche se è buio, l'oscurità dei suoi occhi rimane sempre più potente. Mi inarca leggermente la schiena fino a togliermi il reggiseno. Si svolge tutto in silenzio, solo i nostri respiri riecheggiano nell'aria, ma non servono parole per descrivere ciò che sto provando.

Josh chiude gli occhi e scuote la testa.

«C-cosa?»

«Non riesco a credere che ho rischiato così tante volte di perderti.»

«Ora sono qui.» Porto le mani sulle sue spalle.

«Sono qui anch'io...» Accarezza la mia coscia. «E rimango.»

Strofina il suo pollice sul mio capezzolo nudo, facendolo irrigidire per poi passare con la lingua al mio seno destro.

Va avanti per un po' finché non si alza con una lentezza straziante e tira giù le mie mutande fino a spogliarmi completamente.

Armeggia con la sua cintura fino a toglierla e buttarla sul pavimento assieme ai suoi jeans. Ho perso il passaggio di come abbia fatto a levarli, troppo occupata a regolare il mio respiro e ad ammirare il suo corpo.

Se prima cercavo di controllare la mia paura ora sto davvero faticando nel riuscirci. Josh è in ginocchio, alla fine del letto, che mi osserva dall'alto. Accarezza la mia caviglia sporgendosi sempre più verso di me. Tocca con decisione tutta la lunghezza delle mie gambe fino ad arrivare alla mia intimità.

Il suo corpo mi sovrasta e il suo viso è a pochi centimetri dal mio.

«Rilassati.» Mi bacia la mascella.

«Josh...» dico con un filo di voce. «Ti prego.»

Strofina il suo pollice sul mio clitoride e segna ogni parte del mio corpo a lui raggiungibile con i suoi morsi.

Si stacca da me, lasciandomi preda dei miei ansimi e sporge un braccio per aprire un cassetto, tirando fuori un preservativo.

Guarda il mio petto alzarsi furiosamente e si lecca il labbro facendo fremere la mia parte inferiore.

«Ne sei sicura?» mi chiede con tono titubante.

Apro le mie gambe legandole alla sua vita per portarlo vicino a me e sporgermi verso il suo orecchio. «Mai stata più sicura.»

«Sei bellissima» mi dice e riapro gli occhi. «La cosa più bella che mi sia mai capitata.»

Le parole di Josh mi danno la forza di stringere i denti e resistere. Mi bacia mentre spinge lentamente dentro di me, sempre più a fondo, finché il dolore piano piano viene sostituito dal piacere.

Porta la mano sulla mia nuca, slegando la coda ormai mezza sfatta e i miei capelli ricadono sul cuscino. Una sensazione calda e piena che mi sta mandando in estasi.

«Male?» chiede con il fiato corto.

Scuoto la testa e lui continua a spingere dentro di me, sempre più in profondità.

«Oh, cristo...» Inarco la schiena e il mio petto si scontra con il suo.

Via i vestiti, via le paure e via i timori. Via i ripensamenti e le brutte decisioni. Sono io. Siamo noi. Siamo la cosa più bella di questa notte.

Josh aumenta la velocità e poi si ferma, forse per paura di farmi male, ma io sto sentendo solo piacere e voglio sentirne ancora. È un piacere che ti rende così avido e io in questo momento lo sono tantissimo.

I nostri corpi si toccano, i nostri gemiti si fondono e il piacere sembra non finire mai.

«Mio dio» lo sento dire mentre lecca il mio collo.

Dopo attimi di respiri irregolari, Josh fa per togliersi da sopra di me, ma glielo impedisco mettendo le mani sulle sue spalle. Voglio continuare a sentirlo.

Mi hanno sempre tolto tutto nella vita. Mi hanno tolto mia madre e lo sguardo di mio padre per molto tempo. La felicità, l'amore e le amicizie. Mi hanno tolto la capacità di piangere e di fidarmi delle persone. Non ho mai avuto niente di veramente mio o qualcosa che avessi potuto proteggere con tutta me stessa, tranne la mia verginità. Per questo l'ho sempre reputata una cosa preziosa: l'unica cosa veramente mia che nessuno ha mai potuto togliermi o ferire.

Ora però è di Josh, ma so che è al sicuro. Ormai ha tutto di me e per la prima volta non ho paura di essere così allo scoperto.

«Ti ho già detto quanto amo San Valentino?» mi chiede Josh facendomi ridere.

«Avevi detto che era una stronzata.»

«Scherzavo, lo adoro, amo questa festa.»

Per questa notte non ho più paura di niente. Per questa notte sono scoperta dalla mia corazza e sono fuori dalla mia fossa.

29

Josh's pov

È la prima volta che mi sveglio prima di lei e che la mattinata inizia in modo tranquillo. Di solito io sbatto la testa, lei ride e poi cominciamo a litigare.

Mi avvicino e mi perdo un attimo nell'osservarla. Dovrei svegliarla perché dobbiamo andare a scuola, ma proprio non ci riesco.

È così tenera e dolce. Due parole che accanto al nome Jennifer Milton sono come la parola "studio" accanto al nome di Drake, non c'entrano niente.

Però ora sembra davvero indifesa e all'apice della serenità. Un piccolo puntino rosso, avvolto dalla mia maglia nera, sopra il mio enorme letto.

Stento a crederci che si sia lasciata andare con me in quel modo così… sincero.

Ieri notte è successo qualcosa di più, qualcosa che mi ha legato a lei in modo diverso, più profondo.

Se prima non riuscivo a togliermela dalla testa, ora è il mio punto di riferimento. Quando mi ha chiesto di rimanere dentro di lei ho capito quanto Jennifer abbia bisogno di qualcuno che le dimostri che può farcela, che non è sola.

Ho fatto una promessa il giorno in cui l'ho trovata a casa piena di lividi: finché lei mi vorrà, io non vado da nessuna parte.

«Sarai la mia rovina» dico divertito.

«Sì, lo penso anch'io» mi risponde con gli occhi chiusi ma aprendosi in un sorriso.

«Cosa?» mi scosto velocemente. «Da quanto sei sveglia?»

«Da prima di te» apre gli occhi. «È per questo che ti arrabbiavi quando mi svegliavo per prima? Perché non potevi fissarmi come uno stalker?»

Mi alzo lanciandole uno sguardo di fuoco che la fa solo ridere di più.

«Sei una stronza.»

«Buongiorno anche a te» dice sarcastica.

Continuiamo a battibeccare mentre la porto in bagno sulle spalle.

«Josh, senti…» Si morde il labbro. «È okay?» mi chiede quando la metto giù.

«Cosa vuoi dire?» domando non capendo.

«Nel senso, cioè…» comincia ad arrotolare le maglia al dito. «È stato okay? Ieri… ieri notte.»

Guarda alla sua sinistra coprendosi una parte del viso con i capelli. Potrà anche essere sfacciata e testarda, ma questo per lei è un argomento delicato.

Sono stato il primo. Il primo in tutto, in tutti i sensi. È stata lei stessa a dirmi che sono stato un sacco di sue prime volte e non potrei esserne più felice.

«È stato più che okay, Jennifer.» Le sorrido ma lei gira la testa e mi guarda seccata. «È stata una prima volta anche per me.»

«Prendimi anche in giro.» Aggrotta le sopracciglia.

«La mia prima volta è stata con Caroline a una squallida festa mentre ero ubriaco e poi mi ha mollato subito dopo. Quando è tornata il sesso era una cosa quasi meccanica, lo facevamo quando non avevamo niente da fare o, per meglio dire, quando lei non aveva niente da fare» punto i miei occhi direttamente nei suoi. «Non te l'ho mai detto, ma solo in questi mesi mi sto accorgendo che forse non ero così innamorato di Caroline come dicevo, con te ho provato cose che nei due anni con lei non ho mai provato. Quando se n'è andata, il sesso è diventato semplicemente un passatempo.»

«E ieri notte?» mi domanda nervosa.

«Ieri notte nel mio letto c'eri tu e c'eri anche stamattina. Se vuoi ci sarai anche domani mattina e le mattine a venire. Sei stata anche tu la mia prima volta.»

Vedo i suoi occhi chiudersi e riaprirsi in modo molto più rilassato, per poi farmi un sorriso furbo.

«E quella dove l'hai letta? Su "frasi post-coito.com"?»

«Perché devi sempre rovinare i miei momenti dolci?»

Sentiamo bussare alla porta e poi sentiamo la voce di mia sorella. «Tra poco dobbiamo andare a scuola e poi, Jennifer, esci che devo parlarti.»

Parlarle? Che cosa vuole adesso?

Esce dal bagno e subito sparisce dalla mia visuale. Mi passo le mani in faccia e rilascio un sospiro.

Odio mentire a Jennifer. La verità è che non è andata esattamente così, ma non ho avuto il cuore di dirglielo. Si è alzata così spensierata che non ho voluto dirle nulla per poi vederla pensierosa per ore. Non è successo niente di che, ma ieri notte ha cominciato a mormorare frasi sconnesse.

"Mi dispiace. È colpa mia, scusami."

"Ridatele l'anello. Ridatele l'anello!"

Non urlava e non si contorceva, perciò non l'ho svegliata per paura che non riuscisse più ad addormentarsi. L'ho abbracciata, ma continuava a parlare nel sonno e ogni tanto faceva una smorfia.

"Non disobbedisco più, lo prometto, però svegliati."

"Aiutala! Aiutami, ti prego."

Potrò cercare di regalarle milioni di momenti felici e nuovi ricordi, ma quella notte la tormenterà fino al resto dei suoi giorni.

30

Jennifer's pov

«E quindi è andata così» sospira Alan.

Quando stamattina Olly ci ha evitato, tutti abbiamo girato lo sguardo minacciosamente su Alan. Gli abbiamo chiesto subito spiegazioni, ma lui ci ha ignorati e ha detto che ci avrebbe spiegato dopo.

Dopo due ore strazianti di storia, una di immense litigate con il professore d'arte Lennon e una di economia, finalmente siamo tutti al tavolo e Alan ci ha spiegato cosa è successo.

«Povera Olly...» dice in tono debole Alissa.

«Quindi» riprende di nuovo Melissa, «voi andavate a letto insieme e doveva essere solo quello inizialmente, no?»

«Esatto» le risponde.

«Però ovviamente queste cose non funzionano mai» mi metto in mezzo. «E Olly si è innamorata di te, ma quando te lo ha detto tu eri troppo spaventato e non le hai detto che ricambiavi.»

«Perché mi sono accorto solo dopo del... del tutto, ecco» gesticola nervoso Alan.

«Allora avete deciso, per modo di dire, di rimanere divisi per non complicare le cose» sentenzia Alissa. «E non vi siete più parlati da soli o troppo a lungo.»

«Sì, una cosa del genere.»

«Fino a ieri!» Meredith punta un dito verso l'alto. «L'hai vista alla panchina e le hai offerto un passaggio, solo tu sai perché se n'è andata via arrabbiata alla fine.»

«Esatto.» Alan si passa un mano tra i capelli. «Ha fatto una battuta su di me che mi diverto in giro e poi ha sbattuto la portiera andandosene.»

«Poi mentre andavi al pub l'hai vista sulla sua scalinata?» domanda Josh. «E ti è sembrato di vederla piangere perciò ti sei fermato e sei sceso?»

Alan annuisce.

Tutto questo è assurdo, sembra la scena di quel film, *Una notte da leoni*.

Quando si siedono tutti a un tavolino, la mattina dopo, per rimettere insieme i pezzi delle catastrofi che avevano combinato.

Loro mettevano insieme i pezzi della loro serata e noi mettiamo quelli di Alan, che a parer mio sembra più distrutto di quanto credessi.

«Sei sceso e hai scoperto che per quello che era successo nel pomeriggio non è andata all'appuntamento con Flex» gli ricorda Meredith. «A quel punto dopo il suo discorso che ti ha fatto sentire una merda le hai detto che in realtà hai capito di provare qualcosa per lei e che se voleva poteva riprovarci.»

«Ma lei ha rifiutato» dice Melissa.

«E tu l'hai baciata» aggrotta la fronte Joanna.

«Poi lei se n'è andata e ora ti evita come la peste» lo deride Drake.

«Sì sì sì sì sì!» dice isterico Alan. «Avete finito di farmi il riassunto? C'ero, so come sono andate le cose.»

«Oh, wow» ridacchia Josh. «Fai proprio schifo, amico.»

Mi giro verso di lui alzando un sopracciglio e guardandolo in malo modo.

«Cosa?»

«Tu mi hai baciata all'improvviso mentre ti urlavo contro e subito dopo non mi hai più rivolto la parola.»

«Mi sento molto meglio ora» sfoggia un sorriso Alan.

«È tutto, ragazzi, ci vediamo la settimana prossima» ci saluta il professore.

Per fortuna anche questa lezione è passata. Meredith mi ha chiesto di accompagnarla a fare una cosa misteriosa e finalmente ora posso scoprire cosa diavolo succede.

Più che preoccupata sembrava… imbarazzata?

Mi dirigo a passo svelto verso il cancello, per quanto possa permettermelo con questo zaino, e intravedo i ricci scuri di Meredith.

«Jennifer» mi saluta con un sorriso.

«Cosa succede?» domando subito e lei arrossisce come un peperone.

«Cominciamo ad andare in macchina intanto, dài.» Mi fa un sorriso nervoso.

La guardo con sospetto, poi mi dirigo verso la mia macchina, lei subito prende posto e io metto in moto.

«Allora, vuoi farmi la grazia di dirmi cos'è tutto questo mistero?»

«Andiamo a casa mia. In realtà, ecco, era da qualche giorno che volevo parlartene, ma non c'è mai stato il momento adatto.» Si rigira i pollici mentre io supero il semaforo verde. «Io e Drake, Mmh, qualche giorno prima di San Valentino abbiamo avuto un momento intimo.»

«Quanto intimo?» domando inarcando un sopracciglio.

«Ehm.» Tossisce. «Molto intimo.»

Mi giro verso di lei a occhi spalancati. Non ci credo.

«Avete fatto sesso?» le urlo.

«Jennifer, ti prego.» Si copre la faccia con la mano.

Cioè, stanno insieme da un po' ed è normale, però è Meredith. La piccola e dolce Meredith. In realtà io mi sono immaginata Drake e Meredith più tipo da coccole e carezze all'infinito, ma comincio a credere che con Drake lei mostri un lato che nessuno di noi conosce.

«Eccoci arrivate!» le dico. «Mi spieghi perché dovevo venire a casa tua?»

«Riguarda mia madre! Devi aiutarmi a parlare con lei per prendere la pillola anticoncezionale» dice tutto d'un fiato e chiudendo gli occhi.

«Che cosa?» urlo.

«Ti prego, Jennifer, ti prego!»

«Oh, no no no.» Mi rimetto subito la cintura.

«Ti prego.» Congiunge le mani come in una preghiera.

«Ma perché io? Cosa c'entro?»

«Perché mi vergogno troppo!»

«Ah perché io no, vero?» ribatto.

«Da sola non ci riuscirò mai e poi mia mamma comincerebbe a farmi un sacco di discorsi imbarazzanti e se ci sei tu forse si trattiene.»

Questo è il colmo!

«Meredith cara, stai bene?» le domanda Margaret.

«Sì» risponde subito.

Dei passetti frenetici risuonano di sopra e poi una piccola Chloe nel suo grembiule compare da sopra le scale.

Apre la sua bocca in una piccola O e poi con un piccolo urletto scende velocemente le scale.

«Tesoro, calma» ridacchia Margaret.

Chloe arriva all'ultimo scalino e con un balzo si butta su di me e riesco a prenderla per un pelo.

«Mi sembri felice» le dico sistemandola meglio tra le mie braccia.

«Si lamentava che era un po' che non ti vedeva» mi spiega Margaret e Chloe annuisce frenetica.

Comincia a contorcersi tra le mie braccia perciò la faccio scendere, poi mi prende la mano per trascinarmi verso le scale.

«Cosa fai, Chloe?» le chiede Meredith.

Chloe fa una specie di rettangolo con le dite in aria e dei puntini dentro. Non capisco e nemmeno Meredith.

«Ha fatto un disegno stamattina a scuola e voleva fartelo vedere a tutti i costi» mi spiega Margaret.

«Cos'hai disegnato?» Mi indica. «Me?» domando sorpresa.

Chloe ride e mi riprende di nuovo per mano trascinandomi. Lei ride e urla, perché non parla? Quanto vorrei saperlo.

«Chloe, glielo mostri dopo il disegno, io e Jennifer dobbiamo parlare con la mamma» le dice Meredith.

«Tu devi parlare con tua mamma» sussurro.

«Che succede, tesoro?» domanda Margaret preoccupata.

«Nulla nulla, dài, Chloe, vai.»

Chloe invece la trucida con lo sguardo e stringe la presa sulla mia mano. Mi abbasso al suo livello e la rassicuro.

«Vai di sopra, prendi il tuo disegno e anche un foglio bianco. Dopo facciamo un disegno io e te» le sorrido.

In risposta mi abbraccia un'ultima volta e corre di nuovo verso le scale. Meredith è già in cucina con Margaret, perciò mi sbrigo a raggiungerle. È surreale.

«Mamma, dovrei parlarti di una cosa» inizia Meredith.

«Certo, puoi parlarmi di tutto quello che vuoi.» Forse questa cosa si concluderà prima del previsto.

«Ecco sì.» Meredith si gratta la nuca. «Io sto con Drake, no?»

Ma che bell'inizio!

«Sì lo so» dice confusa Margaret.

«Ecco. E stiamo insieme da un po' di tempo...»

Non so se ridere o piangere. Perché sono qui? Il campanello suona e Margaret va ad aprire lasciandoci in cucina.

Sentiamo la voce di Margaret parlare animatamente con un'altra donna. Chi è arrivato?

«Oh, mio dio, non ci riesco, non ci riesco» dice lei gesticolando nervosamente.

«Meredith! Avete fatto sesso, non avete ucciso nessuno!»

«Come?» sentiamo domandare da dietro.

Ci giriamo a occhi spalancati e vediamo subito Margaret con Alex affianco che ci guarda confuso.

Al diavolo l'uscita, mi butto direttamente dalla finestra.

«C-ciao, Alex.» Faccio un cenno nervoso che lui non ricambia, continuando a guardarmi in modo strano.

«Alex, vai di sopra da Chloe, è nella sua stanza» gli dice Margaret continuando a osservarci.

Alex fa spallucce e va di sopra mentre Margaret rientra in cucina con sguardo impassibile.

Chissà cosa sta macchinando.

«Usate precauzioni?» chiede d'un tratto Margaret.

Meredith si gira verso di me, chiudendo e aprendo la bocca e io la incoraggio con lo sguardo.

«Sì, cioè, è proprio di questo che volevo parlarti» le spiega. «Vorrei... vorrei prendere la...»

«La pillola anticoncezionale?» le domanda.

Meredith annuisce tenendo lo sguardo basso.

«Oh, la mia piccolina!» urla Margaret. «Non posso crederci!»

Ci giriamo di scatto verso di lei. Ma che razza di reazione è?

«Sono così contenta del nostro rapporto.» Si sporge ad abbracciarla. «È importante che tu me ne abbia parlato, non sia mai che tu rimanga incinta per la semplice paura di parlarne con me. Prendiamo subito un appuntamento con la mia ginecologa.»

La abbraccia un'ultima volta e scompare in salotto. Ritorna pochi secondi dopo con un'agenda.

«Ecco qui il numero!» esclama squillante. «Oh, la mia piccolina che si confida con me.»

Meredith mi guarda spaesata, ma sono sicura che la mia faccia non sia molto rassicurante.

«Credo sia andata bene» sussurro quando la vedo avvicinarsi.

«Non è un po' troppo… esuberante?» mi domanda.

«È tua madre» le rispondo come se dovesse essere la risposta a tutte le sue domande.

"Io vado da Chloe" mimo a Meredith e lei annuisce.

Praticamente corro per le scale e mi fiondo nella stanza di Chloe, per paura che Margaret mi richiami o qualcosa di simile.

«Che succede?» chiede Alex.

«Niente niente, continua a disegnare» gli dico chiudendo la porta e prendendo fiato.

«Sei strana» continua lui imperterrito.

Sono tutti e due stesi per terra con i colori sparsi attorno. Il foglio di Chloe è tutto colorato, mentre quello di Alex è completamente bianco.

«Cosa disegnate?» domando mettendomi vicino a loro.

«Chloe sta disegnando la casa in cui andremo ad abitare.» Lei annuisce solenne.

«Oh, ma davvero?» rido.

«Sì, perché ridi?» mi domanda serio. «Credi che non succederà?»

«Certo che succederà» rispondo.

Forse hanno ragione Drake e Josh, Alex è più inquietante di quanto credessi. Chloe si alza porgendomi il disegno di una ragazza dai capelli rossi con in mano un pennello.

I capelli sono esageratamente lunghi, arrivano fino a terra e continuano in uno strascico e il pennello è più grande del corpo, ma il sorriso con cui me lo porge è impagabile.

«È bellissimo, Chloe, grazie» la abbraccio.

Passiamo i seguenti venti minuti a disegnare. Io, sotto richiesta di Chloe, le sto disegnando una rosa che ha nel giardino della sua scuola.

Alex non disegna ma osserva Chloe farlo, ogni tanto le dice cosa deve aggiungere alla loro casa.

Prima le ha fatto disegnare uno strano tappeto a forma di robot da mettere all'entrata della loro casa e la faccia di Chloe era contrariata.

«Chi sono questi tre bambini?» sentiamo dire da una voce sulla soglia della porta.

Chloe va verso Josh e lui la alza in un gesto veloce, prendendola in braccio e dandole un bacio sulla fronte.

«Cosa fate?»

«Disegniamo, non vedi?» Alex usa un tono acido.

Ora ricordo perché mi piace tanto.

«E tu perché sei qui?» gli chiede.

«E tu perché sei in camera di Chloe?»

«È mia sorella» lo guarda truce Josh.

«È la mia fidanzata!»

«Lei non è la tua fidanzata, Alex!» ribadisce ancora.

Ecco, ci risiamo.

«Smettila, Josh.» Sbuffo mentre Chloe scende. «Devono andare a scuola per fare le prove della recita scolastica.»

«Sì, mia madre ha chiesto se potevamo accompagnarli noi, è un problema?»

«No no» dico tranquilla.

Chloe batte le mani e subito prende il suo piccolo giubbotto indossandolo mentre Josh mi dà un bacio.

Sentiamo Chloe ridere e ci voltiamo. Alex ha la fronte corrugata.

«Tu l'hai baciata sulle labbra.» Inclina la testa. «Hai visto Chloe?»

«Tu non lo farai!» Josh corre subito verso Chloe in uno scatto felino prendendola in braccio.

«Perché no?» domanda calmo.

«Perché no e basta!» e si dirige fuori dalla porta.

Come posso non scoppiare a ridere di fronte a una scena simile?

«E tu smettila di ridere e raggiungici in macchina!» lo sento gridare dal piano di sotto.

Dopo avere accompagnato Chloe e Alex, chiedo a Josh se ha voglia di venire a casa mia, perché oggi sono molto stanca e poco dopo ci ritroviamo da me.

È da un'oretta ormai che siamo sul letto a parlare del più o del meno. In realtà io faccio le domande e lui mi ripete quanto siano stupide.

«Okay, allora se tu stessi morendo strozzato, preferiresti strozzarti con una caramella o con qualcosa di salato?»

«Jennifer, ma che razza di domanda è?»

«Pensaci.» Alzo il busto per guardarlo meglio. «Se tu morissi per una caramella avresti un retrogusto dolce in bocca, una dolce morte.»

«E se muoio strozzato da una patatina è una morte salata?» mi domanda divertito.

«Esatto!»

Non fa una piega.

A un tratto sfrega le labbra sul mio collo facendomi accoccolare di più a lui. «Voglio tenerti sempre così. Non ti lascio andare da nessuna parte.»

«Mmh...» Mi giro dal suo lato. «Sembra una minaccia.»

«Una promessa.» Il suo volto è estremamente serio. Si stacca leggermente da me e tira fuori il suo portafoglio dalla tasca dei jeans. Tira fuori una foto e me la porge. Mi irrigidisco appena la vedo.

«J-Josh?»

«Te la ricordi?» mi domanda serio.

«Sì, questa è...» non riesco nemmeno a dirlo.

«Caroline.»

Caroline.

Questo nome ci ha creato così tanti problemi e la cosa assurda è che la sua presenza non c'è mai stata.

Mi viene il mal di testa solo nel sentirla nominare e vorrei distruggere questa foto in mille pezzi.

«Perché ce l'hai con te?» chiedo spostandomi, ma lui continua a tenermi vicino a lui.

«Ce l'ho da quel giorno che l'hai trovata nel cassetto del mio comodino.»

Il mio cuore comincia a battere all'impazzata.

«Sei tu il mio presente ora e mi voglio concentrare solo su di te» dice strappando la foto.

Quello che viene dopo è il frutto di tutta la sofferenza e tristezza passata. Le sue labbra sulle mie rappresentano tutta la fatica che abbiamo fatto per arrivare fino a qui, fino a questo bacio.

Diamo per scontate troppe cose e quando ci vengono tolte rimaniamo con un enorme vuoto.

Per questo ora, mentre Josh mi toglie la maglietta e mi bacia il collo, chiudo gli occhi per ricordarmi la sensazione, il profumo e il rumore che fa il mio cuore.

«Ti amo.»

31

Josh's pov

«Ti amo.»

Non ci posso credere. Non può essere successo.

Rimango con le labbra vicino al suo collo, nascosto dal suo sguardo, mentre la sento irrigidirsi sotto al mio tocco.

Mi sposto piano per guardarla e la trovo con gli occhi spalancati. Pieni di ansia e paura.

Non posso credere di averle detto di amarla. Le ho davvero detto: ti amo?

Sì, lo hai detto e la sua reazione non è delle migliori.

Continua a guardarmi spaventata come se avessi appena tirato fuori un coltello e glielo avessi puntato alla gola.

Non so nemmeno io perché gliel'ho detto, mi è uscito così spontaneo e solo qualche secondo dopo mi sono reso conto delle mie parole.

Continua a guardarmi in silenzio e io non riesco nemmeno a deglutire per la situazione.

Poi finalmente parla, ma sarebbe stato meglio se non lo avesse fatto.

«G-grazie.»

Grazie? Strizzo gli occhi e scuoto leggermente la testa. Questa volta sono io ad avere gli occhi spalancati.

Mi ha davvero ringraziato perché le ho detto che la amo? No, penso di aver sentito male.

«Grazie?»

«Sì.» Si guarda attorno e sento il suo petto abbassarsi e alzarsi velocemente. «Sei stato molto dolce.»

La tensione e l'imbarazzo sono così palpabili da farmi sentire estremamente a disagio. Non capisco come sia possibile che si sia creata una situazione simile. Siamo andati oltre al nasconderci o al rifiutarci da tempo, ormai, eppure sembra di essere all'inizio.

Come se si fosse sollevato una specie di muro tra me e lei. Non riesco più a stare qui, non quando lei non mi guarda nemmeno negli occhi. «Io vado a casa.»

Lei alza per la prima volta lo sguardo su di me e sembra vacillare.

«Sai, sono stanco per gli allenamenti e ho delle... cose... cose da fare.»

Fa un cenno di assenso con la testa e questo mi fa capire quanto non siamo noi stessi in questo momento.

Apro la porta pronto per andare a sfogarmi nella mia cantina. È così tanto tempo che non ci vado. Una volta la sentivo come una liberazione, ma ora il pensiero di tornarci mi sembra solo un passo indietro.

«Josh!» mi richiama quando metto il piede fuori.

«Dimmi» mi rigiro.

Tira la sua maglia verso il basso e si passa la mano sui capelli. «Noi... noi ci vediamo domani, no?»

Pone la sua domanda veloce, ma sono riuscito a comprenderla. I suoi occhi vacillano su di me per un istante.

E ora la vedo la paura nel suo sguardo e nei suoi movimenti. La paura che me ne vada e che non torni più. Non so cosa sia successo né il motivo della sua reazione, ma le ho fatto una promessa e ho intenzione di mantenerla.

Jennifer's pov

«Ehi» mi saluta Josh dal portone della scuola.

«Ehi.»

«Sono rimasto ad aspettare perché non ti vedevo arrivare e ho immaginato fossi in ritardo come sempre» mi dice con un sorriso che sembra sincero.

Il fatto di averlo trovato ad aspettarmi e che ora mi stia rivolgendo un sorriso così bello mi fa rilassare e chiudere gli occhi per un attimo.

«Andiamo a lezione» gli dico con voce contenta.

Camminiamo verso l'aula di letteratura in silenzio. Le sue dita sfiorano ogni tanto le mie, ma non afferra mai la mia mano, ho combinato un casino più grande di quello che pensavo.

Appena siamo davanti all'aula di letteratura trovo Olly fuori dalla porta con lo sguardo rivolto verso il basso.

«Olly?»

Mi guarda e tira un sonoro sospiro nel vedermi. Dopo il giorno di San Valentino non avevo avuto occasione di vederla: nonostante mi fossi messa a cercarla dopo il racconto di Alan, non l'avevo trovata.

Viene a passo veloce verso di me e fa cadere la borsa per terra per poi abbracciarmi nascondendo il suo viso.

Guardo Josh spaesata, ma lui fa un cenno e subito la stringo a me.

«Vi aspetto dentro» dice lui entrando in classe.

Olly aumenta sempre di più la presa e sento quasi il respiro mancarmi, ma non mi sembra il caso di dirglielo.

«Ho combinato un casino così grande, Jennifer.»

«Ah siamo in due» rido disperata.

«Cos'avete combinato ancora?» Quell'"ancora" comincia a darmi sui nervi. Olly si stacca completamente da me raccogliendo la sua borsa.

«Te lo spiegherò» le dico. «Ma sappi che dopo la lezione voglio sapere che casino avete combinato tu e Alan, *ancora*!» enfatizzo l'ultima parola.

Sono seduta nell'unico posto che c'era libero, vicino a Josh, e seguo la lezione, finché Tatiana e la sua amica non cominciano a parlare dietro di noi.

«Ma quindi è vero?» dice l'altra. «Sono stati rapiti?»

Serro la mascella per l'argomento che hanno tirato fuori e Josh mi tira un'occhiata preoccupata.

«Sì, ma non sono sicura che sia vero, magari è una messinscena» le dice Tatiana.

«Ma Tatiana, ne parlavano tutti i giornali. Non può essere una messinscena.» La ragazza bisbiglia cercando di farsi sentire il meno possibile, ma Tatiana invece sembra intenzionata a farsi sentire.

«Be', io in realtà ho sentito delle voci abbastanza attendibili.»

La mia gamba si muove freneticamente e nemmeno il tocco di Josh riesce a calmarla. Mi devo concentrare sulla lezione. Solo sulla lezione.

«Cosa hai sentito?» le chiede.

«A quanto pare Josh si è ritrovato per caso coinvolto nella merda di Jennifer e suo padre. Soldi fatti con affari illeciti...»

Questo è troppo!

Josh stringe la presa sulla mia gamba, ma gliela tolgo violentemente girandomi verso Tatiana. «Ritira subito quello che hai detto!» sibilo.

«Non so di che cosa tu stia parlando» risponde lei serena.

«Ritira subito quello che hai detto, Tatiana.»

«Ragazze, cosa succede?» chiede la professoressa.

Non mi importa se siamo in una classe, deve ritirare ciò che ha detto su mio padre. Finché se la prende con me è un conto, ma se si mette a screditare il lavoro di mio padre in questa maniera non ci sto.

«Jennifer, siediti» mi supplica Josh.

«Siediti, Jennifer» ride Tatiana.

«Adesso stai esagerando, Tatiana.» Josh si alza guardandola male.

Quando Josh si alza in mia difesa, Tatiana sembra arrabbiarsi ancora di più.

«Oh, ma certo, il cagnolino che arriva in soccorso.»

«L'unica cagna qui sei tu» urlo.

«Josh, porta fuori Jennifer di qui!» Ma lui esita. «Ora, se non vuoi che le mandi entrambe in presidenza.»

Tatiana continua a urlare isterica e io mi strattono dalla presa di Josh uscendo da sola dalla classe.

«Jennifer, dove vai?» mi rincorre Josh.

«Via.»

«Aspetta... ti sto correndo dietro, aspettami!»

«Vuoi che ti ringrazi?»

«No, Jennifer, ci hai già pensato ieri quando ho detto di amarti! Nemmeno se ti salvassi da un dirupo tu mi ringrazieresti e hai deciso di farlo proprio ieri?»

«Josh, ma tu cosa ne sai? Sai davvero cosa vuol dire amare qualcuno?» Sembra stranito dalla mia domanda. «Me lo hai detto tu stesso che credevi di essere innamorato di Caroline e solo ora ti sei accorto di non averla mai amata.»

«Caroline Caroline Caroline» scimmiotta la sua voce. «Perché devi tirarla fuori ora?»

«Perché viene sempre fuori! Pensavi di amarla e ora la odi, sarà così anche con me? Credi davvero di amarmi a tal punto da dichiararmelo? Tu non sai cosa vuol dire!»

«Jennifer, io so di amare perché amo te!» Detta in questo modo fa un effetto ancora più strano su di me.

«Ieri quando me lo hai detto sembravi un cerbiatto impaurito, Josh!»

«Tu non eri da meno» si difende.

«Ma non sono stata io a dire di amarti! Mi hai detto "ti amo" e poi sembravi così sorpreso che ci mancava che ti guardassi attorno per capire se lo avesse detto qualcun altro nella stanza.»

«Forse il problema non sono io, sai?» ride amaramente. «Forse il problema è che tu non credi davvero in me. Forse il punto non è che tu non credi che ti ami, ma il fatto è che tu non ami me!»

Mi sorpassa urtando leggermente la mia spalla e lasciando dietro di sé una scia piena di rabbia che continua ad avvolgermi.

Cammino per le strade di Manhattan senza una meta precisa, anche se il vento gelido mi sta suggerendo di tornarmene a casa, ma non voglio rischiare di incontrare mio padre.

È la prima volta che salto le lezioni uscendo prima, non lo scoprirà sicuramente.

Dopo la sfuriata di Josh non me la sono sentita di tornare in classe e nemmeno di partecipare a tutte le altre lezioni.

Ho mandato un messaggio a Melissa chiedendole di portarmi la borsa e la giacca all'uscita. Stranamente non mi ha chiesto niente, si è limitata a dirmi di chiamare se avessi avuto bisogno.

Cammino in mezzo alla folla del centro che diminuisce sempre di più quando ormai arrivo alla stradina.

Chiudo gli occhi e ascolto il violino di Amelia che racconta la sua storia. Forse per un attimo immergermi nella sua tristezza mi porterà lontano dalla mia.

La musica si ferma e lentamente apro gli occhi trovando quelli di Amelia che mi fissano curiosi.

«Jennifer» mi sorride dolce come sempre, «non dovresti essere a scuola?»

«Be', sì, dovrei.»

«E come mai sei qui?» Già. Perché sono qui? Perché continuo a scappare e ad avere paura?

«Non lo so» dico e faccio un sorriso triste.

«Questa volta sei da sola» dice e quasi sobbalzo.

«Sì be', io non credo che lui vorrebbe essere qui con me adesso.»

«È speciale, vero? Non avevi mai portato nessuno qui.»

«Amelia, posso farti una domanda? Se non vuoi rispondermi va bene.»

«Chiedi pure.»

«Tu… tu lo amavi?»

«Certo» mi risponde senza esitazione. Ecco quella sicurezza che Josh non ha avuto nel dirmelo.

«Ma lui non lo ha mai saputo» continua subito dopo.

«In c-che senso?»

«Che non gli ho mai rivelato di amarlo e questa è la cosa di cui mi pentirò per tutta la vita.»

«Ma tu lo ami!» dico incredula. «È ovvio che lo ami, cioè, sei qui.»

«Già» sorride amareggiata. «Avrei voluto capirlo prima, ma forse lo avevo capito e non ho avuto il coraggio di dirglielo. Poi è morto e io sono rimasta con quel "ti amo" mai detto. Ora lo ripeto ogni giorno, tutte le volte che finisco una canzone, nella speranza che lui mi senta.»

Rimango a occhi chiusi ad ascoltare il suo dolore mentre Josh è da qualche parte per la scuola senza sapere che ho appena capito di amarlo immensamente.

32

Josh's pov

«Avanti, veloci» urla il coach. «Così, Josh! Bravo.»

È domenica, ma nonostante sia un giorno di riposo ci stiamo allenando perché finalmente domani ci sarà la partita.

Sto correndo come un dannato e sto dando tutto me stesso in questo allenamento. Un po' perché la partita è vicinissima e anche perché in questo modo non penso a Jennifer.

Ci hai appena pensato.

Be', ci penso di meno, okay?

Non la sento da quasi tre giorni! Tre fottuti giorni! Era da un sacco che non succedeva una cosa simile.

Amo Jennifer.

La amo. Amo Jennifer Alexandra Milton. Con Caroline era stato più semplice. Lei me lo aveva detto e a me era sembrato giusto ricambiare. Le ho detto che la amavo anch'io e lo credevo davvero. Lei lo ha detto e io le ho risposto.

Qualcuno spieghi a Jennifer che "grazie" non è una risposta!

Non vedo l'ora di farmi una doccia e andare a dormire, sono distrutto.

Jennifer's pov

Corri, maledetta idiota, corri!

Sto correndo, smettila di assillarmi.

Ma perché non ho dato ascolto a Drake e Meredith? Eppure

me lo avevano proposto di andare direttamente con loro alla partita, ma io ho rifiutato dicendo che volevo passare prima a casa a lavarmi.

Ho perso tutta la partita, ma devo raggiungere Josh! Devo almeno arrivare agli ultimi minuti e fargli capire che ci sono, che tifo per lui!

Okay, respira, Jennifer. Entra e prova a trovare la palestra senza perderti.

Difficile, visto che ti sei persa per mesi nella tua stessa scuola.

Per fortuna sento degli applausi e, guidata dal suono, riesco a imboccare la porta giusta.

«Com'è il punteggio?» domando a Drake e Meredith mentre mi siedo accanto a loro sfinita.

«Avevano cominciato bene, ma Josh è troppo arrabbiato, Alan fuori forma e quindi tutta la squadra ne risente. Ora sono negli spogliatoi» mi spiega Drake

Josh è arrabbiato per colpa tua.

Lo so, lo so! Smettila di ricordarmelo.

«Ti cercava» mormora Meredith. «Ha guardato in questa direzione per tutto il primo tempo.»

«Dove sono gli spogliatoi?» domando.

«Prima porta a destra dall'entrata principale della palestra.»

Okay, questo è l'inconfondibile vocione del loro coach che nella sua vita non sa cosa vuol dire parlare sottovoce.

«Siete dei pappamolli» urla.

Se aspetto che escano non avrò tempo di parlargli e, anche se ne avessi, saremmo da soli, perciò potrebbe rinfacciarmi quanto sono stata stronza in questi giorni. Io mi arrabbierò, lui si arrabbierà e addio all'occasione di recuperare la partita.

Pensa, Jennifer, pensa.

Sei o non sei Jennifer Alexandra Milton?

Certo che sì!

Allora entra in quel maledetto spogliatoio.

Uno... due... tre...! Spalanco la porta e improvvisamente le urla si placano e tutti si girano verso di me. Fortuna che sono tutti vestiti, altrimenti non sarei riuscita a concentrarmi.

«E tu cosa ci fai qui? Non è il tuo posto» mi dice il coach.

Josh spalanca gli occhi nel vedermi, ma poi sbuffa e si gira dall'altra parte ignorandomi. Oh, no! Non questa volta.

So come comportarmi con Josh. Gli ammonimenti dolci e gli incitamenti da ragazza innamorata non fanno per lui. Non per vincere.

«Sei il capitano, no? Prenditi le tue responsabilità perché il tuo comportamento sta influenzando tutta la squadra!»

Cerco con lo sguardo Alan e lo trovo che mi guarda.

«E tu smettila di fare il depresso post rottura. Josh ha bisogno di te e tu hai bisogno di darti una svegliata. Non è grattandoti le palle in panchina che riuscirai a raggiungere ciò che vuoi e tu sai di cosa sto parlando.» Sento la squadra ridacchiare. «E voi avete poco da ridere! Vi ricordo che siete una squadra, ma vi state comportando come se dovessero giocare solo loro due. Impegnatevi tutti quanti e vincete questa partita!»

Do un calcio a un armadietto ed esco dalla porta come una furia.

Ehi! Io ci ho provato.

Hai urlato, non ci hai provato.

Ci ho provato urlando.

La squadra rientra e la partita ricomincia, ma io sono troppo concentrata su Josh. Mi prendo un momento per guardarlo, mi sembra di non vederlo da un'eternità.

«Dài, ragazzi! Siete i più forti» urla Drake.

In un secondo tutti cominciano a urlare e la squadra sembra ancora più motivata di prima. Josh però guarda solo me e io sono così felice che quegli occhi scuri, in mezzo a così tante persone, guardino me.

Gli faccio un sorriso e lui ricambia. Sì, sono innamorata di Josh Cliver e mi va benissimo.

Hanno vinto la partita ed è inutile raccontare il casino che si è creato nella palestra. Se ne sono fregati tutti altamente che la palestra non fosse nostra, visto che metà scuola si è buttata in mezzo al campo. La partita è finita da un minuto e dopo un canestro di Alan e uno di Josh è scattato il pandemonio.

Mentre usciamo ad aspettare i vincitori sento la voce di Olly. «Flex, lasciami! Ti ho già detto quello che dovevo dirti.»

«Già, ma non mi hai detto ciò che volevo sentirmi dire.»

«Perché quello che vuoi sentirti dire non è quello che voglio dirti!»

Tutti questi giochi di parole mi stanno confondendo. Cosa sta succedendo?

«Andiamo, Olly, la squadra ha vinto. Penso che andremo tutti insieme a festeggiare.» La prendo per un braccio e lei è più che felice di seguirmi.

«Lei rimane qui!» Flex si mette davanti a noi. «Stai andando a fare la puttana da un'altra parte?»

Sento Olly irrigidirsi e subito ci giriamo entrambi verso di lui che ci guarda trionfante.

«Smettila» ringhia Olly.

«Mi hai dato buca a San Valentino e sono rimasto come un cretino ad aspettarti.»

«Ti ho chiesto scusa!» dice disperata.

«Scusa non basta, visto che sappiamo tutti il perché. Doveva andare a fare la puttana con Alan.»

«Ragazze, cosa ci fate qui?»

Ci giriamo e vediamo Meredith seguita da Alan. Forse stavano venendo a cercarci.

Riesco a vedere l'espressione e la postura di Alan cambiare non appena vede Flex.

«Oh, eccolo il tuo salvatore» esclama Flex facendo ridere tutti. «Ti sei divertita con lui? Se sapevo che eri così facile mi sarei risparmiato tutte le inutili moine che ti ho fatto solo per portarti a letto.» La presa di Olly sulla mia mano aumenta.

«Cosa diavolo le hai detto?» ringhia Alan avanzando verso di lui.

«Dài, Olly, andiamo» dice dolcemente Meredith affiancandola.

«Oh, ma certo!» dice uno degli amici di Flex. «Milton, la ragazza di Cliver.»

«E la piccola Meredith, la ragazza di Drake.»

«A quanto pare le puttane vanno in coppia!»

In meno di un secondo Alan gli è addosso e prende Flex per la maglia.

Merda. Merda. Merda. «Alan, ti prego smettila!»

«Prova a mancarle di nuovo di rispetto in quel modo e ti stacco la testa, hai capito?» gli urla.

Gli amici di Flex corrono verso di lui staccandoglielo di dosso e gli tirano un pugno nello stomaco.

«Cosa cazzo succede?»

Io e Olly ci giriamo e vediamo Drake e Josh, assieme a Meredith, correre verso di noi.

Oh, ma tranquilli! Alla buon'ora, volete anche un tè?

«Alan, andiamo dentro con le ragazze» dice Drake vedendo la faccia spaventata di Meredith.

«Non farti creare problemi da questo sfigato geloso» continua Josh.

Finalmente qualcuno che ragiona!

«Hanno dato delle puttane anche a Meredith e Jennifer» sputa Alan.

Drake e Josh aggrottano le sopracciglia lasciando la presa su Alan. Oh, no no no!

Josh's pov

Non c'è nemmeno un'infermiera in questo schifo di scuola.

Passo nuovamente il cotone con il disinfettante sulla mascella e mugolo per il dolore.

Ma tu guarda se dovevo mettermi in un casino del genere proprio con il capitano della squadra di rugby.

Ma Alan ha fatto bene a conciarlo per le feste, come si è permesso?

E poi il nome di Jennifer non deve nemmeno uscire da quel suo schifo di bocca.

«Ahia!» mi lamento. «Stupido disinfettante.»

«Dovresti proprio fare l'infermiere da grande.» Sento una voce arrivare da dietro.

Mi giro e Jennifer è appoggiata alla porta con un sorrisetto. Perché è così bella?

Si avvicina e si china per riuscire ad arrivare al mio viso e comincia a tamponare con delicatezza la mia mascella.

Porto le mani sui suoi fianchi e il suo sguardo si posa sul mio.

«Scusami, Jennifer.»

«Per cosa?»

«Forse ho sbagliato a dirtelo così presto, anche se secondo me andiamo più a rilento di qualsiasi altra coppia.»

«Sì, lo credo anch'io» sogghigna.

«Ma non sono mai stato così convinto di qualcosa in vita mia.» La guardo serio. «Non so se non mi hai risposto per paura o perché non provi lo stesso per me. Ma se così fosse allora ti aspetto. Me lo dirai quando ne sarai sicura o quando te la sentirai, ti aspetterò. Credo che ti aspetterei per tutta la vita e questo mi rende terribilmente nervoso e spaventato, ma allo stesso tempo felice perché non ho mai creduto che valesse la pena aspettare per qualcosa. Però io ti amo e non mi pento di avertelo detto e farò di tutto per farti capire che ero sincero. Nel frattempo dovrai accettare il fatto di essere amata da me.»

Mi squadra con quei suoi occhioni e io osservo le sue labbra rosse che tanto bramo da giorni. La vedo scuotere la testa per poi venire verso di me e abbracciarmi.

Rimango interdetto, ma non faccio in tempo a ricambiare l'abbraccio che mi bacia. Poi si stacca e mette una mano nella sua borsa tirando fuori il suo blocco da disegno.

«Per te» mi sorride.

Prendo il disegno e lo guardo con il cuore in gola. Ho già visto questo disegno, solo che ora è modificato.

C'è una mano con un anello al dito per terra, leggermente aperta, e delle chiazze di sangue attorno. È la mano di una donna. Quella di sua madre. Alzo lo sguardo su di lei, ma sembra serena.

Continuo a guardare il disegno e noto che la parte superiore è diversa. In basso a destra, nel buio, c'è la mano della madre. In alto a sinistra è tutto più luminoso e ci sono due mani intrecciate.

La differenza di grandezza tra loro è notevole. Una grande, l'altra piccola; una è abbronzata e l'altra completamente pallida. Non penso di aver mai provato qualcosa guardando un disegno, ma quelli di Jennifer sono sempre così realistici che ti viene voglia di toccarli. Come per accertarti che siano davvero solo delle immagini impresse su carta. Tocco con il dito il disegno, ma solo la parte delle mani intrecciate. Non so perché, ma non riesco a toccare l'altra parte, il mio corpo si rifiuta. È una sensazione più forte di me. Traccio il contorno delle mani e guardo Jennifer che mi scruta con attenzione.

«Sono le nostri mani?» sussurro.

«Già.» Tira fuori dalle tasche un foglio e me lo porge. Poggio il disegno accanto a me e prendo il foglio tra le mani.

«Avanti, leggila» si avvicina. «È una lettera.»

«Una lettera…» ripeto.

«Sì, una lettera» sorride. «Per te.»

Apro e comincio a leggere, con il cuore che batte freneticamente, la lettera di Jennifer.

La mia unica e sola Jennifer Milton.

33

Josh's pov

"Buio. Nero. Scuro. Mi sono sempre sentita invasa da questi elementi. Come se da anni ormai facessero parte della mia vita, senza lasciarmi, e io mi sono sempre sentita in dovere di tenerli con me. Forse per senso di colpa o forse perché ho sempre creduto che non meritassi abbastanza luce. L'avrei sprecata mentre qualcuno se la meritava veramente. È sempre stato tutto così buio e anche se non lo ammettevo mi faceva paura. Paura da morire. Quella notte, in quel vicolo, era buio. I giorni seguenti erano bui. La mia camera lo era e anche lo sguardo di mio padre si era rabbuiato. Tutto così scuro e così nero. Persino nei miei incubi non c'era luce. Così tanta oscurità da perdertici dentro e non uscirne più. Per questo, in fondo al mio cuore, ho sempre amato i colori, perché del nero ho sempre avuto timore. Perché ti dico questo? Perché la cosa che più mi ha spaventata quando sono tornata a Manhattan non sono stati i ricordi, ma i tuoi occhi.

Li ho osservati così tante volte, eppure ogni volta ci trovo qualcosa di diverso. Come posso vedere così tanto in mezzo a quel nero? Mi ha sempre fatto paura questo colore, ma l'oscurità dei tuoi occhi mi ha sempre affascinata. Rimarrei ore a guardarli per capire perché non mi spaventano come il resto delle ombre in questo mondo, ma sono sicura che non troverei risposta.

È sempre stato tutto buio, ma mai in vita mia mi sono sentita così bene nell'osservare la tua, di ombra.

Chiamala stranezza, masochismo o pazzia oppure, semplicemente, chiamalo amore.

Non ti accorgi di quello che hai finché non se ne va.

Per questo ti chiedo scusa, Josh. Perché per tutta la mia vita mi sono lamentata di perdere ciò che avevo avuto attorno senza accorgermi che stavo perdendo la cosa migliore. Te.

Non credo ci sia stato un momento preciso in cui io mi sia innamorata di te, ma credo sia arrivato dopo ogni tuo gesto.

Forse sono innamorata di te da tempo, non lo so. Ma posso dirti quando me ne sono accorta. Nel momento in cui la tua voce ha pronunciato quelle due parole che nessuno mi aveva mai dedicato.

La sincerità è una cosa che mi ha sempre spiazzata, perché nessuno è stato sincero fino in fondo con me. Ma quando hai detto di amarmi, i tuoi occhi erano così sinceri. Terrorizzati ma sinceri, così tanto da farmi mancare l'aria.

Il punto è proprio questo. Sei la persona che mi toglie il respiro per poi ridarmelo attraverso un bacio.

Quella che più è capace di ferirmi, ma anche di farmi stare bene. Sei la presenza più bella e la mancanza più dolorosa.

Mi conosco, Josh. So come sono fatta e so che non so dimostrare completamente i miei sentimenti. So che a volte i miei gesti e le mie parole sono troppo fredde. Ma è per questo che sono ancora più convinta di essere felice di averti accanto. Ti ricordi cosa mi hai detto quel giorno fuori dalla libreria? Che io e te eravamo una casino troppo grande per stare insieme. Be', sai che ti dico? Se il casino ha due occhi scuri e dei capelli ramati, sono felice di incasinarmi.

Siamo due persone rotte, Jennifer.

Ho pensato spesso a questa frase e sono giunta alla conclusione che ti sbagliavi. Siamo due pezzi di puzzle sbagliati. Che non si incastreranno mai perfettamente. Ma il puzzle lo creiamo noi, no? Allora incastriamo questi pezzi per forza! Non stanno bene? Chissenefrega. Decidiamo noi il modo in cui incastrarci, che poi sia giusto o sbagliato non ha importanza. Possono anche rimanere incastrati male, anzi è meglio così. Hai mai fatto un puzzle? Quando attacchi due pezzi tra loro e ti accorgi che non è quello il loro posto. Allora cerchi di staccarli, ma ti viene difficile.

Mi sento così con te. Non siamo giusti, ma lo siamo a modo nostro.

Mi importa solo che tu continui a guardarmi sempre negli occhi e che stringa la mia mano sempre più forte. Mi importa che tu dorma vicino a me e che ti lamenti il giorno dopo perché ti ho fatto cadere. Che continui a rimproverarmi per il cibo sapendo benissimo che non ti ascolterò. Che continui a cercare di insegnarmi a fare canestro, per poi spazientirti e caricarmi sulle spalle, facendomelo fare a due centimetri di distanza. Che mi sciogli la coda mentre arrotoli le mie ciocche rosse.

Mi importa che continui a insultare i miei maglioni larghi per poi però lamentarti se metto una canottiera che mi scopre troppo.

Ma alla fine la cosa che più mi importa è di averti accanto. Quindi ti chiedo di scusare questa povera stupida che non ha mai capito cosa vuol dire amare finché non ti ha incontrato. Perdonala perché non ha saputo dare voce al turbine dei suoi sentimenti e soprattutto perdonala perché ora è spaventata da morire per tutto quello che sta provando.

Però non scapperà. Lo giura. Rimane lei, rimani tu, ricordi?

Rimani, Josh, perché io non vado da nessuna parte.

So che queste sono solo parole su un pezzo di carta, ma tu sai bene quanta importanza abbiano. Ho sempre ritenuto le parole importanti, ma mai quanto i fatti. Le promesse non valgono nulla se non vengono messe in pratica. E io ti dimostrerò tutto quanto, giorno per giorno, ora dopo ora. Ogni secondo che tu sarai accanto a me. Non starò più nell'ombra, ma verrò completamente allo scoperto.

Quindi ora ascolta bene quello che sto per dirti. In questa lettera c'è tutto ciò che non avrei mai pensato di poter scrivere, quindi appena avrai finito di leggerla, prenditi un attimo per osservarla, un'ultima volta e richiudila. Chiudila più volte per essere sicuro di non riuscire a leggere più nemmeno una parola. Mettila nella tua tasca e quando andrai a casa nascondila in un posto sicuro. Un posto in cui non la vedrà mai nessuno, in cui sai che solo tu potrai trovarla.

Non leggerla mai più. Fallo solo quando dubiterai del mio amore per te. Rileggila solo quando crederai che io non ti ami più e capirai che è impossibile. Una parte di me è e sarà sempre inevitabilmente tua.

Chiudila da qualche parte, come il più grande dei tesori, e spero che non dovrai riaprirla mai più, perché io ti dimostrerò sempre il mio amore, senza fartene mai dubitare.

Okay, è arrivato il momento. Chiudi la lettera, gira lo sguardo e guarda attentamente i miei occhi. Ascolta bene la mia voce per imprimerla nella tua mente. Chiudi la lettera."

«Ti amo Josh. Ti amo con tutta la mia incapacità d'amare e con tutta la forza che ho raccolto in questi anni. Semplicemente, ti amo.»

Jennifer's pov

«Okay, un'ultima volta.»

«Era l'ultima volta dieci volte fa, Josh» dico esasperata.

«Me lo devi!»

Mi punta il dito contro per poi incrociare le braccia al petto. Questa situazione sta diventando fastidiosa, ma purtroppo ha ragione... glielo devo!

«Ti amo» gli dico.

«Grazie» mi risponde. «Sei dolce.»

«Hai finito, adesso?»

«Forse» ridacchia.

Ormai è mezz'ora che non fa altro che farmelo ripetere per poi rispondermi: «Grazie, sei dolce».

La sta prendendo come una specie di vendetta e io non posso dire niente. Be', in realtà potrei, ma per una volta su un milione che ha ragione lui, lo lascio fare.

Però è piuttosto fastidioso stare dalla parte del torto. Come fa lui tutte le volte? Dovrò chiederglielo un giorno.

«A che ora arrivano?» Lui si guarda l'orologio al polso.

«Dovrebbero essere qui tra venti minuti.»

Stiamo aspettando Melissa, Michael, Olly, Alan e Drake.

È sabato e dopo quel giorno in infermeria le cose sono andate migliorando, senza più nemmeno un momento di imbarazzo. Mi ha baciata come non mi ha mai baciato. Sembrava un bacio tutto nuovo che non avevo mai provato. Si può inventare un modo di baciare? Non lo so, ma sono più che sicura che in quel momento mi ha baciata come solo lui sa fare. Mi ha baciata fino a consumarmi le labbra e nonostante il respiro affannato non volevo staccarmi, anzi volevo di più.

Poi è arrivato il coach e gli ha fatto una strigliata degna di nota. Non ho mai visto una persona capace di insultare qualcuno per così tanto tempo senza mai abbassare la voce. Per me è un dono. A quanto pare ha fatto la stessa strigliata anche ad Alan e Drake, senza mai ascoltare la loro versione.

Mi ha anche squadrata male un paio di volte, ma non mi ha mai rivolto la parola. Strano, visto che tutti credevano fosse colpa mia. Ma poi perché ci sarei dovuta essere di mezzo io?

Perché ovunque c'è un problema tu ci sei dentro.

Avevamo deciso che oggi saremmo usciti a fare un giro, ma poi ha cominciato a diluviare e Josh ha proposto di venire tutti qui da lui a guardare un film. Sono stesa su di lui e mi accarezza i capelli con la mano sinistra.

«Sai a cosa stavo pensando?» Si abbassa su di me e mi dà un bacio a fior di labbra. «Che è un po' che non ti faccio urlare.»

«Josh!» esclamo sentendomi la faccia calda, ma lui non si muove.

La sua mano sale su fino al mio petto e stringe il mio seno forte facendomi sussultare. Le nostre intimità si scontrano e Josh succhia automaticamente il mio lobo più forte. Mi sento in una sorta di trance.

«Ammettilo che manca anche a te» sussurra a un centimetro dal mio orecchio.

Il campanello dell'ingresso suona e Meredith si precipita come una saetta ad aprire.

«È arrivato Drake» esclamiamo all'unisono.

Scendiamo le scale e un casco di ricci biondi ci saluta allegro. Ora che ci penso l'unico momento in cui non ho visto Drake sempre sorridente è quello in cui Meredith stava con Ferdinando. Il cameriere immaginario che ci eravamo inventate per farlo ingelosire. Quasi scoppio a ridere al ricordo di Drake che fa a botte con una colonna.

Il campanello suona di nuovo ed entrano Alan e Olly, avvolti nei loro cappotti. Alan sembra avere quasi uno sguardo… esasperato?

Stanno cercando di risolvere le cose tra di loro o per meglio dire: Alan cerca di risolvere tutte le cose sbagliate che ha fatto con Olly.

D'altro canto Olly è felice e la sua parlantina sembra ancora più insensata di prima, il che è assurdo.

«Jennifer! Avresti dovuto vederlo!» esclama. «C'era uno scoiattolo enorme sul ciglio della strada, era davvero enorme, sono sicura che si sia mangiato la sua scoiattola, ma Alan non si è voluto fermare perché non mi crede.»

«Per l'ultima volta: gli scoiattoli non si mangiano tra di loro» ribatte Alan.

«Be', quello sembrava davvero due scoiattoli in uno. E poi lo sapete che i pesci tra di loro si mangiano? Anche le persone lo fanno, l'ho visto in un documentario. Non che io guardi i documentari, ma il telecomando era troppo lontano e non avevo voglia di cambiare. Adesso che ricordo bene era un pubblicità oppure un film? Oh, sì, a proposito, ieri ho visto un film bellissimo sulla polizia che...» La mano di Alan chiude la bocca di Olly che continua a parlare nonostante tutto.

Eh sì! È proprio felice. Il campanello suona ancora.

«È già aperto!» urla Josh.

«Dio, Melissa.» Mi copro gli occhi. «La tua presenza è così fastidiosa che non riesco a guardarti per più di un secondo.»

Melissa sta per ribattere quando Michael si mette in mezzo in tutta la sua compostezza e gentilezza. «Non cominciate, per favore.»

«Non vedi che lei è marcia dentro?» Melissa mi punta il dito contro.

Dei passi riecheggiano dietro di noi e Cip, Ciop, assieme a Margaret e Chloe, scendono le scale.

«Ciao, ragazzi» ci saluta sorridente Margaret. «Divertitevi e non distruggetemi la casa.»

Tutti annuiscono e puntano lo sguardo su di me.

«Qualcuno qui ha delle preferenze» dice Drake.

«Io voto per *The Transporter*» dice Alan.

«No è vecchio, del 2002 tipo» si lamenta Olly.

«Ah, perché *Titanic* non è vecchio, vero?» ridacchia Michael.

«Sì, ma *Titanic* è per sempre!» lo rimprovera Melissa.

«Cos'è uno stile di vita?» si lamenta Josh.

«Comunque guardiamo *Titanic* perché le ragazze sono in maggioranza» dice Olly.

«Ma se siamo in numero pari!» ribatte Drake.

«No, invece, perché Olly è alta, quindi vale per due, e Melissa è biondissima» dice Meredith.

Tutti la guardano esterrefatti per la sua giustificazione e poi si girano verso di me.

«Che cosa le hai fatto?» mi domanda Drake.

34

Jennifer's pov

Fa freddo.

Almeno credo che faccia freddo, perché non riesco a percepire niente. Sento il rumore del vento e immersa in questo buio vedo la pelle d'oca sulle mie braccia, ma non sento freddo. Strano.

Le altre volte non era così, mi ricordo che abbracciavo sempre il mio corpo perché era freddo.

Guardo verso l'alto mentre mi inoltro nel vicolo. Una goccia mi fa chiudere una palpebra. Un'altra cade sul mio braccio. Credo di avere percepito un brivido, non ne sono sicura, non sento niente.

La pioggia comincia a scendere violenta sul mio corpo e sull'asfalto. Mi sto infradiciando i vestiti e i capelli, ma non sento la sensazione dell'acqua su di me.

Come se non fossi bagnata e la pesantezza della pioggia non mi avesse investita. Non c'è nessuno in questo vicolo che sembra non finire mai.

«Mamma?»

Non risponde nessuno. Non rispondeva nessuno nemmeno quella volta, ma c'erano delle persone accanto a me, ora è deserto.

Cammino ancora un po' e non sento il normale terrore di sempre, anche se l'ansia comincia a invadermi.

Mi gratto il collo e noto che ho del sangue sulle mani. Mi si mozza il respiro e freno bruscamente la mia lenta avanzata.

Porto le mani in avanti e riesco a scorgere un rosso più denso dei miei capelli. Allungo le braccia e il sangue viene lavato dallo scrosciare della pioggia.

Questo non era mai successo. Quella notte il sangue sembrava non andarsene mai. Non riesco a capire cosa stia capitando.

Sono di nuovo in quel vicolo, ma qualcosa sta cambiando, c'è meno terrore. La preoccupazione, però, aumenta quando arrivo in un punto.

Quel punto. Non c'è nessuno.

«M-mamma?»

Nessuna risposta un'altra volta. Comincio a sentire il freddo della pioggia. Il mio corpo sta riacquistando sensibilità.

Cado in ginocchio e l'ansia accelera insieme al mio respiro. Ci sono una pozza di sangue, un anello e una pistola.

«Mamma!» urlo a squarciagola.

La mia mano trema e non riesco a prendere l'anello. Mi scivola continuamente e la pioggia rende tutto meno visibile.

«Avanti» sussurro a me stessa mentre tremo. «Jennifer, prendilo.»

Non ci riesco. Fa troppo freddo adesso e le mie mani sono intorpidite come il resto del corpo.

Un rumore di passi si avvicina e io alzo la testa di scatto. Forse troppo velocemente, perché ora mi fa male e la mia vista è offuscata.

Ma che succede? I passi sono più vicini, ma riesco a vedere solo l'ombra della persona che ora è in piedi davanti a me. Si china a prendere la pistola e poi la punta contro di me.

Sgrano gli occhi e indietreggio. L'anello scompare, con il sangue e il vicolo.

Ora è tutto completamente buio, infatti l'ombra viene assorbita dall'oscurità e riesco a scorgere solo la pistola.

La pistola vibra, segno che chi la impugna sta tremando come me. Ora riesco a vedere qualcosa che luccica. Una collanina che ha al collo.

È lui. Il ragazzo della catenina. Il ragazzo del tatuaggio con il serpente sul braccio.

«Non lo fare» mormoro a occhi chiusi.

Uno sparo.

Un urlo.

Il mio urlo.

Riapro gli occhi con il respiro affannato e controllo il mio corpo. Non mi ha ferita. Non c'è traccia di sangue da nessuna parte, eppure lo sparo l'ho sentito.

Non mi ha colpita, perché?

Guardo in alto e vedo qualcuno osservarmi. Anche l'altra volta qualcuno mi stava guardando.

«Mamma?»

«Ciao, mia piccola Jen.»

Strabuzzo gli occhi e cerco di mettermi subito al centro, dove la luce è migliore. È davvero mia madre Elisabeth.

«Eri tu anche l'altra volta?»

Parlo piano e probabilmente non dovrebbe sentirmi, data la distanza, ma lei mi risponde di nuovo.

«Sì.»

È in piedi, fuori dalla mia fossa, che mi guarda inespressiva. I suoi capelli sono lunghi e rossi come i miei. Vorrei poter vedere bene i suoi occhi verdi, ma non ci riesco da qui.

«Sali, Jen.»

«Non posso, mamma.»

«Perché?» La sua domanda ha un tono così dolce che mi viene da piangere.

«Ci ho provato, ma non ci riesco. Cado sempre.»

Sento la sua risata cristallina arrivarmi fino al cuore. «Cadiamo tutti, Jen.»

«Mi manchi.» Il mio sembra più un lamento.

«Anche tu» mi risponde con voce strozzata.

«Manchi anche a papà.»

«Passerò anche da lui, dopo. Lo faccio sempre.»

Anche mio padre la sogna spesso quindi.

Prendo un grande respiro e poggio le mie mani sulle pareti di terra. Avanti, ci riesco. Oggi riesco. Io posso.

Una mano. Poi l'altra e ancora. Sto salendo.

«Ci sto riuscendo!» urlo.

«Lo vedo, piccola Jen.»

Sto uscendo dalla mia fossa. Mi stanno quasi per cedere le gambe, ma cerco di mettere tutta la mia forza nelle braccia.

Questo è un incubo e lei non tornerà mai più da me. Alzo gli occhi e il suo viso è più pallido del normale.

Avevo sette anni. In un vicolo freddo. Ci hanno inseguite e hanno cercato di rapinarci. Ho urlato e strillato. Volevano il suo anello. Siamo scappate e poi c'è stato lo sparo.

«No!» strillo, e le mie mani cedono.

Cado all'indietro. Le hanno sparato e mi sono accasciata su di lei. Ha cominciato a piovere e stavano per uccidere anche me.

Mi alzo di scatto per scalare di nuovo la fossa, ma cado ancora prima di arrivare alla parete. Mi tiro i capelli e grido forte. Guardo in alto, mia madre sta scuotendo la testa. Si sta allontanando lasciandomi sola di nuovo.

«No no no!» squarcio il silenzio con la mia voce. «Non andare, ci riprovo, okay? Mamma, aspetta, ci riprovo! Ci riesco!»

Ci ho provato e riprovato. Sono caduta e il sangue ha cominciato a uscirmi dalle ginocchia dalle mani.

Mi sollevo di scatto dal cuscino con una mano sul petto. Mi guardo attorno e non c'è traccia di terra. Non sono in una fossa, ma in camera mia con il corpo sudato.

«Non ce l'ho fatta!»

Josh's pov

«Non voglio che analizziate pezzo per pezzo, solo quelli attinenti al tema e poi...»

La professoressa continua a parlare, ma io non la sto ascoltando perché sono troppo concentrato su Jennifer. Non ha spiccicato parola da questa mattina. È stata la prima ad arrivare a scuola ed è strano, visto che di solito siamo noi ad aspettarla mentre lei arriva all'ultimo minuto di corsa.

Non voglio che Jennifer se ne vada e ogni volta che è in questo stato, senza dirmi il perché, sento come un muro tra di noi pronto a dividerci. Non voglio. Alla fine della lezione usciamo in corridoio e la spingo verso la parete incombendo su di lei con il mio corpo.

«Non mi avevi ancora baciato oggi» le dico.

«Sì che l'ho fatto.»

«No, non l'hai fatto.» Raccolgo i nostri due zaini. «Sembrava più il bacio della morte il tuo. Cosa avevi stamattina?» chiedo in un sussurro.

Smette di respingermi e la sento sospirare. Non me lo dirà. «Niente, Josh.»

Mi sposto dal suo collo per guardarla negli occhi. «Abbi almeno la decenza di non mentirmi» sbotto staccandomi da lei.

«Cosa vuoi che ti dica, Josh?»

«Perché stavi così sovrappensiero e non parlavi con nessuno?»

«Da quando sono tenuta a dirti tutto quello che mi passa per la testa?» si arrabbia.

«Forse da quando sei la mia ragazza? Oppure da quando hai detto di amarmi?» ringhio nervoso. «Non ho detto che mi devi dire ogni tuo pensiero, ma mi piacerebbe sapere perché stai male!» alzo la voce.

«Io non sto male!»

«E continui a mentirmi» rido amaramente.

Raccolgo il mio zaino da terra e mi allontano da lei furioso.

«È libero?» domando al tassista che sta aiutando una donna a scaricare delle valigie.

«Sì, certo.»

Faccio un cenno con il capo e aspetto impaziente che finisca di aiutare la donna, così posso salire. Ancora non riesco a crederci che ho lasciato la mia adorata moto davanti a scuola. Forse passerò a prenderla tra qualche ora, o stasera.

«Ecco fatto, ragazzo!» mi dice il signore indicandomi lo sportello.

Entro dentro e gli do l'indirizzo di casa mia.

«Stupida Jennifer!» Stupida Jennifer che mi fa incazzare. Stupida Jennifer che mi fa incazzare come nessun altro.

«Come, scusa?» mi domanda il tassista.

«Eh?»

«Ha nominato una certa Jennifer» ridacchia.

Faccio un sorriso imbarazzato e fisso le mie gambe non volendo continuare la conversazione.

«Poi ovviamente se la ragazza stupida ha due fantastici occhi verdi e dei capelli rossi, allora direi che ne vale la pena» insiste lui.

Alzo subito di scatto la testa e lo guardo a occhi sbarrati. Cos'è, un indovino?

Davanti al cancello di casa mia c'è Jennifer che mi aspetta. Cosa ci fa qui?

«Aspetti solo un secondo» dico all'autista, e scendo verso di lei.

Quando mi vede con gli occhi sbarrati comincia a ridere, ma io rimango serio.

«Potere di un Milton» ride.

Sospiro e torno verso il tassista per pagarlo.

«Oggi stiamo insieme» dice Jennifer quando torno indietro.

«Cos'è, un ordine?» uso il suo tono solito.

Lei mi sorride e la mia rabbia svanisce. Così non vale!

«È che a volte credo di non farcela» mi dice seria senza distogliere lo sguardo dal mio.

«Cosa intendi?»

Ora la situazione è più seria e sembra che ogni parola che esce fuori dalla sua bocca le stia costando uno sforzo enorme. Mantengo la distanza, anche se vorrei andare da lei e baciarla. Ma voglio sentire cos'ha da dirmi.

«Intendo che a volte mi sento come se stessi tornando indietro...» Chiude gli occhi per un attimo. «So che ho fatto dei passi avanti, che li abbiamo fatti, ma ho come la sensazione che non riuscirò mai a uscirne davvero.»

«Uscire da cosa?»

«Dalla fossa» sussurra.

«Non saresti venuta qui da me. Tempo fa non avresti mai preso carta e penna per scrivere ciò che provi. Non mi avresti mai mostrato il tuo blocco da disegno, portato nella via degli artisti o nella tua vecchia casa. Mi hai parlato di tua madre e di come ti sei sentita quel giorno. Mi sei stata vicina nei momenti più orribili senza mai scappare, quando persino io sarei fuggito da me stesso.»

«Cado sempre» continua a ripetere come assorta.

«Poi ti rialzi, no?» le sorrido triste nel vedere il suo sguardo.

Passa qualche minuto in cui lei non dice niente, finché non la vedo annuire sorridendo lievemente.

«Sì» dice ancora più convinta. «Poi mi rialzo.»

Jennifer's pov

«Su su, non mi pagano per parlare con i giocatori, ma per allenarli.»

«Infatti nessuno ti paga» continua a ridere Josh palleggiando.

«Stai contraddicendo il coach?» Assumo un'espressione severa.
«No» mi risponde tutt'altro che serio.
«No cosa?»
«No, coach» continua a ridere.
Siamo nel cortile sul retro di casa sua, e Josh palleggia velocemente mentre io lo torchio fingendomi il suo coach. Sono contenta di essermi presentata a casa sua perché so che se non lo avessi fatto quella litigata sarebbe continuata per giorni.
La realtà è che mi dispiace di averlo trattato così e so che non ha davvero capito il motivo della mia reazione, ma era un po' che non facevo quel sogno e mi ha scombussolata più del dovuto.
Non voglio perdere questa mia stabilità. Non voglio perdere lui.
«Josh, io ti amo, lo sai vero?» Non so nemmeno perché l'ho detto e devo ammettere che il mio cuore aumenta ancora il ritmo quando lo dico.
«Lo so...» mi rassicura avvicinandosi e prendendomi il viso tra le mani. «Me lo hai dimostrato da ancora prima di quella lettera.»
Ed è vero.
«Non ti nascondo niente.» Gli accarezzo il ciuffo di capelli. «Ma a volte ho solo bisogno di chiudermi un po' in me stessa.»
«È che...» Non sembra sicuro di quello che vuole dire. «Quando ti comporti in quel modo mi sembri così distante da me, intoccabile, e mi fa impazzire. Quando ti conoscerò fino in fondo?» mi domanda.
«Quando piangerò.»
Quando riuscirò a sentire di nuovo il sapore salato delle lacrime sulle mie labbra.
Quando sentirò il calore del pianto sulle mie guance, allora sarò libera da tutto. Me lo sento che quando piangerò sarà il passo finale.
Sarò libera dal dolore che mi hanno inflitto e che ho inflitto a me stessa. Le lacrime che mi hanno abbandonata, quando torneranno, saranno la mia libertà.
«Dammi tempo e ti regalerò una lacrima.»

35

Jennifer's pov

L'omino Michelin continua a spiegare convinta che gli altri stiano capendo quello che dice. Ma credo che sia arrivata a un punto in cui le importa semplicemente che non si faccia casino. Sono vicino a Drake, ma Olly è lontana da noi perché è arrivata tardi.

La sua spiegazione al ritardo è stata: «Ieri sera ero con Alan». Non ho voluto sapere altro.

«Jennifer, Jennifer» mi richiama Drake per la quinta volta.

«Drake, ascolta la lezione!»

«La sto ascoltando.»

«Ma se ti sei svegliato da cinque minuti.»

Da quando è iniziata la lezione non ha fatto altro che dormire, ma da quando si è svegliato non ha fatto altro che distrarmi.

«Non stavo dormendo. Riposavo gli occhi» si giustifica.

«Ah sì? Riposavi gli occhi russando?»

«Era per ingannarti.»

Rido piano per la sua stupidaggine del momento. Fortuna che Meredith non è in classe con noi, altrimenti Drake non avrebbe potuto nemmeno appoggiare la testa sul banco.

«E poi sono stanco...» si lamenta. «Fortuna che è l'ultima ora.»

«Drake, hai saltato le prime due ore entrando in ritardo. Josh mi ha detto che hai dormito anche durante scienze e che sei entrato a metà lezione di economia. Come fai a essere stanco?»

Mi liquida con un gesto della mano e appoggia di nuovo la guancia sul banco. Mi chiedo come farà quando ci saranno gli esami.

Quando la campanella suona, Drake scatta verso la porta.

«Ma cos'ha?» mi domanda Olly.

La testa riccia di Meredith fa capolino fuori dalla nostra aula e ora sappiamo perché Drake è praticamente volato dalla classe.

«Ciao, amore» squittisce Meredith. «Com'è andata?»

«Sono un alunno modello, lo sai» dice guadagnandosi una mia occhiataccia.

«Jennifer» mi richiama Meredith, «ti va di accompagnarmi in centro dopo?»

«Certo, che ti serve?»

«Un libro di testo.»

«Ehi» si imbroncia Drake. «Perché non lo hai chiesto a me?»

Meredith si gira verso di lui fissandolo in modo strano. «Perché mi serve un libro di testo» ripete come giustificazione.

«Vengo anch'io!» esclama Olly. «Devo fare delle commissioni in centro.»

«Tu non vai da nessuna parte» sentiamo da dietro.

Melissa e le bamboline vengono verso di noi.

«Abbiamo gli allenamenti» dice Melissa a Olly.

«Ancora? Ma la coach nemmeno c'è.»

«Infatti ci ha riunite Tatiana» le risponde con una smorfia. «Quanto vorrei che in una di quelle maledette piramidi cadesse e si rompesse un braccio.»

«Ma io non voglio andare in centro da sola dopo» si lamenta come una bambina Olly.

«Dài, durano solo un'ora visto che ci ha chiamate lei e non la coach.»

«Se durano solo un'ora, Olly, possiamo anche aspettarti e poi andare insieme, no Jennifer?»

Olly mi guarda con la faccia speranzosa e io alzo le spalle. Non mi cambia niente, anzi, ne approfitterò per passare in biblioteca e portarmi avanti con lo studio.

«Grazie!» Si butta su Meredith abbracciandola. «Sei troppo dolce.»

«Così la soffochi!» le dice Drake mentre Meredith ride.

A Olly è sempre piaciuto strapazzare Meredith. La ritiene una specie di cucciolo innocuo che può accarezzare.

«Okay okay, basta smancerie» la stacca Melissa. «Dobbiamo andare.»

«Ciao a tutti!» salutano le bamboline.

Socchiudo gli occhi verso di loro e faccio un cenno. Giuro che un giorno scoprirò se si mettono d'accordo per parlare contemporaneamente.

«Meredith, io vado in biblioteca per questa ora, vieni con me?»

«Certo!» mi sorride raggiante.

«Vengo anch'io» si unisce Drake mentre ci avviamo.

«Hai qualcosa da studiare?» gli domanda Meredith.

«No.»

«E allora cosa vieni a fare?»

«Vengo a vedere voi studiare.»

Meredith scuote il capo per niente rincuorata, mentre Drake la abbraccia. Credo che Josh abbia ancora un'ora o due di lezione, non sono sicura.

Passiamo il resto dell'ora successiva a studiare. Sto facendo delle ricerche per il professor Lennon, che sembra darmi un po' di tregua ultimamente, ma è solo un periodo, ne sono sicura. Sta semplicemente ricaricando le batterie per tornare all'attacco. Credo che gli studenti vengano al suo corso solo per vederci litigare. Meredith è seduta nella postazione computer mentre cerca informazioni riguardo a dei libri di testo, e persino Drake sta riguardando degli esercizi di matematica. Lo fa solo perché se no Meredith si arrabbia con lui, ne sono certa.

Il mio cellulare vibra e stacco lo sguardo dal foglio per vedere chi è.

Messaggio da Josh:

"Vedo una sfigata che studia".

Alzo gli occhi verso la lunga finestra sul lato sinistro della biblioteca e trovo Josh proprio davanti a me, che mi guarda da fuori. Mi saluta con la mano sorridendomi.

Messaggio a Josh:

"Vedo uno sfigato che saluta una sfigata".

Messaggio da Josh:

"Puoi uscire fuori a salutarmi o sono troppo sfigato per te?".

Ridendo rimetto il telefono in tasca e mi alzo dal tavolo.

Apro la porta della biblioteca e Josh entra dentro.

«Che trio interessante.»

«Sì, io e Meredith stiamo aspettando Olly per andare in centro e Drake fa finta di studiare per non far arrabbiare Meredith.»

Josh ride e poi mi prende per mano attirandomi più verso di lui. Il suo sguardo ora è serio e io so anche perché.

«Pronta per domani?»

«Più o meno.»

Domani abbiamo, speriamo l'ultima, udienza in tribunale. Lena, essendo molto meno coinvolta di Steven in tutti i suoi casini, ha scelto il patteggiamento, ma con Steven è diverso. Non gli è nemmeno stato offerto e lui non lo ha richiesto perché il suo reato è troppo grave. Questa storia sarebbe già finita se Steven al momento dell'accusa non avesse fatto il matto. Il mio avvocato mi ha detto che sicuramente l'avvocato di Steven non voleva procedere in quel modo, ma durante l'udienza Steven ha fatto tutto di testa sua e infatti è scoppiato il putiferio. Continuava a inveire contro Josh dicendo che anche lui è sempre stato in mezzo a quella merda e che è colpa sua se è successo tutto questo. Ovviamente sono tutte menzogne, ma queste cose sono difficili da tenere nascoste alla stampa. Mio padre e il signor Cliver stanno provando a tenere tutto il più nascosto possibile e non voglio nemmeno immaginare quanti soldi hanno dovuto tirare fuori. I giornalisti si sono placati, ma sappiamo già che con la nuova udienza torneranno in agguato, pronti a cercare di scoprire qualsiasi cosa da noi due. Se viene fuori il passato di Josh che lo lega in qualche modo a Steven è la fine. Per la sua carriera scolastica, nel basket e probabilmente per il suo futuro nell'azienda dei Cliver. Sarà un inferno.

«Andrà bene, vedrai» mi rassicura Josh. «Sarà l'ultima volta che entreremo in quel tribunale.»

«Non è per me che mi preoccupo.» Alzo il viso verso di lui e mi bacia.

Gli rimarrei accanto, lo so per certo. Ma so anche che se dovesse uscire qualche articolo sarebbe tutto più difficile e non abbiamo bisogno di difficoltà ora. Picchietta la lingua sul mio labbro e io gli lascio l'accesso con piacere.

Che questa brutta sensazione che ho avuto tutto il tempo riguardasse l'udienza di domani?

«Lo sfigato si unisce a noi?» gli domando dopo essermi staccata.

«Ho un'altra ora di lezione, ci vediamo dopo?»

«Oggi sono con tua sorella.»

«È sempre in mezzo, quella nana da passeggio!»

«Ti ho sentito, brutto idiota!» dice Meredith.

Se c'è una cosa che ho capito di Meredith è che può essere la persona più dolce del mondo, ma con Josh non si risparmia mai.

«Se riesco passo da te stasera, okay?»

Annuisco e poi ci salutiamo. Torno da Drake e Meredith mentre lui si avvia verso la sua prossima lezione. Il resto del tempo passa in fretta e in un attimo ci ritroviamo fuori dalla palestra in attesa di Olly.

«Mia mamma e mio papà sono con tuo padre e Isabel» mi dice Meredith mentre guarda il cellulare. «Mi ha appena avvisata mia madre.»

«Non lo trovi strano?» le chiedo.

«Cosa?»

«Non so. Mio padre ha avuto tanti soci in vita sua, ma non ha mai instaurato un vero e proprio rapporto di amicizia, e soprattutto all'inizio sembrava esserci molta tensione tra loro.»

Ancora mi ricordo quanto fosse ansioso mio padre prima dell'incontro con il signor Cliver. Mi è sembrato strano perché ha sempre mantenuto il sangue freddo ed erano gli altri ad aver paura di lui. Ma poi ho capito che quell'incontro era più importante di quanto pensassi, visto che Daniel Cliver è fondamentale per l'azienda, però che diventassero amici non lo avrei mai creduto.

«Be', io credo che sia normale, invece» mi distrae Meredith dal mio pensiero. «In fondo non è solo un socio di tuo padre, lavorano spesso insieme, anche fuori orario. È normale che si sia instaurata una specie di amicizia e poi, comunque sia, Josh è il tuo ragazzo e credo che a tuo padre faccia piacere avere un rapporto con la nostra famiglia.»

«Sì, giusto...»

Non so, probabilmente tutta questa stupida ansia addosso e quel maledetto sogno mi stanno facendo fare pensieri troppo strani.

La porta della palestra si spalanca e ci giriamo credendo che Olly abbia finito di preparasi, invece esce Tatiana con una sua compagna. Guardo Meredith che mi fa un sorriso rassicurante, sa quanto lei mi dia sui nervi. Da quel giorno durante l'ora di letteratura non ci siamo più parlate, ed è meglio così, ma a quanto pare lei non la pensa allo stesso modo.

Proprio mentre passa davanti a noi si volta, insieme alla sua compagna, puntando le mani sui fianchi. Mi guarda con occhi di sfida e so già che vuole discutere.

«Perché siete qui?» domanda in tono cattivo.

«Non per te» mi volto a guardare se Olly si è decisa a uscire.

«Siamo qui per Olly, la stiamo aspettando» spiega Meredith.

Tatiana continua a rimanere impalata davanti a noi, e a me sta dando sui nervi.

«Cosa vuoi, Tatiana? Il tuo respiro mi dà sui nervi.»

«Voglio le tue scuse.»

Mi volto incredula verso di lei. «Come hai detto?»

«Ho detto che devi chiedermi scusa.» Mi punta il dito contro la spalla. «E anche alla mia compagna di squadra.»

«Prima di tutto non provare a toccarmi.» Le tolgo la mano dalla mia spalla. «Non devo scusarmi né con te né con lei.»

La mia reazione non le piace per niente e finalmente si toglie quel ghigno sfacciato che ha avuto per tutto il tempo.

«Tu ti credi chissà chi solo perché tuo padre è ricco, ma in realtà vali meno di zero.»

«I tuoi insulti mi fanno così male che sto per piangere, Tatiana» le dico in tono ironico mettendomi la mano sul cuore. «Guarda, vattene, perché mi stai lacerando il cuore.»

«Mi stai prendendo in giro?» si infuria ancora di più.

«Ma chi, io?» domando con finto sconcerto. «Non potrei mai.»

Meredith ridacchia, e ora Tatiana ha il viso rosso di rabbia. Si avvicina di nuovo a me e cerca di spingermi la spalla, ma mi sposto di poco verso Meredith e la sua mano colpisce il muro.

«Gran bei riflessi per essere il capo delle cheerleader.»

«Tu sei una stupida!» mi urla contro. «Sei troppo ingenua per capire che chi ti sta attorno lo fa solo perché il tuo cognome vale qualcosa!»

«Questo non è affatto vero» si mette in mezzo Meredith.

A me viene da ridere perché Tatiana non ha la minima idea di cosa sta dicendo. Non sa tutte le cose che sono successe tra me e il mio gruppo.

«Meredith, ti consiglio di stare zitta» dice la compagna di Tatiana.

«Io consiglio a te di stare zitta, visto che apri bocca solo per darle aria» inveisco.

«Tu» mi punta il dito contro a distanza «devi farti da parte e chiedermi scusa per quello che mi hai detto durante letteratura e chiedere scusa a lei per quello che le hai detto dopo la partita dei ragazzi.»

Ora mi ricordo! È la ragazza che, mentre Flex litigava con Olly e Alan, rideva.

«Io» mi avvicino «non chiedo scusa per aver detto la verità!»

Tatiana alza il braccio spalancando il palmo e, ancora prima che possa spostarmi o ribattere, il suo gesto si ferma a mezz'aria. Qualcuno le ha stretto il polso e quando mi giro vedo Melissa con dietro Olly e le bamboline.

«Cosa stavi per fare?» le domanda Melissa abbassandole il braccio.

«Non ti mettere in mezzo» risponde brusca lei ritirando il braccio e rivolgendosi subito dopo a me. «Devi stare alla larga dalla mia vita.»

«Ma che acidi ti fai? Nemmeno sapevo come ti chiamavi finché non sei venuta a rompere!»

«Sì, invece!» Ora sembra quasi isterica. «Prima Josh era sempre con me. Lui, Alan e Drake erano sempre al tavolo con noi e sei riuscita ad abbindolare persino Olly e Melissa. Te le sei giocate bene, le tue carte. Hai persino fatto in modo che la dolce e ingenua sorella di Josh fosse dalla tua parte.»

«Lei non ha abbindolato proprio nessuno!» si fa avanti Meredith particolarmente arrabbiata. «Noi stiamo con lei perché ci piace la sua compagnia e Drake non sta con te perché sta con me!»

La guardiamo leggermente stupite per il suo sfogo. Quando nota i nostri sguardi, arrossisce e si ricompone. Ciop ha un grande effetto su Cip a quanto pare. Olly ridacchia e Tatiana la fulmina.

«Come ci si sente, Jennifer?» mi domanda poi. «Come ci si sente a entrare nelle mutande di qualcuno in cui sono entrate praticamente tutte?»

«Come ci si sente a essere usate e poi gettate via, Tatiana?»

La sua ira non si placa. «Sei così convinta di valere qualcosa per lui, vero?» avanza verso di me. «L'unica cosa che ti differenzia da tutte le altre è che stai durando un po' di più. Forse perché si sta divertendo o forse perché gli affari di tuo padre sono importanti per la sua famiglia. Chi lo sa?»

«Tatiana...» ringhia Melissa.

«Ma di una cosa puoi stare certa.» Si avvicina ancora. «Josh si stancherà di te, succederà, fidati. Poi non dire che non ti ho avvertita.»

Non so se mi fa più pena il fatto che sia così convinta o il fatto che se la stia prendendo perché Josh non se la fila più.

Non le rispondo neanche e mi sporgo per aprire il mio zaino. Tiro fuori un quaderno e una penna sotto gli occhi confusi di tutte.

«E adesso cosa stai facendo?» mi domanda Tatiana scocciata mentre strappo un foglio bianco.

«Lo vedi il disegno?»

«Non c'è nessun disegno.» Mi guarda come se fossi stupida. «Il foglio è vuoto.»

«Esatto!» le sorrido. «Come il tuo cervello.»

Spalanca la bocca mentre le bamboline scoppiano in una grande risata.

«Non sai nulla di quello che è successo tra me e Josh. Come non sai nulla della mia vita, quindi fai un favore a me e anche a te stessa: chiudi la bocca.»

Faccio per andarmene e anche le altre si girano, ma Tatiana mi ferma per il braccio.

«Spero che almeno lui sappia in che casini si sta infilando nello stare con una famiglia che porta avanti affari illeciti.»

«Chiudi-quella-bocca.» Sto perdendo la pazienza.

«Tuo padre...»

«Non parlare di mio padre!» Tolgo il braccio furiosamente facendola barcollare, e lei ride.

Era questo che voleva. Farmi perdere la pazienza, farmi infuriare e sono riuscita a evitarlo. Ma queste provocazioni che continua a tirare fuori non riesco a mandarle giù. Non conosce il vero motivo per cui siamo stati rapiti e solo perché c'era Lena di mezzo, come tutti sanno, è giunta alle sue fasulle conclusioni.

«E perché no? John Milton che...» Viene fermata di nuovo, ma questa volta non da me.

Un sonoro e potente schiaffo risuona nelle nostre orecchie facendoci spalancare gli occhi. L'amica di Tatiana è paralizzata, mentre quest'ultima si sfrega la mano sulla guancia, scioccata.

Melissa respira sonoramente con la mano ancora per aria. «Non parlare di lui in quel modo.» Non avevo mai visto quello sguardo in lei. «E non avvicinarti più a Jennifer.»

«Tu!» urla Tatiana. «Sei una pazza! Sono il tuo capitano, come ti permetti? E soprattutto a te cosa te ne frega?»

Ho osservato spesso Melissa durante i nostri incontri e non mi è mai sfuggito che mio padre le piace. È sempre arrossita chinando il capo quando si complimentava per i suoi lavori di sartoria e non l'ho mai sentita dire una parola fuori luogo nei suoi riguardi. Non ha mai avuto una figura paterna e credo che in lui ne veda una.

«Sei strana, lo sai? Dovresti baciarmi i piedi solo perché ti ho fatto rimanere nella squadra dopo tutte quelle assenze ingiustificate che avevi fatto. Invece prendi pure le sue difese! Io e te ci conosciamo da anni, mentre lei la conosci a malapena.»

Melissa torna indietro mettendosi al mio fianco. «Io e te non siamo mai state amiche e lei mi conosce più di te. È la mia sorellastra.»

«Cosa?» spalanca la bocca l'altra.

«La mia famiglia non si tocca, Tatiana.»

È la prima volta che si riferisce a me come la sua famiglia e stranamente non mi dà fastidio. All'inizio pensavo a Melissa e a Isabel come delle intruse nella mia vita; con il passare del tempo ho cominciato a considerarle una presenza piacevole, ma mai una famiglia. Ora però mi rendo conto che mio padre è innamorato di Isabel e che è molto più felice. Melissa crede davvero nel loro legame e anche nel nostro.

«Andiamocene» si fa avanti Olly. «Non abbiamo niente da fare qui.»

«Se voi ve ne andate con lei e non mi porgete le vostre scuse, siete fuori.»

«Come?» chiede scioccata Olly.

«Avete capito. Se andate con lei senza chiedermi scusa non disturbatevi a venire agli allenamenti di domani o di dopodomani. Non venite proprio più.»

Non ci posso credere. Le sta davvero cacciando dalla squadra?

«Lo può fare? Non lo fa la coach?» domando a Olly.

«Oh, sì che posso! Io e la coach andiamo d'amore e d'accordo e ho molte cose da suggerire per la vostra espulsione.»

L'amica di Tatiana decide di parlare. «Tatiana ti ha coperta quando hai fatto tutte quelle assenze, ma può sempre ribaltare la situazione, e per quanto riguarda te, Olly» le lancia un'occhiataccia, «sono sicura che non sarà contenta di quello che succede tra te e Alan.»

Olly stringe i pugni per la velata minaccia e ora anche Joanna e Alissa sembrano infastidite.

«Sei più meschina di quanto credessi» le dico acida. «Questo è il tuo unico modo di tenerti accanto qualcuno?»

«Prima impari a giocare, prima ne esci vincitore» si rivolge a me soddisfatta.

Le cheerleader sono importanti per Melissa e Olly, non rinuncerebbero mai al loro posto.

Si sente un grande tonfo e vediamo la borsa delle cheerleader di Olly sbattere per terra.

«Cosa fai?» chiede Tatiana nel panico.

«Non sei tu a cacciarmi.» Mi si avvicina. «Sono io ad andarmene.»

«Te ne pentirai, Olly.»

«No, per niente» ride lei.

«Olly, non devi» sussurro.

In tutta risposta scuote la testa e dà un calcio al borsone che va a finire ai piedi di Tatiana.

«La gelosia ti logorerà perché Jennifer ha quello che tu non puoi avere. Il punto è che non è lei che sta con noi, ma siamo noi a voler stare con lei. Non farò di nuovo lo stesso errore, ho già perso Jessica, non perderò anche Jennifer. Sono fuori dalle cheerleader.»

«Sono fuori anch'io.» Anche Melissa butta il suo borsone. «Non ho mai voluto farne parte, credevo solo di essere migliore agli occhi degli altri indossando quella divisa. Ora ho capito che ho persone e cose molto più importanti nella mia vita e non siete né tu né la squadra.»

Tatiana si gira verso le bamboline e anche noi. Joanna e Alissa si guardano per poi alzare le spalle sorridendo e buttando le loro borse.

«Noi stavamo nelle cheerleader solo per stare con Melissa» dice Joanna.

Si spostano dalla nostra parte mentre Tatiana ci guarda a metà tra l'infuriata e l'indignata.

«Hai perso la dignità e anche quattro cheerleader in una sola volta» la deride Melissa.

«Buona fortuna, capitano» le augura in tono ironico Olly.

Facciamo per andarcene e questa volta nessuna di loro due ci ferma. Ma mentre camminiamo Meredith si gira rossa in viso e con un broncio da bambina fa un passo verso Tatiana.

«E comunque non credere che non sapessi che cercavi di avvicinarmi solo perché volevi Josh. Non sei tu che hai rifiutato me, ma sono io che non ho voluto esserti amica. Jennifer vale mille volte più di te e non riusciresti a eguagliarla nemmeno se ti ci mettessi d'impegno.» Sembra quasi sul punto di finire, ma riapre di nuovo bocca: «E poi mio fratello ha sempre detto che a letto fai schifo. E non avvicinarti a Drake».

Scoppiamo tutte in una risata sguaiata mentre Meredith arrossisce all'improvviso, ma ritorna da noi con aria decisa.

Olly le passa un braccio sulle spalle dopo averle scompigliato i capelli e poi comincia un discorso strano su quanto si senta bene e Meredith ride assieme alle bamboline per il suo parlare a manetta. Io rimango indietro con Melissa.

È una sensazione così strana essere difesa da qualcuno in quel modo. A forza di cavartela da sola ti abitui a non guardarti più attorno alla ricerca di qualcuno.

Questa volta, ovunque mi girassi, avevo qualcuno al mio fianco, ed è stata una sensazione così bella che non riesco a capire come ho potuto farne a meno per così tanti anni.

«È okay?» mi domanda.

«Non dovevi lasciare le cheerleader per questa cosa.»

«Credo sia l'unica cosa buona che io abbia fatto» mi rivolge un'occhiata veloce. «Forse non mi crederai, ma tuo padre ha trattato mia madre e me mille volte meglio di quanto abbiano fatto i suoi compagni precedenti o mio padre stesso.»

«Credo… credo che ci tenga davvero a te e a Isabel» le dico.

«Lo credo anch'io» sorride serena. «Comunque entro domani tutti sapranno che siamo quasi sorellastre.»

«Che poi in teoria non lo siamo nemmeno.»

«Già» ride. «Ma ci stava dirlo, ha fatto grande scena.»

«Sia chiaro» le punto un dito contro. «Non credere che solo per questo potrai venire a casa mia a farmi le treccine o mettermi lo smalto alle unghie».

«Non voglio sprecare un minuto della mia vita con te, Jennifer.»

Annuiamo serie, ma i nostri sguardi sono sereni perché sappiamo che se una di noi avesse bisogno, l'altra ci sarà. Sempre.

Hanno lasciato le cheerleader per me… le mie amiche lo hanno fatto per me.

«Signorina Milton, signorina Milton! È vero che Josh Cliver l'ha trascinata con sé in pericolosi problemi del suo passato?»

Due bodyguard continuano a farci spazio nel bagno di folla in modo che io e mio padre possiamo avere un varco in cui passare. Poco più in là a destra riesco a scorgere Josh che è nella stessa identica situazione. Ci scambiamo uno sguardo rapido prima di entrare in macchina e dividerci.

«Josh starà bene, non è trapelato niente, io e Daniel abbiamo tutto sotto controllo» cerca di rassicurarmi mio padre, e io annuisco.

Non ne parlerà davanti ai due bodyguard e io non ho intenzione di approfondire l'argomento. Non ci possiamo fidare di nessuno.

Le domande che ci sono state poste appena usciti hanno fatto subito agitare Josh.

«Signor Cliver, è vero che il rapimento è stato una vendetta contro suo figlio? Era amico di quelle persone? Le conosceva?» Questa è stata la domanda che li ha fatti scattare come segugi.

Un altro gruppo di giornalisti è appostato davanti al nostro cancello. Sono meno rispetto a quelli di prima, ma comunque troppi. Greg si fa largo tra la calca entrando nel cancello.

È andata bene perché Steven è stato incarcerato in modo definitivo e qualsiasi accusa nei riguardi di Josh è caduta. Non credevamo che saremmo arrivati fino a questo punto, ma a fine udienza sono stata praticamente travolta dall'euforia di Leo.

Mi ha abbracciata e fatta volteggiare per minuti, quasi fosse più felice di me. Josh non poteva crederci, ma si è fatto anche lui prendere da una grande euforia e mi ha baciata per la prima volta davanti ai nostri genitori senza rendersene conto.

Il sollievo che ho provato è stato immenso. Ho sentito come se un grande peso si fosse spostato dal mio petto.

Il campanello suona senza sosta e subito dico a Anny di andare ad aprire. La figura di Clark attraversa il cancello e in poco tempo è davanti alla mia porta.

«Come hai fatto a sorpassare quei bestioni al cancello?» chiede.
«Il distintivo è più forte dei bestioni» dice, superandomi per entrare in casa e poi girarsi di nuovo verso di me.
«Mi serve che mi ascolti. Siediti.»
Apre il cappotto mettendo una mano dentro a una tasca interna e poi tira fuori un foglio. Me lo porge, ma io lo guardo esitante. Cosa vuole? Perché è qui?
«Prendilo, Jennifer, è meglio per te.»
Il foglio è azzurro con una scritta gialla in alto. All'improvviso sento le gambe cedere e devo reggermi a qualcosa.
«Stai bene?»
No, per niente. Ma non riesco a dirlo.
Questo è un estratto di un articolo di gossip della stessa rivista che ha pubblicato più volte pezzi su di noi.

Rapimento o vendetta?
Perché mai una rivista di gossip dovrebbe parlare di rapimenti?
Quando però i protagonisti sono Josh Cliver e Jennifer Alexandra Milton, allora il motivo c'è eccome!
La disgrazia che è accaduta ai due giovani ormai è nota a tutti e, nonostante sia passato del tempo, la notizia continua a creare forti dubbi e domande in ciascuno di noi. Jennifer e Josh non hanno mai proferito parola al riguardo e nemmeno alcun membro della loro famiglia. Ma oggi il primogenito di Daniel e Margaret Cliver ha avuto una strana reazione alla domanda di un reporter.
Quando gli è stato chiesto se conosceva di persona i suoi rapitori, Josh si è paralizzato come se fosse stato colto sul fatto.
Quindi noi ora ci chiediamo…

«Sono riuscito ad averlo per caso» mi dice Clark quando finisco di leggere.
«Clark» faccio un sospiro, «l'FBI non si occupa di articoli di gossip, perché hai tu questo articolo?»
È impossibile che questo pezzo sia finito tra le sue mani casualmente e di certo non è passato tra le mani del suo distretto come prova.
«Quando lo pubblicheranno?»
«Non ne ho idea. Ma non ci vorrà molto.»

«Grazie, Clark, per avermene parlato prima che uscisse, lo riferirò a mio padre.» Alzo il capo e vedo che lui mi sta osservando, come se stesse cercando di capire qualcosa. «Sei felice con Josh?» mi chiede poi.

«Cosa vuoi dire?»

«Quello che ho chiesto.»

«Sì.»

Mi scruta pensieroso valutando la mia risposta e alla fine si richiude il cappotto.

«Stai attenta, Jennifer. Con Josh, con te stessa e con chiunque altro verrà nella tua vita.»

«Non cominciare, Clark. Se hai qualcosa da dire, fallo e basta.»

«Nella mia vita molte volte mi è capitato spesso di sapere cose sugli altri che non avrei voluto sapere. Mantenere un segreto è molto pesante.»

«Cosa stai dicendo, Clark? A cosa ti riferisci?»

Esce dal salotto, ma lo afferro per il cappotto prima che possa andarsene. Non può lasciarmi di nuovo così. Senza una spiegazione.

«Quando ti ho chiesto perché hai dato del bugiardo a Josh in classe, mi hai detto che era perché pensavi che lui lavorasse ancora con Steven e che mi stesse vicino per quello. Hai detto la verità, giusto? Era quello il motivo.»

«Sì» risponde senza esitazioni.

«Allora perché mi stai mettendo in guardia su Josh? Cosa succede?»

«Non ti ho messo in guardia su di lui, ma in generale.»

«Clark, parla!»

«Non posso...» scuote la testa. «Io non dovrei sapere.»

E poi apre la porta. Lasciandomi di nuovo piena di dubbi e domande.

È passata una settimana e finalmente posso dire di riuscire a respirare a pieni polmoni.

«Josh, hai capito cosa ti ho detto?»

«Mamma, ho capito! Me lo hai ripetuto sette volte.»

Margaret gli rivolge un'occhiataccia mentre si sistema gli orecchini nello specchio in corridoio.

«Allora io vado» si infila il cappotto. «Chloe, Alex, venite qui!»

L'altro ieri sono riuscita ad andare a scuola e oggi finalmente non c'era più nessuno appostato fuori a casa mia, perciò ora sono da Josh.

L'articolo non è ancora uscito, ma potrebbe accadere domani come tra due settimane.

È la prima volta dopo giorni burrascosi che io e Josh riusciamo a passare del tempo sereni. La conversazione con Clark mi ha tenuta in ansia per giorni e ancora non riesco a togliermela dalla testa, ma a Josh non ho detto nulla e per fortuna lui non si è accorto di niente.

«Eccoci» dice Alex mentre scende le scale con Chloe vicino.

«Io devo andarmene, ora. Tra poco vi verranno a prendere, nel frattempo starete con Jennifer e Josh, va bene?»

«Sì, signora Cliver» risponde Alex mentre Chloe fa un segno d'assenso.

«Alex, ti ho ripetuto più volte di chiamarmi Margaret.»

«È più giusto signora Cliver.»

Josh scuote la testa come se avesse perso le speranze e Margaret lo guarda perplessa prima di salutarci tutti e andarsene.

«Se Chloe diventa strana come te ti verrò a cercare a casa» gli dice Josh dal divano.

«Se Chloe dovesse diventare come te la porterò via da casa tua.»

«Non cominciate!» dico prima che si scateni l'ennesima guerra.

«Bisogna mettere le cose in chiaro da adesso, prima che scappino una notte senza dire niente a nessuno per i Caraibi o una cosa simile. Ci sveglieremo un giorno e troveremo una lettere di addio in camera di Chloe e il suo armadio vuoto. Tutto questo perché lui è il demonio!» Josh punta un dito contro Alex.

Ma lui si ricorda quanti anni hanno?

«In realtà andremo sulle montagne, mi sembra di averlo già detto» replica Alex.

«Smettila!» ringhia alzandosi.

«No, tu smettila!» Si alza anche Alex mettendosi davanti a lui.

Chloe osserva confusa la scena mentre io vorrei solo prendere il cellulare e fare un video per guardarlo fino allo sfinimento. Il campanello suona e mi avvio ad aprire.

«Salve, sono venuta a prendere Chloe e Alex. Sono la loro baby-sitter.»

«Oh, certo» le do un'occhiata distratta. «Chloe, Alex, venite subito qui che dovete andare.»

Tengo la porta aperta guardando verso il salotto e noto Alex e Josh che si guardano in cagnesco mentre lui aiuta la sorella a mettersi il giubbotto.

Mi volto verso la ragazza e lei mi sorride mentre aspetta pazientemente. Sembra gentile, eppure c'è qualcosa di familiare.

Si sente un piccolo tonfo e vedo il cellulare di Josh per terra. Alzo lo sguardo verso di lui, che ha gli occhi spalancati mentre guarda in direzione della porta. Poi si sente la sua voce, e io vorrei non avesse mai parlato.

«Caroline?»

36

Josh's pov

«Caroline?»

Caroline è davanti a me.

Non nei miei pensieri, nei miei incubi o nei miei sfoghi d'ira, ma davanti a me in carne e ossa. È leggermente diversa dall'ultima volta che l'ho vista e soprattutto dalla foto che avevo nel comodino. Mi guarda dritto negli occhi e io non riesco a distogliere lo sguardo dalla sua figura.

È magnetica come sempre, ma adesso ancora di più. I suoi capelli biondo chiaro ora sembrano quasi d'oro e arrivano sotto le spalle. La sua pelle è leggermente abbronzata, mentre i suoi occhi azzurri mi scrutano critici come al solito. Il suo trench legato stretto e i jeans attillati sottolineano la vita sottile e il fisico slanciato.

Caroline è sempre stata come un magnete che attirava tutte le attenzioni delle persone attorno, e ora, dopo anni, è riuscita un'altra volta a fare una delle sue consuete entrate a effetto.

Raccogliendo il silenzio e tutti gli sguardi su di sé.

«Lei… lei è la baby-sitter di Chloe e Alex» spezza il silenzio Jennifer continuando a guardarla.

Chloe stacca la mano da Alex e indica freneticamente me e Caroline. Subito il mio capo scatta verso Jennifer, che ha gli occhi spalancati. Anche lei ha capito.

Chloe sapeva tutto!

Tutte le volte che si lamentava della baby-sitter e mi indicava non era perché voleva stare con me, ma stava cercando di far capire che la sua baby-sitter aveva a che fare con me.

Io… io non riesco a crederci.

«Josh…» sorride Caroline entrando, e io automaticamente faccio un passo indietro.

Non riesco a parlare per lo shock. Mi ero scordato quanto la sua presenza mi agitasse.

«Tu sei la loro baby-sitter?»

«Sì, ecco io…»

Ma non le do il tempo di continuare: «Sei la baby-sitter di mia sorella?» Ora sto urlando. «Cosa ci fai qui?»

Caroline spalanca gli occhi e Jennifer si avvicina a me, mettendomi una mano sulla spalla.

«Josh…» sussurra. «Stai spaventando Alex e Chloe.»

Solo ora mi accorgo che Chloe non è più dietro di me, ma dietro Jennifer, assieme ad Alex.

Non è possibile che lei sia la loro baby-sitter. Mia madre lo sa? Non farebbe mai una cosa del genere, l'ha sempre odiata, ancor prima che lei scappasse.

«So che vuoi delle spiegazioni e io…»

«Io non voglio niente da te.»

La mia reazione le piace.

Sa che non mi è indifferente, che ha lasciato un profondo vuoto in me e che non l'ho mai dimenticata. Ma soprattutto sa che io, invece, le spiegazioni le voglio.

«Ne sei sicuro? Josh, so che sei sorpreso di vedermi qui e nemmeno io pensavo che sarei tornata. Voglio solo parlarti.»

Parlarmi.

Non ci posso credere! Ma con quale coraggio?

«Non voglio parlarti. E Chloe rimane qui con noi» dico.

«Come vuoi. Ma Alex è il figlio di un'amica di mia madre e io ho una responsabilità verso di lui.»

Alex la guarda accigliato, ma in realtà sta guardando tutti noi perché non capisce cosa stia succedendo. «Io non capisco…» borbotta.

«Forza andiamo, Alex.»

Per quanto quel bambino mi stia sui nervi, vorrei dirgli di rimanere anche lui qui. Che non c'è niente di buono nella mano che Caroline gli sta porgendo.

«Vedrai Chloe domani, Alex» dice in tono dolce Jennifer.

Jennifer.

Per fortuna che è qui, perché non avrei saputo che fare se fossi stato da solo. Questo è troppo.

«Ciao, Chloe, ci vediamo domani, promesso» la saluta Alex con la mano.

Caroline si allontana senza salutare e senza guardare negli occhi nessuno. È arrabbiata perché l'ho ignorata e perché le ho urlato contro. Perché le ho mancato di rispetto e i piani non sono andati come ha deciso lei.

Sono io quello arrabbiato, non tu!

«Tu vuoi parlarle, vero?» chiede Jennifer dopo qualche minuto di silenzio.

«No, io...»

«Josh» mi interrompe brusca, «non mentirmi.»

«Io sento che mi merito delle spiegazioni. Mi sono sempre chiesto dove ho sbagliato, cosa l'ha portata a scappare, e questo dubbio mi ha perseguitato per anni. Sento che se finalmente avessi delle spiegazioni riuscirei a liberarmi di tutte queste domande.»

«Quindi vuoi parlare con lei.»

«Voglio avere le mie spiegazioni» ribatto.

Caroline è tornata proprio nel momento in cui Jennifer si è fidata di me. Quando ha cominciato a credere davvero che la amo. È tornata nel momento in cui lei mi ha rivelato di amarmi.

Sembra quasi l'abbia fatto apposta.

È tornato un altro casino.

È tornata Caroline.

Jennifer's pov

Dopo quella specie di chiacchierata ci siamo baciati a lungo. È sembrato un bacio più disperato, il suo. Come se volesse convincersi di qualcosa.

È rimasto distratto e silenzioso tutto il tempo, finché non è tornata Margaret.

Quando Josh le ha spiegato cos'era successo, Margaret è sbiancata. Ha spalancato gli occhi e la bocca per un lasso di tempo così lungo che mi avrebbe sicuramente divertita, se la situazione non fosse stata quella.

Alla fine abbiamo scoperto che, per un problema e per un altro, Margaret non aveva mai visto la baby-sitter di Chloe.

Credevo di aver capito quello che Josh mi aveva ripetuto tante volte, ma solo ora l'ho davvero compreso. È bastata la sua presenza per pochi minuti e si è scatenato il caos.

La cosa che mi fa più male? Lo sguardo di Josh quando l'ha vista. La tristezza, la sorpresa, la rabbia o il rimorso sono arrivati dopo. Perché la prima cosa che ha attraversato il suo viso è stata la speranza. Speranza di cosa? Non ne ho idea.

«E comunque Josh odia Caroline!» Melissa balza di nuovo vicino a me sul letto.

Si sono precipitate tutte a casa mia appena saputa la notizia.

«Sì, esatto» si butta anche Olly, «Josh ama te. Caroline è il passato.»

Per Josh non è solo questo. Quel passato buio ha contaminato il suo presente, e ora sta mettendo in pericolo il nostro futuro.

«Okay, se non volete seguire il mio piano A dell'incidente stradale allora seguiamo il piano B» esclama Olly, mentre Meredith è accoccolata vicino a me.

«E sentiamo, in cosa consisterebbe?»

«Be', prima di tutto ci serve una corda e una botola» dice.

Meredith non si è mossa e sembra quasi spaventata all'idea di lasciarmi andare.

«Se vuoi posso dormire qui stanotte, che ne dici?»

«Meredith» ridacchio, «hai paura che scappi dalla finestra e che non torni mai più?»

«Jennifer, tu devi esserci.» Il suo viso è completamente serio ora.

«Ci sono già. Sono qui.»

«Non hai capito. Devi esserci per Josh. Non lasciarti sopraffare dalla presenza di Caroline, e soprattutto non lasciarti mettere da parte da lui. Lo farà. Lo fa sempre. Crederà di potercela fare da solo senza trascinare nessun altro, ma non è così. Tu non la conosci, Jennifer. Prende i tuoi punti deboli e te li sbatte contro finché non crolli. Ti manipola con così tanta astuzia che non te ne accorgi nemmeno. È subdola, e se è ritornata significa che c'è qualcosa che vuole, a Manhattan. Sai che penso sempre in positivo, ma...»

«Credi che quel qualcosa sia Josh» continuo per lei.

«Josh è innamorato di te.»

Sbuffo. Josh è innamorato di me, sì. Ma per quanto lo sarà ancora?

37

Jennifer's pov

Ritardo. Ritardo. Ritardo.

Quando finalmente trovo un posto e mi incammino, vedo una figura snella appoggiata al muretto, vicino al cancello della scuola.

Cosa ci fa qui Caroline? Sta aspettando Josh?

Pensavo si sarebbe fatta sentire al più presto, invece per diversi giorni nessuno l'ha nominata. Il suo nome sembrava quasi vietato. Infatti Alan ha cominciato a chiamarla "Caremort", un misto tra Caroline e Voldemort. Quanto vorrei darle un pugno sul naso per farla assomigliare di più a Voldemort.

Tutte le volte che vedevo Josh la mia mente continuava a ripetere la frase: "Oh, mio dio, ha parlato con Caroline".

Mi accorgo solo ora che sono rimasta a fissare la sua figura, scordandomi che sono in un ritardo bestiale. Ricomincio a camminare spedita, sforzandomi di ignorarla.

«Jennifer!» mi ferma. «Tu sei Jennifer Alexandra Milton, vero?»

«Ti serve qualcosa?» Tipo un biglietto di sola andata per il Polo?

«Be', credo di aver capito che tu sei l'attuale ragazza di Josh. Ma sappi che quando io voglio qualcosa lo ottengo. Sempre. In tutti i modi possibili.»

Mi sta forse mettendo in guardia minacciandomi?

«Parliamoci chiaro, miss "spunto fuori dal buco del culo dopo anni". Lui ti odia.»

«No, lui odiava il fatto che io non ci fossi.»

La mia sicurezza vacilla. Vorrei vomitare per quanto le sue parole mi sembrano vere.

«Sei solo il nuovo giocattolo. Ritirati adesso prima che tu ci rimanga troppo male, Jennifer.»

Questa è guerra e la vincerò io.

«Togliti di mezzo, Caroline, perché se io sono il nuovo giocattolo, tu sei quello vecchio.»

Josh's pov

Corro al piano di sopra senza aspettare una sua risposta, in modo che Jennifer non se ne vada senza di me. Riesco ad arrivare davanti alla sua classe, ma ho il fiatone come se avessi appena corso la maratona.

Tutta questa situazione mi ha distratto persino dagli allenamenti.

Jennifer sembra davvero sorpresa della mia presenza qui, ma non dice niente.

«Pensi di attirare qualche vagina presentandoti davanti alla mia classe ansimando e con i capelli scompigliati?»

«Solo la tua.»

Alza gli occhi al cielo. «Che romantico.»

Le prendo lo zaino dalle spalle, ma lei lo trattiene guardandomi duramente. «Non pesa, oggi.» Sembra quasi voglia rimproverarmi. Come per dire: "Dov'eri tutti gli altri giorni?".

«Lo prendo lo stesso.» Glielo tolgo facendo finta di non notare il suo sguardo tormentato.

«Josh, oggi...»

«Oggi?» Cosa vuole dirmi? È successo qualcosa oggi?

«Oggi... ehm... Come stai?»

Non è questo che voleva dirmi, lo avrebbe fatto subito se no. Decido di non rispondere, perché oggi voglio solo recuperare tutta la confusione che ho creato in questi giorni. Perciò la avvicino a me baciandole la fronte per poi prenderla per mano mentre ci incamminiamo verso la mensa. Troviamo lì Olly, Alan, Meredith e Drake.

All'inizio, quando qualcuno di noi prima di pranzo non aveva lezione andava subito a casa. Non aveva senso rimanere a mangiare qui. Ma da quando questa sottospecie di gruppo si è riunito il pranzo in mensa o al campus è diventato un rituale. Non mi ricordo quando è successo o se lo abbiamo deciso, ma ormai sappiamo che, lezione o meno, a pranzo siamo tutti qui.

Devo parlare assolutamente con Jennifer e, soprattutto, cercare di chiarire tutta questa situazione.

«Ti va di stare insieme fino alle cinque? Dopo ho gli allenamenti.»

«Va bene.»

«Okay, allora facciamo così: prendiamo la mia macchina e andiamo a casa mia. Prendo il borsone, così dopo posso tornare direttamente qui agli allenamenti e tu puoi riprendere la tua auto.»

«Come sei intelligente» ridacchia, e io la spingo leggermente.

Non vedo l'ora di passare il mio tempo con lei, ma so anche che la conversazione che voglio affrontare potrebbe rovinare tutto.

Jennifer's pov

Non mi sono nemmeno accorta che Josh aveva smesso da un bel po' di fare il borsone e mi stava osservando.

«Cosa c'è?» gli chiedo.

«A cosa pensavi?» mi risponde con un'altra domanda.

«A niente.»

Josh sbuffa perché ovviamente non mi crede, e molla il borsone per terra venendomi vicino.

«Cosa pensi di Caroline?»

«Che è una stronza» rispondo, ovvia.

«Intendo della situazione.»

«Che è una stronzata.»

Scuote la testa sorridendo e mi avvicina a sé. Tocca la mia fronte con le dita e poi ci appoggia la sua, chiudendo gli occhi ed esalando un respiro.

«Sei qui con me in questo momento, Josh? O sei da un'altra parte?»

«Sono qui con te, come sempre» mi risponde aprendo gli occhi.

«Non rivuoi Caroline?»

Lui scuote la testa e mi sorride tanto da farmi stringere il cuore. Tira su la mia maglietta fino a sfilarla, la butta per terra e mi guarda come se fossi la cosa più bella in questo mondo. Le sue labbra mi baciano il collo, le scapole e il viso, ripetutamente, in modo lento e regolare. In un modo di cui non mi potrei mai stancare.

«Ma… vuoi parlare, vero?» balbetto accarezzandogli gli addominali mentre mi morde la spalla.

«Jennifer…» soffia poco lontano dal mio orecchio. «Se non scopro cos'è successo due anni fa ne sarò tormentato tutta la vita. Non voglio niente da Caroline, ma voglio qualcosa dal mio passato. La verità che non ho mai avuto. Forse non mi crederai, ma non lo voglio solo per me. Sento che, se finalmente uno dei fantasmi del mio passato venisse scacciato via, riuscirei a farti entrare ancora di più nella mia vita. Perché sei l'unica ragazza che ora voglio, e ti vorrò anche dopo aver parlato con lei.»

«Rimani?» gli chiedo, come sempre.

«Rimango.» Strofina il naso contro il mio facendomi ridere.

Andrà tutto bene!, urlo al mio cuore.

38

Josh's pov

«Trentacinque, trentasei, trentasette...»

Ormai è un'ora buona che mi alleno in cantina e devo dire che mi sento proprio bene.

«Quarantadue, quarantatré, quarantaquattro...»

Arrivato a cinquanta flessioni mi alzo e tolgo la maglietta, asciugandomi il petto madido di sudore. Cerco il cellulare nella tasca del piccolo borsone e noto che c'è un nuovo messaggio.

Jennifer:

"Chiamami subito! Emergenza!".

Oh, mio dio. Panico!

Compongo il suo numero immediatamente, col cuore in gola per l'ansia e la preoccupazione.

«È fantastico Josh, ho passato l'ottavo livello delle marmotte, ora sono al nono!» mi risponde.

«C-cosa?» Ditemi che non è vero.

«Sono al nono!» ripete entusiasta. «Sono una grande, vero?»

Datemi la forza necessaria per sopravvivere a questa relazione!

Mia madre mi chiama dalla cucina dicendo che è pronta la cena. Saluto Jennifer e mi cambio velocemente per presentarmi a tavola.

«Dov'è Meredith?» chiedo sedendomi.

«È andata a cena con Drake e i suoi genitori» risponde mia madre, mentre ci riempie i piatti.

«Io credo che passi troppo tempo con Drake» borbotta mio padre.

«Be', prima non usciva proprio di casa, quindi direi che va bene.»

«Non studia mai, è sempre in giro.»

«Mamma, mi serve un favore.»

«Dimmi.»

«Mi dovresti dare il numero di Caroline.»

È un po' che continuo a ripetermi che devo parlarle, ma non sapevo come contattarla. Finché non mi sono ricordato che, anche se mia madre non l'avesse mai vista, doveva comunque avere il suo numero, visto che è stata la baby-sitter di Chloe.

«Cosa? No!» sbotta lei.

«Come, scusa?»

«Cioè, volevo dire, perché lo vuoi?»

«Mi serve.»

«Per cosa?» domanda agitata.

Ma cosa cavolo...

«Margaret, credo sia un suo diritto avere quel numero se lo vuole» interviene mio padre alzando lo sguardo critico su di me. «Poi qualsiasi cosa succederà dopo, se la vedrà lui.»

Il senso della sua frase è così palese che probabilmente l'ha capito anche Chloe, che ci osserva in silenzio: se dovessi rovinare il rapporto con Jennifer per colpa di Caroline, sarà solo colpa mia.

Ma io sono sicuro di me stesso, anche se tutti gli altri sono ansiosi nonostante io continui a ripetere che non voglio tornare insieme a Caroline, ma solo sapere la verità.

«Okay okay!» cede mia madre.

Continuiamo a mangiare in silenzio, e quando vado in camera mia mi metto a guardare il foglietto tra le dita. Chi lo avrebbe mai detto che Caroline sarebbe tornata?

Faccio un sospiro e finalmente mi decido a chiamarla.

«Pronto?» Stringo il telefono non appena sento la sua voce. «Pronto?»

«Caroline.»

«Josh?» domanda sorpresa.

«Sì, sono io. Ti devo parlare.»

Posso farcela.

Devo farcela.

Apro il cancello aspettando che la sua figura si presenti davanti a me.

Ed eccola lì. Avvolta in un cappotto marroncino, con i jeans neri e le scarpe alte. Il viso perfettamente truccato e i capelli raccolti in una coda curata.

Sono abituato alle code di Jennifer, che non hanno un senso logico visto che di solito se le fa mentre corre per le scale per arrivare in tempo a scuola. Quasi sorrido al pensiero.

«Ciao, Josh» mi saluta entrando, e io chiudo subito la porta.

«Andiamo in salotto.»

Mi siedo sul divano e la vedo guardarsi un po' attorno, forse in cerca di qualche cambiamento dall'ultima volta che è stata qui. Mi fa davvero uno strano effetto vederla camminare in questa stanza dopo più di due anni.

«Non pensavo avresti voluto parlarmi. L'ultima volta non ne sembravi intenzionato» mi rivela sedendosi accanto a me.

«Anch'io pensavo che non avrei voluto, ma ho capito di averne bisogno.»

«Per?»

«Per andare avanti.»

Non voglio Caroline. Voglio delle spiegazioni.

«Perché?» le chiedo in un sussurro.

«Io avevo bisogno di andarmene...» Accavalla le gambe. «Sentivo che questo non era più il mio posto. Mi sentivo soffocare e appena ne ho avuto la possibilità me ne sono andata.»

«Non capisco...»

«Josh, la mia vita mi sembrava così monotona. Facevo sempre le stesse cose, con le stesse persone...»

«È per questo che mi hai tradito?» Sobbalza. «Per questo quel giorno, quando sono venuto a casa, tu eri con quel tizio? Ero troppo monotono per te?»

«No, io... non so perché l'ho fatto. Sarò sincera, pensavo di essermi stancata semplicemente di te. Per questo sono andata a letto con un altro, credendo che fosse la nostra relazione il problema. Eri sempre così giù di corda dopo che Kevin se ne era andato, non venivi più con me alle feste, evitavi tutti e io mi sentivo ancora più fuori posto. Poi, quando sei entrato in quella camera, ho capito che il problema non eri né tu né nessun altro. Ero io che non stavo più bene a Manhattan, che avevo voglia di un'altra vita. Così sono andata in Florida.»

«Eri la mia ancora Caroline. L'unica cosa che mi era rimasta. E quel giorno ero venuto da te per dirti che avrei sistemato tutto. Poi ti ho trovato con...» non riesco nemmeno a dirlo. «Avevo deciso di lasciar perdere, perché volevo ricominciare, ma tu il giorno dopo sei sparita. Ti rendi conto? Sarei passato sopra un tradimento per quanto ero distrutto.»

Kevin torna. Kevin torna sempre, continuavo a ripetermi, ma lui non era tornato. Solo dopo anni avevo scoperto che lui in realtà era in prigione, per questo non era tornato. È successo tutto troppo in fretta: l'alcol, le droghe, Kevin, gli abbandoni, Caroline, il fatto che un giorno stavo quasi per fare del male a Meredith.

È stato troppo per me, mi sono rialzato per miracolo.

«Sono entrato in giri che mi hanno trascinato nella merda. In giri che mi creano problemi anche adesso. A me e alle persone che amo.»

«Mi dispiace, Josh...» sospira. «Andare in Florida però è stata la scelta giusta. Ho ritrovato la mia strada e ora sono un'altra. Stando a Manhattan ero diventata una persona che non volevo essere.»

«Ma perché non mi hai detto niente? Mi hai lasciato senza spiegazioni, non sapevo nemmeno dove fossi.»

«Josh...» mi guarda con dolcezza. «Mi avresti seguito, ne sono certa.»

Ha ragione.

«Quando ho visto che sei stato sequestrato mi sono sentita malissimo. Pensavo che saresti morto e mi sono sentita come se mi avessero tolto un pezzo fondamentale. Per questo ho deciso di tornare... per te.»

«Caroline...» indietreggio di un passo. «Cosa stai dicendo?»

«Dovevo rivederti, sapere se stavi bene, perché se ti fosse successo qualcosa e io non ti avessi più rivisto non me lo sarei mai perdonato. Perciò sono tornata da mia madre, ma non ho trovato il coraggio di venire subito da te. Mi sono presa il mio tempo, e intanto mi sono cercata un lavoro. Mia madre ha detto che una sua amica aveva bisogno di una baby-sitter per suo figlio e mi sono offerta, ma ti giuro che non sapevo di Chloe.»

«Non sapevi che Chloe era mia sorella? Ma cosa stai dicendo?»

«Sì che lo sapevo, ma non sapevo che ci sarebbe stata anche lei. Quando sono andata a casa del piccolo Alex e ho visto Chloe mi è preso un colpo, ma solo dopo ho capito che tua madre ignorava che non ero una Caroline qualunque. Avevo intenzione di dirtelo il prima possibile, ma non trovavo mai il coraggio di presentarmi alla tua porta… Finché non è stato inevitabile.»

La sua pelle è così perfetta mentre la guardo avvicinare le labbra alle mie. Tutto così perfetto e non… non… c'è nemmeno una lentiggine.

La spingo via quasi con forza e lei barcolla all'indietro.

Ora mi è tutto più chiaro. Non sono arrabbiato. Mi sento… sollevato? Non lo so, ma mi sento più leggero. Non è stato per colpa mia che se n'è andata. Io le avevo dato tutto me stesso, ma lei non lo ha accettato. Non è stata colpa mia. Lei ha abbandonato me e ora io abbandono lei.

Perché non è stata colpa mia… Perché sto bene. Ora sto bene.

«Vado un attimo di sopra a controllare Chloe e torno.»

Salgo le scale e apro la porta, ma in camera sua non la trovo. Vado nella mia e la vedo sul tappeto vicino al letto che gioca alla PlayStation.

«Chi ti ha insegnato a inserire i cavi, mettere il gioco e accenderla?» socchiudo gli occhi mentre lei mette in pausa. Ma che diamine… «Tu sai troppe cose.»

Lei ridacchia riavviando il gioco. Scuoto la testa, scendo di sotto e trovo Caroline seduta su una sedia in cucina con una birra in mano. Me ne porge un'altra e mi fa un sorriso di circostanza.

«Un'ultima birra insieme?» la alza verso di me.

«Ultima birra insieme.»

È così strano averla qui, mentre sorseggiamo una birra come se niente fosse. Ma la cosa più strana è che non sono arrabbiato come la prima volta che l'ho vista. Era a questo che mi riferivo quando ne parlavo con gli altri. Mi sono sempre chiesto: "Cos'ho fatto? Perché è scappata da me? Non le ho dato abbastanza?".

La verità è che io ho dato tutto a me stesso a una persona che non se lo meritava. Io mi merito di stare bene ora. Stare meglio, assieme a Jennifer.

La testa mi gira leggermente, ma è ovvio, visto che ho affrontato una delle conversazioni più importanti della mia vita.

«Posso chiederti una cosa?» le domando.

«Dimmi.»

«Qual è la tua parola preferita?»

«Josh, ma cosa stai dicendo? Non ti seguo.»

«La tua parola preferita.» Faccio spallucce e sento la testa girare ancora, perciò socchiudo gli occhi.

«Non ho una parola preferita. Non credo sia una domanda con un senso logico.»

La mia parola preferita è "civetta". Avanti Josh, dillo: civetta, civetta, civetta.

Rido e scuoto la testa.

Io voglio Jennifer. Mi passo le mani sul viso sentendo una stanchezza così forte che vorrei accasciarmi sul ripiano della cucina, ed è quello che faccio...

«Josh?» sento chiamarmi.

Vedo doppio e mi sento come girare. Non capisco, che mi succede? Vedo la figura di Caroline avvicinarsi a me e sollevarmi il capo per scrutarmi.

«Josh, riesci a sentirmi?» Faccio sì con la testa e sento un dolore lancinante.

Barcollo e mi accascio vicino al frigo tenendomi lo stomaco. Alzo gli occhi e Caroline mi guarda... sorridendo?

Si abbassa alla mia altezza e sfiora il mio viso con un dito. Alzo la mano per sottrarmi dal suo tocco, ma non riesco a farlo. È come se fossi troppo pesante per muovermi.

«Ormai dovresti conoscermi, Josh. Se voglio qualcosa, la ottengo.»

E ancora prima che io possa realizzare cosa sta succedendo, le sue labbra sono sulle mie e la sua mano mi tiene la mascella.

No. No. No!

Poi le sue labbra si staccano, e l'ultima cosa che vedo prima di addormentarmi è il suo sorriso subdolo.

Qualcosa mi sta toccando la mano. È un tocco delicato, quasi impercettibile. I miei occhi sono pesanti, ma riesco ad aprirli appena per vedere Chloe vicino a me che mi accarezza piano. Cosa... cos'è successo?

Mia sorella alza il pollice in su, ma io scuoto la testa perché non sto bene. Non sto bene per niente. Quante ore sono passate? Non c'è ancora nessuno in casa?

Prima che me ne accorga, sento un conato di vomito e corro verso il bagno più vicino per buttare fuori tutto ciò che il mio corpo ha da espellere. Non ne esce cibo, solo dei ringhi gutturali per lo sforzo. Ho la gola in fiamme. Mi sento in subbuglio, ma ora ricordo che prima non riuscivo a muovere nemmeno un muscolo. Continuo a vomitare finché non mi alzo per sciacquarmi la bocca, ed è lì che mi blocco.

C'è una chiazza rossa sul mio collo. Un succhiotto.

«No. No. Maledizione, no!»

Le sue labbra sulle mie si materializzano chiaramente nei miei ricordi.

L'ho tradita.

Ho tradito Jennifer.

39

Jennifer's pov

Sono a mensa con Olly, Melissa e Alan quando vediamo in lontananza Drake, Meredith e Josh che si avvicinano al nostro tavolo. Oggi è ancora più bello del solito.

Indossa dei jeans scuri e una camicia con il colletto alzato di jeans, con sopra un maglione beige. Non l'avevo mai visto così, ma sta tremendamente bene. I suoi capelli sono leggermente più disordinati del solito, ma gli danno un'aria sbarazzina.

«Ciao, gente!» saluta Drake sedendosi con Meredith a capotavola mentre Josh prende una sedia da un tavolo vicino a si mette accanto a me.

«Ehi» lo saluto, ma non mi guarda negli occhi. «Ehi!»

«Oh, sì, scusami, ecco...» Si gratta la testa. «Ho avuto un compito di recupero stamattina, ma credo sia andato male anche quello, perciò sono preoccupato.»

Annuisco pensierosa e lui si dirige verso le macchinette per prendere qualcosa da bere. Lo sguardo di Drake lo segue e appena nota che lo sto fissando mi sorride imbarazzato e rivolge tutta la sua attenzione a Meredith.

È la stessa situazione dei primi giorni dopo il ritorno di Caroline, e io non voglio ritrovarmici ancora.

Quando torna al tavolo continuo a fissarlo, e solo dopo parecchio finalmente gli occhi di Josh incontrano i miei senza distogliere lo sguardo. Anzi, mi sorride per poi baciarmi.

Tutta l'ansia che si stava creando svanisce non appena le sue labbra si posano sulle mie, poi ovviamente, avendo degli amici idioti, veniamo interrotti da una pallina di carta lanciata verso di noi.

«Prendetevi una stanza!» dice Alan, e Josh gli tira indietro la pallina.

«E voi prendetevi una casa e smettetela di usare i nostri spogliatoi.»

Alan fa un sorriso, come se fosse fiero di questa cosa, e Olly arrossisce così tanto che credo stia per svenire.

Il pranzo continua tra insulti e risate a più non posso, e anche Josh sembra decisamente più rilassato. Forse il nostro pranzo gli ha fatto dimenticare il suo brutto voto.

Il mio telefono trilla e noto che ho un messaggio da… Clark?

"Il pezzo è uscito."

Sbarro gli occhi e per poco non faccio cadere il telefono.

«Jennifer?» mi chiama Josh. «Cos'hai?»

«Josh, è uscito un articolo su di te…»

Rapimento o vendetta?

Sono sicura che sarà strano per voi leggere questo titolo. Perché mai una rivista di gossip dovrebbe parlare di rapimenti? Effettivamente non il tema di tutti i giorni, ma quando i protagonisti sono Josh Cliver e Jennifer Alexandra Milton… Allora le cose cambiano!

Non è la prima occasione in cui i due rampolli delle famiglie più in vista di Manhattan finiscono sui giornali, ma questa volta la causa è ben diversa. La disgrazia che è accaduta ai due giovani ormai è nota a tutti e, nonostante sia passato del tempo, la notizia continua a creare forti dubbi e domande. Jennifer e Josh non hanno mai proferito parola al riguardo, e nemmeno i membri delle loro famiglie. Ma dopo l'uscita dall'udienza in tribunale, il primogenito di Daniel e Margaret Cliver ha avuto una strana reazione alla domanda di un reporter.

Quando gli è stato chiesto se questo rapimento fosse incentrato su di lui e se conoscesse di persona i suoi rapitori, Josh Cliver si è paralizzato come se fosse stato colto sul fatto.

Quindi noi ora ci chiediamo: qual è il vero nesso tra Josh, Jennifer e i rapitori? La fuga di notizie dal tribunale è stata ridotta al minimo indispensabile e perciò noi esterni brancoliamo nel buio. Ma la reazione di Josh Cliver non è sfuggita a nessuno. Le teorie su questo caso sono state molte, dal "rapiti per soldi" al "puntavano le famiglie Cliver e Milton da tempo". Il che avrebbe senso, visto che il rapimento è stato messo in atto proprio ora che le due società si sono unite, ma ultimamente si comincia a pensare che ci sia qualcosa di molto più personale. Josh Cliver non è sempre stato un figlio tranquillo e attento all'alta società, anzi, ha sempre fatto parlare di sé, soprattutto in campo amoroso. Ma ora la questione è più seria: è possibile che si sia messo a frequentare le persone sbagliate? Che abbia contratto debiti che poi si sono riversati sui Cliver? Sarebbe fattibile, vista la sua reazione di panico alla domanda posta dal reporter. Oppure siamo completamente fuori strada e il tutto si concentra sui Milton! In fondo una delle persone coinvolte era proprio la segretaria di John Greg Milton e, da quando lui e sua figlia sono tornati, rimettendo in sesto le loro aziende, non si fa altro che parlare di loro. Ormai è assodato che la coppia Milton & Cliver è molto più seria di quanto si pensasse, visto che sembrano ancora più legati di prima, e pare proprio che il nostro Josh abbia definitivamente messo la testa a posto. Di certo c'è solo che la situazione è sospetta: le due famiglie potrebbero nascondere qualcosa. Casini su casini a Manhattan, cari lettori, ma d'altronde, da quando Jennifer Milton è tornata, è tutto assai frenetico!

«Dannazione!» sbotta Josh dopo aver letto l'articolo, e fa partire una chiamata sul telefono. «Mamma, devo parlare con papà! Non me ne frega niente se è occupato!» Ora sta urlando e la gente si ferma a vedere cosa succede.

«Devo parlare con mio padre» mi spiega poi, dopo aver riattaccato.

«Vengo anch'io» gli dico. «Ci siamo tutti e due. Starò con te, andrà tutto bene. Sono con te.»

Mi guarda e sono quasi tentata a indietreggiare per quanto sono tristi i suoi occhi.

«Io lo spero, che sarai ancora con me» mormora, così piano che non sono sicura di aver sentito bene.

Cosa succede, Josh? Cosa mi nascondi?

Josh's pov

Siamo arrivati a casa mia, ma mio padre ancora non c'è. Lo stiamo aspettando in salotto. Che gran casino!

«Jennifer ha i capelli rossi» dice Meredith.

Io e Jennifer ci giriamo guardandola strano e vediamo che sta scrivendo sul cellulare.

«E questo cosa vorrebbe dire?»

«Come?» Alza lo sguardo dal telefono.

«Hai detto che Jennifer ha i capelli rossi, cosa c'entra?»

«Eh? No, io non ho detto niente.»

«Jennifer ha i capelli rossi» sentiamo dire ancora.

La mia testa si gira di scatto. Chloe?

Meredith balza dalla poltrona e a Jennifer scappa un verso strozzato. Cosa? Cos'è successo?

Meredith sposta lo sguardo da Chloe a noi in modo nervoso. Ce lo siamo immaginati?

«Chloe, tesoro» la chiama Jennifer. «P-puoi ripetere cos'hai detto, per favore? Io non... non ho capito.»

Chloe posa il suo pennarello rosso e ci mostra il disegno che sta colorando, sorridendo.

«Jennifer ha i capelli rossi. La mia fata ha i capelli rossi» ripete.

«Oh, mio dio!» urla Meredith, e la attira a sé. «Oh, mio dio, Chloe!»

Sono in un completo stato di shock. Mi giro verso Jennifer che, come me, non proferisce parola.

«Tu hai parlato. Hai parlato!» Meredith sta piangendo mentre la stringe a sé, e Chloe sembra quasi disorientata, come se ci avesse parlato per tutto il tempo e noi stessimo avendo una reazione esagerata.

«Io... Io...»

«Meredith» ride Chloe, per chiederle di allentare la stretta, ma a sentire il suo nome Meredith scoppia in un pianto ancora più forte.

Non so cosa dire, perché viene da piangere anche a me. La sua voce è così da... bambina. Una bambina normale. Come tutti gli altri. Chloe ha parlato! Mia sorella ha parlato!

Sento uno schiocco sulla mia guancia e vedo Jennifer che mi

guarda sorridente, ma allo stesso tempo commossa. Stringo la presa sulla sua mano perché sento mancarmi le forze.

«Jennifer ha baciato Josh» dice Chloe battendo le mani, dopo aver visto il nostro piccolo scambio di effusioni.

Meredith ride e si stacca da lei mentre si asciuga le lacrime. Comincio a ridere anch'io, e sto per andare da lei quando aggiunge qualcosa che mi fa restare di sasso.

«Josh ha baciato Caroline.»

40

Jennifer's pov

«Jennifer ha baciato Josh.» Batte la mani. «Josh ha baciato Caroline.»

Nei libri leggevo sempre un sacco di volte la frase: "E attorno a me ogni cosa scomparve, e il tempo si fermò".

Mi sono sempre chiesta: "Ma cosa vuol dire?". Ora, invece, credo di aver capito in pieno quella frase. È come se qualcuno rompesse migliaia di finestre nello stesso momento e il frastuono si moltiplicasse nelle tue orecchie. I pezzi di vetro cadono, assordanti, impedendo a qualsiasi altro suono di arrivare al tuo udito. Sembra quasi che il tuo corpo smetta di funzionare. Non senti più il sangue scorrerti nelle vene, il cuore che pompa o il respiro che circola. Guardo le mie mani e le mie gambe: sembra davvero che il tempo si sia fermato, mi sento priva di mobilità. I vetri continuano a rompersi, ma non riesci nemmeno ad alzare la mano per tapparti le orecchie.

Sei immobile.

Sei indifeso.

Sei confuso.

Sei scomparso nel tempo.

Poi, dopo qualche minuto o qualche ora, la caduta dei vetri si placa e cominci a sentire i rumori che hai attorno. Ma io sento solo silenzio, in questa stanza. Forse era meglio il rumore. Il cuore comincia a pompare. Probabilmente non si è mai fermato, però tu lo sentirai andare più veloce che mai e ti porterai la mano al petto, perché sembra stia per uscirne.

La mia mano si muove e assieme a essa anche il mio capo, ma

lo alzo lentamente perché ho paura di spezzarmi qualche osso, mi sento fragile. Non mi sono mai sentita così.

Poi gli occhi scuri di Josh incontrano i miei, ed è lì che l'ultimo pezzo di vetro rimasto appeso cade in un tonfo più rumoroso di tutti quelli precedenti.

La rabbia prende il posto del sangue. La consapevolezza il posto del cuore, che torna al suo battito normale. E la tristezza prende il posto del respiro, facendolo circolare molto lentamente, così lentamente che mi sento svenire.

Però la rabbia è più forte. Più potente. Prende tutto il tuo corpo, come un dittatore rende suo uno schiavo.

Gli occhi di Josh non hanno più definizione, perché sono pieni di stupore, panico e... pentimento.

«No, no, Jennifer no, ti prego...»

Si avvicina a me e io mi alzo di scatto. I miei pugni si stringono così tanto che i palmi mi fanno male.

Gli occhi dichiarano i sentimenti e io riesco subito a percepire come il gelo stia invadendo il mio verde. Come una distesa di neve che ricopre tutti i prati.

Una sola frase ha messo in subbuglio il mio corpo, e adesso le parole giungono al mio cervello. Oh, questa è la parte peggiore.

"Josh ha baciato Caroline."

La frase si scaraventa nella mia testa e si ripete all'infinito finché non ne capisco completamente il senso, e allora la rabbia aumenta.

Josh si alza. «Jennifer, devi prima ascoltarmi, hai capito?»

«È vero?» domando guardandolo.

«No! Cioè sì, ma non è come pensi tu.»

Si sono baciati.

Josh mi ha... tradita. Non riesco nemmeno ad assimilarlo. Mi sembra una frase senza senso, come se non fosse possibile.

«Non guardarmi così, ti prego, aspetta!» Si para le mani davanti, come se stessi per scagliarmi contro di lui.

«O è no o è sì, Josh!» mi rendo conto di aver alzato la voce perché Chloe si avvicina a Meredith.

«Non capisci...» inizia, ma lo interrompo di nuovo.

«Josh» avanzo con la voce che trema, «non esiste una dannata via di mezzo in un bacio. Sì o no?»

«Jennifer, io...»

«Sì o no?» urlo a questo punto.

Non mi risponde, e questo mi basta e avanza. Raccolgo la giacca e mi avvio verso la porta, ma la sua mano mi blocca il braccio.

«Sì, okay? Ma mi devi far spiegare prima, perché non è come pensi tu.»

«Non lo è mai, vero? Non è mai come penso io, quando combini i tuoi casini! C'è sempre una grande storia dietro!» Libero il braccio dalla sua presa.

«Ascoltami, non è colpa mia, Jennifer!»

«Non ascolterò le tue bugie.»

Meredith continua a guardare Josh come se pretendesse anche lei una spiegazione. Si sentono dei passi provenire dalle scale e la figura di Margaret si materializza sulla porta.

«Ragazzi, ma che succede?»

Vorrei dirle che sua figlia parla, per vedere il suo sguardo riempirsi di gioia e stupore, ma l'unica cosa che riesco a dire è: «Chiedilo a tuo figlio».

Spalanco la porta e il vento freddo sferza la mia pelle. Sento i passi di Josh dietro di me, perciò comincio a correre verso l'auto.

«Jennifer, aspetta!»

Apro il cancello e arrivo subito alla mia macchina. Riesco a salire e a mettere in moto così velocemente da stupire persino me stessa.

Un secondo prima di partire, sento un colpo sul finestrino. Poi, mentre accelero, abbandono la figura di Josh in fondo alla strada. Cerco di mantenere il controllo per non premere troppo sull'acceleratore, ma ho una scarica d'adrenalina così forte che mi sento come se potessi ribaltare il mondo.

Josh ha incontrato Caroline senza dirmelo. L'ha baciata alle mie spalle. È questo il motivo del suo comportamento di oggi?

"Un brutto voto al test di recupero." Rido con cattiveria. Sì, certo, era proprio quello il motivo!

Chissà quanto tempo fa è successo o quante persone lo sanno. Mi dispiace così tanto per Chloe, sicuramente lei non credeva di scatenare tutto questo dicendo quella frase. Non me la ero immaginata così la prima volta che Chloe avrebbe parlato, ora sarà sicuramente spaventata per le nostre reazioni. Ancora non ci credo: non solo ha parlato, ma la sua prima frase riguardava me! E io ho reagito in quel modo, senza nemmeno sorriderle o abbracciarla.

Meredith era sconvolta quanto me, quindi è escluso che lei sapesse qualcosa. Come se non bastasse, un altro dubbio si insinua nella mia mente: in quanti sanno di Kevin?

L'articolo nominava Josh come primogenito, eppure mi sembra così strano che una rivista di gossip non sappia che in realtà i Cliver hanno un figlio molto più grande.

Comincio a battere la mano sul volante immaginando che sia io.

«Stupida Jennifer!»

Mi rendo conto di non essermi diretta a casa mia ma di trovarmi vicino alla via degli artisti. Parcheggio e scendo dall'auto senza pensarci due volte, ma la collera si impossessa di nuovo di me quando mi ricordo che lì, nel mio posto preferito, ci ho portato Josh.

Si è preso persino la zona che più mi rilassa al mondo! Mi sento ancora più idiota di prima.

«Ti odio!» sbotto calciando l'aria mentre cammino.

Delle persone mi guardano stranite, ma io continuo a camminare imperterrita. È il mio posto. La mia oasi di calma.

"Jennifer ha baciato Josh. Josh ha baciato Caroline."

«Basta» sussurro ancora a me stessa con voce flebile. «Basta, ti prego.»

Intravedo l'anziana figura di Martin, china sopra una tela mentre passa il pennello sul disegno. Aumento il passo per raggiungere il mio posto vicino a lui, come se fosse la mia salvezza. Mi siedo con un tonfo e mi accorgo di avere il respiro affannato quando in realtà ho solo camminato.

Mi rannicchio sulla seggiola che porta sempre con sé e avvicino le ginocchia al petto.

Martin si gira verso di me e mi regala un sorriso dolce senza chiedermi niente, probabilmente perché non può vedere il mio viso sconvolto, oppure perché ha già capito troppo.

E mentre me ne sto seduta qui, su questa seggiola, la via che ha raccolto la maggior parte dei miei dolori ne accoglie un altro. Quello di Josh.

«Andrà bene, signorina Jennifer» mi consola Martin.

Sì, lo avevo detto anch'io. E invece si è scatenato l'inferno.

Josh's pov

Sono fuori casa sua da tipo due ore, quando il cancello si apre e la macchina entra dentro. La seguo prima che il cancello si richiuda. Devo parlarle. Deve sapere che non rivoglio indietro Caroline e che non l'ho mai tradita. Dio, come potrei mai rovinare la cosa più bella con quella più brutta?

La portiera sbatte e Jennifer va spedita verso la porta.

«Jennifer, ascoltami!» Mi paro davanti a lei.

«Torna a casa.»

«No, cazzo, non me ne vado!» La trascino verso di me quando mi supera per andarsene. «Non ti ho detto che avevamo parlato perché non volevo ferirti.»

«Non toccarmi, Josh.» Si sfila dalla mia presa. «E tieni per te le tue stronzate! Se non avessi voluto ferirmi me lo avresti detto.»

«Non te lo avrei tenuto nascosto.»

"Credimi. Credimi. Credimi."

«Josh, cosa diavolo stai dicendo?» grida frustrata. «Sono venuta a sapere da tua sorella minore che mi hai tradita con Caroline! Caroline, ti rendi conto?»

Provo a spiegarle quello che è successo, ma, mio dio, non regge. Non so come spiegarlo, non ha senso nemmeno per me.

«Fammi capire...» serra la mascella per un attimo. «Tu hai chiamato la tua ex ragazza con cui sei stato due anni, a mia insaputa. L'hai fatta entrare in casa tua, ci hai parlato e avete "risolto"» mima con le dita le virgolette. «Poi, nonostante aveste concluso il dialogo, siete rimasti in cucina a bere una birra. Una birra in cui Caroline, di cui hai detto tante cose ma non che è una malata mentale, ha messo qualcosa. Poi tu ti sei sentito male... e lei ti ha baciato?»

Wow, fa ancora più schifo di quanto ricordassi.

«Sì, più o meno...»

«Hai la prova di questo fatto?»

«No.» Comincio ad agitarmi.

«E perché avrebbe dovuto farlo?»

«Per dividerci!» dico subito.

«E cosa avrebbe ottenuto? Se non lo avesse detto Chloe, io non lo avrei mai saputo. Come ci avrebbe divisi?»

«Be', questo devo ancora capirlo...»

Jennifer scuote la testa, come se avessi confermato tutti i suoi timori anziché chiarire i suoi dubbi.

«Aspetta, so che può sembrare assurdo…»

«Non sembra assurdo! Lo è!» Stringe i pugni. «Ti rendi conto di quello che dici? Nemmeno tu sai se ha senso o meno.»

«Io ti amo, Jennifer.»

«No, Josh.» Non so se sia stanca di urlare o semplicemente malinconica, ma la sua voce esce flebile. «Non puoi più dirmelo. Ho mantenuto la mia promessa e ti sono rimasta accanto, ma ora sono troppo stanca per rimanere, fa troppo male rimanere.»

«Ma io sono qui…» La mia voce trema.

«Be'… io non ci sono più.»

«Cosa? Ma cosa stai dicendo? Le ho parlato di te, l'ho rifiutata e mi sono sentito benissimo. Ho avuto in mente la tua immagine per tutto il tempo. Più parlavo con Caroline più le tue frasi e i nostri ricordi mi tornavano in mente. Mi sono sentito come se mi avessero liberato da una delle parti più oscure di me, e la prima cosa che mi è venuta in mente è stata che ora, finalmente, mi sarei potuto dedicare completamente a te. Sei sempre e solo tu, Jennifer. Ti prego di credermi.» La mia voce è incrinata. «Fidati di me.»

Il cancello si apre, sento una macchina entrare ma nessuno dei due distoglie lo sguardo. Il vento soffia su di noi e gli occhi di Jennifer si addolciscono dopo le mie parole. I suoi capelli rossi svolazzano e il suo verde mi scruta in cerca di sincerità. Mi guarda attentamente e poi qualcosa cambia. Si avvicina a me a passo veloce e non faccio in tempo nemmeno a capire cosa vuole che mi sposta il colletto.

Oh, mio dio.

Me ne ero completamente dimenticato. Jennifer si allontana da me cominciando a scuotere la testa e tenendosi lo stomaco. Come se qualcuno l'avesse appena colpita o stesse per vomitare.

La disperazione comincia a farsi strada in me e sento un groppo in gola. Non riuscirò mai a spiegarle tutto. Non mi crederà mai.

«Ragazzi, che succede?» domanda il signor Milton, che è appena sceso dalla macchina.

«Saluta Josh, papà» gli dice Jennifer con voce cupa. «Perché non lo vedrai più.»

Jennifer's pov

A quanto pare, Chloe non ha più detto una parola da ieri. Sembrava abbastanza scossa quando io e Josh siamo usciti. Mi sento tremendamente in colpa.

Dopo la scuola, accompagno Meredith a casa in macchina. Non ho voglia di incontrare Josh.

«So che ne abbiamo già parlato ieri, ma non so davvero che fare. Non sto dando la colpa a nessuno, ma ha parlato dopo anni e la sua frase ha scatenato un gran casino, era terribilmente scossa e sembrava quasi avesse paura di parlare ancora. Non ha più spiccicato parola e sembrava quasi distante...»

Il suo tono è così triste da farmi sentire ancora più in colpa.

«E pensi che io possa risolvere la cosa?» Svolto a un incrocio. «Perché non lo hai detto ai tuoi genitori?»

«Scherzi? A mia madre si spezzerebbe il cuore se sapesse che si è persa il momento, e ancora di più se scoprisse che probabilmente Chloe non lo farà più. Mio padre la porterebbe di corsa da dottori e psicologi, ma io so che non ha bisogno di questo.» La sua voce si spezza. «Non ne ha mai avuto bisogno. Io non so se può aiutare, ma ha parlato di te la prima volta e forse... io... non so.»

«Non preoccuparti. Parlerò con Chloe, non è un problema. Voglio farlo.»

Quando arriviamo dai Cliver, mi fiondo subito in camera di Chloe.

«Posso stare qui a guardare la televisione con te?» le chiedo entrando.

Serra le piccole labbra e fa scattare la testa da me alla televisione. Alla fine mi fa un cenno e mi avvicino.

"Parla, Chloe."

«Chloe, quello che è successo ieri non è colpa tua, lo sai, vero?» Scuote impercettibilmente la testa. «Pensi sia colpa tua?» Annuisce, continuando a guardare il cartone.

«Sono molto felice che tu abbia parlato, forse ieri non sembrava, ma tutti e tre lo siamo.»

Continua a scuotere la testa. Non so se è perché non mi crede o perché non vuole ascoltarmi.

«Peccato che non parli più, perché Meredith è molto dispiaciuta, Josh è arrabbiato con se stesso e i tuoi genitori sono all'oscuro di tutto perché la situazione spezzerebbe loro il cuore.»

Chloe si gira verso di me e noto che il suo labbro trema e i suoi occhi si riempiono di lacrime.

Le rivolgo un sorriso dolce. «La mia mamma non c'è più e avrei voluto dirle tante cose. Tu non vorresti dire tante cose alla tua mamma? Con la tua voce?»

Ora le lacrime scivolano sulle sue guance un po' paffute, ma non singhiozza. Vorrei abbracciarla, ma so che non è ancora il momento.

«Dov'è la tua mamma?»

Lo ha sussurrato come se fosse sbagliato parlare e io cerco di limitare lo shock nell'udire la sua voce.

«Spero in un posto più bello di questo mondo.»

La verità è che io so benissimo dove si trova mia madre. Lei è ovunque e da nessuna parte. Lei è nei miei incubi. In quella strada. In ogni singola goccia di pioggia. Nel cuore spezzato di mio padre. Nei miei disegni. Nel sangue spazzato via dall'acqua. Lei è in una tomba. Sotto terra.

Lei è morta.

«Non ti andrebbe di andare con Meredith alle partite di Josh e fare il tifo per lui? Oppure parlare con Alex?» insisto.

A questo punto le sfugge un sonoro singhiozzo, le lacrime scendono sul suo vestito e mi guarda con disperazione.

«È giusto parlare, Chloe. Le persone dicono continuamente cose sbagliate e cose giuste. Cose che rendono felici e cose che rattristano, ma è la vita. È il mondo, e tu ne fai parte.»

«Però urlavano sempre tutti...» mi rivela singhiozzando.

«Chi urlava?»

«Tutti.» Vacilla leggermente. «Quando qualcuno diceva qualcosa, urlavano sempre. A volte erano felici, ma dopo urlavano sempre e litigavano perché qualcuno non diceva le cose giuste.»

Ritorno indietro con la mente a una conversazione avuta con Meredith quando mi sono trasferita. Mi ricordo quando mi disse che in casa loro le liti tra Josh e suo padre erano all'ordine del giorno. Che Margaret litigava continuamente con il signor Cliver e finiva sempre per piangere. La maggior parte delle volte Meredith portava fuori Chloe, ma appena rientravano scoppiava un'altra lite.

«È per questo che hai deciso di non parlare a nessuno? Perché credi che, se parli, cominceranno a litigare tutti?»

«Succedeva sempre, e anche ieri io ho parlato e voi avete litigato...» Trattiene un singulto. «Non volevo dirlo. Scusa tanto.»

Se Chloe non avesse parlato non avrei scoperto niente, quindi dovrei ringraziarla. Ma l'unica cosa che mi viene da fare è avvicinarmi a lei e stringerla forte. Nasconde il viso nel mio petto e poi si lascia completamente andare. Piange sonoramente mentre le sue manine stringono il cappotto che non mi sono ancora levata.

«Va bene parlare, Chloe. Saranno tutti più felici.»

«Davvero? P-posso parlare?»

«Non aspettiamo altro» le sussurro all'orecchio.

Chloe continua a piangere, ma io non ho intenzione di fermarla, perché va bene così.

È giusto piangere. Forse un giorno lo farò anch'io.

41

Josh's pov

Arrivo in camera mia dopo degli allenamenti, pesantissimi, e trovo una scatola sul letto. Mi guardo attorno stranito e poi la prendo tra le mani. Non c'è nessuna scritta, quindi non è un pacco postale. Apro la scatola e rimango letteralmente di sasso.

«Non è vero…» mormoro scioccato.

Lì, in bella vista, giace un vestito azzurro. Quello che ho regalato a Jennifer e che lei ha indossato alla cena dei nostri genitori. Ricordo che sono rimasto letteralmente senza fiato quando l'ho vista e, be', dopo è rimasta senza fiato lei, in bagno.

Tiro fuori il vestito dalla scatola e il tessuto mi scivola tra le dita. La mia vita mi sta scivolando via.

Digrigno i denti quando mi rendo conto che non è l'unica cosa lì dentro. Ci sono tutti quei piccoli oggetti che nel corso del tempo le ho regalato senza nemmeno rendermene conto.

Prendo una bandana. Quella con cui le ho raccolto i capelli la notte che l'ho baciata, su quella panchina. La fascia verde. Quella da capitano che ha sempre portato a ogni mia partita.

Guardo di nuovo nella scatola e noto che c'è un cappellino azzurro.

«No, no, no!» sbraito.

Non posso credere che mi abbia riportato indietro queste cose. Sto quasi per calciare via la scatola, quando mi accorgo che c'è… un foglio?

No, è una foto. La tiro su e non riesco a capire se il mio sangue stia scorrendo più veloce o se si sia definitivamente fermato.

È la foto di Caroline. Quella che Jennifer aveva trovato nel mio comodino e che poi io avevo strappato davanti ai suoi occhi. Quello era stato l'attimo in cui avevo dimenticato Caroline una volta per tutte, e strappando la foto le avevo dimostrato di volere solo lei.

La foto è malridotta, riattaccata con uno spesso nastro adesivo, ma ora è intera, mentre in me tutto si sta spezzando.

E l'ultimo briciolo di cuore, orgoglio, speranza e felicità viene spazzato via nel momento in cui giro la foto e trovo scritto: "Spero che tu sia contento di riaverla. Marcisci nel tuo passato con lei, perché ti sei giocato il tuo presente con me".

Devo per forza parlare con Jennifer.

«Anny, cos'hai preparato di b...» La sua voce si smorza quando mi nota. «Cosa ci fai qui?»

Mi sono precipitato subito a casa sua e, per fortuna, Greg mi ha aperto. Se fosse stato per Jennifer, sicuramente sarei ancora fuori dal cancello.

«Cosa ci faceva questa in camera mia?» Alzo la busta con la scatola. «Come hai potuto ridarmele indietro? Cosa significherebbe, eh? Che è finita?» le urlo, una volta in camera sua.

«È finita già da quel giorno a casa tua» sibila, e io non riesco più a contenere la rabbia.

«Io ti avrei creduto, Jennifer. Forse non mi amavi abbastanza. Non mi amavi come hai sempre detto di amarmi.»

Ormai non so più che dire. Questa è la mia conclusione, non ho altre parole per esprimermi. Ma a quanto pare lei non sembra del mio stesso parere. Se pensavo che avesse finito la voce, mi sbagliavo di grosso.

«Non ti amo abbastanza?» Il fatto che abbia usato il presente e non il passato come ho fatto io mi solleva. «Come ti permetti? Dimmi, Josh, quand'è che avrei dovuto fidarmi di te? Avrei dovuto fidarmi di te quando per uno stupido scherzo mi hai mandata all'ospedale? Mi sarei dovuta fidare di te quando ero lì inerme su quello schifoso pavimento della palestra? No, no, aspetta! Dovevo fidarmi di te quando io e Drake ti abbiamo sentito dire a Melissa che secondo te non meritavo neanche degli amici, con il carattere che avevo. Che non ero abbastanza per te. Oppure dovevo fidarmi quando ho visto il mio nome assieme ad altri cento nella tua fantastica lista? Oh, no, ma che dico?» ride isterica. «Avrei dovuto fidarmi di te quando, nonostante io lo avessi scoperto, ti avevo pregato di dirmi che non avevi finto, che stavi davvero con me, ma tu non lo hai fatto!»

Ogni ricordo rievocato è come una lama che mi affonda nel petto e la mia bocca è troppo asciutta per ribattere.

«Dimmelo, Josh! Ora non mi dici che mi devo fidare di te? È esattamente quello che mi ripetevo sempre io. "Mi fido di Josh" continuavo a ripetermi tutte le volte che guardavo Melissa, perché sì, ovviamente tu ti sei fatto anche la mia futura sorellastra. "Mi fido di Josh" quando Tatiana è venuta a sbattermi in faccia che te la sei scopata trecento volte prima di buttarla via. Quando cammino nei corridoi e tutte mi guardano come se io fossi la carne nuova che sta per essere mangiucchiata e poi lasciata lì a marcire. "Mi fido di Josh" ho continuato a ripetermi tutte le volte! Anche quando il ricordo del nostro primo bacio è stato macchiato dal fatto che poco prima eri in uno sgabuzzino con Marie Flan!»

Faccio un passo indietro, sconvolto, perché non mi aveva mai detto di sentirsi così. Non sapevo che rimuginasse ancora così tanto sul passato, e non credevo stesse così male.

«Lo scherzo in ospedale era dovuto al fatto che avevo scoperto di Caroline. La litigata con Melissa sul mio conto era successa perché lei aveva nominato Caroline. Persino tutte le ragazze che ti sei fatto e quella lista sono dovute a Caroline.» Si tira i capelli, isterica, e io ormai sono quasi fuori dalla porta. «Caroline. Caroline. Caroline. Sempre lei di mezzo! E quando è tornata mi sono fidata di te dicendomi che non sarebbe cambiato nulla, ma sono solo una stupida!»

Le sue urla riecheggiano forte e io cerco di aprire bocca, ma lei avanza verso di me e mi tira un pugno sul petto.

«Ti ho amato quando ti ho coperto con mio padre quel giorno in ospedale. Ti ho amato in quel giardino fuori dalla festa quando mi hai raccontato di Caroline. Ti ho amato quando mi hanno picchiata in quel vicolo e quando ci hanno rapiti. Ti ho amato quando ho letto il mio nome in quella lista e ti ho amato quando nemmeno sapevo di amarti!» Continua a picchiare i pugni sul mio petto. Non fanno male, ma a me sembra comunque che mi stiano squarciando il petto.

«Te lo ricordi quel giorno in biblioteca? Quando mi accarezzavi i capelli e io ti ho chiesto cosa significasse amare fino a stare male?» Ormai sono fuori dalla porta, ma Jennifer è ancora dentro e tiene gli occhi fissi nei miei. «Non azzardarti mai più a dire che non ti ho amato abbastanza, perché continuo ad amarti ancora adesso» sibila.

«Anch'io...» mormoro abbassando il capo. «Anch'io ti amo. Talmente tanto che so che non riuscirei mai a dimostrarlo pienamente.»

«Non c'è più bisogno che lo dimostri, perché hai appena risposto a uno dei miei quesiti più grandi. Ho appena compreso cosa significa amare fino a stare male.»

E chiude la porta.

Jennifer's pov

Michael fa un cenno alla cameriera e lei subito si fionda al tavolino. Mi erano davvero mancati la sua parlata rassicurante e il sorriso dolce sempre impresso sul suo viso.

Parliamo a lungo dei drammi di Melissa, ma a un tratto si ricorda perché è qui e mi chiede come mai ero così sconvolta quando l'ho chiamato. Comincio a raccontare tutto dall'inizio alla fine.

Chloe che ha rivelato il tradimento. Josh. Caroline. Il bacio. Come si è giustificato. La scatola e la litigata di ieri sera.

«Facciamo un gioco. Io ti dico una parola e tu mi dici la prima cosa che ti viene in mente. Senza pensarci.»

«Ma che senso ha, ora?»

«Dài, su, che ti costa?»

«Okay» accetto, senza capire.

«Cucina.»

«Cibo.»

«Giardino.»

«Cibo.»

«Jennifer, ti prego» ridacchia.

«Cosa? Me lo hai detto tu!» rido. «Va bene, va bene, ora gioco seriamente.»

«Allora...» Si porta un dito vicino al naso. «Rosso.»

«Capelli.»

«Casa.»
«Lontano.» Perché ho risposto così?
«Rosso» ripete di nuovo.
«Sangue.»
«Rumore.»
«Sparo.»
Gli occhi di Michael si socchiudono e io cerco di pensare alle parole prima di dirle.
«Amicizia.»
«Meredith.»
«Odio.»
«Amore» rispondo subito.
«Rosso.»
«Morte.» Diamine, perché continua a ripeterlo?
«Paura.»
«Josh» rispondo senza accorgermene. «Non mi piace questo gioco, Michael…»
«Rispondi» mi ordina. «Urla.»
«Mamma.»
«Odio.»
«Josh.»
«Rosso.»
«Pioggia.»
«Tristezza.»
«Josh.»
«Amore.»
«Josh.»
Socchiudo gli occhi con il labbro che trema, perché, con tutto l'odio che posso provare, il mio amore va sempre e solo a lui.

«Per qualsiasi cosa chiamami, mi raccomando.»
«Ciao, Michael. Prometto di farlo.»
Mi sorride un'ultima volta, poi si avvia alla sua macchina e io alla mia. Non ci siamo nemmeno accorti del tempo che è volato e per un po' sono riuscita a distrarmi. Ma poi tutto torna, come un'onda anomala. Il tradimento che forse non è un tradimento. Il bacio e la sfuriata con Josh. E la piccola Chloe che ha promesso di parlare con i suoi genitori.

E poi c'è Caroline. No, aspetta… C'è davvero Caroline!

Socchiudo gli occhi e riconosco la sua figura dall'altra parte della strada. È proprio lei. Cerco di non farmi vedere perché noto che accanto a lei c'è qualcuno. E quello chi è?

Sembra stiano parlando normalmente, anzi, lui la guarda con occhi adoranti. Cosa stanno facendo?

Lei gli getta le braccia al collo e gli sorride, mentre lui continua a dirle qualcosa ricambiando poi il sorriso. Sembrano molto intimi… Ma dov'è Josh?

A un certo punto si girano e riesco a vedere solo la schiena di lui. No, cavolo, voglio capire cosa si dicono! Se però mi avvicinassi ancora un po' mi vedrebbero di sicuro.

Dopo un po', vedo Caroline che si allontana facendogli un cenno con la mano. Qual è il suo gioco? Josh sa che era con quel tipo? Lo sta tradendo di nuovo?

Non dovrebbe importarmi, ma decido di fare l'ultima cosa che dovrei fare: mettermi in mezzo.

«Oh, mio dio!» esclamo, attraversando la strada. «Era lei?»

«Ehm… Scusami?» Il ragazzo si guarda attorno, non capendo se stia parlando con lui.

«Quella era Caroline? L'attrice famosa di quella favolosa serie televisiva?»

Abbocca, per favore, abbocca.

«Oh, no, mi dispiace.» Mi rivolge un sorriso cordiale. «Lei si chiama Alexa.»

Eh? No, quella è Caroline.

«Oh… Ne sei certo? Sono piuttosto sicura che si chiami Caroline.» È lei, infatti. «Forse non la conosci bene.»

«Oh, be'…» ridacchia. «Sono sicuro di conoscerla bene, visto che stiamo insieme da un anno.»

Insieme da un anno? Alexa? Non capisco cosa stia succedendo.

«Guarda, mi dispiace molto» mi tocca una spalla, «ma io mi chiamo Taylor e lei è Alexa. La mia ragazza.»

Taylor…

Quella era Caroline, e non ho idea del perché lui la conosca come Alexa.

Qui qualcosa non quadra, sento che non promette niente di buono. Ora devo solo capire chi dei due stia mentendo.

42

Josh's pov

"Tra cinquecento metri svoltare a destra."

GPS, tu non mi abbandonerai mai. Ma perché 'sto posto è così lontano? E poi la zona non mi sembra un granché. Chissà come fa a conoscere gente da queste parti.

Ieri ho deciso di farmi un altro tatuaggio, e Alan mi ha consigliato il negozio di un suo amico che, a suo dire, è un mago.

Era un po' che volevo aggiungere qualcosa sulla mia pelle, oltre alle catene sulle braccia, ma finora non ne ho avuto il tempo. O forse non ne ho sentito davvero il bisogno.

Però ieri, quando Jennifer mi ha chiuso la porta in faccia, ho deciso che era giunto il momento di tatuarmi il disegno che ho sempre avuto in mente. Sul petto. Si adatta alla situazione…

"Siete giunti a destinazione."

Quando entro, rimango piacevolmente sorpreso nel constatare che l'ambiente è pulito e, devo ammettere, piuttosto figo.

«Posso aiutarti?» mi chiede una ragazza al bancone.

«Sì, sono qui per l'appuntamento delle 16.30, ma sono arrivato mezz'ora prima.»

«Nome e cognome, prego?»

«Josh Cliver.»

Dà un'occhiata al computer e poi mi invita a sedermi e aspettare il mio turno.

È molto lontano, ma forse vale la pena di farsi un tatuaggio qui, mi piace molto. Alan rimane in squadra.

«Nome e cognome, prego?»

«Laura Mason.»

C'è anche una buona affluenza di clienti, visto che siamo già in tre seduti nei divanetti, e altri continuano ad arrivare.

«Nome e cognome, prego?»

«Kathrine Johnson.»

«Nome e cognome, prego?»

«Kevin. Kevin Cliver.»

Alzo la testa di scatto e trattengo il respiro.

La rivista che sto leggendo mi cade dalle gambe e il ragazzo che è appena entrato si gira verso di me.

Stessi occhi. Stesso sguardo e stessi lineamenti.

Mio fratello è qui.

Kevin è tornato.

Jennifer's pov

Taylor è Taylor, però Caroline è Alexa. Oppure Taylor mente e Caroline è semplicemente Caroline e non Alexa. Oppure è Caroline a mentire, e Taylor crede veramente che sia Alexa.

Aaah, che casino! Io non posso vivere così, non ho abbastanza abilità da detective per farlo.

Il telefono suona con insistenza, e dopo diversi squilli decido di rispondere.

«Pronto?»

«Jennifer! Oddio, grazie al cielo. Josh è con te?»

«Meredith? Perché mai dovrebbe essere con me?»

«Oddio. Io... io non so dove sia e non so più che fare.»

Si sente un pianto in sottofondo, e un gran frastuono. Mi alzo dalla sedia e, ancora prima di accorgermene, sto già indossando il giubbotto e scendendo le scale con il telefono appoggiato tra l'orecchio e la spalla.

«Cosa vuol dire che non sai dov'è?»

«Non lo so. Non capisco più niente. È da domenica che è strano e oggi è scoppiato. Ha cominciato a farneticare di aver visto Kevin.»

«K-Kevin? Vostro fratello?»

Se Josh ha davvero visto Kevin, lo strano comportamento di questi giorni avrebbe un motivo.

E se lui sta male io devo trovarlo.

«Forse... forse non risponde perché ha lasciato il cellulare in camera, no? Hai detto che è uscito di fretta.»

Meredith annuisce speranzosa e cominciamo a cercare in camera di Josh. Nell'agitazione ribaltiamo tutto.

Niente.

«Come Caroline...» sussurra Chloe.

«Come?» Mi giro di scatto verso di lei.

«State facendo come Caroline. Anche lei cercava ovunque in camera di Josh, un giorno, ma dopo ha rimesso tutto a posto.»

Io e Meredith ci guardiamo con timore. Questo è troppo da gestire. Non so più su cosa concentrarmi. Poi il mio cellulare squilla.

«Pronto?»

«Jennifer, mi hai risposto.»

«Josh, dove diavolo sei?» sbraito, e Meredith subito si avvicina per ascoltare.

«Ora ti importa di me, eh?» ride. «Se lo avessi saputo sarei scomparso prima.»

«Sei ubriaco?»

«No, ma forse dovrei esserlo. Sta andando tutto a rotoli...» Sembra stia parlando più a se stesso che a me.

«Dove sei? Vengo da te.»

«No, tu non verrai. Perché dovresti?»

«Vedrai. Tu prova a dirmi il posto. Arrivo subito.»

«Sono a casa tua» dice, e riattacca.

A casa mia? Cosa diavolo ci fa là?

«Pronto, papà... Sei ancora a casa?»

«Sì tesoro, dimmi.»

«Non far andare via Josh per nessun motivo. Tienilo lì.»

«Josh?» chiede. «Qui non c'è.»

Come? Mi ha mentito?

E poi un lampo attraversa la mia mente. Josh è nella mia vecchia casa. Quella di mia madre.

Jennifer's pov

Josh è seduto sugli scalini. Senza dire nulla, mi dirigo alla mia vecchia altalena, quella rotta da mia madre. Cala il silenzio e dopo qualche minuto Josh si inginocchia accanto a me, appoggiando il viso sulle mie gambe.

«Perché sei qui?»

«Non lo so…» dico piano. «Vuoi che me ne vada?»

«No.» Stringe i miei jeans. «Non andartene…»

«Sono qui» lo rassicuro.

«L'ho visto, Jennifer…» La sua voce è roca. «Quando mi ha visto ha spalancato gli occhi e poi ha cominciato a correre. L'ho rincorso fino a perdere il fiato, e mi faceva male il petto, ma non mi importava. Continuavo a correre dietro di lui, ma mi sfuggiva sempre per un soffio, finché mi ha urlato di andarmene.»

«Josh…»

«Io l'ho ritrovato e lui mi ha detto di andarmene. Poi si è messo a correre più veloce ed è scomparso. L'ho cercato per ore. Ho chiesto informazioni su di lui al negozio di tatuaggi, ma niente. Se n'è andato. Di nuovo. C'è qualcuno che rimane? Allora? Esiste qualcuno capace di entrare nella tua vita e farne parte fino alla fine? Lo trovate divertente?» Il suo urlo viene attutito dalle mie ginocchia. «Trovate divertente uscire dalla mia vita e tornare tutti a vostro piacimento? Se ve ne andate, poi non tornate per farmi del male. Se ve ne andate, fatelo e basta…»

Ora la sua voce è un suono instabile, e il suo messaggio sembra rivolto anche a me.

Poi, però, Josh grida. Un urlo forte e disperato, che le mie gambe attutiscono di nuovo, e alla fine… piange. Continua a urlare il nome di Kevin e a piangere in preda allo sconforto.

Mi stringe forte e io stringo la presa sul suo capo per fargli capire che ci sono.

Perciò sono di nuovo qui. Bagnata dalle piccole gocce di pioggia con il secondo uomo più importante della mia vita che piange disperato, in ginocchio davanti a me.

Caroline's pov

Sapevo che sarebbe successo, era inevitabile. Solo non credevo che ci avrei messo così tanto. Suono il campanello e subito il cancello si apre. Entro sicura di me, perché ci sono riuscita. Di nuovo.

Josh mi aspetta alla porta e, anche se sembra un po' spossato, mi sorride. Quando ho ricevuto la sua chiamata questo venerdì mattina ho capito di averlo ormai in pugno.

La sua voce era debole, malinconica e bisognosa… di me.

«Ehi.» Gli poggio una mano sulla guancia. «Tutto bene?»

«Non direi. Non so più a chi rivolgermi.»

La sua mano sposta i miei capelli e solo ora che lo osservo bene noto quanto sia cambiato. La mascella più pronunciata, i muscoli più evidenti, il viso più da uomo. I capelli più lunghi e l'altezza da vero giocatore di basket. Mi avvicino leggermente e, quando noto che non si sposta, esulto dentro di me. Fa scivolare la mano sulla mia guancia e le mie labbra si avvicinano alle sue.

Ho vinto.

«Ehi, ma cos'è questo odore?» Sento una voce provenire dalle scale. «Ah, sì! È odore di bugiarda.»

«Game over, Caroline» sussurra Josh sulle mie labbra, per poi staccarsi.

Cosa diavolo sta succedendo? Josh raggiunge Jennifer e altri due tizi che scendono le scale.

Uno ha un taglio di capelli strano ed è ben vestito. Sembra leggermente più grande di noi. L'altro ha un aspetto più sbarazzino, con i capelli colorati.

«Oh, scusami. Come sono maleducata» esclama Jennifer. «Questi sono Clark e Leo. Dei miei cari amici che sono molto bravi a rintracciare informazioni sugli altri.»

«Salve, Alexa» mi salutano.

«C-come? Come conoscete quel nome?»

Rimango completamente pietrificata quando dalla cucina vedo uscire Taylor con uno sguardo rabbioso. Clark mi guarda senza emozione, poi vedo le mani di Josh e Jennifer strette insieme.

Mi hanno incastrata.

Josh's pov

«Non sei contenta? Abbiamo fatto una festicciola per te» le dice Jennifer, notando il suo sguardo ebete.

«Tu sei solo una lurida…»

«Fossi in te non continuerei» avanzo. «La tua posizione non è delle migliori.»

«Taylor, posso spiegarti.» Cammina verso di lui, ma lui indietreggia di un passo.

«No, no, Taylor, non allontanarti» lo avviso. «Abbiamo così tante cose da spiegare.»

Jennifer aumenta la stretta sulla mia mano e per me questo momento vale tutto. Sono due giorni che io, lei, Leo e Clark lavoriamo su tutte le informazioni che abbiamo scovato. Ora, finalmente, abbiamo unito i pezzi.

«Allora, Alexa o Caroline, come vuoi che ti chiami?» le domanda Jennifer.

«Vaffanculo.»

«Vuoi che ti chiami così? Mmh, originale. Comunque sia, perché non dici a Taylor perché eri in Florida?»

«Per cambiare aria. Te l'ho detto, ti ricordi no?» gli chiede speranzosa.

«Bugia!» le dico. «Prima di andare in Florida tu sei stata a Las Vegas, giusto?»

Spalanca gli occhi. Beccata. Ha capito che sappiamo tutto.

«Volevi entrare nel mondo della moda, ma sapevi che i tuoi genitori non te lo avrebbero mai permesso. Ti servivano soldi per avviare il tuo sogno. Così hai voluto tentare la fortuna…» comincio.

«Sei andata a Las Vegas, dove avevi alcuni amici, e hai cominciato a giocare d'azzardo. All'inizio vincevi, ma a te non bastava. Volevi di più per metterti completamente in proprio e pagarti la scuola. Brutto vizio il gioco, vero? Pericoloso, soprattutto se giochi con persone poco raccomandabili. Non è così?» le domanda Jennifer, ma lei non risponde.

«Il punto è che dopo hai cominciato a perdere e ti sei riempita di debiti» dice Clark. «Però non volevi ripagarli, perché altrimenti saresti rimasta senza un soldo. Così sei scappata in Florida, sotto l'identità di Alexa. Hai avuto a che fare con persone pericolose e, se ti trovassero, saresti nei guai fino al collo. Ma sono state abbastanza stupide che ti è bastato cambiare posto e nome per far perdere le tue tracce. Delinquenti gasati, come li chiamiamo noi dell'FBI. Infatti di solito non abbiamo a che fare con loro, sono feccia senza importanza per noi…»

Vedo i suoi occhi sgranarsi quando sente nominare l'FBI. Comincia a guardarsi attorno nel panico e sfrega le dita nei palmi. Leo e Clark non erano tenuti a farlo, ma quando Jennifer ha raccontato loro la situazione non hanno esitato un attimo. Soprattutto Clark, e questo mi ha infastidito non poco... Ma adesso posso solo ringraziarlo.

«Abbiamo rintracciato il tuo fidanzato Taylor e abbiamo fatto due chiacchiere con lui. Ci ha detto che negli ultimi tempi eri irrequieta e che all'improvviso volevi tornare a Manhattan. Vero, Caroline?» le chiede Leo.

«Taylor ci ha detto che hai parlato con un ragazzo che è venuto a suonare a casa tua, e da quel giorno non sei più stata la stessa. Ti hanno trovata, non è così?» La mia voce è piena di rancore. «E sei venuta qui pensando di poter spillare i soldi a me.»

«Però non ci sei riuscita né con il primo né con il secondo metodo. Perché quando Josh si è addormentato hai cominciato a cercare in camera sua, ma non hai trovato niente. L'ufficio del signor Cliver e la stanza dei suoi genitori erano chiusi» la incalza Jennifer. «Stavi per prendere qualcosa di valore, ma poi Chloe ti ha vista e ha cominciato a urlare. Vero?»

Ormai non sa più cosa dire, si è arresa.

«In realtà a noi non frega niente di te né dei casini in cui sei» l'avvisa Clark.

«Però ci basta fare qualche telefonata perché tu finisca nei guai fino al collo» continua Leo.

«È tutto vero?» le grida Taylor.

«Taylor, non ascoltarli, non è come sembra! Tu devi credermi...»

«Io ti ho seguito! Sono venuto con te in Florida per i tuoi sogni, lasciando qui la mia famiglia e i miei amici... E tu mi hai sempre mentito, per tutto il tempo!»

Lui l'ha seguita? Era di Manhattan? Fidanzati da quasi un anno...

«Tu sei quello che era in camera quel giorno!» dico, guardandolo stupito. «Sei il ragazzo con cui mi ha tradito. È lui, vero? Il ragazzo che era in camera quando sono entrato di soppiatto...»

«Tu sei Josh? Quel Josh?» domanda Taylor. «Per tutto il tempo che abbiamo passato qui tu sei stata con il tuo ex ragazzo?»

Caroline ci guarda nel panico, senza sapere più che fare. Taylor mi lancia un ultimo sguardo e poi se ne va. Dovrei sentirmi arrabbiato, ma non lo sono. Ho sempre creduto che se avessi avuto davanti quel ragazzo lo avrei preso a pugni, invece in questo momento provo solo pena per lui e soddisfazione per me.

Caroline mi guarda con un odio che non le avevo mai visto rivolgermi. Ed è giusto così, perché io ho sopportato molto di più. Kevin è tornato, ma ora Caroline se ne sta andando, e mi va bene così.

Poi si gira verso Jennifer e il suo odio sembra quasi aumentare.

«Te ne pentirai, Jennifer Milton» le dice, prima di cominciare a correre verso Taylor.

«Torna a trovarci, tesoro!» le urla lei, guardandola allontanarsi.

Una presa mi distrae, e solo ora noto che le mie mani e quelle di Jennifer non si sono mai staccate.

Addio, stronza.

43

Josh's pov

Ora che Chloe si è convinta che se parla nessuno si arrabbierà, non fa altro. Una sorta di mini Olly.

«Ahia, cazzo» esclama quando si fa male con lo spigolo del ripiano della cucina.

«Chloe!» la rimprovera mio padre. «Dove hai imparato questo linguaggio?»

Lei punta il dito su di me e tutti mi guardano male. Questo è un problema che si è creato spesso negli ultimi tempi. Chloe ripete e spiattella tutto ciò che ha visto e sentito in casa in questi anni.

«Oh, avanti, non guardatemi con quella faccia! Come se voi non aveste mai detto nulla davanti a lei.»

«La mamma dice che al lavoro di papà sono tutte delle sgualdrinelle da strada. Ma cosa vuol dire? Hanno una casa per strada?» dice Chloe, e tutti ci giriamo verso mia madre.

«Non lo hai sentito da me. Ti confondi, piccola.»

Lei non fa in tempo a ribattere che mia madre le infila il panino in bocca.

Jennifer e Drake si stanno sbellicando dietro di me, mentre io cerco di trattenermi.

«Comunque noi andiamo a studiare a casa di Drake» dice Meredith. «Sono passata a prendere i libri.»

«Perché non qui?» le chiede mio padre.

«Perché quando fanno i compiti in salotto dopo finiscono sempre per baciarsi e non fanno mai niente» risponde Chloe mentre mangia il panino.

Questo succede da quando Chloe ha iniziato a parlare. Mio padre guarda malissimo Drake, mentre Meredith è paonazza.

«Sta scherzando, ovviamente» balbetta Meredith.

«Non non è vero» si acciglia Chloe.

Credo che mio padre stia cercando di picchiare Drake con il pensiero. Jennifer ride per la scena e io rido con lei. Finalmente un po' di pace.

Jennifer's pov

Ci stiamo provando, a essere più forti di prima e non guardare indietro. Tutti gli ostacoli che abbiamo incontrato nel nostro rapporto hanno spezzato qualcosa dentro di noi, ma alla fine quel qualcosa è ricresciuto ed è diventato ancora più grande, più forte, più solido, più Josh e Jennifer.

«Vuoi che ti prenda in braccio o scendi da sola?» mi prende in giro Josh quando nota che sono immersa nei miei pensieri.

Gli faccio la linguaccia e apro la portiera della macchina. Siamo davanti a casa mia, e quando entriamo, invece del solito benvenuto, troviamo Anny con gli occhi spalancati e Greg che sembra aver visto un fantasma.

«Signorina Milton! C-cosa ci fa già qui?» domanda scosso Greg.

«Jennifer?» domanda mio padre a bocca aperta quando mi vede.

Ma che succede? Io e Josh ci scambiamo occhiate preoccupate, ma poi sentiamo delle voci provenire dal salotto.

Ci avviciniamo e quello che mi si presenta davanti è l'ultima cosa che mi aspettavo.

«Kevin?» domanda Josh sconvolto.

Ci sono Daniel, Isabel, Margaret e Kevin seduti in salotto. Josh non riesce a staccare gli occhi da suo fratello e io non riesco a capacitarmi di quanto si somiglino. Stessi identici lineamenti, solo che quelli di Kevin sono più adulti e lui ha una leggera barba sul viso.

«Cosa succede?» domanda Josh, ma nessuno risponde mentre si lanciano occhiate l'un l'altro. «Cosa succede?» urla Josh a questo punto.

«Josh.» Appoggio la mano sul suo braccio, ma non sembra nemmeno notarlo.

«Cerca di calmarti, okay?» avanza suo padre.

«Non dirmi cosa devo fare» ringhia lui. «È questo che avevi intenzione di fare? Sapevi che avevo ragione sul fatto di averlo visto fin dall'inizio, vero?»

«Non è così, Josh, ascolta...» ma persino Margaret viene interrotta.

«Oh, ti prego, non metterti ad assecondarlo in ogni sua stronzata come hai sempre fatto nella tua vita.»

«Non parlarle così.»

Il silenzio cala, perché è stato Kevin a pronunciare l'ultima frase, alzandosi dalla poltrona. La sua voce è profonda, ma non cattiva come mi aspettavo, visti la sua stazza e il suo aspetto. È un uomo robusto e molto alto, ma la sua voce non lo rispecchia in pieno.

Mentirei se dicessi che non ho mai pensato a un incontro tra Josh e Kevin, soprattutto negli ultimi tempi, ma mai mi sarei aspettata questa reazione.

Perché Josh non lo abbraccia. Non si addolcisce al suono della sua voce, e i suoi occhi non rivelano nessuna emozione. Josh avanza di un passo e carica un pugno prendendo in pieno la mascella del fratello. Kevin barcolla all'indietro, preso alla sprovvista, e sembra quasi voglia buttarsi addosso a lui, ma poi si blocca.

«Oh, mio dio!» grida Isabel, mentre mio padre e Daniel si mettono in mezzo. Ma Kevin li ferma con un gesto della mano e si gira verso di me. Per la prima volta lo fisso con più attenzione. Le ciglia folte, gli occhi scuri, un neo vicino al labbro, il corpo scolpito e le braccia... il braccio!

«Oh, mio dio.»

Sto quasi per cadere. Josh mi afferra prontamente. «Jennifer?» chiede confuso.

Kevin continua a fissarmi, ma io vedo solo quel serpente sul suo braccio. Quel serpente che è diventato uno dei miei più grandi incubi.

«Tu... tu...» Non trovo le parole.

«Cosa? Jennifer, che succede?»

«Tu hai ucciso mia madre.»

La mia voce trema mentre i miei occhi si scontrano con i suoi.

«C-cosa?» La domanda di Josh esce fuori strozzata.

E io comincio a correre.

Non so nemmeno come ci sono finita, qui. Perché sono qui?

Quel «sì» è stato la goccia di pioggia che mi ha bagnata di più. Lo sparo più potente, che ha scaraventato a terra tutte le mie difese.

Il fratello di Josh è l'uomo con la medaglietta che ha ucciso mia madre. La mia paura più grande, in carne e ossa, in casa mia.

Ho cominciato a correre mentre tutti gridavano il mio nome, e l'ultima cosa che ho visto prima che le mie gambe si muovessero da sole è stato lo sguardo perso di Josh.

Non ho nemmeno pensato di prendere la macchina. Ho corso a vuoto fino a che le ginocchia non mi hanno retto più e il vomito ha cominciato a salirmi in gola.

E ora sono qui. In questa via fredda, in cui ho pianto disperata sul corpo freddo di mia madre.

«Sai, mamma, penso che tu sia stata il mio sogno e il mio incubo più grande.»

Ma il vicolo si mangia le mie parole, come anni fa si è preso la mia vita.

Ho così tanta paura che non so più di cosa averne.

«Fa freddo, non pensi?»

Non mi giro neanche, perché riuscirei a riconoscere la sua voce tra mille. Josh mi mette una giacca sulle spalle, poi nella mia visuale entrano le sue gambe e le sue scarpe.

«Dio, Josh...» La mia voce trema. «Sei così simile a lui.»

«Regalami una lacrima, Jennifer.»

"Dammi tempo e ti regalerò una lacrima." Così gli avevo promesso, ma non voglio piangere in questo posto. Non se lo merita.

«Ho paura» dice a un tratto. «Non so bene di cosa, ma ho paura.»

«Anch'io, Josh, anch'io...»

Il mio corpo viene avvolto dal suo abbraccio e mi ci aggrappo come se fosse la mia ancora di salvezza. Non ho mai capito cosa sia Josh, in realtà. La mia ancora o la mia barca che affonda?

Mi stringe forte e le sue labbra catturano le mie. Mi aspettavo qualcosa di dolce, invece è un bacio selvaggio, possente, come se dovesse marcare il territorio. La sua mano scivola dietro la mia nuca e mi avvicina di più a sé, tanto da farmi scordare dove siamo. Ci stacchiamo con il respiro spezzato e i corpi ancora più vicini.

«Non scappare più in quel modo.»

«Non sapevo cosa fare...» ammetto.

«La prossima volta avvisami, che scappo con te.»

Il tempo passa, finché non fa davvero troppo freddo e decidiamo di andarcene.

«Credo che dobbiamo parlare con loro e farci spiegare tutto. Ce lo devono.»

«Voglio sapere» dico decisa, e prendo la sua mano.

Scopriamo cosa è successo dopo quella notte.

«Mio dio...» sussurro. «Quando, a quella prima cena con il signor Cliver, Michael e suo padre, eri così agitato, non era per il lavoro, ma perché già vi conoscevate ed eravate entrambi coinvolti. Per questo eri così legato a loro, vi eravate già incontrati ed è questo il motivo per cui continuavi a chiedermi se fossi sicura di stare con Josh. Sapevi che era il fratello di chi ha ucciso la mamma.»

Ora tutto torna. Tutto si incastra alla perfezione.

«Kevin non l'ha uccisa. Ha salvato la vita a te» dice mio padre. «È stato un altro uomo a sparare, ma non puntava Elisabeth, puntava te. Lui ha fatto deviare il colpo. La polizia è arrivata subito perché Kevin l'aveva chiamata già dal momento in cui il suo gruppo vi aveva notate, pochi minuti prima.»

«Non ha senso.» Niente ce l'ha.

«Kevin era entrato in un giro poco raccomandabile, ma era la prima volta che usciva con loro con delle armi e non sapeva cosa avrebbero fatto. Quando ha sentito che avevano intenzione di rapirvi e uccidervi ha chiamato la polizia, ma le cose sono degenerate prima che arrivasse.»

«Smettila...»

«Loro volevano prenderti, perciò hai cominciato a urlare e tua madre a correre. L'uomo ha sparato e Kevin ha deviato il colpo, ma la pallottola ha preso tua madre.»

«Basta!» urlo alzandomi.

«Le volanti sono arrivate e Kevin avrebbe dovuto spararti e scappare, ma non lo ha fatto, è rimasto lì. Io gli devo tutto...»

«Stai dicendo che gli sei grato? Che è un bene che il colpo abbia ucciso la mamma?»

«Sì, Jennifer, sì!» Si alza anche lui. «Se non ci fosse stato Kevin, avrebbero semplicemente ucciso tua madre e preso te, portandoti chissà dove.»

«Se non ci fosse stato Kevin, mia madre non sarebbe morta. Tua moglie non sarebbe morta!»

«Se non ci fosse stato lui sareste morte entrambe!» Sbatte il pugno sulla scrivania. «Se non fosse stato per Kevin Cliver tu non saresti qui. E io sono riuscito ad andare avanti solo perché tu sei ancora viva.»

I suoi occhi azzurri mi fissano gelidi. Vorrei guardarmi allo specchio per capire se il mio sguardo è vuoto.

«È andato in prigione?» domando sfinita.

«Sì, ma il processo si è tenuto a porte chiuse e abbiamo cercato di evitare fughe di notizie. Il fatto che io e Daniel non avessimo ancora avuto fortuna nel mondo degli affari è servito molto, ma avevamo già abbastanza contatti e soldi per rendere la cosa il più privata possibile. Kevin è uscito di prigione, ma non ora.»

«Cosa vuol dire, non ora?»

«Io ho testimoniato a suo favore, perché se non fosse stato per lui saresti morta. Il fatto che abbia chiamato lui stesso la polizia, che sia rimasto lì con te e che non abbia opposto la minima resistenza è servito a molto. La sua pistola non aveva sparato nessun colpo, ha dato tutti i nomi dei presenti collaborando con le indagini e girava con quel gruppo da pochissimo tempo, tanto da non sapere cosa facessero davvero. Persino la sua buona condotta in prigione è stata d'aiuto. In poche parole, Kevin non aveva fatto nulla, ma aveva anche le sue colpe. Perciò ci è stato, in carcere, ma non quanto tutti voi pensavate.»

«Papà...» sono sconvolta. «Da quanto Kevin è fuori?»

«Daniel e Margaret hanno contatti con lui da molto, molto tempo. È stato Kevin a dire a Daniel di Steven e i suoi. So che ha detto a Josh che l'aveva seguito, un giorno, scoprendo tutto per poi denunciarli, ma la verità è che Kevin sapeva chi era Steven e ha fatto la soffiata.»

«Ma Steven non era mai stato preso. Era riuscito a scappare a Londra...»

Mio padre si morde il labbro, nervoso.

«Cos'altro c'è?»

«Come ho già detto: Kevin conosceva Steven. Perciò sapeva benissimo che non era tra di loro, quando sono stati presi gli altri, ma non c'erano abbastanza prove. Si trattava di un soggetto instabile, pericoloso, che aveva già trascorsi per rapina e tentato omicidio, quindi si è messa in mezzo l'FBI.»

Chiudo gli occhi perché non riesco a crederci. Tutto torna. Clark sapeva ogni cosa fin dall'inizio. Tutte quelle frasi sull'essere sicura di essere felice con Josh. Sul sapere segreti che non voleva sapere. Clark ha sempre saputo che Kevin, il fratello maggiore di Josh, era in quella via, quella notte. Con me.

«Clark e Leo non si sono messi sulle tracce di Steven solo perché è scappato a Londra e poi vi ha presi in ostaggio, ma anche perché Kevin ha dato loro il via. Probabilmente, se non fosse stato per lui, Steven e il suo gruppo si sarebbero vendicati molto prima, oppure vi avrebbero rapiti e le cose sarebbero andate male. Perché, se Clark e Leo non fossero stati sulle loro tracce da molto prima, non avrebbero fatto in tempo. Nessuno di noi avrebbe fatto in tempo.»

Kevin.

Devo andare da Josh. Ora!

44

Josh's pov

È sempre stato qui. A poca distanza da me. Non in una prigione. Non lontano. Non disperso.

Qui.

«Ma perché?» domanda Meredith. «Perché non sei mai tornato, se eri fuori? Perché non sei tornato a casa?»

Mamma e papà hanno lasciato noi fratelli in salotto per chiarirci.

«Non è stato così facile.»

«Nemmeno per noi» ribatto gelido, e lui sospira.

«Mi vergognavo, Josh. Un sacco di volte mi alzavo la mattina e dicevo: ora torno a casa e sistemo tutto. Ma ogni volta che mi avvicinavo provavo un senso di vergogna.»

«Perché?»

«Perché vi ho abbandonati quando sarei dovuto rimanere.»

«Ma non è così...» sussurra Meredith. «Tu te ne sei andato perché papà ti voleva imporre un'altra strada, perché non ce la facevi più, ma ci venivi a trovare. Poi sei scomparso perché sei finito in prigione.»

«Nostro padre non c'entra. Non del tutto almeno, ero solo un ragazzino viziato.»

Ma cosa sta dicendo? Non capisco.

«Tu lo odi» gli ricordo.

«No. Non dire quella parola, Josh.» Sembra quasi arrabbiato. «L'odio è una sensazione troppo oscura da provare. L'odio uccide.»

E se gli dicessi che io, invece, con l'odio ci sono cresciuto?

«Sai, i nonni hanno sempre odiato nostro padre.»

«I nonni amano nostro padre» ribatto.

«Ora che è pieno di soldi lo adorano, ma prima...» fa una risata. «Prima lo odiavano. Sapete già che quella ricca era la mamma, col tempo nostro padre si è fatto da solo, ma la verità è che lui non voleva. Io sono molto più grande di voi perché non sarei dovuto esserci. Si sono fidanzati giovani. Nostro padre era un ragazzo qualsiasi e non aveva nemmeno una gran paga, ma la mamma lo amava e, nonostante i nonni dicessero che si sarebbe dovuta mettere con qualcuno della loro cerchia, lei si è rifiutata. Le hanno detto che se non lo avesse lasciato l'avrebbero diseredata, e così è stato. Hanno diseredato la mamma e lei è andata a vivere con papà. Lui voleva diventare un giocatore di baseball, ma nel mentre faceva l'operaio, si teneva la sua paga discreta e la sua umiltà. Credo sia proprio questo che alla mamma piaceva di lui. Però poi lei è rimasta incinta, e il lavoro di papà non sarebbe mai bastato per mantenere lei, la casa, me e tutto il resto...»

«Ha abbandonato il suo sogno» sussurro, e Kevin annuisce.

«La mamma non voleva, papà ha messo da parte tutto e ha cominciato a lavorare con il nonno, per poi aprire un'azienda sua. Per lei. Per me. Per noi.»

Mi sono sempre chiesto come mai mia madre stesse con uno come mio padre, e ora che lo so sento un enorme senso di colpa.

«Mi vergogno così tanto, Josh.» Mi guarda negli occhi. «Per tutte le volte che gli ho detto di odiarlo, per le volte che ho pensato di odiarlo davvero, mentre lui cercava solo di non farmi passare quello che ha passato lui.»

«Ma quindi io ho un altro fratello?» domanda Chloe confusa, e noi ridiamo piano.

«Sì, Chloe. Lui è Kevin.» Meredith si alza asciugandosi le lacrime.

«Se rimani...» sussurro. «Se rimani, col tempo potremo superare tutto.»

Jennifer è di là con mia madre.

«Ti vorrà parlare» lo avviso.

«Lo so.»

«Lei è stata peggio di me. Io ho avuto i nostri genitori, Drake, la squadra di basket, Chloe, Meredith e i miei amici. Lei era da sola. Persino suo padre non riusciva a guardarla negli occhi perché assomigliava troppo a sua madre.»

«Lo so, Josh.» La sua mascella si serra. «Ero lì, quella notte. Io l'ho vista, quella bambina.»

«Io la amo.» Lo fisso. «Ti ho cercato, ho sperato tornassi e ora non sono sicuro di cosa provo in tutta questa situazione, ma so che la amo. Se questa storia la allontanerà da me, sarò io stesso a dirti di andartene, perché lei è piombata nella mia vita e ci è rimasta. Sei mio fratello, ma tu non hai la minima idea di quello che lei ha fatto per me.»

Ci fissiamo seri, e credo quasi si sia offeso per quello che gli ho detto, ma invece lui si apre in un sorriso.

«Sono così orgoglioso di te, Josh.»

Mio padre è nel suo studio, mentre io sono fuori da questa porta. Busso o non busso? Kevin intanto ha raggiunto la cucina, io sono qui e non so bene cosa dire, ma so che qualcosa devo fare.

«Avanti» mi dice mio padre, dopo che ho bussato.

Entro e lo vedo, l'uomo in giacca e cravatta. L'uomo che ho voluto odiare, a cui ho sempre dato la colpa di tutto, con cui mi sono scannato fino allo sfinimento.

Poi vedo quell'uomo che ha fatto così tanto per i suoi figli. Che ha nascosto la sua mazza da baseball e si è preso cura di mia madre, di tutti noi.

Si alza sistemandosi la cravatta, e il suo sguardo è duro quando si mette davanti a me. Forse si aspetta uno scontro, ma io sono stanco di urlare e combattere.

«Kevin mi ha raccontato cosa è successo con i nonni e la mamma.» I suoi occhi si spalancano. «Le mie scuse ora non varranno, ma mi farò perdonare per tutto l'odio che ti ho dimostrato. Per ora ti ringrazierò. Grazie per tutto, papà… grazie davvero.» Allungo la mano verso di lui.

«Credi che…» Guarda la mia mano tesa. «Credi che io possa abbracciarti di nuovo?»

Annuisco a testa bassa perché non riesco a guardarlo negli occhi. Come potrò farmi perdonare per tutto? Il mio corpo viene tirato e in un attimo sono tra le braccia di mio padre.

Nemmeno mi ricordo l'ultima volta che ci siamo abbracciati.

«Magari un giorno potremmo fare qualche tiro a baseball.»

La sua stretta aumenta. «Sarebbe bellissimo, figliolo…»

«Mi dispiace così tanto, papà. Mi dispiace così tanto...» la mia voce trema, e anche la sua.
«Sono così felice di riaverti indietro, Josh.»

Kevin's pov

«E questa è la mia scuola. In realtà è gialla, ma a me il rosso piace molto di più» mi dice Chloe mostrandomi il suo ennesimo disegno.
«Ti piace molto disegnare, eh?»
«Sì, certo» sorride. «Jennifer disegna sempre con me.»
«E a me piace un sacco farlo» sentiamo dire.

Jennifer Alexandra Milton è sulla porta che osserva Chloe con un sorriso dolce.
Quante volte ho sognato quella bambina sotto la pioggia. Quante volte mi svegliavo madido di sudore, con le lacrime agli occhi e il respiro affannato. Quella notte è stata il mio incubo. La mia personale punizione, che mi accompagnerà per tutta la vita.
Ora lei è davanti a me, ma non piange. Non urla. Non è bagnata dalla pioggia e non grida in cerca di aiuto.
«Chloe, che ne dici di raggiungere gli altri di sotto? Stanno preparando la cena.»
Chloe corre via eccitata ed è bellissimo guardarla. L'ho sempre vista solo in foto e si vede lontano un miglio che è mia sorella. È strano essere qui, eppure sembra così giusto.
«Cosa sei venuto a fare?» sento dire.
«Come?»
«Perché sei qui, Kevin?»
Il suo sguardo non è cattivo, solo severo. La sua posizione è dritta e quel verde non è più impaurito, ma capace di impaurire.
«Sono qui per la mia famiglia. Non so quanto tu sappia, ma io non ho ucciso tua madre. Quando ho fatto deviare quel colpo non avrebbe dovuto colpire lei. Io...»
«Ho chiesto il tuo aiuto e non me lo hai dato. Ho gridato e non mi hai risposto. Ho sognato quel tatuaggio e la catena che avevi al collo per tutta la vita e continuo a farlo anche ora.»
«Ho visto dove era andato quel colpo, Jennifer, non si poteva

fare più niente per tua madre. Dovevo tenere la pistola puntata su di te perché se qualcuno dei miei avesse visto che non avevo intenzione di ucciderti sarebbe tornato indietro a farlo al posto mio. So che ti è stato tolto molto, ma è stato tolto anche a me e non c'è giorno che i ricordi non mi divorino. Vorrei poterti dire che se tornassi indietro cambierei il corso delle cose, ma la verità è che farei esattamente ciò che ho fatto. Ti salverei la vita un'altra volta.»

Si avvicina a me, quasi ipnotizzata dal mio braccio, e poi lo sfiora con le dita. Sembra essere invasa dai ricordi, ma non vedo il dolore straziante di quell'orribile notte.

«Abbiamo condiviso gli stessi incubi. Siamo stati sotto la stessa pioggia. Abbiamo sentito lo stesso pianto. Abbiamo visto lo stesso sangue» sussurra, continuando a guardare il mio tatuaggio. «Tempo fa, se ti avessi incontrato, ti avrei urlato contro che avresti dovuto uccidere me. Ti avrei detto che non mi avresti dovuto risparmiare e ti avrei odiato perché avevi salvato la mia vita e non la sua.»

«E ora?» le chiedo. «Ora cosa mi dici?»

«Ti dico grazie, Kevin, per avermi salvata quella notte, perché ora sono felice di essere riuscita a sopravvivere. Perché se fossi morta non avrei mai incontrato le tue sorelle, i tuoi genitori e i miei amici. Non avrei incontrato Josh.»

«So che non ti importa niente, ma io la notte le sento ancora le tue urla» le confesso.

Si allontana da me e si dirige verso la porta, credo stia per andarsene ma invece si ferma.

«Una volta ho detto a un ragazzo che bisogna aver provato dolore per riuscire a vederlo negli occhi degli altri. Nei tuoi ne vedo tanto, Kevin, ma un giorno scomparirà. Forse non del tutto, ma abbastanza per riuscire a essere felice.»

«Vuoi che io sia felice?»

Segue il silenzio, ma poi risponde: «Voglio che tu rimanga qui, perché giuro che se scapperai di nuovo e lascerai Josh e Meredith da soli vorrai tornare tu stesso in prigione pur di non incontrarmi». Mi dà la schiena, ma la sua voce è carica di determinazione. «Sii felice, Kevin Cliver.»

Vedo la bambina con le lacrime agli occhi scomparire e far posto a una donna piena di forza.

Vedo una nuova Jennifer Milton, e il mio cuore sembra essere meno pesante.

Josh's Pov

Sono imbestialito!

«Ehm, capitano?» mi dice un mio compagno di squadra che si affianca a me nella corsa. «Io ovviamente non ho niente contro la tua ragazza, ma potrei sapere perché… ecco… come mai ci sta facendo da coach?»

Sono furioso! Non so per quale malsano motivo, ma oggi, quando siamo arrivati agli allenamenti, il coach era affiancato da Jennifer e lei aveva un fischietto in mano!

«Non lo so! Tu corri.»

«Andate più veloce o vi faccio fare un altro giro di campo» la sento urlare.

Qualche giorno fa sono arrivato agli allenamenti stanco morto e ho detto al coach che mi ero allenato nel pomeriggio con Jennifer. Che capitava spesso che mi affiancasse. E lui, scherzando, ha detto: «Dovrei farla venire ad allenarti, se ti fa prendere la cosa tanto seriamente».

Ma non pensavo che lo avrebbe fatto per davvero!

«Josh, era un lancio quello? Rifallo.»

«Cosa? È entrato nel canestro ed era perfetto!»

Sento la squadra ridere, mi giro fulminandoli e tutti tornano a tirare.

«Questo lo dici tu, ma io dico che non era un bel canestro» ribatte.

«Stai scherzando, spero.» Sono io il capitano qui.

«Chi è il coach?»

«Non tu!» esclamo esasperato.

Jennifer chiama il coach, che stava scrivendo su dei fogli, dicendogli che non la ascolto.

«Josh, ascoltala o la prossima volta farai mezz'ora in più!»

Questo è il colmo.

Lo fa per tutte le volte che ho saltato gli allenamenti o esagerato dopo una partita. Mi guarda con un sorrisetto e so che ci sta godendo, lo stronzo.

«Alan, il tuo invece era perfetto» dice Jennifer, e lui le batte il cinque.

«Cosa? Lui nemmeno lo ha fatto, canestro!»

«Ma l'ha mandata fuori con stile.»

Il coach scoppia a ridere, e Alan si trattiene a stento. Questa, Jennifer me la paga. Me la paga davvero!

Jennifer's pov

Cioè, ma quanto può essere incasinata la mia vita?

Cos'avevo detto una volta? Che serviva un libro per raccontare la mia vita. Be', scherzavo, ne servono due!

Ma sono sicura che non troverei mai una scrittrice abbastanza psicopatica da poter mettere su carta la mia storia. Cioè... Devi essere proprio fuori di testa.

«Oh, mio dio!» sento urlare dalla porta. «Il pigiama con i pulcini.»

Josh è fuori dalla mia stanza e ha appena preso il cellulare con cui sta scattando migliaia di foto. Mi alzo e gli vado addosso.

«Cosa diavolo fai? Smettila di fare foto!»

«Il poster lo stampiamo lucido o opaco?»

Dopo un'ora di battibecchi e minacce alla sua incolumità da parte mia, ci calmiamo e ci mettiamo a guardare un programma in TV.

«Josh. Ti rendi conto che tuo fratello maggiore mi conosceva ancora prima che ci incontrassimo noi? Le nostre strade erano incrociate ancora prima che noi lo sapessimo» gli dico a un tratto.

Non riesco proprio a togliermi questo pensiero dalla testa. È così surreale.

«L'ho pensato anch'io spesso, ultimamente.» Accarezza la mia mano. «Sembra quasi che fossimo destinati dalla nascita.»

«Sono nata proprio sfigata, allora.»

«Fottiti.» Mi spinge e sale sopra di me. «Oppure lo faccio io, come preferisci.»

«Tu non fai proprio nulla, con mio padre di là. Arriva qui, ammazza te e poi usa il tuo corpo per ammazzare me.»

La scena non deve piacergli molto, visto che si stende di nuovo, ma mi avvicina comunque a sé.

«Sembra che la mia vita sia una sorta di gioco a livelli e che andando avanti ce ne sia ogni volta uno più difficile. Quando arriverò all'ultimo livello, Josh? Quando vincerò questo gioco?»

«Non lo so, ma io ai videogiochi sono molto bravo. Se vuoi ti aiuto» mi dice, strappandomi un sorriso.

«Io faccio schifo.»

«Che grande squadra che siamo» ridacchia, e io mi stringo ancora di più a lui.

La vita è il gioco più difficile esistente sulla terra.

Ma dove sono?

Comincio ad avanzare e piano piano riconosco il luogo in cui mi trovo. Un mio incubo, solo che c'è qualcosa di diverso.

Il vicolo di quella notte non è freddo, ma caldo. Non c'è buio, ma è pieno giorno. Nessuna macchia di sangue.

Mi fermo nel punto in cui una volta c'era il corpo di mia madre, ma questa volta non c'è niente. Aspetto che lo scenario cambi, ma l'unica cosa che succede è che il terreno si apre e io vengo risucchiata all'interno.

Comincio a urlare e a un certo punto cado con un tonfo sordo sul terriccio bagnato. Mi alzo e il respiro mi si serra in gola.

La mia fossa.

«Ehi, piccola.»

Alzo la testa nell'udire quella voce e una cascata di capelli rossi compare davanti ai miei occhi. Mia madre è in piedi sopra ai bordi della fossa e mi guarda con quel sorriso che ormai mi ero scordata.

«Sali su.»

«Io non posso...» sussurro. «Ci ho già provato, ma non posso. Non riesco mai a uscire da qui.»

«Pensa a quanto sei diventata forte e sali.»

Guardo le pareti che mi circondano, penso a quante volte ho provato a uscire dalla mia fossa del dolore e a quante volte sono caduta.

Comincio ad arrampicarmi e penso a quante lacrime ho tenuto per me. Avanzo e penso a quanto mi sono sentita sola e a quante persone io abbia accanto. Penso ai miei disegni che ora sono molto più colorati. Metto su un altro piede e penso a quante volte ho sentito la risata di mio padre in questi mesi.

«Ci stai riuscendo, mia piccola Jen.»

Un ultimo sforzo, Jennifer. Un'ultima volta.

«Prendi la mia mano.»

Mia madre allunga la sua mano e io mi ci aggrappo con tutte le forze. In un attimo sono fuori.

Mi guardo attorno e mi accorgo di essere nel vecchio giardino di casa nostra, solo che non è vecchio o malconcio.

«Andiamo a sederci sull'altalena?» mi domanda allegra, stringendo la mia mano.

«Il tuo vestito è sporco di sangue.»

«Sì, be', sai, non è che posso andare a fare shopping qui» ride, e mi ritrovo a ridere con lei.

Questa è una delle cose che ricordo di mia madre. Prendeva sempre tutto sul ridere e guardava alla vita con positività. Io e mio padre non lo abbiamo mai fatto.

«Questo incubo è diverso dagli altri.»

«Perché non è un incubo. È un sogno. È finita, Jen. Ci sei riuscita, sei uscita dalla tua fossa. Sei fuori.»

«Non ci rientrerò mai più?» domando guardandola.

«Se mai succederà, sarò di nuovo là a porgerti la mano per farti uscire.»

Ci dondoliamo come quando ero piccola e mia madre spinge l'altalena in modo da andare più in alto di me.

«Non essere cattiva con lui» mi dice a un certo punto.

«Di chi stai parlando?»

«Di Kevin.»

«Sei morta per colpa sua.» Serro la mascella, ma lei scuote la testa.

«Sarei morta comunque, ma tu sei viva e sei così bella» mi sorride dolcemente, avvicinandosi e toccandomi i capelli. «Hai un animo così profondo, degli occhi che raccontano così tanto. Sono così fiera di te, Jen.»

«Non direi.» Abbasso lo sguardo. «Ho sprecato molto della mia vita, in quella fossa.»

«Oh, Jen» ridacchia. «Gli attimi che hai passato in quella fossa sono quelli che ti hanno resa quello che sei adesso. Va bene anche stare male, essere tristi o arrabbiati. Siamo essere umani. Se fossimo sempre felici, come potremmo capire davvero nel profondo i valori della vita?»

In un battito di ciglia, ci ritroviamo su una panchina e la mia testa è sul suo grembo.

«Mi manchi così tanto…»

«Anche tu e tuo padre mi mancate, ma vi vedo sempre, sai? A proposito, di' a tuo padre di cambiare quella cravatta, per favore. È orribile!»

Mi prende i capelli e comincia a fare una treccia mentre rido.

«Quindi sai di Isabel?»

«Sì.» Sorride. «È felice, non credi?»

«Mamma, ti prego.» Stringo il suo vestito insanguinato. «Torna. Torna…»

«Uno. Due. Tre.» Poggia le dita sulla mia guancia. «Quattro. Cinque.»

«Cosa fai?»

«Ti conto le lentiggini. Ti ricordi che lo facevamo sempre?»

«Perché ho la sensazione che questa sarà l'ultima volta che ti vedrò?»

Non mi risponde, ma continua a contarmi le lentiggini e io sento che le lacrime stanno per scendermi.

«Non farlo. Non piangere, Jen.»

«Ma io voglio farlo…» La mia voce è rotta.

«Non puoi. Non è a me che devi regalare una lacrima. E ora svegliati.»

«Come?»

«Addio, mia piccola grande Jen. Ti amo.»

Mi sveglio di colpo nel buio e comincio a tastare ovunque, finché non mi rendo conto di essere nel mio letto.

«Jennifer?» Si alza assonnato Josh. «Che succede? Hai avuto un incubo?»

«No» sorrido nel buio. «Ho fatto un sogno.»

«Si può sapere dove stiamo andando?»

«Stai zitta, per una volta?»

Sbuffo e lo sento borbottare che probabilmente cambierà ragazza. Convinto.

È venuto a casa mia dopo cena e ha preteso che andassi con lui senza dirmi dove. Sinceramente non so davvero cos'abbia in mente, ma sembra tenerci molto.

«Eccoci arrivati.»

Giro la faccia verso il finestrino e rimango a bocca aperta. La portiera si apre e Josh mi tira fuori come se fossi una bambola.

«Josh, cosa…?»

«Fidati di me, Jennifer» dice tendendomi la mano.

La prendo e subito mi sorride trascinandomi con lui. Avanzo spaventata, ma allo stesso tempo curiosa. Cosa ci facciamo in un cimitero?

Questa notte non è particolarmente fredda, ma sento comunque i brividi attraversarmi il corpo. E poi li vedo. Sono tutti qui.

Michael, Alan, Drake, Melissa, Olly e Meredith. Cosa sta succedendo?

«Spiegatemi.»

Nessuno parla, ma mi accorgo che siamo davanti a una lapide. La sua.

"Che il tuo sorriso illumini i cieli, Elisabeth Tomson."

L'ultima volta che ho visitato questa tomba è stato al suo funerale.

«Hai detto che senti che la tua vita è come un gioco a livelli, e che ogni livello è sempre più difficile. Questo è l'ultimo livello, Jennifer. Dille tutto ciò che hai tenuto dentro di te. Vinci l'ultimo livello» mi dice Josh. «Siamo tutti qui con te.»

Mi porto la mano alla bocca e tutti annuiscono sorridendomi. Guardo quella lapide e sento che non posso farcela. Non riesco a parlare. Io non ci riesco…

Meredith avanza di un passo e si mette davanti alla lapide. Cosa fa?

«Ecco, io non ho mai fatto una cosa simile, ma… Salve, signora Tomson, sono Meredith e volevo dirle che ho incontrato sua figlia per caso in una biblioteca. Volevo dirle che dovrebbe essere fiera di lei, perché io lo sono così tanto. Se non fosse stato per lei ora non avrei il mio ragazzo accanto, non avrei mai riavuto mio fratello, la mia famiglia e…» le scappa un singhiozzo. «Ho sempre avuto paura delle amicizie perché non sapevo mai chi ci tenesse davvero a me, ma con Jennifer ho capito che l'amicizia è quel dolore condiviso che fa meno male, quella felicità sempre più grande. Perciò grazie, signora Tomson, per avermi portato la mia rossa.»

Meredith lascia una rosa sulla lapide, il mio labbro trema e nel mentre Alan si fa avanti.

«Salve, signora Elisabeth, sono Alan e la prima volta che ho incontrato Jennifer mi ha detto che dovevo scansarmi perché le coprivo il sole. Ho sempre creduto che la vita fosse una cosa banale che tutti possediamo. La verità è che non tutto è scontato e il fatto che lei non sia qui con noi prova che non tutti hanno la fortuna di poter vivere fino in fondo esperienze ed emozioni. Perciò grazie per avermi portato Jennifer, perché ho capito che la vita può esserci tolta da un momento all'altro e che dobbiamo viverla al meglio, e anche perché ora ho Olly accanto a me.» Lascia una rosa.

«Buonasera, Elisabeth, io sono Drake, ma Jennifer mi chiama Ciop» dice, e tutti ridono sottovoce. «La vede quella ragazza riccia? Se non fosse stato per Jennifer, io non l'avrei mai avuta accanto. Se non fosse stato per lei, avrei passato l'esistenza a cercare una ragazza che ho sempre avuto vicino a me. Le prometto che le starò accanto finché avrà bisogno, perché non troverò mai il modo di ringraziarla. Grazie, Elisabeth.» Appoggia una rosa insieme alle altre.

Sento bruciarmi gli occhi e mi porto la mano al petto. Il mio cuore batte all'impazzata.

«Io sono Olly e cercherò di dire il minimo possibile perché deve sapere che tendo a perdermi nel parlare. La prima volta che io e Jennifer ci siamo viste ci siamo scambiate un taco e una caramella. Avevo una migliore amica, si chiama Jessica, ma l'ho persa perché sono stata una stupida. Ero così presa dalle cose nuove da scordarmi di quelle vecchie. Solo quando stava per partire ho capito cosa stavo per perdere. Ci accorgiamo dei nostri errori sempre tardi, ma una cosa io l'ho imparata. Facciamo errori in continuazione ma questo non vuol dire che non possiamo rimediare. Ora guardo le persone come se fossero la parte più importante della mia vita e non come oggetti intercambiabili. Jessica sarà sempre la mia migliore amica e giuro che la riporterò da me, ma Jennifer è stata la mia insegnante. Grazie Jennifer. Grazie, Elisabeth.» Lascia cadere una rosa.

«Non dirò molto, ma deve sapere che io sono un amante dell'arte e quando ho visto Jennifer ne ho vista così tanta» dice Michael accarezzando la sua rosa. «C'è un quadro nei suoi occhi e io ne sono rimasto affascinato. Credo che per poter vedere le cose come le vede lei bisogna aver passato l'inverosimile, ma io ho visto anche il cambiamento. Come si è fatta forza. Come cadeva per rialzarsi subito. Come ha cambiato gli altri e se stessa. Uno dei migliori quadri che io abbia mai visto. Grazie a Jennifer per avermi fatto incrociare di nuovo la strada di Melissa, e grazie a lei, Elisabeth, per aver creato un quadro così pieno di colori.»

Mi fa l'occhiolino, e poi Melissa, che stringe la sua rosa fino a farsi sbiancare i pugni, si mette davanti alla lapide.

«Mi chiamo Melissa, signora Tomson, e volevo dirle grazie. Io e Jennifer abbiamo avuto un passato turbolento, ma ora riesco a guardarmi allo specchio e dire: forse non sono così male, forse gli altri possono accettarmi. Ora riesco a guardare mia madre e vedere un sorriso sincero. Ora mi sento parte di qualcosa per quello che sono e non per quello che mostro. Mia madre dice che di donne come lei ce ne sono poche, e le credo, perché John mi fa sentire come se non fossi quella feccia di donna che credevo di essere. Grazie a Jennifer per Michael, e lei la ringrazio per avermi dato un'amica. Una sorella.»

Tutti si girano verso Josh, ma lui, invece di avanzare da solo, prende la mia mano e mi porta con sé.

«Sua figlia mi ha regalato un disegno in cui c'era una mano che si staccava dalla sua. In alto c'erano le nostre mani unite insieme. E io non ho intenzione di mollare più la presa.» Si gira a guardarmi. «Grazie, Jennifer, per avermi fatto scoprire un nuovo concetto d'amore. Per avermi dato fiducia e perdonato. Per avermi porto la tua mano tutte le volte che lo chiedevo. Grazie per le urla, per i baci, i dolori, le gioie, per le mie lacrime che hai fatto finta di non vedere. Grazie per amarmi con tutta la tua genuinità, per il sorriso che fa espandere le tue lentiggini, per i tuoi insulti. Ma soprattutto grazie, Elisabeth, per aver fatto nascere Jennifer Alexandra Milton. La persona migliore e il mio amore più grande.»

Lascia la mia mano e poi fa scivolare una rosa con tutte le altre. Tutti mi guardano e io serro la mascella perché non voglio piangere. Guardo la lapide e guardo i miei amici. Sì, esatto, i miei amici. Le persone che sono qui in questo cimitero per superare l'ultimo livello. L'ultimo ostacolo.

Mi inginocchio e guardo tutte le rose rosse sparse vicino al nome di mia madre.

«Hai visto, mamma? Il rosso non è quello del sangue, ma quello dei fiori. Ti piacevano, vero?»

La verità è che non so cosa dire. I miei occhi sono lucidi e una mano si poggia sulla mia schiena.

«Avanti, Jennifer» sussurra Josh.

«Ti prego» dice Meredith, che si è messa accanto a me.

Tutti mi attorniano e in quel momento succede… scoppio a piangere.

«Mi manchi così tanto» dico nel pianto. «Voglio contarti le lentiggini, bere il tuo tè, andare sull'altalena e… e…»

La voce si spezza mentre continuo a piangere, piangere, piangere. Mi ero scordata quanto fossero salate le lacrime e quanto potessero bruciare gli occhi. Sento dei singhiozzi accanto a me, ma invece di fermarmi piango ancora più forte. Urlo, stringo il terriccio e prendo fiato.

Sento gli altri allontanarsi, mentre Josh mi prende tra le braccia e io lo stringo forte. Piango sulla sua maglia e sento la sua presa aumentare sempre di più. Non lasciarmi andare.

«Faceva così male, Josh, era tutto così pesante. Sembrava non passare mai.»

«Hai vinto tu, Jennifer, hai vinto tu.»

Continuo a piangere tutte le lacrime che ho tenuto dentro di me. Scivolano portandosi via il mio dolore. Se ne vanno racchiudendo le mie urla.

Piango per lei, per me, per i miei disegni scuri, per mio padre. Per la pioggia, per il sangue, per quel vicolo. Piango perché mi ero scordata come si faceva.

Piango perché devo. Perché voglio. Perché ho vinto.

«Josh.» Mi asciugo gli occhi. «Ti ho regalato una lacrima.»

Epilogo

Tredici anni dopo

Chloe's pov

«Jennifer, hai lavato la mia camicia?» sento urlare mio fratello dal piano di sopra.

«E cosa sono, la tua serva?» urla Jennifer dalla cucina.

Ci risiamo…

I passi di Josh risuonano sugli scalini e si presenta a petto nudo, con solo i pantaloni di cotone, in salotto. In tutta la sua altezza e la sua faccia incazzata.

«Sei la peggiore moglie del mondo!» sbraita entrando in cucina.

Jennifer alza il viso da un libro che sta leggendo e guarda verso Josh. Io amo questi attimi. Vivo di questo, ormai.

«Vuoi divorziare per una camicia?» domanda divertita.

«Ti ci voglio strozzare, con la camicia.»

Uno, se li guardasse da fuori, senza conoscere tutta la loro storia, penserebbe davvero che sono vicini al divorzio. Ma la verità è che sono la coppia più solida che io conosca e i litigi fanno parte di loro. E di tutto il vicinato.

Quando si sono trasferiti nella casa nuova, le prime volte i vicini venivano a controllare se andasse tutto bene. Ora invece nessuno ci fa più caso.

Jennifer e Josh si sono sposati cinque anni fa e siamo rimasti tutti sconvolti da questo. Melissa ha sempre detto che, essendo l'anti-coppia che va al rallentatore, si sarebbero sposati a cinquantacinque anni, e invece l'hanno fatto prima di tutti.

Mentre loro continuano a battibeccare, me ne torno in salotto, ma come sempre nell'andare mi perdo tra i quadri appesi nel corridoio. Li ho sempre trovati affascinanti e, nonostante Jennifer mi racconti sempre tutto, non ho mai saputo il loro vero significato.

Il primo rappresenta un enorme albero e due ombre che si baciano sotto di esso. Ogni tanto vedo mio fratello fissarlo con un sorriso, perciò deduco che si tratti di loro, ma non ho mai capito perché sono due ombre a baciarsi...

Il secondo, che è quello più grande, rappresenta un buco nel terreno, credo sia una fossa, e due gambe che penzolano sopra di esso. Si vedono solo le gambe, ma se si usa un po' di immaginazione si può capire che appartengono a una ragazza seduta ai margini della fossa.

E poi l'ultimo quadro, il mio preferito, la ragazza nel mare.

Ci sono il mare, una spiaggia e due ragazze vestite di bianco e nero. La ragazza vestita di nero sta affogando nel mare, mentre quella vestita di bianco la guarda. Ho cercato spesso di dargli un significato, ma non sono mai riuscita a comprenderlo. Nessuno riesce a comprendere Jennifer fino in fondo. Tranne Josh.

«Jennifer!» Lo sento di nuovo urlare da sopra.

E ora che succede? Mio fratello si catapulta in cucina con una camicia... rosa?

«E questa cos'è?» La sbatte sul ripiano della cucina.

«Quella... Mmh... una camicia?» tenta Jennifer.

«Amore...» ringhia Josh.

Ora uno direbbe: "L'ha chiamata amore, non è così arrabbiato". In realtà loro si chiamano amore solo quando sono arrabbiati, per nome quando non lo sono.

Come se "amore" fosse una minaccia.

"Amore, sto per picchiarti con lo scolapasta." "Amore, sto per chiuderti in uno sgabuzzino per poi farti uscire tra qualche giorno."

Forse ha ragione Melissa.

Sono davvero fatti al contrario.

«Senti, io la mia soluzione l'ho detta, ma tu non mi ascolti.»

«Soluzione? Tu hai proposto di trasferisci vicino a un fiume in modo da lavare i vestiti lì come una lavandaia.»

Scoppio in un'immensa risata perché ricordo benissimo quando lo ha detto, ed era seria.

«E tu non ridere, perché ti ho sentita stanotte che sei rientrata alle quattro del mattino quando ti avevo detto di tornare entro mezzanotte» mi punta mio fratello.

Beccata. Non faccio in tempo a inventare una scusa che la salvezza mi si presenta davanti.

Eccola, in tutto il suo splendore, con le sue piccole treccine rosse. Amanda Elisabeth Cliver.

«Che succede?» domanda strofinandosi gli occhietti.

Amanda ha la tendenza a lasciare le s nel tragitto ogni tanto, mentre parla, ma la cosa scomparirà con il tempo.

«Oh, tesoro, vieni qui.» Jennifer la prende in braccio. «Papà ti ha svegliato, vero?»

Josh alza gli occhi al cielo e si avvicina ad Amanda dandole un bacio sui capelli. Ed eccola qui, la mia famiglia, la più strana e felice che io conosca.

Amanda è stata un'altra sorpresa inaspettata, visto che Jennifer è rimasta incinta di lei un anno dopo il matrimonio, ma ne siamo stati tutti contenti. John un po' meno, ma quando è nata e l'ha presa in braccio si vedeva nei suoi occhi quanto fosse felice.

Amanda e Jennifer, messe vicino, sono davvero una cosa assurda. Stessi occhi verdi. Capelli rossi e lentiggini. Josh si è lamentato di questa somiglianza per mesi, mesi e mesi, ma alla fine si è arreso. Poverino, non sembra nemmeno sua figlia.

«Puoi rispondere tu?» chiede Josh a Jennifer quando il telefono squilla. «È quello del lavoro.»

Amanda va in braccio a Josh e si arrampica sulle sue spalle come sempre.

«Tia Chloe, guarda come ono brava ad arrampicarmi!» grida dalle spalle di Josh, come se io non potessi sentirla da così in alto.

«Sei bravissima, amore.»

«Farò quetto da grande» mi risponde.

Amanda prima voleva fare la parrucchiera, poi l'astronauta, la contadina, la fruttivendola, la poliziotta, il medico delle scimmie (non so nemmeno se esiste), e un giorno siamo andati al circo e all'improvviso voleva ammaestrare le tigri.

«Salve, Cliver & Milton company» risponde Jennifer al telefono. «Oh, Mark, auguri anche a te!»

Oh, giusto. Jennifer e Josh lavorano insieme.

Com'è possibile che lavorino insieme, se si uccidono per una camicia? Ebbene, la situazione è così: Josh lavora e Jennifer fa finta di lavorare.

La questione è complicata e ha creato davvero tanti problemi, ma in breve è andata così. Una volta finito il liceo, Josh e Jennifer hanno preso strade diverse. Lei voleva studiare arte, mentre Josh si sarebbe orientato verso la facoltà di economia. Il che non ha creato nessun problema, tranne a John.

Il percorso di studi che Jennifer avrebbe intrapreso non avrebbe permesso a John di lasciare la Milton Enterprise in mano a lei. Jennifer non ha mai voluto percorrere quella strada, è già molto se ha frequentato la SES, ma suo padre ci ha sperato fino all'ultimo.

Dopo anni di conflitti, si è arrivati alla decisione finale: la Cliver & Milton company.

Mio padre e John lavorano ancora, ma ora il controllo è passato a Jennifer e Josh. Hanno deciso di unire le compagnie in modo che la Milton Enterprise non andasse persa ma nel frattempo Jennifer potesse continuare a fare ciò che ha sempre amato: disegnare.

In sostanza, nelle carte c'è scritto che è tutto proprietà di entrambi, Jennifer si presenta a qualche riunione e ai party per far vedere che è presente, ma la verità è che non fa un bel niente. A lei va bene così e a Josh pure, sono sicura che impazzirebbe ad averla in ufficio che si lamenta tutto il tempo.

Un'altra cosa che ha creato problemi? Jennifer è socia di Michael, il compagno di quella che è diventata sua sorella, Melissa.

La gelosia di Josh si è fatta sentire non poco, ma, dopo tutte quelle complicazioni con suo padre e la fatica che hanno fatto per unire l'azienda, il fatto che Jennifer fosse felice lo ha placato.

All'inizio avevano intenzione di chiamarla "Jesh Company", mischiando i loro nomi, ma poi Jennifer ha cominciato a dire che sembrava la marca di una crema depilatoria. Sono stati praticamente costretti a cambiarlo, visto che per due settimane è andata avanti dicendo: «Jesh! I peli via con un flash».

Josh era esasperato, e alla fine le ha dato ascolto. A me sinceramente piaceva, la trovavo un'idea molto carina.

Il campanello suona e dopo pochi minuti lui si presenta in tutto il suo fascino davanti a me. Capelli sparati, occhi verde scuro, spalle larghe, alto due volte me.

Signore e signori, Alex, in tutta la sua strafottenza!

«Ti sembra l'ora di arrivare?»

«Non rompere, Chloe. Non partiva la moto.» Si stravacca sul divano.

«Siamo a Natale, si congela e tu usi ancora la moto?»

«La userò finché non nevicherà.»

Gli lancio un'occhiataccia e poi incrocio le braccia guardando fuori dalla finestra. Odio la sua moto. È uno spericolato e una volta ci ha quasi rimesso le penne, ma lui non mi ascolta mai.

A un certo punto sento il divano abbassarsi e le labbra di Alex sfiorarmi il collo. Sa che è il mio punto debole, maledetto!

«Alex, smettila!»

«Dài, Chloe, è Natale.» Mi abbraccia. «Fammi il regalo di non rompere.»

Mi prende di peso e in un attimo sono sopra le sue gambe. Mi sposta una ciocca di capelli dietro l'orecchio e mi guarda intensamente, facendomi arrossire. Lo odio.

Ormai è un po' di tempo che Alex mi fa uno strano effetto e, anche se non gliel'ho detto, credo che ormai lui lo abbia notato.

Siamo amici da tanto tempo e credevo fossimo solo quello, ma un anno fa si è fidanzato con una certa Julie, e lì ho capito che in realtà mi piaceva.

Non lo avevo mai notato, finché la sensazione di fastidio e gelosia nel vederli insieme si è insinuata in me. La loro relazione è durata poco, come tutte quelle venute dopo, che lui non chiama nemmeno relazioni. «Passare il tempo divertendosi» ecco come le chiama.

Ma a me Alex piace davvero. Lui lo sa. Io lo so.

Ieri abbiamo avuto una discussione pesante perché gli ho detto che non può trattare quelle ragazze in quel modo, e quando mi ha detto di farmi gli affari miei non ci ho più visto.

Non credevo che si sarebbe presentato alla cena di Natale, ma a quanto pare si è ricreduto.

«Hai intenzione di tenermi il broncio ancora per molto?» mi chiede, e io giro il capo dall'altra parte.

Il nostro è un rapporto d'amicizia strano. Siamo intimi, a volte in un modo indecente per due amici, e dormiamo insieme quando capita. Ma c'è sempre quel confine, tra di noi.

Quel non abbracciarsi mentre dormiamo, quel non tenere il viso troppo vicino a quello dell'altro o arrabbiarsi quando ci dicono che stiamo insieme.

Anche se ci è scappato qualche bacio ogni tanto, ma eravamo sempre ubriachi, e il giorno dopo abbiamo fatto finta di niente. Io però quei baci me li ricordo. Tutti.

Mi prende il mento e mi gira la testa verso di lui. Vicino. Troppo vicino.

«Perché sei arrabbiata?» mi domanda serio.

«Perché sei in ritardo.»

«Il vero motivo, Chloe.»

«Per ieri, okay? Non puoi fare come se niente fosse. Stai con una, poi con un'altra, senza nemmeno ricordarti i loro nomi.»

«Quindi stai dicendo che dovrei trovare una ragazza e impegnarmi seriamente con lei?» Cosa? No! «Forse hai ragione. Dovrei richiamare Julie e vedere come va, visto che è stata la mia relazione più lunga.»

Idiota di una Chloe! Mi si è ritorta contro.

«La mia camicia preferita è rosa! Hai capito che è rosa? Sembro un fenicottero.»

«Io ho sempre amato i fenicotteri» la sentiamo ribattere.

«Anche a me piacciono, mamma!» grida Amanda in modo esagerato.

«Nuova lite?» domanda divertito Alex.

Annuisco impercettibilmente e faccio per scendere dalle sue gambe, ma lui mi trattiene. Riesco a vedere il sorrisetto che ha sulle labbra mentre mi guarda.

«Davvero? Te ne vai così?» ride.

Non rispondo, lui sbuffa pesantemente, scocciato, e mi fa scendere dalle sue gambe alzandosi. Che se ne vada pure. Non ho bisogno di lui. Vedo che si abbassa verso di me e mi giro per dirgli di andarsene, ma poi fa quello che non mi sarei mai aspettata.

Mi bacia.

Le sue labbra premono sulle mie paralizzandomi, e ancora prima che possa rendermi conto di ciò che succede si stacca da me.

Qualcuno mi faccia una foto, perché sono sicura di sembrare un'idiota.

Alex mi guarda inclinando la testa e si passa la lingua sulle labbra per poi sorridere.

«Io me ne vado, ma forse tu dovresti capire che non ho bisogno di una Julie. Ho bisogno di una Chloe.»

Se ne va lasciandomi imbambolata nel salotto e con uno stupido sorriso sul volto. Mi sfioro le labbra con le dita e guardo la sua figura allontanarsi.

«Anch'io...» sussurro al vuoto. «Anch'io ho bisogno di te.»

Josh's pov

«Comunque Mark ci ha chiamati per farci gli auguri.»

«Mark sposato che ci prova con te?»

«Per te tutti ci provano con me» sbuffa.

Ed è vero. Quelle poche volte che viene in ufficio, devo sforzarmi per non sbraitare addosso a tutti quelli che si girano mentre passa.

Mia moglie è una donna affascinante, soprattutto in tenuta da ufficio. I suoi capelli rossi raccolti in uno chignon, le gambe mezze scoperte dentro una gonna a vita alta e il busto stretto in una camicia di seta.

Se solo sapessero che appena entra in ufficio butta via i tacchi in un angolo e tira fuori la tuta dal mio armadietto. Passiamo ore in quell'ufficio e lei si rifiuta di rimanerci in "tenuta da Melissa", come la chiama.

A me non crea problemi, visto che la maggior parte delle volte rimane senza vestiti comunque. Si avvicina a me e mi dà un bacio sulle labbra.

«Per fortuna che io amo te e non Mark allora, no?»

La prendo per la vita e la stringo a me, insinuando le mie mani sotto la sua maglia e tirandole il labbro.

«Jen, sei sicura che vuoi ancora rimanere sposata con Josh?» Una voce ci interrompe. «Sono certo di essere un amante migliore.»

Prima o poi lo uccido, questo ragazzino.

«Ci penserò, Alex» ridacchia Jennifer.

«Non dargli corda, che poi ci crede davvero.»

«Non mi sta dando corda» ribatte sedendosi su uno sgabello, seguito da Chloe. «Sta valutando l'offerta. Cioè me, che sono sicuramente migliore di te.»

Prende la mano di Jennifer e le dà un bacio sul dorso. Gli tiro in faccia lo straccio che era sul ripiano e Chloe si porta una mano alla fronte perché sa già come andrà a finire.

«Smettila di essere geloso solo perché ora sei un vecchio decrepito mentre Jen sembra una ventenne.»

«Torna a giocare con i Lego, Alex.»

«Ragazzi, smettetela ora!» si mette in mezzo Chloe.

Tra me e lui è una battaglia continua da praticamente... sempre?

Ma la verità è che l'ho visto crescere e per me è come un fratello minore. Quando ha quasi rischiato di morire in quell'incidente in moto, mi sono sentito morire anch'io. Porta la mano sulla guancia di Chloe e io gli tiro addosso il cucchiaio.

«Ahia, Josh! Smettila di tirarmi le cose» si lamenta.

«Non toccare mia sorella. E poi perché sei qui?»

«Alex rimane a cena con noi» mi risponde Jennifer.

Ma quanti siamo? I miei genitori sono partiti con John e Isabel e perciò per un po' Chloe starà da noi. Stiamo ancora aspettando gli altri. Tra poco la casa sarà piena perché per la prima volta dopo tanto ci riuniamo davvero tutti quanti.

«Papà, papà, guarda.» Amanda sbatte un giornalino sul tavolo. «Me lo compri?»

«Cos'è, un cavallo di plastica?»

«Ma no» ride, come se avessi detto una cosa stupida. «È il nuovo pony fatato re dei cieli fluo!»

Ah, scusa. Come ho potuto confondermi?

«Te lo compreremo solo se ti comporterai bene, e tra un po' di tempo. Hai un sacco di regali sotto l'albero» le dice Jennifer.

Si gira a mettere qualcosa in forno e mia figlia guarda verso di me sporgendo il labbro. Jennifer sa dirle di no, ma io, per quanto ci provi, non riesco mai a negarle niente. Ci provo, davvero, ma poi lei comincia ad attorcigliarsi la treccia con quel suo ditino e a farmi gli occhi dolci e non ci riesco. Annuisco e subito la sua espressione da cane bastonato cambia, e ricomincia a sfogliare il giornalino sorridendo. Questa è tutta colpa di Meredith, che le ha insegnato la sua tattica che continua a fregare tutti in questo modo.

«Noi andiamo in camera. Quando è pronto chiamateci» dice Chloe.

«In camera con la porta aperta» li avviso.

«Così se urla la senti meglio, no?» mi domanda Alex provocatorio, per poi cominciare a correre per le scale.

Mi alzo di scatto, pronto a strangolarlo, ma la mano di Jennifer mi ferma mentre ride.

«Sta scherzando.»

«Ma che dicere Alec?» ridacchia Amanda.

«Si dice: "ma che dice"» la correggo.

«Ma che dicere dice Alec?»

Eh va be', ci ho provato.

«Prima ho vitto Alec dare un bacino a Chloe.» Amanda si copre la bocca con la mano.

«Cosa?» Mi alzo di nuovo e puntualmente Jennifer mi ferma.

«Ma la vuoi smettere? Sono grandi, ormai.»

«Anche a me hanno dato un bacino a cuola.»

Basta! Questo è troppo. Le donne in questa casa fanno quello che pare a loro.

«Di chi stai parlando, tesoro?» domanda gentile Jennifer.

«Del mio compagno di banco. Ha detto che ho dei bei capelli e poi mi ha dato un bacio.»

«Rasala» dico serio a Jennifer, ma lei non mi ascolta.

«Ti piace?»

Ma che domanda è? Certo che no!»

«Tì.»

Ma porca…

«Sì, ma chi è che ami più di tutti?» le domando.

«Papà!» mi risponde venendomi in braccio.

«Ma chi è che ami davvero più di tutti?» chiede Jennifer tirando fuori lo yogurt.

«Lo yogurt al cioccolato amo più di tutti.»

Questa bambina cambia idea troppo facilmente.

Prende le caramelle gommose e le immerge nello yogurt al cioccolato, poi afferra lo sciroppo d'acero e comincia a versarlo sopra. Sto quasi per chiederle dove ha imparato a mangiare così, ma poi mi giro verso Jennifer che sta mettendo una pallina di gelato sopra a un toast.

Mi ritiro definitivamente. Amanda ha preso tutte le sue cattive abitudini in questi ultimi mesi. Qualche giorno fa ha dormito nel letto in mezzo a noi e io sono caduto a terra. Stavo per sbraitare contro Jennifer, quando mi sono accorto che Amanda mi aveva dato un calcio sulla schiena per farmi alzare.

«Ho fame» si è giustificata. Eh be', a cosa serve un padre, tanto?»

«Mamma, ho tredici lentiggini» arriccia il naso Amanda.

«Davvero? Fammele contare.»

«No!» grida. «Dopo mi fai tempre il tolletico.»

Jennifer si alza di scatto per acchiapparla, ma Amanda corre ridendo verso il salotto.

«Aiuto, papà. Aiutami.»

Riesce a prenderla e la stende sul pavimento contandole le lentiggini con una mano e facendole il solletico con l'altra.

Sorrido guardando la scena, perché so che Elisabeth contava le lentiggini a Jennifer, e ora lei le conta ad Amanda.

Adesso ho due teste rosse da rimproverare e amare allo stesso tempo, e nemmeno il passato più orribile potrà cambiare questo.

Jennifer's pov

«Hakuna Matata» mi dice Amanda passandomi accanto indifferente. Okay...

«Questa è colpa tua, sappilo.»

«Mia?» si indica Josh.

«Secondo te non lo so che tu e Alan, quando guardate le partite, la schiaffate sull'altro divano con le cassette della Disney finché non avete finito?»

Josh spalanca gli occhi e appena suona il campanello corre ad aprire. Salvato per un pelo.

«Corri, mamma, tia Meredith e tio Drake tono arrivati.»

Ed eccoli lì. Drake, Meredith e un pancione di mezzo. Meredith è incinta di due gemelli e Amanda non fa altro che appoggiare la testa sulla sua pancia e parlare.

«Come tanno i miei futuri chiavetti?»

«Amanda!» la ammonisce Drake. «Saranno tuoi amici, non i tuoi schiavi.»

Una volta Josh ha detto che Meredith doveva obbedirgli perché era più piccola di lui e da quel giorno mia figlia si è convinta che i futuri bimbi di Meredith saranno suoi schiavi.

«Eccola, la nostra baby balena» la saluto, e lei alza gli occhi al cielo abbracciandomi.

«Papà, andiamo a comprare anche noi un fratello o una torella per me?»

«Tesoro, i bambini non si comprano.» La prende in braccio.

«E da dove vengono?»

«Hai ragione, si comprano» chiude subito il discorso.

Il campanello suona di nuovo e Michael e mia sorella si presentano in soggiorno. Quest'ultima fa ondeggiare i suoi capelli castani e dà un regalo ad Amanda, che lo prende subito emozionata.

Eh sì, Melissa ora ha i capelli castani. Da un po' di tempo, ormai, precisamente da quando Roy è finito in prigione.

Ancora ricordo quell'estate che è venuta da me piangendo con l'articolo di giornale in mano. Ha detto che finalmente si sentiva libera, e il giorno dopo i suoi capelli erano castani.

«I nostri genitori ti hanno chiamata?» mi domanda.

«Sì, hanno detto, in caso tu chiedessi di loro, di non dirti niente, perché non vogliono sentire la tua voce in vacanza.»

«Ragazze.» Michael mette le sue braccia attorno alle nostre spalle. «Non oggi, è Natale, dài.»

Si dirigono tutti in salotto per bere qualcosa mentre io vado ad aprire all'ennesima scampanellata alla porta.

«Aaaaaaaah» urla una voce. «Mi sei mancata!» Mi è praticamente saltata addosso.

«Olly, per l'amor del cielo.»

«Dov'è Amanda?»

Indico il salotto e lei si catapulta in quella direzione. Olly ha visto solo due volte Amanda, ma non è questo il momento di sapere il perché.

«Perdonala, ma non vedeva l'ora di tornare» mi distrae una voce.

«Nessun problema. Entra pure.»

Jessica entra e mi passa una bottiglia di vino sorridendomi, ma rimango con la mano a mezz'aria quando vedo la macchina di Alan che parcheggia fuori dal cancello.

«Ahia» dice Jessica. «Pensavo avremmo avuto più tempo.»

«Vai pure in salotto, sono tutti di là.»

Tra i vari problemi che ci sono stati, la rottura tra Olly e Alan è stato uno dei più grossi. È cominciato tutto l'anno in cui Melissa ha accompagnato sua madre a una sfilata in Italia. Lei ha invitato Olly, che ha accettato entusiasta. Il problema? Melissa è tornata, ma Olly è rimasta là.

Si è appassionata al campo della moda, ha fatto nuove conoscenze e, soprattutto, ha riallacciato i rapporti con Jessica. I primi due mesi a distanza sono riusciti a sostenerli, lei e Alan, ma dopo un po' la lontananza era troppa e la relazione è finita.

Credevamo che ormai fosse tutto passato, ma otto mesi fa Olly è venuta a trovarci con il suo fidanzato e la sfiga ha voluto che Alan passasse a prendere un caffè con la sua nuova ragazza. Il momento più epico e imbarazzante di sempre.

Guarda caso, dopo che Alan ha saputo che Olly sarebbe tornata a Manhattan definitivamente ha lasciato la sua ragazza. E anche Olly è tornata single. Che grandi coincidenze. Solo che Alan non sa che Olly non è più fidanzata. Se non avessi visto come si sono squadrati e come fremevano di gelosia, avrei detto che non c'era più niente tra di loro.

«Buon Natale, Jen» mi abbraccia Alan, ma si irrigidisce appena sente Olly gridare qualcosa.

«No» dice. «No, no, no.» Fa per tornare indietro, ma lo fermo.

«Non provarci neanche, Alan. È la prima volta dopo tanto che siamo tutti riuniti.»

«Non me ne starò qui a vedere Olly con il suo ragazzo effeminato che porta i jeans più stretti di lei.»

«Sei stato scortese l'ultima volta» gli ricordo.

«Be', gli mancava solo un cerchietto in testa, una bacchetta luccicante e poteva diventare una delle fate di Amanda.»

Non è assolutamente vero. Era davvero un bel ragazzo, ed è proprio per questo che Alan l'ha odiato dal primo istante.

«Sai bene che Jessica e Olly sono tornate per sempre, perciò ora lei è single.»

«Cosa? Davvero? Ma dillo subito!»

Mi lancia la giacca addosso e si dirige in salotto. No, ma tranquillo!

«Perché hai una giacca in faccia?»

«Kevin!» Lo saluto euforica e mi sporgo per abbracciarlo, facendo cadere la giacca.

«Jen, sei bella come sempre.» Mi bacia sulla guancia.

«Gli altri sono in salotto, di' loro che tra poco si cena.»

«Sì, capo.» Mi fa un cenno con la mano.

Prendo il telefono, faccio una chiamata prima che arrivino tutti gli altri e per fortuna rispondono subito.

«Signora Cliver, come sta?»

«Anny, ti prego, non chiamarmi così. Preferivo signorina Milton.»

«Oh, ma ora è la signora Cliver, no?» Lascio perdere, perché tanto non vuole capire.

«Volevo solo augurarti buon Natale e sapere come sta Greg.»

«Sta bene, più o meno. Con l'infarto ha rischiato molto, ma ora sembra cavarsela. Però i dottori hanno detto che le sue condizioni non sono delle migliori.»

«Dopodomani vengo in ospedale, va bene?»

«Signora, è tutta la settimana che passa, non si preoccupi.»

Ho sempre pensato a Greg come a una vecchia roccia. Fin da quando ne ho memoria non l'ho mai visto ammalarsi o lamentarsi di qualcosa. Sempre in ottima forma e pronto a svolgere il suo lavoro, perciò, quando l'infarto l'ha colpito, sono rimasta sconvolta. Non potevo crederci.

«Dopodomani passo» insisto. «Ora devo andare. Fammi sapere se succede qualcosa.»

Anny mi saluta facendomi ancora gli auguri, poi tutti quanti entrano nell'enorme cucina per cenare insieme. Jessica e Olly mi aiutano a infornare le ultime cose, mentre Melissa e Drake apparecchiano di là.

Vorrei poter dire che tutto questo cibo l'ho cucinato io con impegno e sudore, ma la verità è che Josh ieri ha chiamato il catering. Io sto solo riscaldando alcune pietanze.

«Giuro che se provi anche solo a mettere un budino in frigo nessuno mangerà niente» ha detto, quando ho proposto di cucinare io. Il solito esagerato.

Dopo un po' siamo tutti a tavola e inizia il casino.

«La vedi?» Josh indica Amanda. «Stava per infilare la coscia di pollo nel sorbetto. Secondo te da chi ha preso?»

«Ma è una bambina! I bambini sperimentano» mi difendo.

«Be', ha ragione» viene in mio soccorso Michael. «I bambini tendono spesso a pastrocchiare con il cibo, i colori, assaggiare qualsiasi cosa.»

«Torna in Irlanda.»

«Lui non è irlandese» si intromette Melissa.

«Ma quindi potto mangiare o no?» chiede Amanda.

Il manicomio.

«Allora, come li chiamerete i gemelli?» domanda Jessica.

«Dobbiamo ancora decidere. Abbiamo un po' di tempo» le risponde Meredith.

«Io avevo proposto due nomi fantastici, ma loro non mi ascoltano» dico sconsolata.

«Perché non si possono chiamare due bambini Cip e Ciop. Fine della discussione.»

«A me piacciono Cip e Ciop» dice sorridendo Amanda. Lei mi comprende.

«In Italia molte mie amiche in ufficio hanno fatto un corso di yoga per prepararsi al parto» spiega Olly.

«In Italia quello, in Italia quell'altro, in Italia ho scalato una montagna, in Italia ho squartato un coccodrillo con cui poi ho fatto la mia borsa dell'ultima collezione» la prende in giro Alan.

«Ma stai zitto, che tu stai tutto il giorno a urlare contro dei poveri ragazzini indifesi.»

«Io faccio il coach, che è diverso. Quello sì che è un lavoro. Non come il tipo che ti sei portata dietro, cos'è che faceva? I vestiti per i gatti?»

«Fa lo stilista ed è bravissimo!» lo difende lei.

«Una fatina adorabile.»

Qualcuno li fermi, perché altrimenti va a finire davvero male.

«Ehm, sicuramente farò qualche corso» sorride Meredith, la portatrice di pace.

«Avresti dovuto farlo anche tu, un corso. Almeno al momento del parto non saresti sembrata l'esorcista» mi dice Josh. «E tutti i giorni prima non saresti sembrata una pazza isterica.»

«Io non sembravo l'esorcista, e nemmeno pazza.»

«Mentre partorivi hai detto che appena sarebbe nata mi avresti strangolato con il cordone ombelicale» mi ricorda Josh.

Okay, forse ero un po' agitata, ma vorrei anche vedere! Stavo partorendo un bambino, non stavo lavorando a maglia.

«Ma quindi quetto bambino lo compriamo o no?» domanda Amanda.

«Fatene un altro, magari il prossimo ti assomiglierà almeno un po'» scherza Melissa.

«Assurdo. Nemmeno un mio lineamento ha.»

«È il minimo, visto che l'ho tenuta io in grembo per nove mesi per poi farla uscire. Se andava a finire che assomigliava solo a te, divorziavo davvero.»

«Da dove mi hai fatta uccire?» domanda mia figlia.

Cala il silenzio e tutti ci guardiamo negli occhi.

«Dal… dalla…» comincia Josh.

«Vedi i bimbi sono piccoli e poi grandi e quindi, cioè loro, escono dal… insomma» tenta Alan.

Bravi, continuate così. State andando alla grande.

«Gelato?» propongo, e Amanda subito annuisce scordandosi della conversazione.

L'ho sempre detto che il gelato è la mia salvezza. Vado in cucina e guardo dalla porta a vetri quanto la tavola sia piena di sorrisi. Drake che accarezza la pancia di Meredith.

Olly e Alan che fanno finta di ignorarsi. Quanto Jessica si senta a suo agio con noi. Melissa con il viso struccato che guarda negli occhi Michael. Josh che cerca di rifare la treccia ad Amanda senza riuscirci.

Guardo quanto la nostra fragilità negli anni sia diventata così solida da tenerci tutti uniti. E mi piace.

Sento dei baci sulla spalla e so che è ora di alzarmi, ma io davvero non voglio.

«Jen, dobbiamo andare ora se vuoi passare là.»

Mugugno e mi giro verso Josh aggrappandomi al suo petto e incrociando le gambe alle sue.

«Ieri abbiamo fatto tardissimo. Dormiamo ancora un po'.»

«Devi anche passare con me in ufficio per firmare le ultime carte, e nel pomeriggio devi aiutare Michael ad allestire la mostra.»

«Ti odio quando mi fai da agenda.»

Ridacchia per poi mordermi il collo e infilare la mano sotto la mia camicia da notte. Accarezza la mia pancia e io traccio il contorno delle catene sulle sue braccia.

Una K di Kevin. Una M di Margaret e Meredith. Una C di Chloe e una D di Daniel.

Ricordo l'emozione negli occhi di Daniel quando ha visto il nuovo tatuaggio di Josh. L'unica catena che mancava.

Poso un bacio sul suo petto e guardo il tatuaggio più bello di tutti. Il mio disegno inciso sulla sua pelle.

Due mani che si stringono e sotto le iniziali J. A. Jennifer e Amanda. Ho visto migliaia di opere d'arte, ma questa rimarrà la mia preferita.

Le sue labbra sfiorano le mie, mi stringe di più a sé e io mi beo di questo dolce risveglio.

«Mamma! Non trovo i miei elattici colorati!»

Addio dolce risveglio. Andiamo tutti alla ricerca degli elastici colorati, e dopo averli trovati e aver fatto colazione saliamo in macchina.

«Ho un tacco di cote da raccontarle!» sorride Amanda, e io ricambio dallo specchietto.

Passiamo a prendere dei fiori e poi andiamo diretti al cimitero, come ogni anno. Due volte all'anno. Il giorno della sua morte e il giorno dopo Natale.

Josh mi prende la mano e io appoggio il mazzo di fiori davanti alla tomba di mia madre. Rosso come i fiori, e mai più come il sangue.

«Ciao, nonna, ho ricevuto tantittimi regali» dice Amanda. «Nonna Itabel mi ha regalato delle bambole a cui potto colorare io i vettiti. A cuola dicono che è trano che ho tre nonne, ma la mamma dice che non è vero. Vero, mamma?»

Annuisco tranquilla e lei continua a raccontare tutte le sue novità, come ogni volta che veniamo qui. Quando Amanda è nata, Isabel era lì, quindi è normale che abbia cominciato a chiamare nonno John e nonna Isabel. È giusto così, ma ha fatto comunque male sentirglielo dire. Da poco tempo, però, ha cominciato a dire anche «nonna Elitabeth» e sembra parlarle come avesse passato tutta la sua vita con lei.

«Rimango io qui con lei. Vai pure a portare i fiori all'altra tomba» mi rassicura Josh.

Cammino più in là e lascio i fiori sulla tomba con un sorriso amaro.

"Martin Davies. Perché l'arte non muore mai per davvero."

Sono stata io stessa a chiedere di incidere questa frase, perché

Martin non c'è più ma i suoi quadri, che ora sono esposti in alcune delle mie gallerie, non moriranno mai.

È stato orribile, perché la sua presenza mi ha salvato la vita così tante volte…

Ma, quando guardo quei quadri, so che in ogni pennellata c'è un suo consiglio saggio, in ogni tela un'emozione che mi ha donato.

Martin è morto, ma vivrà sempre nella sua arte e nel mio cuore.

C'è un bel sole e si sta bene fuori, ma in questi giorni ha nevicato e il nostro prato ora è diventato bianco.

«Pupatto di neve! Pupatto di neve!» esulta Amanda.

«Sì, ma mettiti i guanti, la sciarpa e il giubbino.»

«Ma mamma! Io dopo corro e ho caldo» si imbroncia.

«Dopo ti ammali come l'altra volta» le ricordo.

«Ma papà!» si lamenta ancora.

«Fai come dice la mamma, se no niente pupazzo di neve.»

Sbuffa sonoramente e va in camera sua per vestirsi.

«Ci creerà un sacco di problemi, vero?» domanda Josh.

«Pensa a quando sarà un'adolescente, come dovremo starle dietro. Prime esperienze. Prime crisi. Primi ragazzi e…»

«No!» mi interrompe. «I ragazzi a trent'anni. E prima dovranno sottoporsi a un test di intelligenza e resistenza.»

«E se lo passano?»

«Non lo passano!» mi risponde subito, e scoppio a ridere.

Poco dopo io e Josh siamo sulla panchina in giardino, mentre Amanda fa il suo pupazzo. Sono stati anni difficili. Dopo quella notte è andata meglio, ma non vuol dire che non ci siano state difficoltà.

Il rapporto tra Josh e Kevin ha influito molto su tutta la famiglia, e soprattutto io non sapevo mai con che occhi guardarlo.

Si sono create distanze, liti furiose e non sono mancati i pianti isterici. Credevo sempre di essere vicina alla fine, ma in realtà era sempre un nuovo inizio.

Ci sono stati altri schianti e altre corse in ospedale. La fatica per allestire e aprire le mie gallerie.

La paura di addormentarmi per non ricascare nei mie incubi. Nella mia fossa.

Ho creduto di perdere mio padre un'altra volta. La fusione delle aziende ha portato tutti a un livello di stress unico.

Il tremore delle mie mani ogni volta che Anny mi chiama per darmi notizie di Greg.

Ho avuto il terrore di non poter essere una buona madre. Non sapevo nemmeno come prenderla in braccio, all'inizio.

Ho perso i contatti con Leo e Clark e non ho la minima idea di dove siano.

Ho avuto paura che il matrimonio avrebbe cambiato le cose, ed è stato così, ma ci sono sempre quegli attimi in cui guardo Josh e rivedo quel ragazzo di diciotto anni. Mi giro verso di lui e sento ancora il rumore della palla da basket che risuonava durante i suoi allenamenti.

Sento ancora il calore di quel cappellino azzurro sulla mia testa. Posso vedere il segno che mi lasciava la sua fascia nera troppo stretta al polso. Percepisco lo straccio che mi ha passato sulle braccia per cancellare i lividi, in quel bagno. Se ascolto il silenzio, riesco a udire quel "ti amo" non detto, ma che è sempre stato nel mio cuore. Guardo il mio giardino e vedo solo una distesa bianca. Nessuna fossa.

«E quindi alla fine sei rimasto...» sussurro, e Josh si gira verso di me, confuso.

«Ma che ci fate lì all'ombra? Venite allo coperto, che c'è il tole!» urla Amanda.

E sorrido nel sentirla, perché ora guardo Kevin come l'uomo che mi ha salvato la vita e non come quello che me l'ha tolta. Perché i miei amici mi chiamano "Jen" e a me va bene così. Sorrido perché ora i miei quadri esprimono anche la mia gioia e perché ogni volta che mi risvegliavo in ospedale c'era sempre qualcuno addormentato vicino a me, ad aspettarmi.

Il loro ricordo è vivo nella mia mente.

E noi dall'ombra usciamo per andare allo scoperto. Perché noi abbiamo lottato. Perché ce lo meritiamo. Ho regalato le mie lacrime. Ho pulito le mie ginocchia a ogni caduta.

Ho urlato a squarciagola ai miei demoni di andarsene.

«Io rimango, Jen.»

Perché siamo Jennifer e Josh. E siamo felici.

Ringraziamenti

Sono giunta alla fine di questo libro e ci terrei con tutto il cuore a ringraziare Vivian e Marina, le mie Meredith e Melissa, che mi sono accanto da diciott'anni a questa parte e che mi conoscono meglio di chiunque altro.

Jihane, la mia Olly, che con la sua costante presenza e la sua parlantina mi ha sostenuta quando ancora scrivevo i primi capitoli.

Vilma e Tino, i miei Anny e Greg, che mi hanno accolta nella loro vita come se fossi una figlia e non riuscirò mai a ringraziarli per tutto l'amore che mi hanno dato.

Un grazie anche ad Andrea e ai miei piccoli Valentina e Matteo.

I miei genitori e mio fratello Karim, che mi hanno sempre sostenuta nonostante gli enormi litigi e gli svariati casini che ho combinato crescendo, tendendomi sempre la mano.

Alice e Claudia che hanno accolto i miei scleri mentre scrivevo, reprimendo i loro istinti omicidi e dimostrandomi continuamente il bene che mi vogliono.

Un grazie enorme anche a Benedetta e Michele, che hanno dato una svolta alla mia vita proponendomi la pubblicazione, aiutandomi passo per passo con enorme pazienza in questo mondo a me nuovo.

Ad Ambra, Eleonora, Anna, Fuoco, Stan, China, Nicole e Valentina, le mie admins delle pagine social, le quali si sono sempre impegnate con tutte loro stesse a sponsorizzare i mie libri. Sarei stata persa senza di loro.

A Claire, mia prima lettrice in assoluto.

Ad Anna Russo che mi ha dato una grande spinta a pubblicare *Baci nell'ombra* con la sua infinita dolcezza.

Ma il grazie più importante va ai miei lettori che mi sono stati accanto dall'inizio alla fine come una grande famiglia che non mi ha mai lasciata sola.

E grazie per sempre a Josh Cliver.

SIAE DALLA PARTE DI CHI CREA
Aut. I - 00 - 2021

Finito di stampare nel giugno 2021 presso
Elcograf S.p.A. – Stabilimento di Cles (TN)
Printed in Italy